UNDER THE DOME

언더 더 돔
2

STEPHEN KING

KING

UNDER THE DOME

언더 더 돔

스티븐 킹 장편소설 | 장성주 옮김

2

황금가지

UNDER THE DOME

by Stephen King

| 목 차 |

덫

1

밀 가 19번지, 매클러치 씨네 집. 녹화된 영상이 끝나고 잠시 침묵이 흘렀다. 이윽고 노리 캘버트가 또다시 울음을 터뜨렸다. 베니 드레이크와 조 매클러치는 고개 숙인 노리 너머로 서로를 마주보며 똑같이 '이제 어쩌지?'라는 표정을 짓고 있다가, 들썩이는 노리의 어깨에 저마다 팔을 두르고 영혼의 악수라도 나누는 양 상대의 손목을 꼭 쥐었다.

"끝난 거니?"

조의 어머니인 클레어 매클러치가 믿을 수 없다는 듯이 물었다. 눈물은 흐르지 않았지만 거의 울먹이는 표정이었다. 눈에 어린 물기가 반짝였다. 클레어는 아들 조와 그 친구들이 디브이디를 들고 집에 들어오기가 무섭게 벽에 걸린 남편 사진을 떼어 손에 쥐고 있었다.

"이게 다야?"

아무도 대답하지 않았다. 바비는 줄리아가 앉은 안락의자의 팔걸이에 엉덩이를 걸치고 있었다. '나 이러다가 큰일 나는 거 아닐까.' 바비는 속으로 생각했다. 그러나 맨 먼저 떠오른 생각은 아니었다. 맨 먼저 떠오른 생각은 마을에 큰일이 났다는 것이었다.

매클러치 부인이 자리에서 일어섰다. 남편의 사진은 여전히 손에 쥔 채였다. 샘 매클러치는 매주 열리는 옥스퍼드 고속도로 근처의 토요 벼룩시장에 간 참이었다. 샘은 가구 손질이 취미였는데 그 벼룩시장의 노점에서 이따금씩 쓸 만한 물건을 찾아내곤 했다. 이날로부터 사흘 후까지도 옥스퍼드에 머물러야 했던 샘은 레이스웨이 모텔에서 기자 및 텔레비전 방송국 사람들 몇 무리와 방을 함께 쓰는 처지였다. 아내 클레어와 전화통화는 할 수 없었지만, 전자우편으로 안부를 물을 수는 있었다. 적어도 이때까지는.

"조, 네 컴퓨터는? 박살 난 거니?"

조는 여전히 팔로 노리의 어깨를 감싸고 손으로는 베니의 손목을 쥔 채로 고개를 저었다.

"박살은 안 났을 거예요, 아마 녹아내렸지 싶은데. 바비 아저씨, 열 때문에 숲에 불이 붙었을지도 몰라요. 그냥 두면 안 될 것 같은데요."

"마을엔 멀쩡한 소방차가 없잖아." 베니가 끼어들었다. "고물 소방차 한두 대는 있을지 몰라도."

"그건 내가 어떻게 해 볼게."

대답하는 줄리아의 한참 위에 클레어 매클러치의 얼굴이 보였다. 조가 누구를 닮아 키가 그렇게 큰지는 자명했다.

"바비, 그 건은 나 혼자서 처리하는 게 좋겠어요."

"왜요?"

클레어가 어쩔 줄을 모르는 표정으로 줄리아에게 물었다. 끝내 넘치고 만 눈물 한 방울이 볼을 타고 흘러내렸다.

"바버라 씨, 조가 그러는데 정부에서 임명한 책임자시라면서요. 대통령이 직접 임명했다면서요!"

"영상을 전송하는 과정에서 레니 부의장과 랜돌프 서장하고 언쟁을 좀 했습니다. 그러다 분위기가 살짝 과열됐어요. 당장은, 제가 하는 조언을 그쪽 누구도 반길 것 같지 않습니다. 그건 줄리아 씨도 마찬가집니다. 적어도 당장은요. 만약 랜돌프 서장이 남들 반만큼의 지능이라도 있다면 경관들한테 소방서에 남은 장비를 챙겨서 불을 끄라고 할 겁니다. 최소한 호스하고 수동 펌프 정도는 있을 테니까요."

줄리아는 그 말을 곰곰이 생각하다가 물었다.

"바비, 잠깐 나랑 바깥에 좀 나갈래요?"

바비는 클레어 쪽을 돌아보았지만 클레어는 이쪽 두 사람은 이미 안중에도 없었다. 클레어는 아들을 옆으로 밀어내고 노리 곁에 앉았고, 노리는 그런 클레어의 어깨에 머리를 기댔다.

"아저씨, 제 컴퓨터 정부에서 사 주는 거 맞죠."

조는 현관으로 향하는 바비와 줄리아를 보며 물었다.

"적어 두마. 그리고 조, 고맙다. 잘했어."

"고물 미사일보다야 훨씬 잘했죠." 베니가 중얼거렸다.

바비와 줄리아는 매클러치네 집 현관 앞에 말없이 서서 마을 회관과 프레스틸 개울과 평화의 다리를 바라보았다. 그러다가 줄리아의 나지막하고 성난 목소리가 들렸다.

"그 인간은 없어요. 그게 문제죠. 바로 그게 문제라고요."

"누구한테 뭐가 없단 말인가요?"

"피터 랜돌프한텐 남들 반만큼의 지능도 없어요. 반은커녕 4분의 1도요. 난 그 인간이 세계 챔피언급 오줌싸개였던 유치원 시절부터 여자애들 브래지어 끈을 잡아당기고 놀던 고3 때까지 쭉 같은 학교에 다녔어요. 학교 운영 위원회 이사를 아버지로 둔 덕분에 낙제를 면한 화상인데, 지능은 지금도 그때 그대로예요. 레니 부의장은 멍청이들만 골라서 거느린 셈이죠. 안드레아 그리넬은 예외지만, 그 사람은 약물 중독자예요. 옥시콘틴에 중독됐어요."

"허리 때문이라더군요. 로즈한테 들었어요."

가로수의 나뭇잎이 적잖이 진 덕분에 바비와 줄리아가 서 있는 곳에서도 큰길이 보였다. 지금은 사람들이 디퍼스에 모여 방금 본 영상에 대해 떠드느라 큰길이 휑했지만, 머지않아 충격과 불신에 젖은 표정으로 집에 돌아가는 주민들이 보도를 가득 메울 터였다. 다음에 무슨 일이 벌어질지 서로에게 감히 묻지도 못할 사람들이.

줄리아는 한숨을 내쉬며 머리를 쓸어 넘겼다.

"짐 레니 그 인간은 권력을 독차지하고 있으면 결국엔 상황이 유리하게 돌아갈 거라고 생각해요. 적어도 자신하고 자기 친구들한테는 말이에요. 정치가 중에선 최악의 부류죠. 이기적이고, 능력이 없는 걸 자각하기엔 너무 자기중심적이고, 겉으론 자신만만

한 척하지만 속은 겁쟁이거든요. 상황이 걷잡을 수 없을 만큼 악화되면 그 인간은 마을을 악마한테 팔아넘길 거예요. 그렇게 해서 제 한 몸 구할 수만 있다면요. 바비, 소심한 지도자만큼 위험한 인간도 없어요. 지금 이 난장판을 수습할 사람은 바로 당신이에요."

"그렇게 자신 있게 얘기해 주니 고맙기는 한데……."

"하지만 그렇게 될 리가 없죠. 당신 상사인 콕스 대령하고 미 합중국 대통령이 아무리 간절히 원한다고 해도요. 뉴욕 시민 5만 명이 당신 얼굴이 붙은 팻말을 흔들면서 5번가를 행진한다고 해도 그렇게 되진 않을 거예요. 저 짜증나는 돔이 우리 머리 위를 덮고 있는 한은."

"줄리아 씨는 얘기를 들으면 들을수록 공화당 지지자 같지가 않군요."

이 말을 들은 줄리아는 바비의 팔에 주먹을 날렸다. 깜짝 놀랄 만큼 센 주먹이었다.

"지금 농담하는 거 아니에요."

"그럼요, 농담할 때가 아니죠. 지금은 선거를 요구할 때예요. 난 당신이 부의장 후보로 나서 줬으면 하는데."

줄리아는 바비를 안쓰럽다는 듯이 바라보았다.

"돔이 버티고 있는데 짐 레니가 선거를 용인할 것 같아요? 도대체 정신이 어디에 가 있는 거예요?"

"줄리아, 주민들의 의지를 얕보지 마요."

"당신이야말로 짐 레니를 얕보지 마요. 빅 짐은 지겹도록 오랫동안 이 마을을 다스려 왔어요. 사람들도 결국엔 빅 짐을 인정하게 됐고요. 그뿐인가요? 그 인간은 희생양을 찾는 데 천부적인 소질이 있어요. 지금 같은 상황에선 외지 사람이 더할 나위 없는 희생양이 되겠죠. 실은 외지 사람이 아니라 떠돌이라고 해야겠지만. 그 사람이 과연 누굴까요?"

"내가 줄리아 씨한테 바란 건 정치적 분석이 아니라 좋은 아이디어였는데."

한순간 바비는 줄리아가 또다시 주먹을 날릴 거라고 생각했다. 그러나 줄리아는 심호흡을 한 번 한 다음, 빙긋이 웃었다.

"순진한 사람인 줄 알았더니, 속엔 칼을 품고 있었군요?"

후텁지근한 공기를 타고 마을 회관의 짧은 사이렌 소리가 연이어 울려 퍼졌다.

"화재 경본가 봐요. 불난 곳이 어딘지는 다들 알 테죠."

두 사람은 연기가 피어올라 검게 물든 서쪽 하늘을 바라보았다. 바비가 보기에 대부분은 돔 건너편 타커스밀스 쪽에서 피어오른 연기 같았지만, 체스터스밀 쪽에서도 틀림없이 곳곳에 작은 불이 일었을 듯싶었다.

"아이디어가 필요해요? 좋아요, 하나 가르쳐 드리죠. 난 브렌다를 찾아갈 거예요. 집에 없으면 다른 사람들이랑 같이 디퍼스에 있겠죠. 찾아서 진화 작업의 책임자가 되라고 할 거예요."

"브렌다 씨가 거절하면?"

"안 그럴걸요. 적어도 돔 이쪽은 바람이 안 부니까, 타는 거라곤 아마 풀이랑 덤불 정도일 거예요. 브렌다는 적당한 사람을 몇 명 뽑아서 불을 끄라고 보낼 테고요. 하워드 서장님이 살아 계셨더라면 뽑았을 법한 사람들이죠."

"그중에 신참 경관은 한 명도 없을 것 같군요."

"그거야 브렌다가 알아서 하겠지만, 카터 티보도나 멜빈 셜스 따위한테 맡길 것 같진 않네요. 프레드 덴턴도 그렇고요. 덴턴은 6년차 경관이지만 브렌다한테 듣자니까 하워드 서장이 해고할 작정이었대요. 해마다 크리스마스가 되면 산타클로스 분장을 하고 초등학교에 찾아가는데, 아이들한텐 인기가 있어요. 노인 흉내 내는 재주가 아주 끝내주거든요. 물론 야비한 구석도 있지만."

"그랬다간 빅 짐하고 또 한 판 붙게 될 텐데요."

"그렇겠죠."

"지독한 보복이 돌아올지도 모르는데."

"나도 피치 못할 상황에선 얼마든지 독한 년이 될 수 있어요. 브렌다도 열 받으면 마찬가질걸요."

"그럼 한번 해 봐요. 그리고 브렌다한테 버피라는 사람을 빼놓으면 안 된다고 꼭 전해요. 작은 화재라면 마을 소방서의 떨거지들한테 맡기느니 차라리 버피를 믿는 게 더 나을 거예요. 필요한 장비는 그 사람 가게에 다 있으니까."

줄리아는 고개를 끄덕였다.

"괜찮은 생각이네요."

"진짜 내가 같이 안 가도 되겠어요?"

"바비 당신은 할 일이 따로 있잖아요. 브렌다한테서 서장님이 갖고 있던 방공호 열쇠 받았어요?"

"예."

"그럼 저 불이 절호의 기회네요. 가서 가이거 계수기를 챙기세요."

줄리아는 프리우스 쪽으로 걸어가다가 문득 멈춰 서서 바비를 돌아보았다.

"있다는 가정하에 하는 얘기지만, 발전기를 찾는 게 마을을 위해선 최선의 길이에요. 어쩌면 유일한 길인지도 모르지만요. 그리고…… 바비?"

"말씀만 하십쇼, 부인."

바비는 씩 웃으며 대답했다. 그러나 줄리아는 웃지 않았다.

"연설을 직접 들어 보기 전에는, 빅 짐을 과소평가하면 안 돼요. 그 인간이 이때까지 버틴 것도 다 이유가 있어요."

"적개심을 부추기는 데는 일가견이 있을 것 같더군요."

"맞아요. 그런데 이번 표적은 아마 당신일 거예요."

줄리아는 브렌다와 로미오 버피를 찾으러 떠났다.

2

돔을 박살내려다 수포로 끝난 공군 작전을 지켜보고 디퍼스를 떠나는 사람들의 모습은 바비가 상상했던 바와 꽤나 비슷했다. 걸음은 느릿느릿했고, 고개는 푹 숙인 채였으며, 말도 별로 주고받지 않았다. 어깨에 팔을 두르고 걷는 사람이 여럿 있었고, 우는 사람도 몇몇 있었다. 가게 맞은편 길에는 소란에 대비하여 출동한 순찰차 세 대와 차에 기대어 선 경관 대여섯 명이 보였다. 그러나 소란은 일어나지 않았다.

초록색 서장 전용차는 그보다 더 위쪽, 브라우니 상점 앞 주차장에 서 있었다(가게 앞창에는 손으로 쓴 알림말이 붙어 있었다. "체스터스밀에 자유를!" 신선한 재료가 들어올 때까지 폐점합니다.). 랜돌프 서장과 빅 짐 레니는 차 안에 앉아 바깥을 지켜보는 중이었다.

"저런, 다들 행복해야 할 텐데."

이렇게 중얼거리는 빅 짐의 얼굴에는 만족한 빛이 가득했다. 랜돌프는 그런 빅 짐의 얼굴을 흥미로운 듯이 들여다보았다.

"미사일이 성공하길 바라신 거 아니었나요?"

빅 짐은 욱신거리는 어깨 탓에 표정을 일그러뜨렸다.

"물론 바랐지. 하지만 성공할 거라는 생각은 한 번도 안 했어. 헌데 계집애 같은 이름을 가진 그 녀석이 새로 사귄 제 친구 줄리아하고 사람들한테 잔뜩 바람을 집어넣어 버린 거야, 안 그런가? 아무렴, 그렇고말고. 그 여자가 거지같은 자기 신문에 내 지지 사설을 지금껏 한 번도 안 실은 거 알아? 단 한 번도 안 실었어."

빅 짐은 마을 쪽으로 줄줄이 걸어가는 사람들을 가리켰다.

"잘 보게, 친구. 무능과 거짓 희망과 너무 많은 정보가 낳은 결과가 바로 이거야. 지금이야 언짢은 마음에 의기소침할 뿐이지만, 일단 이 단계를 넘어서면 분노하게 되지. 경관이 더 많이 필요할 거야."

"더요? 시간제 근무자에다 신참들까지 합치면 벌써 열여덟이나 되는데요."

"그걸론 모자라. 게다가……."

짤막한 사이렌 소리가 대기를 망치질하듯이 연이어 울려 퍼졌다. 서쪽으로 눈을 돌리자 하늘로 피어오르는 연기가 보였다.

"바버라하고 셤웨이한테 감사해야겠군그래."

"저 불부터 어떻게 해야 할 것 같은데요."

"타커스밀스에서 알아서 할 일이야. 물론 미국 정부도 한몫해야겠지. 밥벌레 같은 미사일로 불을 싸질렀으니 뒤처리도 알아서 해야지."

"하지만 이쪽에도 불똥이 튀었다면……."

"할망구처럼 구시렁거리지 말고 마을로 출발해. 난 가서 주니어를 찾아야겠어. 할 얘기가 좀 있거든."

3

브렌다 퍼킨스와 파이퍼 리비 목사는 디퍼스 주차장에 세워둔 목사의 스바루 SUV 옆에 서 있었다.

"성공할 거란 생각은 안 했지만…… 그래도 실망을 안 했다고 하면 거짓말이겠죠."

"동감이에요, 브렌다. 끔찍이도 동감이에요. 마음 같아선 마을까지 태워다 드리고 싶지만, 전 신자 집에 들러야 해요."

"화냥년길 쪽은 아니어야 할 텐데."

브렌다는 엄지손가락으로 연기가 피어오르는 쪽을 가리켰다.

"아뇨, 반대쪽이에요. 이스트체스터에 있는 잭 에번스네요. 돔데이에 아내를 잃었다지 뭐예요. 참 괴상한 사고였죠. 하긴, 지금이 마당에 안 괴상한 일이 뭐가 있겠어요."

브렌다는 목사의 말에 고개를 끄덕였다.

"딘스모어 목장에서 그 사람을 봤어요. 아내 사진이 붙은 팻말을 들고 있던데. 참 불쌍하기도 하지."

파이퍼 목사는 열려 있던 운전석 창으로 걸어갔다. 클로버가 운전석에 앉아 술집을 떠나는 사람들을 구경하는 중이었다. 목사는 주머니를 뒤진 끝에 먹을 것을 찾아 클로버에게 주었다.

"저리 비켜, 클로버. 너 저번에 면허 시험 떨어졌잖아."

그러고는 브렌다에게 농담을 건넸다.

"얘가 평행 주차를 잘 못하거든요."

셰퍼드가 조수석으로 훌쩍 자리를 옮겼다. 목사는 운전석 문을 연 채로 하늘의 연기를 바라보았다.

"타커스밀스 쪽 숲은 홀라당 타 버렸겠지만, 우리가 걱정할 일은 아니죠."

목사는 씁쓸한 미소를 띠고 브렌다를 돌아보았다.

"우리한텐 든든한 돔이 있잖아요."

"조심하세요, 목사님. 잭한테 위로 전해 주시고요."

"그럴게요."

파이퍼 목사는 차를 몰고 떠났다. 브렌다는 청바지 주머니에 두 손을 꽂은 채 주차장을 나섰다. 뒤이어 남은 하루를 어떻게 보낼지 궁리하고 있을 때, 줄리아 셤웨이의 차가 다가와 그 고민을 덜어주었다.

4

돔에 부딪쳐 폭발한 미사일은 사만다 부시를 깨우지 못했다. 사만다를 깨운 것은 리틀 월터의 울음소리와 뒤이어 쿵쾅거린 나무토막 소리였다.

카터 티보도 패거리는 냉장고에 있던 대마초를 모조리 챙겨 갔지만, 트레일러를 뒤지지는 않았다. 덕분에 서툰 솜씨로 해적 깃발을 그려 놓은 신발 상자는 벽장에 그대로 남아 있었다. 상자 뚜껑에는 필 부시가 비뚤배뚤 써 놓은 경고문이 함께 적혀 있었다. *내 물건임! 건드리면 사망!*

상자 안에 대마초는 아예 없었고(필은 늘 대마초를 '칵테일파티용 약'이라며 비웃었다.) 필로폰 봉지가 있기는 했지만 사만다의 관심사는 아니었다. 간밤에 들른 신참 경관들이라면 분명 기꺼이 즐겼을 테지만, 사만다가 보기에 필로폰은 미치광이들이나 즐기는 미친 약이었다. 성냥갑의 빨간 띠를 아세톤에 푹 절인 다음 그 찌꺼기를 태워서 연기를 들이마시는 인간이 미치광이들 말고 또 있을까? 그러나 상자 안에는 필로폰 봉지보다 조그만 봉지가 한 개 더 있었고, 그 봉지에는 드림보트 대여섯 알이 들어 있었다. 카터 패거리가 떠나고 나서 사만다는 침대 밑에 숨겨둔 미지근한 맥주와 함께 그 약을 한 알 삼켰다. 지금은 사만다 혼자 자는 침대였는데…… 가끔은 리틀 월터를 데리고 잘 때도 있었다. 아니면 도디 샌더스이거나.

사만다는 드림보트를 몽땅 삼키고 이 엉망진창인 우울한 삶을 단숨에 영영 끝장내 버릴까 하는 생각에 잠시 빠져들었다. 리틀 월터만 없었더라면, 실제로 저질러 버렸을 법도 했다. 이 엄마가 죽으면 누가 월터를 돌봐줄까? 아기침대에 갇힌 채 굶어죽을지도 모른다는 끔찍한 생각이 떠올랐다.

자살 생각은 사라졌지만, 사만다는 평생 그토록 우울하고 슬프고 비통했던 적이 없었다. 그토록 더럽혀진 적도 없었다. 물론 심한 꼴을 당한 적은 그 전에도 있었다. 때로는 (섹스에 완전히 흥미를 잃기 전까지는 약에 취한 상태에서 2대 1을 즐기던) 필한테, 때로는 다른 이들한테, 때로는 사만다 스스로에게. 사만다 부시는 자신이 자신의 가장 좋은 친구가 될 수 있다는 생각을 아예 이해조차 못하는 여성이었다.

사만다는 하룻밤 사랑을 즐긴 경력이 결코 짧지 않았고, 고등학생 시절에는 와일드캐츠 농구팀의 지역 결선 우승 기념 파티에서 선발 선수 네 명과 차례로 함께 잔 적도 있었다(다섯 번째 상대는 기다리다가 한쪽 구석에서 곯아떨어졌다.). 사만다가 자청해서 저지른 멍청한 짓거리였다. 또한 티보도와 셜스, 프랭크 드레섭스에게 강탈당한 '어떤 것'을 가끔은 자발적으로 팔기도 했다. 최고의 단골은 브라우니 상점을 운영하는 프리먼 브라운이었다. 사만다는 살 것이 있으면 늘 그 가게에 갔는데 이는 브라운이 사만다에게 외상으로 물건을 주었기 때문이었다. 브라운은 몸에서 고약한 냄새가 나는 노인이었지만 호색한이었는데, 실은 이것이 브라운의 장점이었다. 브라운은 조루였던 것이다. 창고에 깔아 놓은 매트리스 위에서 여섯 번만 들락날락하면 곧장 신음과 함께 발사하곤 했다. 사만다로서는 결코 즐거운 시간이 아니었지만 그래도 외상을 주는 곳이 있다고 생각하면 마음이 든든했다. 특히 월말이 다가오는데 주머니는 텅 비고 리틀 월터의 기저귀까지 동났을 경우에는 더욱 그러했다.

게다가 브라운은 절대로 손찌검을 하지 않았다.

간밤에 일어난 사건은 달랐다. 드레섭스는 별 행패를 부리지 않았지만 티보도는 사만다의 머리를 후려치고 아래로는 피를 쏟게 했다. 그다음은 더 지독했다. 멜빈 셜스가 바지를 내렸을 때 불쑥 튀어나온 물건은, 필이 섹스보다 필로폰에 탐닉하기 전에 즐겨 보던 포르노 영화의 배우 것만큼이나 거대했다.

셜스가 거칠게 밀어붙이는 동안 사만다는 이틀 전에 도디와 보낸 시간을 떠올리려고 기를 썼지만, 소용이 없었다. 사만다의 몸은 가뭄 든 8월처럼 말라붙었다. 하지만 그것도 카터 티보도가 문질러 대던 물건이 뿌연 눈물을 왈칵 쏟아내기 전의 이야기였다. 그 눈물이 윤활유가 되었다. 사만다는 미지근하고 끈적한 웅덩이가 몸 아래에 고이는 기분을 느꼈다. 함께 젖어든 얼굴에서는 눈물이 뺨을 타고 흘러 귓구멍에 스며들었다. 위에 올라탄 멜빈 셜스가 끝낼 줄을 모르고 헐떡거리는 동안 사만다는 이러다 죽을지도 모른다는 생각이 퍼뜩 떠올랐다. 만일 사만다가 셜스한테 죽는다면, 리틀 월터는 어떻게 될까?

그리고 이 난리통이 벌어지는 동안 내내, 까치처럼 깍깍거리는 줄리아 루의 고함소리가 울려퍼졌다. '해 버려, 재수 없는 년 확 따먹어버려! 울고불고 난리치게 만들어 버려!'

사만다는 실제로 울었다. 한두 번도 아니고 수도 없이 울었고, 이는 다른 방에 있던 리틀 월터도 마찬가지였다.

마침내 경관 패거리는 찍 소리도 말라는 협박을 남기고 떠났고, 사만다는 피투성이가 된 채 소파에 홀로 남겨졌다. 다치기는 했지만 살아남았다. 놈들이 타고 온 차의 전조등이 거실 천장을 훑다가 마을 쪽으로 멀어져 갔다. 이제 사만다와 리틀 월터뿐이었다. 사만다는 우는 아기를 안고 이리저리, 이리저리 돌아다니다가 딱 한 번 멈춰 섰다. 속옷을 입고(분홍색은 아니었다. 그 색깔은 다시는 몸에 걸치고 싶지 않았다.) 사타구니에 화장실 휴지를 대기 위해서였다. 탐폰이 있기는 했지만 그곳에 넣을 생각을 하니 상상만으로도 소름이 쫙 끼쳤다.

리틀 월터는 한참 후에 엄마의 어깨에 머리를 폭 기댔고, 사만다는 아기의 침이 살갗에 닿는 축축한 느낌을 받았다. 폭 잠들었다는 확실한 신호였다. 사만다는 리틀 월터를 아기 침대에 눕힌 다음(아침까지 깨지 않기를 바라며), 벽장에서 신발 상자를 꺼냈다. 정확히 무슨 약인지는 알 길이 없었지만, 어쨌거나 드림보트는 먼저 가랑이의 통증을 잠재운 다음 현실을 모조리 잊게 해 주었다. 사만다는 열두 시간 넘게 내리 잤다.

그리고 지금.

리틀 월터의 울음소리는 짙은 안개를 뚫고 비쳐드는 햇살처럼 쨍쨍했다. 사만다는 침대에서 비틀비틀 빠져나와 아기 방으로 달려갔다. 보나마나 필이 약에 반쯤 취한 상태로 조립했던 아기 침대가 끝내 무너졌을 것이 뻔했다. 전날 밤 신참 경관 패거리가 패악질을 벌이는 동안 아기는 침대가 부서져라 요동을 쳤다. 그래서 침대가 약해졌을 테고, 이날 아침에 눈을 뜬 아기가 뒤집기를 시작하다가 그만…….

리틀 월터는 침대의 잔해가 널린 방바닥에 앉아 있었다. 엄마

쪽으로 기어오는 아기의 이마에 상처 자국과 거기서 흐르는 피가 보였다.

"리틀 월터!"

사만다는 비명 같은 소리를 지르며 아기를 꼭 끌어안았다. 뒤로 돌아서다가 침대 널빤지에 걸려 한쪽 다리가 풀렸지만, 다시 일어서서 엉엉 우는 아기를 안은 채 화장실로 달려갔다. 수도꼭지를 돌려 보았으나 물이 나올 리가 없었다. 지하수 펌프를 돌릴 전력이 없었기 때문이었다. 마른 수건으로 아기의 이마에 흐르는 피를 닦자 상처가 드러났다. 깊지는 않았지만 길고 너덜너덜했다. 흉터가 남을지도 몰랐다. 사만다는 손에 쥔 수건으로 겁이 더럭 날 만큼 세게 상처를 눌렀다. 아프고 화가 나서 또다시 빽빽 우는 리틀 월터의 울음소리는 기를 쓰고 무시했다. 사만다의 맨 발등에 동전만 한 핏자국이 점점이 번졌다. 아래를 보니 경관 패거리가 떠난 후에 걸친 파란색 팬티가 거무죽죽한 자줏빛으로 변해 있었다. 처음에 사만다는 리틀 월터가 흘린 피라고 생각했다. 자기 허벅지를 타고 흐른 핏줄기를 보기 전까지는.

5

어찌어찌한 끝에 리틀 월터를 달래는 데 성공한 사만다는 스펀지밥 반창고 세 개를 상처에 붙여 준 다음, 딱 한 벌 남은 깨끗한 멜빵바지를 입혔다(앞판에 빨간 실로 *엄마의 작은 악마*라고 수를 놓은 바지였다.). 그런 다음 아기가 안방 바닥에 엎드려 뱅뱅 도는 동안 자기 옷을 걸쳤다. 빽빽거리던 울음소리는 맥없이 훌쩍거리는 소리로 바뀌어 있었다. 사만다는 우선 피범벅이 된 팬티를 쓰레기통에 던져 넣고 새 것을 꿰어 입었다. 사타구니에는 행주를 접어서 댔고, 나중을 대비하여 한 개 더 챙겼다. 피가 멎지 않았다. 거세게 뿜어 나오지는 않았지만 양만큼은 최악의 생리 때보다도 더 많았다. 그리고 밤새 그치지 않고 계속되었다. 침대에 피가 흠뻑 배어 있었다.

사만다는 아기 가방을 챙기고 나서 리틀 월터를 안아 들었다. 무거운 아기를 들어서인지 아랫도리에 또다시 묵지근한 통증이 일었다. 상한 음식을 먹고 욱신거리는 복통에 시달릴 때와 비슷했다.

"우린 보건소에 갈 거야. 걱정 마, 리틀 월터. 해스켈 선생님이 우리 둘 다 고쳐 주실 거야. 그리고 있잖아, 남자애는 흉터가 좀 있어도 괜찮아. 흉터가 섹시하다고 생각하는 여자애들도 있어. 엄마가 엄청 빨리 운전할 테니까 금방 도착할 거야."

사만다는 트레일러 출입문을 열었다.

"다 괜찮아질 거야."

그러나 녹이 잔뜩 슨 고물 도요타는 조금도 괜찮지가 않았다. 신참 경관들이 뒤 타이어는 내버려두는 대신 앞 타이어를 양쪽 다 찢어 놓았던 것이다. 그 차를 하염없이 바라보는 동안 사만다의 마음은 점점 우울함으로 물들어 갔다. 얼핏, 그러나 또렷하게, 어떤 생각이 머릿속을 스쳤다. 남은 드림보트를 월터와 나눠 먹자는 생각이었다. 알약을 갈아서 아기가 '쩌뻥'으로 부르는 젖병에 타면 그만이었다. 초콜릿 우유를 섞으면 맛도 속일 수 있었다.

리틀 월터는 초콜릿 우유를 좋아하니까. 그 생각과 함께 필이 갖고 있던 존 멜렌캠프의 옛 음반 제목이 떠올랐다. '문제없어, 있다고 해도 어쩔 거야?'

사만다는 그 생각을 접었다.

"난 그딴 엄마들하곤 달라." 사만다는 아기에게 속삭였다.

눈을 되록되록 굴리는 리틀 월터를 보고 있노라니 문득 남편 필이 생각났다. 그래도 기분은 흐뭇했다. 집을 나간 남편이 그런 표정을 하면 그저 속을 알 수 없는 멍청이로 보였지만, 아들이 그러고 있으니 바보 같으면서도 사랑스러웠다. 사만다가 코에 입을 맞춰 주자 리틀 월터는 배시시 웃었다. 멋진, 참으로 멋진 웃음이었다. 그러나 이마에 붙인 반창고는 점점 붉은 빛으로 물들어 갔다. 그리 멋지지 않은 징조였다.

"계획을 살짝 바꿔야겠네."

사만다는 중얼거리며 트레일러로 돌아갔다. 처음에는 아기 포대기가 도통 눈에 띄지 않았다. 그러다가 이제부터 '강간 현장'으로 기억 속에 남을 소파 뒤에서 마침내 아기 포대기를 찾아냈다. 리틀 월터를 들어 올리려니 다시금 온 삭신이 찢어지듯 아팠지만, 아등바등한 끝에 아기를 포대기에 집어넣는 데 성공했다. 팬티 속에 대어 놓은 행주가 축축해져서 선뜩 불안한 기분이 들었다. 그러나 운동복 바지의 가랑이를 확인해 보니 샌 것 같지는 않았다. 다행이었다.

"우리 리틀 월터, 산책할 준비 됐나요?"

리틀 월터는 대답 대신 엄마의 목 언저리에 볼을 착 붙였다. 사만다는 말수가 적은 리틀 월터 때문에 이따금 고민에 빠지곤 했다. 친구네 아기들 중에는 16개월밖에 안 되었는데도 문장 하나를 온전히 옹알거리는 아이도 있었건만, 리틀 월터가 할 줄 아는 말은 고작 열 단어 정도이기 때문이었다. 그러나 이날 아침에는 그러지 않았다. 이날 아침 사만다에게는 다른 걱정거리가 수두룩했다.

10월 마지막 주치고는 절망스러울 만큼 더운 날이었다. 머리 위의 하늘은 창백하다 싶을 만큼 파랬고 햇빛은 어찌된 까닭인지 어지러울 정도로 눈부셨다. 순식간에 얼굴과 목에서 땀이 솟는 기분이 들었고, 사타구니는 끔찍이도 욱신거렸다. 겨우 몇 걸음 내디뎠을 뿐이건만 한 걸음 옮길 때마다 더욱 욱신거리는 느낌이었다. 아스피린을 가지러 돌아갈까 하는 생각도 해 보았지만, 아스피린을 먹으면 출혈이 더 심해진다지 않던가? 게다가 트레일러에 아스피린이 있는지도 확실치 않았다.

그뿐만이 아니었다. 사만다에게는 스스로 인정하고 싶지 않은 것이 있었다. 트레일러로 돌아갔다가 다시 바깥으로 나설 용기가 자신에게 있는지, 사만다는 확신이 서지 않았다.

도요타 앞창의 왼쪽 와이퍼 아래에 하얀 종이가 끼워져 있었다. 맨 위에 *사만다가 보낸 쪽지*라는 문구가 적혀 있고 그 주위를 데이지 꽃이 감싸고 있었다. 사만다의 주방용 수첩에서 찢은 종이였다. 그 생각을 하니 지친 와중에도 화가 솟구쳤다. 데이지 꽃 아래에 휘갈긴 내용은 이러했다. '어디 가서 삥긋하면 남은 타이어도 끝장날 줄 알아.' 그 아래에 다른 이의 필적으로 이렇게 적혀 있었다. '다음번엔 뒤집어놓고 뒤로 해 줄게.'

"꿈도 꾸지 마, 개새끼들아."

사만다는 지친 목소리로 힘없이 중얼거렸다.

쪽지는 구겨서 찢어진 타이어 옆에 던져 버렸다. 가엾은 고물 코롤라는 주인만큼이나 지치고 슬퍼 보였다. 사만다는 진입로 끝까지 힘들게 걸어간 다음, 우편함에 기대어 잠시 숨을 돌렸다. 살갗에는 철판의 따뜻한 기운이, 목에는 뜨거운 햇볕이 느껴졌다. 게다가 바람 한 점 불지 않았다. 10월은 시원하고 상쾌해야 하건만. '아마 지구 온난화라는 것 때문에 그럴 거야.' 사만다는 속으로 생각했다. 사만다가 처음 떠올린 그 생각에 동조한 체스터스밀 주민은 한둘이 아니었다. 그리고 후에 밝혀진 바로는, 이 경우에 어울리는 말은 '지구'가 아니라 '지역'이었다.

휑하고 볼품없는 모든 길이 사만다 앞에 펼쳐졌다. 왼쪽으로 약 1킬로미터 반쯤 가면 멋진 신축 가옥이 늘어선 이스트체스터였다. 루이스턴오번의 가게와 상점, 은행에서 일하는 엄마나 아빠들이 하루 일을 마치고 돌아가는, 체스터스밀의 상류층 주거 지역이었다. 오른쪽으로 가면 체스터스밀의 번화가가 나왔다. 그리고 보건소도.

"우리 리틀 월터, 준비 됐나요?"

리틀 월터는 이렇다 저렇다 대답이 없었다. 엄마의 움푹 들어간 목 언저리에 머리를 대고 코를 골며 들소가 그려진 엄마 티셔츠에 침을 흘리는 중이었다. 사만다는 숨을 크게 들이쉰 다음, 욱신거리는 아랫도리의 통증을 무시하려고 기를 쓰면서, 아기 포대기를 바짝 당겨 안고 마을을 향해 출발했다.

마을 회관 꼭대기에서 사이렌 소리가 울리기 시작했을 때, 사만다는 처음에 연달아 터져 나오는 그 짧막한 화재 경보 소리가 자기 머릿속에서 들려온다고 생각했다. 말할 것도 없이 이상한 기분이 들었다. 그러다 이내 연기가 눈에 띄었지만 그 연기가 피어오르는 곳은 한참 서쪽이었다. 사만다와 리틀 월터하고는 상관없는 일이었으나…… 만약 누가 그 화재를 구경하러 가는 길이라면, 사정이 달랐다. 틀림없이 불구경을 하러 가는 길에 사만다를 보건소까지 태워다 줄 만큼 인정 넘치는 사람일 테니까.

사만다는 지난여름에 유행했던 제임스 맥머트리의 노래를 흥얼거리기 시작했고, '8시 15분부터 사람들이 보도까지 늘어서 있다네, 여긴 작은 마을이거든, 외지 사람한텐 맥주 안 팔아.'까지 부르고 나서 입을 다물었다. 노래도 못 부를 만큼 입이 바짝 마른 탓이었다. 깜빡 눈을 떠 보니 길가 도랑에 발이 빠지기 직전이었다. 게다가 출발할 때 따라서 걷던 도랑이 아니라 반대편이었다. 사만다는 도로를 가로질러 원래 가던 길로, 차에 받히는 대신 얻어 타기에 좋은 쪽으로 돌아왔다.

지나가는 차가 있기를 바라며 어깨 너머를 돌아보았다. 한 대도 없었다. 이스트체스터 방향 차로는 텅 빈 채였고, 아스팔트도 아직 아지랑이를 피워 올릴 만큼 뜨겁지 않았다.

자기 쪽 차로로 돌아온 사만다의 두 다리는 휘청거리다 못해 젤리처럼 흐느적거렸다. '술 취한 뱃사람 같아.' 사만다는 속으로 생각했다. '아침 댓바람부터 술에 취한 뱃사람, 어쩌면 좋을까?' 그러나 사만다는 열두 시간 동안 내리 잠에 빠져 있었으므로, 때는 이미 아침이 아니라 한낮이었다. 그리고 아래를 내려다보니 운동복 바지의 가랑이가 자주색으로 변해 있었다. 앞서 입고 있었던 팬티와 마찬가지로. '저 피는 절대 안 빠질 텐데. 이제 내 몸에 맞는 운동복 바지는 두 벌밖에 없는데.' 그러다가 문득 그중 한 벌의 엉덩이에 큼지막하게 뚫린 구멍이 떠올랐고, 사만다는 울음을 터뜨렸다. 뜨겁게 달궈진 볼에 눈물이 흐르자 시원한 느낌이 들었다.

"괜찮아, 리틀 월터. 해스켈 선생님이 고쳐 주실 거야. 끄떡없어. 다 괜찮을……."

그 순간 눈앞에 검은 장미가 봉오리를 틔우기 시작했고, 다리를 지탱하던 마지막 힘이 스르륵 빠져나갔다. 근육에서 힘이 썰물처럼 빠져나가는 그 느낌을, 사만다는 느낄 수 있었다. 쓰러지는 와중에도 사만다는 마지막 생각 한 줄기만은 놓지 않았다. '옆으로, 옆으로, 아기를 깔아뭉개면 안 돼!'

그 생각만은 이루어졌다. 사만다는 모든 길 가장자리에 벌렁 자빠진 채 7월 땡볕 같은 더위 속에서 꼼짝도 하지 않았다. 잠에서 깬 리틀 월터가 울기 시작했다. 포대기에서 벗어나려고 버둥거렸지만 뜻대로 되지 않았다. 사만다가 꽁꽁 동여매고 핀까지 꽂아놓은 탓이었다. 리틀 월터의 울음소리는 점점 커졌다. 파리 한 마리가 날아오더니 아기 이마에 붙은 반창고의 스펀지밥 얼굴 사이로 새어 나온 피를 맛본 다음, 다시 날아갔다. 십중팔구 이 맛난 먹이를 파리군 사령부에 보고한 다음 지원 부대를 이끌고 돌아올 속셈인 듯했다.

풀밭에서 여치가 찌르륵거렸다.

화재 경보가 앵앵거렸다.

리틀 월터는 의식을 잃은 엄마의 품에 갇힌 채 무더위 속에서 한참 동안 엉엉 울다가, 결국에는 입을 다물었다. 정신없이 주위

를 두리번거리는 아기의 숱 없는 머리에서 큼지막한 땀방울 하나
가 주르륵 흘러내렸다.

6

널빤지로 막아 놓은 글로브 극장 매표소 옆. 축 처진 차양 아
래(극장은 이미 5년 전에 문을 닫았다.) 서 있던 바비는 마을 회관
과 경찰서를 한눈에 내려다볼 수 있었다. 경찰서 입구 계단에 바
비의 좋은 친구 주니어가 앉아 있었다. 반복적으로 울려 퍼지는
사이렌 소리에 머리가 지끈거리는지, 주니어는 양쪽 관자놀이를
손으로 문지르는 중이었다.

마을 회관에서 나온 앨 티몬스가 길 쪽으로 달려갔다. 관리인
용 회색 작업복을 입고 목에는 쌍안경을, 등에는 화재 진압용 수
동 펌프를 맨 차림새였다. 거뜬히 매고 가는 모습으로 보아 펌프
에 물을 안 채운 듯했다. 바비는 앨이 화재 경보를 울렸으리라고
추측했다.

'어서 가 봐, 앨. 뭐 하는 거야?' 바비는 속으로 생각했다.

트럭 다섯 대가 길을 따라 달려왔다. 맨 앞의 두 대는 픽업트럭
이었고 세 번째는 밴이었다. 세 대 모두 눈이 아릴 만큼 환한 노
란색이었다. 픽업트럭은 두 대 모두 문에 스텐실로 **버피네 만물상**
이라고 적혀 있었다. 밴의 짐칸 옆에는 그 유명한 **버피네서 슬러시
한 잔!**이 적혀 있었다. 주인인 로미오는 맨 앞의 차에 타고 있었다.
여느 때와 다름없이 미중년답게 빗어 넘긴 구불구불한 머리 모양

이 눈에 띄었다. 조수석에 탄 사람은 브렌다 퍼킨스였다. 짐칸에는
삽과 호스, 아직 상표도 안 뗀 최신형 양수기 등이 실려 있었다.

로미오는 앨 티몬스 옆에서 차를 세웠다.

"뒤에 타, 파트너."

앨은 로미오의 말을 따랐다. 바비는 버려진 극장의 차양 그늘
속으로 한껏 몸을 숨겼다. 화냥년길의 불을 끄는 데 동원되고 싶
지 않았다. 당장 마을에서 할 일이 있기 때문이었다.

한편 주니어는 경찰서 계단에서 꼼짝도 하지 않고 여전히 머리
를 숙인 채 관자놀이를 문지르는 중이었다. 바비는 트럭들이 사라
질 때까지 기다렸다가 서둘러 길을 건넜다. 주니어는 고개를 쳐들
지 않았고, 잠시 후에는 담쟁이덩굴로 덮인 마을 회관 건물에 가
려 바비 쪽에서는 아예 보이지도 않았다.

바비는 회관 계단을 올라간 다음, 잠시 멈춰서 게시판에 붙은
공고문을 읽어 보았다. *사태가 해결되지 않았을 경우 목요일 오후
7시 마을 회의 소집 예정.* 그 글을 읽고 있으려니 줄리아가 했던
말이 떠올랐다. '연설을 직접 들어 보기 전에는, 빅 짐을 과소평
가하면 안 돼요.' 어쩌면 목요일 저녁에 들을 기회가 생길지도 몰
랐다. 빅 짐은 틀림없이 권력을 지키려고 온 힘을 다해 연설할 터
였다.

'그리고 더 많은 권력을 원할 거예요.' 머릿속에서 줄리아의 목
소리가 들렸다. '두말할 것도 없어요. 그러면서 마을을 위해서라
고 하겠죠.'

160년 전에 자연석을 쌓아서 지은 마을 회관의 현관은 서늘하
고 어두침침했다. 발전기는 꺼진 채였다. 사람이 아무도 없으니 돌

릴 일도 없었다.

그런데 중앙 강당에, 사람이 있었다. 바비의 귀에 사람들 목소리가 들려왔다. 그중 둘은 아이 목소리였다. 높다란 참나무 문은 빼꼼히 열린 채였다. 안을 들여다보니 깡마른 체구에 흰머리가 적잖이 난 남자가 의장 책상에 앉아 있었다. 남자 맞은편에는 열 살쯤으로 보이는 귀여운 여자아이가 있었다. 둘 사이에 놓인 물건은 체커 보드였다. 흰머리를 길게 기른 그 남자는 한 손으로 턱을 괴고 다음 수를 궁리하는 중이었다. 의장석 아래쪽 장의자 사이의 통로에서는 젊은 여성이 네댓 살쯤으로 보이는 사내아이와 함께 등 짚고 넘기를 하고 있었다. 체커 놀이를 하는 두 사람은 진중했다. 여성과 사내아이는 깔깔대며 웃었다.

바비는 문 뒤편으로 몸을 숨기려 했지만, 한발 늦고 말았다. 젊은 여성이 고개를 들고 바비를 올려다보았다.

"아, 안녕하세요."

인사를 건넨 젊은 여성이 아이를 데리고 바비 쪽으로 걸어왔다. 체커 놀이를 하던 두 사람도 이쪽으로 고개를 돌렸다. 숨기는 다 틀린 상황이었다.

젊은 여성은 한 손으로 아이의 엉덩이를 받쳐 들고 반대편 손을 바비에게 내밀었다.

"전 캐럴린 스터지스예요. 저쪽에 계신 신사 분은 제 친구 서스턴 마셜이고요. 이 작은 친구는 에이든 애플턴이에요. 에이든, 아저씨한테 인사해야지."

"안녕하세요."

에이든은 자그마한 목소리로 인사하고 나서 엄지손가락을 입에 물었다. 동그랗고 파랗고 살짝 흥미로워 하는 눈 한 쌍이 바비를 올려다보았다.

여자아이가 의자 사이의 통로를 걸어오더니 캐럴린 스터지스 곁에 섰다. 장발 노인은 아이 뒤로 천천히 따라왔다. 노인은 지치고 당황한 표정을 하고 있었다.

"전 앨리스 레이철 애플턴이고, 에이든 누나예요. 입에서 손가락 빼, 에이든."

에이든은 누나 말을 듣지 않았다.

"만나서 반갑습니다, 여러분."

바비는 그들에게 자기 이름을 밝히지 않았다. 실은 가짜 수염이라도 붙이고 왔더라면 좋았을 텐데 하는 심정이었다. 그러나 잘 넘어갈 수 있을지도 몰랐다. 바비가 보기에 이들은 분명 외지인들이었다.

"혹시 이 마을 소속 공무원이시오? 공직에 계신 분이라면 민원을 제기할 일이 좀 있소." 서스턴 마셜이 물었다.

"전 그냥 관리인입니다."

바비는 이렇게 대답했다. 그러자 문득 그들이 틀림없이 앨 티몬스를 봤으리라는 생각이 떠올랐다. 젠장, 어쩌면 앨과 몇 마디 나누었을지도 몰랐다.

"관리인이 두 명이거든요. 앨은 벌써 만나 보셨죠?"

"우리 엄마 찾아 주세요." 에이든이 말했다. "엄마 보고 싶어 죽겠어요."

"티몬스 씨는 벌써 만났어요. 그분 말로는 정부에서 마을을 둘러싼 정체불명의 장벽에 미사일을 발사했는데, 그게 튕겨나가서 불이 났대요."

"사실입니다."

바비가 뭐라고 더 말하려는 참에 서스턴이 다시 끼어들었다.

"아까도 말했다시피 민원을 제기해야겠소. 실은 민원이 아니라 소송을 제기할 일이지. 난 자칭 경찰이라는 패거리한테 폭행당했소. 놈들이 내 배에 주먹을 날렸단 말이오. 몇 년 전에 담낭 제거 수술을 받았는데 혹시 내장이 다친 건 아닌가 걱정되는구먼. 게다가 캐럴린은 폭언을 들었소. 그놈이 성적으로 비하하는 호칭을 사용했단 말이오."

캐럴린은 서스턴의 팔에 머리를 기댔다.

"서스턴, 소송을 제기하려면 이것부터 기억해요. 우린 대마초를 갖고 있다가 걸렸어요."

"대마초!" 앨리스가 대번에 소리쳤다. "우리 엄마도 대마초를 피울 때가 있어요. 그걸 피우면 생리통이 낫는대요."

"그래, 맞아." 캐럴린은 힘없이 미소지었다.

서스턴은 등을 꼿꼿이 펴고 똑바로 섰다.

"대마초 소지는 경범죄요. 하지만 그놈들이 나한테 저지른 폭행은 중범죄지! 얼마나 아팠다고!"

서스턴을 바라보는 캐럴린의 표정에는 애정과 분노가 뒤섞여 있었다. 바비는 문득 둘이 어떤 관계인지를 눈치챘다. 섹시한 아가씨가 박식한 노인을 만나 사랑에 빠졌다가 이제 뉴잉글랜드 시골에 재현된 사르트르의 『출구 없는 방』에 갇힌 셈이었다.

"서스턴…… 경범죄라고 우겨 봐야 법정에선 안 통할 거예요."

캐럴린은 바비를 보며 쑥스럽게 웃었다.

"실은 꽤 많이 갖고 있었거든요. 경찰이 다 가져갔어요."

"그 친구들이 증거를 다 피워서 없애 버릴지도 모르죠."

캐럴린은 바비의 말에 웃음을 터뜨렸다. 캐럴린의 나이 든 남자 친구는 그러지 않았다. 대신 북슬북슬한 눈썹을 잔뜩 찡그렸다.

"어쨌든 간에 민원은 제기해야겠소."

"저 같으면 기다렸다가 하겠습니다. 지금 상황에선…… 뭐랄까요, 우리가 돔에 갇혀 있는 한, 배를 한 방 맞은 것 정도는 그리 큰일이 아니라고 해 두죠."

"내가 보기엔 큰일이오, 젊은 관리인 양반."

이제 젊은 여인의 표정에 드러난 분노가 애정을 압도했다.

"서스턴, 제발……."

"그나마 다행인 건 상황이 이렇게 된 덕분에 대마초 소지를 문제 삼을 사람이 없다는 거죠. 도박으로 치면, 비긴 판이라고나 할까요. 이 애들하곤 어쩌다가 만나셨나요?"

"식당에 들렀다가 서스턴의 별장에 쳐들어 왔던 경찰들하고 마주쳤어요. 식당 주인 아주머니는 저녁때까지 문을 닫을 참이었는데, 우리가 매사추세츠에서 왔다고 하니까 불쌍하다면서 샌드위치랑 커피를 만들어 주셨어요."

"땅콩버터 젤리 샌드위치하고 커피를 줬지." 서스턴이 캐럴린의 말을 바로잡았다. "고르고 말고 할 것도 없더군, 참치 샌드위치조차도 없었으니. 난 땅콩버터가 입천장에 들러붙어서 못 먹는다고 했더니 그 여자가 하는 말이, 배급제를 실시하는 중이니 어쩔 수 없다더구먼. 살면서 이렇게 어이없는 소리 들어 본 적 있소?"

바비도 어이없는 소리라고 생각하기는 했지만, 배급제를 제안한 사람이 바비 자신이다 보니 뭐라 할 말이 없었다.

"경찰들이 들어오는 걸 봤을 땐 또 시끄러워지겠구나 싶었어요. 그런데 에이든이랑 앨리스 덕분에 나긋나긋해진 것 같더라고요."

서스턴은 캐럴린의 말에 콧방귀를 뀌었다.

"그래도 우리한테 사과할 만큼 나긋나긋하진 않았지. 아니면 사과했는데 내가 못 들은 건가?"

캐럴린은 한숨을 내쉬고 바비 쪽으로 돌아섰다.

"경찰들 말로는 회중 교회 목사님이 우리한테 이 소동이 끝날 때까지 머물 곳을 마련해 줄 거랬어요. 우리가 얘들 양부모가 되는 셈이죠, 당분간은요."

캐럴린은 에이든의 머리를 쓰다듬었다. 서스턴 마셜은 양부모 되기가 퍽 내키지 않는 표정이었지만, 그래도 앨리스의 어깨를 감싸 안아 주었다. 바비는 그런 서스턴이 마음에 들었다.

"경찰 아저씨들 중에 한 명은 이름이 주니어예요." 앨리스가 말했다. "착한 아저씨예요. 얼굴도 잘생겼고요. 프랭크란 아저씨는 잘생기진 않았지만, 그래도 좋은 사람이긴 해요. 우리한테 초코바를 줬거든요. 엄마는 모르는 사람한테서 과자를 받으면 안 된다고 했지만……."

앨리스는 지금은 그럴 때가 아니라는 표정으로 어깨를 으쓱했다. 앨리스와 캐럴린은 서스턴보다 상황 파악력이 훨씬 뛰어난 듯했다.

"전에는 별로 안 착했단다. 내 배를 때릴 땐 별로 착해 보이질 않았어. 안 그래, 캐럴린?"

"살다 보면 단맛 쓴맛 다 보는 법이래요. 엄마가 그랬어요."

앨리스의 말에 캐럴린이 웃음을 터뜨렸다. 바비도 따라 웃었고, 이내 서스턴도 함께 웃고 말았다. 비록 얻어맞은 배를 움켜쥐고 젊은 애인을 흘겨보며 웃기는 했지만.

"큰길 위쪽에 있는 교회에 가서 문을 두드렸는데, 대답이 없었어요. 그래서 안에 들어가 봤죠. 문은 열려 있는데 아무도 안 계셨어요. 혹시 목사님이 언제 돌아오시는지 아세요?"

바비는 고개를 저었다.

"저 같으면 체커 판을 챙겨서 목사관으로 가 볼 겁니다. 교회 뒤편에 있어요. 파이퍼 리비라는 여자 분을 찾으시면 됩니다."

"셰르셰 라 팜므(사건 뒤에는 여자가 있다.). 고전적이군."

서스턴의 말에 바비는 어깨를 으쓱하고 고개를 끄덕였다.

"목사님은 좋은 분입니다. 마을엔 빈 집도 많고요. 아마 아무 집이나 골라잡아도 될걸요. 또 어느 집을 가든 먹을 건 잔뜩 쌓여 있을 테고요."

그 말을 하고 보니 다시금 회관 지하의 방공호가 생각났다.

한편 앨리스는 벌써 체커 말을 모아서 주머니에 담고 손에는 체커 판을 들고 서 있었다. "지금까진 마셜 아저씨가 계속 이겼어요. 아저씨가 그러는데, 애라는 이유만으로 봐주는 건 선심을 쓰는 거래요. 그치만 제 실력도 계속 느는 중이에요. 맞죠, 아저씨?"

앨리스는 서스턴을 올려다보며 생긋 웃었다. 서스턴도 아이에게 웃어 주었다. 바비 생각에 이 기묘한 사인조는 잘해 나갈 듯싶었다.

"아이들한텐 보살핌이 필요하단다, 앨리스. 하지만 무조건 봐

주는 건 안 돼."

"엄마 보고 싶어요." 에이든이 뚱한 목소리로 중얼거렸다.

"연락할 방법만 있으면 당장 할 텐데…… 앨리스, 엄마 이메일 주소 정말 기억 안 나니?"

캐럴린은 앨리스에게 묻고 나서 바비를 돌아보았다.

"휴대전활 두고 가셨어요. 집 전화번호는 무용지물이고요."

"엄마는 핫메일 써요, 제가 아는 건 그게 다예요. 전에는 야한 채팅 할 때 쓰는 이메일도 따로 있었다는데, 아빠 때문에 바꿨대요."

캐럴린은 앨리스의 말을 듣고 나이든 애인을 올려다보았다.

"그만 갈까요?"

"그래, 목사관에 가서 의지해야겠지. 무슨 사정이 있는지는 모르지만 애들 엄마가 빨리 돌아오기만 바랄밖에."

"목사관 문도 열려 있을 겁니다. 혹시라도 잠겨 있으면 현관 앞 깔개를 들춰 보세요."

"감히 그럴 수야 없지." 서스턴이 바비에게 말했다.

"난 할 수 있는데."

캐럴린은 이렇게 말하고 킥킥 웃었다. 에이든도 따라서 배시시 웃었다.

"가암히!"

앨리스가 빽 소리를 지르더니 양팔을 쭉 펴고 가운데 통로로 후다닥 달려 나갔다. 한쪽 손에 든 체커 판이 달랑달랑 흔들렸다.

"감히, 감히! 빨리 가요, 다들. 감히 가자고요!"

서스턴은 한숨을 쉬며 앨리스의 뒤를 따랐다.

"체커 판이 부서지면 날 영영 못 이길 거다, 앨리스."

"이길 수 있어요, 왜냐면 아이들한텐 보살핌이 필요하니까!" 앨리스가 어깨 너머를 돌아보며 소리쳤다. "또 테이프로 붙이면 되잖아요! 빨리 가요!"

에이든은 캐럴린의 팔에 안긴 채 꼼지락거렸다. 캐럴린은 에이든이 누나를 따라가도록 내려놓고 바비에게 악수를 청했다.

"고맙습니다. 그런데 성함이⋯⋯."

"그냥 친절한 아저씨라고 해두죠."

바비는 이름을 숨긴 채 캐럴린과 악수했다. 그런 다음 서스턴에게 손을 내밀었다. 서스턴의 손바닥은 운동 대신 공부에 매진한 사내들이 그러하듯이 보드랍기만 했다.

두 사람은 아이들을 따라 걸음을 옮겼다. 문간에 도착한 서스턴 마셜이 뒤를 돌아보았다. 높다란 창문으로 비쳐든 햇살을 얼굴에 받은 서스턴은 실제보다 더 나이 들어 보였다. 얼굴만 보면 여든 살 같았다.

"난 《플라우셰어스》 최신호의 편집위원을 맡았소." 서스턴의 목소리는 분노와 슬픔으로 떨렸다. "아주 훌륭한 문예지요, 미국 최고 수준이지. 놈들은 내 배를 갈길 권리도, 나를 비웃을 권리도 없소."

"그럼요, 당연하죠. 부디 아이들을 잘 부탁드립니다."

"걱정 마세요. 가요, 서스턴."

캐럴린은 서스턴의 팔을 붙들고 꽉 쥐었다.

바비는 바깥문이 닫히는 소리가 들릴 때까지 기다렸다가 회의실로 통하는 계단을 찾아 움직였다. 줄리아 말에 따르면 방공호는 회의실에서 아래로 계단을 반쯤 내려간 곳에 있어야 했다.

7

파이퍼 목사는 처음에 누가 길가에다 쓰레기봉투를 버렸나 보다 하고 생각했다. 그러다가 좀 더 가까이서 보니 사람 시체였다.

목사는 길가에 차를 대고 서둘러 내리다가 그만 길에 넘어져 한쪽 무릎이 까지고 말았다. 똑바로 서서 보니 시체는 하나가 아니라 둘이었다. 한 구는 여성, 한 구는 아기였다. 자그마한 팔이 힘 없이 꼼지락거리는 것으로 보아 적어도 아기는 아직 살아 있었다.

파이퍼 목사는 냉큼 달려가서 엎어져 있는 여인을 똑바로 뉘었다. 아직 젊고 얼굴도 어렴풋이 익숙한 여인이었지만, 회중 교회 신도는 아니었다. 볼과 이마가 심하게 멍들어 있었다. 목사가 포대기에서 꺼내어 가슴에 안고 땀에 전 머리카락을 쓸어 넘겨 주자 아기가 엉엉 울기 시작했다.

그 소리에 여인이 눈을 떴고, 파이퍼 목사는 그제야 여인의 바지가 피투성이인 것을 알아차렸다.

"리틀 월터."

여인이 쉰 목소리로 중얼거린 말을 파이퍼 목사는 '리틀 워터(물 좀 주세요)'로 잘못 알아들었다.

"걱정 마요, 내 차에 물이 있어요. 가만히 계세요. 아기는 나한테 있어요, 괜찮아요. 내가 돌볼게요."

그러나 괜찮은지 어떤지는 아직 알 수 없었다.

"리틀 월터."

피투성이 바지를 입은 여인이 다시 중얼거리고 눈을 감았다.

차로 달려가는 동안 파이퍼 목사의 심장은 두 눈이 쿵쾅거릴 정도로 거세게 뛰었다. 입 안에서는 비릿한 쇠 맛이 느껴졌다. '하나님, 도와주세요.' 목사는 속으로 생각했고, 다른 생각은 아무것도 할 수가 없어서 한 번 더 생각했다. '하나님, 제발 하나님, 저를 도와주세요, 저 여인을 도와주세요.'

스바루 SUV에는 에어컨이 있었지만, 목사는 땡볕이 내리쬐는 한낮에도 에어컨을 트는 일이 거의 없었다. 환경보호에 도움이 안 된다고 생각했기 때문이었다. 그러나 차에 도착한 지금, 목사는 에어컨을 최대 출력으로 틀었다. 그러고는 아기를 뒷좌석에 눕히고 유리창을 올린 다음, 차문을 닫고 흙바닥에 누워 있는 여인 쪽으로 돌아갔다. 그러다가 끔찍한 생각이 머릿속에 떠올랐다. 만에 하나라도 아기가 의자를 타고 넘어와서 엉뚱한 단추를 누른다면? 그래서 차 문이 잠긴다면?

'맙소사, 난 왜 이리 멍청하담. 위기가 닥쳤을 때 나보다 더 멍청한 목사는 세상에 없을 거야. 하나님, 제가 이 이상 멍청해지지 않게 도와주세요.'

파이퍼 목사는 다시 차로 달려가 운전석 쪽 문을 열고 뒷좌석을 들여다보았다. 아기는 목사가 내려놓은 자리에 그대로 누워 엄지손가락을 쪽쪽 빨고 있었다. 그러다가 목사 쪽을 얼핏 돌아보더니, 천장에 무슨 흥미로운 것이라도 있는지 냉큼 그쪽으로 눈을 돌렸다. 어쩌면 재미난 상상에 빠진 듯도 했다. 멜빵바지 아래에 받쳐 입은 티셔츠는 땀으로 흠뻑 젖어 있었다. 목사는 차의 전자 열쇠고리를 한참 동안 만지작거리다가 마침내 열쇠를 뽑아들었다. 다시 길가로 달려가 보니 여인이 일어나 앉으려고 버둥거리는 중이었다.

"안 돼요." 파이퍼 목사는 여인 곁에 무릎을 꿇고 한 팔로 안아 주었다. "그렇게 움직이면 안 될 것 같은데……."

"리틀 월터." 여인이 쉰 목소리로 중얼거렸다.

'이런, 물을 안 갖고 왔잖아! 하나님, 왜 제가 물을 잊어버리게 그냥 두셨어요?'

여인은 이제 일어서려고 기를 쓰는 중이었다. 목사는 자신이 아는 구급조치의 상식을 완전히 거스르는 여인의 행동이 마음에 안 들었지만, 그렇다고 달리 무슨 수가 있는 것도 아니었다. 그들이 있는 곳은 외딴 길이었고, 불가마 같은 땡볕 속에 내버려뒀다가는 상태가 더 악화될 뿐이었다. 그래서 목사는 여인이 못 일어서게 막는 대신 일어서도록 도왔다.

"천천히."

파이퍼 목사는 휘청거리며 걷는 여인의 허리를 감싸 안고 똑바로 나아가도록 안간힘을 썼다

"천천히, 살살 걸어요. 천천히 살살 걸어야 경주에서 이기는 법이에요. 차 안은 시원해요. 물도 있어요."

"리틀 월터!"

여인은 흐느적거리다가 중심을 잡고 이내 걸음을 서둘렀다.

"그래요, 물 마셔요. 그리고 나서 병원에 데려다 줄게요."

"보……건소에."

이번에는 무슨 말인지 알아들었지만, 파이퍼 목사는 고개를

굳게 가로저었다.

"안 돼요, 당장 병원으로 가야 해요. 당신이랑 아기랑 둘 다."

"리틀 월터."

여인이 소곤거렸다. 파이퍼 목사가 조수석 문을 열고 자리에 앉힐 때까지 여인은 우두커니 서서 고개를 푹 숙인 채 흐느적거렸다. 흘러내린 머리카락에 얼굴이 가려진 채로.

파이퍼 목사는 변속레버 뒤에 놓인 폴란드스프링 생수병을 집어 들고 뚜껑을 열었다. 여인은 목사가 내밀기도 전에 생수병을 빼앗아 허겁지겁 마셨다. 목과 턱을 타고 흘러내린 물이 티셔츠를 짙게 물들였다.

"이름이 뭐예요?"

"사만다 부시요."

그리고 뒤이어, 급히 들이켠 물 때문에 속이 뒤집힐 듯 아팠는데도, 사만다의 눈앞에 또다시 검은 장미가 봉오리를 틔우기 시작했다. 생수병은 손에서 빠져나와 차 바닥 깔개에 나동그라져 물을 뿜었고, 사만다는 기절했다.

파이퍼 목사는 가속페달을 있는 대로 밟았다. 모튼길이 한산한 덕분에 속도를 꽤 낼 수 있었지만, 막상 병원에 도착해 보니 해스켈 선생은 전날 이미 숨을 거두었고 보조의인 에버렛은 자리를 비운 참이었다.

사만다를 진찰하고 입원시킨 사람은 저 유명한 의학 전문가, 바로 두기 트위첼이었다.

8

지니 톰린슨이 사만다 부시의 질내 출혈을 멎게 하려고 기를 쓰고 두기 트위첼은 완전 탈수 상태에 빠진 리틀 월터에게 수액 주사를 놓는 동안, 러스티 에버렛은 공원 앞 마을 회관 쪽 길모퉁이의 벤치에 가만히 앉아 있었다. 높다란 가문비나무가 벤치 위로 기다란 가지를 뻗고 있었고, 러스티는 짙은 나무그늘 덕분에 남의 눈에 띄지 않을 자신이 있었다. 이리저리 나대지 않는 한은, 그럴 듯싶었다.

눈앞에 흥미로운 광경이 펼쳐지는 중이었다.

원래는 곧장 마을 회관 뒤편 창고로 가서 그곳의 프로판가스 재고를 확인할 작정이었다(트위첼은 움막이라고 부르는 곳이지만 마을 공용 제설차 네 대를 함께 보관하는 목조 건물인 만큼 움막보다는 훨씬 더 컸다.). 그런데 어느 틈에 프랭크 드레셉스가 운전하는 순찰차가 나타났다. 조수석 문을 열고 내린 사람은 주니어 레니였다. 둘은 잠시 이야기를 나누었고, 이내 드레셉스가 차를 몰고 떠났다.

주니어는 경찰서 계단을 올라갔지만, 건물 안으로 들어가는 대신 계단에 쪼그리고 앉아 꼭 두통에 시달리는 사람처럼 양쪽 관자놀이를 문질렀다. 러스티는 기다리기로 마음먹었다. 마을의 연료 재고를 확인하는 광경을 남에게 들키기 싫어서였다. 부의장의 아들한테라면 더더욱 그러했다.

주니어는 문득 주머니에서 휴대전화를 꺼내어 펼쳐들고 가만히 듣다가 뭐라고 중얼거렸고, 또 가만히 듣다가 다시 뭐라고 중얼거리더니 전화를 접어서 닫았다. 그러고는 다시 관자놀이를 문지르기 시작했다. 그러고 보니 해스켈 선생이 주니어에 관하여 뭐라고 했던 기억이 떠올랐다. 편두통이랬던가? 확실히 편두통처럼 보이기는 했다. 관자놀이를 문지르기 때문만은 아니었다. 고개를 아래로 푹 숙인 모습이 영락없는 편두통 증상이었다.

'햇빛을 피하려고 그러는 거지.' 러스티는 속으로 생각했다. '이미트렉스, 아니면 조미그를 집에 놓고 왔을 거야. 해스켈 선생이 처방했으니 둘 중 하나겠지.'

러스티는 공원을 가로질러 마을 회관 뒤편으로 가려고 벤치에서 반쯤 일어서 있었다. 주니어는 주의력이 떨어진 상태이니 틀림없이 눈치채지 못할 터였다. 그러나 이내 다른 사람의 모습이 눈에 띄었고, 러스티는 다시 벤치에 앉았다. 데일 바버라였다. 소문에 따르면 대령으로 진급한(그것도 대통령이 직접 임명했다고 하는) 간이식당 불판 담당이, 이제 러스티가 서 있는 그늘보다 더 어두운 글로브 극장 차양 아래에 몸을 숨기고 있었다. 게다가 바버라 역시 주니어를 지켜보는 듯했다.

흥미로운 광경이었다.

바버라 역시 러스티가 이미 이끌어낸 결론에 도달했음이 분명했다. 주니어는 감시하는 중이 아니라 기다리는 중이었다. 누구든 자신을 태워 줄 사람을. 바버라는 잽싸게 차도를 건넌 다음, 마을 회관 건물이 주니어의 시야를 가릴 즈음 잠시 멈춰 서서 회관 입구의 알림판을 확인했다. 그러고 나서 안으로 들어갔다.

러스티는 벤치에 좀 더 앉아 있기로 마음먹었다. 나무 그늘이 쾌적하기도 했거니와, 주니어가 누구를 기다리는지도 궁금했기 때문이었다. 삼삼오오 무리를 지어 디퍼스에서 돌아오는 사람들이 지금도 눈에 띄었다(금주령이 내리지만 않았으면 몇몇 사람들은 더 오래 머물렀을 터였다.). 거의 모두 계단에 쭈그리고 앉아 있는 저 청년처럼 고개를 푹 숙인 채였다. 러스티가 짐작하기로는 고통 탓이 아니라 낙담 탓이었다. 어쩌면 둘 다 똑같을지도 몰랐다. 이는 분명 곰곰이 생각해 볼 문제였다.

마침내 러스티의 눈에 몹시도 익숙한 새까맣고 넙데데한 기름 먹는 괴물이 나타났다. 짐 레니의 허머였다. 허머는 차도로 걷는 마을 사람 셋을 향하여 조급하게 경적을 울렸고, 사람들은 양 떼처럼 한쪽으로 물러섰다.

허머가 경찰서로 들어섰다. 주니어는 고개를 쳐들었지만 일어서지는 않았다. 차 문이 열렸다. 운전석에서는 앤디 샌더스가, 조수석에서는 빅 짐이 내렸다. 빅 짐이 앤디 샌더스에게 자신의 사랑스러운 흑진주색 괴물을 운전하도록 허락했다? 벤치에 앉아 있던 러스티는 눈을 동그랗게 떴다. 그 괴물의 운전석에 빅 짐 아닌 다른 사람이 앉아 있는 모습을 본 기억이 없었다. '앤디를 똘마니에서 기사로 진급시킬 작정인가.' 러스티는 얼핏 이렇게 생각했지만, 아들이 앉아 있는 곳을 향하여 계단을 올라가는 빅 짐을 보자 생각이 바뀌었다.

숙련된 의사들이 대개 그러하듯이 러스티 역시 멀찍이 떨어진 곳에서도 환자의 용태를 파악하는 데 능했다. 딱히 전문적인 요령이 필요한 일은 아니었다. 걸음걸이를 보면 6개월 전에 고관절 수술을 받은 사람인지, 아니면 요즘 들어 치질에 시달리는 사람인지 분간할 수 있는 법이다. 어떤 여성이 고개 너머를 돌아보는 대신 몸 전체를 트는 것을 보고 목에 통증이 있다고 유추하거나, 머리를 긁어 대는 아이를 보고 여름캠프에 가서 서캐를 달고 돌아왔다고 유추하는 것과 마찬가지였다. 빅 짐은 산만 한 똥배 위에 팔을 얹은 채 계단을 올라가는 중이었다. 이는 곧 어깨나 팔에, 또는 둘 다에 담이 걸린 지 얼마 안 되었다는 뜻이었다. 그 팔을 보니 샌더스에게 괴물의 운전석을 내준 것도 그리 놀랍지 않았다.

세 사람은 대화를 나누었다. 주니어는 앉은 자리에서 일어서지 않았고, 샌더스는 그 옆 계단에 앉아 주머니를 뒤지다가 이내 오후 햇살 속에 눈부시게 반짝이는 것을 꺼냈다. 러스티는 시력이 좋은 편이었지만 그 물건의 정체를 알아볼 만한 자리에서 50미터 가까이 떨어져 있었다. 유리, 아니면 금속 같았다. 알아볼 수 있는 것은 그 정도가 다였다. 주니어는 그 물건을 주머니에 넣었고, 세 사람은 좀 더 이야기를 주고받았다. 빅 짐이 멀쩡한 팔로 허머를 가리켰지만 주니어는 고개를 저었다. 뒤이어 샌더스도 허머를 가리켰다. 주니어는 다시금 거절하고 고개를 푹 숙인 채 관자놀이만 문질렀다. 남은 두 사람은 서로를 마주보았다. 앉아 있던 샌더스는 고개를 쭉 늘여 빅 짐을 올려다보는 중이었다. 빅 짐에 가려 그늘이 진 그 자리가 러스티의 눈에는 쾌적해 보였다. 빅 짐은 어깨를 으쓱하고 두 손을 활짝 벌렸다. '별 수 있겠어?' 하는 몸짓이었다. 샌더스가 자리에서 일어나는가 싶더니 빅 짐과 함께 경찰서 건물로 들어갔다. 빅 짐은 자리를 뜨기 전에 아들의 어깨를 다독여 주었다. 주니어는 거들떠보지도 않았다. 그저 죽을 때까지 자리를 뜨지 않을 작정인 듯 그 자리에 앉아 있을 뿐이었다. 샌더스는 출입문을 붙잡고 빅 짐이 들어가기를 기다린 다음 그 뒤를 따랐다.

의장과 부의장이 사라지기가 무섭게 마을 회관에서 네 사람이 모습을 드러냈다. 노인, 젊은 여성, 사내아이와 여자아이였다. 여자아이는 사내아이의 손을 잡고 한 손에는 체커 판을 들고 있었다. 러스티가 보기에 사내아이는 주니어만큼이나 풀이 죽은 모습이었고…… 젠장, 한 손으로는 주니어와 마찬가지로 관자놀이를 문지르고 있었다. 네 사람은 공원을 질러와서 러스티가 있는 벤치 바로 앞을 지나갔다.

"안녕하세요, 전 앨리스예요. 앤 에이든이고요."

여자아이가 밝은 목소리로 인사를 건넸다.

"우린 목사관에서 살 거예요."

이름이 에이든이라는 사내아이가 시무룩한 목소리로 말했다. 아직도 관자놀이를 문지르는 에이든의 안색은 몹시도 창백했다.

"거 재밌겠구나. 나도 가끔은 목사관에서 살고 싶단다."

러스티가 대답한 사이에 노인과 젊은 여성이 아이들을 따라잡았다. 두 사람은 손을 맞잡고 있었다. 러스티는 부녀지간일 거라고 추측했다.

"실은 리비 목사님하고 얘기만 할 거예요. 목사님이 돌아오셨을까요? 혹시 아세요?"

"저도 모르겠네요."

"그럼 가서 기다려야겠네요. 목사관에서요. 관리인 아저씨가 그러라고 하셨으니까."

젊은 여성은 생긋 웃으며 노인을 올려다보았다. 러스티는 그 둘이 부녀지간이 아닐지도 모른다고 생각을 고쳐먹었다.

"앨 티몬스가 그러던가요?"

러스티는 앞서 버피네 만물상 트럭에 올라타는 앨의 모습을 보았다.

"아니, 다른 사람이었어요. 목사님께서 우리한테 묵을 곳을 마련해 주실 거라더군요."

노인의 말을 듣고 러스티는 고개를 끄덕였다.

"그 사람 이름이 혹시 데일 아닌가요?"

"이름은 안 가르쳐 주던데요." 젊은 여성이 말했다.

"빨리 가요! 누나가 말한 그 놀이 빨리 하고 싶어요."

사내아이가 누나의 손을 놓고 젊은 여성의 손을 잡아당겼다. 그러나 아이의 목소리에 드러난 감정은 조바심이 아니라 짜증이었다. 어쩌면 가벼운 충격 때문인지도 몰랐다. 아니면 일종의 통증 때문이거나. 만일 후자라면, 러스티는 그것이 가벼운 감기이기를 바랐다. 지금 독감이 창궐하면 체스터스밀은 끝장이었다.

"엄마를 잃어버렸지 뭐예요. 적어도 당분간은요. 그래서 저희가 맡고 있어요." 젊은 여성이 나직이 소곤거렸다.

"좋은 일 하시는 겁니다." 러스티는 진심이었다. "어이, 어린 친구. 혹시 머리 안 아프니?"

"안 아파요."

"목은?"

"괜찮은데요."

에이든은 진지한 눈을 하고 러스티를 찬찬히 뜯어보았다.

"아저씨, 저는요, 요번 핼러윈에는 사탕을 받든 못 받든 상관없어요."

"에이든 애플턴!" 앨리스가 빽 소리를 질렀다.

벤치에 앉아 있던 러스티는 놀라서 하마터면 미끄러질 뻔했다. 스스로도 어쩔 수가 없었다. 그러나 이내 빙긋 웃으며 물었다.

"그래? 어째서?"

"왜냐면 엄마가 우릴 데려왔는데 종 보러 가고 없으니까요."

"장 보러 갔다는 말이에요."

앨리스는 동생의 실수를 너그럽게 바로잡아 주었다.

"엄마는 우왕 파이 사러 갔어요." 에이든은 마치 자그마한 노인처럼, 그것도 근심에 휩싸인 노인처럼 말했다. "엄마도 없는데 핼러윈이 오면, 진짜 무서울 거예요."

"가야 해, 캐럴린. 우리 이러다가……." 서스턴이 말했다.

러스티는 벤치에서 일어섰다.

"캐럴린 씨, 잠깐 얘기 좀 할 수 있을까요? 이쪽으로 좀 와 주시면 좋겠는데요."

캐럴린은 당황하고 경계하는 표정이었지만 그래도 러스티를 따라 가문비나무 옆으로 갔다.

"에이든이 혹시 발작을 겪은 적 있습니까? 하던 일을 갑자기 멈추는 것도 포함되는데…… 그러니까 말하자면, 잠깐 동안 가만히 서 있거나…… 멍한 눈을 하거나…… 입을 쩝쩝거리거나 뭐 그런……."

"그런 적 없소." 곁에 다가온 노인이 말했다.

"없었어요." 캐럴린도 동의했지만 표정은 겁에 질려 있었다.

노인은 캐럴린의 표정을 보고 눈살을 잔뜩 찌푸리며 러스티를 돌아보았다.

"의사요?"

"보조의입니다. 제 생각엔 어쩌면……."

"뭐, 걱정해 줘서 고마운 건 사실이오만. 성함이……?"

"에릭 에버렛입니다. 그냥 러스티로 불러 주세요."

"걱정해 줘서 고맙소, 에버렛 선생. 헌데 내가 보기엔 공연한 걱정이오. 이 애들이 엄마를 잃어버렸단 걸 명심하는 게 좋을 거요."

"게다가 먹을 것도 없이 이틀이나 둘이서만 지냈어요. 자기들끼리 마을을 찾아 나서려던 참에 그 두…… 경관한테 발견됐고요."

캐럴린은 '경관'을 말할 때 콧잔등을 찌푸렸다. 마치 그 단어에서 악취가 풍기기라도 하듯이.

러스티는 고개를 끄덕였다.

"그 말을 들으니 이해가 가는군요. 그래도 여자애 쪽은 말짱해 보이는데요."

"아이마다 차이가 있으니까요. 저흰 이만 가 볼게요. 서스턴, 이러다 애들끼리 가겠어요."

앨리스와 에이든은 땅에 흩어진 울긋불긋한 나뭇잎을 걷어차며 공원을 가로질러 달려가는 중이었다. 앨리스는 체커 판을 쥔 손을 휘휘 저으며 '목사관!' '목사관!'을 목청껏 외쳤다. 에이든도 누나와 발맞춰 뛰면서 함께 소리를 질렀다.

'애가 잠깐 멍해졌던 거야. 그게 다야.' 러스티는 속으로 생각했다. '나머지는 우연이었어. 실은 우연이랄 것도 없지. 10월 하순에 핼러윈 생각을 안 할 아이가 미국 땅에 있기나 하겠어?' 적어도 한 가지는 분명했다. 만일 나중에 질문을 받으면, 이 사람들은 언제 어디서 에릭 '러스티' 에버렛을 보았는지 정확히 기억해낼 터였다. 몸을 숨기기는 다 틀린 셈이었다.

백발노인 서스턴이 외쳤다. "얘들아! 천천히 가자!"

캐럴린은 러스티를 가만히 지켜보다가 이윽고 손을 내밀었다. "걱정해 주셔서 고마워요, 에버렛 선생님. 아니, 러스티."

"아마도 공연한 걱정이겠죠. 직업병이라고나 할까요."

"충분히 걱정할 만하죠. 이번처럼 터무니없는 주말은 유사 이래 처음이잖아요. 다 그 일 때문이죠."

"그럼요. 혹시 제가 필요한 일이 생기면 병원이나 보건소로 오시면 됩니다."

러스티는 언젠가 남은 잎이 다 떨어지면 나무 사이로 보일 캐서린 러셀 병원 쪽을 가리켰다. 혹시라도 나뭇잎이 떨어진다면 말이지만.

"거기 아니면 이 벤치겠죠."

캐럴린은 여전히 웃음을 머금은 표정으로 말했다.

"맞아요, 이 벤치겠죠." 러스티도 미소로 화답했다.

"캐럴린!" 서스턴의 목소리에 짜증이 묻어났다. "가자니까!"

캐럴린은 러스티에게 손을 흔들고 일행을 좇아 달려갔다. 손가락 끝만 살짝 흔드는 인사였다. 달려가는 캐럴린의 모습은 날렵했고, 또 우아했다. 날렵하고도 우아하게 달리는 아가씨들이란 거의 예외 없이 자신의 늙은 애인을 버리고 떠나는 법임을 서스턴이 아는지 모르는지, 러스티는 궁금했다. 어쩌면 알 듯도 싶었다. 어쩌면 서스턴이 이미 겪어 본 일인지도 몰랐다.

러스티는 그 네 사람이 회중 교회의 첨탑을 향하여 공원을 가로질러 가는 모습을 가만히 지켜보았다. 한참 후에야 그들의 모습이 나무에 가려 시야에서 사라졌다. 경찰서 쪽을 다시 돌아보았을 때, 주니어는 보이지 않았다.

러스티는 한동안 벤치에 가만히 앉아 손가락으로 다리를 톡톡 두드렸다. 그러다가 마음을 정하고 자리에서 일어섰다. 잃어버린 병원 가스통을 찾아 공용 창고를 뒤지는 일은 나중으로 미루면 그만이었다. 당장은 체스터스밀에 단 한 명뿐인 육군 장교가 마을 회관에서 무슨 짓을 하는지가 더 궁금했다.

9

러스티가 공원을 건너 마을 회관으로 향하는 동안 바비는 주위를 둘러보며 나직이 휘파람을 불고 있었다. 지하 방공호는 열차의 식당차 한 량만큼이나 기다랬고, 선반에는 갖가지 통조림이 가득했다. 대개는 생선 통조림이었다. 정어리 통조림과 연어 통조림이 기다랗게 늘어서 있었고 바비가 결코 맛보고 싶지 않은 스노표 굴튀김 통조림도 수북했다. 건조식품 상자도 여럿 보였고, 대형 플라스틱 용기에는 **쌀, 밀, 분유, 설탕** 같은 팻말이 붙어 있었다. 식수라고 적힌 병도 차곡차곡 평평하게 쌓여 있었다. **정부 소유 증식용 크래커**라고 적힌 대형 상자는 바비가 세어 보니 모두 열 개였다. **증식용 초코바**라고 적힌 상자도 두 개 있었다. 이 모든 것들 위의 벽에 붙은 노란색 팻말에는 이렇게 적혀 있었다. **하루 700칼로리면 허기를 면할 수 있습니다.**

"꿈같은 소리." 바비는 혼자서 중얼거렸다.

맨 안쪽 벽에 문이 하나 보였다. 열어 보니 안은 칠흑 같이 어두웠다. 바비는 벽을 더듬어 전등 스위치를 찾았다. 방공호만큼은 아니지만 그래도 꽤 큰 방이었다. 드나든 흔적도 없고 낡았지만 지저분하지는 않았다. 선반의 먼지를 털고 바닥도 마른 걸레로 닦은 것으로 보아 앨 티몬스는 방에 대해 아는 듯싶었지만, 틀림없이 버려진 방 같았다. 저장된 식수는 유리병에 담겨 있었다. 바비는 짧은 이라크 주둔 기간을 빼면 그런 물병을 본 적이 없었다.

이 두 번째 방에는 위급 상황에 대비한 것인 듯 야전침대 여남은 개와 파란 담요, 매트리스 따위가 투명한 비닐로 꽁꽁 싸매어져 있었다. **제독 키트**라고 적힌 종이상자 다섯 개와 **방독면**이라고 적힌 상자 열 개가 더 있었다. 최소 전력을 공급할 수 있는 보조 발전기도 보였다. 발전기는 돌아가는 중이었다. 분명 바비가 전등을 켰기 때문이었다. 소형 발전기 옆에 선반 두 개가 나란히 달려 있었다. 그중 한 개에 놓인 라디오는 30년 전쯤에 최신형으로 불렸을 법한 물건이었다. 다른 선반에는 취사용 전열판 두 개와 샛노랗게 칠한 금속 상자 한 개가 놓여 있었다. 상자 측면에 찍힌 로고는 CD가 콤팩트디스크가 아니라 민방위(Civil Defense)를 뜻하던 시절에 흔히 보이던 것이었다. 바로 바비가 찾으러 온 물건이었다.

바비는 상자를 들다가 하마터면 떨어뜨릴 뻔했다. 가이거 계수기는 몹시도 묵직했다. 앞면에 **초당 방사선량**이라고 적힌 눈금판이 보였다. 계수기를 작동시킨 다음 센서를 표적에 겨누면 눈금판의 바늘이 초록색에 머물거나, 눈금판 중앙의 노란 부분까지 치솟거나…… 아니면 빨간 부분으로 넘어갈 수도 있었다. 빨간색으로 넘어가면 위험한 상황이라는 뜻이었다.

바비는 가이거 계수기를 켰다. 자그마한 전원 램프는 여전히 어두웠고, 바늘도 0에 기댄 채 움직이지 않았다.

"배터리가 나갔어요."

등 뒤에서 목소리가 들려왔다. 바비는 놀라서 펄쩍 뛸 뻔했다. 뒤를 돌아보니 훤칠한 키에 어깨가 떡 벌어진 금발머리 사내가 문간에 서 있었다.

잠깐 동안 그 남자의 이름이 머릿속을 맴돌았다. 거의 매주 일요일 아침마다 들장미 식당에 들르는 손님이었는데 가끔은 아내와 함께 올 때도 있었고, 두 딸은 늘 함께 다녔다. 그러다가 마침내 이름이 기억났다.

"러스티 에버스, 맞죠?"

"거의 비슷해요. 에버렛입니다."

뒤늦게 도착한 러스티가 악수를 청했다. 바비는 살짝 미적거리며 다가가서 그 손을 맞잡았다.

"아까 이리 들어오는 걸 봤어요. 그리고 저거 말인데……."

러스티는 고갯짓으로 가이거 계수기를 가리켰다.

"괜찮은 생각 같군요. 뭔가 그걸 제자리에 붙들고 있는 것 같으니까 말이죠."

러스티는 '그것'이 무엇인지 얘기하지 않았다. 굳이 언급할 필요도 없었다.

"알아 줘서 고맙군요. 하마터면 놀라서 심장마비 걸릴 뻔했어요, 그래도 알아서 고쳐 주시겠지만. 의사 선생이셨죠, 안 그래요?"

"보조의입니다. 그게 뭐냐면……."

"저도 알아요."

"뭐, 어쨌든 이제 밥 지을 압력솥은 손에 넣었군요."

러스티는 가이거 계수기를 가리켰다.

"아마 6볼트짜리 건전지가 들어갈 거예요. 버피네 만물상에서 본 것 같은데, 당장은 거기 누가 있을 것 같지 않으니까…… 내친 김에 좀 더 둘러보는 게 어떨까요?"

"정확히 어디를요?"

"저 뒤에 있는 비품 창고요."

"거기를 둘러보는 목적은?"

"그거야 거기서 뭘 찾아내느냐에 달렸죠. 만약 병원에서 사라진 물건이 거기 있다면, 우리가 몇 가지 정보를 주고받을 수 있을 것 같은데요."

"사라진 물건이 뭔지 가르쳐 주실 수 있을까요?"

"프로판가스예요."

바비는 곰곰이 생각해 보았다.

"젠장. 한번 둘러보죠."

10

주니어는 샌더스 약국 벽을 따라 위태롭게 이어진 계단의 입구에 서서 고민을 하는 중이었다. 머리가 이렇게 지끈거리는데 이 계단을 무사히 올라갈 수 있을까? 어쩌면. 아마도. 그러나 한편으로는 계단을 절반쯤 올라갔을 때 머리가 신년 파티의 폭죽처럼 펑 터져 버리지나 않을까 하는 생각도 들었다. 또다시 눈앞에 나타난 얼룩이 심장 박동을 따라 위아래로 흔들리고 있었다. 그 얼룩은 이제 흰색이 아니었다. 새빨간 색으로 바뀌어 있었다.

'어두운 곳에 있으면 괜찮을 것 같은데.' 주니어는 속으로 생각했다. '식료품 창고 안에, 내 애인들이랑 같이.'

이 일이 잘 풀리면 그곳에 갈 수 있었다. 이때 주니어에게는 프레스틸 가에 있는 매케인네 집의 식료품 창고야말로 세상에서 가장 가고 싶은 곳이었다. 그곳에는 물론 코긴스 목사도 있었지만, 그래서 어쨌다는 말인가? 찬송가에 환장한 그 얼간이는 언제든 한쪽으로 밀쳐 버리면 그만이었다. 게다가 당분간은 코긴스를 눈에 안 띄는 곳에 숨겨야만 했다. 주니어는 아버지를 지켜 줄 생각이 조금도 없었지만(또한 아버지가 한 짓을 보고도 놀라거나 절망하지 않았다. 주니어는 빅 짐 레니 안에 살인자가 숨어 있음을 일찌감치 눈치챘다.), 그러나 데일 바버라의 장난감 상자를 손봐 주는 데에는 관심이 있었다.

'잘만 하면 그 자식을 제거하는 것쯤은 아무것도 아니야.' 이날 아침에 빅 짐이 한 말이었다. '이 위기 상황에서 마을을 하나로 통합하는 데 그 자식을 이용할 수도 있어. 그 밥벌레 같은 신문사 계집애도 함께. 난 그 계집애를 어떻게 할지도 생각해 놨단다.' 빅 짐은 아들의 어깨에 뜨끈뜨끈하고 두툼한 손을 얹으며 말했다. '아들아, 우린 한 팀이다.'

영원히는 아닐지 몰라도, 당분간은 같은 배를 탄 신세였다. 그리고 둘은 바비를 해치울 작정이었다. 주니어조차도 자신의 두통이 바비 탓이라고 생각하게 되었다. 바비가 정말로 해외에 나간 적이 있다면, 그리고 소문대로 그곳이 이라크였다면, 중동의 기묘한 물건을 이곳에 들여왔을지도 모를 일이었다. 예를 들면, 독약이라든가. 주니어는 들장미 식당에서 여러 번 밥을 먹었다. 음식에 독을 타는 것쯤 바비에게는 식은 죽 먹기였다. 아니면 커피였을지도. 또 바비가 직접 불판을 맡지 않았다 하더라도 로즈를 끌어들였을 수도 있었다. 그 쌍년은 바비의 꼭두각시였다.

주니어는 계단을 올라갔다. 천천히 걸음을 옮기며 네 단마다 한 번씩 멈춰 섰다. 머리는 폭발하지 않았고, 맨 위에 도착한 다음에는 주머니를 뒤져 앤디 샌더스가 준 열쇠를 꺼냈다. 처음에는 열쇠를 찾지 못해 잃어버렸나 하고 생각했지만 이내 잔돈 밑에 숨은 열쇠에 손가락이 닿았다.

주니어는 주위를 살폈다. 지금도 디퍼스에서 돌아가는 사람이 몇 명 보였으나 바비의 셋집 입구에 서 있는 주니어를 눈여겨보는 이는 없었다. 주니어는 열쇠로 자물쇠를 연 다음 집 안으로 스르륵 들어섰다.

샌더스 약국의 발전기는 십중팔구 작동할 터였지만, 주니어는 불을 켜지 않았다. 어둠 속에서는 눈앞에서 불뚝거리는 얼룩이 한결 흐릿하게 보이기 때문이었다. 주니어는 호기심이 어린 눈으로 집 안을 둘러보았다. 책장 한가득 꽂힌 책이 보였다. 바비는 마을을 떠날 때 이 책을 다 버리고 갈 작정이었을까? 아니면 어디로 옮겨 달라고 부탁했을까? 아래층 약국에서 일하는 페트라 셜스에게? 그랬다면 십중팔구 거실 바닥에 깔린 융단도 함께 보내

달라고 했을 터였다. 중동제로 보이는 융단은 바비가 물고문할 용의자도 따먹을 사내아이도 없을 때 이라크 시장에 가서 산 것인 듯했다.

주니어는 바비가 이삿짐을 꾸릴 생각이 없었으리라고 결론지었다. 아예 그럴 필요가 없었다. 왜냐하면, 떠날 생각이 없었으니까. 일단 그 생각이 떠오르자 주니어는 왜 일찌감치 못 알아차렸는지가 궁금해졌다. 바비는 이 마을을 좋아했다. 제 발로 떠날 리가 없었다. 이 마을에서 바비는 개똥 속의 구더기처럼 행복했다.

'절대로 둘러댈 수 없는 걸 찾아.' 빅 짐은 이렇게 지시했다. '그 녀석만 가지고 있을 만한 물건 말이다. 무슨 말인지 알지?'

'아빠 내가 바본 줄 알아?' 주니어는 이제야 속으로 생각했다. '내가 바보라면 어떻게 어젯밤에 아빠 목숨을 구해 줬겠어?'

그러나 주니어의 아버지는 성질이 뻗치면 강타자로 변신하는 사람이었고, 그 점만큼은 부인할 수 없었다. 어린 시절 아버지에게 뺨이나 엉덩이를 맞은 적이 한 번도 없었던 주니어는 이를 어머니의 교화 덕분이라고 생각했다. 그러나 지금은 아버지 덕분이 아닌가 하고 의심하게 되었다. 아버지는 마음속 깊숙한 곳에서 깨달았는지도 모른다. 일단 시작하면 스스로도 자신을 멈추지 못한다는 것을.

"부전자전이구나."

주니어는 이렇게 중얼거리고 킥킥 웃었다. 웃으면 머리가 아팠지만 아랑곳 않고 킥킥댔다. 웃음이 최고의 명약이라는 옛말도 있지 않던가?

침실로 들어선 주니어는 말끔하게 개켜 놓은 침대를 보고 그

한복판에 큼지막한 똥을 갈겨 놓으면 얼마나 멋질까 하는 생각을 떠올렸다. 다 싸고 나서 뒤는 베갯잇으로 닦을 작정이었다. '어때, 마음에 드냐? 바아아비이?'

그러나 그 생각을 실행에 옮기는 대신 서랍장 쪽으로 걸어갔다. 맨 위 서랍에는 청바지 서너 벌과 카키색 반바지 두 장이 들어 있었다. 반바지 아래에 놓인 휴대전화를 보고 주니어는 언뜻 자신이 찾던 물건이라고 생각했다. 그러나 아니었다. 휴대전화는 할인 매장에서 특가에 파는 선불 전화기였다. 대학생들 사이에서는 '1회용 전화기'로 통했다. 바비가 자기 물건이 아니라고 우기면 그만이었다.

두 번째 서랍에는 셔츠 다섯 장과 새하얀 운동용 양말 네댓 켤레가 들어 있었다. 세 번째 서랍에는 아무것도 없었다.

주니어는 침대 밑을 뒤져 보았다. 머리가 지끈거리고 쿵쿵 울렸다. 전혀 나아질 기미가 안 보였다. 침대 밑에는 아무것도, 먼지 뭉치 하나도 보이지 않았다. 바비는 깔끔쟁이였던 것이다. 주니어는 주머니에 든 이미트렉스를 먹을까 하고 생각하다가 마음을 돌렸다. 이날 벌써 두 알이나 먹은 데다, 먹어 봤자 목구멍에 비릿한 쇠 맛만 남을 뿐 조금도 차도가 없었기 때문이었다. 주니어는 자신에게 필요한 약이 무엇인지를 알았다. 바로 프레스틸 가의 어두침침한 식료품 창고였다. 그리고 애인들과 함께하는 시간이었다.

그러나 지금 주니어는 이곳에 있었다. 또 찾는 물건도 있었다.

"뭔가 있을 거야. 있어야만 해." 주니어는 중얼거렸다.

주니어는 왼쪽 눈가에서 흘러내린 눈물을 닦으며(그 눈물에 피가 섞인 줄은 미처 알아차리지 못한 채로) 거실로 돌아가다가, 퍼뜩 떠오른 생각에 걸음을 멈추었다. 그러고는 다시 서랍장으로 돌아가서 양말과 속옷이 든 서랍을 열었다. 양말은 공 모양으로 동그랗게 말린 채였다. 주니어는 고등학생 시절 동그랗게 만 양말에 대마초나 각성제를 숨기곤 했다. 한번은 동급생인 애드리엇 네도의 끈팬티를 숨긴 적도 있었다. 양말은 물건을 숨기기에 좋은 곳이었다. 주니어는 야무지게 말아놓은 양말을 한 짝씩 꺼내어 손으로 눌러 보았다.

노다지는 세 번째 양말에 들어 있었다. 만져 보니 납작한 금속판 같은 것이 한 개 들어 있었다. 아니, 두 개였다. 주니어는 양말을 쭉 편 다음 서랍장 위에 대고 힘껏 털었다.

양말에서 떨어진 것은 데일 바버라가 군인이었을 적에 걸고 다니던 인식표였다. 끔찍한 두통에 시달리면서도, 주니어는 싱긋 웃었다.

'걸렸구나, 바비.' 주니어는 생각했다. '아주 딱 걸렸어.'

11

패스트호크 미사일이 화냥년길 경계 너머 타커스밀스에서 일으킨 불은 아직도 맹렬하게 타오르는 중이었지만, 그래도 해 질 무렵까지는 꺼질 것처럼 보였다. 네 군데 마을의 소방서가 총출동한 데다 해병대와 육군이 뒤섞인 증원 부대까지 힘을 합쳐 불길을 잡아가는 중이었다. 브렌다 퍼킨스는 강풍이 불지만 않았더라면 더 빨리 끌 수도 있었으리라고 판단했다. 체스터스밀 쪽에서는 바람 때문에 곤란을 겪을 일이 없었다. 당장은 축복이었으나 나중에는 재앙이 될지도 몰랐다. 앞으로 어떻게 될지는 알 길이 없었다.

브렌다는 이날 오후만큼은 그 문제로 골치를 앓고 싶지 않았다. 기분이 좋았기 때문이었다. 만약 이날 아침에 언제 다시 기분이 좋아질 것 같으냐는 질문을 받았더라면 브렌다는 이렇게 대답했으리라. '어쩌면 내년쯤. 아니면 영영 틀렸을지도.' 그러나 브렌다는 이 기분이 오래가지 않을 것임을 알 만큼은 영리했다. 기분이 나아진 데에는 90분에 걸친 사투가 큰 몫을 했다. 달리기이든 삽날로 불을 끄는 일이든, 운동을 하면 엔도르핀이 나오게 마련이었다. 그러나 이 기분은 엔도르핀보다 더 강력했다. 그 기분의 정체는 바로 중요한 일을 책임지고 있다는 느낌, 또 그 일을 해낼 수 있다는 느낌이었다.

화재 현장에는 다른 자원봉사자들도 있었다. 화냥년길 양편에 남자 열넷과 여자 셋이 서 있었다. 몇몇은 번지는 불길을 잡는 데 사용한 삽과 고무 매트를 그대로 든 채였고, 불을 끄는 동안 등에 멨던 휴대용 펌프를 길가의 흙바닥에 내려놓은 사람도 있었다. 앨 티몬스와 조니 카버, 넬 투미는 호스를 말아서 버피의 트럭 짐칸에 싣는 중이었다. 디퍼스에서 출동한 토미 앤더슨과 살짝 뉴에이지 운동가 분위기를 풍기기는 하지만 힘은 말처럼 억센 리사 제이미슨은 화냥년 개울에서 물을 끌어오려고 사용한 양수기를 다른 트럭 쪽으로 옮기는 중이었다. 브렌다는 사람들의 웃음소리를 듣고 엔도르핀에 취한 사람이 자기 혼자만이 아님을 깨달았다.

길 양편의 덤불은 까맣게 그을린 채 아직도 연기를 피웠고 나무 몇 그루는 타다가 쓰러졌지만, 피해는 그뿐이었다. 돔이 바깥에서 불어오는 바람뿐 아니라 시냇물까지 일부분 막아 준 덕분에 화냥년길 주위가 늪지로 바뀌어 가는 중이었다. 돔 건너편의 불길은 아예 딴판이었다. 검댕이 잔뜩 낀 돔 너머에서 불을 끄는 사람들은 치솟는 열기 때문에 마치 일렁거리는 유령처럼 보였다.

로미오 버피가 브렌다 쪽으로 어슬렁어슬렁 걸어왔다. 한 손에는 물에 적신 빗자루를 들고 다른 손에는 고무 매트를 든 채였다. 매트 아래에 가격표가 그대로 붙어 있었다. 불에 그을리기는 했지만 가격표에 적힌 글씨는 알아볼 만했다. **버피네 만물상은 오늘도 파격 할인!** 로미오는 매트를 내던지고 재로 새카매진 손을 브렌다에게 내밀었다.

브렌다는 깜짝 놀랐지만 피하지는 않았다. 그래서 버피의 손을 굳게 맞잡았다.

"왜요, 로미오?"

"칭찬하는 거요. 아주 멋지게 해냈잖소."

브렌다는 웃음을 터뜨렸다. 당황스러웠지만 기쁘기도 했다.

"막상 닥치면 누구나 할 수 있어요. 큰 불도 아니고, 땅이 젖었으니 어차피 해 질 때까지는 저절로 꺼졌을걸요."

"모를 일이지."

로미오는 이렇게 말하며 다 무너져 가는 돌담으로 둘러싸인 조그만 공터를 가리켰다.

"어쩌면 저쪽에 웃자란 풀로 옮겨 붙어서 그 너머의 숲까지 탔을지도. 그렇게 되면 끝장이오. 일주일, 아니면 한 달도 탔을 거요. 소방차도 없으니 말이오."

로미오는 고개를 한쪽으로 돌리고 침을 뱉었다.

"산불은 일단 자리를 잡으면 바람이 안 불어도 타는 법이오. 저 남부 어디에는 이삼십 년 동안 불타는 광산이 있다더군.《내셔널 지오그래픽》에서 읽은 거요. 지하에는 바람도 안 부는데 말이지. 또 강풍이 불지 안 불지 어떻게 알겠소? 저 물건이 뭘 하고 뭘 안 하는지, 우린 아무것도 모르잖소."

두 사람은 나란히 돔을 바라보았다. 검댕과 재 덕분에 돔의 존재를 30미터 높이까지는 알아볼 수 있었다. 검게 물든 돔은 이쪽에서 보는 타커스밀스의 풍경을 흐릿하게 가렸고, 브렌다는 그것이 마음에 안 들었다. 거기에 대해 깊이 생각하고 싶은 마음은 조금도 없었다. 이날 오후 작업을 통해 좋아진 기분을 망칠지도 몰랐기 때문이었다. 그러나 어쩔 도리가 없었다. 브렌다는 그것이 영 마음에 들지 않았다. 보고 있으면 전날 저녁에 보았던 기묘하게 끈적거리는 석양이 생각났다.

"아무래도 데일 바버라가 워싱턴에 있는 친구들한테 전화를 해야겠어요. 타커스밀스 쪽 불을 다 잡으면 저 뭔지 모를 장벽을 깨끗이 닦으라고 말이에요. 이쪽에선 손 쓸 방법이 없으니까."

"좋은 생각이군."

말은 이렇게 했지만, 로미오는 속으로 딴생각을 하고 있었다.

"그나저나, 댁의 부하들을 보고 뭐 느끼는 거 없소? 내 눈에는 딱 보이는데."

브렌다는 당황한 눈치였다.

"부하라니 무슨 소리예요."

"무슨 소리냐니, 당신이 명령을 내렸으니 당신 부하들이지. 저 중에 경찰이 있소?"

브렌다는 주위를 둘러보았다.

"한 명도 없소. 랜돌프, 헨리 모리슨, 프레드 덴턴, 루퍼트 리비, 조지 프레더릭…… 하다못해 신참 한 명도 안 보이는군. 그 꼬맹이들 말이오."

"혹시 일이 바빠서……."

로미오는 말꼬리를 흐리는 브렌다를 보며 고개를 끄덕였다.

"그럴 테지. 헌데 뭣 때문에 바쁠까? 그건 당신도 모르고 나도 마찬가지요. 경관들이 무슨 일로 바쁘든 간에 틀림없이 반가운 일은 아닐 거요. 이 판국에 서두를 일도 아닐 테고. 목요일 저녁에 마을 회의가 열린다던데, 상황이 계속 이딴 식으로 돌아가면 좀 뒤집어엎을 필요가 있을 것 같소. 내 생각엔…… 주제넘은 말인지도 모르지만, 소방서하고 경찰서는 당신이 지휘하는 게 좋을 것 같소."

브렌다는 로미오의 말을 곱씹어 보았다. 남편의 컴퓨터에서 찾은 **베이더** 파일도 곰곰이 생각해 보았다. 그러고 나서 천천히 고개를 저었다.

"그런 말을 하기엔 아직 너무 일러요."

"그럼 소방서만 맡는 건? 그건 어떻소?"

로미오의 말투에 루이스턴 출신 프랑스계의 억양이 강해졌다.

브렌다는 연기가 피어오르는 덤불과 검게 탄 잡목들을 둘러보았다. 1차 세계대전 당시의 전장을 찍은 사진처럼 추하기는 했지만, 이제 위험하지는 않았다. 이곳에 모인 사람들이 해낸 일이었다. 그들은 부하였다. '브렌다'의 부하들이었다.

브렌다는 싱긋 웃었다.

"그거라면 한번 생각해 볼게요."

12

처음으로 병원 복도에 모습을 드러낸 지니 톰린슨은 불길한 소식을 알리듯 요란하게 울리는 벨소리를 좇아 헐레벌떡 달려갔고, 그래서 파이퍼 목사는 지니에게 말을 걸 기회를 얻지 못했다. 실은 말을 걸 엄두조차 내지 못했다. 대기실에 오래 머물다 보니 병원의 상황이 머릿속에 훤히 그려졌던 것이다. 단 세 사람이 온 병원을 책임지는 중이었는데 그중 둘은 간호사였고, 한 명은 지나 버펄리노라는 십대 자원봉사자였다. 그들 나름대로 애를 쓰기는 했지만 간신히 버티는 중이었다. 다시 돌아온 지니는 걸음이 무척이나 느려 보였다. 어깨는 축 처져 있었다. 한쪽 손에 쥔 진료 기록부가 대롱대롱 흔들렸다.

"지니, 괜찮아요?"

파이퍼 목사는 지니가 신경질을 낼지도 모른다고 생각했지만, 지니는 쏘아붙이는 대신 피곤에 전 미소를 지어 보였다. 그러고는 목사 옆자리에 털썩 앉았다.

"괜찮아요. 그냥 피곤한 것뿐이에요. 그리고…… 에드 카티 씨가 방금 돌아가셨어요."

파이퍼 목사는 지니의 손을 잡았다.

"안됐네요, 정말."

지니도 목사의 손을 꼭 맞잡았다.

"안되긴요. 여자들끼리 출산 얘기할 때 뭐라고 하는지 목사님도 아시죠? 이 사람은 난산이다, 저 사람은 순산이다 그러잖아요?"

파이퍼 목사는 고개를 끄덕였다.

"죽는 것도 그거랑 똑같아요. 카티 씨는 오랫동안 고생하시다가 이제야 몸을 푸신 거예요."

그 말이 파이퍼 목사에게는 훌륭한 생각처럼 들렸다. 설교할 때 써먹을 수도 있을 듯싶었는데…… 다만, 오는 일요일 예배에서는 사람들이 죽음에 관한 이야기를 듣고 싶어 할 것 같지가 않았다. 돔이 제자리에 버티고 있는 한은.

잠시 침묵이 흐르는 동안 파이퍼 목사는 반드시 해야만 하는 질문을 어떻게 꺼내면 좋을지 궁리했다. 그러나 결국에는 말을 꺼낼 필요가 없었다. 지니가 먼저 입을 연 덕분이었다.

"사만다는 강간당했어요. 그것도 여러 번요. 혹시라도 트위첼한테 봉합을 맡겨야 하나 불안했는데, 다행히 질 안에 지혈대를 삽입해서 출혈을 잡았지 뭐예요."

지니는 한참 있다가 말을 이었다.

"제가 다 눈물이 나더라고요. 사만다가 마취약 덕분에 눈치를 못 챘으니 다행이죠."

"아기는요?"

"일단은 건강한 18개월 된 아기인데, 그래도 꽤 놀랐어요. 경기를 일으켰거든요. 아마 볕을 너무 오래 쬐어서 그럴 거예요. 게다

가 탈수 증상에…… 배도 고팠을 테고…… 거기다 다치기까지
했으니까요."

지니는 손가락으로 이마에 선을 그어 보였다.

복도 저편에서 걸어온 트위첼이 대화에 끼어들었다. 쾌활하던
평소 모습과 몇 광년은 떨어진 표정이었다.

"강간범이 아기한테까지 손을 댄 건가요?"

목소리는 여전히 침착했지만 파이퍼 목사의 머릿속에는 가느
다란 틈이 벌어졌고, 그 틈 안쪽에서는 붉은 기운이 솟구쳤다.

"리틀 월터요? 제가 보기엔 그냥 떨어진 것 같던데요." 트위첼
이 대답했다. "사만다가 중얼거리는 소릴 들었는데, 아기 침대가
무너졌나 봐요. 전부 다 알아듣진 못했지만 틀림없이 사고였을 거
예요. 어쨌든 그거 하난 확실해요."

파이퍼 목사는 어리둥절한 표정으로 트위첼을 돌아보았다.

"그 여자가 했던 말이 바로 그거예요. 난 처음에 물 좀 달라고
하는 줄 알았는데."

"물론 목이 마르기는 했겠죠." 지니가 말했다. "하지만 사만다
네 아기 이름은 정말로 리틀 월터예요. 월터가 가운데 이름이래
요. 하모니카를 부는 블루스 가수 이름을 따서 지었다나 봐요. 사
만다하고 필은……."

지니는 대마초 파이프를 입에 대고 연기 빼는 시늉을 했다.

"아, 필은 그냥 대마초 중독자가 아니에요." 트위첼이 끼어들었
다. "약에 관해서라면 필 부시는 팔방미인 수준이었죠."

"그 사람은 죽었나요?" 파이퍼 목사가 물었다.

트위첼은 알 바 아니라는 듯이 어깨를 으쓱했다.

"올봄부터 안 보이는 것 같던데요. 죽었다면 차라리 다행이죠."

파이퍼 목사는 트위첼을 나무라듯이 흘겨보았다.

트위첼은 고개를 살짝 움츠렸다.

"죄송합니다, 목사님." 그러고는 지니를 돌아보았다. "러스티한
테서 연락 안 왔어요?"

"그 양반은 좀 쉬어야 해요. 내가 집에 가라고 했어요. 그래 봤
자 얼마 안 있으면 돌아올 테지만."

두 사람 사이에 앉은 파이퍼 목사는 겉만 보면 태연한 듯했다.
그러나 머릿속에서는 핏빛 틈새가 점점 더 크게 벌어지는 중이었
다. 입 안에는 신물이 맴돌았다. 오래전 어느 날 밤, 아버지한테
서 쇼핑몰 스케이트장에 가지 말라는 말을 들었던 그날 밤의 기
억이 떠올랐다. 목사가 어머니에게 모진 소리를 했기 때문이었다
(십대 시절에 파이퍼 목사는 모진 소리를 하는 데 일가견이 있었다.).
목사는 위층으로 올라가서 그날 만나기로 했던 친구에게 전화를
걸어 더없이 쾌활하고 평온한 목소리로 일이 생기는 바람에 만날
수 없게 되었노라고 얘기했다. 다음 주말에? 당연히 괜찮지, 응,
그래, 재밌게 놀아, 아냐, 난 괜찮아, 안녕. 그러고 나서 방을 통째
로 뒤집어엎었다. 난장판의 마무리는 끔찍이 아끼던 록밴드의 포
스터를 벽에서 떼어 갈기갈기 찢는 것으로 대신했다. 그때는 이미
서럽게 울고 있었는데, 이는 슬픔 때문이 아니라 십대 시절 내내
목사와 함께했던 5등급 태풍처럼 강력한 분노 때문이었다. 그렇
게 난장판을 만드는 동안 어느 새 위층으로 올라온 아버지가 문
간에 서서 목사를 보고 있었다. 거기 서 있는 아버지를 발견했을
때, 목사는 반항하듯 거친 눈으로 아버지를 쏘아보았다. 숨을 헐

떡거리며 자신이 아버지를 얼마나 미워하는지를 생각했다. 아버지와 어머니 모두 미웠다. 만약 두 분 다 돌아가신다고 해도 뉴욕의 루스 이모한테 가서 함께 살면 그만이었다. 루스 이모는 노는 법을 알았다. 어떤 사람들하고는 딴판이었다. 아버지는 쫙 편 두 손을 딸을 향해 내밀었다. 그 초라한 몸짓을 보고 목사는 화가 누그러졌다. 가슴이 미어지는 듯했다.

'네가 만약 성질을 다스리지 못하면 네 성질이 너를 다스리게 될 거다.' 아버지는 그 말을 남기고 자리를 떴고, 고개를 푹 숙인 채 복도를 걸어갔다. 파이퍼 목사는 그런 아버지 뒤에서 문을 쾅 닫지 않았다. 소리도 내지 않고 조용히 닫았다.

그해에 파이퍼 목사는 이따금씩 폭발하는 자신의 성질을 다스리는 일을 최우선 과제로 삼았다. 그 성질을 완전히 죽였다가는 자신의 일부마저 죽이는 셈이었지만, 목사는 철저히 변하지 않으면 자신의 중요한 부분이 아주, 아주 오랫동안 열다섯 살에 머물 거라고 생각했다. 그래서 성질에 고삐를 채우려고 노력하기 시작했고, 거의 성공했다. 그 고삐가 느슨해지는 느낌이 들면 목사는 아버지가 했던 말을, 아버지의 힘없는 손짓을, 자신이 자란 집 2층의 복도를 힘없이 걸어가는 아버지의 뒷모습을 떠올렸다. 그로부터 9년 후에 치른 아버지의 장례식에서 목사는 이렇게 말했다. '아버지는 제가 들은 말 중에 가장 소중한 한마디를 제게 들려 주셨습니다.' 정확히 무슨 말인지는 언급하지 않았지만, 목사의 어머니는 알고 있었다. 딸이 목사로 있는 교회의 맨 앞줄에 줄곧 앉아 있었기 때문이었다.

지난 20년간 남에게 성질을 퍼붓고 싶은 충동을 느낄 때마다

(가끔은 그 충동이 거의 억누를 수 없을 만큼 강할 때도 있었다. 왜냐하면 사람들은 몹시도 어리석었고, 한사코 미련한 짓을 고집했기 때문이었다.), 파이퍼 목사는 아버지의 목소리를 떠올렸다. '네가 만약 성질을 다스리지 못하면 네 성질이 너를 다스리게 될 거다.'

그러나 머릿속의 핏빛 틈새가 점점 입을 벌리는 지금, 파이퍼 목사는 손에 잡히는 대로 집어던지고 싶은 해묵은 충동을 느꼈다. 피가 송골송골 스며 나올 때까지 살갗을 긁어 대고 싶었다.

"지니, 누가 그랬는지 물어봤어요?"

"그럼요, 당연하죠. 그런데 대답을 안 해요. 겁을 먹어서."

파이퍼 목사는 길에 쓰러진 엄마와 아기를 처음 보고 대형 쓰레기봉투로 착각했던 기억을 떠올렸다. 그러고 보면 그 짓을 저지른 범인은 사람 둘을 쓰레기로 취급한 셈이었다. 목사는 자리에서 일어섰다.

"내가 얘기해 볼게요."

"목사님, 지금은 좋은 생각이 아닌 것 같아요. 진정제를 맞았거든요, 그러니까……."

"그냥 놔둬요, 지니."

트위첼이 말했다. 얼굴이 백짓장처럼 창백했다. 두 손은 무릎 사이에 깍지를 낀 채였다. 손가락 마디에서 연방 뚜두둑 소리가 났다.

"잘해 보세요, 목사님."

13

사만다의 눈은 거슴츠레했다. 그러다가 파이퍼 목사가 침대 머리맡에 앉자 눈꺼풀이 천천히 열렸다.

"당신은…… 아까 그……."

"맞아요."

목사는 사만다의 손을 꼭 쥐었다.

"내 이름은 파이퍼 리비예요."

"고맙습니다."

사만다의 두 눈이 다시 스르륵 감겼다.

"인사는 됐어요, 당신을 강간한 놈들의 이름을 가르쳐 줘요."

사만다는 어두운 병실 침대에 누운 채 고개를 저었다. 병원 에어컨이 꺼진 탓에 실내는 후텁지근했다.

"가만 안 둔댔어요. 입을 열면요."

사만다는 파이퍼 목사를 흘깃 쳐다보았다. 소처럼 순박한 그 눈에는 어리석은 체념의 빛이 가득했다.

"우리 리틀 월터도 다칠 거예요."

파이퍼 목사는 고개를 끄덕였다.

"겁먹은 거 알아요. 그러니까 누가 그랬는지 얘기해요. 이름만 말하면 돼요."

"제 말이 안 들리나요?" 사만다는 목사에게서 눈을 돌렸다. "그놈들이 가만 안 둔다고 했단 말이에요……."

파이퍼 목사는 조바심이 났다. 여자가 자신의 존재를 아예 잊어 버릴 것 같았기 때문이었다. 목사는 사만다의 손목을 붙잡았다.

"난 그놈들 이름을 들어야겠어요. 어서 털어놔요."

"안 된단 말이에요."

사만다는 눈물을 흘리기 시작했다.

"아뇨, 당신은 다 털어놓을 거예요. 왜냐면 내가 없었으면 당신은 이미 죽은 목숨이니까요."

목사는 잠시 말을 멈추었다가 이내 끝까지 밀어붙이기로 마음먹었다. 나중에야 후회할지도 모를 일이었지만, 당장은 아니었다. 당장은 눈앞의 이 여인조차도 목사가 알고 싶어 하는 것을 가로막는 장애물에 지나지 않았다.

"당신 아기는 말할 것도 없죠. 아기도 죽었을 거예요. 난 당신 목숨을 구했어요, 당신 아기의 목숨도. 그러니까 그놈들 이름을 대요."

"안 돼요."

그러나 여인은 서서히 약해지는 중이었고, 파이퍼 목사는 사실 마음 한구석에서 지금 이 상황을 즐기고 있었다. 나중에 가서는 치를 떨 만한 짓이었다. 나중에는 이런 생각이 들지도 몰랐다. '너도 그놈들이랑 다를 게 없어. 강제로 한 짓인 건 마찬가지니까.' 그러나 당장은, 아무렴, 즐거웠다. 아끼는 포스터를 벽에서 뜯어내어 갈기갈기 찢을 때 그러했듯이.

'괴로워서 즐거웠던 거야.' 목사는 속으로 생각했다. '그건 내 심장이었으니까.'

파이퍼 목사는 울고 있는 여인 위로 몸을 숙였다.

"귓구멍 후벼 파고 잘 들어요, 사만다. 당신이 꼭 들어야 하는 얘기니까. 한 번 그런 짓을 한 놈들은 반드시 또 저지르는 법이에요. 그놈들이 또 그러면, 그래서 다른 여성이 피투성이가 된 채 병원에 실려 와서 강간범의 아이를 배는 일이 생기기라도 하면, 난 당신을 찾아갈 거예요. 찾아가서 뭐라고 할 거냐면……"

"그만! 그만해요!"

"당신도 공범이라고 할 거예요. 당신도 그 현장에 함께 있었다고, 그놈들을 부추겼다고 할 거예요."

"아니에요!" 사만다는 울부짖었다. "내가 안 그랬어요, 조지아가 그랬어요! 조지아가 부추겼어요!"

파이퍼 목사는 혐오감에 소름이 돋았다. 여자 이름이었다. 여자가 강간 현장에 있었다. 머릿속의 핏빛 틈새가 더욱 크게 벌어졌다. 머잖아 용암이 흘러나올 것만 같았다.

"이름을 대요." 파이퍼 목사가 말했다.

사만다는 순순히 따랐다.

14

재키 웨팅턴과 린다 에버렛은 푸드시티 슈퍼마켓 앞에 순찰차를 세워 놓았다. 슈퍼마켓은 8시가 아니라 5시에 영업을 마칠 예정이었다. 랜돌프 서장은 슈퍼마켓이 일찍 문을 닫으면 소란이 벌어질지도 모른다고 생각하고 두 경관을 이곳으로 보냈다. 텅 비다시피 한 슈퍼마켓을 보면 이는 어리석은 생각이었다. 주차장에 세워진 차는 열 대가 채 안 되었고 몇 안 되는 손님들은 똑같은 악몽을 꾸는 사람들처럼 멍한 표정으로 느릿느릿 돌아다녔다. 두 경관의 눈에 띈 점원은 브루스 야들리라는 이름의 십대 아이 한 명뿐이었다. 아이는 신용카드 대신 현금을 받고 전표를 써 주었다. 정육 코너는 거의 초토화된 상태였지만 닭고기는 아직 꽤 많이 남아 있었고, 통조림과 육포 선반도 가득 차 있었다.

린다의 휴대전화가 울렸을 때 두 사람은 마지막 손님이 떠나기를 기다리는 중이었다. 린다는 발신자 번호를 확인하고 가슴이 철렁 내려앉았다. 전화를 건 이는 마르타 에드먼즈, 즉 린다와 러스티가 둘 다 출근했을 때 자넬과 주디를 돌봐주는 사람이었다. 그리고 돔이 나타난 이후로 에버렛 부부는 거의 매일 출근을 했다. 린다는 전화기의 통화 버튼을 눌렀다.

"마르타? 별 일 없죠?"

린다는 아무 일도 아니기를 바랐다. 아이들을 데리고 공원에 가도 되느냐 같은 용건이기를 바랐다.

"그게…… 응, 괜찮아."

린다는 마르타의 근심스러운 목소리가 마음에 안 들었다.

"그런데…… 애가 발작 일으키는 거, 자기도 알지?"

"세상에, 또 그랬어요?"

"그런 것 같아." 마르타는 이렇게 말하고 나서 서둘러 덧붙였다. "지금은 아주 말짱해. 건넛방에서 색칠 놀이 하고 있어."

"어떻게 된 거예요? 얘길 해 봐요!"

"애들끼리 그네를 타다가 그랬어. 난 꽃밭에 있었고. 이제 곧 겨울이니까 월동 준비를……."

"마르타, 제발!"

린다가 외쳤다. 재키는 그런 린다의 어깨를 다독여 주었다.

"미안해, 린다. 난 꽃밭에 있다가 오드리가 짖는 소리를 듣고 뒤를 돌아봤어. '얘, 너 괜찮니?' 하고 물어봤거든? 근데 애가 대답도 없이 그네에서 내리더니 그 밑에 가만히 앉는 거야. 그 왜, 그네 탈 때 발을 굴러서 움푹 팬 자리 있잖아. 떨어진 것도 아니었어, 그냥 가만히 앉더라고. 그러더니 앞을 똑바로 보면서 입술을 달싹거리는 거야. 자기가 잘 지켜보라고 했잖아, 혹시 입술을 달싹거리는지. 그래서 내가 뛰어가서…… 잡고 흔들었는데…… 애가 뭐라고 했냐면…… 그러니까……."

'또 시작이군.' 린다는 속으로 생각했다. '핼러윈을 막아, 핼러윈이 못 오게 막아야 해.'

그러나 아니었다. 완전히 다른 이야기였다.

"이렇게 얘기했어. '분홍색 별들이 떨어져요. 분홍색 별들이 줄줄이 떨어지고 있어요.' 그리고 나서 또 이러더라. '너무 어두워요, 나쁜 냄새가 가득해요.' 그러더니 일어서서 다시 말짱해졌어."

"하나님, 감사합니다."

린다는 문득 다섯 살 난 둘째 딸의 안부가 궁금해졌다.

"주디는 괜찮아요? 언니 때문에 놀라진 않았나요?"

전화기 저편에서 한참 동안 침묵이 흐르다가 마르타의 목소리가 들려왔다.

"아, 참."

"'아, 참'이라뇨? 그게 무슨 소리예요."

"내가 말한 애는 주디였어, 린다. 자넬이 아니야. 이번엔 주디가 발작을 일으켰어."

'누나가 말한 그 놀이 빨리 하고 싶어요.' 러스티와 얘기를 하느라 공원에 잠시 멈춰 섰을 때, 에이든은 캐럴린 스터지스에게 이렇게 말했다. 캐럴린은 아이들에게 '빨간불 파란불'을 가르쳐 줄 생각이었지만, 최소한의 규칙밖에 기억나지 않았다. 그도 그럴 것이 예닐곱 살 때 이후로는 한 번도 해 본 적이 없었다.

그러나 막상 목사관의 널따란 뒷마당에 있는 나무에 기대어 서고 보니 규칙이 하나둘 떠올랐다. 게다가 놀랍게도, 서스턴마저 오래전의 규칙을 떠올리고 놀이에 열을 올렸다.

"명심하렴."

서스턴은 아이들에게 설명해 주었다(정작 아이들은 빨간불 파란불 놀이에 이미 흥미를 잃은 눈치였다.).

"캐럴린은 자기가 원하는 속도로 열까지 셀 수 있어. 다 세고 나면 뒤로 돌아설 텐데, 그때 만약 너희가 움직이다가 들키면 출발선으로 돌아가야 해."

"난 안 들킬 자신 있어요." 앨리스가 말했다.

"나도요, 나도요." 에이든도 자신만만했다.

"어디 얼마나 잘하나 한번 볼까."

캐럴린은 나무 쪽으로 고개를 돌렸다.

"하나아, 두울, 세엣, 네엣…… 다섯, 여섯, 일곱…… 여덟아홉 열 빨간불!"

캐럴린은 뒤로 홱 돌아섰다. 앨리스는 한쪽 발을 성큼 내디딘 채 배시시 웃는 얼굴로 서 있었다. 서스턴 역시 미소 띤 얼굴로

『오페라의 유령』에 나오는 유령처럼 팔을 쫙 벌린 채 서 있었다. 에이든은 살짝 꼼지락거리는 중이었지만 캐럴린은 아이를 출발선으로 돌려보내고 싶은 생각이 추호도 없었다. 아이의 행복해 보이는 표정을 망치고 싶지 않았다.

"잘했어, 우리 동상 친구들. 그럼 다음 판으로 넘어가 볼까?"

캐럴린은 나무로 돌아서서 다시 숫자를 셌다. 등 뒤에서 사람들이 움직이는 기척이 들리자 오래전 어릴 적에 느꼈던 즐거운 긴장감이 다시금 스멀스멀 솟아났다.

"하나둘 셋넷 다섯여섯 일곱여덟아홉열 빨간불!"

캐럴린은 번개같이 돌아섰다. 앨리스는 이제 겨우 스무 걸음 앞에 서 있었다. 그 뒤로 열 걸음쯤 떨어진 곳에 에이든이 한쪽 다리를 들고 위태롭게 서 있었다. 무릎의 상처에 앉은 딱지가 또렷이 보였다. 서스턴은 아이 뒤에 서서 연설하는 사람처럼 가슴에 한 손을 얹고 씩 웃고 있었다. 곧 앨리스에게 잡힐 판국이었지만, 캐럴린은 아무렇지도 않았다. 다음 판에는 앨리스가 술래가 되어 동생에게 잡혀 줄 것이기 때문이었다. 캐럴린과 서스턴은 그렇게 되도록 배려해 줄 생각이었다.

캐럴린은 다시 나무 쪽으로 돌아섰다.

"하나둘셋넷……."

뒤이어 앨리스의 비명소리가 들려왔다.

캐럴린이 돌아서 보니 에이든 애플턴이 땅에 쓰러져 있었다. 처음에는 놀이를 계속하는 것처럼 보였다. 딱지가 앉은 한쪽 무릎을 공중에 쳐들고 있었기 때문이었다. 꼭 누워서 달리려고 하는 사람처럼. 홉뜬 두 눈은 하늘을 올려다보고 있었다. 입은 동그랗게 벌린 채였다. 반바지의 가랑이 부분은 짙은 색으로 물들어갔다. 캐럴린은 에이든을 향해 달려갔다.

"얘 왜 이래요? 얘 괜찮은 거예요?"

앨리스가 물었다. 아이의 표정에는 끔찍했던 지난 주말에 받은 스트레스가 고스란히 드러나 있었다.

"에이든?" 서스턴이 물었다. "얘, 너 괜찮니?"

에이든의 경련은 멈추지 않았다. 아이는 투명한 빨대를 빨듯이 입술을 동그랗게 오므리고 숨을 들이마셨다. 위로 쳐들었던 다리가 내려오는가 싶더니…… 다시 공중으로 솟구쳤다. 아이의 양 어깨가 움찔거렸다.

"서스턴, 애가 발작을 일으켰나 봐요. 너무 흥분해서 그랬을 거예요, 잠깐 가만히 두면 괜찮아질지도……."

"분홍색 별들이 떨어져요." 에이든이 중얼거렸다. "별들이 꼬리를 그리면서 떨어져요. 되게 예뻐요. 근데 무서워요. 다들 구경하고 있어요. 이번 핼러윈엔 사탕은 없고, 장난만 쳐요. 숨쉬기가 힘들어요. 그 아저씬 자기가 주방장이래요. 다 그 아저씨 잘못이에요. 그 아저씨가 나빠요."

캐럴린과 서스턴은 서로 마주보았다. 앨리스는 동생 곁에 무릎을 꿇고 손을 잡아 주었다.

"분홍색 별. 별들이 떨어져요, 떨어지고 있어요, 별이……."

"정신 차려!" 앨리스는 동생의 얼굴에 대고 외쳤다. "무서운 말은 그만해!"

서스턴 마셜이 앨리스의 어깨를 살짝 건드렸다.

"얘야, 그런 말은 별 도움이 안 될 것 같구나."

앨리스는 그런 서스턴을 거들떠보지도 않았다.

"정신 차리란 말이야, 이…… 이 바보야!"

그러자 에이든이 정신을 차렸다. 아이는 눈물을 줄줄 흘리는 누나의 얼굴을 어리둥절한 표정으로 올려다보았다. 그러다가 캐럴린을 보고 방긋 웃었다. 그토록 귀여운 웃음을 캐럴린은 평생 본 적이 없었다.

"내가 술래 잡은 거예요?" 에이든이 물었다.

16

마을 회관의 비품 창고에 있는 발전기는 상태가 영 엉망이었고(아래로 새는 기름을 받으려고 낡은 양동이를 받쳐 놓을 정도로), 러스티가 보기에 빅 짐의 허머만큼이나 연비가 안 좋을 듯싶었다. 그러나 정작 러스티의 눈길을 끈 것은 발전기가 아니라 거기 연결된 은색 가스통이었다.

바비는 발전기를 흘깃 쳐다보고 냄새에 눈살을 찌푸리며 가스통 쪽으로 걸어갔다.

"생각만큼 크진 않군요."

말은 이렇게 했지만…… 들장미 식당에서 사용하는 가스통이나 브렌다 퍼킨스의 집에서 갈아 끼운 가스통보다는 어마어마하게 커다랬다.

"일명 '공공기관용' 가스통이란 거예요. 작년 마을 회의에서 들은 기억이 나요. 샌더스와 레니가 작은 가스통으로는 '이 에너지 부족 시대'를 헤쳐 나가기 힘들다고 호들갑을 떨었죠. 한 통에 3000리터가 들어간다더군요."

"그럼 무게로 따지면…… 얼만가요? 한 3톤?"

러스티는 고개를 끄덕였다.

"거기다 통 무게까지 더해야죠. 들어 올리려면 지게차나 유압 기중기가 있어야겠지만, 옮기는 건 별로 안 힘들어요. 램 픽업트럭 한 대면 3톤짜리 트레일러쯤은 끌 수 있으니까요. 이만 한 중간 크기 통이면 트럭 짐칸에도 들어갈걸요. 뭐, 뒤로 살짝 튀어나오기는 하겠지만."

러스티는 별 것 아니라는 듯이 어깨를 으쓱했다.

"빨간 깃발 하나만 달면 문제없어요."

"여긴 달랑 한 개뿐인데. 이게 다 떨어지면 마을 회관은 정전이겠군요."

"나머지가 어디 있는지 레니하고 샌더스가 모른다면 그렇게 되겠죠. 하지만 그 양반들은 틀림없이 알걸요."

바비는 가스통에 파란색 페인트로 찍힌 글씨를 슥 쓰다듬었다. **캐서린 러셀 병원**이라고 적혀 있었다.

"선생이 잃어버린 물건이 바로 이거군요."

"제 생각엔 잃어버린 게 아니라 도둑맞은 거예요. 어쨌든, 이 안에 다섯 통이 더 있어야 해요. 사라진 가스통은 전부 여섯 개니까."

바비는 기다란 창고 안을 훑어보았다. 차곡차곡 포개어 놓은 삽과 예비 부품 상자 말고는 아무것도 없었다. 발전기 주변은 특히 더 깨끗했다.

"선생, 병원에서 사라진 가스통은 일단 잊읍시다. 그나저나 마을 회관 가스통은 다 어디로 갔을까요?"

"그거야 모르죠."

"그런데 뭐 때문에 가스통을 훔쳐 갔을까요?"

"그것도 모르겠어요. 하지만 지금부터 알아볼 작정이에요."

분홍빛 별들이 추락하는 밤

1

바비와 러스티는 창고를 나선 다음 바깥 공기를 가슴 깊숙이 들이마셨다. 공기에는 마을 서쪽에서 막 꺼진 불의 알싸한 연기 냄새가 배어 있었지만, 창고 안에서 발전기 배기가스를 들이마신 두 사람에게는 무척이나 신선했다. 나른한 바람이 뺨을 간질이고 지나갔다. 바비는 방공호에서 찾은 갈색 종이봉투에 가이거 계수기를 넣어 들고 있었다.

"이대로 놔 둘 수는 없어요."

러스티가 결연한 표정으로 중얼거렸다.

"어쩔 작정이신가요?"

"지금요? 아무 생각도 없어요. 일단 병원으로 돌아가서 회진을 돌아야죠. 하지만 오늘 밤에는, 짐 레니의 집에 찾아가서 설명을 들어야겠어요. 그 양반은 핑계를 잘 준비하는 게 좋을 겁니다. 병원 가스통도 함께요. 꼭 필요한 곳에만 켜 놓는다고 해도, 모레쯤에는 병원 발전기가 멈춰 버릴 테니까요."

"그때까지는 상황이 정리될지도 몰라요."

"정말로 그렇게 생각해요?"

바비는 그 질문에 대답하는 대신 말머리를 돌렸다.

"러스티 선생, 지금 같은 상황에서 레니 부의장을 압박했다가는 위험할지도 모릅니다."

"지금 같은 상황이라고요? 흠, 그 말을 들으니 마을에 온 지 얼마 안 된 사람이란 게 실감이 나는군요. 난 빅 짐이 이 마을을 다스리는 동안 내내 그런 경고를 수도 없이 들었어요. 빅 짐이 사람들한테 하는 말은 꺼져 아니면 참아, 둘 중 하나예요. 이유는 간단하죠. '마을의 안녕을 위하여.' 빅 짐의 길고 긴 어록에서 맨 처음 등장하는 말이 바로 그거예요. 3월에 열리는 마을 회의는 만담 대회나 마찬가지고요. 새 하수 시설을 건립하자는 안건이 올라오면? '미안합니다, 마을 예산으로는 감당할 수가 없습니다.' 상업 지구를 확충하자고 하면? '좋은 생각이군요, 우리 마을에는 재원이 필요합니다, 117번 국도변에 월마트를 지읍시다.' 메인 주립 대학교에서 촌락 환경 연구 프로젝트를 실시했는데, 체스터 연못에 유입되는 하수량이 너무 많다는 결과가 나왔어요. 의장단이 어떻게 했을까요? 토의를 보류한다고 선언했어요. 다들 알다시피 그런 과학적 조사를 하는 인간들은 급진적 인본주의자에다 허풍쟁이 무신론자들이라는 이유로요. 하지만 병원은 마을의 안녕 그 자체 아닌가요?"

"그럼요. 물론이죠."

바비는 난데없이 분통을 터뜨리는 러스티를 보고 조금 당황한 눈치였다.

러스티는 뒷주머니에 손을 꽂은 채로 땅을 내려다보았다. 그러다가 고개를 들고 말했다. "듣자하니 대통령이 바비 씨한테 지휘권을 맡겼다더군요. 새 지도자를 뽑을 절호의 기회 같은데요."

"거 좋은 생각이네요." 바비는 빙긋이 웃었다. "다만…… 레니하고 샌더스는 경찰력을 갖고 있는데, 제 부하들은 다 어디 있을까요?"

러스티가 대답하기에 앞서 휴대전화가 먼저 울렸다. 러스티는 전화기를 열고 자그마한 화면을 들여다보았다.

"린다? 무슨 일이야?"

러스티는 말없이 전화에 귀를 기울였다.

"그래, 알았어. 둘 다 괜찮아졌으면 됐어. 그런데 주디가 그런 거 확실해? 자넬이 아니고? ……차라리 잘된 일인지도 몰라. 오전에 아이 두 명을 봤는데, 걔들도 가벼운 발작을 겪었대. 나랑 만나기 훨씬 전에 말이야. 그런데 둘 다 괜찮더라고. 비슷한 전화는 세 통이나 받았어. 지니도 한 통 받았고. 뭔지는 모르지만 저 돔을 만든 힘이 부작용을 일으키는 걸 수도 있어." 러스티는 상대의 말을 가만히 들었다. "얘기할 기회가 없어서 그랬어."

상대방의 화를 돋우지 않으려는 듯 참을성 있는 목소리였다. 바비는 그런 말투를 이끌어낸 상대의 질문이 무엇인지 충분히 상상할 수 있었다. '마을 아이들이 사방에서 발작을 일으켰는데 그

애길 지금 해?'

"애들은 당신이 데리러 갈 거지? ······그래. 잘됐네. 뭔가 이상
하다 싶으면 바로 전화해, 내가 달려갈게. 그리고 오드리는 꼭 애
들 곁에 붙여 놔야 해. 그래. 알았어. 나도 사랑해."

러스티는 전화기를 허리띠에 꽂고 두 손으로 머리를 쓸어 넘겼
다. 그 손에 어찌나 힘을 주었던지 눈이 가느다래질 정도였다.

"하나님 맙소사."

"오드리가 누군가요?"

"집에서 키우는 골든레트리버예요."

"애들 발작에 대해서 좀 얘기해 주시죠."

러스티는 바비에게 얘기해 주었다. 자넬이 했던 핼러윈 이야기
와 주디가 했다는 분홍 별 이야기도 빠뜨리지 않았다.

"핼러윈 어쩌고 하는 얘기는 딘스모어네 둘째가 소리쳤던 거랑
비슷하군요."

"그러게요, 왜 아니겠어요."

"다른 아이들은요? 핼러윈 얘기를 한 아이가 또 있나요? 아니
면 분홍 별이나?"

"오늘 만난 보호자들 말로는 아이가 발작을 겪는 동안 뭐라고
중얼거리기는 했다던데, 너무 경황이 없어서 무슨 말인지는 못
알아들었대요."

"아이 본인은 기억 못 하던가요?"

"자기가 발작을 겪은 것조차도 기억 못 하던데요."

"그게 정상입니까?"

"비정상은 아니죠."

"혹시 작은 따님이 언니 흉내를 낸 건 아닐까요? 혹시…… 이를테면…… 관심을 끌 목적으로?"

러스티는 그 가능성을 생각해 본 적이 없었다. 실은 생각할 겨를이 없었다. 그러다가 이제야 그럴지도 모른다는 생각이 떠올랐다.

"가능한 얘기지만 그랬을 것 같진 않군요."

러스티는 봉지에 든 노란색 구형 가이거 카운터를 고갯짓으로 가리켰다.

"그걸 들고 조사하러 다닐 건가요?"

"제가 하진 않을 겁니다. 이건 마을 공용 비품이고, 권력자 나리들은 절 별로 안 좋아하시니까요. 이걸 들고 있다가 걸리고 싶진 않아요."

바비는 봉투를 러스티에게 내밀었다.

"안 돼요. 지금은 너무 바빠서."

"저도 압니다."

바비는 러스티에게 자기가 원하는 바를 얘기했다. 러스티는 가만히 듣고 있다가 싱긋 웃었다.

"좋아요, 그 정도라면. 내가 심부름하는 동안 바비 씬 뭘 하실 건가요?"

"들장미 식당에서 저녁을 만들어야죠. 오늘 저녁 특별 메뉴는 바버라식 닭 요리가 될 겁니다. 병원에도 좀 보내 드릴까요?"

"좋죠."

2

러스티는 캐서린 러셀 병원으로 돌아가는 길에 《데모크라트》 사무실에 들러 줄리아 섐웨이에게 가이거 계수기를 건네주었다.

러스티가 바비의 지시 사항을 늘어놓는 동안 가만히 듣고 있던 줄리아의 입가에 엷은 웃음이 떠올랐다.

"하여튼 사람 부려먹는 덴 도가 텄다니까요. 이건 제가 맡아 둘게요. 기꺼이."

러스티는 마을 공용 비품인 가이거 계수기를 갖고 있다가 남의 눈에 띄면 안 된다고 주의를 줄까 했지만, 그럴 필요는 없었다. 봉투는 줄리아 책상 아래의 빈 공간으로 쏙 들어갔다.

러스티는 다시 병원으로 향하다가 지니 톰린슨에게 전화를 걸어 이날 받았던 발작 신고 전화에 대해 물어보았다.

"지미 위커라는 꼬마애였는데. 전화 건 사람은 애 할아버지였고요. 이름이 빌 위커라던가?"

러스티가 아는 이름이었다. 빌은 마을 우체부였다.

"애 엄마가 차 기름 넣으러 간 사이에 손자를 보다가 그랬대요. 그건 그렇고, 체스터스밀 주유소에 일반 휘발유가 거의 바닥났다지 뭐예요. 조니 카버는 뻔뻔스럽게도 기름값을 리터당 3달러로 올렸고요. 3달러래요, 세상에!"

러스티는 하마터면 지니와 얼굴을 맞댄 채 이 수다를 견뎌야 했을지도 모른다고 생각하며 꾹 참고 듣기만 했다. 이제 병원에 거의 도착한 참이었다. 지니의 불평이 다 끝났을 때, 러스티는 지미 위커가 발작을 겪는 동안 무슨 말을 하지 않았느냐고 물었다.

"그럼요, 했죠. 빌 씨가 그러는데 꽤 시끄럽게 재잘거렸대요. 분홍 별이 어쩌고 했다던데. 핼러윈 얘기도 했고. 아니면 제가 착각하는 걸 수도 있어요, 로리 딘스모어가 총에 맞고 나서 한 얘기랑요. 사람들이 그 얘기를 하도 많이 했으니까요."

'아무렴, 당연하지.' 러스티는 그 생각을 떠올리고 소름이 끼쳤다. '이 얘기도 많이들 하게 될걸. 일단 귀에 들어오기만 하면 말이야. 보나마나 소문이 쫙 퍼지겠지만.'

"알았어요. 고마워요, 지니."

"언제 오실 건가요?"

"거의 도착했어요."

"다행이네요, 새 환자가 들어왔거든요. 사만다 부시라는 여성이에요. 강간당했어요."

러스티의 입에서 신음이 흘러나왔다.

"상태는 호전되는 중이에요. 파이퍼 목사님이 데려오셨어요. 전 범인들 이름을 못 알아냈지만, 제 생각에 목사님은 들으신 것 같아요. 목사님이 병원에서 뛰쳐나가는 모습을 봤는데요, 세상에, 꼭 미친……."

목소리가 끊겼다. 지니는 러스티의 귀에 들릴 정도로 늘어지게 하품을 했다.

"……미친 여자 널뛰는 것 같더라고요."

"지니, 당신…… 마지막으로 눈을 붙인 게 언제죠?"

"전 괜찮아요."

"집에 가서 쉬어요."

"지금 농담하세요?" 지니는 기가 찬 목소리로 물었다.

"아뇨. 집에 가서 쉬어요. 좀 자라고요. 자명종은 맞출 필요 없어요."

그 와중에 퍼뜩 떠오르는 생각이 있었다.

"아, 가는 길에 들장미 식당에 들르는 게 어때요? 오늘 저녁에 닭이 나온대요. 믿을 만한 소식통한테 들었어요."

"하지만 사만다 부시가……."

"내가 5분 후에 도착해서 들여다볼 거예요. 그러니까 당신은 당장 벌처럼 쌩 날아서 사라져요."

러스티는 지니가 더 따지기 전에 휴대전화 화면을 닫았다.

3

빅 짐 레니는 간밤에 살인을 저지른 사람치고는 놀랍도록 기분이 좋았다. 부분적으로는 그 일을 살인으로 여기지 않았기 때문이었는데, 이는 빅 짐이 자기 아내의 죽음을 살인으로 여기지 않은 것과 마찬가지였다. 아내를 죽인 것은 암이었다. 수술조차 불가능한 암. 물론 숨을 거두기 전 마지막 일주일 내내 빅 짐이 진통제를 너무 많이 먹였기 때문일 수도, 또한 끝에 가서는 아내의 얼굴에 베개를 얹어 도와주었기 때문일 수도 있었다(그러나 살짝, 아주 살짝 눌렀을 뿐이었다. 아내가 숨을 멈추고 예수님의 팔에 안길 수 있도록.). 그러나 이는 애정과 친절에서 비롯된 행위였다. 솔직히 코긴스 목사에게 일어난 일은 그보다 살짝 잔인하기는 했지만, 코긴스는 너무나 어리석었다. 자신보다 마을의 안녕을 앞서 생각하기가 아예 불가능할 만큼, 우둔했다.

"뭐, 그래도 오늘 저녁엔 주님과 함께 만찬을 즐길 테지. 로스트비프에 그레이비소스를 얹은 으깬 감자, 후식으로는 사과파이가 나오겠지."

이렇게 말한 빅 짐 본인은 크림소스를 뿌린 인스턴트 파스타를 큼지막한 접시에 한가득 담아 먹는 중이었다. 콜레스테롤이 듬뿍 들어 있을 터였지만, 잔소리를 늘어놓을 해스켈 선생은 이미 사라지고 없었다.

"내가 더 오래 살게 됐군, 영감태기."

빅 짐은 텅 빈 서재에 대고 혼자 중얼거리고 나서 사람 좋은 웃음을 터뜨렸다. 책상 깔개 위에 파스타 접시와 우유 잔이 놓여 있었다(술을 입에도 안 대는 사람이었으므로.). 빅 짐은 이따금씩 서재에서 끼니를 때웠고, 코긴스 목사가 이곳에서 숨을 거두었다는 이유만으로 그 습관을 바꿀 생각은 조금도 없었다. 게다가 서재는 다시 말끔하게 정돈되어 있었다. 아, 물론 텔레비전 드라마에 나오는 과학수사대가 루미놀과 특수 조명 따위를 들이대면 핏자국이 수두룩하게 나올 터였지만, 당장은 그런 인간들이 코빼기를 비출 일이 전혀 없었다. 혹시라도 피터 랜돌프가 이 건으로 수사를 할 가능성은…… 그건 그냥 농담이었다. 랜돌프는 천치였으니.

"그래도 어쩌겠나. 내가 거둬야 할 천치인데."

빅 짐은 빈 서재에서 혼자 연설을 하듯이 중얼거렸다.

뒤이어 마지막 파스타 몇 가닥을 후루룩 삼키고 넙데데한 턱을 냅킨으로 닦은 다음, 책상 깔개 옆의 노란색 연습장에 다시 뭐라고 끼적거리기 시작했다. 지난 토요일부터 빅 짐이 끼적거린 목록은 길고도 길었다. 할 일이 산더미 같았다. 만일 돔이 제자리를 지킨다면 더욱 많아질 터였다.

빅 짐은 마음 한편으로 돔이 제자리를 지켜 주기를 바랐다. 적어도 당분간은. 돔이 초래한 시련을 헤쳐 나갈 자신이 있기 때문이었다(물론 하나님의 도움으로.). 최우선 과제는 마을을 확고하게 장악하는 일이었다. 그러려면 희생양을 만드는 것 정도로는 부족했다. 아예 귀신을 하나 만들어내야 했다. 귀신은 말할 것도 없이 바버라였다. 민주당의 빨갱이 두목한테 지명을 받고 이 제임스 레니님의 자리를 차지하려는 그놈.

서재 문이 열렸다. 고개를 들어 보니 문간에 아들이 서 있었다. 아들의 얼굴은 창백하고 무표정했다. 요즘 들어 주니어는 어딘가 이상한 구석이 있었다. 빅 짐은 마을 일 때문에(그리고 친구들과 함께하는 간소한 사업 때문에) 바쁜 와중에도 이를 눈치챌 수 있었다. 그러나 빅 짐에게는 아들이 잘해 나가리라는 믿음이 있었다. 만에 하나 아들이 실망스러운 짓을 저지른다고 해도 너끈히 처리할 자신이 있었다. 빅 짐은 한평생 자신의 운을 스스로 개척한 사람이었다. 이제 와서 변할 수는 없었다.

게다가, 주니어는 시체를 옮겼다. 이로써 공범이 된 셈이었다. 이는 다행스러운 일이자, 실은 작은 마을에서 일구어 가는 삶의 본질이기도 했다. 작은 마을에서는 모든 이가 모든 것의 일부가 되어야 하는 법이었다. 그 바보 같은 가수가 뭐라고 노래했더라? '우리 모두 같은 팀을 응원하지.'

"아들아, 너 괜찮으냐?"

"괜찮아."

실은 괜찮지 않았지만 그래도 아까보다는 나았다. 방금 전에 엄습한 끔찍한 두통이 마침내 가시는 중이었다. 예상대로 애인들과 함께 보낸 시간이 도움이 되었다. 매케인네 식료품 창고에서는 고약한 냄새가 났지만 애인들의 손을 잡고 한참 동안 앉아 있다 보니 냄새에도 익숙해졌다. 심지어 그 냄새가 좋아질 것도 같았다.

"그놈 집에서 뭐 좀 찾았냐?"

"응."

주니어는 자신이 찾은 물건에 대해 이야기했다.

"잘했다, 아들아. 아주 잘했어. 그럼 이제 그걸…… 아니, 그 양반을 어디다 뒀는지 가르쳐 주면 안 되겠냐?"

주니어는 천천히 고개를 저었다. 그러나 고개를 젓는 동안에도 두 눈은 미동도 하지 않았다. 주니어의 눈은 아버지의 얼굴에 못 박힌 듯했다. 조금은 으스스한 모습이었다.

"아빠 알 거 없어. 내가 얘기했잖아. 안전한 곳이야, 그냥 그렇게만 알아둬."

"너 지금 아빠한테 지시하는 거냐?"

비록 말은 이렇게 했지만, 빅 짐의 목소리는 여느 때와 달리 기세등등하지 않았다.

"그래. 이 일에 관해서는."

빅 짐은 아들을 유심히 뜯어보았다.

"너 진짜 괜찮은 거냐? 얼굴에 핏기가 하나도 없는데."

"괜찮아. 그냥 두통이야. 이제 거의 나았어."

"뭘 좀 먹지 그러냐? 냉장고에 파스타가 몇 개 남았더라. 전자레인지로 돌리면 맛이 아주 좋아." 빅 짐은 빙긋이 웃으며 말을 이었다. "즐길 수 있을 때 즐겨 둬야지."

주니어는 생각에 잠긴 어두운 눈으로 잠시 접시의 하얀 소스를 내려다보다가, 다시 고개를 들고 아버지의 얼굴을 넘겨다보았다.

"배 안 고파. 시체들은 언제 발견하면 돼?"

"시체들?"

빅 짐은 아들을 빤히 쳐다보았다.

"시체들이라니, 너 그게 무슨 소리냐?"

주니어의 입가에 웃음이 번졌다. 윗입술은 이 끝이 보일 만큼만 살짝 올라갔다.

"신경 쓰지 마. 나중에 남들하고 똑같이 깜짝 놀라면 사람들이 아빠를 더 믿을 테니까. 그냥, 이렇게만 얘기해 둘게. 우리가 일단 뚜껑을 열면, 온 마을 사람들이 바비 그 자식을 나무에 목매달려고 할 거야. 언제 시작하고 싶어? 오늘 저녁? 오늘이 좋을 것 같은데."

빅 짐은 아들의 질문을 곰곰이 생각해 보았다. 그러다가 노란색 연습장을 내려다보았다. 빽빽이 적힌 메모(그리고 점점이 뿌려진 크림소스) 속에 단 한 군데 동그라미를 친 곳이 보였다. '신문사 계집애.'

"오늘 저녁은 안 된다. 녀석을 제대로 보내려면 코긴스 건 말고 다른 걸로도 뒤집어 씌워야 해."

"그러는 사이에 돔이 사라지면?"

"괜찮아."

빅 짐은 속으로 생각했다. '바버라 선생께서 무슨 수로든 덫을 빠져나간다고 해도 괜찮단다. 뭐 그럴 것 같진 않지만, 바퀴벌

레란 것들은 원래 궁지에 몰리면 어떻게든 빠져나갈 틈새를 찾는 법이니까. 바비가 없어도 나한텐 네가 있잖아. 너랑 네가 말한 그 시체들이.'

"이제 가서 뭘 좀 먹어. 푸성귀밖에 없긴 하지만."

그러나 주니어는 움직이지 않았다.

"아빠, 너무 오래 끌면 안 돼."

"그럴 일 없다."

주니어는 그 말을 곰곰이 생각해 보았다. 한편으로는 이제 이상한 빛까지 감도는 어두운 눈으로 아버지를 가만히 뜯어보았다. 그러다가 흥미를 잃었는지 하품을 했다.

"나 방에 가서 잠깐 잘래. 밥은 나중에 먹을게."

"꼭 먹어라. 너 요즘 너무 말랐어."

"날씬한 게 좋잖아."

빅 짐의 아들은 이렇게 대답하고 나서 공허한 웃음을 지어 보였다. 눈빛보다 훨씬 더 선뜩한 웃음이었다. 빅 짐의 눈에는 꼭 해골의 웃음처럼 보였다. 지금은 스스로 '주방장'을 자처하는 어떤 사내가 생각났다. 마치 지금껏 필 부시로 살던 삶이 완전히 취소됐다는 것처럼 구는 사내였다. 주니어가 서재를 나섰을 때, 빅 짐은 저도 모르게 안도의 한숨을 내쉬었다.

빅 짐은 펜을 들었다. 할 일이 산더미 같았다. 모두 해낼 생각이었다, 그것도 잘. 다 끝나면 《타임》 표지에 빅 짐의 사진이 실리는 것도 불가능한 일은 아니었다.

4

가스통을 찾지 못하면 머잖아 전기가 나갈 판이었지만, 그래도 발전기가 아직 멈추지 않은 덕분에 브렌다 퍼킨스는 남편의 프린터를 켜고 **베이더** 파일에 든 문서를 모조리 인쇄할 수 있었다. 남편 하위가 작성해 둔(그리고 죽음을 맞을 당시에 틀림없이 무슨 조치를 취할 작정이었던) 빅 짐의 터무니없는 범법 행위 목록은 컴퓨터 모니터보다 종이로 볼 때 더욱 그럴듯했다. 그 서류들은 보면 볼수록 브렌다가 한평생 알아 온 빅 짐과 딱 들어맞는 듯했다. 빅 짐이 괴물인 줄은 브렌다도 이미 아는 바였다. 단지 얼마나 거대한 괴물인지 몰랐을 뿐이었다.

심지어 코긴스 목사의 광신도 교회에 관한 기록마저도 브렌다가 아는 바 그대로였으나…… 다만 브렌다가 잘못 읽은 것이 아니라면 그곳은 교회가 아니라 거대한 세탁 공장이었고, 세탁하는 품목은 옷이 아니라 돈이었다. 그 돈을 만들어내는 마약 제조 사업을 브렌다의 남편은 이렇게 표현했다. '아마도 미국 역사상 가장 거대한 마약 조직들 가운데 하나일 것이다.'

그러나 하위 '듀크' 퍼킨스 경찰서장과 메인 주 검찰총장이 함께 인정하는 문제가 한 가지 있었다. 바로 베이더 작전의 정보 수집 단계가 왜 그토록 길었던가 하는 문제였다. 빅 짐은 그냥 덩치만 큰 괴물이 아니라 영리한 괴물이었다. 그가 늘 마을 부의장에 머무는 데 만족했던 이유 또한 그것이었다. 앤디 샌더스를 빠져나갈 구멍으로 삼았던 것이다.

또한 시선을 집중시킬 과녁으로도 써먹었다. 오랜 세월 동안 하위가 찾아낸 확고한 증거들은 하나같이 샌더스에 관한 것뿐이었다. 샌더스는 바지 사장 노릇을 하면서 아무것도 알아차리지 못했는데 이는 그가 무골호인에다 바보 천치이기 때문이었다. 샌더스는 마을 의회 의장이자 구주 그리스도 교회 집사로서 마을 주민들의 사랑을 한 몸에 받았지만, 한편으로는 꼬리에 꼬리를 물고 이어지다가 끝내는 바하마와 케이맨 제도의 조세 회피처로 사라진 법인 서류들에 이름을 올린 장본인이기도 했다. 만일 하위와 검찰 총장이 너무 일찍 손을 썼더라면 맨 먼저 수감자 번호판을 들고 사진을 찍을 사람은 틀림없이 샌더스였다. 어쩌면 샌더스 한 명으로 끝날 수도 있었다. 자네만 입을 다물면 아무 문제도 없을 거라고 빅 짐이 장담했다면. 그리고 샌더스는 그 장담을 믿었으리라. 허수아비 노릇을 하는 데에는 역시 허수아비가 최고 아니겠는가?

지난여름, 수사 상황은 하위가 막바지로 여기는 단계를 향해 나아가기 시작했다. 검찰총장이 입수한 문건 가운데 몇 건에 레니의 이름이 등장하기 시작했던 것이다. 그중 네바다 주에 있는 타운 벤처스라는 회사가 유독 눈에 띄었다. 타운 벤처스의 자금은 동쪽이 아니라 서쪽, 즉 카리브 해의 조세 회피처가 아니라 중국 본토를 향해 움직였다. 중국은 소염제의 핵심 원료가 되는 의약품을 거의 아무 제재도 받지 않고 대량으로 구입할 수 있는 유일한 나라였다.

레니는 왜 그런 식으로 신분이 노출되는 위험을 감수하려 했을까? 하위 퍼킨스가 떠올릴 수 있는 대답은 단 하나뿐이었다. 성스러운 세탁 공장 한 곳에서 모두 처리하기에는 돈의 액수가 너무나 크고 들어오는 속도도 빠르기 때문이었다. 뒤이어 동북부의 기독교 근본주의 교회 네댓 군데에 관한 보고서에도 레니의 이름이 등장했다. 타운 벤처스와 그 교회들이 바로 레니가 맨 처음에 저지른 진짜 실책이었다(종교 관련 라디오 방송국 대여섯 곳과 에이엠 라디오 진행자들은 말할 것도 없었는데, 그중 WCIK보다 큰 곳은 한 군데도 없었다.). 그들은 하나같이 꼬리를 달고 있었다. 꼬리가 길면 밟히는 법이었고, 늦든 이르든(보통은 이르게) 다 들통 나게 마련이었다.

'기회를 놓칠 수가 없었던 거야. 안 그래, 빅 짐?' 브렌다는 남편의 책상 앞에 앉아 서류를 들여다보며 생각했다. '당신이 지금껏 번 돈만 해도 수백만, 어쩌면 수천만 달러는 될 거야. 게다가 이번엔 몽땅 탄로 날지도 모르는 위험한 상황이었고. 그런데도 그냥 놓칠 수가 없었던 거지. 함정에 든 먹이를 꼭 붙들고 있다가 잡히고 마는 원숭이처럼. 당신은 그 막대한 재산이 있는데도 낡은 3층집에 계속 살면서 119번 국도변의 중고차 매장을 운영했어. 도대체 왜?'

그러나 브렌다는 그 답을 알았다. 돈 때문이 아니었다. 마을 때문이었다. 빅 짐은 이 마을을 자기 것으로 여겼다. 코스타리카의 어느 아름다운 해변에 누워 빈둥거리거나 나미비아로 도망가서 경비가 철통같은 저택에 숨어 지낸다면, 짐 레니는 더 이상 빅 짐이 아니라 스몰 짐이 되는 셈이었다. 은행 계좌에 아무리 돈이 넘쳐난다 한들 뚜렷한 목적 없이 살아가는 사람은 작은 인간이기 때문이었다.

지금 손에 쥔 증거를 무기로 빅 짐에 맞선다면, 이길 수 있을까? 입을 다무는 조건으로 빅 짐을 권좌에서 끌어내릴 수 있을까? 브렌다는 자신이 없었다. 게다가 맞서기가 두렵기까지 했다. 추한 다툼이 될 터였고, 십중팔구 위험할 터였다. 브렌다는 줄리아 셤웨이가 한편이 되어 주기를 바랐다. 그리고 바비도. 다만 지금은 데일 바버라 본인도 표적이 된 신세였다.

머릿속에서 하위의 목소리가 들려왔다. 나지막하지만 결연한 목소리였다. '조금 더 기다려도 돼. 나도 몇 가지 결정적인 증거를 찾으려고 기다렸잖아. 하지만 여보, 나 같으면 너무 오래 기다리진 않을 거야. 이 고립 상태가 길어질수록 빅 짐은 더욱 위험해질 테니까.'

브렌다는 진입로를 빠져나가던 남편을, 햇살 아래 차를 세우고 자신에게 입을 맞추던 남편을 떠올렸다. 브렌다가 자기 입술처럼 잘 알던 입술, 자기 것처럼 사랑하던 입술이었다. 입을 맞추는 동안 목을 어루만지던 손길도 떠올랐다. 끝을 예감했다는 듯이, 마지막 손길 한번으로 모든 빚을 갚으려는 듯이. 물론 태평스럽고 낭만적인 생각에 지나지 않았지만, 브렌다는 두 눈에 눈물이 그렁그렁한 채 그 생각에 매달리다시피 했다.

문득 눈앞의 서류와 거기 적힌 음모들이 아까보다 덜 중요한 것처럼 느껴졌다. 심지어 돔조차도 대수롭지 않았다. 중요한 것은 브렌다의 인생에 난데없이 나타난 구멍이었다. 이제껏 당연한 것으로 여기던 행복을 모조리 집어삼킨 구멍. 브렌다는 그 가엾은 천치 앤디 샌더스도 같은 기분을 느꼈을지가 궁금했다. 아마도 그랬을 듯싶었다.

'하루만 더 기다려 보자. 만약에 내일 밤이 됐는데도 돔이 제

자리에 있으면, 이걸 복사해서 빅 짐을 찾아가는 거야. 가서 데일 바버라에게 자리를 내주고 물러나라고 얘기할 거야. 시키는 대로 안 하면 신문에 실린 마약 사업 기사에서 자기 이름을 보게 될 거라고 말해 줘야지.'

"내일."

브렌다는 이렇게 중얼거리고 눈을 감았다. 그러고는 2분 만에 하위의 의자에 앉은 채로 잠이 들었다. 체스터스밀 마을에 저녁 때가 돌아왔다. 아직 발전기가 돌아가는 집에서는 전열판이나 가스레인지를 이용하여 밥을 지었지만(그중 한 100인분은 치킨 아라 킹이었다.), 개중에는 장작을 때는 난로로 돌아간 집도 있었다. 발전기를 아끼려고 그러기도 했지만 가진 것이 장작뿐이라 그러기도 했다. 굴뚝 수백 개가 고요한 저녁 공기 속으로 연기를 피워 올렸다.

그 연기는 사방으로 퍼져 나갔다.

5

줄리아는 가이거 계수기를 전달하고 나서 호루스에게 목줄을 채우고 나란히 버피네 만물상으로 향했다. 물건을 받은 사람은 기뻐하다 못해 열광하다시피 했고, 이르면 화요일에 조사를 시작하겠노라고 약속했다. 로미오 버피한테서는 아직 포장도 안 뜯은 교세라 복사기가 두 대 있다는 얘기를 들은 참이었다. 두 대 전부 사도 좋다는 얘기도 함께 들었다.

"프로판가스도 처박아 둔 게 몇 통 있을 텐데."

로미오는 호러스를 다독거리며 말했다.

"필요한 게 있으면 내가 마련해 주겠소. 할 수 있는 한은 말이오. 신문사가 계속 돌아가게 해야 하니까, 안 그렇소? 지금이야말로 어느 때보다 신문이 필요한 상황 아니오?"

줄리아는 로미오에게 자기 생각도 똑같다고 얘기해 주었다. 뿐만 아니라 볼에 입을 맞추기까지 했다.

"신세를 지게 됐네요, 로미오."

"실은 광고 전단지 단가를 좀 깎아 줬으면 하는데 말이지. 나중에 상황이 호전되면."

로미오는 무슨 대단한 비밀 이야기라도 나누는 양 집게손가락으로 콧등을 톡톡 두드렸다. 어쩌면 대단한 비밀인지도 몰랐다.

가게를 막 떠나려던 참에 휴대전화가 울렸다. 줄리아는 바지 주머니에서 전화기를 꺼냈다.

"예, 줄리아입니다."

"좋은 저녁입니다, 셤웨이 씨."

"어머, 콕스 대령님. 목소리 들으니까 정말 반갑네요." 줄리아는 밝은 목소리로 말했다. "저 같은 시골 쥐들이 바깥소식을 들으면 얼마나 가슴이 콩닥거리는지 대령님은 상상도 못하실 거예요. 돔 바깥은 살기가 좀 어떤가요?"

"대체로 살만 한 것 같습니다. 헌데 제가 있는 곳은 좀 팍팍하군요. 미사일 소식 들으셨습니까?"

"명중하는 장면도 봤어요. 그리고 튕겨 나가는 장면도요. 대령님 쪽엔 큰 불이 났던데요."

"제 쪽이라고 말하기는 좀……."

"저희 쪽에도 꽤 빽적지근한 불이 났고요."

"바버라 대령하고 통화하고 싶어서 전화 드렸습니다. 지금쯤은 자기 휴대전화를 들고 다녀야 할 텐데 말입니다."

"누가 아니래요!" 줄리아는 여전히 밝은 목소리로 외쳤다. "불지옥에 떨어진 사람들도 얼음물 한 잔씩은 들고 다니는데 말이죠!"

줄리아는 문을 닫은 체스터스밀 주유소 앞에 멈춰 섰다. 창문에 손으로 쓴 알림판이 붙어 있었다. **내일 영업시간 오전 11시~오후 2시 빨리 오세요!**

"셤웨이 씨……."

"우리 바버라 대령 얘기는 좀 있다가 해요. 지금 당장 알고 싶은 게 두 가지 있거든요. 첫째, 도대체 언제쯤 언론이 돔을 취재하도록 허락하실 건가요? 미국 국민들은 정부가 조작한 정보 이상을 알 권리가 있어요. 안 그런가요?"

줄리아는 그렇지 않다고, 가까운 시일 안에는 《뉴욕 타임스》나 CNN이 돔에 접근하지 못하리라고 예상했다. 그러나 콕스는 놀라운 대답을 들려주었다.

"저희가 준비한 계획이 다 실패하면 아마 금요일쯤엔 취재가 가능할 겁니다. 또 뭐가 궁금하십니까? 빨리 얘기하십시오, 전 공보 장교가 아니니까요. 그러라고 월급 받는 사람이 아니란 말입니다."

"전화는 그쪽에서 거셨잖아요. 딱 걸렸구나 생각하고 좀 참으세요, 대령님."

"셤웨이 씨, 다 옳은 말씀이긴 합니다만, 체스터스밀 주민 중에 휴대전화를 가진 사람은 셤웨이 씨 말고도 많습니다."

"어련하겠어요. 하지만 절 무시하셨다간 바비하고 통화하시기 힘들걸요? 그 사람 지금 기분이 별로 안 좋아요. 까딱하면 영창 지휘관으로 승진할 판이니까."

콕스는 한숨을 쉬었다.

"궁금한 게 뭡니까?"

"돔 남쪽 아니면 동쪽의 기온을 알고 싶어요. 실제 기온이오, 미사일 때문에 일어난 화재 현장 기온이 아니라."

"그건 알아서 뭐 하시려고……."

"아세요, 모르세요? 제 생각엔 아실 것 같은데요. 모른다고 해도 정보를 입수할 순 있겠죠. 대령님은 지금 컴퓨터 앞에 앉아 계실 거예요. 원하는 건 뭐든 알아낼 수 있을 테고요. 제 속옷 치수도 포함해서요." 줄리아는 잠시 입을 다물었다가 말을 이었다. "혹시라도 제가 팬티 100 입는다고 얘기하면 전화 끊어 버릴 줄 아세요."

"셤웨이 씨, 지금 유머 감각 자랑하시는 겁니까? 아니면 늘 이런 식인가요?"

"전 지치고 겁먹었어요. 그래서 이 모양 이 꼴이 된 거죠."

이번에는 콕스가 입을 다물었다. 줄리아의 귀에 컴퓨터 자판 두드리는 소리가 들리는 듯했다. 이내 콕스가 돌아왔다.

"캐슬록은 지금 영상 8도입니다. 됐습니까?"

"예."

앞서 예상한 대로였지만 그래도 선뜩하기는 마찬가지였다.

"전 지금 체스터스밀 주유소 창문에 걸린 온도계를 보고 있는 데요. 여기 기온은 14.5도예요. 30킬로미터도 안 떨어진 두 지점의 기온이 6도 넘게 차이가 난다고요. 메인 주 서부에 무지막지하게 큰 온난 전선이 불어 닥치는 게 아니라면, 지금 체스터스밀에서 무슨 일이 벌어지고 있다는 뜻이에요. 동의하시나요?"

콕스는 그 질문에 대답하는 대신 줄리아의 정신을 딴 곳으로 돌려놓았다.

"저흰 다른 방법을 시도해 볼 겁니다. 예정 시각은 오늘 밤 9시입니다. 제가 바비한테 하고 싶은 얘기가 바로 그겁니다."

"사람은 원래 최선책이 실패하면 차선책이 성공하길 바라는 법이죠. 대통령이 지명한 사령관은 지금 들장미 식당에서 사람들 밥 먹이는 중이에요. 소문을 듣자 하니 메뉴는 치킨 아라킹이라는군요."

길 저편의 불빛을 바라보는 동안 줄리아의 배에서는 꼬르륵 소리가 울렸다.

"제가 하는 얘기를 듣고 좀 전해 주시겠습니까?"

줄리아는 콕스가 생략한 한마디가 무엇인지 알 수 있었다. '이 건방진 계집애야? 앙?'

"기꺼이 할게요."

줄리아는 빙긋 웃었다. 왜냐하면 실제로 건방진 계집애이기 때문이었다. 그럴 필요가 있을 때에는.

"아직 실험 단계에 있는 산성 물질을 살포할 겁니다. 인공적으로 만든 불화수소 화합물입니다. 일반 화합물보다 부식성이 아홉 배나 강하지요."

"'약의 힘으로 더 나은 삶을.' 무슨 광고 같네요."

"제가 들은 바로는 천연 암반에 3킬로미터 깊이의 구멍을 뚫을 수 있다더군요."

"대령님도 참 재미난 사람들하고 같이 일하시는군요."

"실행 지점은 모튼 길이……."

전화기 저편에서 종이를 넘기는 소리가 들렸다.

"……할로와 만나는 곳입니다. 저도 거기에 있을 겁니다."

"그럼 설거지는 남한테 맡기라고 바비한테 전해야겠군요."

"줄리아 씨도 함께 와 주시겠습니까?"

줄리아가 '당연하죠.'라고 말하려던 순간, 느닷없이 거리 저편에서 끔찍한 비명 소리가 들려왔다.

"무슨 일입니까?" 콕스가 물었다.

줄리아는 대답하지 않았다. 전화기를 접어서 주머니에 넣고 보니 두 다리는 어느새 사람들의 고함소리가 들리는 곳을 향하여 달려가는 중이었다. 소리는 그것뿐만이 아니었다. '으르렁거리는 소리' 같은 것도 함께 들려왔다.

총소리는 줄리아가 아직 현장에서 반 블록 떨어진 곳에 있을 때 울려 퍼졌다.

6

병원에서 사만다와 얘기를 나누고 목사관으로 돌아온 파이퍼 목사는 거기서 기다리고 있던 캐럴린과 서스턴, 애플턴 남매를 만났다. 목사는 그들을 만나서 기뻤다. 잠시나마 사만다 부시를 잊을 수 있기 때문이었다. 적어도 당분간은.

캐럴린이 에이든 애플턴의 발작에 관해 얘기해 주었지만 목사가 보기에 아이는 이제 괜찮은 듯싶었다. 에이든은 무화과 잼이 든 과자를 허겁지겁 먹어치우는 중이었다. 그래서 캐럴린이 아이를 병원에 데려가야 하지 않겠느냐고 물었을 때 목사는 이렇게 대답했다.

"같은 일이 또 일어난다면 모르겠지만, 지금은 그냥 허기진 채로 놀다가 너무 흥분해서 그랬다고 생각하세요."

서스턴은 힘없이 웃었다.

"하긴, 아까는 다들 흥분했지. 너무 재미있어서."

머물 곳 이야기가 나왔을 때 목사가 맨 처음 떠올린 곳은 목사관 근처의 매케인네 집이었다. 다만 목사는 그들이 여벌 열쇠를 어디에 보관하는지 알지 못했다.

앨리스 애플턴은 거실 바닥에 앉아 클로버에게 과자 부스러기를 먹이는 중이었다. 그 셰퍼드는 과자 부스러기를 받아먹는 사이사이 앨리스의 발등에 주둥이를 올려놓고 먹을 것을 주는 사람에게 늘 그러듯이 친한 척을 했다.

"이렇게 착한 개는 첨 봤어요. 우리도 개 키우면 좋을 텐데."

"나한텐 용이 한 마리 있어."

캐럴린의 무릎에 편안히 앉아 있던 에이든이 말했다.

앨리스는 동생의 응석을 받아 주듯이 빙그레 웃었다.

"그건 얘한테만 보이는 친구예요."

"그렇구나."

파이퍼 목사는 매케인네 집의 유리창을 깨고 들어가면 그만이라는 생각을 하는 중이었다. 발등에 불이 떨어지면 못할 짓이 없는 법이었다.

그러나 커피가 다 만들어졌는지 확인하려고 일어서는 사이에 더 좋은 생각이 떠올랐다.

"그래, 더머전네 집이 있었지. 왜 진작 생각을 못했을까. 그 집 식구들은 회의에 참석하러 보스턴에 갔어요. 코럴리 더머전이 집을 비운 동안 화단에 물 좀 주라고 부탁했는데."

"전 보스턴에서 학생들을 가르칩니다. 에머슨 대학교에서요. 《플라우셰어스》 최신호에 편집 위원으로 참여하기도 했지요."

서스턴은 말을 마치고 한숨을 내쉬었다.

"현관 열쇠는 문 왼쪽 화분 밑에 있어요. 발전기는 없지만 주방에 장작 난로가 있을 거예요."

파이퍼 목사는 그들이 도시 사람임을 떠올리고 잠시 망설였다.

"장작 난로에다 밥을 지으실 수 있겠어요? 집에 불을 안 지르고 말이에요."

"전 버몬트 주 산골 출신입니다. 대학에 갈 때까지 불 지피기 당번이었지요. 집하고 축사 둘 다요. 인생은 돌고 도는 거라더니, 참."

서스턴은 이렇게 말하고 또다시 한숨을 쉬었다.

"수납장을 보면 틀림없이 먹을 게 있을 거예요."

캐럴린은 목사의 말에 고개를 끄덕였다.

"마을 회관 관리인 아저씨도 그렇게 말했어요."

"주니어 아저씨도 그랬어요." 앨리스가 끼어들었다. "그 아저씬 경찰이에요. 잘생긴 경찰."

서스턴의 입가가 일그러졌다.

"전 앨리스가 말한 그 잘생긴 경관한테 두들겨 맞았습니다. 주니어 본인이었는지 아니면 동료였는지는 잘 모르겠습니다만."

파이퍼 목사의 눈썹이 쫑긋 올라갔다.

"경찰이 서스턴의 배를 때렸어요." 캐럴린은 나직한 목소리로 말했다. "저흴 매사추세츠 것들이라고 불렀고요. 따지고 보면 틀린 말은 아니지만요. 게다가 저흴 비웃기까지 했어요. 전 그게 제일 불쾌했어요, 비웃은 거요. 이 아이들한텐 친절했을지도 모르지만……."

캐럴린은 고개를 설레설레 저었다.

"그 사람들, 제정신이 아니었어요."

제정신이 아니기로 말하자면, 주니어라는 이름을 듣고 사만다를 다시 떠올린 파이퍼 목사 또한 마찬가지였다. 목사는 목의 동맥이 천천히, 강하게 불끈거리기 시작하는 기분을 느꼈다. 그러나 목소리만은 태연하게 유지했다.

"같이 있던 경관은 이름이 뭐라던가요?"

"프랭크요. 주니어가 프랭크라고 불렀어요. 누군지 아세요? 아시는군요, 그렇죠?"

"알다마다요."

7

파이퍼 목사는 급조된 가족 네 명에게 더머전네 집으로 가는 길을 알려주었다. 캐서린 러셀 병원에서 지척에 있는 집이다 보니 에이든이 또 발작을 일으켰을 때 도움이 될 듯싶었다. 일행이 떠난 후에는 식탁 앞에 앉아 차를 마셨다. 목사는 천천히 찻잔을 기울였다. 한 모금을 마시고 잔을 내려놓았다. 또 한 모금을 마시고 잔을 내려놓았다. 클로버가 끙끙대는 소리가 들렸다. 한마음이나 다름없는 사이였기에, 목사는 클로버가 주인의 분노를 알아챘으리라고 짐작했다.

'어쩌면 분노 때문에 내 체취가 바뀌었는지도 모르지. 더 독해졌는지도.'

머릿속에 그림이 그려졌다. 보기 좋은 그림은 아니었다. 신참 경관 여럿이, 새파랗게 어린 경관들이, 선서를 한 지 이틀도 안 되었는데 벌써부터 날뛰는 중이었다. 그들이 사만다 부시와 서스턴 마셜에게 저지른 방종 행위가 헨리 모리슨이나 재키 웨팅턴한테까지 전염될 것 같지는 않았다. 적어도 파이퍼 목사 생각에는 그러했다. 하지만 프레드 덴턴이라면? 토비 웨일런은? 어쩌면. 십중팔구는. 듀크 서장이 자리를 지켰더라면 문제를 일으키지 않을 경관들이었다. 딱히 훌륭한 경찰은 아니었고 길에서 만나기라도 하면 차를 세우게 하고 주제넘게 지적질을 하기도 하는 친구들이었지만, 그래도 괜찮았다. 분명 이 마을 예산으로 확보할 수 있는 인력은 그 정도가 최상이었다. 그러나 목사의 어머니가 늘 말씀하셨다시피, '싼 게 비지떡'이었다. 게다가 피터 랜돌프가 서장으로 있으니…….

무슨 수든 써야 할 판이었다.

그러나 우선 성질부터 다스려야 했다. 그러지 않으면 성질이 목사를 다스릴 것이므로.

파이퍼 목사는 현관문 옆의 고리에 걸려 있던 개 목줄을 집어 들었다. 클로버는 대번에 일어서서 꼬리를 살랑거렸다. 귀는 쫑긋 서 있었고, 두 눈은 반짝거렸다.

"우리 털북숭이, 이리 온. 나랑 같이 항의하러 가자."

셰퍼드는 주인을 따라 집을 나서는 동안에도 주둥이 옆에 붙은 과자 부스러기를 핥고 있었다.

8

발치에 바짝 붙어 따라오는 클로버와 함께 마을 공원을 질러 가는 동안, 파이퍼 목사는 마침내 성질을 가라앉힌 듯했다. 웃음소리가 들려올 때까지는 그러했다. 웃음소리는 목사와 클로버가 경찰서 쪽으로 나가갈 때 들려왔다. 목사가 본 얼굴들은 사만다 부시의 입에서 나온 이름들과 정확히 일치했다. 프랭크 드레셉스, 카터 티보도, 멜빈 셜스였다. 조지아 루도 그 자리에 있었다. 사만다 말에 따르면 조지아는 이들을 부추긴 공범이었다. '따먹어 버려.' 프레드 덴턴도 함께 있었다. 그들은 경찰서 앞 돌계단에 앉아 탄산음료를 마시며 수다를 떠는 중이었다. 듀크 퍼킨스 서장이라면 결코 용인하지 않을 광경이었다. 파이퍼 목사는 퍼킨스 서장이 어디에 있든 지금 이 꼴을 봤다면 아마도 무덤에 누운 자기 시신에 불이 붙을 정도로 펄쩍펄쩍 뛰었으리라고 생각했다.

멜빈 셜스가 뭐라고 나불거리자 다들 서로 등을 두드리며 왁자지껄 웃어 댔다. 티보도는 조지아의 어깨에 팔을 두르고 손가락으로 가슴 언저리를 깔짝거리는 중이었다. 조지아가 뭐라고 얘기하자 다들 아까보다 더 크게 웃어 젖혔다.

파이퍼 목사는 문득 그들이 전날 밤의 강간 사건을 웃음거리로 삼았으리라고, 그 짓이 얼마나 재미났는지 떠올리며 웃는 중이라고 생각했다. 일단 그 생각이 떠오르자 오래전 아버지에게서 들었던 충고는 더 이상 끼어들 자리가 없었다. 가난하고 병든 이를 돌보던, 결혼식과 장례식을 집전하던, 일요일마다 자선과 관용을 설파하던 파이퍼 목사는 머릿속 저 뒤로 사라졌다. 목사가 간 곳에서는 모든 것이 오로지 일그러진 채 흔들리는 유리창 너머의 풍경으로만 보였다. 목사 대신 앞으로 나선 것은 일찍이 열다섯 나이에 방을 뒤집어엎어 버린, 슬픔 대신 분노의 눈물을 흘렸던 또 하나의 파이퍼 목사였다.

마을 회관과 그보다 나중에 지은 경찰서 벽돌 건물 사이에는 석판을 깐 광장이 있었는데 이름 하여 '전쟁 기념 광장'이었다. 광장 중앙에 기념상으로 남아 있는 사람은 어니 캘버트의 아버지인 루시언 캘버트, 한국 전쟁에서 전사한 후에 은성 훈장을 추서받은 사람이었다. 기념상 받침대에 새겨진 이름들은 남북전쟁 때부터 이어진 체스터스밀 출신 전사자 명단이었다. 깃대 두 개 가운데 하나에는 성조기가, 다른 하나에는 농부와 선원과 말코손바닥사슴이 그려진 메인 주 깃발이 각각 꽂혀 있었다. 성큼 다가온 석양의 붉은 빛 속에 깃발 두 개가 힘없이 늘어져 있었다. 파이퍼 목사는 꿈꾸는 여인처럼 깃대 사이를 지나 걸어갔고, 클로버는 귀를 쫑긋 세운 채 주인의 오른쪽 무릎 뒤에 바짝 붙어 따라갔다.

계단 꼭대기에 앉아 있던 경관들이 연이어 터뜨린 왁자지껄한 웃음소리를 들으며, 파이퍼 목사는 언젠가 아버지가 읽어 주셨던 동화에 나오는 트롤 무리를 떠올렸다. 도둑질한 황금을 보며 흡족해 하는 동굴 속의 트롤들. 그들은 눈앞에 나타난 목사를 보고 입을 다물었다.

"안녕하세요, 목사님."

멜빈 셜스는 자리에서 일어서며 거드름을 피우듯이 허리띠를 슬쩍 위로 추슬렀다. '그래도 여성을 보고 자리에서 일어설 줄은 아는군.' 파이퍼 목사는 속으로 생각했다. '그런 예절은 어머니한테서 배운 걸까? 그랬겠지. 세련된 강간 기술은 어디 다른 데서 배웠을 테고.'

파이퍼 목사가 계단에 발을 디딜 때까지만 해도 빙긋이 웃던 멜빈은 이내 움찔하더니, 어쩔 줄을 모르고 쩔쩔 맸다. 목사의 표정을 보았음이 분명했다. 자신이 어떤 표정을 하고 있는지 목사는 알지 못했다. 느낌상으로는 얼굴이 얼어붙은 것만 같았다. 꽁꽁 얼어서 미동도 하지 않았다.

덩치가 가장 큰 경관이 파이퍼 목사를 유심히 바라보고 있었다. 목사만큼이나 굳은 표정을 한 카터 티보도였다. '꼭 클로버 같은 녀석이군. 내 냄새를 맡은 거야. 내 분노의 냄새를.'

"저, 목사님?" 멜빈이 물었다. "괜찮으세요? 무슨 문제라도?"

파이퍼 목사는 계단을 올라갔다. 걸음은 느리지도 빠르지도 않았고, 클로버는 여전히 오른쪽 무릎 뒤에 바짝 붙어 따라갔다.

"암, 문제가 있고말고."

파이퍼 목사는 멜빈을 올려다보며 말했다.

"무슨……."

"너. 바로 네가 문제야."

파이퍼 목사는 멜빈을 떠밀었다. 생각지도 못한 행동이었다. 그때까지도 멜빈은 탄산음료가 든 컵을 들고 있었다. 그는 조지아 루의 무릎으로 고꾸라지며 중심을 잡아 보려고 두 팔을 흔들었지만, 헛수고였다. 컵에 든 콜라가 붉은 석양을 배경으로 솟구쳐서 한순간 시커먼 가오리처럼 보였다. 조지아는 자기 무릎에 쓰러지는 멜빈을 보고 깜짝 놀라 비명을 질렀다. 그러면서 뒤로 주춤주춤 물러나다가 자기 컵에 든 콜라를 엎질렀다. 경찰서 현관 앞의 넓적한 석판이 음료수로 짙게 물들었다. 목사의 코에 위스키 냄새가 확 끼쳐왔다. 경관들이 마시던 콜라에는 다른 주민들이 더 이상 구할 수 없게 된 액체가 들어 있었다. 그들이 그토록 웃고 떠든 것도 이상한 일이 아니었다.

파이퍼 목사의 머릿속에서 붉은 틈새가 더 넓게 벌어졌다.

"이게 무슨……."

프랭크가 중얼거리며 계단에서 일어서려고 했다. 파이퍼 목사는 그를 밀어서 주저앉혔다. 은하계 저편인 듯 멀고 먼 곳에서, 평소에는 그 어느 개보다 순하던 클로버가 으르렁거리고 있었다.

프랭크는 뒤로 벌렁 자빠졌고, 두 눈은 휘둥그레진 채로 흔들렸다. 잠시나마 프랭크는 한때 다녔을지도 모를 교회 학교의 학생처럼 온순해 보였다.

"강간이 문제야! 강간이!" 파이퍼 목사가 외쳤다.

"닥쳐."

카터 티보도가 계단에 앉은 채로 중얼거렸다. 기세에 놀란 조지아가 움찔 겁을 먹었는데도 카터는 태연하기만 했다. 파란색 반팔 셔츠 아래로 팔 근육이 불끈 솟아 있었다.

"지하 유치장에 밤새 갇혀 있기 싫으면 입 닥치고 당장 꺼져."

"유치장에 갇히는 건 너야. 너희들 전부 다."

"카터, 저 여자 입 좀 다물게 해." 조지아가 말했다. 아직은 멀쩡했지만 머잖아 훌쩍거릴 듯한 목소리였다. "저 여자 입 좀 다물게 하란 말이야."

"저기, 목사님……."

프레드 덴턴이었다. 제복 셔츠는 바지에서 삐져나온 채였고 숨에서는 버번위스키 냄새가 났다. 고인이 된 듀크 서장이 그 꼴을 봤더라면 대번에 해고했으리라. 이 자리에 있는 전원이 해고감이었다. 덴턴은 계단에서 일어서려 했지만 이번에는 그가 자빠질 차례였다. 화들짝 놀란 표정이 다른 상황에서 봤더라면 우스꽝스러울 법도 했다. 앉아 있는 경관들과 달리 혼자 서 있었던 것이 파이퍼 목사에게는 행운이었다. 그들을 제압하기가 더 쉽기 때문이었다. 그러나 맙소사, 머리가 어찌나 지끈거렸던지! 목사는 그들 중 가장 위험한 카터 티보도에게 다시 주의를 돌렸다. 내내 목사를 노려보던 카터의 표정은 숨이 막힐 정도로 태연했다. 그 표정이 마치 목사는 서커스단의 기형아이고 자신은 그런 목사를 구경하려고 돈을 낸 관객이라고 말하는 듯했다. 그러나 카터는 목사를 올려다보고 있었고, 이는 목사가 지닌 이점이었다.

"하지만 너희가 갈 곳은 지하 유치장이 아니야."

파이퍼 목사는 카터를 똑바로 보며 말했다.

"쇼생크 감옥이지. 너희 같은 골목대장 꼬맹이들이 그 여자한테 한 짓을 똑같이 당하게 되는 곳 말이야."

"야 이 멍청한 아줌마야. 우린 그년 집 근처에도 안 갔어."

카터의 목소리는 무슨 날씨 이야기라도 하듯이 태연했다.

"맞아요."

조지아가 자세를 고쳐 앉으며 말했다. 십대 특유의 활화산 같은 여드름이 서서히 물러가는(그러나 아직 최후의 보루 몇 개는 남아 있는) 뺨 한쪽에 콜라 자국이 보였다.

"게다가, 사만다 부시가 거짓말쟁이 레즈비언인 건 온 마을 사람이 다 알아요."

파이퍼 목사는 입술을 일그러뜨리며 빙긋이 웃었다. 목사는 웃는 얼굴을 조지아 쪽으로 돌렸고, 조지아는 느긋하게 석양을 즐기는데 난데없이 계단에 나타난 이 미친 여자를 피해 뒤로 흠칫 물러났다.

"너, 그 거짓말쟁이 레즈비언의 이름을 어떻게 알았지? 난 말한 적 없는데."

조지아는 당황한 나머지 입을 헤 벌렸다. 이때껏 태연하기만 하던 카터 티보도의 표정마저 처음으로 살짝 흔들리는 기색이 보였다. 그것이 두려움 때문인지 아니면 그저 짜증 때문인지, 파이퍼 목사는 알 길이 없었다.

프랭크 드레셉스가 조심스레 일어섰다.

"리비 목사님, 근거 없는 비난은 안 하시는 게 좋을 텐데요."

"경찰관 폭행도요." 프레드 덴턴이었다. "뭐, 다들 스트레스에 시달리는 상황이니까 이번에는 봐 드리죠. 하지만 그런 식의 비난은 당장 그만두세요."

덴턴은 잠시 미적거리다가 덧붙였다.

"계단에서 미는 것도 그만하시고요. 당연한 얘기지만."

한편 파이퍼 목사는 조지아만을 뚫어지게 바라보고 있었다. 오른손은 검은색 플라스틱으로 된 클로버의 목줄 손잡이를 욱신거릴 정도로 세게 쥐고 있었다. 개는 앞발을 떡 벌리고 서서 고개를 숙인 채 쉬지 않고 으르렁거렸다. 시동을 건 채로 내버려 둔 보트의 초강력 모터가 낼 법한 소리였다. 목줄은 바짝 일어선 털에 파묻혀 보이지도 않았다.

"조지아, 그 여자 이름을 어떻게 알았지?"

"나…… 나…… 난 그냥 짐작으로……."

카터가 조지아의 어깨에 손을 올리고 꾹 쥐었다.

"조용히 해."

그러고는 계단에 앉은 채로('떠밀려서 주저앉기 싫으니까 그런 거지. 겁쟁이 자식.'), 파이퍼 목사에게 말했다.

"예수 타령만 하던 대가리에 무슨 헛바람이 들었는지 모르겠는데, 우린 어젯밤에 다 같이 앨든 딘스모어네 목장에 있었어. 119번 국도변에 있는 군바리들한테서 뭐라도 좀 캐보려고 말이야. 일이 잘 안 풀리긴 했지만, 거긴 부시네 집에서 보면 마을 반대편이야."

카터는 동료들을 슥 둘러보았다.

"맞아요." 프랭크가 맞장구를 쳤다.

"그래요." 멜빈도 한마디 거들고 긴가민가 하는 눈으로 파이퍼 목사를 쳐다보았다.

"정말이에요!"

이번에는 조지아였다. 다시 어깨를 감싸 준 카터 덕분에 망설임을 극복한 눈치였다. 조지아는 반항하는 눈으로 파이퍼 목사를 노려보았다.

"조지아는 그냥 짐작만 한 거야, 댁이 악쓰는 게 분명히 사만다 때문일 거라고."

카터는 앞서 그랬듯이 분노를 숨긴 태연한 표정으로 말했다.

"왜냐면 사만다가 마을에서 제일가는 거짓말쟁이 걸레니까."

멜빈 셜스가 요들송을 부르듯이 웃어 젖혔다.

"하지만 너흰 콘돔을 안 끼었어."

파이퍼 목사가 말했다. 사만다한테서 들은 이야기였다. 목사는 일순간 딱딱하게 굳은 카터의 표정을 보고 자신이 제대로 짚었음을 직감했다.

"너흰 콘돔을 안 끼었어, 그리고 병원에선 사만다한테 성폭행 검사를 했지."

정말로 했는지 어떤지는 알 수 없었지만 아무래도 상관없었다. 파이퍼 목사는 경관 패거리의 휘둥그레진 눈을 보고 그들이 속아 넘어갔음을 알았고, 그것으로 충분했다.

"검사 결과를 너희 유전자 표본하고 비교해 보면……."

"됐어. 그만해." 카터가 중얼거렸다.

파이퍼 목사는 분노로 얼룩진 웃는 얼굴을 카터에게 돌렸다.

"어림도 없어, 티보도 경관. 본론은 지금부터 시작이야."

프레드 덴턴이 목사에게 다가왔다. 목사는 덴턴을 밀어 주저앉혔지만, 이내 왼팔이 붙잡혀 비틀리는 느낌을 받았다. 고개를 돌려보니 카터의 눈이 보였다. 태연한 기색은 이제 보이지 않았다. 카터의 눈은 분노로 이글거렸다.

'반갑구려, 형제여.' 목사는 저도 모르게 생각했다.

"웃기지 마, 이 미친 할망구야."

카터가 내뱉는가 싶더니, 이번에는 파이퍼 목사가 떠밀렸다.

파이퍼 목사는 뒤로 벌렁 자빠져 계단을 굴렀고, 돌계단 모서리에 머리를 부딪지 않으려고 본능적으로 몸을 둥글게 움츠렸다. 부딪혔다가는 두개골이 박살날 것이 뻔했다. 그랬다가는 죽거나, 더 재수가 없으면 식물인간이 될 판이었다. 머리 대신 부딪힌 왼쪽 어깨에서 느닷없이 울부짖음 같은 통증이 치솟았다. 익숙한 통증이었다. 20년 전 고교 축구팀에서 활동할 당시 같은 부위에 탈구를 겪은 목사가 보기에 틀림없이 똑같은 부상이었다.

파이퍼 목사는 두 다리를 머리 위로 쳐든 채 뒤로 한 바퀴를 굴렀고, 그러다가 목을 삐었으며, 땅에 무릎을 꿇는 바람에 양쪽 무릎 살갗이 까졌다. 그러다가 끝내는 털퍼덕 엎드린 모습으로 구르기를 멈췄다. 맨 아래 단까지 거의 온 계단을 굴러 내려간 셈이었다. 뺨, 코, 입술 할 것 없이 피가 줄줄 흘렀고 목도 뻐근했지만 하나님 맙소사, 최악은 바로 목사가 똑똑히 기억하는 예전 그 모습으로 둥그렇게 부어오른 어깨였다. 그 둥그런 어깨를 마지막으로 보았을 때는 와일드캐츠 축구팀의 빨간색 나일론 유니폼을 입던 시절이었다. 그럼에도 목사는 기를 쓰고 일어섰고, 아직 버티고 설 힘을 남겨 주신 데 대하여 하나님께 감사했다. 자칫 기절할 수도 있는 상황이었으므로.

목사는 계단을 절반쯤 굴렀을 때 손에 쥐고 있던 목줄을 놓쳤고, 그 바람에 풀려난 클로버가 카터를 향해 펄쩍 뛰어올랐다. 셔츠 아래의 가슴과 배를 노리고 이빨을 딱딱 맞부딪치던 클로버는 셔츠를 찢어발기며 카터를 뒤로 몰아붙이더니, 이내 급소를 노리고 달려들었다.

"이 개새끼 좀 치워!"

카터가 외쳤다. 이제 태연한 기색은 눈을 씻고 봐도 없었다.

"이러다가 물려 죽겠어!"

물론, 클로버는 물어 죽일 작정이었다. 앞발로 카터의 허벅지를 굳게 디딘 클로버는 몸부림치는 상대의 움직임을 따라 오르락내리락했다. 그 모습이 꼭 자전거를 탄 셰퍼드처럼 보였다. 클로버가 공격 각도를 바꾸어 어깨를 깊숙이 물자 카터가 또다시 비명을 질렀다. 뒤이어 클로버가 목을 노리고 달려들었다. 카터는 두 손으로 개의 가슴을 밀쳐서 기도가 끊어지는 사태를 간신히 피했다.

"이 개새끼 좀 말려 봐!"

프랭크는 카터의 절규를 듣고 계단에 질질 끌리는 개 목줄 쪽으로 손을 뻗었다. 그러자 클로버가 그쪽으로 고개를 돌리더니 프랭크의 손가락을 물어뜯으려 했다. 프랭크는 뒤로 물러나 간신히 그 공격을 피했고, 클로버는 다시 주인을 계단에서 밀친 적에게 주의를 돌렸다. 셰퍼드는 주둥이를 쩍 벌리고 하얗게 빛나는 이빨 두 줄을 드러내며 카터의 목을 노리고 달려들었다. 카터는 손을 들어 막아 보았지만, 클로버가 그 손을 물고 누더기 장난감처럼 흔들어 대는 바람에 고통스러운 비명을 내질렀다. 카터의 손이 클로버의 누더기 장난감과 다른 점이 있다면 피를 흘리는 것뿐이었다.

파이퍼 목사는 왼팔을 몸통 앞에 붙인 채로 비틀비틀 계단을 올라왔다. 얼굴은 피투성이 가면 같았다. 부러진 이 한 개가 음식 부스러기처럼 입가에 붙어 있었다.

"이것 좀 치우라고, 씨발, 이 개새끼 좀 치워!"

파이퍼 목사가 클로버에게 물러나라고 명령하려는 순간, 덴턴이 총을 뽑아 들었다.

"안 돼! 그러지 마, 내가 말릴 수 있어!" 목사가 외쳤다.

덴턴은 멜빈 셜스를 돌아보며 총을 안 쥔 손으로 클로버를 가리켰다. 멜빈이 앞으로 나서더니 클로버의 꽁무니를 걷어찼다. 멜빈이 (그리 오래전이 아닌) 풋볼 선수 시절에 그랬듯이 힘찬 발길질이었다. 클로버는 물고 있던 피투성이 손을 놓치고 옆으로 날아갔다. 너덜너덜해진 카터의 손은 손가락 두 개가 괴상한 각도로 꺾여 있었다. 구부러진 이정표처럼.

"안 돼!"

파이퍼 목사는 또다시 절규했다. 어찌나 크게 외쳤던지 눈앞의 세상이 뿌옇게 보일 정도였다.

"내 개한테 손대지 마!"

덴턴은 아랑곳하지 않았다. 피터 랜돌프 서장이 화장실 변기에 앉아서 읽던 캠핑 잡지를 한 손에 쥐고 바지 지퍼도 안 잠근 채 셔츠 자락을 휘날리며 경찰서 출입문을 열고 달려 나왔지만, 이 역시 거들떠보지도 않았다. 덴턴은 근무용 자동권총을 클로버에게 겨누고 발사했다.

사방이 막힌 공간에 울려 퍼진 총성은 귀청이 터질 듯이 요란했다. 클로버의 정수리는 피와 뼛조각을 흩날리며 날아갔다. 개는 피투성이가 되어 절규하는 주인 쪽으로 한 걸음을 내디뎠고, 또 한 걸음을 디디려다가 쓰러졌다.

덴턴은 총을 손에 쥔 채 성큼 걸어가서 파이퍼 목사의 다친 팔을 붙들었다. 둥그렇게 부어오른 어깨에서 통증이 작렬했다. 그런데도 목사는 클로버에게서, 강아지였을 때부터 키운 그 개의 주검에서 눈을 떼지 못했다.

"널 체포한다, 이 미친년아."

덴턴은 목사의 얼굴에 침이 튈 정도로 가깝게 얼굴을 들이대고 중얼거렸다. 덴턴의 창백한 얼굴에는 땀이 번들거렸고, 두 눈은 금방이라도 튀어나올 것만 같았다.

"네가 하는 진술이 너한테 불리하게 작용할 수도 있을 거란 얘기 정도는 해주마."

거리 반대편의 들장미 식당에서 손님들이 우르르 몰려나왔다. 앞치마 차림에 야구 모자를 쓴 바비도 그중 한 명이었다. 현장에 맨 먼저 도착한 사람은 줄리아 셤웨이였다.

줄리아는 세부 사항을 눈여겨보기보다 전체 분위기를 가늠하는 방식으로 상황을 파악했다. 죽은 개. 모여 있는 경관들. 피를 흘리며 절규하는 여인, 한쪽 어깨가 반대쪽보다 높이 솟은 채로. 그 여인의 다친 팔을 흔들어 대는 대머리 경관(빌어먹을 프레드 덴턴.). 그 여인이 굴러 떨어졌음을 보여 주는 돌계단의 핏자국. 아니면 떠밀렸을지도.

줄리아는 평생 한 번도 해 본 적 없는 일을 감행했다. 손가방에서 지갑을 꺼내어 활짝 펼친 다음, 계단을 뛰어 올라가며 지갑을 높이 쳐들고 흔들면서 소리쳤다.

"기자예요! 기자! 기자라고요!"

적어도 덴턴의 폭행을 멈추는 효과는 있었다.

9

10분 후, 그리 오래지 않은 과거에 듀크 퍼킨스 서장의 사무실이었던 방. 카터 티보도는 어깨에 붕대를 감고 손에는 종이타월을 감은 채로 소파에 앉아 있었다. 듀크 서장의 사진과 표창장이든 액자가 소파 뒤쪽 벽에서 카터를 내려다보았다. 조지아는 카터 곁에 앉아 있었다. 카터는 고통을 참느라 이마에 땀이 송골송골 맺힐 지경이었지만, '부러진 데는 없는 것 같은데요.'라는 말을 끝으로 입을 다물었다.

프레드 덴턴은 방 한쪽 구석의 의자에 앉아 있었다. 서장 책상 위에 덴턴의 총이 보였다. 덴턴은 순순히 총을 내 주고 이렇게 말했을 뿐이었다.

"어쩔 수 없었습니다. 카터 손을 좀 보세요."

파이퍼 목사가 앉은 서장용 의자는 이제 피터 랜돌프의 것이었다. 목사의 얼굴을 물들인 피는 줄리아가 종이타월을 가져다가 닦아 주었다. 목사는 충격과 극심한 통증 탓에 몸을 덜덜 떨었지만,

티보도와 마찬가지로 내색하지 않았다. 두 눈은 초롱초롱했다.

"클로버는 저 사람한테 덤벼들었을 뿐이에요."

파이퍼 목사는 턱짓으로 카터를 가리켰다.

"저 사람이 날 계단에서 떠민 다음에요. 클로버의 목줄은 떠밀리는 바람에 놓친 거예요. 내 개가 한 짓은 정당방위였어요. 주인을 폭행범한테서 지키려고 그런 거예요."

"폭행은 저 여자가 우리한테 했어요!" 조지아가 악을 썼다. "저 미친 여자가 우릴 폭행했다고요! 계단을 올라오더니 말도 안 되는 소릴 막 늘어놓고……."

"조용히 해요. 당신들 전부 입 다물고 있어요."

바비는 경관들에게 말하고 나서 파이퍼 목사를 돌아보았다.

"목사님, 전에도 어깨가 빠진 적이 있죠. 아닌가요?"

"바버라 씨, 자리를 피해 주시면 고맙겠소만."

랜돌프가 이렇게 말했지만…… 그리 강한 어조는 아니었다.

"이 정도 부상은 제가 해결할 수 있는데요. 아니면 서장님이 해 보시겠습니까?"

랜돌프는 대답하지 않았다. 멜빈 셜스와 프랭크 드레셉스는 문 바깥에 서 있었다. 둘 다 걱정스러운 표정을 하고 있었다.

바비는 다시 파이퍼 목사 쪽으로 고개를 돌렸다.

"증상을 보니 불완전 탈구 같군요. 관절이 부분적으로 빠진 상태죠. 그리 심하진 않아요, 병원에 가시기 전에 다시 끼워 넣을 수 있어요."

"뭐, 병원? 이 여잔 지금 체포된 상태야!"

프레드 덴턴이 꽥 소리를 질렀다.

"조용히 해, 프레드. 체포된 사람은 없어. 적어도 아직은."

랜돌프가 덴턴에게 쏘아붙이는 동안 바비는 파이퍼 목사의 눈을 가만히 마주보았다.

"하려면 지금 해야 돼요. 너무 심하게 붓기 전에요. 병원에 가서 에버렛 선생을 볼 때까지 그냥 놔두면 아마 마취를 해야 할걸요." 그러고는 목사의 귀에 대고 속삭였다. "목사님이 자는 동안 저 녀석들은 말을 맞출 거예요. 목사님은 얘기할 기회도 없을 테고요."

"방금 뭐라고 했소?" 랜돌프가 날카로운 목소리로 물었다.

"꽤 아플 거라고 했습니다. 그렇죠, 목사님?"

파이퍼 목사는 고개를 끄덕였다.

"괜찮아요. 전에 빠졌을 땐 사이드라인 바로 옆에서 다시 끼웠어요. 대마초 중독자였던 그롬리 코치가 해 줬죠. 빨리 하기나 해요, 부탁이니까 제발 망치지만 마요."

"줄리아, 구급상자에 있는 삼각건 좀 갖다 줘요. 그다음엔 목사님이 바닥에 눕게 좀 도와주시고."

줄리아는 얼굴이 파랗게 질린 데다 속도 메슥거렸지만, 바비가 시키는 대로 했다.

바비는 바닥에 누운 파이퍼 목사의 왼편에 앉아 신발 한 짝을 벗은 다음, 목사의 손목 바로 위를 두 손으로 잡았다.

"그롬리 코치님은 어떻게 하셨는지 모르지만, 제가 이라크에서 알던 군의관은 이런 식으로 하더군요. 일단 셋까지 센 다음에 '새 가슴'이라고 외치세요."

"새가슴이라고요."

파이퍼 목사는 어안이 벙벙한 나머지 통증조차 잊고 말았다.

"알았어요, 의사 선생님."

'그럴 리가.' 줄리아는 속으로 생각했다. 지금 이 마을에서 의사에 가장 가까운 사람을 꼽으라면 러스티 에버렛이었다. 줄리아는 린다에게 연락하여 러스티의 휴대전화 번호를 받았지만 막상 전화를 걸어 보니 다짜고짜 음성 사서함으로 넘어갈 뿐이었다.

사무실 안은 쥐 죽은 듯 고요했다. 카터 티보도조차도 말없이 지켜보기만 했다. 바비는 파이퍼 목사를 보고 고개를 끄덕였다. 이마에 구슬 같은 땀방울이 맺혔는데도 목사는 태연한 표정을 유지했고, 바비는 그 용기에 존경심을 느꼈다. 바비는 양말 바람이 된 발을 목사의 왼쪽 겨드랑이에 묻고 단단히 고정시켰다. 그런 다음 목사의 팔을 천천히, 그러나 쉬지 않고 잡아당기며 발을 반대쪽으로 밀었다.

"좋아요, 이제 갑시다. 어디 소리 한번 질러 보세요."

"하나…… 둘…… 셋…… **새가스으읍!**"

파이퍼 목사가 외친 순간, 바비는 팔을 잡아당겼다. 방 안에 있던 사람들 모두 어깨가 제자리로 돌아가면서 낸 요란한 소리를 똑똑히 들었다. 목사의 블라우스 어깨 부분에 불룩 솟았던 혹이 마술처럼 사라졌다. 목사는 비명을 질렀지만 기절하지는 않았다. 바비는 목사의 목과 어깨에 삼각건을 걸치고 덜렁거리지 않도록 있는 힘껏 동여맸다.

"좀 괜찮으세요?"

"괜찮아요. 하나님 맙소사, 훨씬 나아요. 아직도 아프지만 그래도 아까만큼은 아니에요."

"제 가방에 아스피린이 있어요."

"셤웨이 씨, 목사님께 약을 드리고 바깥에 나가 계십시오. 카터하고 덴턴, 목사님, 나만 빼고 모두 나가 있어."

줄리아는 믿을 수 없다는 표정으로 랜돌프를 쳐다보았다.

"지금 장난하세요? 목사님은 병원에 가셔야 해요. 목사님, 걸으실 수 있겠어요?"

파이퍼 목사는 휘청거리며 의자에서 일어섰다.

"그래요. 먼 길도 아니니까."

"자리에 앉으십시오, 리비 목사님."

랜돌프가 말했지만, 바비는 목사가 갈 것임을 이미 알았다. 랜돌프의 자신 없는 목소리를 듣고 알 수 있었다.

"앉혀 보지 그래요?"

파이퍼 목사는 왼팔과 거기 묶인 삼각건을 조심스레 들어올렸다. 팔이 부들부들 떨리기는 했지만 들어올릴 수는 있었다.

"또 탈구시켜 봐요, 보나마나 식은 죽 먹길 텐데. 어서요. 여기 이…… 이 *젊은이*들한테…… 서장님도 다를 바 없단 걸 보여 주세요."

"그럼 제가 신문에 고스란히 실어 드릴게요! 발행 부수는 평소의 두 배로!"

줄리아가 밝은 목소리로 외쳤다. 바비는 랜돌프 쪽으로 고개를 돌렸다.

"서장님, 이 건은 내일로 미루시는 게 좋겠습니다. 목사님이 아스피린보다 센 진통제를 먹게 허락해 주세요. 까진 무릎도 에버렛 선생한테 치료받아야 하니까요. 돔이 버티고 있는 한은 어디로 도망도 못 치잖습니까."

"저 여자 개가 날 죽이려고 했어요."

카터였다. 통증에도 불구하고 목소리가 침착했다.

"랜돌프 서장님. 드레셉스하고 셜스, 티보도 경관은 강간을 저
질렀어요."

파이퍼 목사는 이제 아예 휘청거릴 지경이었지만(줄리아가 어
깨를 감싸고 부축해 주었다.), 목소리만은 결연하고 또렷했다.

"조지아 루는 공범이에요."

"내가 뭘!" 조지아가 악을 썼다.

"지금 당장 정직시키도록 하세요."

"거짓말하는 겁니다." 카터가 말했다.

랜돌프 서장은 테니스 경기 관람객처럼 고개를 이쪽저쪽으로
돌렸다. 그러다가 마침내 바비에게 시선을 고정했다.

"바버라 씨, 지금 나한테 지시하는 건가? 응?"

"아닙니다, 서장님. 그저 이라크에서 근무했던 경험을 바탕으로
제안을 하는 것뿐입니다. 결정은 서장님 몫이죠."

랜돌프의 긴장이 누그러졌다.

"그래, 알았어. 알았다고."

랜돌프는 고개를 숙이고 인상을 찌푸린 채 생각에 잠겼다. 그
러다가 여태 열려 있는 바지 지퍼를 발견했고, 사람들 모두 그가
이 사소한 문제를 해결하는 모습을 지켜보았다. 랜돌프는 이내 고
개를 다시 쳐들었다.

"줄리아 씨, 리비 목사님을 병원으로 모시고 가시오. 바버라 선
생, 당신이 어디로 가는지는 내 알 바 아니야. 하지만 이 방에선

나가시오. 내 부하들한테선 오늘 저녁에 진술을 받을 거고, 목사
님한테선 내일 받을 거요."

"저기, 잠깐만."

카터가 뒤틀린 손가락을 바비에게 내밀었다.

"이것도 어떻게 좀 할 수 없어?"

"글쎄."

바비는 어떻게든 할 수 있기를 바랐다. 그것도 기꺼이. 이제 텃
세 부리기는 끝나고 머리 굴리기가 시작될 참이었다. 이는 바비
가 이라크 경찰관들과 부대끼며 뼈저리게 깨달은 바였고, 소파에
앉아 있는 사내나 문 밖에 서 있는 사내들은 그 이라크 경관들과
그리 다르지 않았다. 결국에는 얼굴에 침을 뱉고 싶은 인간들과
잘 지내는 것이 관건이었다.

"새가슴이라고 외치는 거야. 할 수 있겠어?"

10

러스티는 빅 짐네 집 현관문을 두드리기 전에 휴대전화를 꺼
놓았다. 이제 빅 짐은 책상 뒤에, 러스티는 그 맞은편 의자에 앉
아 있었다. 그 자리는 아쉬운 소리를 하러 온 사람들의 전용석이
었다.

서재는 마치 방금 막 깨끗이 닦은 듯 쾌적한 소나무 향기를 풍
겼지만(빅 짐이라면 필시 세금 공제 신청서에 자택 사무실로 적을
법한 공간이었다.), 러스티는 그곳이 영 마음에 들지 않았다. 예수

그리스도를 너무 백인처럼 그려 놓은 산상수훈 그림 때문만은 아니었다. 자기 자랑 삼아 걸어 둔 액자들 때문도 아니었고, 흠집을 막는 데 필요한 융단도 없이 반짝거리는 원목 바닥 때문도 아니었다. 그 모든 것 말고 무엇이 또 있었다. 러스티 에버렛은 초자연적 현상을 입에 올리거나 믿지 않았지만, 그럼에도 이 방은 거의 귀신이 나올 것만 같았다.

'빅 짐 때문에 겁을 먹어서 그래. 그게 다야.'

목소리나 표정에 겁먹은 기색이 드러나지 않기를 바라며, 러스티는 빅 짐에게 사라진 병원 가스통 얘기를 꺼냈다. 그중 한 개를 마을 회관 뒤편의 비품 창고에서 찾고 보니 회관 발전기에 물려 있더라는 얘기도 했다. 또한 창고에 가스통이 그것 한 개밖에 없더라는 얘기도.

"그러니까 제가 알고 싶은 건 두 가집니다. 병원 창고에 있던 가스통이 왜 마을에 돌아다닐까요? 또 나머지는 어디로 갔을까요?"

빅 짐은 의자에 몸을 깊숙이 파묻고 두 손으로 목을 받친 다음, 생각에 잠긴 표정으로 천장을 올려다보았다. 러스티는 빅 짐의 책상 위에 놓인 황금 야구공 트로피를 가만히 바라보다가 퍼뜩 알아차렸다. 트로피 앞에 붙은 인사말을 쓴 사람은 왕년에 보스턴 레드삭스의 명투수였던 빌 리였다. 인사말은 트로피가 바깥쪽으로 돌려져 있었기에 읽을 수 있었다. 당연한 일이었다. 손님들이 보고 감탄하라고 돌려놓은 것이었다. 벽에 걸린 사진 액자들처럼, 그 야구공 역시 빅 짐 레니가 유명 인사들과 아는 사이라는 증거였다. '내 사인을 좀 봐, 끝내 주지? 알았으면 눈 깔아.'

러스티가 보기에 그 야구공과 인사말은 자신이 이 방을 싫어하는 까닭을 집약하여 보여주는 상징 같았다. 그것은 겉치레였다. 시골뜨기의 위신과 권세를 보여주는 싸구려 기념품이었다.

"자네한테 우리 비품 창고를 들쑤시고 다녀도 좋다고 허락해준 사람이 있는 줄은 미처 몰랐군."

빅 짐은 천장을 보며 중얼거렸다. 굵직한 손가락들은 목덜미 뒤로 깍지 낀 채였다.

"아니면 자넨 우리 마을 공무원인데 내가 몰랐던 건가? 그런 거라면 내 잘못이지. 주니어 말을 빌리면, '내가 나빴어.' 하지만 내가 알기로 자넨 그저 처방전을 쓸 줄 아는 간호사일 텐데."

러스티는 그 말이 십중팔구 술수일 거라고 생각했다. 빅 짐이 그를 약 올리려고 수작을 부리는 중이었다. 주의를 딴 데로 돌리려고.

"전 마을 공무원이 아닙니다. 하지만 병원 직원이죠. 납세자이기도 하고요."

"그래서?"

러스티는 얼굴이 벌겋게 달아오르는 기분을 느꼈다.

"그래서 부분적으로는 '제' 비품 창고이기도 하다는 말입니다."

러스티는 이 말에 어떤 반응이 돌아올지 보려고 기다렸지만, 책상 너머에 앉은 빅 짐은 흔들리는 기색이 없었다.

"게다가 잠겨 있지도 않았어요. 그거야 핵심하고는 동떨어진 얘기지만요, 안 그런가요? 전 본 게 있고 그 본 것에 대해 설명을 요구하는 중입니다. 병원 직원으로서요."

"또한 납세자로서도. 그걸 빼놓으면 안 되지."

러스티는 고개도 까딱하지 않고 가만히 빅 짐을 바라보았다.

"난 자네한테 해 줄 말이 없네."

러스티는 빅 짐의 말을 듣고 눈을 동그랗게 떴다.

"정말요? 전 레니 씨가 이 마을 일이라면 뭐든 다 꿰고 계신 줄 알았는데요. 지난번 선거 때 내걸었던 구호가 그거 아닌가요? 그런데 지금은 마을 가스통이 어디로 갔는지 모르겠다, 이거군요. 믿을 수가 없는데요."

빅 짐이 처음으로 초조한 기색을 내비쳤다.

"믿든 안 믿든 내 알 바 아니야. 나도 처음 듣는 얘기라고."

그러나 이렇게 말하는 동안 빅 짐은 시선을 한쪽으로 슬쩍 피했다. 마치 타이거 우즈가 서명해 준 사진이 제자리에 걸려 있는지 확인이라도 하듯이. 전형적인 거짓말쟁이의 몸짓이었다.

"병원 가스는 거의 바닥났어요. 가스가 없으면 몇 안 남은 저희 직원들은 남북전쟁 시절의 야전 병원 텐트에서 수술하는 수밖에 없단 말입니다. 입원 중인 환자들은 심각한 위기에 처할 테고요. 그중엔 심장 관상동맥 수술을 받은 환자도 있고, 사지 절단이 염려되는 중증 당뇨 환자도 있어요. 당뇨 환자 이름은 지미 시로이스예요. 병원 주차장에 그 사람 차가 서 있죠. 차 범퍼에 붙은 스티커를 보니 이렇게 적혀 있더군요. **빅 짐에게 한 표를.**"

"한번 알아보지."

빅 짐은 무슨 부탁이라도 들어 주는 사람처럼 말했다.

"마을 공용 가스통은 아마 다른 시설에 저장되어 있을 거야. 병원 것은, 딱히 뭐라고 할 말이 없군."

"다른 시설이라뇨? 시설이라고 해 봐야 소방서하고, 하나님개울길 옆에 있는 모래 소금 더미…… 거긴 아예 오두막 하나도 없죠. 제가 알기론 그게 단데요."

"에버렛 선생, 난 바쁜 사람이야. 이제 그만 가 주게."

러스티는 자리에서 일어섰다. 주먹이 저절로 쥐어지려고 했지만 꾹 참았다.

"다시 한 번 여쭤 보죠. 단도직입적으로요. 사라진 가스통들이 어디 있는지 아세요?"

"몰라."

빅 짐의 시선이 이번에는 데일 언하르트의 사진으로 향했다.

"또 그 질문에 함축된 의미를 파악할 생각도 없네. 그랬다간 화를 낼 수밖에 없으니까. 그만 물러가서 지미 시로이스를 봐 주는 게 어떻겠나? 가서 빅 짐이 안부 전하더라고 해 주게, 꾀병이 낫는 대로 한번 들르라는 말도 잊지 말고."

러스티는 뻗치는 성질을 억누르려고 기를 썼지만, 어차피 이길 가망이 없는 싸움이었다.

"물러가라고요? 당신은 공직자예요, 독재자가 아니라. 전 지금 이 마을의 의료 책임자로서 설명을……."

그때 빅 짐의 휴대전화가 울렸다. 빅 짐은 전화기를 냉큼 집어들고 가만히 귀를 기울였다. 축 처진 입가의 주름들이 점점 선명해졌다.

"저런 망할! 하여튼 내가 잠시만 신경을 안 써도 그 모양이니……." 빅 짐은 좀 더 듣다가 말했다. "피터, 지금 사무실에 다 같이 있는 거면, 문제 생기지 않게 입단속 잘 시켜. 그리고 앤디한테 전화해. 내가 금방 갈 테니까 우리 셋이서 해결을 보자고."

빅 짐은 전화기를 닫고 의자에서 일어섰다.

"난 경찰서에 가 봐야겠네. 긴급 상황인지 아니면 헛소동인지는 가 봐야 알 것 같아. 자네도 병원 아니면 보건소로 가 봐야 할 거야. 리비 목사한테 무슨 일이 생긴 것 같으니까."

"왜요? 무슨 일인데요?"

자그마한 눈구멍에 박힌 차가운 두 눈이 러스티를 훑었다.

"목사한테 들으면 돼. 얼마나 믿을 만한 얘긴지는 모르지만, 목사가 얘기할 거야. 그러니 가서 일이나 하게, 젊은이. 난 내 일을 할 테니."

현관을 지나 집을 나서는 동안 러스티는 머리가 욱신거렸다. 서녘 하늘이 타는 듯한 핏빛으로 물들어 있었다. 공기는 바람 한 점 없이 잠잠했지만 여전히 매캐한 연기 냄새가 감돌았다. 현관 계단 맨 아랫단에서, 러스티는 공직자 빅 짐 레니를 향하여 손가락을 겨누었다. 빅 짐은 집을 나서기 전에 러스티가 먼저 자기 집에서 떠나기를 기다리는 중이었다. 빅 짐이 인상을 찡그렸지만 러스티는 손가락을 거두지 않았다.

"나한테 가서 일이나 하라고 말할 자격은 아무한테도 없어요. 가스통을 찾아라 마라 하는 것도 마찬가지고요. 레니 부의장님, 만약 엉뚱한 데서 가스통이 나오기라도 했다가는, 부의장 자리는 다른 사람한테 돌아갈 겁니다. 제가 장담하죠."

빅 짐은 귀찮은 듯이 손을 내저었다.

"어서 가, 젊은 양반. 가서 일이나 해."

11

돔이 출현하고 나서 55시간이 흐르는 동안, 발작을 일으킨 아이는 20명이 넘었다. 그중에는 에버렛네 딸들처럼 남의 눈에 띈 경우도 있었다. 그러나 대개는 눈에 띄지 않은 채 넘어갔고, 며칠이 더 흐르는 사이에 발작쯤은 아무것도 아니게 되었다. 러스티는 이 증상을 사람들이 돔에 너무 가까이 다가갔을 때 겪는 충격과 비교해 볼 생각이었다. 돔에 다가서면 처음에는 목덜미 털이 바짝 일어서는, 거의 감전 같은 충격을 느끼게 마련이었다. 그다음은 대개 아무 느낌도 없었다. 마치 예방 접종을 받은 사람처럼.

"그러니까 돔이 수두 같은 거란 말이야? 한 번 걸리면 평생 다시 안 걸리는?"

후에 린다는 러스티에게 이렇게 물었다.

자넬은 두 번 발작을 일으켰고, 노먼 소여라는 사내아이도 마찬가지였다. 그러나 두 아이 모두 나중 발작이 먼젓번 발작보다 더 약했고 중얼거리는 증상도 없었다. 러스티가 본 아이들은 대개 한 번만 발작을 겪었으며 후유증도 없는 듯했다.

최초의 55시간 동안 발작을 일으킨 성인은 단 두 명뿐이었다. 두 건 모두 월요일 저녁 해질 무렵에 일어났고 원인 또한 쉽게 유추할 수 있었다.

'주방장'으로 알려진 필 부시의 경우에는 본인이 만든 약을 남용한 탓이었다. 러스티와 빅 짐이 헤어질 무렵, 주방장 부시는 WCIK 라디오 스튜디오 뒤편의 비품 창고 앞에 앉아 멍한 눈으로 석양을 바라보는 중이었다(미사일 표적에 가까운 이곳에서는 돔에 묻은 검댕 탓에 핏빛 석양이 더욱 어둡게 보였다.). 한 손에는 필로폰 흡입용 파이프를 느슨하게 쥐고 있었다. 주방장은 약 기운 덕분에 아무리 낮게 잡아도 전리층 위로 붕 떠오른 상태였다. 어쩌면 그보다 수백 킬로미터 높은 곳에서 헤매는 중인지도 몰랐다. 핏빛 석양 위에 낮게 깔린 엷은 구름 속으로, 어머니와 아버지와 할아버지의 얼굴이 보였다. 사만다와 리틀 월터도 보였다.

구름 속의 얼굴들은 모두 피를 흘리고 있었다.

그러다가 오른발이 움찔거리기 시작했고 왼발도 박자를 맞추었지만, 주방장은 이를 무시했다. 다들 알다시피 움찔거리는 것 또한 황홀경의 한 가지 증상이었다. 그러나 이내 두 손이 덜덜 떨리기 시작했고, 파이프는 웃자란 잔디 속으로 떨어졌다(창고에서 진행한 마약 제조 작업 탓에 잔디는 누렇게 시들어 있었다.). 뒤이어 머리가 경련을 일으키듯 양 옆으로 도리질을 쳤다.

'바로 이거야.' 주방장은 한편으로 안도감을 느끼며 태연하게 생각했다. '드디어 선을 넘었어. 난 해방되는 거야. 아마도 이게 최선이겠지.'

그러나 해방되기는커녕 기절하지도 않았다. 주방장은 천천히 옆으로 미끄러지면서, 핏빛 하늘에 떠오르는 검은 구슬을 바라보며 몸을 움찔거렸다. 구슬은 볼링공만큼 커지더니 이내 물놀이용 비닐 공만큼 부풀어 올랐다. 공은 핏빛 하늘을 다 채울 때까지 쉬지 않고 커졌다.

'세상이 끝장나는구나. 아마도 이게 최선이겠지.'

그러다가 잠시 틀렸다는 생각이 들었다. 하늘에 별들이 나왔기 때문이었다. 다만 별의 색깔이 이상했다. 분홍색이었다. 그러다가,

하나님 맙소사, 별들이 떨어지기 시작했다. 기다란 분홍색 꼬리를 뒤에 남기며.

그다음은 불이었다. 온 하늘이 타오르는 용광로였다. 누가 지옥의 들창을 열고 체스터스밀 상공에 쏟아 붓기라도 한 듯이.

"우리가 받을 선물이구나."

주방장이 중얼거렸다. 파이프가 팔에 닿는 바람에 화상을 입었지만 알아챈 것은 훗날의 일이었다. 주방장은 누런 잔디 위에 쓰러진 채 움찔거렸다. 허옇게 까뒤집혀 번들거리는 그의 눈에 으스스한 석양이 비쳤다.

"우리가 받을 핼러윈 선물이야. 장난질을 쳤으니…… 선물을 받아야지."

불은 얼굴로 바뀌어 갔다. 주방장이 발작을 일으키기 전에 구름 속에서 보았던 얼굴이 이제 주황색으로 바뀐 셈이었다. 그것은 예수님의 얼굴이었다. 예수님께서 찡그린 얼굴로 노려보고 계셨다.

그리고 말씀하셨다. 주방장에게 말씀하셨다. 불을 지르는 것이 네 임무라고 말씀하셨다. 주방장의 임무라고. 불로써…… 불…… 그리고 또…….

"무죄."

주방장은 잔디에 누운 채로 중얼거렸다.

"아니…… 속죄."

예수님은 아까보다 화가 누그러진 듯 보였다. 그리고 사라지는 중이었다. 왜? 왜냐하면, 주방장이 알아들었으므로. 처음에는 분홍색 별, 그다음은 속죄의 불. 그러면 심판은 완성되리라.

발작이 몇 주 만에 찾아온 잠으로 바뀌어 가는 동안 주방장은 꼼짝도 하지 않았다. 어쩌면 몇 달 만에 찾아온 잠인지도 몰랐다. 잠에서 깨어 보니 한밤중이었다. 하늘의 붉은 기운은 모조리 사라지고 없었다. 추위가 뼛속까지 사무쳤지만, 축축한 느낌은 들지 않았다.

돔 아래에서는 더 이상 이슬이 내리지 않았다.

12

주방장이 그날 저녁의 병든 석양 속에서 그리스도의 얼굴을 목격하는 동안, 마을 제2부의장 안드레아 그리넬은 자기 집 소파에 앉아 책을 좀 읽어 보려고 낑낑거렸다. 집의 발전기는 이미 꺼진 후였다. 아니, 돌아간 적이 있기는 했던가? 안드레아는 기억이 나지 않았다. 그러나 동생 로즈가 지난해 크리스마스 선물로 준 마이티 브라이트 독서등이 있었다. 이때껏 한 번도 써 본 적 없는 물건이었지만 멀쩡하게 켜졌다. 책에 꽉 물려 놓고 스위치를 켜기만 하면 끝이었다. 식은 죽 먹기라고나 할까. 그러니 조명은 문제가 아니었다. 불행히도, 책의 글자가 문제였다. 글자들이 종이 위를 꼬물꼬물 움직이는가 하면, 이따금씩 서로 자리를 바꾸기도 했다. 평소에는 술술 읽히던 노라 로버츠의 로맨스 소설이 말도 안 되는 문장들로 바뀌었다. 그럼에도 안드레아는 기를 쓰고 읽었다. 다른 할 일이 아무것도 생각나지 않았으므로.

창문을 열어 놓았는데도, 집 안에는 악취가 진동했다. 안드레아는 설사 때문에 고역을 치르는 중이었고, 변기는 더 이상 물이 내려가지 않았다. 배가 고팠지만 먹을 수가 없었다. 오후 다섯 시 즈음에 별 특별할 것도 없는 치즈 샌드위치를 한 개 먹었지만 다 삼킨 지 몇 분 만에 부엌 쓰레기통에 토하고 말았다. 얼마나 분통이 터지던지, 죽을힘을 다해 삼킨 샌드위치였는데. 땀이 비 오듯 흘러내렸다. 옷은 벌써 한 번 갈아입은 참이었고, 기운만 있으면 한 번 더 갈아입고 싶었다. 두 다리는 안절부절못하고 덜덜 떨렸다.

'그래, 약 끊기가 죽기보다 힘들다는 말이 괜히 나왔겠어.' 안드레아는 속으로 생각했다. '오늘 저녁 비상 회의에 출석하기는 다 틀렸구나. 그것도 빅 짐이 아직 마음을 안 바꿨을 때 얘기지만.'

빅 짐과 앤디를 상대로 나누었던 마지막 대화가 어떻게 끝났는지 생각해 보면, 차라리 잘된 일인지도 몰랐다. 회의에 나갔다가는 괴롭힘만 더 당할 뿐이었다. 그들에게 떠밀려 원치 않는 일을 해야 할 판이었다. 다 끝날 때까지는 물러나 있는 편이 더 나았다. 지금 이…… 그러니까 이…….

"이 개판이 끝날 때까지."

안드레아는 눈을 가린 머리카락을 걷어내며 중얼거렸다.

"개판이 된 내 몸뚱이를 추스를 때까지."

일단 제정신으로 돌아가기만 하면, 빅 짐 레니에게 맞설 작정이었다. 이미 오래전에 그랬어야 했다. 옥시콘틴 없는 삶은 재앙 그 자체였지만, 안드레아는 쑤시는 허리를 감싸 쥐고 빅 짐에게 맞설 생각이었다(그러나 예상과 달리 눈앞이 하얘지는 통증은 없어서 그나마 다행이었다.). 러스티는 메타돈을 처방해 주었다. 하느님 맙소사, 메타돈을! 이름만 바꿔 단 헤로인인데!

'금단 증상에 시달릴 것 같으면 아예 시작도 하지 마요.' 러스티는 그렇게 말했다. '자칫하면 발작을 일으킬 수도 있어요.'

그러나 러스티는 자기 식대로 하면 열흘이 걸릴지도 모른다고 했고, 안드레아는 그렇게나 오래 기다릴 자신이 없었다. 이 끔찍한 돔이 마을을 뒤덮고 있는 한 그럴 수는 없었다. 극복하는 것이 최선이었다. 안드레아는 이렇게 결론짓고 나서 남은 약을 모조리 변기에 흘려보냈다. 메타돈 뿐 아니라 머리맡 서랍장 깊숙한 곳에서 찾아낸 몇 알 안 되는 옥시콘틴까지 모조리. 변기는 그 후로 두 번 더 임무를 다한 끝에 먹통이 되었고, 이제 안드레아는 소파에 앉아 부들부들 떨며 그건 옳은 일이었다고 스스로를 설득하느라 안간힘을 쓰는 중이었다.

'그 길뿐이었어. 옳으니 그르니 따질 것도 없어.'

안드레아는 손에 든 책의 책장을 넘기려다 굼뜬 손 때문에 그만 독서등을 떨어뜨리고 말았다. 독서등은 바닥에 떨어져 나동그라졌다. 전구가 내뿜은 환한 불빛이 천장에 동그라미를 그렸다. 안드레아는 그 동그라미를 올려다보다가 어느 새 자기 몸을 박차고 솟아올랐다. 그것도 순식간에. 초고속 투명 엘리베이터를 타고 올라가는 듯했다. 겨우 눈을 돌려 아래를 내려다보니 소파에 앉은 자신의 몸이 힘없이 움찔거리고 있었다. 입에서 흘러나온 거품이 턱을 따라 흘러내렸다. 청바지 가랑이가 무언가에 젖어 점점 짙은 색으로 물들어 가는 광경을 보며 안드레아는 생각했다. '좋았어, 또 갈아입어 주지. 그러려면 먼저 이 고비를 넘기고 살아남아야겠지만.'

뒤이어 안드레아는 천장을 통과했고, 그 위의 침실도 통과했으며, 컴컴한 상자와 축이 나간 전구를 쌓아 둔 다락방까지 통과하여 밤하늘로 나갔다. 머리 위에 은하수가 펼쳐져 있었으나 왠지 이상했다. 은하수가 분홍색으로 바뀌어 있었다.

그 은하수가 쏟아져 내리기 시작했다.

멀고 먼 저 아래 어디에서, 안드레아가 남겨 두고 온 몸이 소리를 냈다. 그 몸은 비명을 지르고 있었다.

13

바비는 줄리아와 함께 차를 타고 마을을 빠져 나가는 동안 파이퍼 목사에게 무슨 일이 일어났는지 얘기할 수 있으리라 짐작했지만, 둘은 저마다 자기 생각에 빠져 내내 입을 다물다시피 했다. 부자연스러울 만큼 새빨간 석양이 마침내 지평선 너머로 사라졌을 때 두 사람은 똑같이 안도감을 느꼈다. 그러나 입 밖에 내지는 않았다.

줄리아는 중간에 라디오를 틀었다가 WCIK의 「모두 함께 기도합시다」만 귀청이 터져라 나오는 것을 알고 다시 꺼 버렸다.

바비는 딱 한 번 입을 열었다. 119번 국도를 막 벗어나서 아스팔트가 깔린 좁다란 모튼 길을 따라 서쪽으로 향할 즈음의 일이었다. 길 양편에 수풀이 우거져 있었다.

"줄리아, 제가 잘한 걸까요?"

줄리아가 생각하기에 바비는 서장실에서 벌어진 대결을 여러 모로 훌륭하게 마무리 지었고, 그중에는 탈구 환자 두 명을 성공리에 치료한 것도 포함되었다. 그러나 바비가 무슨 뜻으로 그 말을 꺼냈는지는 익히 짐작이 갔다.

"그럼요. 지휘권을 주장하기에는 최악의 상황이었잖아요."

바비도 동의하는 바였지만, 그는 지치고 낙담한 데다 슬슬 눈에 보이기 시작하는 책임을 감당하지 못하리라는 기분마저 들었다.

"아마 히틀러의 적들도 틀림없이 똑같은 말을 했을 겁니다. 1934년엔 그 말이 옳았을 테죠. 1936년에도 옳았을 테고요. 그리고 1938년에도. 그들은 이렇게 말했어요. '지금은 그에게 맞설 때가 아니야.' 그러다가 드디어 적당한 때가 됐다고 생각했는데, 정신을 차려 보니 이미 아우슈비츠 아니면 부헨발트에 처박혀서 항의하는 신세였죠."

"지금은 그때랑 달라요."

"그렇게 생각해요?"

줄리아는 아무 대답도 하지 않았지만 바비가 말하고자 하는 바는 파악할 수 있었다. 일설에 따르면 히틀러는 한때 도배장이였다. 빅 짐 레니는 중고차 판매업자였다. 오십보백보인 셈이었다.

앞쪽 저 멀리 나무 사이로 환한 빛줄기가 새어 나왔다. 모튼길의 누덕누덕 때운 아스팔트 노면에 짙은 나무 그림자가 드리웠다.

돔 건너편 할로 쪽에 군용 트럭 몇 대가 서 있는 가운데, 마흔 명쯤 되는 군인들이 임무를 수행하느라 분주히 오가는 중이었다. 그들은 하나같이 허리에 방독면을 차고 있었다. **극히 위험 물러나시오**라고 적힌 은색 탱크 트레일러가 돔에 바짝 붙어 세워져 있었다. 탱크 바로 뒤의 돔 표면에는 스프레이 페인트로 그려 놓은 문짝만 한 표적이 보였다. 탱크 뒤쪽 밸브에 연결된 비닐 호스도 보였다. 군인 둘이 달라붙어 옮기는 호스 끄트머리에는 기껏해야 볼펜 몸통 굵기의 대롱이 달려 있었다. 군인들은 번쩍이는 전신 방호복에 헬멧 차림이었다. 등에는 산소 탱크까지 매고 있었다.

체스터스밀 쪽에 있는 구경꾼은 한 명뿐이었다. 마을 도서관 사서인 리사 제이미슨이 짐받이 달린 낡은 여성용 자전거 옆에 서 있었다. 짐받이 뒤의 스티커에 적힌 문구는 다음과 같았다. 사랑의 힘이 힘에 대한 사랑보다 더 클 때, 세상은 사랑을 깨닫게 되리라——지미 헨드릭스.

"리사, 여기서 뭐 해요?"

줄리아가 차에서 내리며 물었다. 불빛이 어찌나 환한지 손을 들어 눈을 가려야 할 지경이었다.

리사는 불안한 듯 은목걸이에 달린 이집트 십자가를 만지작거렸다. 줄리아에 이어 바비에게 향했던 리사의 시선이 다시 줄리아에게로 돌아갔다.

"난 근심이 있을 때 자전거를 타러 나가. 가끔 한밤중까지 탈 때도 있어, 영혼이 진정되는 느낌이 들거든. 그러다 불빛이 보여서 여기까지 와 본 거야."

리사는 주문을 외듯이 중얼중얼 대답했다. 그러더니 십자가를 놓고 복잡한 부적을 그리듯이 손으로 허공을 휘저었다.

"자기들은 여기서 뭐해?"

"실험 현장을 보러 왔습니다. 성공만 하면 제이미슨 씨는 체스터스밀에서 탈출한 첫 번째 주민이 되실 수도 있습니다."

리사는 바비의 말을 듣고 빙긋 웃었다. 억지로 웃는 느낌이 없지는 않았지만, 그래도 바비는 리사의 마음씀씀이가 마음에 들었다.

"탈출했다간 들장미 식당이 자랑하는 화요일 특선 메뉴를 못 먹을 텐데. 보통은 미트로프였죠, 아마?"

"메뉴판대로 하면 그렇죠."

바비가 맞장구를 쳤다. 다음 화요일에도 돔이 제자리에 버티고 있으면 특별 메뉴가 호박 파이로 바뀔 판이라는 말은 덧붙이지 않았다.

"저 사람들은 입도 꿈쩍 안 해요. 내가 벌써 물어봤어요."

소화전처럼 땅딸막한 사내 한 명이 은색 탱크 뒤에서 환한 빛 속으로 걸어 나왔다. 면바지에 점퍼, 메인 주립 대학 운동팀인 블랙 베어스의 모자를 쓴 제임스 O. 콕스 대령이었다. 바비에게는 대령의 살 찐 모습이 무엇보다도 큰 충격이었다. 그다음으로 큰 충격은 이중 턱이 될 위기에 놓인 두툼한 턱살 바로 아래까지 지퍼를 채운 두꺼운 점퍼였다. 이쪽에서는 아무도, 바비도 줄리아도 리사도 웃옷을 걸치지 않았다. 돔 이쪽에서는 웃옷을 껴입을 필요가 없었다.

콕스가 경례를 했다. 바비는 그 경례에 답하며 꽤 흐뭇한 기분을 느꼈다.

"안녕하신가, 바비. 켄은 잘 지내나?"

"잘 있습니다. 저야 지금도 동네의 맛있는 똥은 다 주워 먹고 다니는 똥개 신세고요."

"이번엔 아닐세, 대령. 이번엔 아주 제대로 걸린 것 같아."

14

"저 사람 누구야? 여기서 뭐 하는 거래?"

리사가 소곤거리는 목소리로 물었다. 손은 여전히 이집트 십자가를 만지작거리는 중이었다. 줄리아가 보기에 계속 만지작거렸다가는 목걸이가 끊어질 것만 같았다.

"우릴 꺼내 주러 온 사람들이에요. 아까 낮에 요란하게 실패한걸 생각하면, 이렇게 조용히 진행하는 게 더 현명한 것 같네요."

줄리아는 대답을 마치고 앞으로 나섰다.

"안녕하세요, 콕스 대령님. 제가 바로 대령님께서 보고 싶어 하시던 그 신문 기자예요. 아름다운 밤이네요."

콕스의 미소에 씁쓸한 기색은 아주 조금뿐이었다. 줄리아는 체면 때문일 거라고 생각했다.

"솀웨이 씨로군요. 생각보다 훨씬 아름다우신데요."

"저도 한마디 해드려야겠네요. 대령님은 헛소리에 아주 일가견이……."

줄리아가 이렇게 말하며 콕스에게서 3미터쯤 떨어진 곳까지 걸어갔을 때, 바비가 앞을 가로막고 줄리아의 팔을 붙들었다.

"왜요?"

"그 카메라."

줄리아는 카메라를 가리키는 바비의 손을 보고 나서야 자신이 카메라를 목에 걸고 있었음을 알아차렸다.

"디지털인가요?"

"그럼요, 피트 프리먼이 예비용으로 쓰는 거예요."

줄리아는 왜 그러느냐고 물으려다가 바비의 의도를 깨달았다.

"돔 때문에 타 버릴 거란 말인가요?"

"타 버리기만 하면 다행이죠. 퍼킨스 서장님의 페이스메이커가 어떻게 됐는지 생각해 봐요."

"젠장. 젠장! 트렁크에 고물 코닥 카메라가 있나 모르겠네."

리사 제이미슨과 콕스 대령은 바비가 보기에 똑같이 홀린 듯한 표정으로 서로를 마주보고 있었다.

"지금 뭐 하시려는 거예요? 또 폭탄을 터뜨릴 건가요?"

콕스가 리사의 질문을 받고 망설이자 바비가 입을 열었다.

"솔직히 말씀하시는 게 나을 겁니다, 대령님. 대령님이 안 하시면 제가 할 겁니다."

콕스의 입에서 한숨이 새어 나왔다.

"전면 공개가 자네 신조였지. 지금도 그런가?"

"못할 것도 없잖습니까? 이 실험이 성공하면 온 체스터스밀 주민들이 대령님을 칭송할 겁니다. 비공개로 진행하시는 건 그저 습관 때문입니다."

"아니. 상부의 명령 때문이야."

"그 양반들은 워싱턴에 있잖습니까. 캐슬록에 묶여 있는 기자들은 다들 인터넷으로 19금 동영상이나 보고 있을 겁니다. 지금 여기엔 겁에 질린 우리뿐입니다."

콕스는 다시금 한숨을 내쉬고 스프레이 페인트로 그린 문 모양 표적을 가리켰다.

"방호복을 입은 친구가 저기다 실험용 화합물을 뿌릴 겁니다. 일이 잘 풀리면 산성 화합물이 돔을 녹일 테고, 그렇게 되면 돔의 일부를 떼어낼 수 있습니다. 유리칼로 창문을 긋고 유리판을 떼어 낼 때처럼 말입니다."

"일이 잘 안 풀리면요? 혹시라도 돔이 부식돼서 독가스가 나오면, 그래서 우릴 다 죽이면 어떡합니까? 방독면은 그게 걱정돼서 챙겨 오신 거 아닙니까?"

"실은 말이지, 산성 화합물이 일으킨 화학 작용 때문에 돔에 불이 붙을지도 모른다는 게 과학자들의 의견이었어."

콕스는 겁에 질린 리사를 보고 한마디 덧붙였다.

"과학자들이 보기엔 두 가능성 모두 매우 희박합니다."

"그렇겠죠. 가스에 질식되거나 불에 타죽는 건 그 사람들이 아니니까요."

리사는 십자가를 쉴 새 없이 만지작거렸다.

"부인, 걱정하시는 바는 저도 이해합니다만……."

"대령님, 멜리사입니다."

바비는 콕스가 말한 호칭을 바로잡아 주었다. 머릿속에서 더럭 치솟은 생각, 즉 콕스에게 체스터스밀 주민들이 살아 있는 사람이라고 일깨워 줘야 한다는 생각 때문이었다. 그저 이름 없는 납세자 수천 명이 아니라.

"이분은 멜리사 제이미슨 씨입니다. 친구들 사이에선 리사로 통하지요. 마을 도서관 사서로 근무하십니다. 중학교 상담 교사이시기도 하고, 요가 강사도 겸하신다고 들었습니다."

"요가는 어쩔 수 없이 그만뒀어요. 그것 말고도 할 일이 너무 많아서요."

리사의 입가에 초조해 보이는 미소가 번졌다.

"만나서 반갑습니다, 제이미슨 씨. 한번 보십시오. 이건 시도해 볼 가치가 있는 실험입니다."

"만약 저희 생각이 그쪽 생각하고 다르다면, 그 실험을 하지 말라고 막을 수는 있나요?"

콕스는 리사의 질문에 똑바로 대답하지 않았다.

"뭔지는 모르지만 이 돔이라는 물건은 약해지지도, 그렇다고 썩지도 않습니다. 저희가 부수지 못하면 주민 여러분께선 꽤 오랫동안 갇혀 계셔야 할 겁니다."

"뭣 때문에 생겨났는지는 아시나요? 전혀 모르세요?"

"예."

콕스가 대답했다. 그러나 시선이 향한 쪽은 러스티 에버렛이 빅 짐과 대화를 나눌 때 보았던 바로 그 방향이었다.

바비는 속으로 생각했다. '왜 거짓말을 하십니까? 옛 버릇이 또 튀어나온 겁니까? 민간인은 버섯이나 마찬가지다, 컴컴한 곳에 버려두고 똥물이나 뿌려 주면 된다, 이겁니까?' 아마도 이유는 그것뿐일 듯했다. 그럼에도 바비는 마음이 언짢았다.

"독한가요? 그 산성 뭐라는 거…… 독한 건가요?"

"저희가 아는 한 현존하는 화합물 가운데 가장 강력합니다."

콕스가 대답하자 리사는 두 걸음을 펄쩍 물러섰다. 콕스는 우주복을 입은 군인들 쪽으로 돌아섰다.

"준비됐나?"

군인들은 장갑 낀 손으로 엄지손가락을 들어 보였다. 뒤쪽에서 진행하던 작업도 다 끝난 참이었다. 제복 차림 군인들은 방독면 가방에 손을 얹고 있었다.

"시작하지. 바비, 부탁이니 이 아름다운 숙녀 분들을 최소한 50미터 뒤쪽으로……."

"저 별들 좀 보세요."

줄리아가 말했다. 겁에 질린, 가느다란 목소리였다. 고개를 뒤로 젖힌 줄리아의 황홀한 표정에서 바비는 30년 전 아이였을 적의 그녀를 보았다.

하늘을 보니 북두칠성과 큰곰자리, 오리온자리가 보였다. 모두 제자리에 있었는데…… 다만 초점이 맞지 않아 희미했고, 분홍색으로 바뀌어 있었다. 은하수는 검은 천공에 쏟아진 풍선껌이나 다름없었다.

"대령님, 저것 좀 보십시오."

바비의 말에 콕스가 하늘을 올려다보았다.

"보라니, 뭐를? 별 말인가?"

"대령님께서 보시기엔 어떻습니까?"

"그야…… 굉장히 밝군. 당연하지, 이 일대는 이렇다 할 광공해가 없으니까……."

그러다가 무슨 생각이 떠올랐는지, 콕스가 손가락을 튕겨 '딱' 소리를 냈다.

"자네 쪽에서 보기엔 어떤가? 색깔이 변한 것 같은가?"

"참 아름다워요. 하지만 무섭네요."

리사가 대신 말했다. 화등잔처럼 커다래진 두 눈이 반짝였다.

"별이 분홍색이에요. 어떻게 된 거죠?" 줄리아가 물었다.

"뭐 별 거 아닐 겁니다."

콕스가 대답했다. 목소리가 묘하게 께름칙했다.

"무슨 일입니까? 솔직히 말씀하세요." 바비는 윽박지르듯이 말하고 나서 저도 모르게 한마디를 덧붙였다. "대령님."

"오늘 19시에 기상 보고서가 들어왔네. 바람을 중점적으로 관측했더군. 만약…… 그래, 만약을 대비해서. 그 정도만 얘기함세. 현재 서쪽 네브래스카 아니면 캔자스 부근에서 이동 중인 제트기류가 남쪽을 찍고 동부 해안을 따라 상승한다더군. 10월 하순엔 흔한 일이지."

"그게 별하고 무슨 상관입니까?"

"제트기류는 북쪽으로 올라오는 동안 여러 도시와 공업지대를 거치지. 거기서 몰고 온 물질들이 캐나다와 북극으로 쓸려가는 대신 돔에 달라붙었어. 그러다가 이제 일종의 광학 필터 같은 게 만들어질 만큼 쌓인 거지. 위험한 건 절대 아닌데……."

"아직은 아니겠죠." 줄리아가 말했다. "하지만 일주일, 한 달이 지나면 어떨까요? 온 하늘이 시커멓게 변하면 10킬로미터 상공에서 물청소라도 해 주실 건가요?"

콕스가 뭐라고 대답하기도 전에 리사 제이미슨이 비명을 지르며 하늘을 가리켰다. 그러고는 두 손으로 얼굴을 가렸다.

분홍빛 별들이 반짝이는 꼬리를 달고 추락하고 있었다.

15

"진정제 좀 더 줘."

파이퍼 목사는 심장 박동을 재는 러스티에게 흐리멍덩한 목소

148

리로 부탁했다.

러스티는 목사의 오른손을 토닥여 주었다. 왼손은 심하게 까졌기 때문이었다.

"안 돼요. 목사님은 이미 법적으로 약에 취한 상태니까요."

"예수님이 더 맞아도 된다고 하셨어." 중얼거리는 목사의 목소리는 앞서와 마찬가지로 흐리멍덩했다. "저 높은 곳을 향하여, 날마다 지도합니다."

"지도가 아니라 '기도'겠죠. 뭐, 예수님이 허락하셨다니 저도 한번 생각해 볼게요."

파이퍼 목사가 몸을 일으켰다. 러스티는 목사를 다시 진료대에 눕히려 했지만 손을 댈 곳은 오른쪽 어깨뿐이었고, 그것만으로는 역부족이었다.

"나 내일 퇴원해도 돼? 랜돌프 서장이랑 면담을 해야 해. 그놈들이 사만다 부시를 강간했어."

"그리고 하마터면 목사님을 죽일 뻔했죠. 어깨가 빠지기는 했지만, 구른 사람치고는 기막히게 운이 좋았어요. 사만다는 제가 맡을게요."

"그 경찰 놈들은 위험해."

파이퍼 목사는 오른손으로 러스티의 손목을 쥐었다.

"경찰 노릇을 계속하게 놔두면 안 돼. 사람을 또 해칠 거야."

목사는 혀로 마른 입술을 축였다.

"왜 이렇게 입이 바싹 마를까."

"제가 봐 드릴게요. 일단 누우세요."

"사만다한테서 정액 채취는 했어? 그놈들 거하고 대조해 볼 수 있을까? 선생이 할 수만 있다면 피터 랜돌프는 내가 조질게, 그놈들 유전자 표본을 내놓을 때까지. 밤낮으로 따라다니면서 조질 거야."

"저희가 가진 장비로는 불가능합니다."

러스티는 속으로 생각했다. '게다가 정액 증거 같은 건 있지도 않아요. 지나 버필리노가 질 세척을 했거든요. 사만다 본인이 부탁해서.'

"마실 것 좀 갖다 드릴게요. 전기를 아끼려고 병리검사실 것만 빼고 냉장고 전원을 다 내렸는데, 그래도 간호사 대기실에 아이스 박스가 하나 있어요."

"주스." 파이퍼 목사는 눈을 감으며 중얼거렸다. "그래, 주스가 좋겠어. 오렌지 아니면 사과 주스로. 토마토 주스는 싫어. 너무 짜."

"사과로 드릴게요. 오늘 저녁엔 묽은 걸 마셔야 하니까."

"우리 개가 보고 싶어."

파이퍼 목사는 눈을 감은 채로 나지막이 중얼거렸다. 그러고는 고개를 돌렸다. 러스티가 주스 상자를 들고 돌아올 무렵에는 이미 잠들어 있을 듯싶었다.

러스티가 복도를 절반쯤 걸어갔을 때, 트위첼이 간호사 대기실 모퉁이를 돌아 있는 힘껏 달려왔다. 흥분한 나머지 두 눈이 화등잔 같았다.

"러스티 선생, 바깥에 좀 나와 봐."

"그래, 리비 목사님께 주스 갖다 드리고 나서."

"안 돼, 당장. 저건 꼭 봐야 돼."

러스티는 29호 병실로 서둘러 돌아가서 안을 살며시 들여다보았다. 파이퍼 목사는 도무지 숙녀답지 않은 소리를 내며 코를 고는 중이었다. 퉁퉁 부은 코를 생각하면 이상한 일도 아니었다.

러스티는 보폭이 커다란 트위첼과 어깨를 거의 나란히 할 만큼 서둘러 복도를 달려갔다.

"무슨 일인데 그래?"

사실은 이렇게 묻고 싶었다. '이번엔 또 뭐야?'

"설명할 자신도 없고, 한다고 해도 아마 안 믿을걸. 그러니까 직접 봐야 해."

트위첼은 병원 현관문을 벌컥 열었다.

위급한 환자를 맞아들이는 보호용 차양 너머로 진입로에 서 있는 사람 셋이 보였다. 지니 톰린슨과 지나 버펄리노, 또 한 명은 지나가 병원 일손을 도우려고 데려온 친구 해리엇 비겔로였다. 세 사람은 마치 위로를 구하듯이 서로 껴안은 채 하늘을 올려다보는 중이었다.

하늘에는 눈부신 분홍빛 별들이 가득했고, 그중 여러 개가 길고 휘황찬란한 꼬리를 뒤에 단 채로 떨어지는 중이었다. 소름이 러스티의 등을 타고 스멀스멀 올라왔다.

'주디가 예견한 게 바로 이거야.' 러스티는 속으로 생각했다. '분홍색 별들이 줄줄이 떨어지고 있어요.'

그 말은 사실이었다. 사실이었다.

마치 천국 그 자체가 그들 귓가로 쏟아져 내리는 듯했다.

16

분홍빛 별들이 추락하기 시작했을 때 앨리스와 에이든 애플턴은 잠들어 있었지만, 서스턴 마셜과 캐럴린 스터지스는 그렇지 않았다. 두 사람은 더머전네 집 뒤뜰에 서서 찬란한 분홍빛 선을 그리며 추락하는 별들을 올려다보았다. 그 선들 가운데 몇 줄기는 서로 교차했고, 그럴 때면 분홍빛 룬 문자들이 하늘에 새겨졌다가 사라졌다.

"세상이 끝장나는 걸까요?"

"그럴 리가, 저건 유성군이야. 여기 뉴잉글랜드에서는 가을에 가장 흔히 보이는 현상이지. 페르세우스자리 유성군이 보일 시기는 한참 지났으니, 이건 아마도 지나가는 유성우일 거야. 한 1조 년 전에 박살난 소행성의 먼지와 암석 조각이겠지. 한번 상상해 봐, 캐럴린!"

캐럴린은 굳이 상상하고 싶지 않았다.

"유성우란 게 원래 분홍색이에요?"

"아니, 아마 돔 바깥에서는 하얗게 보일걸. 하지만 우린 먼지와 미립자가 만든 막을 통해 보고 있어. 다른 말로 하면 '대기 오염' 이지. 그래서 색이 다른 거야."

캐럴린은 하늘의 소리 없는 난장판을 올려다보며 그 말을 곰 곰이 생각했다.

"서스턴, 아까 그…… 에이든이 했던 말…… 그 발작인지 뭔지를 일으켰을 때……."

"그 애가 한 말은 나도 기억하고 있어. '분홍색 별들이 떨어져요. 별들이 꼬리를 그리면서 떨어져요.' 그랬지."

"걔가 어떻게 알았을까요?"

서스턴은 대답 대신 고개만 저었다.

캐럴린은 서스턴을 힘껏 끌어안았다. 이럴 때는(물론 이런 경험은 평생 처음이었지만) 서스턴이 아버지뻘이라서 너무도 기뻤다. 당장은 서스턴이 아버지였으면 좋겠다는 생각마저 들었다.

"이렇게 될 줄 어떻게 알았을까요? 에이든이 어떻게?"

17

예언의 순간에 에이든이 한 말은 또 있었다. '다들 구경하고 있어요.' 그리고 월요일 당일 밤 9시 30분 무렵, 유성우가 최고조에 달했을 때, 그 예언은 실현되었다.

소문은 휴대전화와 전자우편으로 전해지기도 했지만 대개는 구식 수단을 통하여, 즉 사람들의 입과 귀를 타고 널리 퍼졌다. 10시 15분경에는 소리 없는 불꽃놀이를 구경하러 나온 사람들이 마을 큰길을 가득 메웠다. 구경꾼들도 대부분 말이 없었다. 몇몇은 울음을 터뜨렸다. 고인이 된 코긴스 목사가 이끌던 구주 그리스도 교회의 열성 신도 레오 라모인은 목청껏 외쳤다. 종말이 왔노라고, 요한계시록에 나오는 네 기사가 하늘에 보인다고, 이제 곧 휴거가 시작될 거라고, 어쩌고, 저쩌고. 그날 오후 3시에 정신을 차리고 심통이 난 채로 다시 거리로 나온 얼간이 샘 버드로는 레오에게 요강게시판인지 뭔지 당장 닥치지 않으면 네 눈앞에 노란 별을 보여 주겠노라고 을러댔다. 경찰서에서 나온 루퍼트 리비는 권총 손잡이에 한 손을 올려놓고 그 둘에게 사람들 겁주지 말고 입 다물라고 명령했다. 꼭 사람들이 아직 겁을 안 먹었다는 듯이. 윌로 앤더슨과 토미 앤더슨은 디퍼스 술집 주차장에 서 있었고, 윌로는 토미의 어깨에 머리를 기댄 채 울음을 터뜨렸다. 들장미 식당 앞에는 로즈 트위첼이 앤슨 휠러와 나란히 서 있었다. 두 사람 다 앞치마를 그대로 맨 차림새였고, 역시 서로의 어깨를 끌어안고 있었다. 노리 캘버트와 베니 드레이크는 부모와 함께 나왔다. 노리가 몰래 뻗은 손이 자신의 손에 닿았을 때 베니가 느낀 짜릿함은 추락하는 분홍 별 따위와 비교도 되지 않았다. 푸드시티 슈퍼마켓의 현직 점장인 잭 케일은 슈퍼 주차장에 서 있었다. 잭은 그날 오후 늦게 전임자인 어니 캘버트에게 전화를 걸어 재고 조사를 좀 도와 달라고 부탁했다. 큰길에서 소동이 일어났을 때, 두 사람은 자정까지 마칠 수 있기를 바라며 재고 조사를 하고 있었다. 그러다 이제는 주차장에 나란히 서서 추락하는 분홍빛 별들을 올려다보는 중이었다. 헨리 모리슨과 재키 웨팅턴 경관은 고등학교 역사 교사인 채즈 벤더와 함께 장의사 맞은편에 서 있었다.

"대기 오염 때문에 저렇게 보이는 거지, 그냥 유성우예요."

채즈는 재키와 헨리에게 이렇게 말했으나…… 목소리에서 겁먹은 기색을 지우지는 못했다.

돔에 쌓인 미립자 때문에 별 색깔이 변한 사실은 체스터스밀 주민들에게 작금의 상황이 지닌 새로운 의미를 일깨워 주었고, 그리하여 흐느끼는 소리는 차츰 더 멀리 퍼져 나갔다. 울음소리는 거의 빗소리처럼 부드러웠다.

빅 짐의 관심사는 밤하늘의 무의미한 불빛들이 아니라 사람들이 그 불빛의 의미를 어떻게 받아들이느냐였다. 이날 밤 빅 짐은 사람들이 그냥 집으로 돌아가리라고 예상했다. 그러나 이튿날에는, 사정이 달라질 터였다. 또한 거의 모든 이의 얼굴에 비친 공포가 그리 나쁜 것만은 아닐지도 몰랐다. 겁에 질린 군중은 강력한 지도자를 원하게 마련이었고, 빅 짐이 사람들에게 자신 있게 제공할 수 있는 것이 한 가지 있다면 바로 강력한 지도력이었다.

빅 짐은 랜돌프 서장과 앤디 샌더스와 함께 경찰서 현관 앞에 서 있었다. 그 아래에 옹기종기 모여 있는 이들은 바로 빅 짐이 키운 문제아들, 즉 카터 티보도와 멜빈 셜스, 조지아 루, 그리고 주니어의 친구인 프랭크 드레셉스였다. 빅 짐은 앞서 파이퍼 목사가 굴렀던 계단을('모가지가 부러졌으면 우리 모두 고마워했을 텐데.'라고 생각하며) 내려와 프랭크의 어깨를 토닥거렸다.

"프랭크, 구경 잘하고 있냐?"

프랭크는 겁을 먹고 휘둥그레진 눈 때문에 스물두 살이 아니라 열두 살처럼 보였다.

"레니 아저씨, 저게 뭔가요? 혹시 아세요?"

"유성우란다. 하나님께서 백성들한테 보내시는 인사지."

프랭크는 긴장을 조금 누그러뜨렸다.

"우린 다시 안으로 들어갈 거다."

빅 짐은 아직도 하늘만 올려다보는 랜돌프와 앤디를 엄지손가락으로 가리켰다.

"잠시 우리끼리 의논하고 나서 너희 넷을 부를 거야. 그때 네 명 모두 똑같이 얘기해야 한다. 무슨 말인지 알지?"

"예, 아저씨."

멜빈 셸스가 빅 짐을 올려다보았다. 두 눈은 접시처럼 커다랬고 입은 헤 벌린 채였다. 빅 짐이 보기에 셸스의 지능지수는 넉넉 잡아도 70을 못 넘을 듯싶었다. 이 또한 그리 나쁜 것만은 아니었다.

"레니 아저씨, 꼭 종말의 날이 온 것 같아요."

"무슨 소리. 멜빈, 너 하나님 믿고 구원받았냐?"

"그랬던 것 같은데요."

"그럼 아무 걱정 안 해도 돼."

빅 짐은 문제아들을 한 명 한 명 찬찬히 뜯어보다가 마지막으로 카터 티보도를 마주보았다.

"젊은 친구들, 오늘밤에 구원을 얻는 길은 너희 모두 똑같은 얘기를 들려주는 거다."

분홍빛 별들을 못 본 사람도 있었다. 애플턴 남매와 마찬가지로 러스티 에버렛의 어린 두 딸 역시 잠들어 있었다. 파이퍼 목사도. 안드레아 그리넬도. 어쩌면 미국에서 가장 클지도 모르는 필로폰 제조 공장 옆의 시든 잔디밭에 푹 널브러져 있던 '주방장' 필 부시도. 그리고 베이더 파일이 인쇄된 종이를 거실 탁자에 흩어 놓고 울다 지쳐 소파에 누운 채로 잠든 브렌다 퍼킨스도.

무지한 군대들이 밤에 취해 충돌하는 이 캄캄한 광야가 아니라 저 위의 더 환한 곳에서 내려다보는 경우가 아니라면, 죽은 이들도 못 보기는 마찬가지였다. 마이라 에번스와 듀크 퍼킨스, 척 톰슨, 클로뎃 샌더스는 이미 입관이 끝나서 보위 장의사에 누워 있었다. 해스켈 선생과 카티 노인, 로리 딘스모어는 캐서린 러셀 병원의 영안실에 있었다. 레스터 코긴스와 도디 샌더스, 앤지 매케인은 여전히 매케인네 집 식료품 창고에 처박힌 신세였다. 주니어와 함께. 주니어는 도디와 앤지 사이에 앉아 둘의 손을 잡고 있었다. 머리가 아팠지만 별 것 아니었다. 주니어는 오늘 밤 여기서 잠들지도 모르겠다고 생각했다.

모튼길 저편의 이스트체스터에서는 고인이 된 마이라 에번스의 남편 잭 에번스가 한 손에는 잭 대니얼스 위스키병을, 다른 손에는 가정 방어용으로 산 루거 SR9 자동권총을 쥔 채 뒷마당에 서 있었다(이곳은 하늘이 기이한 분홍빛으로 바뀐 와중에도 실험용 산성 화합물로 돔을 뚫는 작업이 벌어지는 현장으로부터 그리 멀지 않았다.). 잭은 추락하는 분홍 별들을 올려다보며 위스키를 들이켰다. 잭은 지금 무슨 일이 벌어지는지 알고 있었고, 별 하나하나에 소원을 빌었으며, 그의 소원은 죽음이었다. 마이라 없이는 살아도 사는 것이 아니기 때문이었다. 어쩌면 마이라 없이 살 수 있을지도 몰랐지만, 어쩌면 유리 상자에 갇힌 생쥐처럼이라도 살 수는 있을지도 몰랐지만, 잭은 둘 다 해낼 자신이 없었다. 떨어지는 별들이 드문드문해질 무렵(10시 15분경, 즉 유성우가 시작된 지 약 45분 만이었다.), 잭은 마지막 남은 잭 대니얼스 한 모금을 들이켜고 술병을 잔디 위에 내던진 다음 권총으로 자기 머리를 날려 버렸다. 그리하여 체스터스밀 최초의 공식 자살자가 되었다.

그러나 최후는 아니었다.

18

방호복을 입은 군인 둘이 비닐 호스 끄트머리에서 가느다란 대롱을 제거하는 동안 바비와 줄리아, 리사 제이미슨은 입도 뻥긋하지 않고 지켜보았다. 두 군인은 주둥이에 지퍼락이 달린 불투명 비닐 봉투에 그 대롱을 집어넣은 후에 큼지막한 글씨로 **위험 물질**이라고 적힌 금속 상자에 봉투를 담았다. 그런 다음 저마다 지니고 있던 열쇠를 합쳐 상자를 잠그고 헬멧을 벗었다. 지치고 정신이 나간 표정이었다.

군인으로 보기에는 나이가 너무 많은 남자 두 명이 복잡한 기계 장치를 밀며 실험 현장을 벗어났다. 실험은 이미 세 차례나 거듭한 후였다. 바비 생각에 그들은 국가 안보국에서 파견한 과학자 같았고, 아마도 분광 사진을 찍으러 온 듯싶었다. 아니면 찍으려다 실패했을지도. 그들이 실험 내내 썼던 방독면은 이제 괴상한 모자처럼 정수리에 걸려 있었다. 바비는 콕스에게 뭐 하러 온 사람들이냐고 물어볼 수도 있었고, 어쩌면 콕스가 사실대로 대답해 줄지도 몰랐다. 그러나 정신이 나가기는 바비 역시 마찬가지였다.

머리 위에서는 마지막 남은 별똥별 몇 개가 하늘을 가로질러 달리는 중이었다.

리사가 이스트체스터 쪽을 가리켰다.

"무슨 총소리 같은 게 들렸는데. 자기도 들었어?"

"차가 고장 난 거겠죠. 아니면 어느 집 애가 페트병 로켓을 쐈든가요."

줄리아 역시 피로에 찌든 표정을 하고 있었다. 실험이 수포로 끝날 것이 확실해졌을 때, 눈가를 훔치는 줄리아의 모습이 바비의 눈에 띄었다. 그러나 줄리아는 낡은 코닥 카메라로 사진을 찍는 것까지 포기하지는 않았다.

콕스가 그들 쪽으로 걸어왔다. 현장에 설치된 조명 탓에 두 갈래로 갈라진 그림자가 그 뒤를 따랐다. 콕스는 문짝 모양 표적이 그려진 돔을 손짓으로 가리켰다.

"이 보잘것없는 실험에 세금이 한 75만 달러는 들어갔을 걸세. 그마저도 산성 화합물 개발 과정에 든 비용은 뺀 액수지. 돈을 그렇게 처발랐는데 한 일이라곤 옘병할 페인트를 지운 것뿐이군."

"말조심하세요, 대령님."

줄리아의 입가에 여느 때의 그 희미한 미소가 보였다.

"충고 감사합니다, 편집장님." 콕스가 비꼬듯이 대답했다.

"대령님, 진심으로 성공할 거라고 생각하셨습니까?"

"아니. 하지만 이때껏 인간이 화성에 발을 디딜 때까지 살 거라는 생각도 못하긴 마찬가지였네. 그런데 러시아 놈들이 2020년에 우주인 넷을 화성에 보낼 거라더군."

"아, 무슨 말씀인지 알겠어요, 대령님. 화성인들이 그걸 눈치채고 화가 나서 이렇게 된 거군요."

"그렇다면 화성인 놈들은 지금 엉뚱한 나라에 화풀이를 하는 셈이지요."

콕스는 무심결에 이렇게 대꾸했고…… 바비는, 콕스의 눈이 흔들리는 기색을 놓치지 않았다.

"제임스, 얼마나 확실한 겁니까?" 바비는 부드럽게 물었다.

"뭐라고?"

"외계인이 돔을 만들었다는 추측 말입니다."

줄리아가 두 걸음 앞으로 성큼 나섰다. 안색은 창백했지만 두 눈은 이글거렸다.

"이런 망할, 아는 대로 전부 털어놔요!"

콕스는 두 손을 치켜들었다.

"그만하십시오. 우린 아무것도 모릅니다. 다만 한 가지 추론하는 게 있긴 하지요. 마티, 이리 좀 와 보게."

실험 통제를 맡았던 노인들 중 한 명이 돔 쪽으로 다가왔다. 그는 손에 방독면 끈을 쥐고 있었다.

"분석 결과는 어떻던가?"

콕스는 노인이 망설이는 기색을 눈치채고 한마디 덧붙였다.

"편하게 얘기해도 돼."

"그게……."

마티라고 불린 노인은 뜻밖이라는 듯이 어깨를 으쓱했다.

"미량 원소가 나왔어요. 토양 성분하고 대기 오염 물질도 나왔고. 그 외에는, 아무것도 없어요. 분광 사진 분석 결과에 따르면 저기엔 아무것도 없어요."

"HY908은?"

콕스는 마티에게 묻고 나서 두 여인 쪽을 돌아보았다.

"산성 화합물 이름입니다."

"사라졌어요. 저기에 없는 '그게' 다 먹어치운 거지요."

"그게 가능한가? 자네가 아는 바에 따르면 말이야."

"아뇨. 하지만 우리가 아는 바에 따르면 이 돔이라는 것 자체가 있을 수가 없지요."

"그렇다면 돔을 만든 게 우리보다 훨씬 앞선 지식을 갖춘 생명체라고 봐도 되겠나? 물리학이나 화학, 생물학, 뭐 그딴 분야에서 말이야."

마티가 또 망설이자 콕스는 앞서 했던 말을 되풀이했다.

"편하게 얘기해도 된다니까."

"그것도 한 가지 가능성이지요. 지구의 어느 슈퍼 악당이 만들었을 가능성도 있고요. 현실 세계의 렉스 루서(영화 「슈퍼맨」에 나오는 악당 — 옮긴이)라고 할까요. 아니면 적성국이 한 짓인지도 몰라요. 북한 같은."

"자기네 짓이라고 나서지도 않았잖습니까?"

바비는 의심스럽다는 듯이 물었다.

"저는 외계인 쪽에 무게를 두고 싶군요."

마티는 망설임 없이 돔을 두드렸다. 충격에 이미 면역이 생긴 탓이었다.

"지금 이 돔을 연구하고 있는 과학자들도 거의 모두 같은 생각입니다. 실제로 한 일이라곤 아무것도 없는 활동도 연구라고 부를 수 있다면 말이지만요. 그건 셜록 홈스의 법칙이지요. 불가능한 것들을 전부 소거하고 나면 남아 있는 것이 바로 해답이란 뜻입니다. 아무리 터무니없어 보이더라도."

"대령님, 누가 비행접시를 타고 착륙해서 대통령 자릴 내놓으라고 요구한 적 있었나요? 사람이든 뭐든 간에?"

"없었습니다, 셤웨이 씨."

"그런 적이 있었다고 해도 어떻게 알겠습니까?"

바비는 이렇게 묻고 나서 속으로 생각했다. '우리가 지금 토론

을 하고 있는 건가? 아니면 나 혼자 꿈을 꾸는 걸까?'

콕스는 잠시 망설이다가 대답했다.

"꼭 그런 건 아니야."

"기상 현상일 가능성도 아직 남아 있어요." 마티가 끼어들었다. "뭐, 생물학적 현상일 수도 있지요, 살아 있는 거라면. 이게 대장균의 변종이라고 생각하는 과학자도 한둘이 아니거든요."

"콕스 대령님." 줄리아의 목소리는 나지막했다. "지금 누가 저 휠 가지고 실험하는 건가요? 꼭 그런 기분이 들어서 여쭤보는 거예요."

한편 리사 제이미슨은 멋진 집들이 늘어선 이스터체스터 쪽을 향해 고개를 돌리고 서 있었다. 집들은 거의 모두 불이 꺼져 있었다. 발전기가 없거나 아니면 가스를 아끼려고 껐기 때문이었다.

"총소리였어." 리사가 중얼거렸다. "그건 분명히 총소리였어."

승리의 예감

1

마을 대장 노릇을 제외하면 빅 짐 레니의 악취미는 딱 한 가지뿐이었는데, 바로 고등학교 여자 농구였다. 정확히 얘기하면 레이디 와일드캐츠의 농구 경기를 관람하는 것이었다. 빅 짐은 1998년부터 쭉 시즌 관람권을 구입했고 해마다 적어도 열 경기 씩은 보러 갔다. 레이디 와일드캐츠가 메인 주 4부 대회에서 우승한 2004년에는 한 경기도 빠지지 않았다. 또한 빅 짐의 집 서재에 초대받은 사람들은 당연히 타이거 우즈와 데일 언하르트, '우주인' 빌 리의 사인을 눈여겨보았지만, 정작 서재 주인이 가장 아끼고 자랑스러워한 사인은 해나 콤프턴, 즉 레이디 와일드캐츠에게 하나뿐인 우승 트로피를 안겨 준 자그마한 2학년 포인트 가드의 것이었다.

시즌 관람권을 쭉 구입하다 보면 주변의 다른 구입자들과 안면을 익히게 되고 그들이 농구 팬이 된 사연도 알게 마련이다. 대개는 주전 선수의 친척이었다(점점 치솟는 원정 경기 비용을 대려고 과자를 팔거나 기금을 모으는 열성 응원단도 간간이 있었다.). 친척이 아닌 경우에는 순수한 농구 팬이었는데, 그들은 무슨 변명이라도 하듯이 여자 농구가 더 재미있다고 주장했다. 어린 여자 선수들은 또래 남자 선수들과 비교도 안 될 만큼 팀플레이에 주력했다(사내 녀석들은 단독 드리블이나 덩크, 골밑 싸움에 몰두했다.). 그러다 보니 속도가 느렸고, 덕분에 관중은 드리블 하나 패스 하나까지 빼놓지 않고 경기를 속속들이 즐길 수 있었다. 남자 농구 팬들은 경기당 득점수가 너무 낮다며 비웃었지만 레이디 와일드캐츠 팬들은 그마저도 즐거워했다. 원래 여자 농구의 백미는 수비와 자유투이고 그것이야말로 전통 농구의 진수라면서.

그저 반바지 입은 십대 소녀들이 쭉 뻗은 다리를 다 내놓고 뛰어다니는 광경을 보고 싶어서 오는 아저씨들도 있었다.

빅 짐 또한 그 모든 이유들 때문에 여자 농구를 좋아했지만 그의 열정은 남들과 완전히 다른 곳, 다른 팬들과 경기 이야기를 할 때에는 한 번도 입 밖에 낸 적이 없는 곳에서 치솟았다. 그 열정의 원천을 사람들 앞에서 털어놓는 것은 현명한 짓이 아니었다.

소녀들은 경기에 사적인 감정을 개입시켰고, 그래서 상대를 더욱 증오했다.

물론 소녀들도 승리를 원했고 숙적과 맞붙을 때에는 경기가 후끈 달아오르기도 했지만(체스터스밀 와일드캐츠의 경우에는 저

가소로운 캐슬록 로케츠였다.), 소년들은 대개 개인적 성취를 위하여 경기를 했다. 다른 말로 하면 '자기 자랑'을 위해서였다. 그리고 경기가 끝나면 그것으로 다 끝이었다.

반면에 소녀들은 패배를 혐오했다. 소녀들은 패배를 탈의실까지 끌고 와서 곰곰이 되씹었다. 더욱 중요한 것은, 소녀들이 '한 팀이 되어' 패배를 혐오하고 증오하는 점이었다. 빅 짐의 눈에는 이 따금씩 고개를 쳐드는 그 증오가 보였다. 후반 종료를 코앞에 둔 동점 상황에서 공 뺏기가 살벌하게 벌어질 때면 빅 짐의 귀에는 선수들의 이런 목소리가 들리기까지 했다. '꿈도 꾸지 마, 좆만한 쌍년아. 이 공은 내 거야.' 빅 짐은 그 소리를 귀에 새기며 음미했다.

2004년이 오기 전까지 레이디 와일드캐츠가 주 대회 토너먼트에서 이긴 적은 20년간 단 한 차례뿐이었고, 벅필드 고교를 상대로 거둔 그 승리가 처음이자 마지막이었다. 그러다가 해나 콤프턴이 등장했다. 빅 짐이 보기에 해나는 사상 최강의 증오자였다.

해나는 타커스밀스 출신의 깡마른 벌목꾼 데일 콤프턴의 딸로서, 데일이 노상 술에 취해 사는 시비꾼이었던 점을 감안하면 딸 해나가 그토록 호전적이었던 것도 충분히 이해할 만한 일이었다. 1학년이었을 때 해나는 거의 시즌 내내 2군에 머물러 있었다. 그러다가 감독이 주전으로 출장시켜 준 마지막 두 경기에서 누구보다 많은 점수를 올렸고, 상대 팀인 리치몬드 밥캐츠의 같은 포지션 선수를 코트에 자빠져 몸부림치게 했다. 강력하지만 깨끗한 수비였다.

그 경기가 끝나고 나서 빅 짐은 감독인 우드헤드를 붙들고 이렇게 말했다.

"내년에 쟤를 선발로 안 뽑으면 당신은 미친 거요."

"저 안 미쳤습니다." 우드헤드가 대답했다.

해나는 이듬해 시즌을 화끈하게 시작하여 아주 화끈하게 마무리 지었고, 와일드캐츠 팬들은 수년이 지난 후에도 그 빛나는 기록을 놓고 이야기꽃을 피웠다(시즌 평균 득점이 경기당 27.6점이었다.). 해나는 마음만 먹으면 언제든 기회를 포착하여 자유투를 성공시켰지만, 빅 짐은 수비를 뚫고 골대를 향하여 돌진하는 해나의 모습을 가장 좋아했다. 그럴 때면 퍼그처럼 생긴 해나의 얼굴에는 비웃음이 가득했고, 반짝이는 검은 눈은 누가 앞을 가로막든 자신만만했으며, 뒤통수에 삐죽 튀어나온 짧따란 머리 타래는 치켜든 가운뎃손가락 같았다. 체스터스밀 의회의 부의장이자 최고의 중고차 판매업자인 짐 레니는 그 모습에 홀딱 반하고 말았다.

2004년 주 대회 결승전에서 해나가 반칙으로 퇴장했을 때, 레이디 와일드캐츠는 캐슬록 로케츠를 10점차로 앞서는 중이었다. 다행히도 남은 시간은 고작 1분 16초였다. 와일드캐츠는 결국 1점차로 승리했다. 총 득점 86점 중에 해나 콤프턴이 올린 점수는 자그마치 63점이었다. 그해 여름, 해나의 시비꾼 아버지는 빅 짐 레니가 40퍼센트 할인 가격에 판 신형 캐딜락을 타고 가다가 사고를 당하여 세상을 떴다. 신차 판매는 원래 빅 짐의 주종목이 아니었지만, 그럼에도 그는 마음만 먹으면 언제든 '운송 트럭에서 막 내린 새 차'를 구할 수 있었다.

피터 랜돌프의 사무실에 앉아 마지막 분홍 유성우가 스러져

가는 하늘을 올려다보며, 빅 짐은 그 거짓말 같았던, 그야말로 전설 자체였던 2004년의 농구 결승전을 다시 떠올렸다(그러는 동안 문제아들은 자신의 운명을 좌우할 호출을 기다렸다. 빅 짐은 녀석들이 속을 태웠으면 하고 바랐다.). 특히 레이디 와일드캐츠가 9점 뒤진 상황에서 시작된 후반 최초의 8분을 곰곰이 되새겼다.

해나는 이오시프 스탈린이 소련을 장악할 때처럼 철저하고 무자비하게 경기를 장악했다. 검은 두 눈은 번들거렸고(마치 보통 선수들은 구경도 못한 해탈의 경지를 들여다보듯이), 변함없이 비웃음으로 가득한 표정은 이렇게 말하는 듯했다. '너보다 내가 더 잘해, 내가 최고야, 당장 안 비키면 깔아뭉개 버린다.' 그 8분 동안 해나가 던진 슛은 모조리 림을 꿰뚫었고 그중에는 다리가 꼬이는 바람에 하프라인에서 냅다 던진 터무니없는 슛도 포함되었다. 그저 트래블링 반칙을 피하려고 아무 생각 없이 던진 슛이었는데도.

이런 식의 거침없는 기세를 가리키는 표현은 여러 가지가 있었는데 그중 가장 흔히 쓰이는 것은 '무아지경'이었다. 그러나 빅 짐이 가장 좋아하는 표현은 '저 여자 완전히 감 잡았는데.'라고 할 때의 '감 잡다'였다. 그럴 때면 평범한 선수들은 손조차 댈 수 없는, 특별한 밤에만 접근이 허락되는 신성한 비단이 경기장을 둘러싼 듯했다(하지만 때로는 평범한 선수들도 감을 잡고 잠시나마 신과 여신으로 변신했고, 신성을 누리는 그 짧은 순간만큼은 육신의 모든 흠이 사라진 것처럼 보였다.). 농구 코트 위에도 발할라가 존재한다면 틀림없이 그 귀하고 아름다운 비단으로 장식되어 있을 터였다.

해나 콤프턴은 3학년이 되어 경기를 뛴 적이 한 번도 없었고,

따라서 2004년 봄의 결승전이 해나의 고별 경기로 남고 말았다. 그해 여름, 해나의 아버지는 음주 운전을 하다가 아내와 세 딸을 함께 거느리고 세상을 등졌다. 브라우니네 상점에서 다 함께 아이스크림 프라페를 사 먹고 타커스밀스로 돌아가던 길이었다. 헐값에 산 캐딜락이 그들 가족의 관이 되었다.

여러 명이 목숨을 잃은 사고였기에 메인 주 서부의 여러 신문에 1면 기사로 실리기까지 했지만(줄리아 셤웨이는 그 주에 발행한 《데모크라트》의 테두리를 검은색으로 인쇄하여 조의를 표했다.), 빅 짐은 비탄에 빠지지 않았다. 빅 짐이 짐작하기에 해나는 대학 팀에서 뛸 재원이 결코 아니었다. 선수들의 키가 훨씬 더 큰 대학 팀에 가면 자기 포지션에만 못 박힐지도 몰랐다. 해나가 견딜 수 있는 일이 아니었다. 증오를 키우려면 해나는 쉬지 않고 코트를 누벼야만 했다. 빅 짐은 완벽하게 이해했다. 또한 전적으로 공감했다. 빅 짐이 체스터스밀을 떠날 생각을 아예 안 했던 주요한 이유가 바로 거기에 있었다. 더 넓은 세상에 나가면 더 많은 돈을 벌 수 있을지도 몰랐지만, 삶에 있어서 돈은 한 모금짜리 맥주였다. 그러나 권력은 샴페인이었다.

체스터스밀을 다스리는 일은 평소에도 즐거웠지만 위기가 닥쳤을 때에는 훨씬 더 짜릿했다. 그럴 때에는 실패하지 않으리라고, 실패 따위는 결코 없다고 믿으며 순전히 직관의 날개 위에 올라타고 하늘을 날 수 있었다. 상대편이 수비 태세를 갖추기도 전에 대형을 파악할 수 있었고 공을 잡을 때마다 점수를 올릴 수 있었다. 그야말로 감을 잡은 상태인 것이다. 그런 일이 일어나기에 결승전보다 더 어울리는 무대는 없었다.

지금은 바야흐로 빅 짐의 결승 경기였고, 만사가 그의 뜻대로 움직였다. 빅 짐은 이 마술 같은 시간이 끝날 때까지는 어떤 것도 실패하지 않으리라는 느낌을 철석같이 믿었다. 심지어 실패처럼 보이는 것도 결국에는 장애물이 아니라 기회가 될 듯싶었다. 해나가 하프라인에서 다급하게 던진 슛이 데리 시민 체육관에 모인 관중들을 일제히 자리에서 일어나게 했듯이. 그때 체스터스밀 응원단은 환호를 질렀고 캐슬록 응원단은 자기 눈을 의심하며 괴성을 질렀다.

　감을 잡은 것. 그것이야말로 벌써 한참 전에 나자빠졌어야 할 빅 짐이 지치지 않은 이유였다. 주니어가 입을 꾹 다물고 창백한 표정으로 눈치만 보는데도 걱정을 하지 않은 이유였다. 데일 바버라와 녀석의 골칫거리 친구들(특히 신문사 계집애)에 대해 걱정을 하지 않은 이유였다. 또한 피터 랜돌프와 앤디 샌더스가 멍청한 표정으로 바라보는데도 그저 빙긋이 웃기만 한 이유이기도 했다. 빅 짐은 미소를 지을 여유가 있었다. 감을 잡았으니까.

　"슈퍼마켓을 폐쇄하자고? 빅 짐, 그랬다간 언짢아할 사람이 꽤 많을 거야."

　"슈퍼마켓하고 주유소, 둘 다야."

　빅 짐은 웃음을 띤 채 앤디의 질문을 수정해 주었다.

　"브라우니네 가게는 신경 쓸 것 없네. 벌써 닫았으니까. 잘된 일이지, 그깟 지저분한 구멍가게 따위."

　그러고는 소리 없이 한마디 덧붙였다. '지저분한 잡지나 파는 가게 따위.'

　"짐, 푸드시티에는 아직 물건이 많이 남아 있는데요. 오늘 낮에 잭 케일하고 그 얘길 했습니다. 고기가 좀 부족하긴 해도 다른 건 다 충분히 있답니다."

"나도 알아, 피터. 재고 파악 정도는 나도 할 수 있어. 케일은 말할 것도 없지. 어쨌거나 그 친군 유대인이니까."

"저기…… 제 말은 그냥, 아직까진 별 말썽이 없었다는 얘깁니다. 사람들이 자기네 집 식료품 창고를 가득 채워놓은 덕분이죠."

무슨 생각을 떠올렸는지 랜돌프의 표정이 밝아졌다.

"아, 일단은 영업시간을 단축시키는 정도가 괜찮을 것 같군요. 그 정도면 잭도 알아들을 겁니다. 어쩌면 벌써 염두에 두고 있는지도 모르죠."

빅 짐은 여전히 미소를 띤 채 고개를 저었다. 이것 역시 만사가 뜻대로 풀린다는 증거 가운데 하나였다. 듀크 퍼킨스 서장이 있었더라면 마을 사람들에게 더 이상 부담을 지우는 것은 실수라고 했을 터였다. 오늘밤 하늘에서 벌어졌던 그 심란한 사건을 생각해 보면 더더욱 그러했다. 그러나 퍼킨스 서장은 죽었고, 이는 그저 편리한 정도가 아니었다. 아예 환상적이었다.

"문을 닫아야 해." 빅 짐은 거듭 강조했다. "슈퍼와 주유소, 둘 다. 꽁꽁 닫아. 다시 문을 열 때에는 우리가 물건을 내줄 걸세. 그럼 더 오래 버틸 수 있어, 배급도 공평할 테고. 목요일 회의에서 배급 계획을 발표할 걸세. ……물론, 돔이 그때까지도 사라지지 않는다면 말이지만."

"빅 짐, 난 잘 모르겠어. 우리한테 사업장 폐쇄 명령을 내릴 권한이 있을까?"

앤디는 망설이는 목소리로 물었다.

"지금 같은 위기에서는 그럴 권한만 있는 게 아닐세. 그건 우리가 해야 할 의무야."

빅 짐은 피터 랜돌프의 등을 세게 다독였다. 체스터스밀의 신임 경찰서장은 생각도 못한 충격에 움찔 놀랐다.

"소동이라도 벌어지면?"

앤디가 찡그린 표정으로 물었다.

"흠, 그럴 가능성도 있지. 쥐구멍을 걷어차면 쥐새끼들이 우르르 몰려나오게 마련이니까. 위기가 조속히 끝나지 않으면 경찰력을 꽤 늘려야 할지도 몰라. 그래, 꽤 늘려야겠지."

랜돌프의 표정에 당황한 기색이 스쳤다.

"지금도 스무 명이나 되는데요. 저 친구들도 포함해서……."

랜돌프는 고갯짓으로 사무실 문 쪽을 가리켰다.

"아무렴. 말이 나온 김에 저 친구들 들어오라고 하게. 빨리 끝내고 집에 가서 자야지. 내일은 저 친구들이 꽤 바쁠 게야."

'따끔한 맛을 볼지도 모르지만, 그럼 더 잘된 거지. 제 아랫도리도 제대로 간수 못하는 놈들은 벌을 받아도 싸.'

2

프랭크와 카터, 멜빈, 조지아는 증인에게 지목을 받으러 가는 용의자들처럼 줄줄이 사무실로 들어섰다. 반항하듯 딱딱한 표정을 짓고 있었지만 반항끼는 희미했다. 해나 콤프턴이 봤더라면 코웃음을 쳤을 법했다. 내리깐 시선은 구두코에 못 박혀 있었다. 빅 짐이 보기에 틀림없이 해고를, 아니면 더한 벌을 예상한 듯싶었다. 빅 짐에게는 잘된 일이었다. 공포야말로 다루기에 가장 손쉬운 감정이기 때문이었다.

"그래, 우리 용맹한 경관님들께서 납시었군."

빅 짐의 말을 듣고 조지아가 나지막이 뭐라고 중얼거렸다.

"좀 크게 얘기해 봐, 귀여운 아가씨."

빅 짐은 손을 동그랗게 말아 귀에 갖다 댔다.

"저흰 잘못한 거 없다고 했어요."

조지아의 목소리는 선생님한테 야단맞는 학생처럼 부루퉁했다.

"그럼 정확히 무슨 짓을 한 거지?"

빅 짐은 이렇게 묻고 나서 조지아와 프랭크와 카터가 동시에 대답하려고 하자 프랭크를 가리켰다.

"자네가 얘기해 봐."

'똑바로 해라. 제발.'

"거기 간 건 사실입니다. 하지만 사만다가 불러서 갔어요."

"맞아요! 그 계집애가 먼저……."

조지아가 소리쳤다. 펑퍼짐한 가슴 아래로 팔짱을 끼면서.

"조용."

빅 짐은 퉁퉁한 손가락을 조지아 쪽으로 뻗었다.

"모두를 대신하여 대표가 말한다. 팀이란 건 원래 그런 거야. 자네들도 한 팀인가?"

카터 티보도는 일이 어떻게 풀려 가는지를 눈치챘다.

"예. 레니 부의장님."

"그렇게 말해 주니 고맙군."

빅 짐은 프랭크에게 계속하라는 신호로 고갯짓을 했다.

"사만다가 자기 집에 맥주가 있다고 했습니다. 저희가 거기 간 이유는 그것뿐입니다. 아시다시피 마을에선 맥주를 살 수가 없으니까요. 어쨌든, 다들 둘러앉아서 맥주를 마셨는데…… 한 사람당 한 캔밖에 안 마셨습니다. 마침 근무 시간도 거의 끝난 참이었고요."

"완전히 끝난 후였지. 원래는 그렇게 말하려고 했지?"

랜돌프 서장이 끼어들었다. 프랭크는 공손히 고개를 끄덕였다.

"예, 서장님. 제가 하려던 말이 그겁니다. 저흰 맥주를 다 마시고 그만 가자고 했는데, 사만다가 저희가 고마운 일을 한다고 했습니다. 저희 모두가요. 그리고 저희한테 감사를 표시하고 싶다고 했습니다. 그러더니 자기 다리를 슬쩍 벌렸습니다."

"냄비 뚜껑을 열어 준 거죠. 말하자면."

멜빈이 입을 씩 벌리고 멍청하게 웃으면서 설명을 추가했다.

빅 짐은 흠칫 놀라며 안드레아 그리넬이 이 자리에 없는 데에 소리 없이 감사를 표했다. 약물 중독자이든 아니든, 안드레아가 들었더라면 정치적으로 올바른 말이 아니라며 난리를 피웠을 발언이었다.

"사만다가 저흴 한 명씩 침실로 데려갔습니다. 그게 잘못된 결정이란 건 저도 압니다. 저희 모두 반성하고 있고요. 하지만 사만다는 순전히 자발적으로 그런 겁니다."

"물론 그랬을 테지." 랜돌프 서장이 말했다. "그쪽으론 워낙 유명한 애니까. 그 애 남편도 그렇고. 그 집에 약은 없던가?"

"없었습니다, 서장님."

네 명이 한 목소리로 대답했다.

"자네들 혹시 그 애를 때리진 않았나? 듣자 하니 그 앤 자기가 이런저런 폭행을 당했다고 주장한다던데."

빅 짐이 물었다.

"아무도 안 때렸습니다. 저기, 어떻게 된 일인지 제 생각을 말씀드려도 될까요?"

빅 짐은 카터의 말을 듣고 허락의 뜻이 담긴 손짓을 했다. 카터 티보도 경관은 싹수 있는 인재라는 생각이 빅 짐의 머릿속에 슬슬 자리 잡기 시작했다.

"사만다는 아마도 저희가 떠난 후에 넘어졌을 겁니다. 어쩌면 여러 번 넘어졌는지도 모릅니다. 상당히 취해 있었으니까요. 아동 보호국에서 아기를 데려가야 합니다. 사만다한테 죽기 전에요."

아무도 떠올리지 못한 생각이었다. 마을이 이 모양 이 꼴이 된 상황에서 캐슬록에 있는 아동 보호국은 달나라에 있는 기관이나 마찬가지였다.

"그러니까 자네들은 사실 결백하다, 이거로군."

"눈처럼 깨끗합니다." 프랭크가 대답했다.

"흠, 그만하면 됐네. 자네들도 만족했나?"

빅 짐은 친구들 쪽으로 고개를 돌렸다. 앤디와 랜돌프는 마음이 놓인 표정으로 고개를 끄덕였다.

"좋아. 자, 참으로 긴 하루였네. 아주 다사다난한 하루였어. 틀림없이 다들 졸릴 거야. 특히 자네들 젊은 경관들은 가서 자야 해, 내일 아침 7시에 복귀 신고를 해야 하니까. 이 위기가 지속되는 동안 푸드시티 슈퍼마켓과 주유소 모두 폐쇄될 걸세. 랜돌프

174

서장 생각으로는 슈퍼를 찾은 사람들이 순순히 조치에 응하지 않을 경우를 대비하여 경비를 맡기기에 자네들이 적임자라는군. 티보도 경관, 할 수 있겠나? 그…… 부상은 좀 어떤가?"

카터가 팔을 굽혀 보였다.

"괜찮습니다. 힘줄은 하나도 안 다쳤습니다."

"프레드 덴턴을 함께 보내도 될 것 같은데요."

슬슬 상황을 파악하기 시작한 랜돌프 서장이 말했다.

"주유소에는 웨팅턴하고 모리슨을 배치하면 충분할 테고요."

"짐, 푸드시티에는 관록이 좀 있는 경관들을 보내는 게 좋겠어. 경험이 부족한 인원은 그보다 조그만 곳에……."

"내 생각은 달라."

빅 짐이 앤디에게 말했다. 웃으면서. 승리의 예감을 느끼면서.

"푸드시티에는 이 젊은이들을 보내야 해. 바로 이 친구들을 말이야. 한 가지 더. 소문을 듣자 하니 자네들 중 누가 차에 총을 싣고 다닌다던데. 한두 명은 도보 순찰 중에 휴대하기도 했고."

돌아온 것은 침묵뿐이었다.

"자네들은 '임시' 경관이야. 개인적으로 총을 소지하는 건 미국 국민으로서 지닌 권리지. 하지만 자네들 중 누구라도 내일 총을 찬 채로 푸드시티 앞에서 이 마을의 선량한 주민들을 대한다는 소리가 들려오면, 자네들의 경찰 이력은 그날부로 끝날 줄 알아."

"여부가 있겠습니까." 랜돌프가 말했다.

빅 짐은 프랭크와 카터, 멜빈, 조지아를 찬찬히 뜯어보았다.

"그 건에 대해 불만이 있나? 한 명이라도?"

넷의 표정은 그리 밝아 보이지 않았다. 빅 짐 역시 그러리라고 예상했지만, 그래도 그들은 순순히 승복했다. 카터 티보도는 팔과 손가락을 계속 굽혔다 폈다 하며 이상이 없는지 확인했다.

"장전을 안 하면요? 경고 삼아 휴대하는 것도 안 됩니까?"

프랭크가 묻자 빅 짐은 지적하듯이 손가락을 펴 들었다.

"드레셉스 경관, 우리 아버지가 하셨던 말씀을 들려주지. 이 세상에 장전이 안 된 빈총 같은 건 없어. 이 마을은 평화로운 곳일세. 사람들은 점잖게 행동할 거야. 난 그렇게 믿네. 사람들이 변하면, 그때 가서 우리도 변하면 돼. 알아들었나?"

"예, 레니 부의장님."

프랭크의 목소리는 그리 밝지 않았다. 빅 짐은 바로 그 점이 마음에 들었다.

빅 짐이 자리에서 일어섰다. 그러나 경관들을 바깥으로 내보내는 대신 그들을 향해 두 손을 내밀었다. 빅 짐은 망설이는 경관들을 보며 고개를 끄덕였다. 얼굴에는 여전히 웃음을 띤 채로.

"자, 이리들 오게. 내일은 아주 시끌벅적한 하루가 될 거야. 그러니 기도 한 번 안 하고 오늘을 마무리 지을 수야 없지. 다들 손을 잡게."

그들은 서로서로 손을 잡았다. 빅 짐은 눈을 감고 고개를 숙였다.

"하늘에 계신 주님……."

기도 소리는 한참동안 이어졌다.

3

자정까지 몇 분 안 남았을 무렵, 바비는 셋집 계단을 터벅터벅 올라가는 중이었다. 어깨는 피로에 젖어 축 늘어졌고, 머릿속에 는 오로지 자명종 소리에 깨어 아침을 준비하러 들장미 식당으로 출근하기 전에 여섯 시간 동안 죽은 듯이 자고 싶다는 생각뿐이 었다.

앤디 샌더스의 발전기가 아직 돌아가는 덕분에 바비의 셋집에 도 전기가 들어왔다. 불을 켜자마자 피로가 확 달아났다.

집에서 침입자의 흔적이 느껴졌다.

흔적이 어찌나 희미했던지 처음에는 알아볼 수가 없었다. 바비 는 눈을 감았다가 다시 떴다. 그런 다음 자그마한 거실 겸 주방을 차분히 둘러보며 하나도 빠짐없이 훑어보려고 애썼다. 버리고 갈 생각이었던 책들은 옮긴 흔적 없이 책꽂이에 그대로 꽂혀 있었다. 의자 두 개도 제자리에 있었다. 한 개는 탁자 램프 아래에, 다른 한 개는 방에 하나뿐인 창문 아래에 있었다. 그 창문에서 내다보 면 을씨년스러운 뒷골목이 보였다. 조그만 개수대 옆의 접시 건조 대에 올려 둔 커피 잔과 토스트 접시도 그대로였다.

그러다가 퍼뜩 눈치를 챘다. 그런 일은 너무 골똘히 고민하지 않을 때 오히려 생각이 잘 나는 법이었다. 해답은 융단이었다. 바 비가 '노 린지 융단'으로 여기는 물건이었다.

노 린지 융단은 길이 1.5미터에 폭이 60센티미터였고 마름모꼴 무늬가 파랑색과 빨강색, 흰색, 갈색으로 쭉 이어졌다. 바그다드 에서 산 물건이었지만 믿을 수 있는 이라크인 경찰관이 쿠르드족

특산품이라고 보증해 주었다.

"아주 유서 깊은 물건이에요, 아주 아름다워요."

그 경찰관이 한 말이었다. 그의 이름은 라티프 아브드 알칼리크 하산이었다. 훌륭한 경찰관이었다.

"터키처럼 보이죠. 하지만 노, 노, 노."

함박웃음. 하얀 이. 시장에서 본 그날로부터 일주일 후, 라티프 아브드 알칼리크 하산은 저격수가 쏜 총알에 맞아 뒤통수로 뇌를 뿜어냈다.

"터키 아니에요, 이라크예요!"

융단 장수가 입은 노란색 티셔츠에는 **쏘지 마세요, 전 그냥 피아노 연주자예요**라고 씌어져 있었다. 라티프는 융단 장수의 말을 들으며 고개를 끄덕였다. 둘은 함께 웃기도 했다. 그러다가 융단 장수가 놀랍게도 미국인들이 잘하는 음란한 손짓을 보여 주었고, 둘은 더 크게 웃었다.

"라티프, 방금 뭐 한 거야?"

"이 사람이 그러는데 미국 상원의원이 이런 융단을 다섯 장이나 사 갔대요. 린지 그레이엄이라는 상원의원이오. 융단 다섯 장에 500달러. 기자들한테는 500달러라고 했지만 실은 훨씬 더 비싸게 팔았대요. 그런데 상원의원한테 판 건 다 가짜래요. 아, 걱정 마요, 걱정 마. 이건 가짜 아니에요, 이건 진짜예요. 나, 라티프 하산이 당신, 바비한테 보증해요. 이건 노(No) 린지 그레이엄 융단."

바비와 라티프는 손바닥을 힘껏 마주쳤다. 그날은 즐거웠다. 무더웠지만 그래도 즐거운 하루였다. 바비는 미국 돈 200달러와 휴대용 디브이디 재생기 한 대를 주고 그 융단을 샀다. 노 린지 융단은 바비가 이라크에서 가져온 하나뿐인 기념품이었고, 바비는 그 융단을 한 번도 밟지 않았다. 늘 융단을 피해 돌아갔다. 체스터스밀을 떠날 때에는 남겨 두고 갈 작정이었다. 마음속 깊숙한 곳에서는 체스터스밀을 떠날 때 이라크를 뒤에 남겨 두고 갈 작정이었지만, 그럴 가능성은 희박했다. 어디를 가든, 바비가 있는 곳은 곧 이라크였다. 그것이야말로 이 시대의 위대한 깨달음이었다.

바비는 노 린지 융단을 밟지 않았다. 미신 같은 믿음을 갖고 늘 융단 가장자리를 따라 비켜 갔다. 마치 그 융단을 밟으면 워싱턴에 있는 어떤 컴퓨터가 작동해서 그를 바그다드로, 아니면 빌어먹을 팔루자로 다시 돌려보내기라도 한다는 듯이. 그러나 침입자는 융단을 밟았다. 왜냐하면, 융단이 엉망이었으니까. 주름이 져 있었다. 조금 접혀 있기도 했다. 이날 아침 집을 나설 때에는 완벽하게 펴져 있던 융단이었다. 이제 그때가 까마득히 오래전인 듯했다.

바비는 침실로 들어섰다. 이불은 여느 때처럼 말끔하게 정돈되어 있었지만, 이곳 또한 누가 있었던 느낌이 강하게 들었다. 공기 중에 떠도는 땀내일까? 아니면 일종의 심리적 동요일까? 바비는 알지 못했고 굳이 알고 싶지도 않았다. 뒤이어 서랍장으로 가서 맨 위 서랍을 열어 보니 옷가지 위에 올려놓았던 물 빠진 청바지 두 벌이 맨 아래에 들어가 있었다. 지퍼를 채워 놓았던 카키색 반바지 두 장도 지퍼가 모두 내려가 있었다.

바비는 곧바로 둘째 서랍을 열고 양말을 확인했다. 인식표가 사라졌음을 발견하기까지 5초도 걸리지 않았다. 바비는 놀라지 않았다. 아니, 조금도 놀라지 않았다.

바비는 역시 버리고 갈 작정이었던 선불 전화기를 들고 거실로 돌아왔다. 문 옆 탁자에 타커스밀스와 체스터스밀 공용 전화번호부가 놓여 있었다. 어찌나 얇은지 전화번호부가 아니라 팸플릿처럼 보였다. 바비는 염두에 둔 번호를 찾으면서도 딱히 그 번호가 있으리라고 기대하지는 않았다. 경찰서장들은 원래 자기 집 전화번호를 공개하지 않는 법이었다.

다만 시골 마을은 예외인 듯싶었다. 신중하게 적혀 있기는 했지만, 적어도 이 마을은 그랬다. **H와 B 퍼킨스, 모린 가 28번지.** 자정이 넘은 시각이었지만 바비는 망설이지 않고 번호를 눌렀다. 기다릴 여유가 없었다. 남은 시간이 극히 짧을지도 모른다는 생각이 들었다.

4

전화기가 지저귀고 있었다. 보나마나 하위가 건 전화였다. 늦을 거라고, 그러니 문단속 잘하고 먼저 자라고…….

그러다가 그것이 다시 브렌다에게 쏟아져 내렸다. 독이 든 박에서 쏟아져 내리는 불쾌한 선물 상자들처럼. 그것의 정체는 하위가 죽었다는 깨달음이었다. 시계를 보니 12시 20분이었다. 이 시간에 전화를 걸 사람이 누군지는 알 길이 없었지만 어쨌든 하위는 아니었다.

브렌다는 몸을 일으키다가 흠칫 놀라 목을 쓸어내렸다. 소파에서 잠든 자신을 원망했고, 이 엉뚱한 시각에 전화를 걸어 홀몸이 된 낯선 느낌을 새삼 일깨워 준 누군지 모를 상대방을 원망했다.

뒤이어 이토록 늦은 시각에 전화를 걸 이유는 하나뿐이라는 생각이 떠올랐다. 돔이 사라졌거나 뚫렸다는 뜻이었다. 브렌다는 위에 놓인 서류 뭉치가 흩어질 정도로 세게 탁자에 다리를 찧은 다음, 하위의 의자(그 빈 의자를 볼 때면 어찌나 가슴이 아프던지!) 곁에 놓인 전화 쪽으로 절뚝거리며 걸어가서 수화기를 재빨리 낚아챘다.

"여보세요? 여보세요!"

"저 데일 바버랍니다."

"바비! 뚫렸나요? 돔이 뚫린 거예요?"

"아닙니다. 저도 그랬으면 좋겠지만, 다른 일 때문에 전화 드렸습니다."

"그게 아니면 뭔데요? 벌써 밤 12시 20분이에요!"

"전에 부군께서 짐 레니를 조사하시는 중이었다고 하셨죠."

브렌다는 그 말이 무슨 뜻인지 잠시 생각해 보았다. 그러다가 손바닥을 목 옆에 갖다 댔다. 남편이 마지막으로 어루만진 곳이었다.

"그래요, 하지만 얘기했다시피 확실한 물증은……."

"그때 하셨던 말씀은 저도 기억합니다. 브렌다, 제 말을 잘 들으셔야 합니다. 괜찮으십니까? 잠은 좀 깨셨나요?"

"다 깼어요."

"부군께서 기록을 남기셨습니까?"

"예. 노트북 컴퓨터에 있어요. 내가 인쇄해 놨어요."

브렌다는 탁자 위에 흩어진 **베이더** 파일을 응시했다.

"잘하셨습니다. 내일 아침이 되면, 그 출력한 걸 봉투에 넣어서 줄리아 섬웨이 씨한테 갖다 주십시오. 안전한 곳에 보관하라고 하시고요. 만약 금고가 있으면 금고에 넣으라고 하십시오. 없으면 금전 등록기나 자물쇠 달린 캐비닛도 좋습니다. 브렌다 씨나 저, 아니면 우리 둘 모두에게 무슨 일이 있을 때에만 열어 보라고 하십시오."

"왜 그런 무서운 말을."

"그 외의 상황에서는 절대 열면 안 됩니다. 어떻습니까, 줄리아 씨가 말을 들을까요? 제 생각엔 들을 것 같습니다만."

"당연하죠. 그런데 왜 보면 안 된다는 거죠?"

"왜냐면 부군께서 빅 짐에 대해 조사한 결과를 지역 신문사 편집장이 봤다, 그런데 그 사실이 빅 짐의 귀에 들어간다. 그렇게 되면 우리가 지닌 이점은 물거품이 되기 때문입니다. 이해하시겠습니까?"

"예에……."

브렌다는 퍼뜩 깨달았다. 자신은 이 한밤의 대화를 떠맡은 사람이 남편이었으면 하고 간절히 바라는 중이었다.

"전에 제가 했던 말 기억하십니까? 미사일 공격이 실패하면 전 오늘 당장 체포될지도 모른다고 했죠."

"그럼요."

"뭐, 체포당하지는 않았습니다. 그 뚱뚱보 개자식이 때를 기다릴 줄 안다는 뜻입니다. 하지만 오래 기다리진 못할 겁니다. 내일 일이 터질 게 분명합니다. 그러니까 제 말은, 오늘 날이 밝으면 말입니다. 부군께서 밝혀내신 걸 공표하겠다고 빅 짐을 협박하지 않으면 틀림없이 그렇게 될 겁니다."

"당신 생각엔 무슨 혐의로 잡혀갈 것 같아요?"

"저도 모르겠습니다. 하지만 아마 좀도둑질은 아닐 겁니다. 그리고 일단 유치장에 갇히면 사고를 당할지도 모릅니다. 전 이라크에서 그런 사고를 수도 없이 목격했습니다."

"말도 안 돼요."

그러나 바비의 이야기에는 개연성이 있었다. 브렌다가 이따금씩 악몽 속에서 경험한 소름 끼치는 개연성이었다.

"브렌다, 한번 생각해 보십시오. 레니는 감춰야 할 게 있고 희생양이 필요합니다. 그런데 신임 경찰서장은 놈의 심복이에요. 놈한테는 그야말로 하늘이 돕는 기횝니다."

"그러잖아도 레니를 보러 갈 생각이었어요. 혹시 모르니까 줄리아도 함께요."

"줄리아 씨는 데려가지 마십시오. 하지만 혼자는 안 됩니다."

"설마 레니가 나를 어떻게 할 거라고 생각하는 건……."

"레니가 무슨 짓을 할지, 어디까지 갈지는 저도 모릅니다. 줄리아 씨 말고 믿을 만한 사람이 누굽니까?"

브렌다는 그날 오후의 기억을 더듬었다. 불이 거의 다 꺼지고 나서 화냥년길 노변에 서 있을 때, 브렌다는 샘솟는 엔도르핀 덕분에 슬픔을 잊고 흐뭇한 기분을 느낄 수 있었다. 그때 로미오 버피는 브렌다에게 얘기했다. 못해도 소방서장은 맡아야 한다고.

"로미오 버피요."

"좋습니다, 그럼 버피 씨하고 함께 가십시오."

"그 사람한테 하위가 남긴 게 뭔지 얘기해도 될까요?"

"안 됩니다. 그 사람은 그냥 보험입니다. 그리고 한 가지 더. 부군의 컴퓨터를 안전한 곳에 두십시오."

"알았어요……. 하지만 컴퓨터를 숨기고 인쇄물은 줄리아한테 맡겨 두면, 빅 짐한텐 뭘 보여 줘야 하죠? 한 부 더 인쇄하는 건 어때요?"

"안 됩니다. 떠돌아다니는 건 한 부로 충분합니다. 적어도 지금은요. 빅 짐이 하나님 무서운 줄 알게 하는 정도면 충분합니다. 너무 몰아붙였다간 무슨 짓을 할지 모르니까요. 브렌다, 빅 짐이 부정을 저질렀다고 확신하십니까?"

브렌다는 망설이지 않았다.

"한 치의 의심도 없어요."

'왜냐면 하위가 그렇게 믿었으니까. 난 그거면 충분해.'

"파일 내용도 기억하십니까?"

"정확한 금액이나 그 사람들이 거래한 은행의 이름은 몰라요. 하지만 웬만큼은 기억해요."

"그럼 믿을 겁니다. 서류가 한 부 더 있든 없든 간에, 빅 짐은 당신 말을 믿을 겁니다."

5

브렌다는 인쇄한 **베이더** 파일을 서류봉투에 넣었다. 앞면에는 줄리아의 이름을 적었다. 그 봉투를 식탁에 올려놓은 다음, 하위의 서재로 가서 노트북 컴퓨터를 금고에 단단히 넣어 두었다. 금고가 작아서 매킨토시 노트북을 옆으로 살짝 돌려야 했지만, 결국에는 딱 맞게 들어갔다. 마지막으로는 죽은 남편의 가르침을 따라 금고의 번호 다이얼을 한 번이 아니라 두 번 돌렸다. 그러는 사이에 전깃불이 꺼졌다. 다이얼을 한 번 더 돌린 것 때문에 전기가 나갔다는 미신 같은 생각이 잠시나마 머릿속을 스쳤다.

그러다가 뒤뜰의 발전기가 정지했다는 생각이 퍼뜩 떠올랐다.

6

화요일 아침 6시 5분, 주니어가 수염이 송송 돋은 뺨에다 까치집이 된 머리를 하고 나타났을 때, 빅 짐은 범선의 돛으로도 손색이 없을 만큼 커다란 흰색 목욕 가운을 입고 식탁 앞에 앉아 있었다. 손에 들고 마시는 것은 코카콜라였다.

주니어는 턱짓으로 콜라를 가리켰다.

"아침이 든든해야 하루가 든든하지."

빅 짐은 콜라 캔을 들고 한 모금 마신 다음 내려놓았다.

"커피가 없다. 사실 커피는 있는데 전기가 나갔지. 발전기에 가스가 다 떨어져서. 너도 한 개 마시지 그러냐? 아직 꽤 시원하더라. 보아하니 너도 카페인이 좀 필요한 것 같은데."

주니어는 냉장고 문을 열고 어두컴컴한 안을 들여다보았다.

"아빠 마음만 먹으면 가스통 몇 개쯤 구할 수 있잖아. 못 구한다는 게 말이 돼?"

빅 짐은 그 말을 듣고 움찔 놀랐지만 이내 마음을 가라앉혔다.

충분히 할 법한 질문이었고, 그 질문만으로 주니어가 뭔가 알아챘다고 보기는 힘들었다. '악인은 쫓아오는 자가 없어도 도망하느니.' 빅 짐은 스스로에게 일깨워 주었다.

"지금은 적당한 때가 아니라고만 해 두마."

"아하."

주니어는 냉장고 문을 닫고 빅 짐의 맞은편에 앉았다. 아버지를 건너다보는 주니어의 표정은 멍한데도 왠지 흐뭇해 보였다(빅짐은 그 멍한 표정을 애정의 표시로 착각했다.).

'사람을 죽인 식구들이 한 배를 탄 셈이구나.' 주니어는 속으로 생각했다. '적어도 당분간은. 그게 더 현명한 짓이라면……'

"그래야지." 주니어가 말했다.

빅 짐은 고개를 끄덕이며 주니어를 찬찬히 뜯어보았다. 아들의 아침 식단은 탄산음료와 육포였다.

주방을 가득 채운 쨍쨍한 아침 햇살 속에 앉아 있는 주니어는 틀림없이 어딘가 문제가 있었지만, 빅 짐은 '너 어디서 잤냐?'라고도, '무슨 일 있는 거냐?'라고도 묻지 않았다. 그러나 질문을 아예안 한 것은 아니었다.

"시체가 있지. 그것도 여러 구. 안 그러냐?"

"그래."

주니어는 육포를 크게 한 입 베어 물고 콜라로 입가심을 했다. 냉장고 모터 소리와 커피메이커 소리가 없는 주방은 선뜩할 만큼 조용했다.

"그 시체들은 전부 다 바버라 선생 차지가 되는 거지?"

"그래. 전부 다."

한 입 더. 한 모금 더. 주니어는 아버지를 지그시 바라보는 동안 내내 왼쪽 관자놀이를 문질렀다.

"그 시체들을 오늘 정오에 자연스럽게 발견할 수 있겠냐?"

"문제없어."

"물론, 우리 바버라 선생 짓이라는 증거도 함께."

"그럼. 증거야 충분하지." 주니어는 씩 웃었다.

"오늘 아침엔 출근하지 마라."

"하는 게 좋아. 내가 안 나타나면 이상하게 보일 거야. 뭐 별로 피곤하지도 않고. 같이 잔⋯⋯." 주니어는 고개를 저었다. "그냥, 잠은 충분히 잤어."

'너 누구랑 같이 잔 거냐?' 빅 짐은 역시 묻지 않았다. 그에게는 아들의 잠자리 상대보다 다른 걱정거리들이 더 중요했다. 그저 모튼길 변두리의 트레일러에 사는 헤픈 계집애와 사고를 친 패거리 가운데 아들이 끼어 있지 않아서 기쁠 뿐이었다. 그런 부류의 계집애와 어울렸다가는 고약한 병에 걸리기 딱 좋았다.

'쟨 벌써 병에 걸렸어.' 빅 짐의 머릿속에서 어떤 목소리가 속삭였다. 어쩌면 점점 희미해져 가는 아내의 목소리인지도 몰랐다. '당신 아들을 좀 제대로 봐.'

그 목소리가 한 말이 옳을 듯싶었지만, 이날 아침 빅 짐에게는 아들의 병보다 더 중요한 일들이 있었다. 그 병이 섭식 장애이든 뭐든 간에.

"가서 자란 말이 아니야. 난 네가 차를 타고 순찰을 나가 줬으면 한다. 가서 할 일이 있어. 그 일을 하는 동안 푸드시티 근처에는 가지 마라. 거기서 소동이 좀 벌어질 거다."

"소동이라니?" 주니어의 눈에 활기가 돌았다.

빅 짐은 즉답을 주지 않았다.

"샘 버드로를 찾을 수 있겠냐?"

"그럼. 하나님골길 근처 오두막에 있을 거야. 평소 같으면 곯아 떨어져 있겠지만 오늘은 술이 모자라서 덜덜 떨다 깨어났을걸."

주니어는 그 광경을 머릿속에 그려 보고 흠칫하더니 다시 이마를 문질렀다.

"아빠, 꼭 내가 가야겠어? 지금은 별로 사이가 안 좋아. 그 영감태기, 아마 자기 페이스북 친구 페이지에서 날 삭제했을걸."

"그게 무슨 소리냐?"

"농담이야. 그냥 잊어버려."

"위스키 세 병을 주겠다고 하면 마음이 변하지 않겠냐? 시키는 일을 잘 해내면 나중에 더 주는 걸로 하고."

"그 징그러운 늙다리는 2달러짜리 와인 반 잔만 준대도 눈 녹듯이 녹을걸."

"위스키는 브라우니네 가게에서 가져가면 돼."

브라우니 상점은 싸구려 불량식품과 도색 잡지만 파는 곳이 아니라 체스터스밀에 세 군데뿐인 공식 주류 판매점 가운데 한 곳이었고, 경찰서에는 그 세 곳의 열쇠가 모두 보관되어 있었다. 빅 짐은 브라우니 상점의 열쇠를 식탁 건너편으로 밀었다.

"뒷문으로 들어가. 사람들 눈에 띄지 말고."

"얼간이 샘한테 술을 주고 뭘 시키려고?"

빅 짐은 계획을 설명했다. 주니어는 가만히 앉아 듣기만 했는데…… 다만 핏발이 선 두 눈은 춤을 추듯 움직였다. 주니어에게

남은 의문은 한 가지뿐이었다. '그게 통할 것 같아?'

빅 짐은 고개를 끄덕였다.

"통할 거다. 예감이 들어."

주니어는 육포를 한 입 더 뜯고 콜라도 한 모금 더 마셨다.

"동감이야, 아빠. 나도 동감이야."

7

주니어가 떠나고 나서 빅 짐은 가운을 위풍당당하게 펄럭이며 서재로 들어갔다. 그러고는 책상 중앙 서랍에서 휴대전화를 꺼냈다. 가급적이면 늘 휴대전화를 넣어두는 곳이었다. 빅 짐이 생각하기에 휴대전화란 천박하고 쓸데없는 잡담을 하도록 부채질하는 불경스러운 물건에 지나지 않았다. 그걸로 쓸데없는 잡담을 재잘거리느라 허비하는 노동 시간이 얼마나 많던가? 또 그걸 귀에 대고 재잘거릴 때 도대체 어떤 고약한 전파가 뇌를 들쑤시는지 누가 안단 말인가?

그럼에도, 가끔은 유용한 물건이었다. 빅 짐은 샘 버드로가 주니어의 말대로 하리라고 추측했지만, 그렇다고 해서 보험을 안 들어 두는 것은 멍청한 짓이었다.

빅 짐은 휴대전화의 비밀 주소록을 열고 전화번호를 찾았다. 비밀번호를 입력해야만 열 수 있는 주소록이었다. 통화 대기음이 다섯 번 울리고 나서 상대방이 전화를 받았다.

"여보쇼!" 애 많기로 유명한 킬리언네 집 가장이 외쳤다.

빅 짐은 흠칫 놀란 나머지 전화기를 잠시 귀에서 뗐다. 전화를 다시 귀에 댔을 때에는 멀리서 닭 우는 소리가 들려왔다.

"로저, 자네 지금 양계장에 있나?"

"아…… 예, 빅 짐. 그럼요. 위기든 아니든 간에 닭 모이는 줘야 하니까요."

목소리가 짜증에서 존경으로 180도 변했다. 그리고 로저 킬리언은 존경을 표해야 마땅했다. 빅 짐이 그를 백만장자로 만들어 주었기 때문이었다. 돈 걱정 없이 편안히 살 수도 있는 로저 킬리언이 지금도 새벽에 일어나 수많은 닭들에게 모이를 주며 인생을 낭비하는 것은 하나님의 뜻이었다. 로저는 너무나 멍청한 탓에 그 짓을 그만둘 수가 없었다. 이는 로저가 타고난 본성이었고, 이날 빅 짐을 위하여 큰일을 해 줄 것도 바로 그 본성이었다.

'마을을 위한 일이기도 하지.' 빅 짐은 속으로 생각했다. '내가 이러는 것도 다 마을을 위해서야. 마을의 안녕을 위하여.'

"로저, 자네랑 자네 맨 위 아들 셋이서 할 일이 좀 있어."

"집에 있는 아들놈은 둘뿐인데요."

거센 북부 억양 때문에 '놈'이 '념'처럼 들렸다.

"리키하고 랜들은 집에 있는데, 글쎄 롤랜드 녀석이 옥스퍼드에 사료 사러 간 틈에 염병할 돔이 내려왔지 뭡니까."

로저는 입을 다물고 자신이 방금 내뱉은 말을 곰곰이 생각해 보았다. 뒤편에서 닭이 꼬꼬댁거리는 소리가 들려왔다.

"험한 말이 나왔네요, 죄송합니다."

"하나님께서 용서해 주실 거야. 그럼 그 애들 둘이랑 자네가 해 줘야겠군. 애들 데리고 마을로 오게. 한……."

빅 짐은 시간을 헤아려 보았다. 그리 오래 걸리지는 않았다. 승리의 예감이 함께할 때에는 결정을 내리는 데 시간이 들지 않는 법이었다.

"그래, 9시까지. 늦어도 9시 15분쯤?"

"일단 애들을 깨워야 하는데, 문제없을 겁니다. 무슨 일인가요? 혹시 또 가스통을 나르는 거면……."

"아니야. 그리고 제발 부탁이니 그 건은 입 밖에 내지 마. 가만히 듣기만 해."

빅 짐은 이야기를 시작했다.

로저 킬리언은 가만히 듣기만 했다.

저 뒤편에서는 800마리쯤 되는 닭들이 성장 호르몬 첨가 사료를 먹으며 꼬꼬댁거렸다.

8

"예? 예에? 왜요?"

잭 케일은 푸드시피 슈퍼마켓의 좁아터진 점장 사무실 책상 앞에 앉아 있었다. 책상 위에 흩어진 서류는 그가 어니 캘버트와 함께 이날 새벽에야 비로소 완성한 상품 재고 목록이었다. 더 일찍 끝내고 싶다는 그들의 소망은 유성우 때문에 수포로 돌아갔다. 잭은 기다란 노란색 연습장 종이에 손으로 적은 재고 목록을 움켜쥐고 사무실 문간에 서 있는 피터 랜돌프를 향해 흔들었다.

"피터, 얼빠진 소리 하기 전에 이거나 좀 봐요."

"미안해, 잭. 슈퍼 문은 닫아야 해. 목요일에 식료품 배급소로 다시 문을 열게 될 거야. 물건은 공유재산으로 귀속되고. 배급 기록은 전부 보관해 둘 테니까, 푸드시티 측에서 손해 보는 돈은 한 푼도 없어. 내가 장담하지."

"지금 그게 문제가 아니잖아요."

잭은 거의 신음하듯 중얼거렸다. 삼십대인데도 아이 같은 얼굴을 한 잭은 한 손으로 덥수룩한 빨강 곱슬머리를 쥐어뜯으며 다른 손으로는 노란 연습장 종이를 쥐고 흔들었는데…… 피터 랜돌프는 그 종이를 거들떠보지도 않았다.

"허허! 피터 랜돌프 선생, 지금 무슨 귀신 씻나락 까먹는 소릴 하고 있나, 응?"

어니 캘버트가 지하 창고 계단을 뒤뚱뒤뚱 걸어 올라왔다. 배가 산처럼 불룩 튀어나온 어니의 얼굴빛은 불그레했고, 하얗게 센 머리칼은 한평생 그러했듯이 스포츠머리였다. 옷 위에는 초록색 푸드시티 작업 코트를 걸치고 있었다.

"우리 보고 가게 문을 닫으래요!"

"먹을 게 저렇게 많이 남았는데 문을 닫으라고? 도대체 이유가 뭔가?" 어니는 성난 목소리로 물었다. "왜 사람들한테 겁을 못 줘서 안달이야? 상황이 이대로 계속되면 어차피 다들 겁에 질릴 텐데 말이야. 누가 그런 멍청한 생각을 했어?"

"의장단이 결의한 겁니다. 계획에 불만이 있으면 목요일 밤에 열리는 임시 마을 회의에서 제기하세요. 뭐, 그때까지도 상황이 이 모양이라면 말이지만."

"계획 같은 소리! 그러니까 지금 안드레아 그리넬도 거기에 찬

성했다, 이건가? 안드레아는 그럴 사람이 아니야!"

"그리넬 부의장은 감기에 걸려서 누워 있다더군요. 그래서 앤디 의장이 결의했어요. 빅 짐이 재청했고요."

아무도 랜돌프에게 그 이야기를 들려주지 않았다. 그럴 필요가 없었다. 랜돌프는 어떻게 해야 빅 짐이 좋아하는지를 아는 인재였다.

"때가 되면 배급을 할 수도 있겠죠. 그런데 왜 하필 지금 해야 되나요?"

잭은 다시금 재고 목록을 쥐고 흔들었다. 두 뺨이 거의 머리만큼이나 빨갛게 물들어 있었다.

"왜요? 먹을 게 저렇게 많이 있는데?"

"있을 때 아끼는 게 좋잖아."

"재밌네요. 세바고 호수에선 모터보트를 타고 집 문간에는 최고급 캠핑카를 세워 놓은 양반이 그런 말을 하다니."

"빅 짐의 허머도 빼놓으면 안 되지." 어니가 덧붙였다.

"그만, 됐어요. 어쨌든 의장단이 결의한 거고……."

"흠, 의장단 중에 두 명이 결의한 거겠죠."

"한 명이겠지. 그리고 그게 누군지는 다 아는 사실이지."

"……전달은 내가 했으니까, 이제 그 얘기는 그만합시다. 창문에 공지를 붙여요. *추후 공고가 있을 때까지 점포를 폐쇄합니다.*"

"이보게, 피터. 생각을 좀 해 봐." 어니는 이제 화난 사람 같지 않았다. 거의 애원하는 듯했다. "그랬다간 사람들이 혼비백산할 거야. 정 닫아야겠다면 *재고 조사차 문을 닫습니다, 조만간 영업을 재개합니다.*는 어떻겠나? *잠시나마 불편을 드려 죄송합니다. 정*

도는 덧붙여도 되겠지. *잠시나마*는 빨간색이나 뭐 그런 걸로 써야 겠군."

피터 랜돌프는 느리고 신중하게 고개를 저었다.

"어니, 그렇게는 안 돼요. 아저씨가 저 친구처럼 현직에 있다고 해도 그건 허락 못합니다."

랜돌프는 고갯짓으로 잭 케일을 가리켰다. 잭은 재고 목록이 적힌 종이를 내려놓고 이제 두 손으로 머리를 쥐어뜯는 중이었다.

"*추후 공고가 있을 때까지 점포를 폐쇄합니다.* 의장단이 결의한 내용은 그거고, 난 그 양반들 명령대로 전달할 뿐이에요. 게다가, 거짓말을 하면 호된 꼴을 당하잖습니까."

"흠, 글쎄. 듀크 퍼킨스 서장이라면 그딴 명령은 똥이나 닦으라고 맞받아쳤겠지. 자넨 부끄러운 줄 알아야 해, 피터. 그 뚱보 자식 꼬붕 노릇이나 하고 다니니 말이야. 그 자식이 뛰라고 하면 자넨 얼마나 높이 뛰어야 하냐고 묻나?"

"닥쳐요. 다치기 싫으면." 랜돌프는 어니를 가리키며 말했다. 손가락이 살짝 떨렸다. "모욕 혐의로 종일 유치장에 갇혀 있기 싫으면 입 다물고 명령대로 해요. 지금은 위기 상황이니까."

어니는 믿을 수 없다는 눈빛으로 랜돌프를 바라보았다.

"모욕 혐의? 그딴 게 어딨어!"

"이제 생겼어요. 못 믿겠으면 한번 도전해 보든가."

9

신문에 실을 기회는 결코 얻지 못했지만, 나중에 줄리아는 푸드시티 폭동이 어떻게 시작되었는지 얼추 파악할 수 있었다. 그러나 어떻게 손을 쓰기에는 이미 너무 늦은 나중이었다. 설혹 기회가 있었다고 해도 줄리아는 순전히 육하원칙에 따라 보도 기사를 작성할 사람이었다. 만약 그 사건을 감정적으로 파헤치는 기사를 쓰라고 부탁받았더라면 줄리아는 포기하고 말았으리라. 평생 알고 지낸 사람들, 우러러보고 사랑했던 그 사람들이 폭도로 변했다고 어떻게 설명한단 말인가? '그 자리에 처음부터 있다가 사태가 어떻게 시작됐는지 봤으면 더 잘할 수 있었을지도 몰라.' 줄리아는 스스로에게 이렇게 타일렀다. 그러나 이는 순전히 합리화에 지나지 않았다. 겁먹은 사람들의 분노가 폭발했을 때 고개를 쳐드는 저 무질서하고 분별없는 짐승들을 외면하는 것에 지나지 않았다. 줄리아는 텔레비전 뉴스에서 그런 짐승들을 본 적이 있었고, 대개는 다른 나라의 뉴스였다. 자기 마을에서 보게 될 줄은 꿈에도 생각지 못했다.

또한 생각할 필요조차 없었다. 줄리아는 그 점이 자꾸만 마음에 걸렸다. 마을은 고작 70시간 동안 격리되었고 먹을 것도 대부분 풍족했다. 프로판가스만이 알 수 없는 이유 때문에 부족할 뿐이었다.

'그건 마을 사람들이 지금 무슨 일이 일어나는지 진정으로 깨달은 순간이었어.' 줄리아는 나중에 그렇게 말했다. 아마도 옳은 생각이었을 테지만, 그것만으로는 성이 차지 않았다. 줄리아가 확신을 갖고 할 수 있었던 말은 오로지 자기 마을 사람들이 이성을 잃었다는 것, 그리고 앞으로는 결코 예전의 자신으로 돌아갈 수 없으리라는 것이었다.

10

공지를 처음 본 사람은 지나 버펄리노와 지나의 친구 해리엇 비겔로였다. 두 소녀 모두 하얀 간호사복 차림이었고(간호사복은 지니 톰린슨의 아이디어였다. 지니가 보기에 자원봉사자용 앞치마보다는 하얀 간호사복이 환자들에게 더 신뢰감을 주는 듯했다.), 몹시도 귀여워 보였다. 또한 소녀다운 발랄함에도 불구하고 피곤해 보이기도 했다. 고된 이틀을 보내고 잠깐 눈을 붙인 그들 앞에 똑같은 하루가 기다리고 있었다. 두 소녀는 전날의 유성우 이야기를 나누며 과자를 사러 가던 길이었다. 당뇨로 고생하는 지미 시로이스만 빼고 모든 환자들에게 돌릴 과자였다. 둘의 대화는 슈퍼 문에 붙은 공지를 본 순간 뚝 끊겼다.

"슈퍼를 닫다니 말도 안 돼. 화요일 아침이잖아."

지나는 못 믿는다는 목소리로 중얼거렸다. 뒤이어 유리창에 얼굴을 바짝 대고 손으로 눈 옆을 막아 환한 아침 햇살을 가렸다.

지나가 공지에 정신이 팔려 있던 그때, 앤슨 휠러는 조수석에 로즈 트위첼을 태우고 운전을 하는 중이었다. 바비는 아침 장사를 마무리 짓도록 들장미 식당에 남겨두고 온 참이었다. 로즈는 앤슨이 시동을 끄기도 전에 옆면에 자기 이름이 적힌 밴에서 내렸다. 장보기 목록은 길고도 길었고, 로즈는 가능한 한 빨리 또 많이 사고 싶었다. 그러다가 슈퍼 문에 붙은 **추후 공고가 있을 때까지 폐점합니다.** 공지를 보았다.

"뭐야, 이게? 내가 잭 케일을 본 게 바로 어젯밤인데 이런 말은 한마디도 없었어."

로즈는 뒤에서 슬렁슬렁 따라오던 앤슨에게 말했다. 그러나 대꾸를 한 사람은 지나 버펄리노였다.

"물건은 아직 많이 남았어요. 선반이 꽉꽉 차 있는데."

다른 사람들도 속속 도착했다. 슈퍼마켓 개점 시각은 5분 후였고, 일찌감치 장을 보러 온 사람은 로즈뿐만이 아니었다. 아침에 일어나서 아직도 제자리에 있는 돔을 보고 마을 곳곳에서 몰려온 사람들이었다. 나중에 손님들이 그토록 순식간에 들이닥친 사태를 설명해 달라고 요청받았을 때, 로즈는 이렇게 말했다. '매년 겨울이면 똑같은 일이 벌어져요. 폭풍 경보가 눈보라 경보로 올라갈 때 말이죠. 샌더스하고 레니는 아주 최악의 날을 골라서 개판을 친 거예요.'

일찌감치 도착한 차들 중에는 체스터스밀 경찰서 소속 2호차와 4호차도 있었다. 그 바로 뒤에 프랭크 드레셉스의 노바가 따라왔다(차비는 몸으로/ 안 되면 기름으로/ 그것도 안 되면 뽕 가는 풀로 스티커는 법 집행관으로서 부적절하다는 생각이 들어 떼어낸 후였다.). 카터와 조지아는 2호차에, 멜빈 셜스와 프레드 덴턴은 4호차에 타고 있었다. 그들은 랜돌프 서장의 명령에 따라 르클럭 꽃가게 앞에 차를 세우고 대기했다. '너무 일찍 갈 필요 없어.' 앞서 랜돌프는 그들에게 이렇게 지시했다. '주차장에 차가 한 열 대 모일 때

까지 기다려. 뭐, 다들 공지를 읽고 순순히 돌아갈지도 모르잖아.'

물론, 빅 짐 레니가 예견했다시피 그런 일은 일어나지 않았다. 또한 사람들은 현장에 나타난 경관들을 보고 진정하는 대신 자극을 받았다. 그들이 젊고 미숙한 경관인 탓이 컸다. 제일 먼저 대든 사람은 로즈였다. 로즈는 그들 가운데 프레드 덴턴을 표적으로 삼고 기다란 장보기 목록을 들이대며 슈퍼 유리문 안쪽을 가리켰다. 선반에는 로즈가 원하는 물건들이 차곡차곡 쌓여 있었다.

프레드는 주민들이(아직은 머릿수가 그리 많지 않았다.) 지켜본다는 생각에 처음에는 공손하게 응대했지만, 코앞에서 따따부따 떠들어대는 아줌마를 보며 성질을 억누르기란 몹시도 힘들었다. 이 아줌마는 그저 명령대로 할 뿐이라는 걸 왜 모를까?

"프레드, 이 마을이 누구 덕분에 밥을 챙겨먹는 것 같아? 응?"

로즈가 물었다. 앤슨이 로즈의 어깨에 손을 올렸다. 로즈는 그 손을 홱 털어냈다. 프레드의 눈에는 로즈의 마음속에 자리 잡은 걱정 대신 분노만이 보였고 이는 로즈 본인도 아는 바였지만, 그래도 참을 수가 없었다.

"당신이 보기엔 물건을 가득 실은 트럭이 하늘에서 낙하산을 달고 떨어지기라도 할 것 같아?"

"트위첼 부인……."

"웃기고 있네! 내가 언제부터 부인이야? 당신이 일주일에 네댓 번씩 우리 가게에 들러서 블루베리 팬케이크랑 기름이 뚝뚝 떨어지는 베이컨을 좋다고 환장하면서 먹은 세월이 자그마치 20년이야, 그동안 내내 날 로즈라고 불렀잖아. 내가 오늘 밀가루하고 쇼트닝하고 시럽을 못 사면 내일은 팬케이크고 뭐고 없을 줄……

옳지! 그래야지! 어휴, 다행이네!"

잭 케일이 슈퍼 출입문을 여는 중이었다. 멜빈과 프랭크가 문 양쪽에 버티고 선 탓에 잭은 둘 사이를 간신히 비집고 들어가야 했다. 기대에 들뜬 손님들은 문 쪽으로 우르르 몰려왔다가 가게 안에서 허리띠의 열쇠를 찾아 문을 잠가 버리는 잭을 보고 우뚝 멈춰 섰다. 슈퍼 개점 시각까지 1분을 남겨둔 이때, 손님 숫자는 스무 명쯤으로 늘어 있었다. 여러 명의 신음소리가 일제히 들려왔다.

빌 위커가 성난 목소리로 외쳤다.

"도대체 뭐 하자는 거야? 우리 마누라가 달걀 사오라고 했단 말이야!"

"의장단하고 랜돌프 서장님한테 가서 따지세요."

잭이 대꾸했다. 빨간 머리카락이 사방으로 뻗쳐 있었다. 잭은 프랭크 드레셉스를 어두운 눈으로 쳐다보았고, 씩 웃으려고 기를 썼지만 잘 안 되는 멜빈 셜스에게는 더 어두운 눈길을 던졌다. 어쩌면 멜빈은 그 악명 높은 '낄, 낄, 낄' 웃음을 지으려고 애쓰는 중인 듯도 싶었다.

"나도 가서 항의할 거니까요. 하지만 지금은 완전히 질렸어요. 난 갈 거예요."

고개를 숙인 채 사람들 사이로 재빨리 빠져나가는 잭의 뺨은 머리색보다 더욱 붉게 물들어 있었다. 자전거를 타고 막 도착한 리사 제이미슨은 잭을 피해 옆으로 핸들을 틀어야 했다(리사의 장보기 목록은 자전거 뒤에 달린 짐받이로도 충분할 만큼 짧았다.).

카터와 조지아, 프레드는 잭이 평소에 손수레와 비료를 늘어놓는 널따란 유리벽 앞에 늘어서 있었다. 카터는 손가락에 반창고를, 셔츠 아래에는 더 두꺼운 붕대를 감고 있었다. 프레드는 로즈 트위첼이 따지면서 물고 늘어지는 동안 권총 손잡이에 손을 올려놓은 채 버텼고, 카터는 로즈를 손등으로 한 대 후려칠 수만 있으면 하고 바랐다. 손가락은 괜찮았지만 어깨가 지독히도 아팠다. 얼마 안 되던 사람들은 어느새 큰 무리로 불어났고 주차장에는 차들이 속속 들어오는 중이었다.

카터 티보도 경관이 군중을 자세히 뜯어보기도 전에 앨든 딘스모어가 그의 코앞에 불쑥 나타났다. 작은아들이 죽고 나서 살이 10킬로그램은 빠진 듯 수척한 모습이었다. 왼팔에 검은 상장을 두른 앨든의 눈빛은 멍했다.

"좀 들어갈게. 마누라가 통조림을 사오라고 했어."

앨든은 무슨 통조림인지는 말하지 않았다. 통조림을 모조리 쓸어 담으러 왔을 수도 있었다. 아니면 그저 자기 집 2층의 빈 침대를, 이제 아무도 눕지 않을 그 침대를, 다시는 아무도 쳐다보지 않을 록 밴드 푸파이터스의 포스터를, 또는 그 방 책상 위에 버려져 깨끗이 잊힌 채로 결코 완성되지 못할 모형 비행기를 생각하는 중인지도 몰랐다.

"미안해요, 딤스데일 씨. 들어가시면 안 돼요."

"내 이름은 딘스모어야."

앨든은 멍한 목소리로 중얼거리고 문으로 다가섰다. 어차피 잠긴 문이라 들어갈 방법이 없었는데도, 카터는 그 농부를 있는 힘껏 떠밀었다. 그러면서 고등학생 시절 학교가 끝나고 남아서 벌을 서게 했던 선생님들의 마음을 처음으로 이해했다. 태연한 척하기가 괴로웠다.

게다가 날씨는 무더웠고 아침에 어머니가 챙겨준 퍼코셋 두 알을 먹었는데도 어깨가 욱신거렸다. 오전 9시인데도 기온이 24도라니 10월치고는 드물게 무더운 날이었고, 연청색 하늘을 보아하니 정오를 지나 오후 3시가 되면 훨씬 더워질 듯했다.

앨든은 비틀비틀 뒷걸음질 치다가 지나 버펄리노에게 부딪혔다. 여자치고는 몸집이 큰 페트라 셜스가 받쳐 주지 않았더라면 둘 다 나동그라질 뻔한 상황이었다. 앨든은 화난 표정 대신 어리둥절해 보일 뿐이었다. '마누라가 통조림을 사오랬어요.' 앨든이 페트라에게 설명했다.

모여 있는 사람들 속에서 웅얼거리는 소리가 들려왔다. 화난 목소리는 아니었다. 아직은. 그들은 먹을 것을 사러 왔고 먹을 것은 바로 눈앞에 있었지만, 문이 잠겨 있었다. 그런데 이제 지난주까지만 해도 자동차 정비공이었던 고등학교 중퇴자가 사람을 떠밀었던 것이다.

지나는 놀라서 휘둥그레진 눈으로 카터와 멜, 프랭크 드레셉스를 바라보았다.

"그 여잘 강간한 게 바로 저 사람들이야!"

지나는 목소리를 낮추지도 않고 친구 해리엇에게 말했다.

"사만다 부시를 강간한 범인들이야!"

멜빈의 얼굴에서 웃음기가 사라졌다. 낄낄거리고 싶은 충동도 함께 떠났다.

"야, 입 다물어."

리키 킬리언과 랜들 킬리언 형제가 탄 시보레 캐넌 픽업트럭이 사람들 뒤쪽에 도착했다. 샘 버드로는 그리 멀지 않은 곳에서 뒤따라 걸어오는 중이었다. 2007년에 운전면허가 영영 말소된 샘으로서는 당연한 일이었다.

지나는 흠칫 물러서서 놀란 눈으로 멜빈을 바라보았다. 곁에서 스윽 일어선 앨든 딘스모어는 마치 배터리가 떨어진 농사꾼 로봇 같았다.

"어이, 자네들 경찰 아니야? 응?"

"강간 어쩌고 하는 소린 다 거짓말이야." 카터였다. "너 소란죄로 체포당하기 싫으면 그딴 소리 떠벌리지 마."

"맞아, 씨발."

조지아는 이렇게 종알거리며 카터 쪽으로 슬쩍 옮겨 섰다. 카터는 거들떠보지도 않았다. 그는 눈앞의 군중을 살펴보고 있었다. 이제 말 그대로 군중이었다. 만약 50명을 군중이라고 해도 좋다면 이들이 바로 군중이었다. 게다가 더 모여드는 중이었다. 카터는 총이 있었으면 하고 바랐다. 눈앞에 보이는 적대감이 영 마음에 들지 않았다.

브라우니네 상점을 경영하는(또는 문을 닫기 전까지 경영했던) 벨마 윈터가 토미와 윌로 앤더슨을 거느리고 도착했다. 남자처럼 가르마를 탄 벨마는 레즈비언 왕국에 가면 여왕 자리도 차지할 것처럼 거대한 몸집을 한 여장부였지만 이미 남편 둘을 여읜 몸이었고, 들장미 식당의 농담 따먹기 테이블에서 도는 소문에 따르면 두 남편 모두 복상사시키고 나서 지금은 수요일마다 디퍼스 술집에 나타나 세 번째 희생양을 찾는 중이라고 했다. 수요일은 나이든 손님들이 모여 컨트리 음악 노래자랑을 여는 날이었다. 그런 벨마가 펑퍼짐한 엉덩이에 두 손을 짚은 채 카터 앞에 떡 하니 버티고 섰다.

"문을 닫으셨다, 이거지? 어디 서류 좀 보여 주시지."

벨마의 사무적인 목소리를 듣고 카터는 머리가 어지러워졌다. 어지러워지면 화를 내는 것이 카터의 버릇이었다.

"물러나, 이 쌍년아. 서류 같은 거 없어. 우린 서장님이 보내서 온 거야. 의장단 명령이야, 여긴 식량 배급소로 바뀔 거다."

"배급? 너 방금 배급이라고 했어? 이 마을에선 어림도 없어."

벨마는 멜빈과 프랭크 사이로 밀고 들어가 문을 두드리기 시작했다.

"열어! 거기 안에, 열라고!"

"안엔 아무도 없어. 그만 포기해."

그러나 어니 캘버트는 가게를 떠나지 않고 남아 있었다. 어니는 파스타와 밀가루, 설탕 선반 사이를 지나 문 쪽으로 걸어왔다. 벨마는 그를 보고 더 세게 문을 두드리기 시작했다.

"열어요, 어니! 문 열어요!"

"문 열어!" 군중도 입을 모아 외쳤다.

프랭크는 멜빈을 돌아보고 고개를 끄덕였다. 둘은 90킬로그램이나 나가는 벨마의 몸뚱이를 함께 붙들고 문에서 억지로 떼어 냈다. 조지아 루는 유리벽 쪽으로 돌아서서 어니에게 물러나라고 손짓했다. 어니는 물러서지 않았다. 마비라도 된 사람처럼 그 자리에 못 박혀 있었다.

"문 열어!" 벨마가 악을 썼다. "문 열라고! 열란 말이야!"

토미와 윌로가 벨마의 외침에 합세했다. 우체부 빌 워커도 가세했다. 리사 제이미슨도 환한 표정으로 함께 외쳤다. 리사는 평생 자발적 시위에 참여하기를 꿈꿔 왔고, 이제 그 기회가 찾아온 셈이었다. 리사는 불끈 쥔 주먹을 치켜들고 팔뚝질을 시작했다. '열'과 '어'에 맞춰 작게 두 번, '라'에서는 크게 한 번 치켜들었다. 다른 사람들도 그녀를 따라했다. '열어라'가 '열, 어, 라! 열, 어, 라!'로 바뀌었다. 이제 모두가 약약강 박자에 맞추어 주먹을 치켜들었다. 군중은 70명, 어쩌면 80명쯤 되어 보였고 다른 사람들도 속속 도착하는 중이었다. 슈퍼마켓 앞에 경찰들이 늘어서서 만든 푸른 선이 전에 없이 가늘게 보였다. 젊은 경관 넷은 프레드 덴턴을 돌아보며 지혜를 구했지만 프레드는 아무 생각도 없었다.

그러나 프레드에게는 총이 있었다. '어이, 대머리 영감. 얼른 하늘에 대고 공포탄을 쏴.' 카터는 속으로 생각했다. '안 그럼 이것들이 우릴 깔아뭉갤 거야.'

경찰서 쪽 방향에서 경관 둘이 탄 순찰차가 나타나 큰길을 따라 다가왔다. (경찰서에서 커피를 마시며 CNN 뉴스를 보다가 출동한) 루퍼트 리비와 토비 웨일런이었다. 그들이 탄 차는 어깨에 카메라를 매고 달려가는 줄리아 옆을 지나갔다.

재키 웨팅턴과 헨리 모리슨도 슈퍼마켓을 향하여 출발했지만, 이내 헨리의 허리에 매인 무전기가 지지직거렸다. 무전을 친 사람은 랜돌프 서장이었다. 헨리와 재키에게 주유소를 떠나지 말고 현재 위치를 지키라는 명령이 떨어졌다.

"하지만 무슨 소리가 들리는데……" 헨리가 입을 열었다.

"명령대로 해."

랜돌프가 말했다. 더 높은 곳에서 내려온 명령을 그저 전달할 뿐이라는 말은 덧붙이지 않았다.

"열, 어, 라! 열, 어, 라! 열, 어, 라!"

군중은 후텁지근한 공기를 뚫고 팔뚝질을 했다. 여전히 두려웠지만, 동시에 짜릿하기도 했다. 그들은 점점 빠져들고 있었다. 주방장 부시가 보았더라면 풋내기 중독자들로 여겼을 법도 했다. 그레이트풀 데드의 음악만 있었으면 그야말로 화룡점정일 광경이었다.

킬리언 형제와 샘 버드로는 군중 사이를 뚫고 나아갔다. 그들도 구호는 따라했지만(몸을 지킬 생각으로 따라한 것이 아니라 군중을 폭도로 변신시키는 열기가 저항할 수 없을 만큼 강력했기 때문이었다.) 주먹을 치켜들지는 않았다. 그들에게는 할 일이 있었다. 그들 셋을 눈여겨보는 사람은 한 명도 없었다. 나중에 그들을 보았다고 기억한 사람은 고작 몇 명뿐이었다.

간호사 지니 톰린슨도 군중 속을 뚫고 나아갔다. 두 소녀에게 캐서린 러셀 병원에 일손이 필요하다고 알리러 온 참이었다. 환자들이 새로 도착한 데다 그중 한 명은 상태가 심각했기 때문이었다. 중환자는 이스트체스터에서 실려 온 완다 크럼리였다. 크럼리 가족은 모튼 쪽 경계 가까이에 있는 에번스네 집 근처에 살았다. 이날 아침 완다는 잭 에번스를 살피러 잠깐 들렀다가 그 집 안주인의 손을 끊은 돔으로부터 약 5미터 떨어진 곳에 있는 잭의 시체를 발견했다. 땅에 대자로 널브러진 잭 곁에는 빈 병이 나동그라져 있었고 잔디에는 잭의 뇌가 흩뿌려져 말라가는 중이었다. 완다는 남편의 이름을 외치며 집으로 뛰어갔고, 남편의 품에 안기자마자 심장마비를 일으켰다. 남편인 웬들 크럼리는 소형 스바루 웨건을 몰고 병원으로 달려가는 동안 거의 내내 100킬로 가까이 밟고도 용케 사고를 내지 않았다. 지금은 러스티가 완다 곁에 붙어 있었지만, 지니가 보기에 나이 쉰에 과체중인 데다 골초이기까지 한 완다는 살아날 가망이 없었다.

"얘들아, 병원에 가서 좀 도와줘야겠다."

"아줌마, 저 사람들이 범인이에요!"

지나가 악을 썼다. 사람들의 구호를 뚫고 들리게 하려면 악을 쏠 수밖에 없었다. 지나는 경관들을 가리키며 울음을 터뜨렸다. 겁먹고 지친 탓도 있었지만 분노한 탓이 훨씬 더 컸다.

"그 여잘 강간한 범인들이에요!"

지니는 다시 경찰 제복 셔츠 위의 얼굴들을 보았고, 지나의 말이 옳음을 깨달았다. 지니 톰린슨은 파이퍼 목사와 달리 자타가 공인하는 더러운 성깔 때문에 고생한 적이 없는 사람이었지만, 그런 지니에게도 성질은 있었다. 그리고 그 성질이 이곳에서 폭발한 데에는 이유가 있었다. 파이퍼 목사와 달리 지니는 바지를 내린 사만다의 모습을 보았던 것이다. 사만다의 질은 갈가리 찢긴 채 피를 흘렸다. 피를 닦아낸 후에야 양 허벅지의 큼지막한 멍이 드러났을 지경이었다. 피가 그 정도로 흥건했다.

지니는 병원에 일손이 필요하다는 생각을 잊었다. 일촉즉발의 위험한 상황에서 소녀들을 빼내야 한다는 생각도 잊었다. 심장마비로 실려 온 완다 크럼리마저도 까맣게 잊어버렸다. 지니는 앞을 가로막은 사람을 밀치고(그 사람은 점원 겸 배달원인 브루스 야들리였다. 브루스는 다른 사람들과 마찬가지로 꽉 쥔 주먹을 하늘로 뻗는 중이었다.) 성큼성큼 걸어가더니, 멜빈과 프랭크에게 다가갔다. 두 사람은 눈에 띄게 적대적으로 변한 군중을 감시하느라 지니가 다가오는 줄도 몰랐다.

지니는 두 손을 번쩍 치켜들었다. 한순간뿐이었지만 그 모습이 꼭 보안관에게 투항하는 서부영화 속 악당 같았다. 그러고는 두 손을 동시에 휘둘러 젊은 경관 둘의 뺨을 후려쳤다.

"이 썩을 놈들아!" 지니가 외쳤다. "어떻게 그런 짓을! 어떻게 그런 비겁한 짓을! 이 비열한 놈들! 감옥에 처넣을 거야, 너희들 전부!"

멜빈은 생각할 겨를도 없이 반응했다. 지니의 얼굴 한복판으로 날아간 멜빈의 주먹이 안경과 코뼈를 부서뜨렸다. 지니는 피를 철철 흘리고 비명을 지르며 비틀비틀 물러섰다. 충격을 받고 머리핀이 빠지는 바람에 구식 간호사 모자가 머리에서 굴러 떨어졌다. 젊은 점원 브루스 야들리가 지니를 부축하려다 실패했다. 지니는 한 줄로 정리된 쇼핑 카트에 부딪혔다. 줄지어 굴러가는 카트들이 꼭 조그만 기차 같았다. 네 발을 짚고 넘어진 지니는 고통과 충격으로 비명을 질렀다. 큼지막한 노란색 **주차금지** 경고문의 **차자** 위로 선홍색 핏방울이 떨어지기 시작했다. 부러진 정도가 아니라 아예 박살이 난 코에서 흘러내린 피였다.

웅크리고 있는 지니를 향하여 지나와 해리엇이 달려가는 동안, 충격에 빠진 군중은 침묵을 지켰다.

그러다가 리사 제이미슨의 깨끗하고 완벽한 소프라노 목소리가 정적을 깨뜨렸다.

"야 이 망할 짭새들아!"

짱돌이 날아든 순간은 바로 그때였다. 맨 처음 돌을 던진 사람

은 끝내 밝혀지지 않았다. 얼간이 샘 버드로가 걸리지 않고 넘어
간 유일한 범죄였다.

앞서 주니어는 마을 위쪽 끄트머리에 샘 버드로를 내려 주었
고, 샘은 머릿속에 위스키 병이 너울거리는 상태에서 프레스틸 개
울 동쪽 둑을 뒤지며 적당한 짱돌을 찾았다. 큼직하되 너무 크지
는 않은 돌이어야 했다. 안 그러면 한때 메인 주 야구대회 토너먼
트에서 체스터스밀 와일드캐츠의 선발 투수로 출장했던 샘이라
고 해도 정확히 던지기가 힘들었다(때로는 한 100년 전 같기도 하
고 때로는 바로 얼마 전 같기도 한 기억이었다.). 평화의 다리 근처
에서 마침내 적당한 돌이 눈에 띄었다. 무게는 500, 아니면 600그
램. 거위 알처럼 매끈했다.

'한 가지 더.' 주니어는 얼간이 샘을 내려주면서 이렇게 말했다.
랜돌프 서장이 웨팅턴과 모리슨에게 현재 위치를 지키라고 명령
하면서 밝히지 않았듯이, 주니어 역시 더 높은 곳의 명령이라는
말은 덧붙이지 않았다. 현명한 짓이 아니기 때문이었다.

'뺨을 노려.' 얼간이 조와 헤어지기 전에 주니어가 마지막으로
한 말이었다. '그 계집애는 당해도 싸. 그러니까 실수하지 마.'

네 발로 엎드린 채 피를 흘리며 흐느끼는 지니 톰린슨 곁에 하
얀 간호사복을 입은 지나와 해리엇이 무릎을 꿇고 있는 사이에
(그리고 다른 사람들도 모두 그쪽에 정신이 팔려 있는 사이에), 샘은
아득히 오래전인 1970년 그날과 똑같은 투구 자세로 힘껏 짱돌
을 던졌고, 40년 만에 처음으로 스트라이크를 성공시켰다.

원 스트라이크 정도가 아니었다. 석영이 점점이 박힌 560그램
짜리 화강암은 조지아 루 특임 경관의 입을 정통으로 맞히고 턱

을 다섯 조각으로 부서뜨렸으며, 부러지지 않고 남은 이는 달랑 네 개뿐이었다. 유리벽 쪽으로 비틀비틀 뒷걸음질 치는 조지아의 턱은 기괴하게 축 늘어져 거의 가슴에 닿을 듯했고, 헤 벌린 입에서는 피가 뚝뚝 떨어졌다.

곧바로 짱돌 두 개가 더 날아왔다. 한 개는 리키 킬리언이, 다른 한 개는 랜들 킬리언이 던진 돌이었다. 체스터스밀 중학교 청소부인 빌 올넛이 리키가 던진 돌에 뒤통수를 맞고 지니 톰린슨에게서 그리 멀지 않은 보도에 엎어졌다. '씨발!' 리키는 속으로 생각했다. '짭새한테 맞으라고 던진 건데!' 꼭 명령 때문만은 아니었다. 그것은 리키가 늘 해 보고 싶은 일이기도 했다.

랜들의 조준 실력은 리키보다 나았다. 랜들은 멜빈 셜스의 이마를 정통으로 맞혔다. 멜빈은 우편물 포대처럼 스르륵 쓰러졌다.

자, 한순간 숨소리조차 멎은 정적이 흐른다. 두 바퀴로 서서 흔들거리는, 넘어갈지 말지 고민하는 자동차를 떠올려 보라. 로즈 트위첼을 보라. 어떻게 해야 좋을지커녕 무슨 일이 일어나는 중인지조차 모르는 채, 겁에 질려 당황한 눈으로 주위를 두리번거린다. 로즈의 허리를 끌어안은 앤슨 휠러를 보라. 조지아 루가 축 늘어진 입으로 내지르는 비명을 들어 보라. 그 비명은 새를 쫓으려고 달아놓은 깡통의 실을 바람이 쓸고 갈 때 나는 소리와 기이할 만큼 비슷하다. 비명을 지르는 동안 너덜너덜한 혀에서는 피가 뚝뚝 흘러내린다. 지원하러 온 경찰들을 보라. 맨 먼저 토비 웨일런과 루퍼트 리비(파이퍼 목사가 내놓고 자랑하지는 않았지만, 그는 목사의 사촌이었다.)가 현장에 도착한다. 둘은 현장을 둘러보고…… 주춤 물러선다. 뒤이어 린다 에버렛이 도착한다. 걸어서 도착한 린다 뒤에 숨을 헐떡이며 따라오는 시간제 경관 마티 아스노가 보인다. 린다는 군중 속으로 뚫고 들어가려 하지만, 마티가 린다의 어깨를 붙잡는다. 마티는 제복도 입지 않고 아침에 일어나자마자 막 꿰어 입은 낡은 청바지 차림이다. 마티의 손을 뿌리치고 달려가려는 순간 린다의 머릿속에 두 딸이 떠오른다. 겁쟁이인 자신을 부끄러워하며, 린다는 마티에게 이끌려 루퍼트와 토비가 상황을 관망하는 곳으로 향한다. 이날 아침 이들 넷 가운데 권총을 소지한 경관은 루퍼트뿐이다. 그가 총을 쏘려고 할까? 바보 같은 소리. 루퍼트의 눈에 아내가 보인다. 아내는 자기 엄마의 손을 잡고 군중 속에 섞여 있다(그러나 장모라면, 루퍼트는 망설이지 않고 쏠 것이다.). 린다와 마티 바로 다음에 도착한 줄리아를 보라. 숨이 차서 헐떡거리면서도 벌써 카메라를 쥐고 있다. 서둘러 사진을 찍으려고 렌즈 덮개를 내던진다. 멜빈 곁에 무릎을 꿇고 앉아 용케 돌을 피한 프랭크 드레셉스를 보라. 프랭크의 머리 위로 휙 날아간 돌이 슈퍼마켓 출입문에 구멍을 뚫는다.

그리고 뒤이어…….

누군가 고함을 질렀다. 누구인지는 끝내 밝혀지지 않았고 고함을 지른 사람의 성별조차도 들은 사람에 따라 제각각이었지만, 그래도 사람들은 대개 여성의 목소리로 기억했다. 나중에 로즈 트위첼은 리사 제이미슨이 거의 확실하다고 앤슨에게 털어놓았다.

"짭새들을 해치우자!"

다른 사람이 외친 '먹을 것부터!'를 신호로 군중은 앞으로 몰려나가기 시작했다.

프레드 덴턴은 하늘에 대고 권총을 한 발 발사했다. 그런 다음 총구를 내렸고, 당황한 나머지 군중을 향해 막 방아쇠를 당길 참이었다. 그러기 전에 누군가 그의 손목을 비틀고 총을 빼앗았다. 덴턴은 고통스러운 비명을 지르며 쓰러졌다. 그러자 앨든 딘스모어의 낡고 큼지막한 농사용 장화가 그의 관자놀이를 강타했다. 덴턴 경관은 의식을 완전히 잃지는 않았지만 몽롱한 상태에 빠졌고, 다시 정신을 차렸을 때 슈퍼마켓 대폭동은 이미 끝난 후였다.

개에 물렸던 어깨에 감아 둔 붕대에서 피가 배어나와 푸른 셔츠에 장미 봉오리가 피어나기 시작했지만, 카터 티보도는 통증을 느끼지 않았다. 적어도 당분간은, 느끼지 못했다. 카터는 달아나려고 시도조차 하지 않았다. 대신 굳게 버티고 서서 시야에 맨 처음 들어온 표적을 후려갈겼다. 표적은 하필이면 마을 변두리의 117번 국도변에서 골동품 가게를 하는 찰스 '뚱뚱보' 노먼이었다. 뚱뚱보 노먼은 피가 치솟는 입을 움켜쥐고 털썩 쓰러졌다.

"물러서, 씨발 것들아!" 카터가 으르렁거렸다. "뒤로 가라고, 개새끼들아! 도둑질은 꿈도 꾸지 마! 물러서!"

러스티네 보모인 마르타 에드먼즈는 뚱뚱보 노먼을 도우려다 프랭크 드레셉스의 주먹에 광대뼈를 얻어맞았다. 마르타는 뺨을 감싸 쥐고 비틀거렸고, 방금 자신을 때린 젊은이를 도저히 못 믿겠다는 눈으로 바라보다가…… 먹을 것에 눈이 멀어 우르르 덤벼드는 군중에 떠밀려 그만 뚱뚱보 노먼 옆에 벌렁 나자빠졌다.

카터와 프랭크는 사람들에게 주먹질을 시작했지만, 고작 세 발을 날리고 나서 올빼미 울음처럼 괴상한 비명 소리에 정신을 빼앗기고 말았다. 마을 도서관 사서인 리사가 지른 비명이었다. 여느 때에는 온순하던 리사의 얼굴 주위로 머리칼이 나부꼈다. 길게 이어진 쇼핑 카트를 밀며 달려드는 모습이 어쩌면 자살 공격을 감행하는 듯도 싶었다. 프랭크는 리사의 공격을 피하려고 펄쩍 뛰었지만 카터는 쇼핑 카트에 부딪혀 날아갔다. 카터는 중심을 잡으려고 두 팔을 허우적댔고 실제로 성공할 뻔도 했지만, 조지아의 발이 문제였다. 카터는 조지아의 발에 걸려 벌렁 자빠진 다음 사람들의 발에 짓밟혔다. 그러다가 몸을 굴려 엎드린 채 손으로 머리를 가리고 발길질이 끝나기를 기다렸다.

줄리아 셤웨이는 셔터를 누르고 누르고 또 눌렀다. 아마도 사진을 뽑아 보면 아는 얼굴들이 등장할 터였지만, 뷰파인더에 보이는 것은 오로지 낯선 얼굴뿐이었다. 폭도들의 얼굴이었다.

루퍼트 리비는 권총을 뽑아 들고 하늘에 네 발을 발사했다. 후텁지근한 아침 공기 속에 울려 퍼진 총소리는 귀로 듣는 느낌표처럼 삭막하고도 자극적이었다. 토비 웨일런은 순찰차 안으로 뛰어들다가 머리를 부딪히는 바람에 모자가 벗겨졌다(앞쪽에 노란색으로 **체스터스밀 경찰서**라고 씌어진 모자였다.). 토비는 뒷자리에 놓인 확성기를 홱 낚아채어 입에 대고 외쳤다.

"동작 그만! 물러서요! 경찰입니다! 멈춰요! 명령입니다!"

줄리아는 토비의 사진을 찍었다.

군중은 총소리도 확성기 소리도 아랑곳하지 않았다. 어니 캘버트가 절뚝거리는 무릎 옆으로 초록색 작업 코트 자락을 휘날리며 건물 모퉁이를 돌아 등장했을 때에도 아랑곳하지 않았다.

"건물 뒤로 오시오!" 어니가 소리쳤다. "이럴 필요 없소, 내가 뒷문을 열어 뒀소!"

군중은 부수고 들어갈 생각을 하느라 여념이 없었다. 그들은 입구와 출구와 날마다 싼 가격이라고 적힌 스티커가 붙은 유리문을 깨져라 두들겨 댔다. 처음에는 버티던 자물쇠가 이내 하나가 된 사람들의 무게를 못 이기고 부서졌다. 맨 먼저 도착했던 사람들은 문에 깔려 부상을 입었다. 갈비뼈가 부러진 사람이 둘, 목을 삔 사람이 하나, 팔이 부러진 사람이 둘이었다.

토비 웨일런은 다시 확성기를 쳐들었다가, 이내 루퍼트 리비와 함께 타고 온 순찰차의 후드 위에 몹시도 조심스럽게 내려놓았다. 토비는 경찰 모자를 집어 들고 툭툭 턴 다음 다시 머리에 썼다. 그러고는 루퍼트와 함께 슈퍼마켓 쪽으로 걸어가다가, 힘없이 멈춰 섰다. 린다와 마티 아스노가 그들 곁에 합세했다. 린다는 마르타를 발견하고 경관들이 서 있는 곳으로 데려왔다.

"어떻게 된 거예요?" 마르타는 멍한 목소리로 물었다. "누가 날 때렸나요? 뺨이 온통 화끈거리네. 주디하고 자넬은 누가 보고 있어요?"

"마르타 씨 언니 분이 데려가셨어요."

린다는 이렇게 말하고 마르타를 끌어안았다.

"걱정 마세요."

"코라 언니가요?"

"웬디 씨가요."

마르타의 큰언니인 코라는 벌써 몇 년째 시애틀에 살고 있었다. 린다는 마르타가 혹시 뇌진탕을 겪었는지 의심스러웠다. 해스켈 선생에게 데려가야겠다는 생각이 들었고, 뒤이어 해스켈이 병원 영안실 아니면 보위 장의사에 누워 있으리라는 생각이 떠올랐다. 이제 혼자 감당해야 하는 러스티에게는 무척이나 바쁜 날이 될 듯싶었다.

카터는 조지아를 반쯤 안아들고 2호 순찰차로 데려갔다. 조지아는 여전히 그 선뜩한 울음소리를 내고 있었다. 멜빈 셜스는 의식 비슷한 것을 어느 정도 회복했다. 프랭크가 멜빈을 데리고 린다와 마르타, 토비, 다른 경관들이 있는 곳에 도착했다. 멜빈은 고개를 들려고 하다가 다시 푹 숙였다. 찢어진 이마에서 피가 흘러 셔츠가 흠뻑 젖었다.

사람들은 슈퍼마켓 안으로 쏟아져 들어갔다. 그들은 쇼핑 카트를, 아니면 바비큐 숯 판매대 옆에 쌓여 있던 장바구니를 들고 진열대 사이의 통로를 누볐다(숯 포대 옆에는 이런 선전 문구가 붙어 있었다. **즐거운 가을 소풍 되세요!**). 앨든 딘스모어네 목장의 일꾼인 마누엘 오르테가와 그의 단짝 친구 데이브 더글러스는 계산대의 금전출납기로 곧장 달려가 **환불** 버튼을 누르기 시작했고, 바보처럼 낄낄 웃으며 돈을 집어 주머니에 쑤셔 넣었다.

북새통이 된 슈퍼 안은 이제 파격 세일 날이나 마찬가지였다. 냉동식품 코너에서는 마지막 남은 레몬 케이크를 놓고 두 여인이 다투는 중이었다. 정육 코너에서는 한 남자가 앞에 있던 남자를 훈제 소시지로 후려갈기고 다른 사람들을 위해 햄을 좀 남겨 놓으라고 훈계했다. 햄을 싹쓸이하려던 남자는 뒤로 돌아서서 소시지를 휘두른 남자의 코에 주먹을 날렸다. 둘은 곧 바닥을 구르며 엎치락뒤치락했고, 주먹이 허공을 갈랐다.

싸움은 다른 곳에서도 벌어졌다. 웨스턴 메인 전파상("우리 가게의 자랑은 미소입니다!")의 소유주이자 유일한 종업원인 랜스 콘로이는 메인 주립 대학교에서 과학을 가르치다가 은퇴한 브렌던 엘러비에게 마지막 남은 설탕 포대를 빼앗기자 주저 없이 주먹을 날렸다. 엘러비는 바닥에 쓰러지면서도 5킬로그램짜리 설탕 포대를 놓지 않았고, 몸을 숙인 콘로이에게 '오냐, 받아라!'라고 외치며 포대로 얼굴을 후려쳤다. 설탕 포대가 확 터지는 바람에 전기 기술자 랜스 콘로이는 하얀 구름에 휩싸였다. 그는 무언극 배우처럼 허연 얼굴로 뒤쪽 선반에 쓰러지면서 앞이 안 보인다고, 자기 눈이 멀었다고 소리쳤다. 텍스마티 쌀 진열대 앞에서 헨리에타 클라바드를 떠민 칼라 벤지아노는 등에 아기 포대기를 메고 있었고, 포대기에 든 어린 스티븐은 그런 엄마의 어깨 너머를 빼꼼히 내려다보았다. 스티븐은 쌀로 만든 이유식을 좋아했고 빈 플라스틱 쌀통을 갖고 놀기도 좋아했기에 칼라는 쌀을 넉넉히 확보할 작정이었다. 이듬해 1월이면 여든네 살이 되는 헨리에타는 한때 엉덩이였던 깡마른 뼈를 바닥에 부딪치며 나가떨어졌다. 리사 제이미슨은 그 지역 도요타 자동차 판매업자인 월 프리먼을 떠밀고 냉장 진열대에 남은 마지막 닭을 차지하려고 달려들었다. 그러나 **분노의 펑크족**이라고 적힌 티셔츠를 입은 십대 소녀가 먼저 닭을 낚아채더니 피어스가 달린 혀를 리사에게 쏙 내밀고 의기양양하게 사라졌다.

남자들의 우렁찬 환호성(전부는 아니었지만 대개는 남자였다.)에 이어 유리 깨지는 소리가 들렸다. 맥주 냉장고가 박살나는 소리였다. 수많은 쇼핑객들이, 아마도 **즐거운 가을 소풍!**을 즐길 생각으로, 맥주 냉장고를 향해 우르르 몰려갔다. 이제 그들의 구호는 '열, 어, 라!'가 아니라 '맥주! 맥주! 맥주!'였다.

다른 사람들은 지하 창고와 뒤쪽 선반을 노리고 쏟아져 들어왔다. 와인병과 와인 상자를 챙겨 든 남녀들이 나타나기까지는 그리 오래 걸리지 않았다. 몇몇은 고전 영화에 나오는 밀림 속 원주민처럼 머리에 와인 상자를 이고 있었다.

줄리아는 깨진 유리 조각이 발에 밟혀 잘그락거리는 소리를 들으며 사진을 찍고, 찍고, 또 찍었다.

바깥에서는 주유소를 이탈하기로 합의한 재키 웨딩턴과 헨리 모리슨을 포함하여 나머지 마을 경관들이 집합하는 중이었다. 경관들은 한쪽에 옹기종기 모여 불안한 표정으로 움츠리고 있는 동료들과 합세한 다음, 그저 구경만 했다. 재키는 겁에 질린 표정을 한 린다 에버렛을 보고 꼭 안아 주었다. 어니 캘버트도 그들 곁에 서서 외쳤다.

"이럴 것까진 없잖아! 이게 다 웬 쓸데없는 짓이야!"

어니의 통통한 두 볼에 눈물이 흘러내렸다.

"이제 어떡하지?"

린다는 재키의 어깨에 뺨을 댄 채로 물었다. 린다 곁에 붙어 선 마르타는 입을 헤 벌린 채 슈퍼마켓을 바라보았다. 순식간에 부풀어 올라 검붉게 멍든 뺨을 손바닥으로 꾹 누르며. 그들 너머로 보이는 푸드시티는 고함과 웃음소리와 이따금 터져 나오는 고통스러운 비명소리로 끓어올랐다. 물건이 사방으로 날아다녔다. 두루마리 휴지 한 통이 린다의 눈에 띄었다. 휴지는 파티용 색종이 테이프처럼 긴 꼬리를 끌고 생활용품 선반 앞 통로를 날아가는 중이었다.

"모르겠어." 재키가 대답했다. "나도 도저히 모르겠어."

11

앤슨은 로즈가 말릴 틈도 없이 장보기 목록을 낚아채어 슈퍼로 달려갔다. 로즈는 식당 트럭 옆에 서서 주먹을 쥐었다 폈다 하며 망설였다. 앤슨을 따라갈지 말지가 고민스러웠다. 그 자리에 있기로 결심했을 때, 누가 팔을 뻗어 로즈의 어깨를 감쌌다. 화들짝 놀라 고개를 돌려보니 바비가 서 있었다. 어찌나 안심이 되었던지 다리가 풀릴 지경이었다. 로즈는 바비의 팔을 꼭 붙잡았다. 위안을 얻고 싶은 마음도 있었지만 기절하지 않으려는 마음이 더 컸다.

바비는 차갑게 미소 짓고 있었다.

"꽤 볼만하네요. 그렇죠?"

"어쩌면 좋아. 앤슨이 안에 있어…… 다른 사람들도 모두…… 경찰은 그냥 구경만 하고 있고."

"이미 충분히 얻어터졌으니 더 맞기가 싫은 거겠죠. 경찰을 탓할 생각은 없어요. 이건 교묘하게 계획되고 완벽하게 실행된 일이니까요."

"그게 무슨 소리야?"

"별 거 아녜요. 사태가 더 악화되기 전에 한번 멈춰 볼까요?"

"어떻게?"

바비는 토비 웨일런이 순찰차 후드에 올려 두었던 확성기를 집어 들었다. 바비가 확성기를 건네주려 하자 로즈는 두 손을 가슴에 대고 뒤로 물러섰다.

"바비, 자기가 해."

"아뇨. 저 사람들한테 이때껏 밥을 먹인 사람은 로즈 당신이에요. 저 사람들이 아는 사람도 당신이고, 귀를 기울일 사람도 바로 당신이에요."

로즈는 망설이면서도 확성기를 받아들었다.

"무슨 말을 해야 좋을지 모르겠어. 저 사람들을 멈추게 할 말이 생각이 안 나. 토비 웨일런이 벌써 해 봤는데, 아무도 거들떠보지도 않았어."

"토비는 명령을 하려고 했잖아요. 군중한테 명령을 하는 건 개미 떼한테 명령하는 거나 마찬가지예요."

"그래도 무슨 말을 해야 좋을지……."

"제가 가르쳐 드릴게요."

바비의 차분한 목소리에 로즈도 마음을 놓았다. 바비는 잠시 고개를 돌리고 린다 에버렛을 불렀다. 린다는 재키의 허리에 팔을 두르고 함께 걸어왔다.

"린다, 남편한테 연락할 수 있어요?"

"그이 휴대전화가 켜져 있으면요."

"전화해서 이리 오라고 해요. 가능하면 구급차도 함께. 전화를 안 받으면 순찰차를 타고 병원으로 가서 데려와요."

"병원에서 환자들을 봐야 하는데……."

"환자는 여기에도 있어요. 러스티가 모를 뿐이죠."

바비는 지니 톰린슨을 가리켰다. 지니는 이제 슈퍼마켓의 콘크리트 옆벽에 등을 기대고 앉아 피가 흐르는 얼굴을 두 손으로 감싸고 있었다. 지나와 해리엇 비겔로가 양 옆에 쭈그리고 앉아 있었다. 지나가 손수건을 접어 끔찍하게 뒤틀린 코에서 피를 닦아

내려고 했지만, 지니는 고통스러운 비명을 지르며 고개를 돌려 버렸다.

"일단 병원에 남아 있는 전문 간호사 둘 중 한 명부터 치료해야겠군요. 제가 잘못 본 게 아니라면."

"어쩔 생각이에요?"

린다는 허리띠에서 휴대전화를 풀며 바비에게 물었다.

"로즈랑 같이 저 사람들을 말릴 겁니다. 안 그래요, 로즈?"

12

로즈는 슈퍼 안에 들어섰다가 눈앞에 펼쳐진 수라장을 보고 넋이 나가서 걸음을 멈췄다. 눈물이 나도록 시큼한 식초 냄새가 식염수 냄새, 맥주 냄새와 섞여 공기 중에 감돌았다. 3번 통로의 리놀륨 바닥에 겨자와 케첩이 거대한 토사물처럼 뿌려져 있었다. 5번 통로에서는 설탕과 밀가루가 뒤섞여 구름처럼 피어올랐다. 사람들은 그 구름을 뚫고 쇼핑 카트를 밀며 질주했다. 쿨럭거리며 눈물을 훔치는 사람도 여럿이었다. 몇몇은 바닥에 흩뿌려진 말린 콩 위로 카트를 밀다가 비틀거리기도 했다.

"거기서 잠깐 기다려요."

바비는 어차피 움직일 생각도 없었던 로즈에게 이렇게 말했다. 로즈는 가슴에 확성기를 품은 채 최면에 걸린 사람처럼 서 있었다.

바비는 탈탈 털린 금전 등록기의 사진을 찍고 있던 줄리아를 발견했다.

"줄리아, 그만하고 나랑 같이 갑시다."

"안 돼요, 사진을 찍어야 해요. 찍을 사람이 나밖에 없잖아요. 피트 프리먼은 어딨는지 모르겠고, 토니는……."

"지금은 사진을 찍을 때가 아니라 사람들을 말릴 때예요. 저것보다 더 끔찍한 일이 벌어지기 전에."

바비는 퍼널드 보위를 가리켰다. 퍼널드는 한 손에 꽉 찬 장바구니를, 다른 손에는 맥주를 들고 어슬렁거리는 중이었다. 눈썹이 찢어진 탓에 얼굴에 피가 줄줄 흘러내리는데도 꽤나 흐뭇한 표정이었다.

"무슨 수로요?"

바비는 줄리아를 로즈에게 데려갔다.

"로즈, 준비됐어요? 이제 시작합시다."

"저기…… 나는……."

"명심해요, 침착하게 하는 거예요. 사람들을 말리려고 하지 마요. 그냥 열을 식힌다는 생각으로 하세요."

로즈는 숨을 깊이 들이쉰 다음, 확성기를 입에 댔다.

"여러분, 안녕하세요. 들장미 식당의 로즈 트위첼이에요."

믿음직스럽게도, 로즈의 목소리는 침착했다. 사람들은 그 목소리를 듣고 주위를 두리번거렸다. 바비는 그 이유를 알았다. 다급한 목소리가 아니라 그 반대이기 때문이었다. 바비는 그런 광경을 타크리트에서, 팔루자에서, 또 바그다드에서도 본 적이 있었다. 대개는 사람이 바글거리는 공공장소에서 폭탄이 터진 후에 경찰과 장갑차가 도착했을 때였다.

"있잖아요, 쇼핑은 되도록 빠르고 침착하게 마무리해 주세요. 부탁합니다."

몇몇 사람이 이 말을 듣고 키득거리다가 그제야 정신을 차린 듯 서로 쳐다보았다. 7번 통로에 있던 칼라 벤지아노는 멋쩍은 표정으로 헨리에타 클라바드가 일어서도록 부축해 주었다. '쌀은 우리 둘 다 가져갈 만큼 충분하잖아.' 칼라는 속으로 생각했다. '내가 잠깐 정신이 나갔던 건가?'

바비는 로즈에게 계속하라고 고개를 끄덕이고 입 모양으로 '커피'라고 속삭였다. 멀리서 들려오는 구급차의 달콤한 사이렌 소리가 점점 가까워졌다.

"쇼핑이 다 끝나면 들장미 식당에 들러서 커피 한 잔 하세요. 방금 막 내린 커핀데, 공짜예요."

몇몇이 박수를 쳤다. 고함을 치는 사람도 있었다.

"커피를 누가 마셔? 여기 맥주가 있는데!"

야유에 이어 웃음소리와 환호성이 터져 나왔다.

줄리아가 바비의 소매를 잡아당겼다. 바비가 돌아보니 이마에 공화당 지지자 특유의 주름이 깊이 패어 있었다.

"저 사람들은 쇼핑하는 게 아니에요. 이건 도둑질이라고요."

"지금 논평을 하고 싶은 건가요? 아니면 블루마운틴 커피 한 봉지 때문에 사람이 죽기 전에 모두 내보내고 싶은 건가요?"

줄리아는 바비의 말을 생각해 보고 고개를 끄덕였다. 찡그린 표정은 사라지고 바비가 점점 좋아하게 된 미소가 나타났다.

"일리 있는 말씀이네요, 대령님."

바비는 로즈 쪽으로 돌아서서 계속하라고 손짓했고, 로즈는 다시 확성기를 들었다. 바비는 두 여인을 이끌고 통로를 돌기 시작했다. 혹시라도 흥분한 군중이 덤벼들지 않을까 하는 마음에 피해가 가장 큰 정육 코너와 유제품 코너부터 시작했다. 그러나 아무도 덤비지 않았다. 로즈는 점점 자신감을 얻었고, 슈퍼는 차츰 조용해졌다. 사람들이 떠나고 있었다. 전리품이 가득 실린 카트를 밀고 가는 사람도 많았지만 바비는 그마저도 좋은 징조로 받아들였다. 아무리 많이 털어간다 한들 사람들이 빨리 떠날수록 다행이었고…… 그들을 움직일 비결은 도둑이 아니라 쇼핑객으로 불러 주는 것이었다. 늘 그런 것은 아니지만, 대개의 경우 사람들은 자존심을 돌려받으면 조금이나마 맑은 정신으로 생각할 여유 또한 얻게 되는 법이었다.

앤슨 휠러가 물건이 가득 담긴 카트를 밀며 바비 일행에 합류했다. 살짝 부끄러워하는 표정이었고 팔에는 피가 흐르고 있었다.

"누가 올리브 병으로 내려쳤어요. 이제 몸에서 이탈리아 샌드위치 냄새가 나겠네요."

로즈는 줄리아에게 확성기를 건넸고, 줄리아는 앞서와 똑같은 내용을 똑같이 듣기 좋은 목소리로 들려주었다. '고객 여러분, 이제 마무리하세요, 나가실 때는 질서를 지켜 주세요.'

"그냥 가져가면 안 돼."

로즈는 앤슨의 카트를 가리켰다.

"하지만 식당에 필요한 거잖아요. 없으면 안 돼요."

앤슨의 목소리는 미안해 하는 듯하면서도 확고했다.

"그럼 돈을 좀 두고 가야겠어. 트럭에 놔둔 내 지갑을 누가 훔쳐가지 않았다면 말이지만."

"어…… 소용없을 것 같은데요. 남자들 몇 명이 금전 등록기에서 돈을 털어갔어요."

앤슨은 돈을 털어간 사람이 누군지 보았지만 이름은 밝히지 않았다. 바로 곁에 마을 신문사 편집장이 있는 자리에서는 안 될 말이었다.

로즈는 더럭 겁이 났다.

"도대체 무슨 난리래? 하나님 맙소사, 이게 다 웬 난리통이야?"

"전들 알겠어요."

바깥에는 점점 작아지는 사이렌 소리와 함께 구급차가 도착했다. 잠시 후, 바비와 로즈와 줄리아가 통로를 돌아다니며 사람들에게 부탁하는 사이에 등 뒤에 누군가 다가와 말했다.

"이제 됐소. 그거 이리 내놔요."

바비는 경찰 정복을 쫙 빼입은 랜돌프 서장 서리를 보고도 놀라지 않았다. 서장은 이미 다 늦어서 아무 소용도 없는 상황에 등장했다. 딱 시나리오대로였다.

로즈는 확성기를 들고 들장미 식당의 공짜 커피를 찬양하는 중이었다. 랜돌프는 로즈의 손에서 확성기를 낚아채어 대뜸 명령과 협박을 시작했다.

"당장 돌아가시오! 나 피터 랜돌프 서장이오, 명령이니 당장 돌아들 가요! 손에 든 거 내려놓고 당장! 들고 있는 물건을 내려놓고 즉시 떠나면 체포는 면할 수 있소!"

로즈는 낙담한 표정으로 바비를 돌아보았다. 바비는 별 수 있느냐는 듯이 어깨를 으쓱했다. 아무래도 상관없었다. 폭동의 흥분은 이미 사라진 후였다. 후들거리면서도 두 발로 서 있는 카터 티보도를 포함하여 아직 걸을 수 있는 경관들은 사람들을 바깥으로 내보내기 시작했다. 그러면서 '쇼핑객'들이 묵직한 바구니를 순순히 내려놓지 않으면 바닥으로 쓰러뜨리기도 했다. 프랭크 드레셉스 경관은 물건이 가득 든 쇼핑 카트를 뒤집어엎었다. 그의 단호하고 창백한 얼굴에 분노가 가득했다.

"랜돌프 서장님, 저 경관들 그냥 내버려 두실 건가요?"

"물론이오, 섬웨이 씨. 저 사람들은 절도범이고 그에 합당한 대우를 받는 중이오."

"그게 누구 잘못인데요? 슈퍼를 폐쇄한 사람이 누구죠?"

"저리 비켜요. 난 할 일이 있소."

"사람들이 쳐들어올 때 이 자리에 없었던 건 참 부끄러운 일이죠."

랜돌프는 바비의 말을 듣고 그를 돌아보았다. 적대적이지만 한편으로는 흡족한 눈빛이었다. 바비는 한숨을 내쉬었다. 어디선가 시계가 째깍거리고 있었다. 바비는 이를 알았고, 랜돌프도 알고 있었다. 머잖아 자명종이 울릴 참이었다. 돔만 없었으면 도망갈 수도 있었다. 물론, 그놈의 돔만 아니었으면 이 모든 일이 일어나지도 않았겠지만.

저 아래 입구 쪽에서는 멜빈 셜스가 앨 티몬스에게서 꽉 찬 장바구니를 빼앗으려고 낑낑대는 중이었다. 앨이 끝까지 버티려고 하자 멜빈은 바구니를 홱 빼앗아 내던지고는…… 늙은 앨을 바닥에 쓰러뜨렸다. 앨은 아프고 창피하고 화가 나서 울음을 터뜨렸다. 랜돌프 서장은 그 꼴을 보고 웃었다. '홋! 홋! 홋!' 짤막하고 거칠고 기분 나쁜 소리가 들렸다. 바비는 그 소리에서 곧 닥쳐올 체스터스밀의 미래를 보는 듯했다. 만일 돔이 사라지지 않는다면.

"여성 동지들, 그만 가시죠. 여기서 나가야겠어요."

13

바비와 줄리아, 로즈가 바깥으로 나와 보니 러스티와 트위첼이 모두 합해 열 명쯤 되는 부상자들을 한 줄로 세우는 중이었다. 앤슨은 피가 흐르는 팔에 종이타월을 댄 채로 들장미 식당 트럭 옆에 서 있었다.

러스티는 굳은 얼굴을 하고 있다가 바비를 보고 살짝 표정을 풀었다.

"여어, 바비. 오늘 아침엔 저랑 같이 좀 계셔야겠네요. 아예 그냥 우리 병원 간호사로 취직하셔도 되고."

"제 응급처치 실력을 과대평가하시는군요."

바비는 이렇게 말하면서도 러스티 쪽으로 걸어갔다.

린다 에버렛이 바비를 앞질러 달려가더니 러스티의 품으로 뛰어들었다. 러스티는 아내를 잠시 안아 주었다.

"여보, 나도 좀 도울까?"

린다는 이렇게 물으면서도 겁에 질린 눈으로 지니를 보고 있다. 지니는 그런 린다를 보고 힘없이 눈을 감았다.

"아냐, 당신은 가서 일 봐. 나한텐 지나하고 해리엇이 있잖아. 여기 바버라 간호사님도 계시고."

"최선을 다하겠습니다." 바비는 하마터면 이렇게 덧붙일 뻔했다. '체포되기 전까지는 말이죠.'

"잘하실 거면서 무슨 말씀을." 러스티는 목소리를 낮추고 이렇게 덧붙였다. "지나하고 해리엇은 세상에서 제일 열성적인 자원봉사자이긴 한데, 약 나눠주기하고 반창고 붙여주기 말고는 둘 다별 도움이 안 돼요."

린다는 앉아 있는 지니에게 몸을 숙였다.

"어쩌면 좋아요."

"난 별 일 없을 거예요."

지니는 이렇게 말할 뿐, 눈을 뜨지는 않았다.

린다는 남편에게 입을 맞추고 걱정스러운 눈으로 한 번 바라본 다음, 재키 웨팅턴이 수첩을 들고 어니 캘버트한테 진술을 듣는 곳으로 돌아갔다. 어니는 사건 진술을 하면서 몇 번이나 눈물을 훔쳤다.

러스티와 바비는 나란히 서서 한 시간이 넘게 환자들을 보았고, 그러는 동안 경관들은 슈퍼마켓 앞에 노란색 출입금지 테이프를 둘렀다. 어느새 나타난 앤디 샌더스가 혀를 차고 고개를 저으며 피해를 점검하러 다녔다. 도대체 세상이 어떻게 되어가기에 한 마을 사람들이 이런 짓을 하는 거냐고 묻는 앤디의 목소리가 바비의 귀에까지 들려왔다. 앤디는 랜돌프 서장과 악수를 하며 서장이 수고가 많다고 칭찬하기까지 했다.

수고가 많다고.

14

승리의 예감을 느낄 때면, 자잘한 장애물은 눈에 보이지도 않는 법이다. 투쟁심은 당신의 친구가 된다. 불운은 절호의 행운으로 탈바꿈한다. 당신은 이런 것들을 감사히 받아들이는 대신 마땅히 누려야 할 몫으로 여긴다(빅 짐의 의견에 따르면 감사는 겁쟁이와 패배자만이 느끼는 감정이었다.). 승리의 예감은 곧 마법의 그네를 타는 것과 같았고, 그럴 때에는 (역시 빅 짐의 의견에 따르면) 당당하게 하늘을 갈라야 하는 법이었다.

만약 빅 짐이 밀 가에 자리 잡은 으리으리한 레니 저택에서 조금만 더 일찍, 또는 조금만 더 늦게 몸을 일으켰더라면 자신이 이룩한 성과를 보지 못했을 테고, 그랬더라면 브렌다 퍼킨스를 전혀 다른 방식으로 대했을지도 모르는 일이었다. 그러나 빅 짐은 때를 정확히 맞추어 바깥으로 나갔다. 승리의 예감이 깃들면 원래 그런 법이었다. 상대편의 수비진은 무너지고, 그 결과로 생겨난 마법의 구멍을 통해 달려 나가 손쉽게 레이업슛을 성공시킬 수 있었다.

빅 짐을 서재에서 끌어낸 것은 연이어 들려온 '열, 어, 라! 열, 어, 라!' 소리였다. 그는 서재에서 '비상 내각'이라고 명명할 조직에 관하여 몇 가지 사항을 끼적거리는 중이었는데…… 허울뿐인 의장 자리는 기운차게 실실거리는 앤디 샌더스에게 맡기고 자신은 막후의 권력자가 될 생각이었다. '부서진 것이 아니면 고치지 말것'은 빅 짐의 정치 교범에서 첫 번째 수칙이었고, 전면에 내세운 앤디는 늘 영험한 부적처럼 효과가 있었다. 체스터스밀 주민들은 거의 모두 앤디가 바보임을 알았지만 그래도 상관없었다. 주민들에게는 같은 수를 몇 번이고 되풀이해도 괜찮았다. 왜냐하면 그들 가운데 98퍼센트는 앤디보다 더한 바보이기 때문이었다. 게다가 이때껏 벌여 온 정치 공작 가운데 이번처럼 거대한 것은 없었지만(이번 계획은 거의 지자체 규모의 독재 수준이었다.), 빅 짐은 성공을 의심치 않았다.

앞서 빅 짐은 발생 가능한 문제 요인 목록에 브렌다 퍼킨스를 넣지 않았다. 그러나 아무래도 상관없었다. 승리의 예감이 깃들면 문제 요인 따위는 사라지게 마련이었다. 이 또한 당연한 몫으로 받아들이게 되는 법이었다.

빅 짐은 불룩한 배를 느긋하게 흔들며 보도를 따라 걸어갔다. 밀 가와 마을 큰길이 교차하는 모퉁이까지는 100걸음이 채 안 되는 거리였다. 길 바로 건너편은 마을 공원이었다. 건너편에서 조금만 더 내려가면 마을 회관과 경찰서가 나왔고 두 건물 사이에는 전쟁 기념 광장이 있었다.

모퉁이에서는 푸드시티가 보이지 않았지만 큰길 상점가는 한눈에 들어왔다. 그리고 줄리아 셤웨이도 보였다. 《데모크라트》 사무실에서 허겁지겁 뛰쳐나온 줄리아는 한 손에 카메라를 들고 있었다. 줄리아는 함성 소리가 들려오는 곳으로 황급히 달려가면서 카메라를 어깨에 메려고 낑낑댔다. 빅 짐은 그런 줄리아를 가만히 살펴보았다. 정말이지 우스웠다. 지금 막 재난이 일어난 곳으로 달려가려고 저토록 안달하다니.

상황은 더욱 우스워졌다. 줄리아는 우뚝 멈춰 서서 돌아서더니 왔던 길로 다시 달려갔고, 신문사 문을 열어 보더니 자물쇠가 열려 있음을 확인하고 제대로 잠갔다. 그러고는 다시금 서둘러 달려 갔다. 난동을 피우는 친구들과 이웃들을 보고 싶어 안달이 나서.

'이제야 깨달은 거지. 일단 우리에서 풀려난 야수는 아무나, 어디나 가리지 않고 물어뜯게 마련인 걸.' 빅 짐은 속으로 생각했다. '하지만 걱정 마, 줄리아. 내가 보살펴 줄 테니까. 이때껏 그랬던 것처럼. 넌 그저 짜증나는 신문 기사만 좀 순화하면 돼. 그래도 안전의 대가치고는 적은 거 아닌가?'

물론이었다. 그리고 만일 줄리아가 고집을 부리면…….

"가끔은 사고가 일어나기도 하지."

빅 짐이 중얼거렸다. 그는 길모퉁이에 서서 주머니에 손을 꽂은 채 빙긋이 웃고 있었다. 그리고 첫 번째 비명 소리와…… 유리 깨지는 소리…… 그리고 총소리를 들었을 때…… 빅 짐의 미소는 더욱 커졌다. '사고가 일어나기도 하지.' 주니어가 했던 말과 정확히 일치하는 표현은 아니었지만, 빅 짐은 그 표현이 정부의 일 처리 방식과 꽤나 비슷하다고 생각했는데…….

그러다가 브렌다 퍼킨스의 모습이 눈에 들어왔고, 미소 짓던 빅 짐의 얼굴은 그대로 얼어붙었다. 큰길에 있던 사람들은 이게 다 웬 야단법석인지 알아보려고 푸드시티 슈퍼마켓으로 향하는 중이었지만, 브렌다는 길을 내려가는 대신 반대 방향으로 올라가고 있었다. 어쩌면 레니 저택으로 가는 길 같기도 했는데…… 그렇다면, 영 재미없는 상황이었다.

'아침 댓바람부터 나한테 무슨 볼일이 있다고? 동네 슈퍼마켓에서 벌어진 식량 폭동을 젖혀 둘 만큼 중요한 일이 뭐지?'

물론 브렌다의 머릿속에 빅 짐 생각이 전혀 없으리라는 예상도 충분히 타당한 것이었다. 그러나 빅 짐은 자신의 레이다가 돌아가는 소리를 듣고 브렌다를 찬찬히 지켜보았다.

브렌다와 줄리아는 저마다 큰길 반대 방향으로 향했다. 두 사람 다 서로를 발견하지 못했다. 줄리아는 카메라를 만지작거리며 더 빨리 달리려고 기를 썼다. 브렌다의 시선이 향한 곳은 버피네 만물상의 다 낡은 빨간색 건물이었다. 캔버스 천으로 만든 가방이 무릎 옆에서 대롱거렸다.

버피네 만물상에 도착한 브렌다는 문을 열고 들어서려 했지만, 자물쇠가 잠겨 있었다. 이내 뒤로 물러선 브렌다는 사람들이 계획에 없던 장애물을 발견하고 이제 어떻게 하면 좋을지 궁리할 때 짓는 표정으로 주위를 두리번거렸다. 등 뒤를 돌아보았더라면 줄리아 섬웨이를 볼 수도 있었건만, 그러지 않았다. 대신 왼쪽과 오른쪽을, 다음으로는 큰길 건너 《데모크라트》 신문사 사무실을 바라보았다.

버피네 만물상을 한 번 더 돌아보고 나서, 브렌다는 큰길을 건너 《데모크라트》 사무실 문으로 향했다. 물론, 여기도 잠겨 있었다. 빅 짐은 줄리아가 문을 잠그는 모습을 이미 지켜본 터였다. 브렌다는 다시 한 번 문손잡이를 이쪽저쪽으로 돌려 보았다. 두드려도 보았다. 안을 들여다보기도 했다. 그러고는 물러서서 두 손을 허리에 짚었다. 천 가방이 대롱대롱 흔들렸다. 브렌다가 두리번거리기를 멈추고 다시 큰길 위쪽으로 터벅터벅 걸어 올라가기 시작했을 때, 빅 짐은 서둘러 집으로 돌아갔다. 어째서 브렌다의 눈에 띄고 싶지 않았는지는 알 길이 없었으나…… 굳이 알 필요도 없었다. 승리의 예감이 깃들었을 때에는 그저 본능이 시키는 대로 하면 그만이었다. 그 예감이 아름다운 까닭이 바로 그것이었다.

빅 짐이 확실히 안 것은 브렌다가 그의 집 문을 두드릴 때 맞이할 준비가 되어 있어야 한다는 것이었다. 상대가 원하는 것이 무엇이든 간에.

15

'내일 아침이 되면 그 출력한 걸 봉투에 넣어서 줄리아 셤웨이 씨한테 갖다 주십시오.' 바비는 브렌다에게 이렇게 말했다. 그러나 《데모크라트》 신문사는 문이 잠긴 채 불마저 꺼져 있었다. 줄리아는 뭔지 모를 난장판이 벌어진 슈퍼마켓에 갔음이 거의 확실했다. 피트 프리먼과 토니 게이도 함께 갔을 터였다.

그럼 하위가 남긴 **베이더** 파일은 어떻게 해야 했을까? 문에 우편물 넣는 구멍이 있었더라면, 브렌다는 아마도 천 가방에 든 서류봉투를 그곳에 집어넣었으리라. 그러나 문에는 우편물 구멍이 없었다.

브렌다는 줄리아를 찾으러 슈퍼로 가든가, 아니면 집으로 돌아가서 사태가 진정되고 줄리아가 사무실로 돌아올 때까지 기다려야겠다고 생각했다. 딱히 논리적으로 생각할 만한 분위기가 아니었기에 두 가지 생각 다 끌리지 않았다. 전자를 택하려니 들려오는 소리로 보아 푸드시티에서 대폭동이 일어난 듯싶었고, 거기에 휘말리고 싶지는 않았다. 후자의 경우에는…….

틀림없이 더 나은 선택이었다. '현명한' 선택이었다. 하위가 가장 좋아하던 격언도 '기다리는 사람에게는 반드시 때가 온다.'가 아니었던가?

그러나 기다리는 것은 브렌다의 특기가 결코 아니었고, 그녀의 어머니는 일찍이 이렇게 말씀하셨다. '쇠뿔도 단김에 빼랬다.' 그녀가 당장 원한 바 또한 그것이었다. 빅 짐을 대면하는 것, 그의 고함 소리와 부인하는 말과 새빨간 핑계를 참고 견딘 후에 그에게 선택지를 내미는 것이었다. 데일 바버라에게 지휘권을 넘기고 물러나든가, 아니면 자신이 저지른 온갖 더러운 짓이 기사로 실린 《데모크라트》를 읽든가. 브렌다에게 대립이란 쓰디쓴 약 같은 것이었고, 쓴 약에 대처하는 방법은 되도록 빨리 삼키고 입을 헹구는 길뿐이었다. 독한 버번위스키로 입을 헹굴 작정이었다. 또한 정오까지 기다리지도 않을 작정이었다.

다만…….

'혼자 가면 안 됩니다.' 역시 바비가 한 말이었다. 그리고 믿을 만한 사람이 또 있는지 물었을 때 브렌다는 로미오 버피라고 대답했다. 그러나 버피네 가게도 닫혀 있었다. 그럼 남은 길은?

문제는 빅 짐이 정말로 해코지를 할 것인가였고, 브렌다가 생각한 답은 '아니요'였다. 바비가 무슨 걱정을 했는지는 몰라도 빅 짐이 신체적 위해를 가하지는 않으리라고 믿었기 때문이었다. 바비가 걱정을 품게 된 데에는 틀림없이 전쟁터에서의 경험이 한 몫했을 듯싶었다. 브렌다에게는 무시무시한 계산착오였지만 실은 그럴 법한 일이었다. 돔이 생긴 후에도 세상이 예전 그대로일 거라는 생각에 젖어 있던 사람은 브렌다뿐만이 아니었다.

232

여전히 **베이더** 파일이 문제였다.

어쩌면 브렌다는 신체적 위해보다 빅 짐의 독설을 더 두려워했을지도 모르지만, 그럼에도 인쇄한 파일을 지니고 빅 짐 앞에 나타나는 것이 미친 짓이라는 것 정도는 명확히 이해했다. 한 부가 더 있다고 협박해도 막무가내로 빼앗아갈 수도 있었다. 그 가능성만은 무시할 수가 없었다.

브렌다는 마을 공원 앞 언덕길을 반쯤 올라가서 공원 위쪽 모퉁이와 이어진 프레스틸 가에 접어들었다. 거리의 첫 번째 집은 매케인네였다. 그다음은 안드레아 그리넬의 집이었다. 비록 의장단 내에서는 거의 늘 두 남성 동지의 그늘에 가려 지내는 안드레아였지만 브렌다가 아는 한은 정직한 사람이었고, 빅 짐에게 일말의 애정도 없었다. 브렌다로서는 앤디 샌더스를 진지하게 대하는 사람이 있다는 것 자체가 이해할 수 없는 일이었지만, 이상하게도 안드레아는 앤디에게 굽실거릴 때가 훨씬 더 많았다.

'그 사람한테 무슨 약점을 잡혔는지도 모르지.' 머릿속에서 하위의 목소리가 들렸다.

브렌다는 하마터면 웃음을 터뜨릴 뻔했다. 터무니없는 말이었다. 중요한 것은 안드레아가 토미 그리넬과 결혼하기 전에는 트위첼 집안의 일원이었고, 트위첼 집안 식구들은 수줍음을 타는 사람조차도 억센 기질을 지녔다는 사실이었다. 브렌다는 **베이더** 파일이 든 서류봉투를 안드레아에게 맡기면 되겠다고 생각했고…… 또한 그 집은 아무도 없는 채로 잠겨 있지 않을 거라고 짐작했다. 그럴 리가 없었다. 안드레아가 독감에 걸려 자리보전하는 중이라는 소문이 돌지 않았던가?

브렌다는 할 말을 미리 생각하며 큰길을 건넜다. '이것 좀 맡아 줄래? 한 30분 있다가 찾으러 올게. 내가 안 돌아오면 신문사의 줄리아한테 좀 전해 줘. 데일 바버라 씨한테도 꼭 알려 주고.'

도대체 무슨 일이냐고 물어보면? 브렌다는 솔직히 대답하기로 마음을 정했다. 짐 레니를 물러나게 할 작정이라는 소식을 들으면 안드레아는 독감이 악화되는 대신 기운을 차릴 터였다.

내키지 않는 심부름을 빨리 해치우고 싶은 마음이 간절했는데도, 브렌다는 매케인네 집 앞에서 잠시 멈춰 섰다. 그 집은 텅 빈 듯 보였으나 그것만으로는 딱히 이상할 것이 없었다. 돔이 생겼을 때 마을 바깥에 나간 가족들이 수두룩했기 때문이었다. 이유는 따로 있었다. 첫째는 희미한 악취였다. 마치 집 안에서 무슨 음식이 썩어가는 듯했다. 그러자 문득 날이 더욱 무더워진 기분이 들었다. 공기는 더욱 답답해졌고, 푸드시티에서 들려오던 알 수 없는 소음은 아득히 멀어진 듯했다. 브렌다는 어떻게 된 까닭인지를 알아챘다. 감시당하는 중이었다. 우두커니 서서, 가리개가 쳐진 저 창문들이 눈꺼풀에 덮인 눈과 얼마나 비슷하게 보이는지를 생각했다. 그러나 완전히 가려진 것은 아니었다. 살짝 뜬 눈이었다.

'정신 차려, 이 여자야. 할 일이 있잖아.'

브렌다는 안드레아네 집 쪽으로 걸어가다가 잠시 멈춰 서서 어깨 너머를 돌아보았다. 보이는 것은 오로지 음식물이 썩으면서 내는 뭉근한 악취 속에 우울하게 웅크린, 햇살 가리개가 쳐진 집뿐이었다. 그토록 지독한 냄새를 그토록 빨리 피우는 것은 오직 고기뿐이었다. 헨리와 라도나 부부가 냉장고에 고기를 꽤 많이 쟁여 두었나 보다, 브렌다는 그렇게 생각했다.

17

브렌다를 지켜본 사람은 주니어였다. 주니어는 무릎을 꿇고 있었다. 아래 속옷만 걸친 모습으로. 머릿속이 온통 쿵쾅거렸다. 주니어는 가리개가 쳐진 거실 창문의 모서리를 통해 지켜보았다. 브렌다가 떠나고 나서는 다시 식료품 창고로 돌아갔다. 머잖아 애인들을 포기해야 할 판이었고 이는 주니어도 아는 바였지만, 그래도 당장은 그들이 필요했다. 그리고 어둠도. 거무튀튀하게 변해가는 애인들의 살갗에서 풍기는 악취마저도.

이 끔찍한 두통을 잠재울 수만 있다면 무엇이든, 무엇이든.

18

구식 초인종의 손잡이를 세 번 돌리고 나서, 브렌다는 결국 포기하고 집으로 돌아가기로 마음먹었다. 막 돌아서려는 참에 발을 질질 끌며 현관문 쪽으로 느릿느릿 다가오는 인기척이 들렸다. 브렌다는 이웃끼리 인사할 때 쓰는 미소를 지었다. 그 미소는 안드레아를 본 순간 굳게 얼어붙고 말았다. 뺨은 창백했고, 눈 밑에는 다크서클이 끼어 있었으며, 머리는 까치집이었다. 허리띠를 질끈 동여맨 목욕 가운 아래로 잠옷이 보였다. 그리고 이 집에서도 악취가 풍겼다. 썩은 고기 냄새가 아니라 토사물 냄새였다.

안드레아의 웃음은 그 위의 볼과 이마만큼이나 수척했다.

"나도 알아요, 내 꼴이 어떤지."

안드레아의 말은 갈라진 목소리를 타고 흘러나왔다.

"안에는 안 들어오는 게 낫겠어요. 좀 좋아지기는 했는데 그래도 옮으면 안 되니까."

"해스켈 선생한테 진찰은⋯⋯."

물론 받았을 리가 없었다. 해스켈 선생은 이미 죽었으니.

"러스티 에버렛한테 진찰은 받았어?"

"그럼요. 금방 괜찮아질 거랬어요."

"땀을 이렇게 흘리는데?"

"아직 열이 좀 있긴 한데, 이제 다 나았어요. 브렌다, 내가 뭐 도울 일이라도 있나요?"

브렌다는 하마터면 됐다고 말할 뻔했다. 아직도 병색이 완연한 안드레아에게 떠맡기기에는, 가방 속에 든 서류는 너무나 무거운 의무였다. 그러나 곧이어 안드레아가 한 말 때문에 마음을 바꾸었다. 때로는 이처럼 작은 사건이 거대한 격변을 초래하기도 하는 법이었다.

"하위 일은 정말 안 됐어요. 참 좋은 분이셨는데."

"고마워, 안드레아."

'동정심 때문만은 아니야. 그이를 듀크가 아니라 하위로 불러 줘서 고마워.'

236

브렌다에게 남편은 늘 하위였다. 사랑하는 하위. 그리고 **베이더** 파일은 그 하위가 남긴 마지막 작품이었다. 필시 그의 최고 걸작일 터였다. 브렌다는 문득 그 작품을 선보이기로, 또 더는 망설이지 않기로 마음먹었다. 그래서 가방에 손을 넣어 앞면에 줄리아의 이름이 적힌 노란색 서류봉투를 꺼냈다.

"저기, 이것 좀 맡아 줄래? 잠깐이면 돼. 들를 데가 좀 있는데 거기 들고 가기가 불편해서 그래."

브렌다는 안드레아가 묻는 말이라면 무엇이든 대답할 작정이었지만, 안드레아는 척 봐도 아무것도 물을 생각이 없어 보였다. 그저 건성으로 예의를 차리며 두툼한 봉투를 받아들 뿐이었다. 그리고 이는 다행스러운 일이었다. 시간이 절약되기 때문이었다. 또한 안드레아를 이쪽 편에 끌어들이지 않는 길이기도 했고, 나중에 닥칠지 모를 정치 보복을 막는 길이기도 했다.

"기꺼이 맡을게요. 그럼 이제…… 실례해도 괜찮다면…… 난 그만 가서 누워야겠어요. 하지만 잠은 안 잘 거예요!"

안드레아는 브렌다가 자신의 계획을 반대하기라도 했다는 듯이 덧붙였다.

"나중에 돌아오실 땐 금방 나올게요."

"고마워. 주스는 충분히 마시고 있지?"

"아예 통째로 들이켜요. 그럼 천천히 다녀오세요…… 봉투는 제가 맡고 있을게요."

브렌다는 다시 한 번 고맙다는 인사를 하려고 했지만, 체스터스밀 의회의 제2부의장은 이미 문을 닫고 사라진 후였다.

19

브렌다와 나눈 대화가 막바지에 이르렀을 때, 안드레아의 뱃속은 요동치기 시작했다. 참으려고 기를 써 보았지만 어차피 이길 수 있는 싸움이 아니었다. 안드레아는 주스가 어쩌고저쩌고 하는 실없는 소리에 이어 브렌다에게 천천히 다녀오라고 말한 다음, 그 가엾은 여인의 면전에서 현관문을 쾅 닫고 악취가 진동하는 화장실로 달려갔다. 그러는 동안 목구멍 저 아래에서는 꾸르륵거리는 소리가 들려왔다.

거실 소파 옆에 작은 탁자가 놓여 있었다. 안드레아는 소파 옆으로 허겁지겁 달려가며 서류봉투를 그 탁자 위에 아무렇게나 던져 놓았다. 서류봉투는 반들거리는 탁자 상판 위로 미끄러져 뒤로 툭 떨어졌고, 탁자와 소파 사이의 어두운 틈새에 처박혔다.

안드레아는 화장실에 도착하는 데는 성공했지만 변기로 향하지는 않았는데…… 차라리 잘된 일이었다. 변기는 간밤에 배출한 걸쭉하고 악취를 풍기는 물질로 거의 꽉 찬 상태였으니까. 안드레아는 변기 대신 세면대에 고개를 숙였고, 채 식지도 않고 꿈틀거리는 식도가 세면대에 튀어나오지 않을까 하는 생각이 들 때까지 구역질을 했다.

생각했던 일은 일어나지 않았다. 하지만 눈앞의 세상이 회색으로 변하더니 하이힐을 신고 휘청거리며 안드레아로부터 점점 더 멀어져 갔다. 정신을 놓지 않으려고 비틀거리는 동안 세상은 점점 작아졌고, 점점 희미해졌다. 기분이 조금 나아지자 안드레아는 나무 벽을 손으로 짚고 중심을 잡으며, 후들거리는 다리를 끌고 복도를 천천히 나아갔다. 몸은 덜덜 떨렸고 이가 딱딱 마주치는 소리가 들렸다. 그 끔찍한 소리는 귀가 아니라 눈알 뒤에서 들리는 것만 같았다.

위층 침실로 갈 생각은 아예 엄두도 나지 않았기에, 안드레아는 대신 방충망이 쳐진 뒤쪽 베란다로 나갔다. 10월 이맘때면 쾌적하기는커녕 써늘해야 마땅한 베란다였지만 이날은 공기가 후텁지근했다. 안드레아는 곰팡내가 나기는 해도 꽤 폭신한 긴 의자에 몸을 뉘지 않았다. 아예 의자 위로 허물어져 내렸다.

'금방 일어날 거야.' 안드레아는 스스로에게 다짐했다. '냉장고에 마지막 남은 생수병을 꺼낼 거야, 그걸로 구린내 나는 입을 헹굴…….'

그러나 거기서 그만 의식이 끊어지고 말았다. 안드레아는 손발을 쉴 새 없이 움찔거리면서도 깨어나지 않을 만큼 깊고도 깊은 잠에 빠져들었다. 그 속에서 여러 가지 꿈을 꾸었다. 어떤 꿈에서는 무서운 화재가 일어나 사람들이 달아났다. 그들은 기침을 하고 토악질을 하며 시원하고 깨끗한 공기가 있는 곳을 찾아 헤맸다. 다른 꿈에서는 브렌다 퍼킨스가 집으로 찾아와 봉투를 하나 주었다. 안드레아가 그 봉투를 열자 안에서 분홍색 옥시콘틴 알약이 끝도 없이 쏟아져 나왔다. 깨어나 보니 저녁이었고, 꿈은 까맣게 잊혀졌다.

브렌다 퍼킨스를 만났던 기억과 함께.

20

"제 서재로 가시지요."

빅 짐의 목소리는 쾌활했다.

"아니면 마실 것부터 드릴까요? 콜라가 있습니다, 좀 미지근하긴 하지만. 어젯밤에 발전기가 나갔거든요. 가스가 다 떨어져서 그만."

"하지만 당신은 알 텐데요. 어디 가면 가스를 구할 수 있는지."

빅 짐은 무슨 소리냐고 묻듯이 눈을 동그랗게 떴다.

"당신이 만드는 필로폰." 브렌다는 화를 꾹 억누르며 말했다. "하위가 남긴 기록을 근거로 추측하건대, 내 생각에 당신은 한 번에 많은 양의 약을 만들 거예요. '놀랄 만큼 많은 양.' 하위는 그렇게 표현했어요. 그만한 양을 만들려면 프로판가스도 꽤 많이 필요하겠죠."

이제 본격적으로 대결에 나선 브렌다는 자신이 더 이상 떨지 않음을 알아차렸다. 점점 붉게 물들어 가는 빅 짐의 뺨과 이마를 보고 있노라니 오히려 서늘한 쾌감이 느껴졌다.

"무슨 말씀을 하시는지 당최 모르겠습니다. 혹시 부인께서 너무 슬퍼하시다 그만……." 빅 짐은 한숨을 내쉬며 뭉뚝한 손을 쭉 폈다. "자, 안으로 들어가시지요. 얘기를 나누다 보면 마음도 편해질 겁니다."

브렌다는 빙긋이 웃었다. 웃음을 지을 수 있다니, 좋은 징조였다. 또한 하위가 자신을 굽어보고 있다는 상상마저 할 수 있었다. 어딘지 모를 저 위에서. 하위는 조심하라는 충고도 해 주었다. 브렌다는 그 충고를 마음에 새기기로 했다.

레니 저택의 앞마당에는 낙엽이 흩어져 있었고, 그 사이에 등받침이 기다란 나무 의자 두 개가 놓여 있었다.

"난 바깥에서 얘기해도 괜찮아요."

"전 일 얘기는 집 안에서 하는 게 편합니다."

"《데모크라트》 1면에 실린 당신 사진을 보고 싶은가 보죠? 원한다면 내가 다리를 놔 줄 수도 있어요."

빅 짐은 브렌다에게 얻어맞기라도 한 양 휘청거렸고, 짧은 순간이었지만 브렌다는 똑똑히 보았다. 빅 짐의 조그맣고 움푹 팬 탐욕스러운 눈에 스친 것은 증오였다.

"듀크 서장님은 원래 저를 싫어하셨지요. 생각해 보면 그런 감정이 부인께 전해지는 건 자연스러운……."

"그이 이름은 '하위'예요!"

빅 짐은 마치 세상에는 말이 안 통하는 여자들이 있다는 듯이 두 손을 쳐든 다음, 밀 가를 내려다보는 곳에 놓인 나무 의자로 브렌다를 안내했다.

30분 가까이 이야기하는 동안 브렌다는 점점 더 냉정해졌고, 점점 더 화가 났다. 앤디 샌더스, 그리고 레스터 코긴스마저 비밀 동업자로 가담했음이 거의 확실한 필로폰 공장. 그 공장의 어마어마한 규모. 공장이 있으리라고 추정하는 장소. 사면을 조건으로 정보 제공에 동의한 중간 배급업자들. 자금 이동 경로. 사업 규모가 너무 커지다 보니 마을 약국만으로는 원료를 안전하게 공급할 수 없어서 해외 수입을 추진하게 된 경위까지.

"원료를 마을로 실어 나른 트럭에는 '기드온 성서 협회'라고 적혀 있었죠. 하위는 그걸 가리켜 이렇게 적었어요. '징그럽게 교묘한 수법이었다.'"

빅 짐은 가만히 앉아 적막한 주택가를 바라다보았다. 브렌다는 그의 안에서 들끓는 분노와 증오를 느낄 수 있었다. 흡사 찜통에서 치솟는 열기 같았다.

빅 짐이 한참 만에 입을 열었다.

"아무것도 증명 못하실 겁니다."

"하위의 파일이 《데모크라트》에 실리면 증명 따윈 상관없어요. 정식 절차는 아니지만, 절차를 무시하는 일에 관해선 누구보다 당신이 더 잘 알겠죠."

빅 짐은 넌더리가 난다는 듯이 손을 휘저었다.

"아, 물론 그 파일이란 게 있기야 하겠지요. 하지만 내 이름은 어디서도 못 찾을걸요."

"타운 벤처스의 서류에 적혀 있던데요."

브렌다의 이 말에 빅 짐은 의자에 앉은 채로 휘청거렸다. 그녀가 내뻗은 주먹에 이마를 얻어맞기라도 한 듯이.

"타운 벤처스, 카슨시티에 있는 회사죠. 그리고 네바다 주에서 출발한 돈은 중화인민공화국의 제약 중심지인 충칭 시로 흘러 들어갔어요." 브렌다의 입가에 미소가 번졌다. "당신은 스스로 똑똑하다고 자부했겠죠, 아닌가요? 아주 똑똑하다고."

"그 파일 어디 있습니까?"

"아침에 줄리아한테 한 부 맡기고 왔어요."

브렌다는 무슨 일이 있어도 안드레아만은 끌어들이고 싶지 않았다. 또한 파일이 신문 편집장에게 있다고 하면 빅 짐이 더욱 순순히 따라올 것만 같았다. 그러나 안드레아라면 빅 짐 자신이 직접, 아니면 앤디 샌더스를 시켜서 구슬릴 수 있으리라고 생각할지도 몰랐다.

"복사본이 또 있습니까?"

"어떨 것 같아요?"

빅 짐은 잠시 생각하다가 입을 열었다.

"약은 마을 바깥에서만 팔았습니다."

브렌다는 아무 말도 하지 않았다.

"게다가 마을의 안녕을 위해서 한 일이에요."

"짐, 당신은 마을의 안녕을 위해서 무척이나 많은 일을 했어요. 마을 하수 시설은 1969년하고 똑같고, 체스터 연못은 구정물이고, 상업 지구는 다 죽어가고……."

브렌다는 이제 꼿꼿이 앉아 의자 팔걸이를 꾹 쥐고 있었다.

"짐, 당신은 벌레만도 못한 빌어먹을 고집불통이야."

"원하는 게 뭡니까?"

빅 짐의 시선은 텅 빈 거리에 못 박혀 있었다. 관자놀이에 굵직한 핏줄이 불거졌다.

"의장 자리에서 물러나요. 바비가 대통령령에 따라……."

"그 밥벌레한테 제 자리를 내주는 일은 없을 겁니다."

빅 짐은 브렌다 쪽으로 얼굴을 돌렸다. 그 얼굴은 웃고 있었다. 소름 끼치는 미소였다.

"당신은 줄리아한테 아무것도 맡기지 않았어요. 왜냐면 줄리아는 슈퍼마켓에서 식량 폭동을 구경하는 중이니까. 듀크가 남긴 파일을 어디에 단단히 숨겨 뒀는지는 몰라도, 복사본은 아무한테도 안 맡겼어요. 로미오의 가게에 들렀다가, 다음으로 줄리아에게 갔다가, 그다음에는 이리로 왔으니까 말이죠. 난 당신이 마을 공원 언덕길을 올라오는 걸 다 봤습니다."

"내 말은 사실이에요. 난 분명히 그 파일을 갖고 있었어요."

그 파일을 어디에 두고 왔는지 얘기한다면? 안드레아에게 불행한 일이 닥칠지도 몰랐다. 브렌다는 의자에서 일어섰다.

"난 당신한테 기회를 줬어요. 그만 갈게요."

"부인께서 저지르신 또 한 가지 실수는 길가에 나와 있으면 안전할 거라고 착각한 겁니다. 길은 텅 비었는데 말입니다."

빅 짐의 목소리는 거의 친절하기까지 했다. 그리고 그의 손이 팔에 닿았을 때, 브렌다는 그의 얼굴을 마주보려고 고개를 돌렸다. 빅 짐은 브렌다의 얼굴을 움켜쥐었다. 그러고는 홱 꺾었다.

브렌다 퍼킨스의 귀에 고통스러운 '뚜두둑' 소리가 들렸다. 나뭇가지가 얼음의 무게를 못 이기고 부러지는 듯한 그 소리를 따라 브렌다는 어둠속으로 빠져들었다. 남편의 이름을 불러 보려고 애쓰면서.

21

빅 짐은 집 안으로 들어가 현관 벽장에서 '짐레니의 중고차 천국' 상호가 적힌 모자를 꺼냈다. 장갑도 함께 꺼냈다. 식료품 창고에서는 호박도 한 통 가져왔다. 브렌다는 가슴에 턱을 기댄 채 의자에 앉아 있었다. 빅 짐은 주위를 두리번거렸다. 아무도 없었다.

세상이 그의 것이었다. 그는 브렌다의 머리에 모자를 씌우고(챙을 깊숙이 내린 다음) 손에 장갑을 끼워 주었고, 무릎에는 호박을 올려놓았다. 그가 보기에는 감쪽같았다. 집에 돌아온 주니어가 시체를 챙겨 데일 바버라의 희생자 명단에 포함된 사람들이 모인 곳으로 옮길 때까지는. 그때까지는, 이 여인 또한 핼러윈 허수아비 인형일 뿐이었다.

빅 짐은 브렌다의 가방을 뒤졌다. 지갑과 빗, 문고본 소설 한 권이 들어 있었다. 그러니 가방은 상관없었다. 지하실의 불 꺼진 발전기 뒤에 처박아 두면 그만이었다.

모자를 깊숙이 눌러 쓰고 무릎에는 호박을 올려놓은 브렌다를 내버려둔 채, 빅 짐은 집 안으로 들어갔다. 브렌다의 가방을 숨기고 아들을 기다리려고.

독 안에 든 쥐

1

이날 아침 레니 저택에 들어서는 브렌다의 모습을 아무도 보지 못했으리라는 레니 부의장의 추측은 옳았다. 그러나 저택에 도착하기 전 마을 큰길을 오가는 브렌다를 목격한 사람은 자그마치 셋이었고, 그중 한 명은 빅 짐과 마찬가지로 밀 가에 사는 주민이었다. 만약 빅 짐이 이를 알았다면, 그것 때문에 손을 망설였을까? 설마. 그는 그때 이미 마음을 굳혔고, 결심을 되돌리기에는 이미 늦은 후였다. 그러나 (빅 짐은 나름의 방식대로 사색을 즐기는 사람이었으므로) 적어도 살인과 포테이토칩의 유사성에 대해서는 생각해 볼 마음이 들었을지도 모른다. 둘 다 한 번 열면 멈출 수 없었다.

2

빅 짐은 밀 가와 마을 큰길 교차점까지 내려갔을 때 감시자들을 보지 못했다. 마을 공원 앞 언덕길을 올라오던 브렌다 퍼킨스도 그들을 못 보기는 마찬가지였다. 그들이 마침 불길한 곳으로 낙인찍힌 평화의 다리 안쪽에 몸을 숨기고 있었기 때문이었다. 그러나 최악은 따로 있었다. 만일 그들의 손에 들린 담배를 보았다면, 클레어 매클러치는 아마도 펄쩍 뛰었으리라. 실은 펄쩍펄쩍 두 번 뛰었을 것이다. 또한 마을의 운명이 아이들 어깨에 달렸거나 말거나 아들 조에게 다시는 노리 캘버트와 어울리지 말라고 했으리라. 담배 조달책이 바로 노리였으니까. 노리는 그 잔뜩 구겨지고 비틀어진 윈스턴 담배를 차고 선반 위에서 찾아냈다. 노리 아버지가 금연에 성공한 지 1년이 넘은 탓에 담뱃갑 위에 얇은 먼지막이 덮여 있었지만, 노리가 보기에 내용물은 멀쩡한 듯했다. 고작 세 개비뿐이었지만 그거면 충분했다. 한 사람이 한 개비씩 피우면 그만이었다. 노리는 행운을 비는 의식으로 삼자고 제안했다.

"사냥에 성공하게 해 달라고 신들한테 비는 원주민처럼. 그다음에 일하러 가는 거야."

"좋은 생각인데."

조는 늘 흡연에 호기심을 품고 있었다. 뭐가 좋은지는 알 길이 없었지만, 아직도 피우는 사람이 그토록 많은 것을 보면 분명히 매력이 있을 것만 같았다.

"어떤 신한테 빌 건데?" 베니 드레이크가 물었다.

"네가 알아서 골라. 하나님이 좋으면 하나님 신한테 빌든가."

베니를 보는 노리의 눈빛은 우주 최악의 바보를 보는 듯했다.

물 빠진 청반바지에 분홍색 민소매 셔츠를 입은 노리는 평소에는 질끈 묶은 포니테일을 하고 마을을 어슬렁거렸지만 이날만은 머리를 풀어 조그맣고 귀여운 얼굴 주위로 늘어뜨렸고, 두 소년의 눈에는 그런 노리가 예뻐 보였다. 실은 완전히 끝내 줬다.

"난 원더우먼님한테 빌 거야."

"원더우먼은 여신이 아닌데."

조는 오래된 윈스턴 한 개비를 들고 똑바로 펴면서 노리에게 말했다.

"원더우먼은 슈퍼 영웅이잖아. 음…… 슈퍼 여인이라고 해야되나."

"나한텐 여신이야."

노리는 비웃음커녕 반론조차 못할 만큼 정색한 표정으로 대꾸했다. 손으로는 담배를 정성껏 펴는 중이었다. 베니는 자기 담배를 그냥 내버려두었다. 구부러진 담배가 왠지 멋있어 보이는 것 같았다.

"난 아홉 살 때까지 원더우먼 초능력 팔찌를 차고 다녔단 말이야. 근데 아홉 살 때 딱 잃어버렸어. 아마 이본 네도, 그 계집애가 훔쳐갔을 거야."

노리는 성냥에 불을 붙여 먼저 허수아비 조의 담배에, 다음으로 베니의 담배에 불을 붙여 주었다. 그러고는 자기 담배에 불을 붙이려는데 베니가 훅 불어서 꺼 버렸다.

"뭐 하는 거야?"

"세 명이 성냥 한 개비로 붙이면 안 돼. 그럼 재수 없대."

"너 그걸 믿어?"

"딱히 믿는 건 아닌데, 그래도 오늘은 행운이란 행운은 다 긁어모아야 하잖아."

베니는 자전거 바구니에 든 쇼핑백을 흘끔 쳐다보고 담배를 한 모금 빨았다. 뒤이어 살짝 들이마시더니 콜록거리며 연기를 내뱉었다. 눈에는 눈물이 글썽거렸다.

"맛이 무슨 표범 똥 같잖아!"

"너 표범 똥 좀 피워 봤구나?"

조는 이렇게 묻고 자기 담배를 빨았다. 겁쟁이로 보이고 싶지는 않았지만, 그렇다고 콜록거리다가 토하고 싶지도 않았다. 연기에 목이 뜨끈했지만 기분은 괜찮았다. 확실히 매력이 있는 것도 같았다. 다만 벌써부터 머리가 띵했다.

'살살 들이마시면 돼.' 조는 속으로 생각했다. '쓰러지는 건 토하는 것만큼이나 멍청해 보일 거야.' 혹시라도 노리 캘버트의 무릎에 쓰러진다면 또 모르지만. 그렇게 되면 멋질 것 같았다.

노리는 반바지 주머니에서 주스병 뚜껑을 꺼냈다.

"재떨이 대신 써. 원주민 사냥 의식을 하는 건 하는 거고, 평화의 다리를 홀랑 태우면 안 되잖아."

노리는 이렇게 말하고 눈을 감았다. 입술이 옴짝거리기 시작했다. 손가락 사이에 낀 담배는 서서히 재로 변해 갔다.

베니는 조를 돌아보며 될 대로 되라는 듯이 어깨를 으쓱하더니 눈을 감았다.

"전능하신 지아이 조 신이시여, 부디 이 미천한 드레이크 일병의 기도를 들어 주소서."

노리는 눈을 감은 채 베니에게 발길질을 했다.

조는 일어서서 곁에 세워 둔 자전거를 지나 다리 지붕이 끝나는 곳으로, 즉 마을 공원 방향으로 걸어갔다(살짝 어지러웠지만 심하지는 않았다. 조는 일어선 후에 한 모금을 더 빨아 보았다.).

"어디 가?" 노리가 눈을 감은 채로 물었다.

"난 대자연을 바라봐야 기도가 더 잘되거든."

말은 이렇게 했지만 사실 조는 맑은 공기를 들이마시고 싶을 뿐이었다. 담배 타는 냄새 때문은 아니었다. 조는 담배 냄새가 조금은 마음에 들었다. 평화의 다리에서 나는 다른 냄새, 즉 썩은 나무, 오래된 술병, 다리 아래로 흐르는 프레스틸 개울에서 나는 듯한 시큼한 약품 냄새 때문이었다('그건 네가 앞으로 사랑하게 될 냄새다, 인석아.' 주방장 부시라면 이렇게 말했으리라.).

바깥 공기도 그리 상쾌하지는 않았다. 퀴퀴한 냄새가 나는 바깥 공기를 들이마시자 지난해 부모님과 함께 갔던 뉴욕이 떠올랐다. 뉴욕 지하철에서 나는 냄새와 살짝 비슷했다. 냄새는 퇴근길 승객들과 함께 부대꼈던 저녁 지하철에서 특히 심했다.

조는 손바닥에 담뱃재를 털었다. 그 재를 바람에 흩뿌리는 도중에 언덕길을 올라오는 브렌다 퍼킨스가 눈에 띄었다.

곧이어 누가 조의 어깨에 손을 올렸다. 베니의 손으로 보기에는 너무 가볍고 부드러웠다.

"저 사람 누구야?" 노리가 물었다.

"아는 얼굴인데, 이름은 모르겠어."

베니가 끼어들었다.

"퍼킨스 아줌마야. 죽은 보안관님 부인."

노리가 베니를 팔꿈치로 쿡 찔렀다.

"서장님이야, 바보야."

베니는 알 바 아니라는 듯이 어깨를 으쓱했다.

"어쨌든."

아이들은 브렌다 퍼킨스를 지켜보았다. 달리 볼 사람이 없기 때문이었다. 나머지 마을 사람들은 슈퍼마켓에서 지상 최대의 먹보 대회로 보이는 싸움을 벌이는 중이었다. 세 아이는 그 싸움을 속속들이 지켜보았지만 멀찍이 떨어진 곳에 머물렀다. 귀중한 장비를 책임지고 맡았기에 굳이 물러나라는 충고를 들을 필요는 없었다.

브렌다는 큰길을 지나 프레스틸 가로 접어든 다음, 매케인네 집 앞에 잠시 멈춰 섰다가 그리넬 부인의 집으로 갔다.

"이제 가자." 베니가 말했다.

"저 아줌마가 가야 우리도 갈 거 아냐."

노리의 말에 베니는 무슨 상관이냐는 듯이 어깨를 으쓱했다.

"뭐가 걱정인데? 저 아줌만 우릴 봐도 그냥 마을 공원에서 어슬렁거리는 애들이라고 생각할 거야. 그뿐인 줄 알아? 우릴 똑바로 봐도 아마 신경도 안 쓸 거야. 어른들은 애들한테 눈길도 안 주거든."

베니는 자기가 한 말을 가만히 생각해 보고 이렇게 덧붙였다.

"스케이트보드라도 타고 있으면 또 모르지만."

"아니면 담배를 피우고 있든가."

노리의 말에 두 아이는 동시에 손에 든 담배를 내려다보았다.

조는 엄지손가락을 뒤로 젖혀 베니의 슈윈 자전거 앞바구니에 든 쇼핑백을 가리켰다.

"값비싼 마을 공공재를 들고 어슬렁거리는 아이들도 눈에 잘 띄는 법이지."

노리는 입술 가장자리로 담배를 꼬나물었다. 끝내주게 거칠어 보였고, 끝내주게 귀여웠으며, 또한 끝내주게 어른 같았다.

두 소년은 다시 감시를 시작했다. 죽은 경찰서장의 부인은 이제 그리넬 부인과 얘기하는 중이었다. 대화는 오래 이어지지 않았다. 퍼킨스 아줌마는 현관 계단을 올라가며 어깨에 멘 가방에서 큼지막한 갈색 봉투를 꺼냈고, 아이들은 그 아줌마가 그리넬 부인에게 봉투를 건네는 모습을 목격했다. 몇 초 후에 그리넬 부인이 손님 면전에서 현관문을 쾅 닫았다.

"와, 저런 무례한 짓을. 한 열흘은 학교 끝나고 남아야겠는데."

베니의 말에 조와 노리는 웃음을 터뜨렸다.

퍼킨스 아줌마는 당황한 듯 잠시 가만히 서 있다가 다시 계단을 내려갔다. 이제 아줌마는 마을 공원 쪽을 향해 있었고, 아이들은 반사적으로 지붕 그늘 깊숙이 물러섰다. 뒤로 물러선 탓에 아줌마의 모습이 안 보였지만 조는 나무 벽에 절묘하게 뚫려 있는 구멍을 발견하고 그 틈으로 바깥을 엿보았다.

"다시 큰길로 돌아갔어. 좋아, 이제 언덕길로 올라가서…… 다시 길을 건넜는데……."

베니가 손으로 마이크를 쥔 시늉을 했다.

"여러분은 지금 11시 뉴스를 보고 계십니다."

조는 그 말을 무시했다.

"어라, 우리 집 쪽으로 가잖아. 혹시 우리 엄말 만나러?"

조가 베니와 노리를 돌아보았다.

"밀 가는 길이가 네 블록이나 되잖아. 너희 집일 확률이 얼마나 되겠냐?"

퍼킨스 아줌마가 엄마를 만나러 가면 안 되는 이유는 알 수 없었지만, 조는 베니의 말을 듣고 안도감을 느꼈다. 다만 조의 어머니는 마을 바깥에 머무는 남편 때문에 걱정이 태산 같았고, 조는 지금보다 더 전전긍긍하는 엄마를 보고 싶지 않았다. 하마터면 이날의 탐험도 허락받지 못할 뻔했기 때문이었다. 조의 어머니는 다행히도 섐웨이 아줌마 덕분에 마음을 돌렸다. 특히 이 일에는 조가 꼭 필요하다는 데일 바버라 대령의 얘기가 큰 도움이 되었다(조는 그냥 일이 아니라 '임무'라고 생각했는데 이는 베니와 노리도 마찬가지였다.).

"매클러치 부인, 바비가 그러는데 이 기계를 사용할 수 있는 사람은 아드님밖에 없을 거래요. 어쩌면 굉장히 중요한 일인지도 몰라요."

조는 줄리아의 말을 듣고 마음이 흐뭇해졌지만, 걱정하다 못해 찡그린 엄마의 표정을 보고 이내 언짢아졌다. 돔이 생겨난 지 사흘밖에 안 되었는데도 조의 어머니는 벌써 수척해 보였다. 아버지의 사진을 손에서 떼지 못하는 모습도 언짢기는 마찬가지였다. 그 모습을 보면 마치 자기 남편이 어느 모텔에 발이 묶인 채 맥주를 마시며 케이블 TV를 보는 대신 이미 죽었다고 생각하는 듯했다.

그럼에도, 조의 어머니는 섐웨이 아줌마의 제안에 동의했다.

"그래요. 조는 기계 다루는 덴 박사니까요."

매클러치 부인은 아들을 머리에서 발끝까지 훑어보고 한숨을 내쉬었다.

"아들, 너 언제 이렇게 커 버렸니?"

"나도 몰라요." 조는 솔직히 대답했다.

"너 엄마가 가도 된다고 허락하면, 조심할 거니?"

"친구들도 같이 가렴." 줄리아가 말했다.

"베니하고 노리요? 당연하죠."

"한 가지 더. 좀 신중하게 움직여야 해, 무슨 말인지 알지?"

"그럼요, 잘 알죠."

그 말은 곧 걸리지 말라는 뜻이었다.

3

브렌다는 밀 가를 따라 늘어선 가로수 저편으로 사라졌다.

"됐어. 이제 가자."

베니는 임시 재떨이에 담배를 조심스레 비벼 끄고 나서 자전거 바구니에 있던 쇼핑백을 꺼냈다. 안에는 노란색 구식 가이거 계수기가 들어 있었다. 바비가 러스티에게, 다시 러스티가 줄리아에게, 그리고…… 마침내 조 패거리에게까지 건네진 물건이었다.

조는 주스병 뚜껑을 들고 자기 담배를 비벼 끄면서 나중에 집중할 시간이 생기면 한 번 더 피워 봐야겠다고 생각했다. 한편으로는 안 하는 게 낫다는 생각도 들었다. 조는 이미 컴퓨터, 브라이언 K. 본의 만화, 스케이트보드에도 중독된 상태였다. 그 정도

중독이면 1인분으로는 이미 충분한 듯싶었다. 조는 베니와 노리를 돌아보았다.

"사람들이 지나갈 거야. 슈퍼마켓에서 놀다가 질릴 때가 되면 아마 상당히 많이 지나가겠지. 우린 그냥 눈에 안 띄기만 바라는 수밖에 없어."

머릿속에서는 이 일이 마을에 얼마나 중요한지 이야기하는 셈웨이 아줌마의 목소리가 들렸다. 조는 그 이야기를 굳이 들을 필요가 없었다. 그 일의 중요성을 누구보다 잘 이해했기 때문이었다.

"그치만 경찰이 지나가기라도 하면……."

조는 노리의 말에 고개를 끄덕였다.

"그럼 다시 쇼핑백에 넣어야지. 대신 프리스비를 꺼내면 돼."

"너 진짜 외계인이 마을 공원에 발전기를 묻었다고 생각해?"

"'어쩌면'이라고 했잖아, 베니. 뭐든 가능성은 있어."

조의 목소리는 의도했던 것보다 더 날카로웠다.

사실 조가 생각하기에는 가능성이 있는 정도가 아니었다. 조는 그 가설에 일리가 있다고 생각했다. 만약 초자연적 현상 때문에 생겨난 것이 아니라면, 돔은 일종의 역장이었다. 역장은 인위적으로 생성해야만 했다. 양자 전기역학과 관련된 상황으로 보이기도 했지만 조는 아이들의 기대를 너무 부풀리고 싶지 않았다. 어쩌면 조 혼자만 기대하는지도 몰랐지만.

"슬슬 찾아보자. 너희 둘 다 기도는 충분히 했겠지?"

노리는 고개를 숙이고 축 늘어진 노란색 출입금지 테이프 아래를 통과했다.

조는 스스로 할 수 있는 일에 기도의 힘을 빌리는 짓 따위는 믿지 않았지만, 다른 문제에 대해서는 짧게나마 기도를 올렸다. 만약 돔 생성장치를 찾으면 노리 캘버트에게 키스를 받고 싶다는 기도였다. 길고 달콤한 키스를.

4

이날 아침 일찍 매클러치네 거실에 모여 탐험 예비 모임을 가질 때, 허수아비 조는 운동화 오른짝을 벗고 그 아래 신었던 흰 양말까지 내처 벗었다.

"즐거운 핼러윈이네요, 제 발 냄새나 맡으세요, 사탕 안 주면 장난 칠 거예요." 베니는 신이 나서 외쳤다.

"조용히 해, 바보야."

"친구한테 바보라고 하면 못 써."

클레어 매클러치는 아들한테 이렇게 타이르면서도 베니를 나무라듯이 쳐다보았다.

조가 거실 바닥 깔개에 양말을 깔고 손바닥으로 잘 펴는 동안 노리는 농담 한마디 던지지 않고 흥미로워하는 표정으로 지켜보았다.

"이건 체스터스밀이야. 똑같이 생겼지?"

"완전히 붕어빵이네." 베니도 동의했다. "그러니까 우린 조 매클러치의 양말처럼 생긴 마을에서 살아가는 팔자라, 이거지."

"할머니 구두 속에서 사는지도 모르지." 노리가 끼어들었다.

"옛날옛날에 구두 속에 사는 할머니가 있었답니다."

매클러치 부인이 읊조리듯 말했다. 부인은 남편의 사진이 든 액자를 무릎에 올려놓은 채 소파에 앉아 있었다. 전날 저녁 셈웨이 씨가 가이거 계수기를 들고 찾아왔을 때 앉았던 바로 그 자리였다.

"할머니는 아이가 너무 많아서 어쩔 줄을 몰랐어요."

"재밌네요, 엄마."

조는 웃는 표정을 하려고 애썼다. 방금 들은 마더 구스 동화를 중학생들은 이렇게 바꾸어 이야기했기 때문이었다. '할머니는 아이를 너무 많이 낳아서 보지가 그만 찢어졌어요.'

조는 다시 양말을 내려다보았다.

"근데 양말에도 중심이란 게 있을까?"

베니와 노리는 조의 말을 곰곰이 생각했다. 조는 친구들이 생각하도록 내버려두었다. 그런 질문에 흥미를 보이는 점 또한 조가 두 친구를 좋아하는 이유들 가운데 하나였다.

"원이나 사각형의 중심하고는 달라. 그건 도형이니까."

노리의 말에 베니가 이의를 제기했다.

"내 생각엔 양말도 따지고 보면 도형 같은데. 뭐라고 불러야 하는진 모르지만. 음…… 양말각형?"

노리가 웃음을 터뜨렸다. 매클러치 부인도 살짝 웃었다.

"지도에서 보면 체스터스밀은 육각형에 가까워. 그치만 신경 쓸 거 없어. 그냥 상식적으로 생각해."

노리는 조의 말을 듣고 양말의 발 모양 부분이 발목과 이어진 곳을 가리켰다.

"그럼 여기. 여기가 중심이야."

조는 들고 있던 펜으로 노리가 가리킨 곳에 점을 찍었다.

"아저씨, 그걸로 점을 찍으면 안 지워지지. 어차피 새 양말이 필요한 것 같긴 하다만."

매클러치 부인이 한숨을 쉬었다. 그러고는 아들이 다음 질문을 던지기도 전에 덧붙여 말했다.

"지도에서 보면 거긴 마을 공원이 있는 곳인데. 너희가 찾아보려는 데가 거기니?"

"일단 맨 먼저 찾아볼 곳이에요."

조는 선수를 빼앗겼다는 생각에 살짝 기분이 상했다.

"만약 생성장치가 정말로 있다면 마을 한복판에 있을 테니까. 아니면 한복판에서 가능한 한 가까운 곳이든지."

조는 어머니의 말에 고개를 끄덕였다.

"와, 아줌마 끝내주네요." 베니는 이렇게 말하며 한손을 쳐들었다. "아줌마 최고. 역시 우리 의형제의 엄마다우세요."

클레어 매클러치는 힘없이 웃으며, 남편의 사진을 꼭 쥔 채로, 베니와 손바닥을 마주쳤다. 그러고는 이렇게 말했다.

"그나마 마을 공원이라면 안전하지."

그러고는 곰곰이 생각하다가 살짝 이맛살을 찌푸렸다.

"그랬으면 좋겠지만, 누가 알겠어?"

"걱정 마세요, 아줌마. 애들은 제가 챙길게요." 노리가 말했다.

"나랑 약속하자. 정말로 뭘 찾으면 전문가들한테 맡기는 거다."

'있잖아요, 엄마.' 조는 속으로 생각했다. '내 생각엔 우리가 전문가인 것 같아요.' 그러나 입 밖에 내지는 않았다. 그랬다가는 어머니를 더 화나게 할 것이 뻔했다.

"예, 약속할게요. 우리 의형제의 어머님."

베니는 다시 한 번 손을 쳐들었다. 매클러치 부인은 이번에는 두 손으로 사진을 움켜쥐었다.

"베니, 나도 네가 참 마음에 들어. 하지만 가끔은 너 때문에 좀 피곤하구나."

베니는 슬프게 웃었다.

"우리 엄마도 똑같은 말씀을 하시던데."

5

조와 친구들은 내리막길을 따라 공원 한복판에 서 있는 관중석으로 걸어갔다. 그들 뒤편으로 프레스틸 개울이 졸졸 흘러갔다. 개울의 수위는 북서쪽 물길을 막은 돔 때문에 낮아진 상태였다. 조는 돔이 이튿날까지도 걷히지 않으면 진흙 바닥이 드러나리라고 생각했다.

"좋아, 이제 시간 낭비할 때는 지났어. 이제 보드 천재님들께서 체스터스밀을 구원할 시간이야. 조, 그거 꺼내."

베니의 말에 조는 조심스럽게(심지어 경외심까지 느끼며) 쇼핑백에서 가이거 계수기를 꺼냈다. 안에 든 배터리는 이미 오래전에 수명이 다한 데다 내용물이 흘러나와 단자에 찐득찐득하게 눌러붙기까지 했지만, 베이킹 소다로 닦자 때가 말끔히 벗겨졌다. 그리고 노리는 아버지의 공구 창고에서 6볼트짜리 배터리를 한 개도 아니고 여섯 개나 찾아냈다. '우리 아빠 좀 이상해. 배터리만 보면 흥분한다니까.' 노리는 앞서 친구들에게 이렇게 털어놓았다. '게다 가 스케이트보드 실력은 아예 젬병이야. 그래도 난 아빠가 좋아.'

조는 계수기의 전원 스위치에 엄지손가락을 올려놓고 굳은 표 정으로 친구들을 바라보았다. "이 기계는 말이지, 생성장치가 있 는 곳에 들고 가도 눈금에 0으로 표시될지도 몰라. 만약에 알파 파나 베타파를 방출하는 장치가 아니라면……."

"어휴, 빨리 켜기나 해! 긴장돼서 죽겠다."

"베니 말이 맞아. 켜 봐."

그러나 여기에는 흥미로운 점이 있었다. 아이들이 조의 집에서 여러 차례 실험하는 동안 가이거 계수기는 제대로 작동했다. 라 듐이 들어 있는 오래된 야광 시계에 갖다 댔을 때에는 계기판의 바늘이 눈에 띄게 돌아갔다. 아이들은 차례로 실험해 보았다. 그 러나 바깥에(말하자면 현장에) 나와 있는 지금, 조는 얼어붙는 듯 한 긴장감을 느꼈다. 이마에 땀이 배어 나왔다. 땀이 송골송골 맺 혀 흘러내릴 것만 같은 기분이 들었다.

만약 스위치를 켠 손에 노리가 손을 올려놓지 않았다면, 조는 한참 동안 그대로 서 있었을지도 몰랐다. 뒤이어 베니도 자기 손 을 포갰다. 아이들은 결국 셋이서 함께 스위치를 돌렸다. **초당 방 사선량**이라고 적힌 눈금판의 바늘이 순식간에 +5로 치솟자 노리 가 조의 어깨를 꽉 붙들었다. 이윽고 바늘이 +2로 내려가자 노리 도 손에서 힘을 뺐다. 아이들은 방사능 측정 장치를 다룬 경험이 없었는데도 눈앞의 수치가 일상적인 배경 방사능임을 잘 알았다.

조는 구식 전화기처럼 꼬불꼬불한 선으로 계수기와 연결된 가 이거뮐러 튜브를 앞으로 내민 채 느린 걸음으로 관중석을 한 바퀴 빙 돌았다. 전원등은 새빨갛게 빛났고 바늘도 가끔은 흔들거렸지만, 대개는 눈금판 맨 끝의 0 근처에 머물러 있었다. 아마도 아이들이 움직인 탓에 바늘이 살짝 흔들리는 듯싶었다. 마음 한편으로 그리 쉬운 일이 아닐 거라고 이미 짐작하고 있었던 조에게는 그리 놀라운 일이 아니었지만, 동시에 무척이나 실망스러운 일이기도 했다. 실망감과 무덤덤한 기분이 그토록 잘 어우러지다니, 실로 놀라웠다. 그 두 감정은 마치 쌍둥이 여배우들처럼 절묘하게 어울렸다.

"내가 해 볼게. 내 운이 더 좋을지도 모르잖아."

조는 노리에게 계수기를 순순히 넘겨주었다. 아이들은 그 후로 한 시간이 넘게 마을 공원을 누비며 차례로 계수기를 시험해 보았다. 밀 가로 접어드는 차 한 대가 보였지만 운전석에 앉은 (이제 두통이 가라앉은) 주니어 레니를 알아보지는 못했다. 주니어도 아이들을 보지 못했다. 구급차 한 대가 경광등을 켜고 사이렌을 울리며 푸드시티 슈퍼마켓을 향하여 공원 앞 언덕길을 쏜살같이 내려갔다. 아이들은 그 구급차는 쳐다보았지만, 잠시 후 주니어가 자기 아버지의 허머를 몰고 재등장했을 때에는 또다시 계수기에 열중해 있었다.

아이들은 완전히 정신이 팔린 나머지 위장용으로 가져온 프리스비는 꺼내 보지도 않았다. 어차피 꺼낼 필요도 없었다. 집으로 돌아가는 주민들 가운데 일부러 마을 공원을 쳐다본 사람은 얼마 되지 않았다. 부상을 입은 사람이 몇 명 보였다. 대개는 약탈한 식량을 들고 갔고, 수북이 찬 쇼핑 카트를 밀고 가는 사람도 있었다. 거의 모두가 스스로를 부끄러워하는 표정을 하고 있었다.

점심 무렵, 조와 친구들은 포기하려고 마음먹었다. 게다가 배까지 고팠다.

"우리 집에 가자. 엄마가 먹을 걸 만들어 주실 거야."

"와, 중국 요리면 좋겠다. 조, 너희 엄마가 만든 볶음 국수 진짜 끝내 주더라."

"밥 먹기 전에 평화의 다리 건너편부터 살펴보면 안 될까?"

노리가 묻자 조는 안 될 것 없다는 듯이 어깨를 으쓱했다.

"그래. 하지만 거긴 숲밖에 없잖아. 또 마을 중심부에서도 멀어지는 셈이고."

"알아, 그치만······." 노리는 말끝을 흐렸다.

"그치만 뭐?"

"그냥, 생각나는 게 있어서. 바보 같은 건지도 모르지만."

조는 베니를 돌아보았다. 베니는 난들 아느냐는 듯이 어깨를 으쓱하고 노리에게 가이거 계수기를 건넸다.

평화의 다리로 돌아간 아이들은 축 늘어진 출입금지 테이프 아래로 몸을 숙이고 들어갔다. 지붕 아래의 통로는 어두웠지만, 다리를 절반쯤 지났을 무렵 조는 앞서 가던 노리의 어깨 너머로 휘청 움직이는 가이거 계수기의 바늘을 알아볼 수 있었다. 셋은 발아래의 썩은 나무판자에 걸리는 무게를 줄이려고 한 줄로 걸어갔다. 다리 건너편으로 나왔을 때 아이들을 맞이한 표지판에는 이렇게 적혀 있었다. **1808년에 세워진 체스터스밀 공원은 여기서 끝납니다.** 버려진 오솔길이 이어진 비탈에는 참나무와 물푸레나무, 너도밤나무가 자라 있었다. 가을을 맞아 갈색으로 물든 나뭇잎들은 단풍을 뽐내는 대신 힘없이 대롱거렸다.

베니는 희미하게 떨리는 계수기 바늘을 들여다보았지만, 조는 노리를 바라보았다.

"아까 생각났다는 게 뭐야? 걱정 말고 얘기해 봐, 어쩜 바보 같은 생각이 아닐지도 몰라."

"그 말이 맞아."

베니도 조의 말에 동의하며 **초당 방사선량** 계기판을 톡톡 두드렸다. 바늘이 휙 튀어 오르더니 +7과 +8 사이에 자리를 잡았다.

"내가 생각해 봤는데, 생성장치나 송신기나 실은 똑같은 거 같아. 그리고 송신기는 꼭 중심부에 있을 필요가 없잖아. 그냥 높은 데다만 설치하면 돼."

"WCIK 라디오 송신탑은 안 그래. 그냥 공터에 서 있는데도 복음 방송은 잘만 나오던데. 내가 봤어."

"베니 네 말이 맞아, 근데 그 탑은 엄청 강력해. 우리 아빠가 그러는데 출력이 10만 와트나 된대. 우리가 찾는 장치는 아마 송출 거리가 그보다 더 짧을 거야. 그래서 생각해 봤어, '마을에서 제일 높은 데가 어딜까?' 하고."

"검은능선." 조가 말했다.

"맞아, 검은능선이야."

노리는 조그만 주먹을 치켜들었다. 조는 노리와 주먹을 맞부딪치고 나서 손가락을 뻗었다. "이 길로 3킬로미터 가면 돼. 어쩌면 한 5킬로미터쯤."

조가 가이거뮐러 튜브를 그쪽으로 돌리자 계기판 바늘이 +10까지 돌아갔고, 아이들은 모두 홀린 듯이 바늘을 들여다보았다.

"나 이런, 씹할." 베니가 중얼거렸다.

"네가? 한 마흔 살쯤 되면 하겠지."

노리가 쏘아붙였다. 늘 그렇듯이 괄괄한 목소리였지만…… 볼에는 살짝 붉은빛이 돌았다. 아주 살짝.

"검은능선길을 따라가면 오래된 과수원이 나와. 거기선 온 체스터스밀이 다 내려다보여, TR-90 지역까지 전부 다. 잘하면 거기 있을지도 몰라. 노리, 넌 천재야."

결국 조는 노리의 키스를 기다릴 필요가 없었다. 용기가 부족한 탓에 입가에 그치기는 했어도 조는 노리에게 키스하는 영광을 스스로 획득했다.

노리도 흐뭇한 표정을 지었지만, 그래도 미간에는 찡그린 자국이 보였다.

"별 거 아닐지도 몰라. 바늘이 아예 휙 돌아간 것도 아니잖아. 우리, 자전거 타고 한번 가 볼래?"

"당연히 가야지!" 조가 맞장구를 쳤다.

"일단 점심부터 먹자."

베니가 말했다. 자신은 실용적인 사람이라고 생각하면서.

6

조와 베니와 노리는 매클러치네 집에서 점심을 먹고(메뉴는 정말로 볶음 국수였다.) 러스티 에버렛은 캐서린 러셀 병원에서 바비와 십대 소녀 둘에게 도움을 받아가며 슈퍼마켓 폭동의 부상자들을 치료하는 동안, 빅 짐은 자기 서재에서 목록을 검토하며 항목을 하나씩 지워 나갔다.

집 앞 진입로에 꽁무니부터 들어오는 허머를 보며, 빅 짐은 선한 줄을 또 그었다. 브렌다 퍼킨스가 다른 항목들과 함께 지워졌다. 이제 준비가 끝났다는 생각이 들었다. 어쨌든 할 수 있는 준비는 다 한 셈이었다. 또한 돔이 이날 오후에 당장 사라진다고 해도 빅 짐 자신은 무사할 것만 같았다.

주니어가 서재로 들어서더니 빅 짐의 책상에 허머 열쇠를 떨어뜨렸다. 주니어는 안색이 창백했고 수염도 어느 때보다 길게 자라 있었지만, 이제 곧 죽을 사람처럼 보이지는 않았다. 왼쪽 눈이 빨갛게 충혈되기는 했어도 그리 심하지는 않았다.

"아들아, 다 처리했냐?"

주니어는 고개를 끄덕였다.

"아빠, 우리 이러다 감방에 가는 건가?"

목소리가 꼭 남의 일에 흥미를 보이는 사람 같았다.

"아니."

빅 짐이 대답했다. 감옥에 갈지도 모른다는 생각은 한 번도, 심지어 마녀 같은 퍼킨스 할망구가 이 집에 찾아와 비난을 퍼부을 때조차도 떠오른 적이 없었다. 빅 짐의 얼굴에 웃음이 번졌다.

"하지만 데일 바버라는 갈 거다."

"그놈이 브렌다 퍼킨스를 죽였다고 하면 아무도 안 믿을걸."

빅 짐의 미소는 사그라지지 않았다.

"믿을 거다. 사람들은 겁에 질려 있어, 그러니 믿을 거야. 이런 일은 원래 그렇게 돌아가는 법이지."

"아빠가 어떻게 알아?"

"난 역사를 공부했거든. 너도 한번 관심을 가져 봐."

빅 짐은 하마터면 아들에게 보든 대학교를 그만두고 집에 돌아온 이유가 뭐냐고 물을 뻔했다. 자퇴했는지, 퇴학당했는지, 아니면 그만두라는 권고를 받았는지 묻고 싶었다. 그러나 당장은 때와 장소가 적당치 않았다. 그래서 대신 심부름을 하나만 더 해줄 수 있느냐고 물었다.

주니어는 관자놀이를 문질렀다.

"그래. 한번 시작을 했으면 끝을 봐야지."

"혼자선 힘들 거다. 프랭크를 데려가도 되겠지만, 내 보기엔 티보도 그 친구가 괜찮을 것 같구나. 그 친구가 오늘 시간을 낼 수만 있으면. 헌데 셜스는 안 된다. 좋은 녀석이긴 한데 머리가 영 안 돌아가."

주니어는 아무 대꾸도 하지 않았다. 빅 짐은 아들에게 무슨 문제가 있는지 다시금 궁금해졌다. 그러나 정말로 알고 싶었을까? 어쩌면, 이 위기가 끝난 후에는. 하지만 당장은 불 위에 올려놓은 솥이며 냄비가 한둘이 아니었다. 게다가 저녁시간이 코앞에 닥친 상황이었다.

"시킬 일이 뭔데?"

"일단 뭐 좀 확인하고 나서."

빅 짐은 서랍에 넣어둔 휴대전화를 꺼냈다. 전화기를 꺼낼 때마다 쓸모없는 물건이 되어 있는 것은 아닌가 하는 의심이 들었지만 그래도 아직은 통화를 할 수 있었다. 적어도 마을 안에 있는 사람에게는 걸 수 있었고, 그러면 충분했다. 빅 짐은 경찰서 번호를 찾았다. 통화음이 세 번 울리고 나서 경찰서의 스테이시 모긴이 전화를 받았다. 스테이시의 목소리에는 평소의 사무적인 느낌 대신 짜증이 배어 있었다. 빅 짐은 이날 아침의 떠들썩한 소동을 이미 알았기에 놀라지 않았다. 수화기 너머 뒤편에서는 떠들썩한 소리도 들려왔다.

"경찰서입니다. 위급 상황이 아니면 끊고 나중에 걸어 주세요. 지금은 굉장히……."

"아가씨, 나 짐 레니야. 서장 바꿔 줘. 빨리."

빅 짐은 스테이시가 '아가씨'로 불리기를 끔찍이 싫어하는 줄 잘 알고 있었다. 굳이 아가씨로 부른 이유가 바로 그것이었다.

"지금 경찰서 로비에서 벌어진 주먹다짐을 말리느라 바쁘세요. 나중에 다시 거시면……."

"아니, 그렇겐 안 되지. 중요한 일이니까 내가 전화를 걸었을 것 아닌가. 아가씨가 가서 제일 시끄럽게 하는 놈 대가리를 날려 버려. 그다음에 피터한테 사무실로 가서 전화……."

스테이시는 빅 짐의 말을 끝까지 듣지도, 또 통화를 대기 상태로 바꾸지도 않았다. 수화기로 책상을 내려치는 '쾅' 소리가 들렸다. 빅 짐은 얼굴을 전혀 붉히지 않았다. 남을 짜증나게 할 때의 느낌을 즐기기 때문이었다. 전화 너머 저 멀리서 어떤 사람이 다른 어떤 사람을 개 같은 도둑놈 새끼라고 부르는 소리가 들렸다. 빅 짐은 그 소리를 듣고 빙긋이 웃었다.

뒤이어 통화 대기음 소리가 들렸다. 스테이시는 빅 짐에게 기다리라는 말조차 하지 않았다. 빅 짐은 잠시 동안 범죄 예방 캠페인 광고에 귀를 기울였다. 그러다가 누가 전화를 받았다. 숨을 헐떡이는 피터 랜돌프였다.

"빨리 말해요, 짐. 여긴 아주 난장판입니다. 어디 한 군데 부러져서 병원에 간 사람 말고는 다들 길길이 날뛰고 있어요. 서로서로 욕을 퍼붓고 난리예요. 지하 유치장에 다 못 넣을 것 같아서 달래보려고 하는데, 오히려 다들 못 들어가서 안달인가 봅니다."

"어떤가, 서장. 경찰 인력을 늘리자는 제안이 오늘은 좀 달리 보이지?"

"어휴, 그럼요. 저흰 얻어터지기까지 했습니다. 신참들 중에 한 명은…… 조지아였지, 참. 그 애는 얼굴 아래 반쪽이 박살 나서 병원에 실려 갔고요. 몰골이 꼭 프랑켄슈타인의 신부 같더군요."

빅 짐의 미소가 함박웃음으로 바뀌었다. 샘 버드로가 성공했다는 뜻이었다. 물론, 이 또한 승리의 예감 가운데 일부였다. 예감이 함께 할 때면 드물게 직접 슛을 하지 못하고 남에게 패스해야 할 상황이 와도 늘 적임자에게 공이 넘어가게 마련이었다.

"누가 돌을 던졌습니다. 멜빈 셜스도 맞았고요. 멜빈은 잠깐 기절했는데 지금은 괜찮은 것 같아요. 헌데 꼴이 영 엉망이라 치료받고 오라고 병원에 보냈습니다."

"저런, 거 안됐구먼."

"누가 저희 경관들을 노리고 던진 겁니다. 그것도 한 놈이 아닌 것 같아요. 빅 짐, 경관에 지원할 사람이 있을까요?"

"지원자는 이 마을의 훌륭한 젊은이들 중에 수두룩하게 나올 걸세. 실은 구주 그리스도 교회 신도들 중에 내가 아는 친구가 몇 있어. 예를 들면 킬리언네 아이들이라든가."

"짐, 킬리언네 아들들은 천치잖습니까."

"알아. 하지만 힘도 좋고, 말도 잘 들을 걸세. 게다가…… 그 애들은 총도 쏠 줄 알잖나."

"신참들을 무장시킬 겁니까?"

랜돌프의 목소리에는 의심과 희망이 함께 섞여 있었다.

"오늘 사태를 보고도 그런 말을 하나? 당연히 시켜야지. 일단 믿을 만한 젊은이들로 열두어 명 뽑아 보세. 선발은 프랭크하고 주니어가 도와줄 걸세. 다음 주까지도 계속 이 모양이면 더 뽑아야 할 거야. 급여는 우선 지금 증명서로 처리하게. 혹시 배급이 시작되면 제일 먼저 챙겨주고. 신참하고 그 가족들 것부터 말이야."

"알았습니다. 주니어 좀 이리로 보내 주십시오. 프랭크하고 티보도는 서에 있습니다. 티보도는 슈퍼에서 꽤 얻어맞고 어깨의 붕대까지 갈았지만, 지금은 괜찮습니다."

랜돌프는 목소리를 낮추어 이렇게 덧붙였다.

"녀석 말이 바버라가 붕대를 갈아 줬답니다. 솜씨가 꽤 괜찮다더군요."

"잘됐구먼. 헌데 바버라 선생이 붕대를 갈 날도 얼마 안 남았어. 주니어는 따로 할 일이 있네. 티보도 경관도 함께 갈 거야. 그 친구한테 이리로 오라고 해."

"무슨 일입니까?"

"자네가 알아야 할 일 같으면 내가 얘기했겠지. 그냥 보내기나 해. 나중에 주니어하고 프랭크가 지원자 명단을 만들어 줄 걸세."

"뭐…… 그렇게 말씀하신……."

또다시 왁자지껄한 소리가 터져 나오는 바람에 랜돌프의 말이 끊겼다. 뭐가 쓰러졌거나 날아간 듯했다. 다른 물건이 박살나는 소리도 들렸다.

"저놈들 좀 말려!" 랜돌프가 고함을 쳤다.

빙긋이 웃는 얼굴로, 빅 짐은 전화기를 귀에서 멀리 떼었다. 그래도 잘 들리기는 마찬가지였다.

"저 두 놈…… 그놈들 말고, 이 멍청아, 저기 두 놈…… 아니, 체포는 안 돼! 바깥으로 내보내! 순순히 안 나가면 질질 끌고라도 가!"

잠시 후, 랜돌프가 다시 전화로 돌아왔다.

"짐, 제가 이 일을 왜 시작했는지 좀 가르쳐 주십시오. 전 슬슬 가물가물해지기 시작했거든요."

"저절로 알게 될 걸세." 빅 짐은 달래듯이 말했다. "내일이면 시체가 다섯 구 발견될 거야. 싱싱한 걸로 말이야. 또 목요일쯤엔 다섯 구가 더 나올 테고. 그 후에도 최소한 다섯은 더 죽을 걸세. 이제 티보도 경관이나 이리 보내게. 그리고 지하 유치장 맨 끝 칸은 새로 들어올 사람이 있으니 비워 둬. 오늘 오후부터 바버라 선생이 거길 쓸 걸세."

"무슨 혐의로요?"

"살인 혐의 네 건에다 마을 슈퍼마켓 폭동을 주도한 혐의까지. 어떤가, 이 정도면 되겠나?"

빅 짐은 랜돌프의 대답을 기다리지 않고 전화를 끊었다.

"나하고 카터한테 뭘 시킬 건데?"

"오늘 낮에 말이냐? 우선은, 정찰을 좀 하고 나서 작전을 짤 거다. 작전 짜는 건 내가 도와주마. 그다음엔 너희가 가서 바버라를 체포해. 내가 보기엔 너한테도 꽤 즐거운 일일 것 같은데."

"그걸 말이라고."

"일단 바버라를 처넣으면 티보도랑 같이 저녁을 든든하게 먹어
둬. 진짜 임무는 오늘 밤에 실행해야 하니까."

"뭔데?"

"《데모크라트》 사무실에 불을 지를 거다. 마음에 드냐?"

주니어의 눈이 휘둥그레졌다.

"왜?"

아들이 질문을 하다니, 빅 짐은 실망스러웠다.

"왜냐하면 신문 따위 있어 봐야 마을에 큰 도움이 안 되니까.
앞으로 며칠간은. 반대 의견이라도 낼래?"

"아빠는…… 자기가 미쳤을지도 모른다는 생각 안 해 봤어?"

빅 짐은 고개를 끄덕거렸다.

"미치도록 영리하다는 생각은 해 봤지."

7

"뻔질나게 들락거린 방인데…… 내가 이 진찰대에 누울 거라
곤 상상도 못했지 뭐예요."

코맹맹이 신세가 된 지니 톰린슨이 중얼거렸다.

"혹시 상상했다고 해도 아침에 스테이크하고 달걀 요리를 만들
어 주던 놈한테 치료받을 거라곤 꿈도 못 꿨을걸요."

바비는 밝은 목소리를 내려고 했지만, 맨 먼저 구급차를 타고
캐서린 러셀 병원에 도착하여 지금껏 내내 상처 봉합과 붕대 감
기를 한 탓에 기운이 나지 않았다. 그가 생각하기에 기운이 빠진

데에는 스트레스가 큰 몫을 차지했다. 자신이 사람들을 낮게 하는 대신 더 아프게 하지는 않을까 두려웠기 때문이었다. 지나 버펄리노와 해리엇 비겔로의 표정에도 같은 근심이 보였다. 그러나 소녀들의 머릿속에서는 스트레스를 더욱 악화시키는 짐 레니의 시한폭탄 타이머가 째깍거리지 않았다.

"또 스테이크를 먹게 될 때까진 시간이 좀 걸릴 것 같네요."

러스티는 다른 부상자들을 모두 제쳐두고 맨 먼저 지니의 코를 치료했다. 바비는 그녀의 머리 양 옆을 가능한 한 부드럽게 잡고 용기가 될 말을 중얼거리며 거들었다. 러스티는 먼저 의료용 코카인에 흠뻑 적신 가제를 지니의 콧구멍에 채워 넣었다. 약이 효과를 발휘하도록 10분 동안 기다린 다음(그 시간은 손목을 심하게 삔 환자를 진찰하고 과체중 여성의 부어오른 무릎에 반창고를 붙이는 데 썼다.), 가제를 빼내고 수술칼을 들었다. 보조의의 솜씨는 존경스러울 만큼 신속했다. 러스티는 바비가 지니에게 '새가슴'을 외치라고 말할 틈도 없이 수술칼의 손잡이를 멀쩡한 콧구멍에 집어넣은 다음, 콧속 격막에 대고 지렛대 삼아 꾹 눌렀다.

'꼭 자동차 휠 캡을 빼내는 것 같은데.' 지니의 코가 비교적 원래와 비슷한 모양으로 돌아가면서 낸 작지만 또렷한 뚜둑 소리를 들으며, 바비는 속으로 생각했다. 지니는 비명을 지르지는 않았지만 진찰대에 깔린 종이에 열 손가락으로 구멍을 뚫어놓았다. 볼에는 눈물이 흘러내렸다.

지니는 러스티가 준 퍼코셋 두 알을 먹고 조용해졌다. 그러나 붓기가 빠진 눈에서는 눈물이 그치지 않고 흘러내렸다. 두 뺨은 자줏빛으로 부어 있었다. 바비가 보기에는 아폴로 크리드를 상대로 혈전을 마친 록키 발보아 같았다.

"지니, 지금은 밝은 쪽만 보도록 해요."

"그런 게 있기나 해요?"

"그럼요. 루 경관은 앞으로 한 달 동안 수프하고 밀크셰이크만 먹게 생겼어요."

"조지아요? 그 애도 다쳤단 말을 들었는데. 심한가요?"

"죽지는 않겠지만, 그래도 다시 예쁜 얼굴로 돌아가려면 시간이 꽤 걸릴걸요."

"어차피 사과꽃 아가씨로 뽑힐 인물은 아니었는데."

지니는 목소리를 낮추어 한마디를 더 물었다.

"아까 그 비명도 그 애가 지른 거였어요?"

바비는 고개를 끄덕였다. 아까까지는 온 병원에 조지아의 비명이 메아리치는 듯했다.

"러스티가 모르핀을 놨는데도 한참 동안 소릴 지르더군요. 말처럼 튼튼해서 그런가."

"그리고 악어처럼 잔인하죠." 지니가 코맹맹이 소리로 덧붙였다. "그 애가 당한 일이 다른 사람한테도 일어나길 바라진 않지만, 그래도 그건 세상에 업보란 게 있다는 증거예요. 내가 여기 얼마나 있었죠? 손목시계가 고장 나서 모르겠어요."

바비는 자기 시계를 흘끔 내려다보았다.

"14시 30분이네요. 그 말은 즉, 당신이 회복될 때까지 한 5시간 반쯤 남았다는 뜻이죠."

바비가 엉덩이를 빙빙 돌리자 허리에서 우두둑 소리가 났다. 굳었던 허리가 조금은 풀리는 느낌이 들었다. 바비는 톰 페티의 노래 가사를 떠올리고 그 말이 옳다고 생각했다. '기다림이야말로 가장 힘든 부분'이었다. 아예 유치장에 들어가 있으면 긴장이 덜 할 듯싶었다. 그 안에서 죽지만 않는다면. 어쩌면 체포에 저항하다가 사살당하는 편이 더 간단할지도 모른다는 생각이 뇌리를 스쳤다.

"바비, 왜 실실 웃어요?"

"아무것도 아녜요."

바비는 핀셋을 들었다.

"자, 이제 제가 집중할 수 있게 조용히 하세요. 빨리 시작해야 빨리 끝나니까요."

"내가 일어나서 좀 도와야 할 텐데."

"지금 일어났다가는 바닥에 눕는 것밖에 못 할걸요."

지니는 핀셋을 쳐다보았다.

"그걸 어떻게 쓰는지는 알아요?"

"그럼요. 이래봬도 올림픽 유리 뽑기 금메달리스트예요."

"헛소리 실력이 내 전남편보다 낫네요."

지니는 살짝 웃음을 지었다. 바비가 보기에 진통제가 효력을 발휘했다고 해도 아플 것 같은 웃음이었다. 바비는 지니의 그런 배려가 마음에 들었다.

"지니, 의료직 종사자들을 보면 자기가 치료받을 땐 독재자로 돌변하는 짜증나는 사람이 있던데, 당신도 그런가요?"

"그건 해스켈 선생님 얘기죠. 전에 그 양반 엄지손톱에 큰 가시가 박힌 적이 있었는데, 러스티가 빼 주겠다고 하니까 글쎄 전문가한테 맡기고 싶다지 뭐예요."

지니는 쿡쿡 웃다가 움찔 놀라더니 뒤이어 신음을 흘렸다.

"혹시 기분이 좋아질까 싶어서 하는 얘긴데요. 당신을 때린 경관은 머리에 짱돌을 맞았어요."

"그것도 다 업보지. 그놈은 멀쩡하게 걸어 다녀요?"

"그럼요."

멜빈 셜스는 이미 두 시간 전에 머리에 붕대를 감은 몰골로 병원을 나선 후였다.

바비가 핀셋을 들고 몸을 숙이자 지니는 본능적으로 고개를 돌렸다. 바비는 지니의 얼굴을 자기 쪽으로 돌려놓고 덜 부은 뺨을 손으로 눌렀다. 아주 부드럽게.

"당신 마음은 나도 알아요, 바비. 난 그냥 내 눈이 걱정돼서 그래요."

"지니, 그놈이 얼마나 세게 쳤는지 생각해 보면 렌즈가 눈에 안 들어가고 눈가에 박힌 것만 해도 행운이에요."

"알아요. 제발 아프게 하지만 마요, 알았죠?"

"그럼요. 지니, 금방 나을 거예요. 빨리 끝낼게요."

바비는 손이 땀에 젖지 않도록 한 번 더 닦고 나서(장갑은 감이 무뎌질까 봐 일부러 끼지 않았다.) 몸을 더 깊이 숙였다. 눈썹과 눈 주위에 조그마한 안경 렌즈 파편이 대여섯 개 박혀 있었다. 그중 가장 불안한 것은 왼쪽 눈초리 바로 아래에 박힌 날카로운 조각이었다. 러스티가 보았더라면 틀림없이 직접 제거했을 터였지만, 그는 지니의 코에만 정신이 팔려 있었다.

'빨리 해야 해. 보통은 망설이는 놈이 실패하는 법이니까.'

바비는 렌즈 파편을 뽑아내어 플라스틱 쟁반에 떨어뜨렸다. 파편이 박혔던 자리에 좁쌀만 한 핏방울이 맺혔다. 바비는 참았던 숨을 토했다.

"됐어요. 이놈에 비하면 나머지는 식은 죽 먹기예요."

"제발 그랬으면."

러스티가 진료실 문을 열고 들어와 잠깐 도와줄 수 있느냐고 물었을 때, 바비는 마지막 렌즈 파편을 막 제거한 참이었다. 러스티는 한쪽 손에 양철로 된 목감기약 상자를 들고 있었다.

"무슨 일인데요?"

"인간인 척하고 걸어 다니는 치질 덩어리가 하나 있는데 말이죠, 그 똥구멍에 난 혹 같은 놈이 도둑질한 물건을 들고 도망가려고 해요. 평소 같았으면 기꺼이 보내 주겠지만 지금은 써먹을 데가 좀 있을 것 같아서."

"지니, 괜찮겠어요?"

지니는 문 쪽을 향해 손을 내저었다. 바비가 러스티를 따라 문까지 걸어갔을 때 지니의 목소리가 들렸다.

"이봐요, 잘생긴 양반."

바비가 돌아보자 지니는 입맞춤을 날리는 시늉을 했다.

바비는 그 입맞춤을 손으로 꽉 붙잡았다.

8

체스터스밀에는 치과의사가 딱 한 명 있었다. 그 의사의 이름은 조 복서였다. 복서의 의원은 스트라우트 가 끄트머리에, 즉 진찰대에서 프레스틸 개울과 평화의 다리가 한눈에 내려다보이는 곳에 있었다. 다만 그 멋진 경치를 보려면 진찰대에서 윗몸일으키기를 해야 했다. 다녀온 사람들의 말을 들어보면 진찰대는 대개 뒤로 젖혀져 있게 마련이었고 볼 거라고는 천장에 도배해 놓은 복서의 치와와 사진 수십 장뿐이었다.

"한 장은 망할 놈의 개가 똥 싸는 걸 찍은 사진 같더라니까."

두기 트위첼은 복서 치과에 한 번 다녀와서 이렇게 얘기했다.

"치와와란 놈이 원래 그렇게 앉는지도 모르지만, 내 생각엔 아니야. 무슨 눈 달린 행주가 똥 싸는 걸 30분 동안 쳐다보는 기분이었어. 그러는 동안 복서는 내 사랑니를 두 개나 뽑았고. 느낌이 아무래도 드라이버로 뽑는 것 같던데."

복서 선생의 의원 바깥에는 동화에 나오는 거인이 입으면 딱 맞을 법한 농구 반바지처럼 생긴 간판이 걸려 있었다. 촌스러운 녹색과 금색 페인트로 칠한 반바지였다. 바로 체스터스밀 와일드캐츠의 상징색이었다. 간판에는 '치과 전문의 조셉 복서'라고 적혀 있었다. 그 아래에 적힌 문구는 이러했다. **복서는 빠릅니다!** 복서는 실제로도 손놀림이 빨랐고 이는 다들 동의하는 바였으나, 그는 의료보험을 절대로 받지 않고 오로지 현금만 요구했다. 만일 잇몸이 곪은 벌목장 인부가 도토리를 한 입 가득 문 다람쥐처럼 퉁퉁 부은 볼을 하고 들어와 치과 의료보험 이야기를 시작하기라도 하면, 복서는 우선 앤섬이나 블루크로스 같은 보험회사에 의료비를 청구한 다음 현금을 들고 돌아오라고 얘기할 사람이었다.

마을에 경쟁자가 한 명이라도 있었더라면 복서도 이 가혹한 영업 방침을 바꿀 수밖에 없었을 테지만, 1990년대 초반부터 체스터스밀에 치과를 개원하려던 대여섯 명은 모조리 포기해야만 했다. 조 복서의 절친한 친구 짐 레니가 이 독점 상황에 연루되었으리라는 추측이 떠돌았으나 물증은 없었다. 그러는 한편으로 포르셰 스포츠카를 몰고 마을을 누비는 복서의 모습은 시도 때도 없이 목격되었다. 그 차 범퍼에는 이렇게 적혀 있었다. **차고에 포르셰 한 대 더 있지룽!**

바비가 러스티의 뒤를 따라 복도를 걸어오는 동안 복서는 병원 정문으로 가는 중이었다. 어쩌면 가려고 시도하는 중인지도 몰랐다. 트위첼이 복서의 팔을 붙들고 있었다. 치과 전문의 복서 선생이 반대쪽 손에 들고 있던 바구니에는 와플 상자가 가득했다. 다른 것은 아무것도 없고 오로지 와플 상자뿐이었다. 바비는 혹시 자신이 디퍼스 술집에서 흠씬 얻어터진 끝에 지금 심각한 뇌손상에 빠진 채로 주차장 뒤편의 도랑에 누워 악몽을 꾸는 중이 아닌가 하고 생각했다(이때 처음 떠오른 생각은 아니었다.).

"아, 가야 된다니까!" 복서가 악을 썼다. "집에 가서 냉장고에 와플 넣어야 된다고! 어차피 댁들이 하는 소린 씨도 안 먹히니까, 얼른 이 손 놔."

바비는 복서의 한쪽 눈썹을 가로지른 반창고와 오른쪽 아래 팔뚝에 감은 더 큰 반창고를 가만히 바라보았다. 치과의사 선생께서 냉동 와플을 놓고 한바탕 혈전을 치른 듯했다.

"이 불한당한테 손 치우라고 좀 해 주쇼. 치료 다 끝났으니 집에 가야 할 거 아뇨."

복서는 러스티를 보고 이렇게 말했다.

"아직 안 됩니다. 공짜로 치료를 받으셨으니 남들한테도 좀 베푸셔야죠."

복서는 160센티미터가 채 안 되는 단신이었지만 그래도 등을 꼿꼿이 세우고 가슴을 쑥 내밀었다.

"베풀기는 개똥을. 반창고 두 개 붙여 준 대가로 구강 외과 수술을 하는 건 수지가 안 맞지. 어차피 메인 주 의료법에 따르면 난 수술도 못하는데. 에버렛 선생, 난 먹고 살려고 의사를 하는 사람이오. 일을 하면 보상을 받아야지."

"보상은 천국에서 받으실 텐데요. 친구 분이신 레니 씨가 얘기 안 하시던가요?" 바비가 물었다.

"그 친구가 지금 무슨 상관이라고……."

바비는 한 걸음 다가서서 복서의 녹색 플라스틱 장바구니를 들여다보았다. 바구니 손잡이에 **푸드시티 슈퍼마켓 소유**라고 적혀 있었다. 복서는 바비의 눈을 피해 장바구니를 가리려고 했지만 별 소용이 없었다.

"보상 얘기가 나와서 말인데, 와플 값은 내고 오셨나요?"

"웃기지 마쇼. 다들 닥치는 대로 집어 갔소. 내가 챙긴 건 이게 다요." 복서는 바비에게 눈을 부라렸다. "우리 집 냉장고가 얼마나 큰데. 난 그냥 와플을 좋아하는 것뿐이오."

"절도 혐의로 기소되면 '다들 닥치는 대로 집어 갔다'는 진술은 별 도움이 안 될 텐데요."

바비의 목소리는 나긋나긋했다.

그 이상 억지를 부리기란 불가능했는데도 복서는 무리수를 두었다. 얼굴이 붉다 못해 거의 자줏빛이었다.

"그럼 법정으로 나를 끌고 가든가! 지금 법정이 어딨어, 법정이! 사건 종료야! 흥!"

복서는 다시 문 쪽으로 몸을 틀었다. 바비가 손을 뻗어 복서를 붙들었다. 그러나 붙든 것은 팔이 아니라 장바구니였다.

"그럼 이건 제가 압수해도 되겠죠?"

"누구 맘대로!"

"안 됩니까? 그럼 법정으로 끌고 가시든가요." 바비는 씩 웃으며 말했다. "이런, 제가 깜박했군요. 법정이 어딨다고."

복서는 바비에게 눈을 부라렸다. 으르렁대는 입술 사이로 작고 가지런한 치열이 보였다.

"그 와플은 저희끼리 식당에 가서 구워 먹을 겁니다. 으흠! 맛있겠는데요!"

"러스티 선생 말이 맞아요. 전기가 나가기 전에 구워 먹어야죠." 트위첼이 중얼거렸다. "발전기가 뻗어 버린 후엔 꼬챙이에 끼워서 뒤쪽 소각로에 구워야 하니까."

"어림도 없어!"

바비는 복서에게 말했다.

"제 말 잘 들으세요. 러스티 선생이 시키는 대로 안 하시면 이 와플은 절대 못 드립니다."

채즈 벤더가 콧대와 목에 반창고를 붙인 몰골로 껄껄 웃었다. 그리 호의적인 웃음은 아니었다.

"공짜는 없어, 선생! 댁이 늘 하던 말 아닌가?"

복서는 먼저 벤더를, 다음으로 러스티를 노려보았다.

"당신이 뭐라든 난 손가락도 까딱 안 해. 똑똑히 알아 두시오."

러스티는 들고 있던 양철 상자를 열고 복서에게 내밀었다. 안에는 이가 여섯 개 들어 있었다.

"토리 맥도널드가 슈퍼 앞에서 주웠어요. 무릎을 꿇고 앉아서 조지아 루 경관이 만든 피바다를 샅샅이 뒤졌대요. 선생님, 가까운 시일 내에 아침 식사로 와플을 드시고 싶으면 이걸 다시 조지아의 턱에 끼워 놓으세요."

"내가 그냥 가겠다면?"

전직 역사 선생이었던 채즈 벤더가 한 발 앞으로 나섰다. 두 주먹을 꽉 쥔 채로.

"어이, 냉혈한 선생. 그랬다간 주차장에서 피떡이 될 줄 알아."

"저도 한 주먹 보탤게요." 트위첼이 맞장구를 쳤다.

"전 안 보탤 겁니다. 그냥 구경만 하죠." 이번에는 바비였다.

복서의 어깨가 축 처졌다. 한순간 자기 힘으로 감당하기에는 너무 큰 상황에 맞닥뜨린 자그마한 사내로 전락하고 말았던 것이다. 복서는 양철 상자를 받아들고 러스티의 얼굴을 쳐다보았다.

"구강 외과 전문의가 최적의 조건에서 수술을 한다면 전부 도로 심을 수도 있을 거요. 물론 환자한테 장담은 안 하겠지만, 어쩌면 제대로 뿌리를 내릴지도 모르지. 하지만 내가 수술했다가는 한두 개만 건져도 행운일걸."

새빨갛고 풍성한 머릿결을 가진 뚱뚱한 여인이 채즈 벤더를 한쪽으로 밀어냈다.

"내가 곁에 앉아 있으면 그럴 일은 없어요. 난 걔 엄마예요."

복서는 한숨을 내쉬었다.

"환자는 지금 혼수상태요?"

복서가 뭐라고 더 말할 틈도 없이, 체스터스밀 경찰서 소속 순찰차 두 대가 병원 앞 유턴 지점에 멈춰 섰다. 그중 한 대는 초록색 서장 전용차였다. 선도차에서 프레드 덴턴과 주니어 레니, 프랭크 드레셉스, 카터 티보도가 내렸다. 서장 전용차에서는 랜돌프 서장과 재키 웨팅턴이 모습을 드러냈다. 러스티의 아내 린다는 뒷문을 열고 내렸다. 전원 무장한 경관들이 병원 출입문으로 다가오면서 저마다 총을 꺼냈다.

조 복서가 휘말린 말싸움을 구경하던 사람들은 뭐라고 중얼거리며 뒤로 물러섰다. 그중 몇몇은 틀림없이 절도죄로 체포될까 봐 두려워했다.

바비는 러스티 에버렛 쪽으로 돌아섰다.

"날 봐요."

"지금 무슨 소리……."

"날 보라니까요!"

바비는 두 팔을 치켜들고 앞뒤가 다 보이도록 빙빙 돌렸다. 그러고 나서는 티셔츠를 걷어 올리고 먼저 날씬한 배를, 다음으로 등을 보여 주었다.

"상처가 보여요? 멍은?"

"아무것도 없는데……."

"경찰들한테 똑똑히 가르쳐 줘요."

바비가 말할 시간은 그것으로 끝이었다. 랜돌프가 부하들을 이끌고 병원 문으로 들어섰다.

"데일 바버라. 앞으로 나와."

바비는 러스티의 어리둥절한 표정을 보고 그가 더욱 좋아졌다. 눈이 휘둥그레진 지나 버펄리노와 해리엇 비겔로도 보였다. 그러나 바비의 신경은 온통 랜돌프와 부하들에게 쏠려 있었다. 하나같이 딱딱한 표정이었지만 티보도와 드레셉스의 표정에는 지울 수 없는 만족감이 드러났다. 놈들은 그날 밤 디퍼스 술집에서 바비가 진 빚을 받으러 온 것뿐이었다. 등골이 빠질 만큼 큰 빚이었다.

러스티가 바비를 보호하려는 듯이 앞을 막고 나섰다.

"러스티, 이러지 마요." 바비가 중얼거렸다.

"여보, 안 돼!" 린다가 외쳤다.

"서장님, 지금 뭐 하자는 겁니까? 바비는 환자들 치료를 돕고 있었어요. 그것도 아주 훌륭한 솜씨로요."

바비는 이 덩치 큰 보조의를 밀어내기는커녕 그에게 손을 대기조차 두려웠다. 그래서 대신 두 팔을 하늘로 치켜들었다. 손바닥이 앞으로 보이도록.

주니어와 프레드 덴턴은 위로 치켜든 바비의 팔을 보고 서둘러 그에게 다가갔다. 그러던 와중에 주니어가 랜돌프의 팔을 건드렸고, 랜돌프가 쥐고 있던 베레타 권총이 발사되고 말았다. 귀청을 찢을 듯한 총성이 대기실에 울려 퍼졌다. 총알은 랜돌프의 오른쪽 구두 앞 5센티미터 지점에 놀랄 만큼 큰 구멍을 뚫어 놓았다. 확 퍼진 화약 냄새가 코를 찔렀다.

지나와 해리엇은 비명을 터뜨리며 조 복서를 폴짝 뛰어넘어 중앙 복도 저편으로 튀듯이 달아났다. 복서는 평소 단정히 빗던 머리가 산발이 된 채 고개를 납작 숙이고 바닥을 벅벅 기는 중이었다. 살짝 삔 턱 때문에 치료를 받은 브렌던 엘러비는 도망가던 와중에 복서의 팔을 발로 걸어찼다. 복서는 손에 쥐고 있던 양철 상자를 놓쳤고, 상자는 접수대에 부딪혀 활짝 열렸으며, 토리 맥도 널드가 그토록 정성스레 주워 모은 조지아의 이는 산산이 흩어져 날아갔다.

러스티는 주니어와 프레드에게 붙잡히고도 전혀 저항하지 않았다. 표정이 완전히 넋이 나간 듯했다. 두 경관은 러스티를 한쪽으로 밀쳤다. 러스티는 대기실 복도 저편으로 비틀비틀 물러서며 넘어지지 않으려고 버텼다. 린다가 그를 붙잡았고, 두 사람은 함께 바닥으로 쓰러졌다.

"이런 씨발, 뭐 하는 거야!" 트위첼이 악을 썼다. "지금 뭐하는 거냐고!"

살짝 다리를 절며, 카터 티보도가 바비에게 다가섰다. 바비는 무슨 일이 닥칠지 알면서도 두 손을 번쩍 치켜든 채 움직이지 않았다. 손을 내렸다가는 죽을 수도 있었다. 그리고 바비 한 사람으로 끝나지 않을지도 몰랐다. 이미 총이 한 번 발사된 이상 또 발사될 확률은 매우 높았다.

"잘 있었냐, 짐승 새끼야. 꽤 바쁘게 돌아다닌 것 같던데, 응?"

카터가 바비에게 말했다. 그러고는 바비의 배에 주먹을 날렸다.

바비는 주먹이 날아올 줄 미리 알고 근육에 힘을 주고 있었지만, 그래도 몸이 푹 꺾이고 말았다. 그 개자식의 주먹은 강력했다.

"그만둬! 당장 그만두란 말이야!"

러스티가 고함을 쳤다. 여전히 황망한 표정이었으나 이제 화난 기색도 함께 보였다. 바닥에서 일어나려고 버둥거렸지만, 곁에 있던 린다가 두 팔로 껴안고 주저앉혔다.

"안돼, 여보. 저 사람은 위험해."

"뭐? 당신 제정신이야?"

러스티는 도저히 못 믿겠다는 듯이 아내를 돌아보았다.

바비는 경관들에게 손바닥이 보이도록 손을 든 자세 그대로였다. 몸을 푹 숙인 탓에 절을 하는 이슬람교도처럼 보였다.

"티보도 경관, 그만하면 됐어. 물러서게." 랜돌프가 명령했다.

"그 총 치워요, 이 바보 같은 양반아! 누구 죽일 일 있어요?"

러스티가 랜돌프에게 소리쳤다. 랜돌프는 어림없다는 듯이 러스티를 흘끗 쳐다보고 바비 쪽으로 고개를 돌렸다.

"어이, 똑바로 서."

바비는 명령을 따랐다. 배가 욱신거렸지만 가까스로 몸을 일으켰다. 카터의 주먹에 대비하지 않았더라면 틀림없이 바닥에 나자빠져 숨도 못 쉬고 벌벌 기었을 터였다. 그랬더라면 랜돌프는 바비를 걷어차며 일어서라고 다그쳤을까? 나머지 경관들도 가세했을까, 복도에 구경꾼들이 있든 말든? 그중 몇몇은 상황을 더 자세히 보려고 슬금슬금 기어서 돌아오는 중인데도? 물론이었다. 경관들은 흥분한 상태였으니까. 원래 이런 일은 그렇게 돌아가는 법이었다.

"데일 바버라. 앤지 매케인과 도디 샌더스, 레스터 코긴스, 브렌다 퍼킨스를 살해한 혐의로 너를 체포한다."

이름 하나하나가 놀라웠지만 바비에게는 맨 마지막 이름이 가장 큰 충격이었다. 마지막 이름은 주먹처럼 그의 가슴을 때렸다. 그토록 다정했던 여인이. 부주의했던 걸까. 바비는 남편을 여의고 깊은 슬픔에 빠져 있던 브렌다를 탓할 수가 없었다. 그러나 브렌다를 빅 짐에게 보낸 자신은 얼마든지 탓할 수 있었다. 브렌다를 부추긴 사람은 그 자신이었으므로.

"어떻게 된 거요?" 바비는 랜돌프에게 물었다. "당신들 도대체 무슨 짓을 한 거요?"

"꼭 모르는 사람처럼 얘기하네." 프레드 덴턴이 이죽거렸다.

"세상에, 뭐 이런 미친놈이 다 있어?"

재키 웨팅턴이 내뱉었다. 표정은 혐오감으로 일그러져 있었고, 가늘게 뜬 두 눈은 분노로 이글거렸다.

바비는 두 경관 모두 무시했다. 두 손을 머리 위로 쳐든 채 오로지 랜돌프의 얼굴만 노려보았다. 그 얼굴에 용인하는 빛이 조금이라도 떠오르면 경관들이 바비를 덮칠 판이었다. 평소에는 누구보다 상냥하던 재키마저 가세할지도 몰랐다. 재키라면 용인이 아니라 정당한 이유를 요구할지도 몰랐지만, 어쩌면 안 그럴 수도 있었다. 때로는 착한 사람들도 눈이 뒤집히는 법이었다.

"아니, 빅 짐이 무슨 짓을 하게 내버려 뒀냐고 묻는 게 더 낫겠지. 왜냐면 이건 빅 짐의 흉계니까. 당신도 다 알고 있겠지. 빅 짐의 냄새가 풀풀 풍기니까 말이야."

"닥쳐, 바버라."

랜돌프는 주니어를 돌아보았다.

"레니 경관, 가서 묶어."

주니어는 바비에게 다가갔다. 바비는 주니어의 손이 손목에 닿기도 전에 두 손을 등 뒤로 돌리고 돌아섰다. 러스티와 린다는 바닥에 주저앉은 모습 그대로였다. 린다는 남편이 빠져나가지 못하게 두 팔로 가슴을 꼭 부둥켜안았다.

"잊지 마요."

286

바비가 러스티를 보며 이렇게 말하는 동안 그의 손목에는 플라스틱 구속띠가 채워졌고…… 구속띠는 곧바로 손목에서 살이 가장 적은 부분을 질끈 동여맸다.

러스티는 바닥에서 일어섰다. 린다가 말리려고 하자 거칠게 밀쳐 내고 이때껏 한 번도 보여 준 적 없는 눈빛으로 아내를 노려보았다. 단호하게 나무라는 눈빛이었지만, 그 속에는 연민의 빛도 섞여 있었다.

"피터."

러스티는 랜돌프의 이름을 불렀다. 랜돌프가 외면하려 하자 목청껏 소리쳤다.

"내 말 안 들려! 사람이 얘길 하면 봐야 할 것 아니야!"

랜돌프가 돌아섰다. 표정이 석상처럼 딱딱했다.

"바비는 당신들이 올 줄 이미 알고 있었어."

"그걸 말이라고 해." 주니어가 끼어들었다. "이 자식은 미친놈인지는 몰라도 멍청한 놈은 아니야."

러스티는 거들떠보지도 않았다.

"바비는 나한테 팔하고 얼굴을 보여 줬어. 셔츠를 걷고 배하고 등도 보여 줬고. 이 사람 몸은 상처 하나 없이 깨끗해. 티보도 경관한테 맞은 자리엔 멍이 들겠지만."

그 말을 들은 카터가 앞으로 나섰다.

"여자 셋을 죽였어. 여자 셋에 목사까지 죽였다고. 이 새긴 얻어맞아도 싸."

러스티는 랜돌프에게서 눈을 떼지 않았다.

"이건 음모야."

"러스티, 미안하지만 이건 자네가 참견할 일이 아니야."

랜돌프의 권총은 총집에 들어가 있었다. 그나마 다행이었다.

"당신 말이 맞아. 난 경찰도 변호사도 아니고 그냥 보조의 나부랭이니까. 내 말은 만약 바비가 유치장에 들어간 후에 나한테 다시 진찰받을 일이 생겼는데 상처에 멍에 만신창이가 되어 있다면, 당신은 하나님한테 기도나 하는 게 좋을 거란 뜻이야."

"그래서 어쩌겠다고, 인권 협회에 제보라도 하게?"

프랭크 드레셉스가 물었다. 화를 못 이겨 꽉 문 입술이 하얬다.

"네 친구란 자식은 사람 넷을 때려죽였어. 브렌다 퍼킨스는 목이 부러졌다고. 여자 셋 중 한 명은 내 약혼녀였는데 성폭행까지 당했어. 죽기 전뿐만 아니라 죽은 후에도 당한 흔적이 있어."

총소리를 듣고 뿔뿔이 달아났던 사람들이 대부분 슬금슬금 기어 다시 돌아와 있었다. 이제 그들 사이에서 겁에 질린 신음소리가 솟아 나왔다.

"그런 놈을 편들겠다, 이거냐? 너도 감방에 처넣어 주겠어!"

"닥쳐, 프랭크!" 린다가 소리쳤다.

러스티는 프랭크 드레셉스 경관을 돌아보았다. 프랭크가 어릴 적에 러스티는 그의 수두도, 홍역도, 여름캠프에 가서 옮아온 머릿니도, 2루를 훔치려고 슬라이딩을 하다가 부러진 손목도 치료해 주었다. 열두 살 때는 옻이 독하게 올라 찾아오기도 했다. 그 시절에 알았던 소년과 눈앞에 서 있는 남자는 닮은 점이 거의 없었다.

"나를 처넣겠다고? 그다음엔 어쩔래, 프랭크? 너희 어머니가 작년에 그랬던 것처럼 담낭염으로 쓰러지기라도 하면? 내가 유치장 면회시간을 기다렸다가 봐 드릴까?"

프랭크는 따귀를 날릴 생각인지 주먹을 날릴 생각인지 한쪽 손을 치켜들고 앞으로 나섰다. 주니어가 그를 붙들었다.

"참아, 저 자식 몫은 따로 있어. 바버라 편에 붙은 것들은 대가를 치를 거야. 하나도 빠짐없이, 천천히."

"편이라고?" 러스티의 목소리에는 순전히 당황한 기색뿐이었다. "편이라니, 지금 그게 무슨 소리야? 이게 무슨 풋볼 경긴 줄 알아?"

주니어는 무슨 비밀이라도 아는 사람처럼 빙긋이 웃었다.

러스티는 아내 린다를 돌아보았다.

"당신 동료가 하는 말 들었지? 어때, 마음에 들어?"

린다는 잠시 동안 남편을 마주보지 못했다. 그러다가 애써 기운을 내어 고개를 들었다.

"화가 나서 그러는 것뿐이야. 난 저 사람들 탓할 생각 없어. 나도 화가 나니까. 네 명이 죽었어, 에릭. 당신은 못 들었어? 저 인간이 죽였단 말이야, 그중 여자 둘은 강간까지 한 게 거의 틀림없어. 난 보위 장의사에서 시신 옮기는 것까지 도왔어. 상처는 내 눈으로 똑똑히 봤어."

러스티는 고개를 저었다.

"난 오전 내내 바비하고 같이 있었어. 내가 본 저 친구는 사람들을 치료해 줬지, 해치지 않았어."

"그만해요, 러스티. 물러서요. 지금은 그런 거 따질 때……."

앞으로 나서려는 바비의 옆구리를 주니어가 푹 찔렀다. 세게.

"묵비권을 행사하고 싶으면 해 봐라, 이 개자식아."

"여보, 저 사람 짓이야."

린다는 러스티에게 손을 내밀었지만, 그가 잡아 줄 기색이 안 보이자 힘없이 내렸다.

"앤지 매케인이 손에 저 사람 인식표를 쥐고 있었어."

러스티는 말문이 막혔다. 그저 두 손이 뒤로 묶인 채 질질 끌려 나가 서장 전용차 뒷좌석에 처박히는 바비를 지켜보기만 했다. 아주 잠깐, 바비의 눈과 러스티의 눈이 마주쳤다. 바비는 고개를 저었다. 단 한 번이었지만 단호했다.

그러고 나서 차로 압송되었다.

병원 대기실은 고요했다. 주니어와 프랭크는 랜돌프와 함께 먼저 떠났다. 카터와 재키, 프레드 덴턴은 다른 순찰차로 향했다. 린다는 애원과 분노가 함께 담긴 눈으로 남편을 바라보았다. 그러다가 그 눈에서 분노가 사그라졌다. 린다는 두 팔을 뻗고 남편에게 다가섰다. 남편에게 안기고 싶었다. 단 몇 초만이라도.

"됐어."

린다는 러스티의 말을 듣고 우뚝 멈췄다.

"당신 왜 그래?"

"그러는 당신은? 방금 무슨 일이 일어났는지 몰라서 그래?"

"러스티, 앤지가 그 사람 인식표를 쥐고 있었다니까!"

러스티는 천천히 고개를 끄덕였다.

"거 참 편리하군. 안 그래?"

상심과 희망을 함께 담고 있던 린다의 표정이 한순간에 얼어붙었다. 린다는 자신이 여태 남편에게 팔을 벌리고 있었음을 깨닫고 아래로 내렸다.

"네 명이 죽었어. 그중 셋은 거의 알아보기도 힘들 만큼 맞았단 말이야. 지금은 편이 갈린 상황이야. 당신은 어느 편인지 잘 생각해 봐."

"당신도." 러스티가 말했다.

바깥에 있던 재키가 외쳤다.

"린다, 빨리 와!"

러스티는 퍼뜩 정신을 차렸다. 주위에는 구경꾼들이 있었고, 그중에는 선거 때마다 짐 레니에게 표를 준 사람도 여럿이었다.

"이것만 기억해, 린다. 랜돌프가 누구의 부하인지 생각해 봐."

"린다!" 재키가 악을 썼다.

린다 에버렛 경관은 고개를 푹 숙인 채 떠났다. 뒤는 돌아보지 않았다. 러스티는 린다가 차에 오를 때까지는 잘 버텼다. 그러다가 몸이 덜덜 떨리기 시작했다. 어서 앉지 않으면 쓰러질 것만 같았다.

누가 어깨에 손을 올렸다. 트위첼이었다.

"선생, 괜찮아?"

"그래."

러스티는 그 말이 사실이기를 바라며 대답했다. 그러나 바비는 유치장으로 끌려갔고, 러스티 자신은 아내와 몇 년 만에 진심으로 다투었다. 4년 만인가? 아니, 6년도 더 된 듯싶었다. 러스티는 전혀 괜찮지 않았다.

"선생, 나 궁금한 게 있는데. 만약 그 사람들이 진짜로 살해당했다면 왜 병원에서 검시를 안 하고 보위 장의사로 싣고 갔을까? 도대체 누가 그딴 생각을 했을까?"

러스티가 대답할 틈도 없이 대기실이 어두워졌다. 병원 발전기가 마침내 숨을 거두었다.

9

아이들이 접시에 남은 볶음 국수를(마지막 남은 햄버거 고기도 함께) 싹싹 닦아 먹는 모습을 보고 나서, 클레어 매클러치는 그들을 부엌으로 불러 한 줄로 쭉 세웠다. 진지한 표정으로 바라보는 클레어의 눈을 아이들은 피하지 않고 마주보았다. 아이들은 너무나 어렸고, 오싹할 정도로 다부졌다. 클레어는 이내 한숨을 쉬며 조에게 배낭을 건넸다. 베니가 훔쳐본 배낭 안에는 땅콩버터 젤리 샌드위치 세 개와 삶은 달걀 세 개, 스내플 아이스티 세 병, 건포도가 든 오트밀 쿠키 다섯 개가 들어 있었다. 방금 먹은 점심이 다 꺼지지도 않았건만 베니는 표정이 환해졌다.

"최고예요, 아줌마! 아줌만 진짜……."

클레어는 베니를 거들떠보지도 않았다. 그녀의 관심은 온통 아들 조에게 쏠려 있었다.

"이게 중요한 일이란 건 알아. 그러니까 엄마도 따라가야겠어. 너희만 괜찮다면 내가 차로 데려다 줄게."

"안 그래도 돼요, 엄마. 거기까진 금방 가요."

"위험하지도 않아요. 길에 차도 거의 없는걸요."

노리가 끼어들었다. 그러나 클레어는 아이를 잡는 엄마 특유의 시선을 아들의 얼굴에서 떼지 않았다.

"엄마랑 두 가지만 약속하자. 첫째, 어두워지기 전에 집에 돌아올 것. 해가 넘어갈 때가 아니라 해가 떠 있을 때를 말하는 거야. 둘째, 뭐든 찾으면 그게 있는 위치만 기억해 둬. 손은 절대 대지 마. 뭔지는 모르지만 그 물건을 찾기에 너희가 가장 적임자라는 건 엄마도 인정해. 하지만 그걸 다루는 건 어른들 몫이야. 어쩔래, 약속할래? 안 하겠다면 엄마가 보호자 자격으로 따라갈 거야."

베니는 의심스러운 표정으로 중얼거렸다.

"저기요, 전 검은능선길에 올라간 적은 없어도 그 앞으로 지나간 적은 있는데요. 아줌마가 모는 시빅은, 음, 거기 타고 가기엔 별론 것 같아요."

"약속을 하든가, 아니면 집에 있든가. 어떡할래?"

조는 약속하는 쪽을 택했다. 두 아이도 함께 했다. 노리는 심지어 성호까지 그었다.

조는 배낭을 어깨에 메기 시작했고, 클레어는 배낭 안에 휴대전화를 넣어주었다.

"잃어버리면 안 돼, 아저씨."

"안 잊어버릴게요."

조는 출발하고 싶어 안달이 났는지 껑충껑충 뛰기까지 했다.

"노리. 애들이 엉뚱한 짓 하려고 하면 네가 좀 막아 줄래?"

"그럼요. 걱정 마세요."

지난 한 해 동안만도 스케이트를 타다가 죽거나 불구가 될 뻔한 적이 1000번 가까이 되는 노리 캘버트는 시치미를 뚝 떼고 대답했다.

"나도 그랬으면 좋겠구나. 그랬으면 좋겠어."

클레어는 두통에 시달리는 사람처럼 이마 양 옆을 문질렀다.

"점심 진짜 맛있었어요, 아줌마! 자!"

베니는 이렇게 말하며 쫙 편 손을 치켜들었다.

"맙소사, 내가 도대체 뭘 하는 건지."

클레어 매클러치는 베니의 손에 자기 손바닥을 철썩 부딪쳤다.

10

사람들이 절도와 기물 파손과 밤낮 없이 짖어대는 이웃집 개를 신고하러 찾아오는 체스터스밀 경찰서의 가슴 높이까지 오는 민원 접수대 뒤편은 직원 대기실이었다. 그 방에는 책상과 사물함, 또 **커피와 도넛은 공짜가 아닙니다**라는 통명스러운 알림말이 붙은 커피 테이블이 있었다. 구속 절차를 밟는 곳도 바로 이곳이었다. 이곳에서 바비는 프레드 덴턴에게 사진을 찍힌 다음, 덴턴이 피터 랜돌프와 함께 바로 곁에 서서 총을 들고 감시하는 가운데 행크 모리슨에게 지문을 채취당했다.

"힘 빼, 손에서 힘 빼라고!"

헨리가 고함을 질렀다. 들장미 식당에서 점심을 먹으며(메뉴는 늘 피클을 곁들인 베이컨 양상추 토마토 샌드위치였다.) 바비와 함께 보스턴 레드삭스 대 뉴욕 양키스 경기 이야기를 하던 그 헨리가 아니었다. 데일 바버라의 코에 기꺼이 주먹을 날릴 사람처럼 보였다. 그것도 힘껏.

"손가락은 네가 아니라 내가 굴려, 그러니까 힘 빼!"

바비는 총을 든 사람들이 이렇게 바짝 붙어 있으면 손에서 힘을 빼기가 힘들다는 얘기를 헨리에게 해 줄까 말까 고민했다. 게다가 그들은 주저 없이 총을 쏠 사람들이었다. 그러나 바비는 입을 다물고 헨리가 지문을 찍을 수 있도록 손에서 힘을 빼는 데 집중했다. 그리고 훌륭하게 해냈다. 다른 상황이었더라면 그들에게 뭐 하러 굳이 지문을 찍느냐고 물었을지도 모르지만, 바비는 그 얘기 역시 꾹 참고 입 밖에 내지 않았다.

"됐어."

헨리는 지문이 제대로 찍혔는지 살펴보고 얘기했다.

"지하로 데려가. 난 가서 손 씻어야겠어. 이 자식을 만진 것만으로도 더러워진 기분이야."

한쪽에는 재키와 린다가 서 있었다. 랜돌프와 덴턴이 권총을 총집에 집어넣고 바비의 팔을 잡자 두 경관도 총구를 아래로 향했다. 그러나 쏠 준비는 되어 있었다.

"할 수만 있으면 그동안 네가 만들었던 음식을 죄다 토하고 싶은 심정이다, 이 역겨운 자식아."

"내가 한 짓이 아니에요. 잘 생각해 봐요, 헨리."

헨리는 말없이 돌아섰다. '오늘은 사람들이 생각이란 걸 영 하기가 싫은가 본데.' 바비는 속으로 생각했다. 그것이야말로 틀림없이 빅 짐 레니가 원하는 바였다.

"린다. 에버렛 경관님."

"나한테 말 걸지 마."

린다의 얼굴은 눈 아래 드리운 검자줏빛 반원을 빼면 백지처럼 창백했다. 다크서클이 꼭 멍 자국 같았다.

"가자, 이 자식아. 특실에 체크인할 시간이다."

프레드 덴턴의 주먹이 바비 허리에 꽂혔다. 콩팥 바로 위였다.

11

조와 베니, 노리는 자전거를 타고 119번 국도를 따라 북쪽으로 향했다. 한낮은 여름처럼 더웠고 공기는 텁텁하고 습했다. 산들바람 한 줄기조차 불지 않았다. 양편 길가에 웃자란 풀 틈에서 귀뚜라미가 느릿느릿 울었다. 조는 노란색을 띤 지평선의 하늘을 보고 처음에는 구름이라고 생각했다. 다시 보니 돔의 표면에 내려앉은 꽃가루와 오염물질이 섞여 만들어진 혼합물이었다. 프레스틸 개울이 길가에 흐르는 이곳에서는 드넓은 안드로스코긴 강에 합류하고 싶어 안달이 난 개울이 서남쪽 캐슬록을 향해 세차게 흐르는 소리가 들려야 마땅했건만, 아이들의 귀에 들리는 것은 귀뚜라미 소리와 숲에서 나른하게 우는 까마귀 소리뿐이었다.

아이들은 깊은골길을 지나 검은능선길을 1.5킬로미터쯤 나아갔다. 군데군데 숭숭 팬 그 흙길에는 땅이 얼어서 갈라지는 바람에 기울어진 표지판 두 개가 보였다. 왼쪽 표지판에는 **사륜구동차 권장**이라고 씌어져 있었다. 오른쪽 표지판에 추가된 내용은 이러했다. **다리 중량 제한 4톤/ 대형 트럭 진입 금지**. 두 표지판 모두 총알구멍으로 벌집이 된 상태였다.

"마을 사람들이 사격 훈련을 꼬박꼬박 해서 참 다행이야. 엘클라이더가 쳐들어와도 안심이잖아."

"베니, 그건 알카에다야." 조가 바로잡아 주었다.

베니는 천진난만하게 웃으며 고개를 저었다.

"난 엘클라이더 얘기하는 거야. 그게 누구냐면, 경찰 단속을 피하려고 메인 주 서부로 이사 온 멕시코 산적들인데……."

"여기서 가이거 계수기를 꺼내 보자."

노리가 자전거에서 내리며 말했다. 계수기는 베니의 슈윈 자전거 앞바구니에 들어 있었다. 계수기를 감싼 것은 아이들이 클레어의 걸레 바구니에서 챙긴 낡은 수건 몇 장이었다. 베니는 계수기를 꺼내어 조에게 건넸다. 계수기의 샛노란 몸체는 흐릿한 풍경 속에서 무엇보다도 밝게 빛났다. 베니의 얼굴에서 웃음이 사라졌다.

"조, 네가 해 봐. 난 긴장이 돼서."

조는 가이거 계수기를 가만히 내려다보다가 노리에게 건넸다.

"겁쟁이들."

노리는 악의 없는 목소리로 중얼거리고 계수기의 스위치를 올렸다. 바늘이 순식간에 +50까지 치솟았다. 눈금을 본 조는 심장이 가슴 대신 목구멍에서 벌렁거리는 느낌이 들었다.

"우와! 대박이다!"

베니가 외쳤다.

노리는 제자리를 지키는(그러나 빨간색 위험 구역까지는 아직 반쯤 남은) 바늘에서 조에게로 눈을 돌렸다.

"계속 가 볼래?"

"당연하지."

12

경찰서는 전기가 끊길 염려가 없었다. 적어도 아직은. 경찰서 지하에는 우울할 정도로 무덤덤한 형광등 불빛 아래 초록색 타일이 깔린 복도가 기다랗게 이어졌다. 새벽이든 한밤중이든 이 아래는 늘 눈부신 정오였다. 랜돌프 서장과 프레드 덴턴이 바비를 호위하며(팔을 쥐어박는 것도 호위라고 할 수 있다면 말이지만) 계단을 내려왔다. 두 여성 경관은 총구를 바닥으로 향하고 그들의 뒤를 따랐다.

지하실 복도 왼편은 서류 보관실이었다. 오른편에는 감방 다섯 칸이 있었다. 서로 마주보도록 양쪽에 두 칸씩, 그리고 막다른 끝에 한 칸이 더 있었다. 가장 작은 맨 끝 방은 걸터앉을 덮개도 없는 스테인리스스틸 변기 한 개를 빼고 좁다란 간이침대가 온통 차지했다. 그들이 바비를 붙들고 향하는 곳이 바로 그 방이었다.

슈퍼마켓 폭동에서 가장 지독하게 소란을 피운 사람들조차도 피터 랜돌프 서장의 명령(실은 서장이 빅 짐에게서 받은 명령)에 따라 근신 서약만 하고 풀려났고(그들이 도망쳐 봤자 어디로 가겠는가?), 따라서 유치장 감방은 모두 비어 있어야 했다. 그래서 경관들은 4번 방에 숨어 있다가 불쑥 튀어나온 멜빈 셜스를 보고 흠칫 놀랐다. 머리에 감은 붕대가 아래로 축 처진 멜빈은 시커멓게 멍든 두 눈을 가릴 요량으로 선글라스를 끼고 있었다. 한쪽 손에는 무언가 묵직한 것을 넣어 코가 축 늘어진 흰 양말을 들고 있었다. 멜빈이 손수 만든 곤봉이었다. 바비의 머릿속에 맨 먼저 흐릿하게 떠오른 생각은 이러했다. '나 투명인간한테 습격당하는

건가?'

"이 나쁜 새끼!"

멜빈은 이렇게 외치며 양말을 휘둘렀다. 바비는 몸을 숙였다. 머리 위로 횡 날아간 양말이 프레드 덴턴의 어깨를 때렸다. 덴턴은 괴성을 지르며 바비를 놓아주었다. 뒤에서는 여성 경관들이 소리를 질렀다.

"이 씨발 살인자 새끼야! 내 머릴 박살내려고 고용한 놈이 누구야, 응?"

멜빈이 다시 휘두른 양말이 이번에는 바비의 왼쪽 팔에 꽂혔다. 팔이 떨어져 나가는 것만 같았다. 양말 안에 든 것은 모래가 아니라 일종의 문진 같았다. 소재는 아마도 유리나 금속 같았고, 뭐든 간에 모양은 둥그스름했다. 모서리가 있는 문진이었으면 피가 흘렀을지도 몰랐다.

"에라 이 천하의 씨발놈아!"

멜빈은 고함을 지르며 묵직한 양말을 또다시 휘둘렀다. 덴턴에 이어 랜돌프 서장도 뒤로 물러서며 바비의 팔을 놓았다. 바비는 양말 주둥이 쪽을 붙잡았지만 문진이 든 양말 코가 팔목을 휘감자 주춤 물러섰다. 뒤이어 손을 확 잡아당겨 멜빈이 손수 만든 무기를 빼앗는 데 성공했다. 이와 동시에 멜빈의 머리에서 붕대가 흘러내려 마치 눈가리개처럼 선글라스를 가렸다.

"그만, 움직이지 마!" 재키 웨팅턴이 외쳤다. "수감자, 동작 그만! 마지막 경고다!"

바비는 어깻죽지 사이에 작고 서늘한 원이 생겨나는 느낌이 들었다. 굳이 보지 않아도 훤히 알 수 있었다. 재키가 등에 총구를 대고 있었다. '방아쇠를 당기면 바로 거기에 총알이 박히겠지. 어쩌면 쏠지도 몰라. 작은 마을에서 잘 알지도 못하는 뜨내기가 큰 사고를 치면 전문가도 풋내기가 되는 법이니까.'

바비는 양말을 떨어뜨렸다. 안에 든 물건이 리놀륨 바닥에 부딪혀 '철컹' 소리를 냈다. 뒤이어 바비가 두 손을 들었다.

"내려놨습니다, 경관님! 전 무기가 없습니다, 총 치워 주세요!"

멜빈은 흘러내린 붕대를 한쪽으로 걷어냈다. 등 뒤로 늘어진 붕대가 꼭 인도 사람의 터번 같았다. 멜빈은 바비에게 두 번 주먹을 날렸다. 한 번은 명치, 한 번은 배였다. 이번에는 바비가 맞을 준비를 할 틈도 없었다. '파!' 소리와 함께 허파에서 공기가 빠져나갔다. 몸이 앞으로 푹 꺾였고, 뒤이어 무릎이 풀렸다. 멜빈이 바비의 목덜미를 주먹으로 찍었다. 어쩌면 덴턴인지도 몰랐다. 바비는 그저 불굴의 영도자께서 직접 내리찍었는지도 모른다는 생각밖에 할 수가 없었다. 쭉 뻗은 바비의 눈앞에서 세상은 점점 흐릿해졌다. 리놀륨 바닥에 튀어나온 거스러미 한 개만은 예외였다. 그것만은 똑똑히 보였다. 실은 숨이 막힐 만큼 똑똑히 보였는데, 당연한 일이었다. 눈에서 2센티미터도 안 떨어진 곳에 있었으니까.

"그만해요, 그만, 그만 때리라니까요!"

아득히 먼 곳에서 들려온 목소리였지만 바비는 그 목소리의 임자가 러스티의 아내일 거라고 확신했다.

"쓰러졌잖아요, 쓰러진 거 안 보여요?"

여러 명의 발이 바비를 둘러싸고 현란한 춤을 추었다. 그중 한 명은 바비의 엉덩이에 발이 걸려 자빠지면서 '이런 쌍!' 하고 소리를 지르더니 이내 바비의 엉덩이를 걷어찼다. 모두 아득히 멀리서 벌어지는 일들이었다. 나중에는 아플지도 몰랐지만 당장은 기분이 그리 나쁘지 않았다.

여러 명의 손이 바비를 붙들고 일으켜 세웠다. 바비는 고개를 들려고 애썼지만 결국에는 숙이고 있기가 더 쉬웠다. 맨 끝 감방을 향하여 질질 끌려가는 동안 발밑에서는 초록색 리놀륨 바닥이 반대쪽으로 흘러갔다. 위에서 덴턴이 뭐라고 했더라? '특실에 체크인할 시간.'

'하지만 베개에 초콜릿을 올려주는 서비스는 없을 것 같은데.' 바비는 속으로 생각했다. 어차피 상관없었다. 그저 기운을 차릴 수 있도록 혼자 남고 싶다는 마음뿐이었다.

속도를 더 높일 생각이었는지, 감방 바깥에 있던 경관들 중 한 명이 바비의 엉덩이를 걷어찼다. 바비는 앞으로 날아가는 와중에도 초록색 콘크리트 벽에 얼굴부터 처박지 않으려고 오른팔을 들어올렸다. 왼팔도 들려고 했지만 팔꿈치 아래로는 아직도 감각이 없었다. 그러나 머리를 보호하는 데는 성공했고, 그것 하나는 다행이었다. 바비는 뒤로 팅겨나와 비틀거리다가 다시 무릎을 꿇었다. 이번에는 간이침대 옆에 허물어진 탓에 꼭 자기 전에 기도를 드리는 사람 같았다. 등 뒤에서 감방 문이 쿠르릉 소리를 내며 닫혔다.

바비는 침대에 두 손을 짚고 몸을 일으켰다. 왼팔이 이제야 조금 움직였다. 뒤로 돌아서자 마침 의기양양하게 걸어가는 랜돌프의 뒷모습이 보였다. 주먹은 꽉 쥔 채였고 고개는 숙이고 있었다. 그 너머로 덴턴이 셜스의 머리에 남은 붕대를 풀고 있었다. 셜스는 이글거리는 눈으로 이쪽을 노려보았다(코끝에 걸린 선글라스

탓에 눈빛의 위력이 조금 덜했다.). 그들 너머 계단 입구에는 여성 경관들이 서 있었다. 하나같이 낙담하고 혼란스러워 하는 표정이었다. 린다 에버렛의 낯빛은 어느 때보다도 창백했고, 바비는 그녀의 눈썹에서 반짝이는 눈물을 본 듯싶었다.

바비는 온 힘을 모아 린다에게 외쳤다.

"에버렛 경관님!"

린다는 흠칫 놀랐다. 지금껏 누가 그녀를 에버렛 경관님으로 불러 준 적이 있던가? 어쩌면 등하굣길 교통정리를 나갔을 때 초등학생들이 불러 줬을지도. 시간제 경관인 린다에게는 그 일이 가장 중요한 임무였다. 지난주까지는 그러했다.

"에버렛 경관님! 경관님! 제발요!"

"닥쳐!" 프레드 덴턴이 으르렁댔다.

바비는 아랑곳하지 않았다. 곧 기절하거나, 아니면 적어도 눈앞이 캄캄해질 것만 같았다. 그러나 당장은 끈덕지게 물고 늘어질 작정이었다.

"남편한테 사체를 검시하라고 하십시오! 특히 퍼킨스 부인을요! 경관님, 러스티는 반드시 검시를 해야 합니다! 사체는 병원에 없을 겁니다! 레니가 그리 가도록 놔뒀을 리가……."

피터 랜돌프가 감방으로 성큼성큼 걸어왔다. 바비는 랜돌프가 프레드 덴턴의 허리띠에서 빼낸 물건을 보고 얼굴을 가리려고 양팔을 들었다. 그러나 팔이 너무나 무거웠다.

"그만큼 했으면 됐어."

랜돌프는 최루가스 분사기를 창살 사이로 집어넣고 방아쇠 모양 스위치를 당겼다.

13

벌겋게 녹이 슨 검은능선 다리를 반쯤 건넜을 때, 노리는 자전거를 세우고 가만히 서서 다리 건너편을 바라보았다.

"계속 가자. 해가 있을 때 빨리 가야지."

"나도 알아, 조. 근데 저기 좀 봐."

노리가 앞을 가리켰다. 경사가 급한 건너편 둑 아래 말라붙어 가는 진흙땅에, 죽은 사슴 네 마리가 보였다. 둠이 물을 막기 전에는 프레스틸 개울이 세차게 흐르던 곳이었다. 수사슴 한 마리에 암사슴 두 마리, 새끼 사슴도 한 마리 있었다. 네 마리 다 실팍하게 살쪄 있었다. 체스터스밀에 여름 날씨가 계속된 덕분에 먹을 풀이 많았기 때문이었다. 주검 위에 구름처럼 모여든 파리 떼가 보였다. 심지어 졸음을 불러일으키는 왱왱 소리마저 들렸다. 평소 같았으면 흐르는 물소리에 가려 들리지 않았을 소리였다.

"어떻게 된 거지?" 베니가 물었다. "우리가 찾는 거랑 무슨 상관이 있을까?"

"노리, 네가 얘기하는 게 방사능이라면, 이렇게 빨리 퍼지지는 않을 거야."

"엄청 강력한 방사능이 아니라면 그렇겠지."

노리가 불안한 듯이 말했다. 조는 가이거 계수기의 바늘을 가리켰다.

"그거야 모르지. 그치만 눈금을 보면 그렇게 높진 않아. 만에 하나 바늘이 빨간색까지 돌아간다고 해도 사슴처럼 큰 동물이 사흘 만에 죽을 정도는 아니야."

베니가 건너편을 바라보며 말했다.

"저 수사슴은 다리가 부러졌는데. 여기서도 보여."

"암사슴 한 마리는 둘이나 부러졌어."

노리도 눈에 쏟아지는 햇빛을 가리고 건너편을 보고 있었다.

"둘 다 앞다리야. 구부러진 거 보이지?"

조는 그 암사슴이 고난도의 스턴트 동작을 시도하다가 죽은 것 같다고 생각했다.

"펄쩍 뛰려고 그랬나 봐." 노리가 중얼거렸다. "둑에서 뛰어내리려고. 절벽에서 뛰어내리는 그 쥐들처럼."

"레몬 말이지." 베니가 대꾸했다.

"레밍이야, 이 새대가리야." 조가 면박을 주었다.

"도망가려고 그랬을까? 그러다가 죽은 걸까?"

노리의 물음에 두 소년 모두 대답하지 않았다. 둘 다 실제보다 더 어려진 듯 보였다. 꼭 캠프파이어에 둘러앉아 도가 지나치게 무서운 이야기를 억지로 듣는 아이들 같았다. 세 아이들은 저마다 자전거 옆에 서서 죽은 사슴들을 바라보며 파리 떼의 나른한 날갯짓 소리를 들었다.

"노리, 계속 갈래?" 조가 물었다.

"그래야 될 것 같아." 노리는 자전거 바퀴살 위로 다리를 획 올려 안장에 걸터앉았다.

"알았어." 조도 자기 자전거에 올라탔다.

"어휴, 또 너한테 말려드는구나." 베니가 중얼거렸다.

"응?"

"아무것도 아냐. 가세, 형제여. 말을 달려 보세."

아이들은 다리 건너편에 이르러 사슴 네 마리가 모두 다리가 부러졌음을 알아보았다. 새끼 사슴은 머리가 박살나 있었다. 아마도 평소에는 물에 가려 있던 바위에 부딪힌 탓인 듯싶었다.

"가이거 계수기 다시 확인해 봐."

조의 말에 노리가 계수기를 켰다. 이번에는 바늘이 +75 바로 아래에서 춤을 추었다.

14

피터 랜돌프는 듀크 퍼킨스 서장의 책상 서랍에서 오래된 카세트테이프 녹음기를 꺼내어 조작해 보았다. 배터리가 아직 남아 있었다. 주니어 레니가 서장실에 들어섰을 때, 랜돌프는 그 작은 소니 녹음기의 녹음 버튼을 누르고 젊은 경관이 볼 수 있도록 책상 모서리에 올려놓았다.

다시 찾아온 편두통이 이제 두개골 왼편에서 으르렁거리는 중얼거림으로 잦아든 덕분에, 주니어는 충분히 평정을 유지할 수 있었다. 이 문제에 대해 이미 아버지와 머리를 맞댄 주니어는 무슨 말을 해야 할지 알고 있었다.

'식은 죽 먹기야. 그냥 절차니까.' 빅 짐은 그렇게 얘기했다.

그 말은 사실이었다.

"그래, 시체는 어떻게 찾았나?"

랜돌프는 책상 뒤편의 회전의자에 몸을 깊숙이 묻으며 물었다. 퍼킨스 서장의 개인 물품은 모조리 챙겨서 방 반대편의 서류함에 쓸어 담은 후였다. 이제 브렌다가 죽었으니 쓰레기통으로 직행할 물건들이었다. 상속할 유족이 없으면 개인 물품 따위는 아무 쓸모도 없었다.

"그게, 117번 국도 순찰을 마치고 돌아오는 길이었습니다. 그래서 슈퍼마켓 폭동은 아예 구경조차 못하고……."

"자넨 운이 좋았군. 험한 말을 써서 미안하네만, 푸드시티에선 아주 그냥 좆같았거든. 커피 마실 텐가?"

"괜찮습니다, 서장님. 편두통이 좀 있는데 커피를 마시면 더 심해지는 것 같아서요."

"어차피 안 좋은 습관이야. 담배만큼은 아니지만, 커피도 해롭기는 마찬가지니까. 자네 내가 믿음을 갖기 전엔 흡연자였던 거 알았나?"

"아뇨, 몰랐습니다."

주니어는 이 얼간이가 수다를 멈추고 자신이 얘기하게 해 줬으면, 그래서 빨리 이 방을 나갈 수 있도록 해 줬으면 하고 바랐다.

"그래, 다 레스터 코긴스 목사님 덕분이었어." 랜돌프는 양손을 벌리고 가슴 위로 들어올렸다. "프레스틸 개울에 내 온 몸을 담가 주셨지. 난 바로 거기서 내 영혼을 주님께 바쳤네. 사실 남들처럼 진실되게 교회에 나가진 않았어. 자네 아버님만큼은 절대 아니었지. 그래도 코긴스 목사님은 좋은 분이셨네." 랜돌프는 고개를 가로저었다. "데일 바버라는 양심의 가책을 못 이길 거야. 양심이란 게 있다면 말이지만."

"맞습니다, 서장님."

"그리고 대답할 것도 아주 많지. 내가 최루가스를 한 방 먹여

췄네. 뭐, 앞으로 겪을 일에 비하면 약과지만. 그건 그렇고, 순찰을 마치고 돌아오다가 어떻게 됐나?"

"돌아오는 길에 누가 차고에 있는 앤지의 차를 봤다던 얘기가 기억났습니다. 그러니까, 매케인 씨 댁 차고 말입니다."

"그 얘길 누가 해 줬는데?"

"프랭크, 였던가?" 주니어는 관자놀이를 문질렀다. "아마 프랭크였을 겁니다."

"계속하게."

"어쨌든, 그래서 차고 창문을 들여다봤는데, 정말로 안에 앤지의 차가 있었습니다. 현관으로 가서 초인종을 눌렀지만 아무도 나오질 않았습니다. 그래서 걱정이 돼서 집 뒤로 돌아가 봤습니다. 거기서…… 냄새가 났습니다."

랜돌프는 이해한다는 듯이 고개를 끄덕였다.

"기본적으로는 자네의 감을 믿고 따라간 거로군. 그건 경찰로서 아주 훌륭한 자세야."

주니어는 랜돌프의 표정을 날카롭게 살폈다. 그 말이 그저 농담인지, 아니면 교활하게 캐 보는 수작인지 궁금했다. 그러나 서장의 눈에는 오로지 존경의 빛밖에 보이지 않았다. 주니어는 아버지가 앤디 샌더스보다 더 멍청한 조수를 찾아냈음을 깨달았다(맨 처음 떠오른 단어는 조수가 아니라 '공범'이었다.). 그런 일이 가능하리라고는 생각도 못했는데.

"계속하게, 마무리를 지어야지. 자네한테 힘든 일이란 건 나도 알아. 우리 모두 마찬가지라네."

"예, 서장님. 기본적으로는 서장님 말씀대롭니다. 집 뒷문이 열려 있기에 냄새가 풍겨 오는 식료품 창고 쪽으로 곧장 가 봤습니다. 안에 뭐가 있는지 보고는, 제 눈을 믿을 수가 없었습니다."

"그럼 인식표도 그때 찾았나?"

"예. 아뇨. 그런 셈입니다. 앤지가 손에 뭘 쥐고 있었는데…… 쇠줄이 달린…… 하지만 그땐 뭔지 몰랐습니다. 아무것도 건드리고 싶지 않았고요. 제가 애송이란 건 저도 아니까요."

주니어는 짐짓 겸손한 척 고개를 숙였다.

"잘했어. 아주 똑똑해. 자네도 알겠지만, 평소 같았으면 주 검찰총장이 현장에 과학수사대를 한 무더기 파견했을 걸세, 바버라 녀석이 빼도 박도 못하게 말이야. 하지만 지금은 평소랑은 다르잖나. 그래도 증거는 충분해. 인식표를 깜박하다니 멍청한 놈이지."

"제 휴대전화로 아버지한테 전화를 걸었습니다. 경찰 무전을 들어 보니 다른 분들은 슈퍼마켓 사태로 바쁘신 것 같아서……."

"바빠?"

랜돌프는 주니어의 말이 황당하다는 듯이 눈을 굴렸다.

"그건 모르고 하는 소리야. 어쨌든 아버지한테 전화한 건 잘한 일이네. 자네 아버지도 사실 경찰의 일원이니까."

"아버지는 프레드 덴턴 경관하고 재키 웨팅턴 경관을 데리고 매케인 씨 댁으로 왔습니다. 덴턴 경관이 현장 사진을 찍는 사이에 린다 에버렛 경관이 도착했고요. 그다음에 스튜어트 보위 씨가 동생하고 함께 장의차를 몰고 왔습니다. 아버진 그렇게 하는 게 최선이라고 했습니다. 병원 사람들은 슈퍼마켓 폭동 때문에 눈코 뜰 새 없이 바쁘다면서요."

랜돌프는 고개를 끄덕였다.

"적절한 조치였어. 죽은 사람보다는 우선 산 사람부터 도와야
지. 인식표를 발견한 사람은 누구지?"

"웨팅턴 경관입니다. 연필로 앤지의 손을 폈는데, 거기서 인식
표가 바닥에 떨어졌습니다. 현장 사진은 덴턴 경관이 다 찍어 뒀
습니다."

"재판에서 도움이 되겠군. 돌이 사라지지 않으면 우리가 알아
서 처리해야겠지만, 할 수 있을 걸세. 성서에도 나와 있지 않나.
믿음만 있으면 산도 옮길 수 있다고 말이야. 그래, 시체를 발견한
시각은?"

"정오 무렵이었습니다."

'제 애인들한테 잠시 작별 인사를 하고 나서요.'

"발견하고 곧장 아버지한테 전화했나?"

"그게, 바로 하진 않았습니다."

주니어는 솔직한 눈으로 랜돌프를 마주보았다.

"먼저 바깥에 나가서 토부터 했거든요. 시체들이 너무 지독하
게 훼손돼서요. 그런 건 평생 본 적이 없습니다."

주니어는 긴 한숨을 토했고, 치밀하게도 살짝 떨리는 시늉까지
했다. 녹음기가 떨림까지 잡아낼 리는 없었지만 적어도 랜돌프의
기억에는 남을 듯싶었다.

"아버지한테 전화한 때는 다 토하고 나서였습니다."

"좋아, 그 정도면 된 것 같군."

랜돌프는 시간대별 행적이나 아침 순찰에 대해서는 더 묻지
않았다. 심지어 주니어에게 보고서를 쓰라고 명령하지도 않았다
(최근 들어 뭘 쓰기만 하면 두통이 일어나는 주니어에게는 다행스러

운 일이었다.). 랜돌프는 앞으로 몸을 숙여 녹음기를 껐다.

"고맙네, 레니 경관. 오늘은 그만 퇴근하지 그러나? 집에 가서 좀 쉬게. 자네 아주 피곤해 보여."

"서장님, 그 자식을 심문할 때 저도 같이 들어가고 싶습니다. 바버라 말입니다."

"뭐, 오늘 놓칠까 봐 걱정할 필요는 없네. 일단 스물네 시간 동안 가둬놓고 진을 뺄 테니까. 그건 자네 아버지 생각이야, 아주 훌륭한 생각이지. 심문은 내일 오후나 저녁쯤에 시작할 텐데, 자네도 함께 들어가세. 내 약속하지. 아주 뻑적지근한 심문이 될 거야."

"예, 서장님. 좋습니다."

"미란다 원칙 따위 엿이나 먹으라고 해."

"당연하죠."

"게다가 저놈의 돔 덕분에 카운티 경찰에 넘길 필요도 없지. 이건 마을에서 일어난 일은 마을 안에서 해결한다는 게 어떤 건지 확실히 보여 줄 기회야."

랜돌프는 주니어에게 날카로운 눈빛을 던졌다.

주니어는 이 말에 '예, 서장님' 하고 대답해야 할지, 아니면 '아닙니다, 서장님'이라고 해야 할지 갈피를 잡을 수가 없었다. 책상 너머에 앉은 바보가 도대체 무슨 소리를 하는지 몰랐기 때문이었다.

랜돌프는 그 예리한 눈빛으로 주니어를 잠시 더 쏘아보았다. 마치 둘 사이에 통하는 것이 있다고 확인하려는 듯이. 그러다가 손뼉을 한 번 치더니 자리에서 일어섰다.

"집에 가게, 레니 경관. 자넨 좀 쉬어야 해."

"예, 서장님. 제 생각도 그렇습니다. 그럼요, 쉬어야죠."

"코긴스 목사님한테 세례를 받을 때 내 주머니에는 담뱃갑이 들어 있었다네."

랜돌프는 추억에 젖기라도 했는지 다정한 목소리로 말했다. 함께 문으로 걸어가는 사이에 주니어의 어깨에 팔을 두르기까지 했다. 주니어는 공손하게 귀를 기울이는 표정을 유지했지만, 속으로는 그 팔이 어찌나 무거웠던지 비명을 지르고 싶었다. 고기로 만든 넥타이를 맨 기분이었다.

"물론 담배는 젖어서 망가졌지. 난 그 후로 담배를 산 적이 한 번도 없네. 하나님의 아들이신 주 예수님께서 나를 마귀폴로부터 구원하신 거야. 이 얼마나 크신 은혠가?"

"굉장하네요." 주니어는 가까스로 대답했다.

"제일 주목받을 사람은 당연히 브렌다하고 앤지야. 그게 정상이지. 한 명은 명망 있는 마을 주민이고, 또 한 명은 앞날이 창창했던 아가씨니까. 하지만 코긴스 목사님의 팬도 적진 않아. 수많은 독실한 신도들이야 말할 것도 없고."

주니어는 왼쪽 눈 가장자리를 통해 랜돌프의 뭉뚝한 손을 내려다보았다. 문득 고개를 홱 돌려 그 손을 물면 랜돌프가 어떻게 할지 궁금해졌다. 손가락을 한 개 물어뜯어서 바닥에 내뱉으면?

"도디를 빼놓으시면 안 되죠."

아무 생각 없이 한 말이었지만 효과는 있었다. 랜돌프는 주니어의 어깨에 올렸던 손을 거두었다. 표정을 보아 하니 정신이 퍼뜩 든 모양이었다. 주니어는 그가 도디를 깨끗이 잊어버렸음을 알아챘다.

"맙소사, 도디 샌더스. 누가 앤디한테 전화로 알려 줬나?"

"전 모릅니다, 서장님."

"자네 아버지가 했겠지, 그랬겠지?"

"아버진 엄청나게 바쁜 것 같던데요."

그 말은 사실이었다. 빅 짐은 목요일 밤의 마을 회의에서 낭독할 연설 원고를 다듬는 중이었다. 그 연설이 끝나면 위기를 극복할 때까지 마을 의장단에 비상 지휘권을 위임하는 법안을 주민투표에 부칠 계획이었다.

"내가 전화를 해 줘야겠군. 하지만 그 전에 기도부터 드리는 게 낫겠어. 자네도 나랑 함께 무릎 꿇지 않겠나?"

주니어는 무릎 꿇고 기도를 하느니 차라리 라이터 기름을 가랑이에 붓고 불알을 태워 버리고 싶었지만, 그 생각을 입 밖에 내지는 않았다.

"기도는 혼자서 해라, 그러면 주님의 대답을 더욱 잘 들을 수 있다. 저희 아버지가 항상 하시는 말씀이죠."

"그래. 거 참 훌륭한 말씀이로군."

주니어는 랜돌프가 뭐라고 더 주절거리기 전에 서장실을 빠져나간 다음 곧바로 경찰서를 나섰다. 집까지 걸어가는 동안 그는 깊은 생각에 빠졌다. 잃어버린 애인들을 추모하는 한편으로 그런 애인을 또 만들 수 없을지 궁금해 했다. 어쩌면 한 명으로는 부족할 듯도 싶었다.

돔 아래에서는, 무슨 일이든 가능할 것만 같았다.

15

피터 랜돌프는 정말로 기도를 드리려고 애썼지만 머릿속이 너무 복잡했다. 게다가 주님께서는 스스로 돕는 자를 도우시는 법이었다. 성서에 그렇게 적혀 있을 것 같지는 않았지만 어쨌거나 사실이었다. 랜돌프는 서장실 벽 게시판에 압정으로 박혀 있는 비상 연락망에서 앤디 샌더스의 휴대전화 번호를 확인하고 전화를 걸었다. 안 받았으면 하고 내심 바랐지만, 상대는 첫 번째 연결음이 울리기가 무섭게 전화를 받았다. 생각해 보면 앤디는 늘 그러지 않았던가?

"앤디, 나 랜돌프 서장이야. 상당히 충격적인 소식이 있어. 일단 어디 앉는 게 좋을 거야."

힘든 대화였다. 실은 끔찍하기까지 했다. 마침내 통화를 끝낸 후에 랜돌프는 가만히 앉아 책상을 손가락으로 두드렸다. 지금 이 자리에 듀크 퍼킨스 서장이 앉아 있다고 해도 아쉽지만은 않겠다는 생각이 (또다시) 들었다. 어쩌면 조금도 아쉽지 않을 것도 같았다. 랜돌프가 이제껏 깨달은 바에 따르면 서장 노릇은 상상했던 것보다 훨씬 더 힘들고 지저분한 일이었다. 울화통이 터지는 데 비하면 개인 사무실 따위는 아무것도 아니었다. 초록색 서장 전용차도 마찬가지였다. 랜돌프는 운전석에 앉을 때마다 퍼킨스 서장의 펑퍼짐한 궁둥이에 맞춰 푹 팬 자국을 느껴야만 했고, 그럴 때마다 머릿속에는 같은 생각이 떠올랐다. '여긴 내 자리가 아니야.'

샌더스가 경찰서로 오는 중이었다. 바버라와 대면하고 싶다고 했다. 랜돌프가 타일러 보려고 했지만 샌더스는 죽은 아내와 딸의 영혼을 위하여(샌더스 본인의 죄 사함은 말할 것도 없고) 무릎 꿇고 기도하는 편이 더 낫다는 랜돌프의 제안을 절반만 듣고 전화를 끊어 버렸다.

랜돌프는 한숨을 내쉬고 다른 전화번호를 눌렀다. 연결음이 두 번 울리고 나서 빅 짐의 짜증 섞인 목소리가 들려왔다.

"뭐야? 뭐냐고?"

"접니다, 빅 짐. 바쁘신 줄은 저도 알고 방해하고 싶지도 않습니다만, 이리로 좀 와 주실 수 없을까 해서요. 저 좀 도와주십쇼."

16

이제 누리끼리한 빛이 뚜렷해진 하늘 아래, 세 아이들은 왠지 옅어진 오후 햇살을 받으며 우두커니 서서 전신주 아래 널브러진 곰의 주검을 바라보았다. 나무 전신주는 비뚜름하게 기울어져 있었다. 땅에서 1미터 남짓 올라간 곳은 방부 처리된 목재가 갈기갈기 쪼개진 데다 피까지 튀어 있었다. 다른 것들도 묻어 있었다. 하얀 물질은 조가 보기에 뼛조각 같았다. 걸죽한 회색 물질은 틀림없이 뇌의……

조는 뒤로 돌아서 울렁거리는 속을 애써 다스렸다. 거의 성공할 뻔했지만 이내 베니가 우렁찬 '우웩' 소리와 함께 속을 게웠고, 노리가 그 뒤를 따랐다. 조도 포기하고 친구들과 합류했다.

속이 다시 진정되자 조는 배낭을 벗고 아이스티 병을 꺼내어 친구들에게 돌렸다. 첫 모금은 입을 헹구는 데 쓰고 뱉어냈다. 노리와 베니도 조를 따라 했다. 그런 다음 다 함께 아이스티를 마셨다. 미지근했지만 그래도 조의 화끈거리는 목구멍에는 천국이 따로 없었다.

노리는 파리가 왱왱대는 전신주 아래의 시커먼 털 뭉치 쪽으로 조심스레 두 걸음 다가갔다. "아까 그 사슴하고 똑같아. 불쌍한 녀석, 뛰어내릴 둑이 없어서 전신주에 대가릴 박은 거야."

"공수병에 걸린 건 아닐까?" 베니가 나지막이 중얼거렸다. "혹시 그 사슴들도?"

이론상으로는 가능했지만, 조는 그 가능성을 믿지 않았다.

"얘들이 자살한 이유를 생각해 봤는데 말이지."

조는 자신의 떨리는 목소리가 마음에 안 들었지만 어떻게 할 방법이 없었다.

"고래나 돌고래도 자살을 해, 자기 스스로 해변에 올라와서. 텔레비전에서 봤어. 우리 아빠가 그러는데 오징어도 자살을 한대."

"그건 오징어가 아니라 문어겠지." 노리가 끼어들었다.

"뭐든 간에. 아빠 말로는, 문어는 자기가 사는 환경이 심하게 오염되면 자기 발을 뜯어먹는댔어."

"야, 너 내가 또 토하는 거 보고 싶어서 그래?"

베니가 물었다. 피로와 불만이 밴 목소리였다.

"여기서도 똑같은 일이 일어난단 말이야? 환경오염?"

노리의 말에 조는 누리끼리한 하늘을 힐끗 올려다보았다. 그러다가 남서쪽을 가리켰다. 미사일 폭격 당시에 일어난 화재의 흔적이 하늘을 검게 물들인 곳이었다. 지상으로부터 약 50미터 높이에 기다란 검댕 자국이 1.5킬로미터쯤 이어져 있었다. 어쩌면 더 될지도 몰랐다.

"하지만 저건 다른 문제잖아. 안 그래?"

노리의 말에 조는 난들 아느냐는 듯이 어깨를 으쓱했다.

"있잖아, 갑자기 자살하고 싶은 마음이 들 것 같으면 그만 돌아 가자. 난 살아야 될 이유가 엄청 많거든. 아직 워해머 보드 게임도 다 못 깼어." 베니가 중얼거렸다.

"조, 저 곰한테 가이거 계수기를 대 봐."

조는 노리가 말한 대로 감지장치가 든 튜브를 곰의 주검 쪽으로 향했다. 눈금판의 바늘은 내려가지 않았지만 그렇다고 올라가지도 않았다.

노리가 동쪽을 가리켰다. 그쪽으로 난 길을 따라가면 길 이름의 유래가 된 검은 떡갈나무들이 줄지어 늘어서 있었다. 조가 생각하기에 일단 그 나무들을 지나가면 언덕 위에 있는 사과 농원이 보일 듯싶었다.

"일단 나무가 끝나는 데까지라도 가 보자. 거기서 계수기 바늘이 올라가면 마을로 돌아가서 에버렛 선생님이나 바버라 아저씨를 부르는 거야. 아니면 두 사람 다 부르든가. 뒤처리는 어른들한테 맡기면 돼."

노리의 말에 베니는 미심쩍은 표정을 지었다.

"글쎄."

"이상한 기분이 들면 바로 돌아가면 돼." 조가 말했다.

"도움이 될 만한 일은 뭐든 해야 해. 난 완전히 돌아 버리기 전에 마을에서 나가고 싶단 말야."

노리는 농담이라는 뜻으로 싱긋 웃었지만 전혀 농담처럼 들리지 않았다. 그리고 조는 그 말을 진지하게 받아들였다. 체스터스밀이 얼마나 작은 마을인지를 놓고 농담을 하는 사람은 많고도 많았고, 조는 실제로도 그렇다고 생각했다. 제임스 맥머트리의 노래가 그토록 인기를 끈 이유도 아마 그래서였으리라. 인구만 보아도 그랬다. 조가 아는 한 마을에 아시아계는 딱 한 명, 즉 이따금씩 도서관에서 리사 제이미슨을 도와주는 파멜라 첸뿐이었다. 래버티 씨 가족이 오번으로 이사를 간 탓에 흑인은 아예 한 명도 없었다. 스타벅스커녕 맥도널드조차 없었고 극장은 이미 문을 닫은 후였다. 그래도 이때껏 조에게는 늘 드넓은 곳이었고, 뛰놀 곳도 많았다. 아빠 엄마와 함께 자가용을 타고 굴튀김과 아이스크림을 먹으러 루이스턴에 갈 수 없다는 생각이 들기가 무섭게 마을이 이토록 작아 보이다니, 놀라운 일이었다. 또한 마을에는 물자가 풍족했지만 언제까지나 그럴 수는 없었다.

"노리 말이 맞아. 이건 중요한 일이야. 위험을 감수할 만큼 말이야. 적어도 내 생각엔 그래. 베니, 남고 싶으면 남아도 돼. 여기서부턴 원하는 사람만 가야 하니까."

"아니, 나도 갈래. 혼자 남겠다고 하면 너흰 날 개만도 못한 놈으로 취급할 거 아냐."

"지금도 그래!"

조와 노리는 한 목소리로 외쳤다. 그러고는 서로를 마주보며 깔깔 웃었다.

"그래, 울어라! 울어!"

그 목소리는 아득히 먼 곳에서 들려왔다. 바비는 애써 그쪽으로 고개를 돌렸지만 화끈거리는 눈은 도저히 뜰 수가 없었다.

"넌 눈물을 흘리고 또 흘려야 해!"

이렇게 외친 사람은 스스로도 울고 있는 듯했다. 귀에 익은 목소리였다. 바비는 누군지 보려고 했지만 퉁퉁 부은 눈꺼풀이 너무나 무거웠다. 그 아래의 눈은 심장 박동에 맞추어 두근거렸다. 콧속이 꽉 막힌 탓에 침을 삼키면 귀에서 바스락거리는 소리가 났다.

"내 아낼 왜 죽였어? 내 딸을 왜 죽였냐고!"

'어떤 개자식이 최루가스를 뿌렸지. 덴턴? 아니, 랜돌프였어.'

바비는 손바닥을 눈썹 위에 대고 쑥 밀어 올려 가까스로 눈을 떴다. 감방 앞에 서서 볼에 눈물을 철철 흘리는 앤디 샌더스가 보였다. 그럼 샌더스는 누구를 보는 중일까? 감방에 갇힌 사내였다. 그리고 감방에 갇힌 사내는 늘 죄인으로 보이게 마련이었다.

샌더스가 악을 썼다.

"나한텐 그 애밖에 없었는데!"

샌더스 뒤에 랜돌프가 보였다. 당황한 표정으로, 소변이 마려운데 화장실 갈 때를 놓친 초등학생처럼 안절부절못하는 모습이었다. 눈은 화끈거리고 콧속은 지끈거리는 와중에도 바비는 랜돌프가 샌더스를 이리로 데려왔다는 사실에 놀라지 않았다. 샌더스가 마을 의장이기 때문이 아니었다. 피터 랜돌프가 도저히 거절할 수 없음을 깨달았기 때문이었다.

"앤디, 이제 그만하면 됐어. 자네가 그렇게 보고 싶다고 해서 내가 아니다 싶은데도 허락했잖나. 이놈은 단단히 가둬 놨네, 죗값도 톡톡히 치를 테고. 그러니 이제 그만 올라가서 커피나 한 잔……."

앤디가 랜돌프의 제복 앞섶을 확 틀어잡았다. 앤디의 키가 못해도 10센티미터는 더 작았지만 랜돌프는 겁에 질린 표정을 하고 있었다. 바비는 앤디를 원망하지 않았다. 눈앞의 세상이 새빨간 필터를 통해 보이는 와중에도 바비는 앤디 샌더스의 분노를 똑똑히 알아볼 수 있었다.

"총 내놔! 이놈한테는 재판도 과분해! 어차피 빠져나갈 놈이야! 이놈한텐 높은 자리에 있는 친구가 많댔어, 빅 짐이 그랬어! 난 당장 분을 풀어야겠어! 난 그럴 자격이 있어 그러니까 당장 총 내놔!"

바비가 보기에 랜돌프는 앤디에게 환심을 사겠다고 독 안에 든 쥐 신세인 용의자를 쏘아 죽이도록 자기 권총을 내 줄 사람은 아니었지만, 그렇다고 완전히 확신할 수도 없는 노릇이었다. 랜돌프가 샌더스를 이 지하까지, 그것도 혼자만 데려온 데에는 환심을 사고 싶다는 소심한 이유 말고 또 다른 이유가 있을지도 몰랐다.

바비는 기를 쓰고 두 발로 일어섰다.

"샌더스 의장님."

입 안에도 최루가스액이 들어갔다. 혀도 목도 퉁퉁 부은 탓에 설득력 없는 코맹맹이 소리가 나왔다.

"전 따님을 죽이지 않았습니다, 의장님. 전 아무도 안 죽였습니다. 가만히 생각해 보시면 아실 겁니다. 의장님 친구인 레니한테는 희생양이 필요하고, 가장 손쉬운 희생양은 바로 저라는걸……"

그러나 앤디는 그 무엇도 생각할 처지가 아니었다. 그는 랜돌프의 총집에 달려들어 거기에 꽂힌 글록 권총을 붙잡고 늘어졌다. 화들짝 놀란 랜돌프가 권총을 지키려고 버둥거렸다.

그 순간, 배가 불룩한 사람 형상이 계단을 내려왔다. 육덕 푸짐한 몸집에도 불구하고 움직임이 우아했다.

"앤디!" 빅 짐이 외쳤다. "앤디, 이 사람아. 이리 오게."

빅 짐이 두 팔을 벌렸다. 앤디는 실랑이를 멈추고 마치 아버지품으로 뛰어드는 울보 아이처럼 빅 짐을 향해 달려갔다. 그리고빅 짐은 그를 꼭 껴안았다.

"총이 필요해!"

앤디는 눈물과 콧물로 범벅이 된 얼굴을 쳐들고 빅 짐을 올려다보며 웅얼거렸다.

"짐, 나한테 총 한 자루만 줘! 지금! 당장! 저놈이 죗값을 치르게 쏴 버릴 거야! 난 아버지니까 그럴 권리가 있잖아! 저놈이 우리 예쁜 딸을 죽였어!"

"자네 딸만 죽인 게 아닌지도 모르지. 어쩌면 앤지하고 레스터, 가엾은 브렌다 말고 또 있을지도 몰라."

그 말에 홍수 같던 애원이 멈췄다. 앤디는 빅 짐의 넙데데한 얼굴을 올려다보았다. 어안이 벙벙한, 정신이 나간 표정으로.

"어쩌면 자네 부인도. 듀크 서장도. 마이라 에번스도. 다른 사람들 모두."

"그게 무슨……."

"친구, 저 돔은 누가 만들어낸 거야. 내 말이 틀렸나?"

"그야……."

앤디가 거기까지밖에 말하지 않았는데도 빅 짐은 상냥한 표정으로 고개를 끄덕였다.

"그리고 내 생각에, 돔을 만든 자들한테는 내부의 스파이가 적어도 한 명은 필요해. 돔 안을 휘저어서 소란을 일으킬 사람 말일세. 그런데 뭘 휘젓는 일에 간이식당 요리사보다 더 어울리는 인물이 있을까?"

빅 짐은 앤디의 어깨에 팔을 두르고 랜돌프 서장 쪽으로 데려갔다. 그러면서 벌겋게 부은 바비의 얼굴을 흘깃 쳐다보았다. 무슨 벌레를 쳐다보는 듯했다.

"증거는 우리가 찾아낼 걸세. 난 추호도 의심하지 않아. 저놈은 흔적을 지울 만큼 똑똑하지 않다는 걸 이미 스스로 보여 줬으니까 말이야."

바비는 랜돌프에게 주의를 집중했다.

"서장님, 이건 함정입니다." 목소리는 여전히 코맹맹이 소리였다. "처음엔 빅 짐이 자기 치부를 덮으려고 꾸민 짓이었을 테지만, 지금은 더도 덜도 아닌 권력 다툼일 뿐이에요. 서장님, 비록 지금은 소모품이 아니라고 해도 일단 쓸모가 없어지면 서장님도 끝장입니다."

"닥쳐." 랜돌프가 쏘아붙였다.

빅 짐은 앤디의 머리를 다독여 주는 중이었다. 그 모습을 보고 바비는 집에서 키우던 코커스파니엘 미시를 다독이던 어머니가 생각났다. 미시가 늙어서 멍청해진 나머지 볼일조차 못 가리게 됐을 때의 기억이었다.

"앤디, 저놈은 죗값을 치를 걸세. 내가 약속하지. 하지만 우선은 죄상을 남김없이 밝혀야 해. 언제, 무엇을, 왜, 그리고 누가 더 연루되었는지도 밝혀내야 해. 혼자서 저지른 짓이 아니거든, 아무렴. 저놈을 돕는 자들이 있어. 저놈은 죗값을 치를 걸세. 허나 그 전에 정보를 있는 대로 짜낼 걸세."

"어떻게 치른단 말이야? 죗값을 어떻게 치르게 할 건데?"

앤디는 이제 기뻐서 어쩔 줄 모르는 표정으로 빅 짐을 우러러보았다.

"흠, 혹시라도 돔을 없애는 법을 안다면…… 안다고 해도 놀랄 일은 아니지. 어쨌든 그렇다면 쇼생크 교도소에 처넣는 걸로 만족해야겠지. 가석방 없는 종신형으로."

"그걸론 부족한데." 앤디가 소곤거렸다.

빅 짐은 여전히 앤디의 머리를 다독거리는 중이었다.

"만약 돔이 사라지지 않으면?" 빅 짐의 얼굴에 미소가 번졌다. "그땐 우리가 직접 재판에 부쳐야지. 그리고 유죄 판결이 나오면, 처형하는 거고. 어떤가, 자넨 그게 더 낫겠나?"

"훨씬 나은데." 앤디가 소곤거렸다.

"동감이네, 친구."

다독다독. 다독다독.

"동감이야."

18

숲을 뚫고 나온 세 아이들은 나란히 멈춰 서서 과수원을 올려 다보았다.

"저 위에 뭐가 있어! 내 눈엔 보여!"

베니의 목소리는 들떠 있었다. 그러나 조의 귀에는 이상하게도 아득히 먼 곳에서 들려오는 듯했다.

"나도 봤어. 저거 꼭…… 꼭…….'

노리는 '무선 표지' 같다고 말하려 했지만, 그 말은 끝내 입 밖 에 나오지 않았다. 아무리 기를 써도 꼭 모래밭에서 트럭 놀이를 하는 아기처럼 '무…… 무……' 소리밖에 나오지 않았다. 그러다 가 자전거에서 굴러 떨어져 길가에 쓰러지더니, 팔다리를 부들부 들 떨었다.

"노리?"

조는 놀라는 대신 어리벙벙한 기분으로 노리를 내려다보다가, 뒤이어 베니를 올려다보았다. 둘의 눈이 잠시 마주치는가 싶더니 이번에는 베니가 스르륵 허물어졌다. 타고 있던 자전거가 베니 위 로 넘어졌다. 베니는 몸부림을 치며 자전거를 한쪽으로 걷어찼다. 가이거 계수기는 눈금판을 아래로 향한 채 도랑에 처박혔다.

조는 도랑까지 비틀비틀 걸어가 고무처럼 흐느적거리는 팔을 뻗었다. 손으로 노란색 계수기를 쥐고 뒤집었다. 바늘이 빨간색 위 험 구역 바로 아래의 +200까지 치솟아 있었다. 조는 눈금을 확인 하고 곧바로 주황색 불꽃이 넘실거리는 검은 구멍으로 빠져들었 다. 그 불꽃은 산더미처럼 쌓인 호박들로부터 솟아오르는 듯했다.

불붙은 호박등을 쌓아 만든 화형대였다. 어딘지 모를 곳에서 소리치는 목소리가 들려왔다. 길을 잃고 겁에 질린 목소리들이었다. 뒤이어 어둠이 조를 집어삼켰다.

19

슈퍼마켓을 떠난 줄리아가 《데모크라트》 사무실로 돌아왔을 때, 전직 스포츠 기자였다가 이제 보도국 책임자가 된 토니 게이는 노트북 컴퓨터의 자판을 두드리는 중이었다. 줄리아는 토니에게 카메라를 건넸다.

"하던 거 멈추고 이 사진들부터 뽑아 줘."

줄리아는 자기 기사를 쓰려고 컴퓨터 앞에 앉았다. 기사의 첫 줄은 이미 큰길에서부터 머릿속에 담고 온 참이었다. '푸드시티의 전 점장이었던 어니 캘버트는 주민들에게 뒷문으로 오라고 소리쳤다. 그는 사람들이 들어올 수 있게 뒷문을 열어 놓았다고 말했다. 그러나 너무 늦은 말이었다. 폭동은 이미 시작된 후였다.' 도입 부치고는 괜찮았다. 문제는, 쓸 수가 없다는 점이었다. 줄리아는 계속 엉뚱한 글자만 눌러댔다.

"줄리아, 위에 올라가서 좀 누워."

"아냐, 난 기사를 써야 돼."

"그 꼴을 해 가지고 쓰긴 뭘 쓴다고 그래. 낙엽처럼 바들바들 떨면서. 당신 지금 쇼크 상태야. 올라가서 한 한 시간 누워 있어. 사진은 뽑아서 당신 데스크톱 폴더에 넣어 둘게. 메모도 정리해

놓고. 자, 얼른 올라가."

줄리아는 토니의 충고가 마음에 안 들었지만, 결국에는 옳은 말임을 깨달았다. 다만 깨어나고 보니 한 시간 후가 아니었다. 지금은 까마득히 오래전인 것만 같은 지난 금요일 밤부터 제대로 눈을 붙이지 못한 탓이었다. 줄리아는 베개에 머리를 대자마자 곯아떨어졌다.

눈을 떴을 때, 줄리아는 침실에 길게 늘어진 그림자를 보고 화들짝 놀랐다. 때는 늦은 오후였다. 참, 호러스는! 그 개는 지금쯤 집 어느 구석에 오줌을 누고 어느 때보다도 부끄러워하는 표정으로 줄리아를 올려볼 터였다. 마치 주인의 실수가 아니라 자기 잘못이라는 듯이.

줄리아는 운동화를 신고 달려간 주방에서 웰시코기를 발견했다. 개는 문 옆에 서서 나가고 싶어 낑낑대는 대신, 오븐과 냉장고 사이에 담요를 깔아 만든 보금자리에 얌전히 잠들어 있었다. 식탁 위에 놓인 소금통과 후추통 사이에 쪽지가 끼워져 있었다.

작성 시각 오후 3시

줄리아에게

슈퍼마켓 기사는 피트랑 내가 합작해서 써 놨어. 명문장은 아니지만, 당신 손을 거치면 기똥찬 물건이 나오겠지. 사진도 나쁘지 않던데. 로미오 버피 씨가 사무실에 들러서 얘기해 줬는데 종이 재고가 아직 많이 남았대, 그러니까 그 걱정은 안 해도 돼. 당신이 사설을 써야 한다는 얘기도 했어. 버피 씨 말을 그대로 적어둘게. '그럴 필요가 전혀 없었어, 그렇게 무능할 수는 없는 거야. 소동이 일어나길 *바라지 않고서*는. 그 멍청이라면 충분히 그럴 만도 하지, 콕 집어서 랜돌프라고 말하진 않겠네만.' 사설을 내야 한다는 데는 피트하고 나도 동의하지만, 사실이 전부 밝혀질 때까진 조심하는 게 좋겠어. 우리가 동의한 건 또 있어. 당신이 최고의 명사설을 뽑아낼 수 있도록 충분히 잠을 자게 내버려둬야 한다는 거야. 대장, 당신 다크서클이 무릎까지 내려왔어! 난 집에 가서 아내랑 애들 좀 보고 올게. 피트는 경찰서에 갔어. 뭔가 '큰 건'이 터졌는데 가서 알아봐야겠대.

토니 G.

추신! 호러스 산책은 내가 시켰어. 볼일도 다 봤고.

호러스가 자기 삶의 한 부분인 주인을 잊어버리기를 원치 않았던 줄리아는 개를 깨워서 밥 달라고 끙끙대는 소리를 반쯤 들었다. 그런 다음 기사를 마무리 짓고 토니와 피트가 제안한 사설을 쓰려고 아래층 사무실로 내려갔다. 일을 막 시작하려던 참에 휴대전화가 울렸다.

"《데모크라트》의 셤웨이입니다."

"줄리아!" 피트 프리먼이었다. "이리 좀 와 줘야겠어. 접수대에 마티 아스노가 앉아 있는데, 글쎄 들여보내 줄 생각을 안 해. 바깥에서 기다리라는 거야, 젠장할! 경찰도 아니고 기껏해야 여름 한철 교통정리 하는 걸로 푼돈이나 챙기는 멍청한 트럭 운전수 아냐, 그런데 지금은 자기가 무슨 서장 나리라도 되는 양 거들먹거린다니까!"

"피트, 나 여기서 할 일이 산더미 같아. 그러니까……."

"브렌다 퍼킨스가 죽었어. 앤지 매케인, 도디 샌더스……."

"뭐?"

줄리아가 어찌나 세게 일어섰던지 의자가 뒤로 벌렁 자빠졌다.

"……그리고 레스터 코긴스도. 살해당했어. 그런데 잘 들어 봐, 살해 용의자로 체포된 사람이 데일 바버라야. 지금 지하 유치장에 갇혀 있어."

"내가 금방 갈게."

"어휴, 젠장. 지금 앤디 샌더스가 이리 오고 있어. 하도 울어서 눈이 튀어나올 것 같은데. 어떡할까, 유가족 대표로 한마디 부탁할까? 아니면……."

"아내가 죽은 지 사흘 만에 딸까지 잃은 사람한테 무슨 소리야. 우린《뉴욕 포스트》같은 삼류가 아니잖아. 나 금방 갈게."

줄리아는 피트가 대답할 틈도 없이 전화를 끊었다. 처음에는 평정을 유지할 수 있었다. 심지어 사무실 문도 잊지 않고 잠갔다. 그러나 일단 보도로 나오자마자, 즉 담뱃진에 찌든 듯 누리끼리한 하늘 아래 후텁지근한 공기 속에 서자마자 평정은 무너졌고, 줄리아는 달리기 시작했다.

20

조와 노리, 베니는 사방으로 햇살이 내리쬐는 검은능선길에 누운 채로 몸을 움찔거렸다. 이글거리는 열기가 너무나 뜨거웠다. 자살할 기미가 전혀 안 보이는 까마귀 한 마리가 전선에 앉더니 약삭빠른 눈을 반짝이며 아이들을 내려다보았다. 까마귀는 '까악' 한 번 울고 나서 기이한 오후 대기 속으로 날아가 버렸다.

"핼러윈." 조가 중얼거렸다.

"사람들의 비명을 멈춰야 해." 베니가 신음하듯 말했다.

"해가 안 보여. 해가 안 보여. 오, 하나님. 해가 없어졌어."

노리의 목소리였다. 두 손은 허공을 더듬었다. 노리는 울고 있었다.

검은능선 꼭대기, 체스터스밀 전체를 굽어보는 사과 과수원에서, 눈부시게 밝은 연자주색 불빛이 깜박거렸다.

그 불빛은 15초마다 한 번씩 깜박였다.

21

줄리아는 경찰서 앞 계단을 허겁지겁 올라갔다. 얼굴은 아직 잠이 덜 깨어 푸석했고 뒷머리는 위로 뻗쳐 있었다. 피트가 옆에 다가와 함께 들어가려 하자 줄리아는 고개를 저었다.

"피트, 자긴 밖에 있는 게 좋겠어. 인터뷰 잡히면 부를게."

"그런 긍정적인 사고방식이 당신 매력이긴 하지. 그치만 너무 기대하진 마. 앤디가 등장하고 나서 곧장 도착한 사람이 누굴 것 같아?"

피트는 소화전 앞에 주차된 허머를 가리켰다. 차 옆에 린다 에버렛과 재키 웨팅턴이 서서 대화에 몰두해 있었다. 두 경관 모두 끔찍이도 겁에 질린 표정이었다.

경찰서 안에 들어선 줄리아는 맨 먼저 실내의 후텁지근한 공기에 놀랐다. 필시 전기를 아끼려고 에어컨을 끈 탓인 듯했다. 그다음에는 주위에 둘러앉은 젊은이들의 숫자에 놀랐다. 그중에는 도대체 몇 명인지 모를 킬리언 형제들 가운데 두 명도 끼어 있었다. 매부리코와 포탄 모양 머리를 보면 틀림없는 킬리언네 아들들이었다. 젊은이들은 하나같이 서류를 작성하는 중이었다.

"야, '최근까지 일한 직장'이 아예 없으면 뭐라고 적어야 돼?"

한 젊은이가 곁에 있던 젊은이에게 물었다.

지하에서 울음 섞인 고함소리가 들려왔다. 앤디 샌더스였다.

줄리아는 대기실을 향해 걸어갔다. 지난 수년 동안 이곳을 뻔질나게 들락거리며 (버들 바구니에 마련된) 커피와 도넛 기금에 기부까지 한 줄리아였다. 이때껏 한 번도 제지당한 적이 없었건만, 이날은 마티 아스노가 줄리아를 막았다.

"셤웨이 씨, 들어가시면 안 됩니다. 명령입니다."

마티는 멋쩍은 목소리로 회유하듯이 말했다. 아마도 피트 프리먼에게는 들려주지 않았을 법한 목소리였다.

바로 그때, 빅 짐 레니와 앤디 샌더스가 계단을 올라왔다. 그들이 있던 곳은 체스터스밀 경찰서 직원들이 '닭장'으로 부르는 지하 유치장이었다. 앤디는 엉엉 울고 있었다. 빅 짐은 그의 어깨를 감싸고 달래듯이 얘기했다. 그 뒤로 피터 랜돌프가 따라왔다. 랜돌프의 제복 셔츠는 눈부시게 깨끗했지만 그 위의 얼굴은 방금 막 폭격 지점에서 탈출한 사람 같았다.

"짐! 피터! 저랑 얘기 좀 해요, 《데모크라트》 기자로서 요청하는 거예요!"

줄리아를 흘긋 쳐다본 빅 짐의 눈은 이렇게 말하는 듯했다. '하긴, 지옥에 떨어진 사람들도 얼음물을 원한다더군.' 뒤이어 빅 짐은 앤디를 서장실로 안내했다. 그는 기도가 어쩌고 이야기하는 중이었다.

줄리아는 접수대를 지나 곧장 달려가려고 했다. 여전히 멋쩍은 표정을 한 마티가 줄리아의 팔을 붙들었다.

"마티, 작년에 당신이 아내하고 다툰 이야기를 신문에서 빼 달라고 했을 때 난 빼 줬어요. 안 그랬으면 직장에서 잘렸을 테니까요. 그러니까 나한테 고마워하는 마음이 요만큼이라도 있으면 당장 놔요."

마티는 줄리아의 팔을 놓으며 중얼거렸다.

"전 막으려고 했는데 당신이 말을 안 들은 겁니다. 기억해 두세요."

줄리아는 잰걸음으로 대기실을 가로질러 빅 짐에게 다가갔다.

"딱 1분이면 돼요. 부의장님하고 랜돌프 서장님은 마을 공직자예요, 그러니까 저한테 얘기할 의무가 있어요."

빅 짐은 이번에는 분노와 경멸이 담긴 눈으로 노려보았다.

"아니, 우린 아무 얘기도 안 할 거요. 여긴 섬웨이 씨가 있을 곳이 아니오."

"그래요? 그럼 저 분은요?"

줄리아는 고갯짓으로 앤디 샌더스를 가리켰다.

"제가 도디 얘기를 제대로 들었다면, 샌더스 의장님은 유치장에 내려가면 절대 안 될 텐데요?"

"저 개자식이 내 보물 같은 딸을 죽였어!"

앤디가 울부짖었다. 빅 짐은 줄리아에게 삿대질을 했다.

"기사거리는 발표할 준비가 되면 넘겨줄 거요. 그 전엔 어림도 없소."

"전 바버라 씨를 만나야겠어요."

"네 명을 살해한 혐의로 체포된 놈이오. 당신 제정신이오?"

"그 사람이 죽였다고 추정되는 희생자의 아버지도 만났잖아요. 전 왜 안 된다는 거죠?"

"왜냐면 당신은 희생자도, 희생자 가족도 아니니까."

빅 짐의 윗입술이 스윽 올라갔다. 입술 사이로 안쪽의 이가 드러났다.

"그 사람, 변호사는 있나요?"

"아가씨, 난 더 할 말 없소."

"변호사가 다 뭐야, 그놈한테 필요한 건 교수형이야! 그놈은 내 보물을 죽였단 말이야!"

"가세, 친구. 가서 주님께 기도드리세."

"경찰이 찾아낸 증거가 뭐죠? 그 사람이 자백했나요? 자백을 안 했다면 알리바이는 뭐라고 하던가요? 사망 시각과 알리바이는 일치하나요? 사망 시각이 언젠지는 아세요? 시체가 막 발견됐다면 사망 시각도 모를 텐데요? 희생자들은 총에 맞았나요? 아니면 칼에? 그것도 아니면……."

"피터, 이 마귀할멈 당장 쫓아내." 빅 짐은 고개도 돌리지 않고 말했다. "제 발로 안 나가면 끌어내. 그리고 접수대에 있던 녀석은 누구든 간에 잘라 버려."

"서장님, 바버라 씨 구속됐나요? 변호사도 없이 구속할 순 없어요, 서장님도 아시죠? 그건 불법이에요."

피터 랜돌프의 표정은 딱딱하기만 할 뿐 위험한 기색은 없었다. 그러나 줄리아는 그의 입에서 나온 말을 듣고 가슴이 서늘해졌다.

"줄리아, 돔이 사라질 때까지 여기선 우리가 내린 결정이 곧 법이나 마찬가지요."

"언제 살해당한 거예요? 그것만이라도 얘기해 주세요."

"음, 겉으로 보기에는 일단 여자애 둘이 먼저……."

서장실 문이 벌컥 열렸다. 빅 짐이 문 건너편에 서서 엿듣고 있었음이 틀림없었다. 앤디는 이제 랜돌프의 차지가 된 책상 너머에 앉아 두 손에 얼굴을 파묻고 있었다.

"내보내라니까! 같은 말 자꾸 시키지 말고." 빅 짐이 랜돌프에게 으르렁거렸다.

"용의자가 접견도 못하게 차단하는 건 말도 안 돼요, 마을 주민들한테 정보를 감추는 것도 용납 못해요!" 줄리아가 악을 썼다.

"두 가지 다 틀렸소. 줄리아 씨, 혹시 그런 말 들어 봤소? '해결책이 없으면 당신도 문제의 일부이다.' 당신이 여기 있어 봤자 해결되는 건 아무것도 없소. 그저 짜증스런 참견쟁이일 뿐이지, 늘 그랬듯이. 만약 순순히 나가지 않으면 체포할 거요. 경고는 할 만큼 했으니까."

"그래요! 체포해 봐요! 지하 유치장에 처넣으세요!"

줄리아는 손목을 한데 모아 내밀었다. 마치 쇠고랑을 채워 달라는 듯이.

아주 잠깐 동안이었지만, 줄리아는 빅 짐 레니한테 맞을 거라는 생각이 들었다. 빅 짐의 표정에는 그러고 싶은 욕구가 또렷이 드러나 있었다. 그러나 그는 주먹을 날리는 대신 피터 랜돌프에게 말했다.

"마지막으로 얘기하지. 이 참견쟁이를 끌어내. 반항하면 집어던져 버려."

그러고는 서장실 문을 쾅 닫았다.

랜돌프는 갓 구운 벽돌처럼 달아오른 뺨을 한 채 줄리아의 팔을 잡았지만, 눈을 마주칠 생각은 감히 하지도 못했다. 이번에는 줄리아도 순순히 걸음을 옮겼다. 접수대를 지날 때 마티 아스노가 중얼거렸다. 성났다기보다는 서글픈 목소리였다.

"거 봐요, 저 녀석들 중에 한 놈이 내 자리를 꿰차게 생겼잖아요. 뒤통수하고 코도 구별 못하는 얼간이들인데."

"그런 걱정 마, 마티. 내가 잘 얘기해 볼게." 랜돌프가 말했다.

잠시 후, 줄리아는 햇살이 내리쬐는 경찰서 바깥에 서서 눈을 깜박거렸다.

"그래, 잘됐어?" 피트 프리먼이 물었다.

22

맨 먼저 정신을 차린 사람은 베니였다. 앙상한 가슴팍에 셔츠가 찰싹 달라붙을 정도로 더운 것만 빼면 기분도 괜찮았다. 베니는 엉금엉금 기어가서 노리를 흔들었다. 노리도 눈을 뜨고 멍한 표정으로 베니를 마주보았다. 땀에 젖은 볼에 머리카락이 찰싹 달라붙어 있었다.

"베니, 어떻게 된 거야? 나 깜빡 잠들었나 봐. 꿈을 꿨는데, 무슨 꿈이었는지 기억이 안 나. 그치만 나쁜 꿈이었어. 그거 하난 확실해."

조 매클러치는 몸을 굴려 땅에 무릎을 대고 일어났다.

"조조? 너 괜찮아?"

베니가 조를 '조조'로 부른 것은 초등학교 4학년 때 이후로 처음이었다.

"그래. 호박이 불에 타고 있었어."

"호박이라니?"

조는 고개를 가로저었다. 기억이 나질 않았다. 머릿속에는 오로지 어디 그늘에 들어가 남은 아이스티를 마시고 싶다는 생각뿐이었다. 그러다가 가이거 계수기가 떠올랐다. 조는 도랑에서 계수기를 꺼내어 아직 작동하는지 확인하고 나서야 마음을 놓았다. 20세기 사람들은 물건을 튼튼하게 만든 모양이었다.

조는 바늘이 +200까지 치솟은 계수기를 베니에게 보여 준 다음 노리에게도 보여 주려고 했지만, 노리는 꼭대기의 과수원까지 이어진 검은 능선의 오르막을 올려다보는 중이었다.

"저게 뭐지?" 노리가 먼 곳을 가리키며 물었다.

처음에는 아무것도 보이지 않았다. 그러다가 눈부신 연자주색 불빛이 깜박거렸다. 거의 알아보기도 힘들 만큼 밝은 빛이었다. 얼마 안 있어 그 불빛이 다시 깜박였다. 조는 깜박이는 간격을 재

려고 자기 손목시계를 내려다보았지만, 시계는 4시 2분에 멈춰
있었다.

"우리가 찾던 게 저거 같은데."

조는 땅바닥을 딛고 일어섰다. 다리가 후들거릴 거라고 생각했
지만 아니었다. 너무 더운 것만 빼면 기분은 그런 대로 괜찮았다.

"얼른 여길 뜨자. 까딱하다간 씨 없는 수박이 될지도 몰라."

"누가 애 낳고 싶대? 키워 봤자 나 같은 놈일 텐데."

베니는 이렇게 말하면서도 자기 자전거에 올라탔다.

아이들은 왔던 길로 돌아갔다. 다리를 건너 119번 국도에 이를
때까지 쉬거나 목을 축이려고 멈춘 적은 단 한 번도 없었다.

소금

1

여성 경관들은 아직도 빅 짐의 허머 H3 옆에 서서 얘기를 나누는 중이었다. 재키 웨팅턴은 초조한 듯이 담배를 뻑뻑 피우고 있었다. 그러다가 줄리아 셤웨이가 옆으로 성큼성큼 걸어가자 대화가 뚝 멈췄다.

"줄리아, 무슨 일이에요?"

린다 에버렛이 서둘러 물었지만 줄리아는 계속 걸었다. 속에서 천불이 나는 동안에는, 이 모양 이 꼴이 된 체스터스밀의 법과 질서를 지키는 이들과 더 이상 말을 섞고 싶지 않았다. 줄리아는 《데모크라트》 사무실까지 절반쯤 가고 나서야 자신이 느끼는 감정이 오로지 분노만은 아님을 깨달았다. 분노는 오히려 조그만

부분을 차지할 뿐이었다. 줄리아는 '체스터스밀 서점 & 헌책방'의 차양 아래서 걸음을 멈췄다(가게 유리창에 알림말이 붙어 있었다. **추후 공지가 있을 때까지 문 닫습니다.**). 방망이질하는 가슴을 가라앉히려는 의도도 있었지만, 그보다는 자신을 들여다보고 싶은 마음이 더 컸다. 그러는 데에는 시간이 그리 오래 걸리지 않았다.

"사실은 겁을 먹었던 것뿐이야."

줄리아는 자기 목소리를 듣고 흠칫 놀랐다. 소리 내어 말할 생각은 없었기 때문이었다.

피트 프리먼이 곁에 도착했다.

"줄리아, 당신 괜찮아?"

"괜찮아."

거짓말이었지만 목소리만은 충분히 단호했다. 물론, 표정까지 괜찮을지는 장담할 수 없었다. 줄리아는 자는 동안 뻗친 뒷머리를 꾹꾹 눌렀다. 뻗친 머리는 가라앉았다가…… 다시 불쑥 튀어올랐다. '이 판국에 머리까지 뻗쳤다, 이거지. 아주 끝내주는구나. 화룡점정이야.'

"난 레니가 신임 서장한테 당신을 진짜 체포하라고 시키는 줄 알았어."

두 눈이 화등잔만 해진 피트는 실제 나이인 서른 몇 살보다 훨씬 어려 보였다.

"바라던 바야."

줄리아는 두 손으로 네모꼴을 만들어 기사 읽는 시늉을 했다. "《데모크라트》기자, 살해 용의자와 옥중 독점 인터뷰."

"줄리아, 지금 뭐가 어떻게 돌아가는 거야? 일단 돔은 제쳐 놓고 얘기하자고. 아까 안에서 서류 작성하던 애들 봤어? 왠지 소름이 끼치던데."

"봤어, 그 건은 기사로 쓸 거야. 그것뿐만 아니라 전부 다. 그러면 목요일 저녁 마을 회의에서 제임스 레니한테 진지하게 따져 물을 사람이 나 말고도 꽤 있을걸."

줄리아는 피트의 팔을 살며시 잡았다.

"피트, 살인 사건 기사는 내가 힘닿는 데까지 알아보고 쓰도록 할게. 또 최대한 강력한 사설도 하나 쓸 거야. 선동하는 논조는 자제해야겠지만."

줄리아는 말하다 말고 맥없는 웃음을 터뜨렸다.

"하긴, 사람들 선동하는 쪽으론 짐 레니가 전문가니까."

"줄리아, 난 무슨 소린지 당최……."

"됐어, 지금은 서두르기나 해. 난 잠깐 좀 쉬어야겠어. 그럼 맨먼저 얘기할 사람이 생각날지도 몰라. 시간이 없어, 오늘 밤에 신문을 찍으려면."

"복사해야지."

"뭐?"

"찍는 게 아니라 복사해야 한다고."

줄리아는 억지 미소를 지으며 피트를 떠밀어 보냈다. 신문사입구에 도착한 피트가 줄리아를 돌아보았다. 줄리아는 괜찮다는 듯이 손을 내젓고 나서 먼지 낀 서점 창문을 들여다보았다. 마을상업지구의 극장은 5년 전에 이미 문을 닫았고 변두리의 자동차극장은 까마득히 오래전에 사라졌는데도(대형 스크린이 119번 국도를 가리고 서 있던 자리에는 이제 빅 짐의 부속 주차장이 들어서 있었다.), 레이 톨은 이 작고 지저분한 가게를 어찌어찌 꾸려가는 중이었다. 진열장의 일부는 자기계발 서적이 차지했다. 나머지 자리를 차지한 염가판 책들의 표지는 안개 자욱한 저택이나 슬픔에 빠진 여인들, 아니면 웃통을 벗은 채 말에 앉거나 두 발로 서 있는 근육질 덩치들이 장식했다. 그 덩치들 가운데 몇몇은 검을 휘두르는 중이었고, 걸친 것이라고는 달랑 아래 속옷 한 장뿐인 듯했다. 그쪽 진열장에는 다음과 같은 선전 문구가 붙어 있었다. **인기 폭발 암흑 판타지!**

현실이 그야말로 암흑 판타지였다.

'불행이 돔만으로는 부족하다면, 더 무서운 게 필요하다면, 지옥에서 온 마을 부의장이 있지.'

무엇보다도 걱정스러웠던(실은 두려웠던) 점은, 일이 어떻게 이토록 빨리 터지느냐 하는 것이었다. 레니는 시골 마을 대장 노릇을 하며 위세를 부리는 데 익숙한 인간이었고, 줄리아는 그런 레니가 언젠가는 마을에 대한 자신의 통치권을 강화하리라고 내다보았다. 예상 시점은 마을이 외부와 차단된 지 일주일쯤, 어쩌면 한 달쯤 지났을 때였다. 그런데 지금은 겨우 나흘째였다. 만약 오늘밤에 콕스 대령의 과학자 부대가 돔을 부수고 들어오면? 만에 하나 돔이 저절로 사라지기라도 하면? 적잖이 당황하기는 할 테지만, 그래도 빅 짐은 즉시 원래 자리로 돌아갈 터였다.

"당황해?"

줄리아는 유리 너머의 **암흑 판타지**를 보며 자신에게 물었다.

"그 인간은 힘든 상황에서도 최선을 다했을 뿐이라고 둘러댈 거야. 그럼 사람들은 그 말을 믿을 테고."

십중팔구 옳은 답 같았다. 그러나 빅 짐이 어째서 다음 수를 둘 때까지 기다리지 않았는가에 대한 답은 아니었다.

'무슨 문제가 생겨서 어쩔 수 없이 서둘렀겠지. 게다가……'

"게다가, 그 인간은 정신이 온전하질 않아."

줄리아는 수북이 쌓인 염가판 책 더미를 벗 삼아 이야기했다.

"내 생각엔 늘 그 모양이었던 것 같아."

그 말이 사실이라고 하더라도, 자기 집 식료품 창고를 꽉 채워 놓고도 슈퍼마켓을 턴 사람들은 또 어떻게 설명해야 할까? 도저히 앞뒤가 안 맞는 사태였다. 혹시라도…….

"혹시라도 그 인간이 부추겼다면 모를까."

그것은 터무니없는 생각, 그야말로 자다가 봉창 두드리는 소리였다. 아닌가? 줄리아는 푸드시티에 있던 사람들 가운데 몇 명한테서 목격자 진술을 받을 생각이었다. 하지만 그보다는 살인 사건 취재가 훨씬 중요하지 않을까? 어쨌거나 신문사에 제대로 된 기자라고는 줄리아 한 명뿐이었다. 게다가…….

"줄리아. 저기, 셤웨이 씨?"

생각에 어찌나 깊이 빠져 있었던지, 줄리아는 부르는 소리를 듣고 돌아서다가 하마터면 신발이 벗겨질 뻔했다. 재키 웨팅턴이 붙잡지 않았더라면 길바닥에 넘어졌을지도 몰랐다. 줄리아를 부른 사람은 재키 곁에 서 있던 린다 에버렛이었다. 두 경관 모두 겁에 질린 표정을 하고 있었다.

"잠깐 얘기 좀 할 수 있어요?" 재키가 물었다.

"그럼요, 사람들 얘길 듣는 게 제 직업인걸요. 들은 얘기를 기사로 써서 문제긴 하지만요. 그건 두 분 다 알고 계시죠?"

"대신 우리 이름은 밝히지 말아 줘요. 못하겠다면, 우린 아무 말도 안 할 거예요."

린다의 말에 줄리아는 생긋 웃었다.

"저한테 두 분은 그냥 정보에 밝은 제보자일 뿐이에요. 그 정도면 안심하시겠어요?"

"조건이 또 한 가지 있어요. 우리 질문에 대답해 주실래요?"

"좋아요, 웨팅턴 경관님."

"아까 슈퍼마켓에서 본 것 같은데, 맞죠?"

린다가 물었다. 줄리아는 슬슬 호기심이 동했다.

"맞아요. 두 분도 거기 계셨죠. 자, 그럼 얘길 해 볼까요? 기억도 맞춰 볼 겸."

"여기선 안 돼요. 큰길이라 보는 눈이 너무 많아요. 신문사 사무실도 곤란하고요."

"진정해, 린다." 재키는 린다의 어깨를 잡으며 말했다.

"그래, 재키 자기는 진정이 되겠지. 죄 없는 사람을 잡아넣는 데 힘을 보탰다고 남편한테 의심을 사는 건 자기가 아니니까."

"난 아예 남편이 없는데."

재키가 대꾸했다. 줄리아가 보기에 꽤 침착한 대답이었고, 재키에게 다행스러운 일이기도 했다. 남편이란 것들은 툭하면 속을 썩이는 존재였으니.

"하지만 갈 만한 데는 한 군데 있어. 보는 눈도 없고 항상 열려 있는 곳이야." 재키는 가만히 생각하다가 덧붙였다. "전에는 그랬어. 지금은 돔이 생겼으니 어떨지 모르지만."

방금 전까지만 해도 누구를 먼저 인터뷰할지 궁리하던 줄리아는 이제 이 두 사람을 순순히 보낼 마음이 눈곱만큼도 없었다.

"그럼 거기로 가요. 전 경찰서 앞을 지날 때까진 두 분이랑 따로 갈게요, 길 건너편에서요. 어때요?"

린다는 그 말을 듣고서야 가까스로 웃음을 지었다.

"그거 좋은 생각이네요."

2

파이퍼 리비 목사는 제일 회중 교회의 제단 앞에 조심스레 무릎을 꿇었다. 멍들고 부은 무릎 아래 신도석의 방석을 받쳤는데도 몸이 비틀거렸다. 얼마 전에 빠진 왼쪽 어깨를 옆구리에 딱 붙인 채, 목사는 오른손으로 몸을 떠받쳤다. 어깨는 괜찮았다. 실은 무릎보다 덜 아팠지만, 그렇다고 쓸데없이 움직여 보고 싶은 마음은 추호도 없었다. 한번 빠진 관절이 또 빠지기란 너무나 간단했다. 목사가 고등학생 시절 축구 경기에서 입은 부상 덕분에 (뼈저리게) 깨달은 사실이었다. 목사는 두 손을 맞잡고 눈을 감았다. 눈을 감기가 무섭게 움직인 혀는 전날까지 이가 있던 자리에 난 구멍으로 향했다. 그러나 목사의 삶에 뚫린 구멍은 그보다 훨씬 더 끔찍했다.

"이봐요, 거기 안 계신 분. 또 저예요. 당신의 사랑과 자비를 구하러 돌아왔어요."

퉁퉁 부은 한쪽 눈꺼풀 아래에서 역시 퉁퉁 부은 한쪽 볼로 눈물방울이 또르륵 굴러 내렸다(화려한 멍 자국은 굳이 말할 것도 없었다.).

"제 강아지 혹시 거기 있나요? 그냥, 너무 그리워서 물어보는 것뿐이에요. 혹시 있으면 천국에서 파는 개껌 하나만 던져 주세요. 그 앤 받을 자격이 있어요."

눈물방울이 줄을 이었다. 느리게, 뜨겁게, 아프게.

"아마 클로버는 거기 없을 거예요. 주류 종교란 것들은 하나같이 개가 천국에 못 간다고 하니까요. 하지만 곁가지로 나온 분파들은 의견이 다르죠. 아마 《리더스 다이제스트》 편집부도 그럴걸요."

물론 천국이 없다면 그 물음의 답도 없는 셈이었다. 그리고 믿음이 얼마 안 남은 파이퍼 목사는 이 천국 없는 삶, 이 천국 없는 우주 쪽을 점점 더 편안하게 여겼다. 그것은 어쩌면 망각인지도 몰랐다. 더 지독한 것일 수도 있었다. 예를 들면, 하얀 하늘 아래 길도 없이 펼쳐진 드넓은 평야라거나. 시간이 흐르지 않는 곳, 목적지도 길동무도 없는 곳. 바꾸어 말하면 그저 늙고 덩치 큰 '거기 안 계신 분'만 있는 곳. 악질 경찰과 여성 목회인, 실수로 자신에게 총을 쏜 아이, 주인을 지키려다 목숨을 잃은 얼빠진 셰퍼드가 가는 곳. 그곳에 알곡과 쭉정이를 가릴 존재 따위는 없었다. 이런 식의 개념을 갖고 기도를 드리면 왠지 연극을 하는 기분이 들었지만(노골적인 신성모독까지는 아니라고 해도), 그래도 가끔은 도움이 될 때가 있었다.

"하지만 지금은 천국이 문제가 아니에요. 지금 중요한 건 클로버가 그렇게 된 데 제 책임이 얼마나 되느냐 하는 거예요. 제 탓도 웬만큼 있다는 건 저도 알아요. 제 성질을 못 이겨서 그런 거죠, 이번에도요. 제가 배운 종교적 가르침에 따르면 애초에 제 안에 버럭 하는 성질을 넣은 건 당신이고, 그 성질을 다스리는 건 제 몫이죠. 하지만 전 그 생각이 마음에 안 드네요. 아예 거부하는 건 아니지만 그래도 마음에 안 들어요. 차를 고치러 갔을 때 정비사들이 하는 얘기가 생각나거든요. 그 사람들은 늘 나 때문에 고장 났다고만 해요. 너무 험하게 굴렸다, 너무 안 굴리고 처박아 뒀다, 사이드 브레이크 내리는 걸 깜박했다, 창문 닫는 걸 깜박해서 전선이 빗물에 젖었다. 그런데 그보다 더 끔찍한 게 뭔지 아세요? 만일 당신이 거기 안 계신다면, 난 당신을 조금도 탓할 수가 없다는 거예요. 그럼 남는 게 뭐죠? 망할 놈의 유전학?"

파이퍼 목사는 한숨을 내쉬었다.

"욕해서 죄송해요. 그냥 못 들은 척하세요, 우리 엄마도 늘 그러셨으니까. 그건 그렇고 궁금한 게 하나 더 있는데요. 전 이제 어쩌면 좋죠? 이 마을은 지독한 위기에 빠졌어요. 전 어떻게든 돕고 싶은데 어쩌면 좋을지 모르겠어요. 전 어리석고 나약하고 뭐가 뭔지 몰라요. 제가 만약 구약에 나오는 선지자였다면 계시를 내려 달라고 했겠죠. 지금 마음 같아선 *양보 운전*이나 *학교 앞 서행* 같은 계시라도 받았으면 좋겠어요."

파이퍼 목사가 말을 끝맺은 순간, 예배당 바깥문이 열렸다가 쿵 소리와 함께 닫혔다. 목사는 천사가 보이지 않을까 하고 반쯤 기대하며 어깨 너머를 돌아보았다. 눈부시게 하얀 옷에 날개까지 달린 완벽한 천사를. '나랑 씨름을 하러 나타난 거라면 우선 내 어깨부터 고쳐 줘야 할 텐데.' 목사는 속으로 생각했다.

천사가 아니었다. 로미오 버피였다. 절반이나 삐져나온 셔츠는 허벅지 중간까지 덮고 있었고, 표정은 파이퍼 목사만큼이나 풀이 죽어 있었다. 버피는 예배당 가운데 통로로 걸어오다가 목사를 보고 우뚝 멈춰 섰다. 놀라기로 치면 목사나 버피나 피장파장이었다.

"오, 이런."

버피의 말은 루이스턴 억양 탓에 '오우, 이러언'처럼 들렸다.

"미안합니다. 거기 계신 줄 몰랐네요. 나중에 다시 오지요."

"아녜요. 어차피 가려던 참이었어요."

파이퍼 목사는 다시 한 번 오른팔로만 몸을 받치고 비틀거리며 일어섰다.

"전 사실 가톨릭 신잡니다('누가 아니래.' 파이퍼 목사는 속으로 생각했다.). 하지만 체스터스밀엔 성당이 없지요…… 물론 목사님이시니 잘 아시겠지만……. 그 왜, 물에 빠진 사람은 지푸라기에라도 매달린다는 말이 있잖습니까. 브렌다를 위해 기도를 좀 드릴까 하고 들렀습니다. 전 그 사람을 좋아했거든요."

버피는 손으로 뺨을 문질렀다. 웃자란 수염이 버석거리는 소리가 텅 빈 예배당 안에 요란하게 울려 퍼지는 듯했다. 버피의 엘비스 프레슬리 머리는 귓가에 축 늘어져 있었다.

"실은 사랑했습니다. 입 밖에 낸 적은 없지만, 아마 브렌다도 알았을 겁니다."

버피를 바라보는 동안 파이퍼 목사의 두려움은 점점 더 커졌다. 푸드시티 사태는 신도들의 전화를 받고 알았지만, 종일 목사관에 틀어박혀 있었던 탓에 브렌다 퍼킨스에게 일어난 일은 까맣게 몰랐던 것이다.

"브렌다요? 브렌다가 어떻게 됐는데요?"

"살해당했습니다. 희생자는 또 있습니다. 바비 그 사람이 죽었다고 하더군요. 이미 체포됐습니다."

파이퍼 목사는 손으로 입을 가리고 비틀거렸다. 버피가 급히 달려와 목사의 허리를 안고 부축했다. 두 사람이 이제 막 결혼 선서를 올리려는 남녀처럼 제단 앞에 서 있던 바로 그때, 예배당 문이 다시 열리더니 재키 웨팅턴 경관이 린다 에버렛과 줄리아 셤웨이를 이끌고 들어왔다.

"어럽쇼, 여기도 적당한 장소는 아닌 것 같은데요."

재키가 그리 크게 말하지 않았는데도 파이퍼 목사와 로미오 버피는 그 말을 완벽하게 알아들었다. 예배당이 목소리를 증폭하는 공명통과 같은 구조였기 때문이었다.

"들어와요, 사건 때문에 온 게 아니라면요. 버피 씨, 바버라 씨가 그런 짓을 했다니 난 도저히…… 바버라 씨는 그럴 사람이 아니에요. 내 어깨가 빠졌을 때 도로 끼워 준 사람이에요. 얼마나 자상했다고요."

파이퍼 목사는 그때 일을 떠올리느라 잠시 말을 멈추었다.

"그땐 정말로 자상했어요. 경관님들, 이 앞으로 오세요. 어서."

"빠진 어깨를 맞춰 줬다고 해서 살인을 못하는 건 아니에요."

말은 그렇게 했지만, 린다는 입술을 깨문 채 손에 낀 결혼반지를 빙빙 돌리고 있었다. 재키가 린다의 손목을 잡았다.

"린다, 우리 조용히 얘기하기로 했잖아. 기억하지?"

"이미 늦었어. 줄리아 씨랑 함께 있다가 들켰잖아. 신문에 기사가 난 후에 저 사람들이 우릴 봤다고 얘기하면, 우린 꼼짝없이 걸릴 거야."

파이퍼 목사는 린다가 무슨 얘기를 하는지 알아듣지 못했지만 대강의 분위기는 눈치챌 수 있었다. 목사는 오른팔을 쳐들고 빙 돌렸다.

"에버렛 경관님, 여긴 제 교회예요. 여기서 한 얘기는 절대 바깥으로 새지 않아요."

"맹세하실 수 있나요?"

"그럼요. 함께 얘기해 보는 게 어때요? 난 마침 계시를 달라고 기도하던 참이었어요. 그런데 여러분이 나타난 거예요."

"전 그런 거 안 믿는데요."

"실은 나도 안 믿어요, 재키." 파이퍼 목사는 멋쩍게 웃었다.

"난 별로 안 내키는데."

재키가 중얼거렸다. 줄리아를 보며 한 얘기였다.

"목사님이 뭐라고 하시든 간에 여긴 사람이 너무 많아요. 난 마티처럼 해고당해도 상관없어요. 그건 견딜 수 있어요, 어차피 월급도 짜니까. 하지만 짐 레니한테 원한을 사는 건……."

재키는 고개를 설레설레 저었다.

"그건 좋은 생각이 아니에요."

"많다뇨, 이 정도면 딱 좋죠. 버피 씨, 비밀 지키실 수 있죠?"

파이퍼 목사의 말에 버피는 손가락을 세워 입술에 갖다 댔다. 그 자신도 석연치 않은 거래에 뛰어든 적이 있는 탓이었다.

"침묵을 맹세합니다."

버피의 입에서 나온 '맹세'는 '맹쉐이'처럼 들렸다.

"자, 다 같이 목사관으로 가요."

파이퍼 목사는 여전히 의심스러운 표정을 하고 있는 재키를 보고 왼손을…… 아주 살살 내밀었다.

"어서요, 머리를 맞대고 생각해 봅시다. 위스키도 한 잔 곁들이는 게 좋겠죠?"

재키는 그 말을 듣고서야 고개를 끄덕였다.

3

> 31 불로 씻으리라 불로 씻으리라
> 짐승은 유황불 붙는 연못에
> 던져지고(계시록 19장 20절)
> "세세토록 밤낮 괴로움을 받으리라"(20장 10절)
> 악인은 불타고
> 성자는 죄 씻김을 받으리라
> 불로 씻으리라 불로 씻으리라 31

31 불의 예수님께서 오시나니 31

털털거리는 공무수행 트럭 안에 다닥다닥 붙어 앉은 세 남자는 이 알쏭달쏭한 문구를 꽤나 신기한 듯이 바라보았다. WCIK 라디오 스튜디오 뒤편의 창고에 적힌 글이었다. 붉은 벽에 검은 글씨로 어찌나 크게 썼던지 벽 한 면을 거의 다 차지할 정도였다.

트럭 가운데 자리에 앉은 사내는 포탄 모양 두개골의 유전자를 간직한 양계장 주인 로저 킬리언이었다. 로저는 트럭 운전석에 앉은 스튜어트 보위를 돌아보았다.

"스튜, 저게 뭔 소리야?"

질문에 대답한 사람은 퍼널드 보위였다.

"필 부시 그 망할 놈이 완전히 돌았다는 소리지. 그게 다야."

퍼널드는 트럭 조수석의 사물함을 열고 기름때가 낀 작업용 장갑과 38구경 리볼버를 꺼냈다. 그는 총알이 재어졌는지 확인하고 손목을 홱 움직여 둥그런 탄창을 제자리로 돌려놓은 다음, 총을 허리춤에 꽂았다.

"야, 퍼널드. 너 그러다 잘못하면 고자 된다."

"내 걱정은 됐어, 형은 저 자식 걱정이나 해 줘."

퍼널드는 뒤쪽의 스튜디오 건물을 가리켰다. 그쪽에서 찬송가 소리가 희미하게 들려왔다.

"저 자식은 자기가 만든 약을 1년 가까이 퍼먹었어. 위험하기로 치면 니트로글리세린 급이야."

"필 그 녀석, 요즘은 주방장으로 불러 달라던데." 로저 킬리언이 끼어들었다.

세 사람은 앞서 스튜디오 바깥에 트럭을 세웠고, 스튜어트는 트럭에 달린 요란한 경적을 울렸다. 한 번도 아니고 여러 번이나. 그러나 필 부시는 나오지 않았다. 안에 숨어 있는지도 몰랐다. 어쩌면 방송국 뒤편의 숲에서 헤매는지도. 스튜어트가 보기에는 심지어 공장에 있을 가능성도 없지 않았다. 필은 의심병 환자였다. 위험했다. 그럼에도 총을 들고 가는 것은 좋은 생각이 아니었다. 스튜어트는 몸을 숙여 퍼널드의 허리춤에서 권총을 뽑은 다음,

운전석 아래에 쑤셔 넣었다.

"뭐 하는 거야!" 퍼널드가 외쳤다.

"저 안에선 총을 쏘면 안 돼. 쐈다간 우리 셋 모두 달까지 날아갈 거다. 로저, 저 말라깽이 자식을 마지막으로 본 게 언제야?"

로저는 기억을 더듬어 보았다.

"적게 잡아도 한 달은 됐을 거야…… 마지막 대량 주문을 배송할 때니까. 그 왜, 엄청 큰 쉬뉴크 헬리콥터가 왔었잖아."

로저는 '시누크'를 쉬뉴크로 발음했다. 로미오 버피나 되어야 알아들을 발음이었다.

스튜어트는 골똘히 생각했다. 조짐이 안 좋았다. 부시가 숲에서 어슬렁거린다면 별 문제가 아니었다. 혹시 연방수사국이 잡으러 왔다는 생각에 사로잡힌 채 스튜디오 안에 숨어 있다고 해도 별 문제는 아니었는데…… 이는 어디까지나 부시가 총질을 시작하기로 결심하지 않을 때의 이야기였다.

그러나 혹시라도 창고 안에 숨었다면…… 그렇다면, 문제였다.

스튜어트는 동생을 돌아보았다.

"짐칸에 쓸 만한 각목이 몇 개 있을 거다. 가서 한 개 챙겨 와. 필이 나타나서 귀찮게 하면 한 방 갈겨 버려."

"그 자식한테 총이 있으면?" 꽤 타당한 질문이었다.

"그럴 리 없어."

솔직히 확신이 서지는 않았지만, 어쨌거나 스튜어트는 명령을 받은 처지였다. 프로판가스 두 통을 병원에 급히 배달하라는 명령이었다. '창고에 남은 것들도 최대한 빨리 치울 거야.' 빅 짐은 그렇게 얘기했다. '필로폰 사업은 완전히 접었으니까.'

그나마 다행스러운 말이었다. 돔이 사라지고 나면 스튜어트는 장의사도 접을 작정이었다. 어딘가 따뜻한 곳, 자메이카나 바베이도스 같은 곳으로 뜰 작정이었다. 시체는 이제 한 구도 더 보고 싶지 않았다. 그러나 '주방장' 부시에게 사업 철수를 알리는 임무는 떠맡고 싶지 않았고, 빅 짐에게도 그렇다고 얘기했다.

'주방장은 내가 알아서 할게.' 빅 짐은 그렇게 말했다.

스튜어트는 주황색 대형 트럭을 몰고 창고 건물 옆으로 돌아간 다음, 짐칸을 뒷문 쪽으로 향하고 후진했다. 엔진은 윈치를 돌릴 수 있도록 끄지 않고 공회전 상태로 내버려 두었다.

"저것 좀 봐."

로저 킬리언이 감탄하는 목소리로 중얼거렸다. 그가 바라보는 서쪽 하늘에서 석양이 일그러진 붉은 얼룩 속으로 가라앉고 있었다. 머잖아 화재가 남긴 기다란 검댕 아래로 가라앉아 지저분한 일식을 맞을 참이었다.

"거 참, 으스스한데."

"넋 빼놓고 구경할 시간 없어. 빨리 끝내고 가자고. 퍼널드, 가서 각목 챙겨. 튼튼한 놈으로 골라."

퍼널드는 윈치를 타고 넘어가서 길이가 야구방망이만 한 폐목재를 한 개 골라잡았다. 두 손으로 쥐고 시험 삼아 휘둘러 보기까지 했다.

"이거면 되겠네."

"배스킨라빈스."

로저가 멍하니 중얼거렸다. 여전히 손으로 햇빛을 가린 채 실눈을 뜨고 서쪽 하늘을 바라보는 중이었다. 실눈은 로저에게 어울리지 않는 표정이었다. 눈을 가늘게 뜨고 있는 로저는 동화에 나오는 트롤과 비슷해 보였다.

스튜어트는 창고 뒷문을 여는 복잡한 임무를 수행하다가 손을 우뚝 멈췄다. 그 문을 열려면 지문 인식장치와 자물쇠 두 개를 거쳐야 했다.

"로저, 방금 뭐랬어?"

"31. 서른한 가지 맛이잖아."

로저가 씩 웃으며 대답했다. 입술 새로 드러난 썩어가는 이들은 조 복서는 물론이고 어느 치과의사의 손도 닿은 적이 없는 듯했다.

스튜어트는 로저의 말을 조금도 못 알아들었지만 그의 동생은 달랐다.

"창고 벽에 적힌 건 아이스크림 광고가 아니야. 요한계시록에 배스킨라빈스가 나오면 또 모를까."

"둘 다 입 다물어. 퍼널드, 각목 단단히 쥐고 준비해."

스튜어트는 문을 열고 안을 들여다보았다.

"어이, 필."

"필이 아니라 주방장이야, 스튜. 그 자식은 주방장으로 불러줘야 좋아해. 「사우스파크」에 나오는 검둥이 요리사처럼."

"어이, 주방장. 안에 있어?"

대답이 없었다. 스튜어트는 손을 뻗어 어둠 속을 더듬었고, 금방이라도 누가 손을 낚아챌까 봐 마음을 졸이다가 전등 스위치를 찾았다. 스위치를 올리자 창고 전체 면적의 4분의 3을 차지하는 공간이 드러났다. 벽은 칠도 안 한 합판이었고 골조 사이의 마감재는 분홍색 스티로폼 단열판이었다. 창고 안은 크기도 상표도 가지가지인 프로판가스통으로 가득 차다시피 했다. 모두 합쳐 몇 개인지는 알 길이 없었지만, 어림짐작이라도 해야 할 상황이 오면 스튜어트는 400에서 600개 사이라고 대답할 생각이었다.

스튜어트는 가운데 통로로 천천히 걸어가며 가스통에 스텐실로 적힌 이름들을 확인했다. 빅 짐은 특정한 통을 가져오라고 명령했고, 그 통들은 뒤쪽에 있을 거라고 했다. 과연 뒤쪽에 있었다. 스튜어트는 **캐서린 러셀 병원**이라고 적힌 커다란 공공건물용 가스통 다섯 개 앞에서 걸음을 멈췄다. 그 통들은 우체국에서 훔쳐 온 가스통과 **체스터스밀 중학교**라고 적힌 가스통 사이에 늘어서 있었다.

"두 통만 가져가면 돼. 로저, 사슬을 가져다가 묶어. 퍼널드, 넌 가서 공장 문을 확인해 봐. 혹시 열려 있으면 잠가."

스튜어트는 동생에게 열쇠 꾸러미를 던져 주었다.

형의 심부름이야 무시하면 그만이었지만, 퍼널드는 고분고분한 동생이었다. 그는 줄지어 늘어선 가스통 사이를 걸어갔다. 가스통이 만든 줄은 공장 문까지 3미터쯤 남은 곳에서 끝났고…… 문은 빼꼼 열려 있었다. 퍼널드는 가슴이 철렁했다. 등 뒤에서 쇠사슬 끄는 소리에 이어 윈치 돌아가는 소리와 첫 번째 가스통이 트럭 짐칸 쪽으로 질질 끌려가는 소리가 들렸다. 아득히 멀리서 나는 소리 같았다. 문 건너편에 웅크려 앉은 미친 주방장 필을 떠올리자 그 소리가 더욱 멀어지는 듯했다. 주방장의 눈은 벌겠다. 필로폰에 취한 채 손에는 TEC-9 기관권총을 들고 있었다.

"어이, 주방장. 안에 있어?"

대답이 없었다. 퍼널드는 굳이 그럴 필요가 전혀 없었는데도(어쩌면 미친 짓일 수도 있었는데도), 단지 호기심에 이끌려 손에 들고 있던 임시 곤봉으로 공장 문을 슥 밀어 열었다.

WCIK 방송국 창고에서 공장으로 쓰이는 이쪽 부분은 형광등만 켜져 있을 뿐 텅 빈 듯했다. 스무 개 남짓 되는 솥은 모두 불이 꺼진 채였다. 전기로 가열하는 대형 솥에는 개별 배기장치와 프로판가스통이 연결되어 있었다. 통과 비커, 값비싼 플라스크는 원래 있던 선반에 그대로 놓여 있었다. 실내에는 악취가 진동했지만(늘 그랬고 퍼널드 생각에는 앞으로도 그럴 터였다.), 바닥은 깨끗이 비질이 되어 있었고 어질러진 흔적은 조금도 없었다. 한쪽 벽에 걸린 레니의 중고차 천국 달력은 아직도 8월이었다. '아마 그 미친놈이 현실 감각을 잃어버린 때가 8월이었겠지.' 퍼널드는 속으로 생각했다. '영영 못 돌아올걸.' 그러고는 용기를 내어 공장 안쪽으로 더 들어가 보았다. 친구들 모두 이 공장 덕분에 부자가 되었지만, 퍼널드는 이곳이 전혀 마음에 들지 않았다. 이곳에서는 장의사 지하의 처리실과 너무나 비슷한 악취가 풍겼다.

공장 한쪽 구석은 묵직한 강철 격벽으로 막혀 있었다. 철판 한복판에 나 있는 문이 보였다. 퍼널드는 알고 있었다. 그곳은 주방장이 만든 약을 쌓아 두는 곳이었다. 순도 높은 필로폰이 조그만 비닐봉지가 아니라 대용량 쓰레기봉투에 담겨 있었다. 질 낮은 싸구려 약이 아니었다. 뉴욕이나 로스앤젤레스의 길거리에서 약을 찾아 빌빌거리는 약쟁이 따위는 다 소화하지도 못할 양이었다. 꽉 찰 때면 미국 전체 인구가 몇 달 동안 투약할 수 있는 양이었다. 어쩌면 1년 정도는 너끈할지도 몰랐다.

'빅 짐은 왜 그 미친놈이 그렇게 많이 만들게 놔뒀을까?' 퍼널드는 궁금했다. '또 우린 왜 가만히 있었을까? 도대체 무슨 생각으로?' 떠올릴 수 있는 것은 오로지 명백한 대답 하나뿐이었다. 왜냐하면, 그들이 할 수 있었기 때문이었다. 그들은 필 부시의 천재성과 값싼 중국산 원료가 합쳐져 만들어낸 결과물에 열광했다. 게다가 그 약은 동부 해안 전역에 걸쳐 주님의 뜻을 전하는 CIK 주식회사의 자금원이기도 했다. 누가 의문을 제기하면 빅 짐은 늘 그 점을 지적했다. 그러면서 성서 구절을 인용했다. '일꾼이 그 삯을 받는 것이 마땅하니라.'는 누가복음에, '곡식을 밟아 떠는 소의 입에 망을 씌우지 말라.'는 디모데 전서에 나오는 말씀이라고 했다.

퍼널드는 소 어쩌고 하는 말씀은 당최 이해가 가지 않았다.

"주방장." 퍼널드는 조금 더 들어가 보았다. "어이, 친구."

대답이 없었다. 고개를 들어 보니 건물 벽 두 면을 따라 늘어선 합판 선반들이 눈에 들어왔다. 약을 저장하는 곳이었다. 거기 쌓인 상자 안의 내용물은 연방수사국이나 식약청, 그리고 주류, 담배 및 총기 단속국(ATF) 요원들이라면 신이 나서 달려들 만한 것들이었다. 사람은 보이지 않았지만, 전에 없던 어떤 것이 얼핏 퍼널드의 눈에 띄었다. 양쪽 선반 모두 선반턱을 따라 하얀 선이 길게 이어졌고, 선들은 큼직한 스테이플로 박혀 있었다. 전선일까? 어디에 연결된? 그 미친놈이 저 위에까지 솥을 올려 뒀을까? 약 제조용 솥은 보이지 않았다. 전선은 소형 가전제품에 연결하는 것치고는 너무 굵었다. 그렇다면 텔레비전이나 라디오는 아니라는 얘긴데……

"퍼널드!" 퍼널드는 형 스튜어트의 고함소리에 흠칫 놀랐다. "그 자식이 안 보이면 이리 와서 이거나 거들어! 얼른 가자! 여섯 시에 텔레비전에서 뉴스가 나온다더라, 그것들이 무슨 방법을 찾았는지 봐야 할 거 아냐!"

체스터스밀에서 '그것들'이란 마을 경계 너머의 사람 또는 사물을 가리키는 말로 점차 자리를 잡아가는 중이었다.

퍼널드는 공장을 나섰다. 문을 제대로 살펴보지 않은 탓에 새로 생긴 전선이 어디에 연결되는지도 보지 못했다. 전선이 향한 곳은 자그마한 선반이었고, 거기에는 하얀 점토 벽돌처럼 생긴 묵직한 덩어리가 놓여 있었다. 그것은 폭탄이었다.

주방장이 직접 만든 폭탄이었다.

4

"핼러윈. 그러고 보니 그것도 31이지. 10월 31일이니까."

트럭을 타고 마을로 돌아가는 길에 로저가 중얼거렸다.

"참 아는 것도 많다니까."

스튜어트의 말에 로저는 그리 잘생기지 않은 자기 머리를 톡톡 두드렸다.

"머릿속에 다 저장이 되거든. 뭐, 일부러 그러는 건 아니야. 그냥 버릇이지."

스튜어트는 속으로 생각했다. '자메이카. 아니면 바베이도스. 어쨌든 따뜻한 곳으로 가는 거야. 돔이 사라지면 곧바로. 킬리언

네 종자들은 다신 보고 싶지 않아. 이 마을 녀석들 전부 다.'

"트럼프 한 벌에 들어 있는 카드 매수도 31이지."

로저가 중얼거렸다. 스튜어트는 그를 가만히 쳐다보았다.

"아니 씨발 지금 무슨……"

"에이, 농담이야. 그냥 농담한 거야."

로저는 째지는 소리를 내며 웃어 젖혔고, 스튜어트는 그 웃음소리에 머리가 지끈거렸다.

세 사람이 탄 트럭이 병원에 점점 가까워졌다. 병원 주차장을 나서는 회색 포드 토러스가 스튜어트의 눈에 띄었다.

"어, 저거 러스티 선생 차잖아. 가스통을 보면 좋아서 환장할 텐데. 형, 빵빵 한 번 울려 줘."

스튜어트는 동생 말대로 경적을 눌러 빵빵 소리를 울렸다.

5

그 불경스러운 놈들이 떠나고 나서, 주방장 부시는 손에 쥐고 있던 리모컨을 마침내 내려놓았다. 그는 스튜디오에 딸린 남자 화장실 창문을 통해 보위 형제와 로저 킬리언을 감시했다. 엄지손가락은 보위 패거리가 창고에서 그의 물건들을 뒤지는 동안 내내 리모컨 버튼 위에 올라가 있었다. 만일 놈들이 약을 들고 나오면, 주방장은 버튼을 눌러 창고를 송두리째 날려 버릴 작정이었다.

"당신 손 안에 있나이다, 나의 예수님." 주방장은 혼자서 중얼거렸다. "저희가 어릴 적에 기도드렸던 것처럼, 원치는 않지만 기꺼이 하겠나이다."

그런데 예수님께서 처리해 주셨다. 위성방송 수신기 너머로 조지 다우가 부르는 「하나님 나를 돌보사」가 들려왔을 때, 주방장은 그분께서 해결해 주시리라는 강력한 예감이 들었다. 그 예감은 옳았다. 천국에서 내려온 진짜 계시였다. 놈들이 가지러 온 것은 필로폰이 아니라 고작 프로판가스통 두 개였다.

주방장은 멀어지는 놈들의 트럭을 가만히 지켜보다가, 이윽고 공장 겸 창고 건물로 이어진 오솔길로 비틀비틀 걸어갔다. 그 건물은 이제 그의 것이었고, 약도 모두 그의 것이었다. 적어도 예수님께서 재림하시어 모두 챙겨 가시기 전까지는.

어쩌면 핼러윈쯤에.

어쩌면 더 일찍.

생각할 거리가 산더미 같았다. 그리고 요즘 들어 주방장은 약에 취해 있을 때 생각을 하기가 더 쉬웠다.

훨씬 더 쉬웠다.

6

줄리아는 야트막하게 따른 위스키를 살짝 머금기만 하고 다시 내려놓았지만, 두 여성 경관은 호쾌하게 잔을 비웠다. 취하기에는 부족해도 혀가 풀리게 하기에는 충분한 양이었다.

"솔직히 말하면, 무서워 죽겠어요."

재키 웨팅턴은 눈을 내리깔고 빈 잔을 빙글빙글 돌리며 말했다. 그러나 정작 파이퍼 목사가 한 잔 더 권했을 때에는 고개를 저으며 사양했다.

"듀크 서장님이 살아 계셨더라면 어림도 없는 일이죠. 자꾸만 그 생각이 나요. 심지어 바버라가 자기 아내를 살해했다는 증거가 나왔다고 해도 듀크 서장님은 적법한 절차를 따르셨을 거예요. 서장님은 원래 그런 분이셨으니까요. 그런데 희생자의 아버지를 유치장에 데려가서 범인하고 대면시킨다? 어림 반 푼어치도 없어요."

이 말에 린다도 동의한다는 듯이 고개를 끄덕였다.

"그 사람이 무슨 꼴을 당했을지 생각해 보면 소름이 확 끼쳐요. 게다가……."

"바비한테 일어날 수 있는 일은 누구한테든 일어날 수 있다, 그 얘기죠?"

줄리아의 물음에 재키는 고개를 끄덕였다. 입술을 깨물면서. 빈 잔을 만지작거리면서.

"그 사람한테 무슨 일이라도 생기면…… 딱히 구타 같은 황당한 일을 말하는 건 아니에요. 그냥 유치장 안에서 일어나는 사고 같은 거라도 당하면…… 난 이 제복을 입을 자신이 없을 것 같아요."

반면에 린다의 기본 관심사는 그보다 단순하고 직접적이었다. 린다의 남편은 바비가 무죄라고 믿었다. 앞서 린다는 분노에 휩쓸린 나머지(매케인네 집 현장을 보고 혐오감을 느낀 탓도 있었다.) 그럴 가능성을 무시했다. 바비의 인식표는 실제로 앤지 매케인의 거무튀튀하고 딱딱한 손에 쥐어져 있었다. 그러나 린다는 생각하면 할수록 걱정이 치솟았다. 평소에 러스티의 판단력을 존중한 탓도 있었지만, 그보다는 랜돌프가 최루가스를 발사하기 전에 바비가 외친 내용이 마음에 걸렸기 때문이었다. '남편한테 사체를 검시하라고 하십시오! 경관님, 러스티는 반드시 검시를 해야 합니다!'

"그것뿐만이 아니에요." 재키는 잔을 돌리는 손을 멈추지 않고 얘기했다. "단지 소리를 지른다는 이유로 수감자한테 최루가스를 뿌리진 않아요. 토요일 밤의 유치장은 먹이 주는 시간이 된 동물원처럼 시끌벅적하게 마련이죠. 특히 큰 경기가 있는 날은 더 해요. 그래도 그냥 소리를 지르게 내버려둬요. 결국엔 지쳐서 잠드니까요."

한편 줄리아는 린다를 유심히 뜯어보다가 재키의 이야기가 끝나자 입을 열었다.

"린다, 바비가 뭐라고 했는지 다시 얘기해 주세요."

"러스티가 시체를 검시해야 한다고 했어요. 특히 브렌다 퍼킨스의 시신을요. 아마 병원에 없을 거랬어요. 그 사람은 알았던 거예요, 시체가 보위 장의사로 실려 갔다는 걸요. 그러면 안 되는데도."

"브렌다가 맨 나중에 당했죠. 아닌가요?"

"맞아요." 재키가 끼어들었다. "사후 경직이 일어나긴 했는데 완전히 굳진 않았어요. 적어도 내 눈엔 그렇게 보였어요."

"그 말이 맞아. 그리고 사후 경직은 사망 시각에서 약 3시간 후부터 시작되니까, 브렌다는 아마 새벽 4시에서 8시 사이에 죽었을 거야. 내가 보기엔 8시에 더 가깝지만 나야 의사가 아니니까."

린다는 한숨을 내쉬며 손으로 머리를 쓸어내렸다.

"의사가 아니기는 러스티도 마찬가지지만, 그래도 그이를 불렀더라면 사망 시각이 훨씬 더 정확해졌을 거야. 그런데 아무도 안 불렀어. 나조차도. 난 그냥, 너무 겁이 나서…… 현장도 정신없이 바빴고……."

재키의 손에서 돌아가던 잔이 옆으로 쓰러졌다.

"잠깐만…… 줄리아, 오늘 슈퍼마켓에 바비랑 같이 있었죠?"

"맞아요."

"9시 조금 지나서. 폭동이 시작됐을 때 말이에요."

"그래요."

"그 사람이 먼저 도착했나요? 아니면 당신이? 난 모르니까 물어보는 거예요."

줄리아는 기억이 나지 않았다. 그러나 자신이 먼저 도착했다는 느낌이 막연히 들었다. 바비는 나중에 나타났다. 로즈 트위첼과 앤슨 휠러가 도착하고 나서 얼마 지나지 않았을 때였다.

"소란을 가라앉힌 건 우리였어요. 하지만 방법을 가르쳐 준 사람은 바비였죠. 안 그랬으면 아마 중상을 입은 사람이 꽤 많았을걸요. 전 바비가 보여 준 행동과 매케인 씨 댁 창고에서 나온 시체들을 도저히 한데 묶어서 생각할 수가 없어요. 재키, 혹시 희생자들이 죽은 순서는 모르세요? 마지막이 브렌다라는 것 말고요."

"맨 처음은 앤지하고 도디예요. 코긴스 목사는 부패한 정도가 덜했으니까, 아마 나중에 죽었을 거예요."

"최초 발견자는 누구죠?"

"주니어 레니요. 차고에 앤지의 차가 서 있는 걸 보고 의심이

들었대요. 하지만 그건 중요하지 않아요, 지금 중요한 건 바버라 예요. 그 사람이 로즈하고 앤슨 다음에 도착한 게 확실해요? 별로 유리한 증거가 아니라서 하는 말이에요."

"그건 확실해요. 그 사람은 들장미 식당 밴에 없었거든요. 차에서 내린 사람은 둘뿐이었어요. 만약 바비가 그때 사람을 죽이느라 바쁘지 않았다면…… 그럼 어디 있었을까요?"

그 질문의 답은 뻔했다.

"목사님, 전화 좀 써도 되죠?"

"그럼요."

줄리아는 얄따란 지역 전화번호부를 뒤진 다음, 파이퍼 목사의 휴대전화로 들장미 식당에 전화를 걸었다. 로즈가 퉁명스러운 목소리로 반겨 주었다.

"공지가 있을 때까지 문 안 열어요. 망할 놈들이 우리 요리사를 잡아갔어."

"로즈? 저 줄리아 셤웨이예요."

"에구, 줄리아였구먼. 웬일이야?"

로즈의 목소리는 아주 살짝 누그러졌을 뿐이었다.

"지금 바비의 알리바이를 시간 순으로 맞춰 보는 중인데요. 좀 도와주실 수 있을까요?"

"그걸 말이라고 해. 바비가 그 사람들을 죽였다니 다 헛소리야. 내가 뭘 도와줄까?"

"푸드시티에서 소동이 시작됐을 때 바비가 식당에 있었는지 알고 싶은데요."

"당연히 있었지, 그럼."

로즈의 목소리에는 황당한 빛이 묻어났다.

"아침 장사가 막 끝났을 땐데 식당 말고 어디 있었겠어? 앤슨하고 내가 출발할 때 바빈 불판을 닦고 있었어."

7

해가 기울어 가고 그림자들이 길어질수록 클레어 매클러치의 불안도 점점 더 커졌다. 클레어는 결국 미루어 두었던 일을 하러 주방으로 향했다. 바로 남편의 휴대전화로 자기 휴대전화에 전화를 거는 일이었다(휴대전화를 잃어버리는 데 선수였던 남편은 지난 토요일 아침에도 전화기를 두고 집을 나섰다.). 클레어는 연결음이 네 번 울리고 나서 밝고 쾌활한 자신의 목소리가 흘러나올까 봐 두려웠다. 마을이 투명 창살로 막힌 감옥으로 변하기 전에 녹음해 둔 인사말이었다. '안녕하세요, 클레어의 음성 사서함으로 넘어갈게요. 삐 소리가 나면 메시지를 남겨 주세요.'

그럼 뭐라고 말해야 할까? '조, 너 아직 안 죽었으면 전화 좀 해 줄래?'

클레어는 전화기 버튼을 누르려다 말고 망설였다. '명심해, 조가 한 번에 전화를 안 받으면 그건 그냥 자전거를 타고 있기 때문이야. 음성 사서함으로 넘어가기 전에 배낭에서 전화를 못 꺼낸 것뿐이라고. 다시 걸면 받을 거야, 전화 건 사람이 엄마란 걸 아니까.'

하지만 다시 걸었을 때에도 음성 사서함으로 넘어가면? 또 그

다음에도 똑같다면? 애초에 왜 가라고 허락을 했을까? 잠깐 미쳤던 게 틀림없었다.

눈을 감자 악몽 같은 그림이 생생하게 떠올랐다. 마을 큰길의 전신주와 가게 앞이 조와 베니, 노리의 사진으로 도배되어 있는 광경이었다. 고속도로 휴게소 알림판에서 본 여느 아이들의 사진과 똑같았다. 그런 사진 아래에는 늘 같은 문구가 적혀 있게 마련이었다. '마지막 목격 장소.'

눈을 뜬 클레어는 그 이상 겁을 먹기 전에 재빨리 숫자 버튼을 눌렀다. 음성 사서함에 남길 말을('엄마가 10초 후에 다시 걸 거야, 그때도 안 받으면 알아서 해.') 준비하던 클레어는 아들이 전화를 받자 숨이 턱 막혔다. 연결음이 한 번 울리기도 전에 터져 나온 아들의 목소리는 우렁차고 또렷했다.

"엄마! 여보세요, 엄마!"

그저 살아 있는 정도가 아니었다. 소리를 들어 보니 신이 나서 어쩔 줄 모르는 듯했다.

'너 어딨니?' 물어보려고 했지만 처음에는 아무 말도 할 수가 없었다. 단 한마디도 나오지가 않았다. 다리가 후들거렸다. 클레어는 바닥에 쓰러지지 않으려고 벽에 몸을 기댔다.

"엄마? 여보세요?"

조의 목소리 뒤편에서 차 지나가는 소리와 환호하는 베니의 목소리가 들렸다. 작지만 또렷한 소리였다. '러스티 아저씨! 헤이, 아저씨, 잠깐만요!'

클레어는 한참 만에 목이 트였다.

"그래, 듣고 있어. 너 지금 어디니?"

"공원 앞 오르막길 꼭대기예요. 안 그래도 날이 어두워져서 전화하려던 참이었어요, 걱정 마시라고요. 전화기를 들고 있는데 벨이 딱 울린 거예요. 얼마나 놀랐다고요."

이런, 따끔하게 혼내 주려던 부모의 계획에 급제동을 거는 한마디였다. '공원 오르막길 꼭대기라고. 그럼 10분이면 도착하겠군. 베니는 또 상다리가 부러지게 밥을 차려 달라고 하겠지. 하나님, 감사합니다.'

노리가 조에게 뭐라고 얘기하는 중이었다. '말씀 드려, 말씀 드려야 해.'라고 하는 듯했다. 뒤이어 아들의 목소리가 다시 돌아왔다. 신이 나서 어찌나 고래고래 소리를 지르던지, 클레어는 전화기를 귀에서 떼야만 했다.

"엄마, 우리가 찾은 것 같아요! 거의 확실해요! 검은능선 꼭대기의 과수원에 있었어요!"

"조, 뭘 찾았단 말이니?"

"저도 확실히는 몰라요, 넘겨짚고 싶지도 않고요. 그치만 돔을 발생시키는 장치가 맞는 것 같아요. 거의 확실해요. 깜박거리는 불빛이 보였어요. 비행기 경고용으로 라디오 송신탑에 다는 장치 같은 거요. 근데 땅 위에 설치되어 있고, 빨간색이 아니라 자주색이에요. 가까이 가질 않아서 다른 건 못 봤어요. 기절했거든요, 저희 셋 다요. 깨어났을 땐 괜찮았는데, 날이 어두워져서……."

"기절?" 클레어의 외침은 비명에 가까웠다. "기절했다니, 그게 무슨 소리야? 당장 집으로 와! 엄마가 봐야겠으니까 당장 돌아와!"

"괜찮아요, 엄마." 조는 엄마를 안심시키려는 듯이 말했다. "그

건 그냥…… 돔을 처음 만진 사람은 살짝 놀랐다가 금방 괜찮아 지잖아요, 아시죠? 그거랑 비슷한 것 같아요. 한 번 기절하고 나면, 음, 면역이 생기는 거죠. 그다음부턴 무사통과예요. 노리도 그렇게 생각한대요.”

“이봐 아저씨, 너하고 노리가 뭐라고 생각하든 난 관심 없어! 괜찮은지 봐야겠으니까 지금 당장 집으로 와, 안 오면 네 엉덩이에 면역이 생기는 수가 있어!”

“알았어요, 그치만 바버라 아저씨한테 연락부터 해야 돼요. 처음 가이거 계수기 생각을 한 사람이 그 아저씬데, 와, 그 아저씨 말이 딱 맞았다니까요. 러스티 선생님한테도 얘기해야 돼요. 방금 지나가는 걸 베니가 봤는데 안 멈추고 그냥 갔어요. 선생님하고 아저씰 찾아서 같이 집에 갈게요, 그래도 되죠? 앞으로 어떻게 할지 얘기해야 하니까요.”

“조…… 바버라 씨는…….”

클레어는 입을 다물었다. 바버라 씨가 여러 건의 살해 혐의로 체포됐다는 얘기를 아들에게 들려줘야 할까? 어떤 이들은 이미 바버라 대령으로 부르기 시작한 그 사람이?

“예? 바버라 아저씨가 왜요?”

밝고 의기양양하던 조의 목소리가 불안하게 바뀌었다. 클레어는 자신이 그러했듯이 아들도 이쪽의 분위기를 읽었으리라고 추측했다. 그리고 아들이 바버라에게 건 희망은 크고도 컸다. 베니와 노리도 마찬가지일 듯싶었다. 그 소식을 아이들에게 감출 수는 없었지만(감추고 싶은 마음은 간절했지만), 그렇다고 굳이 전화로 알릴 필요는 없었다.

"집으로 와, 집에서 얘기하자. 그리고…… 조, 난 네가 정말 자랑스럽구나."

8

지미 시로이스는 그날 오후 늦게 숨을 거두었다. 허수아비 조와 친구들이 자전거를 타고 마을로 쏜살같이 돌아오는 동안 일어난 일이었다.

러스티는 복도 의자에 앉아 지나 버펄리노를 품에 안고 그 아이가 기대어 울도록 내버려두었다. 예전 같았으면 열일곱 살 먹은 소녀와 이렇게 앉아 있을 때 극도로 불편한 느낌이 들었겠지만, 지금은 상황이 달랐다. 패널로 마감한 천장에서 조용히 쏟아지는 형광등 불빛 대신 쉭쉭거리는 캠핑용 랜턴으로 불을 밝힌 병원 복도만 보아도 달라진 상황을 눈치채기에는 충분했다. 러스티의 병원은 그림자가 춤추는 회랑으로 탈바꿈했다.

"네 잘못이 아니야. 네 잘못도, 내 잘못도, 그분 잘못도 아니야. 그분이 원해서 당뇨에 걸린 게 아니잖아."

그러나 당뇨에 걸리고도 오랫동안 버티는 사람들은 분명히 존재했다. 스스로를 돌볼 줄 아는 사람들이었다. 하나님개울길 근처에 혼자 살면서 반쯤 은둔 생활을 하던 지미는 거기에 포함되지 않았다. 그러다 결국 혼자서 차를 몰고 보건소에 도착했을 때 (지난 주 목요일의 일이었다.) 지미는 차에서 내리지도 못할 지경이었고, 안에 있던 지니 간호사가 누가 무슨 일로 왔는지 확인하러

나올 때까지 그저 차 경적만 눌러 댔다. 러스티가 그 노인의 바지를 내렸을 때 눈앞에 드러난 오른쪽 다리는 흐느적거렸고, 서늘했으며, 퍼렇게 괴사한 상태였다. 만약 지미가 최상의 환경에서 치료를 받았다고 해도 손상된 신경만은 돌이킬 방법이 없었다.

"선생, 난 하나도 안 아파."

지미는 혼수상태에 빠지기 직전까지도 론 해스켈 선생을 안심시켰다. 그때부터 지금껏 내내 의식을 잃었다가 되찾기를 반복했고, 다리는 점점 상태가 안 좋아졌으며, 러스티는 지미에게 일말의 기회라도 주려면 수술을 감행해야 하는 줄 알면서도 다리 절단 수술을 계속 미루었다.

전기가 나갔을 때에도 지미와 다른 환자 둘에게 항생제를 공급하던 정맥주사 관에는 아무 이상이 없었지만, 유량계가 작동을 멈춘 탓에 투여량을 미세하게 조절하기가 불가능해졌다. 심전도 모니터와 인공호흡기가 꺼지자 상황은 더욱 심각해졌다. 러스티는 인공호흡기를 떼어내고 노인의 얼굴에 밸브 마스크를 씌운 다음 지나에게 호흡 보조용 공기 주머니 조작법을 가르쳐 주었다. 지나의 솜씨는 훌륭했고 무척이나 믿음직스러웠다. 그러나 여섯 시 무렵, 지미는 숨을 거두고 말았다.

이제 지나는 달랠 수조차 없었다.

지나는 눈물로 얼룩진 얼굴을 들고 러스티에게 물었다.

"제가 너무 세게 주무른 건가요? 아니면 제 힘이 너무 약했나요? 저 때문에 숨을 못 쉬어서 돌아가신 거예요?"

"아냐, 지미는 어차피 죽었을 거야. 이렇게 갔으니 그나마 끔찍한 절단 수술은 피한 셈이지."

"더는 못하겠어요. 너무 무서워요, 이제 진저리가 나요."

지나는 다시금 울먹이기 시작했다.

러스티는 이 말에 뭐라고 대꾸해야 좋을지 생각이 나지 않았지만, 굳이 생각할 필요도 없었다.

"넌 할 수 있어. 아니, 해야 해. 우리한텐 네가 필요하거든."

저쪽에서 귀에 거슬리는 코맹맹이 소리가 들려왔다. 이렇게 말한 사람은 지니 톰린슨이었다. 복도 저편에서 두 사람을 향하여 천천히 걸어오는 중이었다.

"벌써 일어나면 안 되는데."

"그럼요, 안 돼죠."

지니는 러스티의 말에 맞장구를 치고 지나 옆자리에 앉으며 힘에 부친 듯 한숨을 쉬었다. 가제로 싸맨 코와 눈 아래 붙인 반창고 덕분에 한바탕 혈전을 치르고 난 아이스하키팀 골키퍼처럼 보였다.

"그러거나 말거나 난 근무조에 복귀해야겠어요."

"한 내일쯤이나 돼야……."

"아뇨, 당장이오."

지니는 러스티에게 대답하면서 지나의 손을 잡았다.

"그리고 너도. 내가 간호학교에 다닐 때 말이야, 역전의 노장 선배한테 이런 얘길 들은 적이 있어. '피바다가 다 마르고 로데오가 끝나기 전엔 포기할 생각 하지도 마라.'"

"제가 실수라도 하면요?" 지나가 속삭이듯이 물었다.

"실수는 누구나 하는 거란다. 가능한 한 적게 하는 게 관건이지. 내가 도와줄게. 너하고 해리엇 둘 다. 어때?"

지나는 퉁퉁 부은 지니의 얼굴을 미심쩍은 눈으로 바라보았다. 지니가 어디선가 찾아낸 여벌 안경 덕분에 상처가 더욱 도드라져 보였다.

"톰린슨 선생님, 진짜 하실 수 있겠어요?"

"네가 날 도와줘. 나도 널 도울게. 지니와 지나, 무적의 여전사 2인조 탄생."

지니가 주먹을 치켜들었다. 지나도 어렵사리 미소를 지으며 지니의 주먹에 자기 주먹을 갖다 댔다.

"거 참 눈물 나게 감동적이네요. 그래도 어지러운 기분이 든다 싶으면 바로 침대에 누워서 쉬어야 해요. 이건 러스티 선생이 내리는 명령입니다."

지니는 미소를 지으려고 입술을 움직이다 콧방울까지 움직이는 바람에 움찔 놀랐다.

"침대까지 갈 필요도 없어요. 휴게실에 있는 해스켈 선생 소파에 누우면 돼요."

러스티의 휴대전화가 울렸다. 러스티는 두 간호사에게 그만 가보라고 손짓했다. 도란도란 얘기를 나누며 가는 동안 지나는 지니의 허리를 끌어안았다.

"여보세요, 에릭입니다."

"전 에릭의 집사람인데요." 린다의 풀죽은 목소리가 들렸다. "에릭한테 사과하려고 전화했어요."

러스티는 빈 진찰실로 들어가 문을 닫았다.

"사과는 안 해도 돼." 비록 말은 이렇게 했지만…… 진심인지는 스스로도 확신이 서지 않았다. "순간 발끈해서 그랬던 거잖아.

바비는 풀려났어?"

바비가 어떤 사람인지 차츰 깨닫게 된 러스티로서는 지극히 타당한 질문이었다.

"전화로 얘기하긴 싫어. 당신, 집으로 오면 안 돼? 응? 할 말이 있어서 그래."

사실 러스티가 보기에는 집에 가도 별 문제가 없었다. 한 명뿐이던 중환자는 숨을 거두는 방식으로 그의 직업적 부담을 적잖이 덜어 주었다. 또한 사랑하는 아내와 다시 말을 트게 되어 안도감을 느끼면서도, 러스티는 아내의 목소리에 새로 등장한 불안감이 영 마음에 들지 않았다.

"갈게. 하지만 오래 있진 못할 거야. 지니가 몸을 추스르긴 했는데 내가 안 지켜보면 분명히 무리할 거야. 같이 저녁 먹을까?"

"그래. 닭고기 수프를 해동해 둘게. 전기가 끊기기 전에 냉동식품을 되도록 많이 먹어치우는 게 나을 테니까."

한결 마음을 놓은 목소리였다. 러스티는 흐뭇해졌다.

"참, 한 가지 더. 당신 지금도 바비가 유죄라고 생각해? 다른 사람들이 뭐라건 상관없어. 당신 생각은 어때?"

한참 동안 대답이 없었다. 그러다가 목소리가 들려왔다.

"집에 와서 얘기해."

린다는 그 말을 끝으로 전화를 끊었다.

러스티는 진찰대에 엉덩이를 걸치고 비스듬히 서 있었다. 전화기를 손에 든 채 그렇게 가만히 서 있다가, **통화/ 종료** 버튼을 눌렀다. 당장은 확신할 수 없는 것이 한두 가지가 아니었다. 숫제 혼돈의 바다에서 헤엄치는 사람이 된 기분이었다. 그러나 한 가지만은 확실했다. 아내는 누가 통화를 엿들을지도 모른다고 생각했다. 하지만 누가? 군대에서? 아니면 국토안보부에서?

설마 빅 짐 레니가?

"말도 안 돼."

러스티는 텅 빈 방에 대고 중얼거렸다. 그런 다음 트위첼을 찾아가 잠시 자리를 비우겠다고 말했다.

9

지니가 무리하지 않도록 눈여겨보겠다고 동의하기는 했지만, 트위첼은 조건을 내걸었다. 러스티가 병원을 떠나기 전에 헨리에타 클라바드를 진찰해야 한다는 조건이었다. 헨리에타는 슈퍼마켓 난투극에서 부상을 입은 환자였다.

"어디가 아픈데?"

러스티는 최악의 경우를 두려워하며 물었다. 헨리에타는 할머니치고는 튼튼하고 날씬한 편이었지만 그래 봐야 여든네 살은 여든네 살일 뿐이었다.

"할머니 말씀을 그대로 인용하면, '그 밥벌레 같은 머셔네 딸들 중에 한 년이 내 궁둥이를 박살 냈어.' 칼라 머셔가 그랬다나 봐. 지금은 벤지아노로 성이 바뀌었지."

"그렇지." 러스티는 맞장구를 치고 나서 뜬금없이 중얼거렸다. "작은 마을이잖아, 우리 모두 같은 팀을 응원하고 말이야. 그렇지?"

"선생, 뭐가 그렇단 말이야?"

"박살 났다며."

"나도 몰라. 헨리에타 할머니가 나한텐 안 보여 줬거든. 그 할머니가 뭐랬냐면, 또 그대로 인용해 볼게. '난 전문가 눈앞에서만 속치마를 내리는 사람이야.'"

둘은 소리를 죽이려고 기를 쓰며 쿡쿡댔다.

닫힌 문 너머에서 노인의 갈라지고 구슬픈 목소리가 들렸다.

"박살 난 건 내 궁둥이야, 귀가 아니라. 다 들린다고."

러스티와 트위첼은 더욱 크게 웃어 젖혔다. 트위첼은 얼굴이 시뻘게질 정도였다.

문 저편에서 헨리에타가 말했다.

"이 양반들아, 댁들 궁둥이가 박살 나도 그렇게 웃을 수 있을 것 같아?"

러스티는 미소를 다 못 지운 채로 진찰실에 들어갔다.

"죄송해요, 클라바드 부인."

헨리에타는 앉아 있는 대신 서 있었다. 그리고 러스티는 싱긋 웃는 헨리에타를 보고 근심이 싹 사라졌다.

"됐어. 이 난리통에 웃을 거리 하나는 있어야지. 그게 난들 무슨 상관이겠어." 헨리에타는 잠시 생각하다가 이렇게 덧붙였다. "게다가, 나도 남들처럼 슈퍼에서 도둑질을 했으니까. 웃음거리가 돼도 싸지."

10

진찰 결과 헨리에타의 궁둥이는 심하게 멍들기는 했어도 골절은 아니었다. 꼬리뼈 골절은 웃을 거리가 전혀 아니었으니 다행스러운 결과였다. 러스티는 헨리에타에게 진통제 성분이 든 연고를 발라 주고 집에 애드빌이 있는지 확인한 다음 퇴원시켜 주었고, 헨리에타는 다리를 절뚝거리면서도 흡족한 표정으로 병원을 나섰다. 어쨌거나 그 나이대의 그 정도 성질을 가진 여인으로서는 더없이 흡족해 보였다.

린다의 전화를 받고 15분쯤 지났을 무렵, 두 번째 탈출을 감행하던 러스티를 이번에는 해리엇 비겔로가 주차장 쪽 출구 바로 앞에서 막아섰다.

"지니 선생님이 알려 드려야 한대서요. 사만다 부시 환자가 사라졌어요."

"사라지다니, 어디로?"

오래전 초등학교에서 배운 교훈 탓에 튀어나온 질문이었다. '세상에 어리석은 질문은 묻지 않은 질문뿐이다'라는 교훈이었다.

"아무도 몰라요. 그냥 없어졌어요."

"혹시 들장미 식당에 저녁 먹으러 갔는지도 몰라. 차라리 그랬으면 다행인데. 자기 집까지 걸어갔다가는 봉합한 데가 터질 수도 있어."

해리엇은 화들짝 놀란 표정을 지었다.

"설마, 과다출혈로 죽는 건가요? 응응에서 피가 너무 많이 나서 죽다니…… 그건 너무 지독한데."

러스티는 이때껏 여성의 질을 가리키는 말을 수도 없이 들어 보았지만 '응응'은 그중에서도 참신했다.

"죽진 않겠지만, 그래도 입원 기간이 꽤 길어질 거야. 사만다 아기는?"

그 말에 해리엇의 표정이 얼어붙었다. 해리엇은 불안해지면 두꺼운 안경 렌즈 뒤의 눈을 정신없이 깜박거리는 순진한 아이였다. 러스티가 보기에는 인문학으로 유명한 스미스 대학교나 바사 대학교를 최우등으로 졸업하고 한 15년 있다가 신경 쇠약에 걸릴 유형이었다.

"어머나, 아기! 어쩜 좋아, 리틀 월터!"

해리엇은 러스티가 말릴 새도 없이 복도 저편으로 냅다 뛰어갔다가 안도하는 표정으로 돌아왔다.

"아직 있어요. 팔팔하진 않지만, 원래 성격이 그런가 봐요."

"그럼 사만다도 돌아올 거야. 무슨 문제가 생겼든 간에 자기 아들은 끔찍이 아끼니까. 넋이 빠져서 그렇지."

"예?"

해리엇의 눈이 더욱 빠르게 깜박거렸다.

"별 거 아냐. 해리엇, 나 금방 갔다 올게. 병원 단속 잘해."

"뭘 잘하라고요?"

해리엇의 눈꺼풀은 이제 불이 붙을까 무서울 정도로 빠르게 깜박거렸다. 러스티는 하마터면 '좆도, 환자들 단속 잘하라고'라고 말할 뻔했으나 역시 적절한 말은 아니었다. 해리엇의 사전에서 좆을 가리키는 어휘는 '앙앙' 정도 될 듯싶었다.

"수고하라고."

해리엇은 안도했다.

"잘할게요, 선생님. 걱정 마세요."

러스티는 병원을 나서려고 돌아섰지만, 이번에는 웬 남자가 앞을 가로막고 서 있었다. 몸은 비쩍 말랐고, 한쪽으로 휜 코만 빼면 못생긴 편은 아니었으며, 꽤 많이 센 머리는 뒤로 모아 포니테일로 묶은 모양새였다. 지금은 고인이 된 엘에스디 찬양론자 티모시 리어리와 살짝 닮은 노인이었다. 러스티는 과연 병원을 빠져나갈 수 있을지 점점 의심스러워졌다.

"제가 도와 드릴까요, 어르신?"

"실은 내가 댁을 좀 도와줄까 하고 왔소만." 노인은 뼈가 앙상한 손을 내밀었다. "난 서스턴 마셜이오. 애인이랑 같이 체스터 연못가에서 주말을 보내러 왔다가 그만, 이 뭔지 모를 사태에 휘말렸소."

"아이고, 저런."

"그런데 내가 병원에서 일한 경험이 좀 있소. 베트남전쟁 때 양심적 병역 거부자였거든. 캐나다로 도망갈 생각도 했지만, 나름 계획이 있어서…… 뭐, 그건 중요한 게 아니지. 그래서 대체 복무를 신청하고 매사추세츠 보훈병원에서 2년간 위생병으로 근무했소."

흥미로운 이야기였다.

"혹시 에디스 너스 로저스 기념병원 말씀이신가요?"

"바로 거기요. 내 기술이야 이미 구식인지도 모르지만……."

"마셜 선생님, 일자리 걱정은 안 하셔도 됩니다."

11

차를 몰고 119번 국도를 내려가던 러스티의 귀에 경적 소리가 들렸다. 뒷거울을 흘끔 쳐다보니 마을 공무수행 트럭 한 대가 병원 진입로에 들어설 채비를 하는 중이었다. 붉은 석양 탓에 알아보기가 힘들었지만 운전석에 앉은 사람은 아마도 스튜어트 보위 같았다. 다시 거울로 눈을 돌린 러스티는 거기 비친 것을 보고 마음에 기쁨이 차올랐다. 트럭 짐칸에 프로판가스통이 두 개 실려 있었다. 나중에야 그들이 어디서 가스통을 가져왔는지 불안해 할 테고 어쩌면 대놓고 물어볼지도 몰랐다. 그러나 당장은 병원에 곧 불이 켜지고 인공호흡기와 심전도 모니터가 작동하는 것만으로 안도감이 느껴졌다. 그래 봐야 오래 버티기는 힘들 터였지만, 러스티는 이미 내일 일은 내일 걱정하는 사람으로 완벽하게 변신한 후였다.

공원 앞 오르막길 꼭대기에서 러스티는 스케이트보드병 환자 베니 드레이크와 베니의 친구 두 명을 목격했다. 둘 중 한 명은 미사일 폭격 현장을 생중계했던 매클러치 씨네 아들이었다. 손을 흔들며 소리를 지르는 베니를 보니 잠깐 멈춰서 농담 따먹기나 하자는 뜻이 분명했다. 러스티는 손인사만 했을 뿐 차를 세우지는 않았다. 린다를 보고 싶어 안달이 났기 때문이었다. 물론 린다의 이야기를 듣고 싶은 마음도 있었다. 그러나 그보다는 린다를 만나서 끌어안고 화해하고 싶은 마음이 더 간절했다.

12

바비는 소변을 보고 싶었지만 참았다. 이라크에서 테러 용의자 심문에 참여했던 바비는 그곳에서 심문이 어떤 식으로 진행되는 지를 터득했다. 이곳에서도 똑같을지는 아직 알 수 없었지만 어쩌 면 다를 바 없을 듯도 싶었다. 체스터스밀의 상황은 몹시도 급박 하게 돌아가는 중이었고, 빅 짐은 거침없이 기선을 휘어잡는 능력 을 이미 입증해 보였다. 그가 표적으로 삼은 대중은 터무니없는 선동을 기꺼이 받아들였고, 타고난 선동꾼들이 대개 그러하듯이 빅 짐 또한 이를 결코 가볍게 보아 넘기지 않았다.

바비는 목도 몹시 탔다. 그래서 신참 경관 한 명이 한 손에는 물이 든 유리컵을, 다른 손에는 펜을 끼운 종이를 들고 나타났을 때에도 그리 놀라지 않았다. 그랬다. 심문은 원래 이렇게 하는 법 이었다. 팔루자, 타크리트, 힐라, 모술, 바그다드에서도 이런 식이었 다. 체스터스밀에서도 다르지 않은 듯싶었다.

감방 앞에 나타난 신참 경관은 주니어 레니였다.

"이런, 이게 무슨 꼴이야. 이제 군대에서 배운 주먹 솜씨로 누 굴 패긴 다 틀린 것 같은데."

주니어는 종이를 쥔 손을 들어 손끝으로 관자놀이를 문질렀다. 종이가 바삭거리는 소리를 냈다.

"너도 별로 좋아 보이진 않아."

주니어는 손을 슥 내렸다.

"난 멀쩡 없어."

'호, 이것 봐라.' 바비는 속으로 생각했다. 보통은 '멀쩡해' 아니

면 '끄떡없어'라고 하는 법이었다. 바비가 아는 한 '멀쩡 없어'라고
말하는 사람은 아무도 없었다.

"진짜? 너 눈이 아주 새빨간데."

"난 끝내주게 튼튼해. 너한테 진찰 받으러 온 것도 아니고."

주니어가 이곳에 뭐 하러 왔는지 아는 바비는 이렇게 물었다.

"그거 물인가?"

주니어는 그새 잊고 있었다는 듯이 들고 있던 유리컵을 내려다
보았다.

"그래. 서장님이 네가 목말라할지도 모른다시더군. 목요일도 아
닌데 목이 마르다니."

주니어는 껄껄 웃었다. 마치 이 뜬금없는 소리가 제 입에서 나
올 수 있는 가장 우스운 농담이라는 듯이.

"마시고 싶냐?"

"그래. 부디."

주니어는 물 컵을 앞으로 내밀었다. 바비는 컵을 받으려고 손
을 뻗었다. 그러자 주니어가 컵을 뒤로 당겼다. 심문은 원래 이런
식이었다.

"그 사람들 왜 죽였어? 난 그게 궁금해, 바아아비이. 앤지가 이
제 대 주기 싫다고 하던? 그래서 도디한테 들이댔는데 도디는 좆
빠는 것보다 약 빠는 데 더 관심이 있다던? 코긴스 목사는, 뭐 보
면 안 되는 거라도 봤나 보지? 브렌다야 물론 너한테 의심을 품었
겠지. 왜 아니겠어? 그 여잔 경찰이나 마찬가지였으니까 말이야,
한평생 경찰이랑 떡을 쳤으니!"

주니어는 숨이 넘어갈 듯이 웃어 젖혔지만 그 웃음소리 아래

한가득 깔린 것은 시커먼 경계심이었다. 그리고 고통도. 바비는 확신할 수 있었다.

"왜? 할 말이 아무것도 없나 보지?"

"말했잖아. 난 그 물이 마시고 싶어. 목이 타서."

"물론 그러시겠지. 최루가스 맛이 아주 매콤하지, 안 그래? 너 이라크에 파병된 적 있다며. 거긴 어때?"

"덥더군."

주니어는 또다시 자지러지게 웃었다. 컵에 든 물이 손목으로 조금 흘러내렸다. 손이 떨려서 그랬을까? 시뻘건 왼쪽 눈 가장자리에서는 눈물이 흘러내렸다. '주니어, 너 도대체 어디가 아픈 거냐? 편두통? 아니면 다른 병?'

"거기서 사람도 죽여 봤냐?"

"요리 솜씨로만."

싱긋 웃는 주니어의 표정은 이렇게 말하는 듯했다. '좋아, 꽤 재밌었어.'

"취사병으로 간 게 아니잖아, 바아아비이. 넌 거기서 연락 장교였어. 임무가 뭐였든 직책은 일단 그거였지. 우리 아빠가 인터넷에서 널 검색해 봤어. 많이는 아니지만 웬만큼은 나왔다더군. 아빠 말이 넌 수사관이었던 것 같다던데. 어쩌면 비밀 요원이었을 수도 있고. 군복 입은 제이슨 본 같은 거였냐?"

바비는 아무 말도 하지 않았다.

"얘기해 봐, 거기서 사람 죽인 적 있냐? 아니면 이렇게 물어봐야 하나, 몇 명이나 죽였어? 이 마을에서 죽인 사람은 빼고 말이야."

바비는 아무 말도 하지 않았다.

"야, 이 물 진짜 시원해. 위층 냉장고에서 가져온 거거든. 아주 이가 시릴 정도라니까!"

바비는 아무 말도 하지 않았다.

"너처럼 파병된 군바리 자식들은 온갖 문제를 달고 돌아온다 던데. 적어도 내가 텔레비전에서 본 바로는 그래. 내 말 맞아, 틀려? 그래, 안 그래?"

'이 녀석은 편두통 때문에 이러는 게 아니야. 편두통으로 이렇게 됐단 소린 들어 본 적도 없어.'

"주니어, 너 머리가 많이 아픈 거냐?"

"하나도 안 아파."

"두통에 시달린 지 얼마나 됐지?"

주니어는 물 컵을 조심스레 바닥에 내려놓았다. 이날 저녁 주니어의 총집에는 권총이 들어 있었다. 주니어는 그 총을 뽑아 창살 사이로 바비에게 겨누었다. 총구가 살짝 흔들렸다.

"너 자꾸 의사 흉내 낼래?"

바비는 권총을 바라보았다. 그러면서 확신했다. 총이 계획에 들어 있을 리가 없었다. 빅 짐이 마련해 둔 계획이 그리 우호적일 것 같지는 않았다. 그러나 유치장에 갇힌 채 총에 맞아 죽은 데일 바버라가 그 계획에 들어 있을 리는 없었다. 당장은 위층에서 누가 뛰어 내려오기라도 하면 굳게 잠긴 감방 문과 비무장 상태인 희생자를 한눈에 확인할 수 있는 상황이었다. 그럼에도, 주니어가 계획대로 하리라고 믿을 수는 없었다. 주니어는 환자였으니까.

"아니. 그만할게. 미안해."

"그래, 미안하겠지. 사람 죽여 놓고도 미안하다고 할 놈이니까."

말과 달리 표정은 만족한 듯했다. 주니어는 권총을 총집에 꽂고 다시 컵을 들었다.

"내 생각에 넌 이라크에서 보고 저지른 짓 때문에 완전히 미친 놈이 돼서 돌아왔어. 그런 거 있잖아, 외상 후 스트레스 장애, 성병, 월경 전 증후군, 뭐 그딴 거에 걸린 거지. 그래서 홱 돌아 버린 거야. 맞지?"

바비는 아무 말도 하지 않았다.

주니어는 어차피 별 흥미가 없는 듯했다. 그저 창살 너머로 물컵을 건넬 뿐이었다.

"자, 받아."

바비는 컵으로 손을 뻗으며 주니어가 다시 뺏으리라고 생각했지만, 컵은 움직이지 않았다. 바비는 물맛을 보았다. 시원하지 않았고, 마실 수 있는 물도 아니었다.

"어서 마셔. 반 통밖에 안 부었어. 그 정돈 마실 수 있잖아, 안 그래? 너 빵 구울 때 소금 안 넣어?"

바비는 그저 주니어를 바라보기만 했다.

"빵 구울 때 소금 넣지? 넣잖아, 씨발놈아. 안 넣어?"

바비는 창살 너머로 컵을 내밀었다.

"됐어, 너 가져." 주니어는 호기롭게 말했다. "이것도 같이."

창살 사이로 펜과 종이가 들어왔다. 바비는 둘 다 받은 다음 종이를 뒤집어 보았다. 예상했던 대로였다. 종이 맨 아래에 서명할 자리가 표시되어 있었다.

바비는 종이와 펜을 다시 내밀었다. 주니어는 춤이라도 추듯이 슬쩍 물러섰다. 씩 웃으며, 고개를 저으며.

"그것도 가져. 우리 아빠도 네가 대뜸 서명하진 않을 거라더라. 그래도 천천히 생각해 봐. 소금 안 부은 물을 마시려면 어떻게 해야 할지도 생각해 보고. 그리고 먹을 것도. 큼직한 치즈 버거 하나만 먹어도 천국 같을걸. 콜라도 줄 수 있어. 위층 냉장고에 시원한 게 있거든. 시원한 콜라 마시고 싶지 않아?"

바비는 아무 말도 하지 않았다.

"너 빵 구울 때 소금 넣지? 얘기해 봐, 점잔빼지 말고. 넣지? 이 씨발놈아."

바비는 아무 말도 하지 않았다.

"마음이 바뀔 거다. 허기도 갈증도 못 견딜 만큼 심해지면 그렇게 될 거야. 우리 아빠가 그랬어. 그쪽으론 아주 빠삭한 양반이지. 잘 있어, 바아아비이."

주니어는 복도 저편으로 걸어가다가 뒤를 돌아보았다.

"넌 나를 건드리지 말았어야 했어. 그건 큰 실수였어."

주니어가 계단을 올라가는 동안 바비는 똑똑히 보았다. 주니어는 다리를 살짝 절고…… 아니, 끌고 있었다. 바닥에 끌리는 왼쪽 다리를 보완하려고 오른손으로 난간을 짚으며 올라갔다. 바비는 러스티 에버렛이 이 증상을 보면 뭐라고 할지 궁금했다. 과연 러스티에게 물어볼 기회가 있을지도 궁금했다.

바비는 아직 서명하지 않은 자술서를 훑어보았다. 조각조각 찢어서 감방 앞 복도에 흩뿌리고 싶었지만, 쓸데없는 도발일 터였다. 이제 고양이 앞발 사이에 낀 쥐 같은 처지였으니 가만히 있는 것이 최선이었다. 바비는 자술서를 침대에 내려놓고 그 위에 펜을 올려놓았다. 그런 다음 물 컵을 들었다. 소금. 소금을 듬뿍 넣은 물이었다. 짠 냄새가 풍겼다. 그 냄새를 맡으니 지금 체스터스밀의 상황을 보는 듯했는데…… 다만, 어쩌면 체스터스밀은 원래부터 이 모양 이 꼴이 아니었을까? 돔이 생기기 전이라고 해서 달랐을까? 빅 짐과 친구들이 한참 전부터 이 땅 곳곳에 소금을 뿌리지 않았을까? 바비는 그랬으리라고 생각했다. 또한 자신이 살아서 이 경찰서를 나간다면 기적일 거라는 생각도 했다.

그럼에도, 놈들은 심문에 관한 한 초짜였다. 변기를 까먹었던 것이다. 45도를 넘나드는 땡볕 속에서 40킬로그램짜리 군장을 메고 다니면 구정물 한 모금도 맛깔나게 보이는 법인데도, 놈들 가운데 그런 나라에서 구른 경험이 있는 녀석은 한 명도 없었다. 바비는 감방 한구석에 소금물을 쏟아 버렸다. 뒤이어 빈 컵에 소변을 보고 침대 아래에 숨겨 두었다. 그런 다음 마치 기도를 드리는 사람처럼 변기 앞에 무릎을 꿇고 앉아 배가 볼록해질 때까지 변기에 고인 물을 마셨다.

13

러스티가 집 앞에 차를 댔을 때 린다는 현관 계단에 앉아 있었다. 뒷마당에서는 재키 웨팅턴 경관이 자넬과 주디가 탄 그네를 밀어 주고 있었고, 두 아이는 더 높이 올라가게 더 세게 밀어 달라고 재촉하는 중이었다.

린다는 두 팔을 활짝 펼치고 남편에게 다가왔다. 먼저 남편의 입술에 입을 맞추고 뒤로 물러서서 남편의 얼굴을 보았고, 이어서 남편의 뺨을 두 손으로 감싼 채 입술을 벌리고 다시 입을 맞추었다. 러스티는 살짝 닿은 아내의 혀를 느끼기가 무섭게 저 아래 어떤 곳에 피가 몰렸다. 린다는 그 느낌을 눈치채고 오히려 더 바짝 몸을 붙였다.

"와우. 우리 이제부터 사람들 많은 데서 자주 싸워야겠는데. 그건 그렇고, 당신 이쯤에서 안 멈추면 사람들 많은 데서 다른 것도 하게 될 거야."

"해야지. 그치만 사람들 앞에선 안 돼. 그보다…… 나 당신한테 사과할 게 아직 남았어?"

"아니."

린다는 남편의 손을 쥐고 현관 계단으로 돌아갔다.

"다행이다. 그것 말고도 할 얘기가 많거든. 진지한 얘기야."

러스티는 아내의 손을 두 손으로 감쌌다.

"들을 준비 됐어."

린다는 경찰서에서 있었던 일을 남편에게 들려주었다. 앤디 샌더스가 수감자를 대면하러 지하 유치장으로 내려가도록 허가받은 후에 줄리아가 경찰서에서 쫓겨났다는 이야기였다. 남의 눈을 피해 줄리아와 이야기하려고 재키와 함께 교회에 갔던 일도, 또 목사관에서 파이퍼 리비 목사와 로미오 버피와 둘러앉아 대화를 나눈 일도 들려주었다. 그러다가 재키가 브렌다의 사체에서 경직이 시작됐다는 이야기를 꺼냈을 때, 러스티는 귀가 쫑긋 섰다.

"저기요, 재키! 사후 경직이 일어난 거 확실해요?"

"그럼요!"

"안녕, 아빠!" 그네를 타던 주디가 외쳤다. "나 자넬 언니랑 같이 공중제비 돌 거예요!"

"안 돼, 참아!"

러스티는 딸에게 소리치고 나서 두 손에 입맞춤을 담아 날려 보냈다. 두 딸은 입맞춤을 한 개씩 잡았다. 둘 다 아빠의 입맞춤을 잡는 데는 선수였다.

"린다, 당신이 현장에서 시신을 본 시각이 언제야?"

"아마 10시 30분쯤. 슈퍼마켓 소동이 끝나고 한참 후였어."

"만약 재키가 사후 경직의 징후를 제대로 봤다면…… 하지만 100퍼센트 확신할 순 없잖아. 안 그래?"

"그래, 하지만 내 말 좀 들어 봐. 난 로즈 트위첼하고 통화를 했어. 바버라는 아침 6시 10분 전에 들장미 식당에 출근했대. 그때부터 시체를 발견한 시각까진 알리바이가 있다는 얘기야. 그럼 브렌다를 언제 죽였을까? 5시? 5시 반? 다섯 시간 후에 경직이 시작될 가능성이 얼마나 될까?"

"가능성은 낮지만 아예 불가능하진 않아. 사후 경직에 영향을 끼치는 요인은 여러 가지니까. 예를 들면, 시체를 은닉한 장소의 온도라든가. 식료품 창고는 더웠어?"

"후텁지근했어. 후텁지근하고, 냄새도 지독했어."

린다는 남편의 추론을 인정하면서도 가슴 위로 엇갈리게 팔을 들어 양 어깨를 감쌌다.

"린다, 내 말 무슨 뜻인지 알겠어? 사체가 그런 곳에 있었다면, 바비는 새벽 4시에 어디 다른 곳에서 브렌다를 죽였을지도 몰라. 그런 다음에 그 집으로 운반해서 거기다가……."

"난 당신이 그 사람 편인 줄 알았는데."

"맞아, 바비가 그랬을 가능성이 거의 없으니까 하는 얘기야. 왜냐면 새벽 4시엔 창고가 훨씬 시원했을 테니까. 게다가, 어차피 그 시간에 바비가 브렌다하고 같이 있을 이유가 없잖아? 경찰은 뭐래? 바비하고 브렌다가 바람이라도 피웠대? 백번 양보해서 바비가 연상녀…… 라기엔 나이가 너무 많지만, 어쨌든 연상녀한테 끌린다고 해도…… 30년 넘게 해로한 남편이 죽은 지 사흘밖에 안 됐잖아."

"합의 하에 맺은 관계가 아니야." 린다의 목소리는 차가웠다. "다른 경관들 말로는 강간이었대. 여자애 둘도 강간당했다는 말이 벌써 다 퍼졌어."

"그럼 코긴스는?"

"바비를 옭아맬 작정이라면 다른 동기를 지어내겠지."

"줄리아는 이걸 다 신문에 실을 작정인가?"

"기사를 써서 의혹을 몇 가지 제기할 거래. 하지만 사후 경직 건은 미뤄 두기로 했어. 랜돌프야 멍청하니까 정보가 어디서 샜는지 감을 못 잡겠지만, 레니는 눈치챌 수도 있으니까."

"그래도 위험한데. 줄리아가 입막음을 당한다고 해서 인권 협회에 찾아갈 수도 없는 노릇이니."

"줄리아는 그런 거 신경 안 쓸 거야. 화가 아주 단단히 났어. 슈퍼마켓 폭동 건도 음모일지 모른다고 생각하던데."

'십중팔구는 그럴걸.' 러스티는 속으로 생각했다. 그러나 입 밖에 낸 말은 달랐다.

"젠장, 희생자들 시체를 좀 보면 좋겠는데."

"아직 볼 수 있을지도 몰라."

"린다, 당신이 무슨 생각 하는지 나도 알아. 하지만 그랬다간 당신도 재키도 해고당할 거야. 더한 꼴을 당할지도 몰라. 빅 짐이 골칫거리를 해치우는 방식이 이런 거라면 말이야."

"그렇다고 이대로 가만있을 수는⋯⋯."

"게다가 별 도움도 안 될 거야. 거의 그럴 거야. 만약 브렌다 퍼킨스의 시신이 4시에서 8시 사이에 사후 경직을 시작했다면, 지금쯤은 완전히 굳었을 테니까 내가 봐도 알아낼 게 별로 없어. 캐슬록 카운티의 검시관이 보면 다르겠지만 당장은 캐슬록도 인권 협회도 딴 세상이나 마찬가지니까."

"어쩜 뭐가 더 있을지도 몰라. 브렌다든, 아니면 다른 희생자든 간에. 어떤 부검실에는 이런 말도 씌어져 있잖아. '여기는 죽은 자가 산 자에게 말하는 곳이다.'"

"너무 위험해. 그보다 더 좋은 방법이 뭔 줄 알아? 바비가 출근한 5시 30분 이후에 브렌다가 살아 있는 모습을 본 사람을 찾는 거야. 그럼 빼도 박도 못할 증거가 되니까."

잠옷 차림의 주디와 자넬이 안아 달라며 달려왔다. 러스티는 아빠의 의무를 다했다. 아이들 뒤에 따라온 재키 웨팅턴은 러스티의 마지막 말을 들은 듯했다.

"러스티, 내가 한 번 알아볼게요."

"하지만 눈에 띄면 안 됩니다."

"걱정 마요. 그리고 분명히 얘기해 두는데, 난 아직 완전히 심증을 거두지 않았어요. 앤지가 쥐고 있었던 건 분명히 그 사람의 인식표예요."

"그렇다면 바비는 자기 인식표를 잃어버리고 증거로 발견될 때까지 까맣게 몰랐다, 그건가요?"

"무슨 증거 말이에요, 아빠?"

자넬이 묻자 러스티는 한숨을 내쉬었다.

"어려운 얘기야. 애들은 몰라도 돼."

자넬은 눈빛으로 알았다고 대답했다. 한편 자넬의 동생은 늦게 핀 꽃을 꺾으러 갔다가 빈손으로 돌아왔다.

"꽃이 시들어 가요. 다 갈색이고요, 가장자리는 막 까매요."

"꽃들한텐 날씨가 너무 더운가 보네."

린다의 말을 들으며 러스티는 아내가 곧 울음을 터뜨릴 거라는 생각이 들었다. 그래서 서둘러 말을 꺼냈다.

"우리 공주님들, 가서 이 닦자. 식탁에 있는 물통에서 물 조금만 받아 와. 자넬, 네가 물 담당을 맡아. 자, 가자."

러스티는 린다와 재키 쪽으로 돌아섰다. 눈길은 대부분 린다에게로 향했다.

"린다, 당신 괜찮아?"

"괜찮아. 그냥…… 뭘 봐도 똑같은 생각이 들어서 그래. '저 꽃들은 죽을 이유가 없는데.' 이런 생각도 들고, '애초에 이런 일 따위 일어날 이유가 하나도 없었는데.' 이런 생각도 들고."

세 사람은 한동안 입을 다물고 그 말을 곱씹었다. 그러다가 러스티가 말을 꺼냈다.

"일단은 기다리면서 랜돌프가 나한테 검시를 부탁하는지 보자. 검시를 맡으면 난 두 사람한테 폐 끼칠 걱정 없이 시체를 확인할 수 있어. 만약 랜돌프가 아무 소리도 안 하면, 그건 뭔가 구린

구석이 있다는 뜻이지."

"여보, 그러는 동안에도 바비는 유치장에 갇혀 있잖아. 지금 이 순간에도 그 인간들이 자백을 받아 내려고 수작을 부릴 수도 있어."

"그럼 당신이 경찰 배지를 보여주고 날 장의사로 들여보냈다고 쳐. 한 술 더 떠서 내가 바비의 결백을 입증할 증거까지 찾았다고 가정해 보자고. 그럼 그놈들이 '어이쿠 이런, 저희가 실수했군요.' 하고 바비를 풀어줄 것 같아? 그다음엔 바비한테 순순히 지휘권을 넘길 것 같아? 정부 측에서 그걸 원하니까 하는 말이야, 마을 전체의 지휘권을. 당신 생각엔 레니가 순순히……." 러스티의 휴대전화가 울렸다. "이건 진짜 인류 최악의 발명품이라니까."

꿍얼거리기는 했지만, 적어도 병원에서 건 전화는 아니었다.

"에버렛 선생님?"

여성의 목소리였다. 러스티도 아는 목소리였으나 이름은 떠오르지 않았다.

"예, 그런데 제가 좀 바빠서요, 응급 상황이 아니라면……."

"응급 상황인지 아닌진 모르겠지만 어쨌든 굉장히 중요한 일이에요. 게다가 바버라 씨가…… 아, 바버라 대령님이시죠. 그분이 체포됐으니 선생님이 맡아 주셔야 해요."

"혹시 매클러치 부인이신가요?"

"맞아요, 하지만 통화할 사람은 조예요. 잠시만요."

"러스티 선생님?" 거의 숨이 넘어갈 듯 다급한 목소리였다.

"그래, 조. 웬일이냐?"

"저희가 그 장치를 찾은 것 같아요. 이제 어떡하죠?"

저녁 어스름이 어찌나 순식간에 짙어졌던지, 세 사람은 숨이 막힐 정도로 놀라고 말았다. 린다는 러스티의 팔을 부여잡았다. 그러나 알고 보니 돔 서쪽에 묻은 검댕 자국일 뿐이었다. 석양이 그 뒤로 숨은 탓이었다.

"어디서?"

"검은능선길이오."

"방사능이 나오던?"

러스티는 질문의 답을 이미 알고 있었다. 안 나왔다면 아이들이 어떻게 찾았을까?

"마지막으로 쟀을 땐 200이 넘었어요. 위험 구역까지 확 넘어갈 정돈 아니었고요. 저희 이제 어떡해요?"

러스티는 전화기를 안 쥔 손으로 머리를 쓸어 넘겼다. 너무 많은 일이 일어나는 중이었다. 너무 많이, 너무 빨리. 특히 스스로를 지도자커녕 의사 결정권자로 여겨 본 적도 없는 시골 마을 아저씨한테는 더욱 그러했다.

"오늘 저녁엔 됐어, 벌써 어두워졌으니까. 이 일은 내일 생각해 보자. 그건 그렇고 조, 너 아저씨랑 약속 하나 해야겠다. 이 일은 아무한테도 말하지 마. 너하고 베니, 노리, 너희 어머니만 아는 거다. 더는 안 돼."

"알았어요." 조의 목소리는 고분고분했다. "할 얘기가 엄청 많은데, 그래도 내일까지 기다릴게요."

전화 저편에서 조가 숨을 들이쉬는 소리가 들렸다.

"좀 으스스하죠, 그쵸?"

"그래, 좀 으스스하구나."

14

주니어가 집에 도착했을 때, 체스터스밀의 명운을 한 손에 거
머쥔 남자는 자기 서재에 앉아 콘비프 호밀빵 샌드위치를 입이
미어지게 베어 먹는 중이었다. 45분 동안 꿀 같은 낮잠을 즐기고
원기를 회복한 후의 일이었다. 이로써 빅 짐은 상쾌한 기분으로
다시금 전투태세를 갖추었다. 책상 위에 널브러진 노란색 연습장
은 나중에 뒷마당 소각로에서 태워 버릴 것들이었다. 후회보다는
안전을 택하는 쪽이 더 나았으니까.

쉭쉭 소리를 내는 콜맨 캠핑용 랜턴이 눈부시게 하얀 빛으로
서재를 물들였다. 빅 짐이 프로판가스통을 산더미처럼 꿍쳐 둔
줄은 아무도 몰랐지만(레니 저택과 그 안의 가전제품들을 50년은
돌릴 만큼 많았지만), 당장은 캠핑용 랜턴을 켜는 편이 더 나았다.
지나가는 사람들이 그 새하얀 빛을 보고 레니 부의장이 아무런
특별대우도 안 받고 있다고 생각하기를 바랐기 때문이었다. 레니
부의장도 자신들과 똑같다고 생각해야 했다. 다만 더 믿음직스러
울 뿐이라고.

주니어는 다리를 절었다. 얼굴도 찡그린 채였다.

"그 자식이 자백을 안 했어."

바버라가 그리 선선히 자백하리라고 생각지 않았던 빅 짐은 아
들의 말을 무시했다.

"너 어디 아프냐? 얼굴이 해쓱한 게 아주 말이 아닌데."

"두통이 도졌어. 그치만 이제 낫는 중이야."

그 말은 사실이었다. 다만 바비와 대화를 나누는 동안에는 지

독히도 아팠다. 기분 탓일 수도 있었지만, 바비의 청회색 눈은 너무 많이 아는 사람의 눈이었다.

'난 네가 식료품 창고에서 그 사람들한테 무슨 짓을 했는지 알아.' 그 눈은 이렇게 말했다. '난 전부 다 알아.'

그 눈빛은 권총을 뽑고 방아쇠를 당기려던, 그리하여 바비의 이글거리는 눈을 영영 감게 하려던 주니어의 의지를 모조리 앗아갔다.

"너 다리까지 절잖아."

"체스터 연못가에서 발견한 애들 때문에 그래. 애를 안고 돌아다니는 바람에 근육이 놀랐나 봐."

"정말로 그게 다냐? 너 티보도하고 같이 할 일이 있어. 한……." 빅 짐은 손목시계를 쳐다보았다. "한 세 시간 반 후에. 실패하면 안 되는 일이야. 완벽을 기해야 해."

"그냥 해 떨어지고 나서 바로 하면 안 돼?"

"그 마녀 같은 계집애가 부하 트롤 두 마리하고 같이 신문을 만드는 중이거든. 프리먼이란 녀석하고 또 한 놈. 와일드캐츠 경기 때마다 취재하러 오는 스포츠 기잔데."

"토니 게이."

"그래, 그놈. 뭐 딱히 그것들이 다칠까 봐 걱정하는 건 아니다. 특히 그 계집애는."

빙긋 웃느라 윗입술이 말려 올라간 빅 짐의 얼굴은 으르렁거리는 개 같았다.

"하지만 증인이 있으면 안 돼. 목격자를 말하는 거야, 내 말은. 하지만 사람들 귀에 들어가는 소문은…… 그건 영 다른 문제지."

"아빠, 사람들한테 무슨 소문을 들려줄 작정이야?"

"너 진짜 자신 있냐? 너 대신 프랭크가 해도 돼."

"안 돼! 코긴스 처리하는 거 내가 도와줬잖아, 오늘 아침에 그 할머니 처리하는 것도 내가 도왔고! 난 할 자격이 있어!"

빅 짐은 아들을 찬찬히 뜯어보는 눈치였다. 그러다가 고개를 끄덕였다.

"알았다. 하지만 잡히면 절대 안 돼. 눈에 띄어도 안 되고."

"걱정 마. 그래서 사람들한테…… 무슨 얘길 들려줄 건데?"

빅 짐은 아들에게 얘기해 주었다. 모조리 얘기해 주었다. 주니어는 훌륭하다고 생각했다. 또한 인정할 수밖에 없었다. 사랑하는 아버지에게 빈틈 따위는 없었다.

15

주니어가 '다리를 좀 쉬게 한다'며 위층으로 올라가고 나서, 빅 짐은 샌드위치를 마저 먹어치우고 턱에 묻은 기름기를 닦은 다음 스튜어트 보위의 휴대전화로 전화를 걸었다. 맨 먼저 꺼낸 질문은 휴대전화에 전화를 걸 때 누구나 묻는 말이었다.

"지금 어디야?"

스튜어트는 동료들과 함께 한잔하러 장의사로 가는 길이라고 했다. 빅 짐이 술을 싫어하는 줄 익히 아는 스튜어트는 막일꾼 특유의 뻗대는 자세로 말했다. '할 일은 다 했소, 이제 재미 좀 보게 해 주쇼.'

"마시는 건 괜찮아, 하지만 한 병만이야. 자넨 밤에 할 일이 남 았어. 퍼널드하고 로저도."

스튜어트는 굽히지 않고 버텼다.

상대방이 주절거리는 소리를 다 듣고 나서 빅 짐은 자기 뜻을 밀고 나갔다.

"세 명 모두 밤 9시 30분에 중학교로 가. 거기 신참 경관들이 몇 명 있을 거야, 로저네 아들이랑 같이. 자네들도 거기 합류해."

그런데 얘기하는 도중에 좋은 생각이 떠올랐다.

"실은 말이지, 자네들한테 체스터스밀 향토 경비대의 간부 자리를 맡길까 생각 중이야."

스튜어트는 자신과 동생 퍼널드에게 처리해야 할 시체 네 구가 생겼다고 상기해 주었다. 지독한 북부 억양 탓에 시체가 '쉬췌'처럼 들렸다.

"매케인네 집에서 찾은 친구들은 잠깐 기다리게 돼, 벌써 다 죽었잖아. 혹시 모를까 봐 하는 얘긴데, 우린 지금 위급한 상황에 처해 있어. 상황이 끝날 때까진 모두 책임을 다해야 해. 저마다 자기 몫을 해야 한다는 말일세. 우리 모두 같은 팀을 응원하잖나. 밤 9시 반에 중학교야. 그전에 먼저 할 일이 하나 있네, 오래 걸리진 않을 거야. 퍼널드 좀 바꿔."

스튜어트는 빅 짐에게 왜 얼간이 동생 퍼널드하고 얘기하려 하느냐고 물었다. 그가 동생을 얼간이로 여기는 데에는 나름 이유가 있었다.

"자넨 알 거 없어. 바꾸기나 해." 퍼널드가 인사를 건넸다. 빅 짐은 무시했다. "자네 전에 의용 소방대에 있었지? 해체될 때까지 말이야."

퍼널드는 자신이 실제로 체스터스밀 소방서의 비공식 보조원이었다고 말했지만 의용 소방대가 해체되기 1년 전에 스스로 그만두었다는 말은 덧붙이지 않았다(2008년 마을 예산 의결 당시 의장단은 의용 소방대에 한 푼도 배정할 수 없다는 의견을 낸 바 있었다.). 또한 의용 소방대가 주말에 열던 기금 조성 활동에서 자기는 술만 퍼마셨다는 얘기도 빠뜨렸다.

"자넨 경찰서에 들러서 소방서 열쇠를 챙겨. 그다음엔 소방서 창고에 가서 로미오 버피가 어제 썼던 수동 펌프가 있는지 확인해. 버피하고 퍼킨스 부인이 펌프를 거기 뒀다고 했으니까, 아마 있을 거야."

퍼널드는 수동 펌프가 원래 버피네 가게에서 가져온 것이므로 애초에 버피의 물건이라고 얘기했다. 의용 소방대에도 수동 펌프가 몇 개 있었지만, 조직이 해체될 때 이베이에서 팔아 치우는 바람에 지금은 한 개도 없었다.

"전엔 그 사람 거였을지도 모르지만, 지금은 아니야. 이 위기가 지속되는 동안에는 마을 공유 재산이거든. 다른 물건이 필요해지면 그때도 똑같이 할 걸세. 모두의 안녕을 위한 거니까. 혹시 로미오 버피가 의용 소방대를 다시 조직할 작정이라면 마음을 고쳐먹는 게 좋을 걸세."

퍼널드는 (조심스러운 목소리로) 로미오 버피가 미사일 폭격으로 일어난 잔불을 꽤 잘 껐다는 이야기를 주절거렸다.

"그거야 재떨이에서 타는 담배꽁초 수준이었으니까 그랬지."

빅 짐은 코웃음을 쳤다. 이마에는 핏줄이 불룩 솟았고 심장도 너무 세게 뛰고 있었다. 샌드위치를 너무 빨리 먹어치웠다는 생각이 들었지만, 자신도 어쩔 수가 없었다. 배가 고플 때 빅 짐은 눈앞에 뭐가 있든 간에 자취를 감출 때까지 꾸역꾸역 입에 처넣었다. 그것은 빅 짐의 본성이었다.

"그 불은 누가 와도 끌 수 있었어. 자네도 너끈히 껐을 걸세. 중요한 건 이거야. 난 지난 선거에서 나한테 표를 준 사람이 누군지 알아. 물론 표를 안 준 사람이 누군지도 잘 알고. 표를 안 준 사람한텐 국물도 없다, 이 말이지."

퍼널드는 자기가 펌프로 뭘 하면 되느냐고 물었다.

"소방서 창고에 펌프가 있는지만 확인해. 그다음엔 중학교로 가. 우린 체육관에 있을 거야."

퍼널드는 로저 킬리언이 전화를 바꿔 달란다고 말했다.

빅 짐은 짜증난다는 듯이 눈을 굴렸지만 잠자코 기다렸다.

로저는 자기 아들들 중에 누가 경찰이 되느냐고 물었다.

빅 짐은 한숨을 푹 쉬고 나서 책상 위에 흩어진 연습장쪼가리를 뒤져 신참 경관 명단이 적힌 쪽지를 찾았다. 대개는 고등학생이었고 전원 남성이었다. 그중 가장 어린 미키 워들로는 고작 열다섯 살이었지만, 꽤나 거친 아이였다. 음주 문제로 잘리기 전에는 풋볼 팀에서 우측 공격수를 맡기도 했다.

"리키하고 랜들을 뽑을 걸세."

로저는 맏이와 둘째를 뽑아 가면 양계장 일을 믿고 맡길 사람이 없다며 항의했다. 그럼 닭은 누가 키운단 말인가?

빅 짐은 눈을 감고 하나님께 부디 힘을 주십사 기도했다.

생리통처럼 묵직하고 아릿한 복통이 사만다를 못 견디게 괴롭혔다. 배 아래쪽에서는 그보다 훨씬 찌릿한 통증이 치밀었다. 한 걸음 내디딜 때마다 솟구치는 통증을 무시하기란 몹시도 힘든 일이었다. 그럼에도, 사만다는 119번 국도를 따라 모튼길 방향으로 타박타박 걸어갔다. 아무리 고통스러워도 멈추지 않을 작정이었다. 사만다에게는 목적지가 있었다. 자신의 트레일러는 아니었다. 사만다가 원하는 물건은 트레일러가 아닌 다른 곳에 있었고, 사만다는 그곳이 어디인지를 알았다. 밤을 새우는 한이 있어도 기어코 거기까지 걸어갈 작정이었다. 통증이 정말로 심해지면 청바지 주머니에 들어 있는 퍼코셋 다섯 알을 씹어 먹으면 그만이었다. 퍼코셋은 씹어 먹으면 약효가 더 빨리 돌았다. 필이 가르쳐 준 복용법이었다.

'확 따먹어 버려.'

'우리가 다시 오게 만들면 진짜로 죽을 줄 알아.'

'재수 없는 계집애, 따먹어 버려.'

'입 꽉 다물고 있어라, 거시기 빨 때만 빼고.'

'따먹어 버려, 확 따먹어 버려.'

'어차피 네 말은 아무도 안 믿어 줄걸.'

그러나 리비 목사는 믿어 주었고, 그 대가는 끔찍했다. 목사는 어깨가 빠지고 개를 잃었다.

'확 따먹어 버려.'

새미는 신이 나서 꽥꽥거리던 그 암퇘지의 목소리를 죽는 날까지 못 잊을 것만 같았다.

그래서 걸었다. 머리 위에서는 맨 처음 눈을 뜬 분홍빛 별들이 빛나고 있었다. 더러운 유리창 너머로 별빛이 깜박였다.

뒤에서 나타난 전조등 불빛에 사만다의 그림자가 길 앞쪽으로 훌쩍 길어졌다. 구닥다리 농사용 트럭이 길가로 다가와 멈춰 섰다.

"어이, 거기. 타쇼."

운전석에 앉은 남자가 말했다. '어이, 어이, 아요.'로 들린 까닭은 그 남자가 앨든 딘스모어이기 때문이었다. 죽은 로리의 아버지 앨든은 술에 취해 있었다.

그러거나 말거나 새미는 트럭에 올라탔다. 환자처럼 느릿느릿, 조심스럽게.

앨든은 눈치를 못 챈 듯했다. 가랑이에는 500시시짜리 버드와이저 맥주 캔이, 운전석 옆에는 절반이나 빈 맥주 상자가 보였다. 빈 깡통은 사만다의 발치에서 굴러다녔다.

"어디 가는 길이야? 마을 바깥 포런? 아니면 보섬까지?"

앨든은 나름 유머 감각이 있는 사람임을 과시하려고 낄낄 웃었다. 취했든 안 취했든 간에.

"모튼길 외곽까지만 가면 돼요. 그쪽으로 가세요?"

"아가씨 원하는 대로 가. 난 그냥 드라이브하는 중이야. 내 아들을 생각하면서. 토요일에 죽었거든."

"정말 안됐네요."

앨든은 고개를 끄덕이고 맥주를 들이켰다.

"그거 알아? 저번 겨울엔 우리 아버지가 돌아가셨어. 불쌍한 양반, 숨을 못 쉬어서 그렇게 됐지. 폐기종이었어. 마지막 1년 동안은 산호 호흡기를 달고 버텼지. 그 산소 탱크를 갈아 준 게 로리야. 그 양반을 참 잘 따랐는데."

"안됐네요."

이미 한 말이지만, 그렇다고 달리 할 말이 뭐가 있을까?

눈물방울이 앨든의 볼을 타고 흘러내렸다.

"아가씨 가는 데까지 태워 줄게. 맥주가 떨어질 때까진 계속 드라이브를 할 거니까. 아가씨도 맥주 마실래?"

"예, 고맙습니다."

미지근한 맥주였지만 사만다는 벌컥벌컥 들이켰다. 목이 몹시도 탔다. 사만다는 주머니에서 퍼코셋 한 알을 꺼내어 쭉 들이켠 맥주 한 모금과 함께 삼켰다. 톡 쏘는 느낌이 머릿속을 울렸다. 상쾌한 느낌이었다. 사만다는 주머니를 뒤져 퍼코셋 한 알을 더 꺼내어 앨든에게 권했다.

"드실래요? 먹으면 기분이 좋아져요."

앨든은 약을 받아 든 다음 무슨 약이냐고 물어보지도 않고 맥주와 함께 삼켰다. 트럭은 어느새 모퉁길에 도착했다. 교차로를 너무 늦게 발견한 앨든이 핸들을 힘껏 돌린 탓에 크럼리네 집 우편함이 트럭에 부딪혀 납작해졌다. 사만다는 거들떠보지도 않았다.

"맥주 더 마셔, 아가씨."

"고맙습니다."

사만다는 맥주 캔을 또 하나 집어 들고 뚜껑을 땄다.

"우리 아들 사진 볼래?"

계기판 불빛이 비친 앨든의 눈은 누리끼리했고, 눈물이 그렁그렁했다. 구덩이에 빠져 다리가 부러진 개의 눈이었다.

"우리 로리 사진 보고 싶어?"

"예, 그럼요. 저도 그때 거기 있었어요."

"다들 있었지. 내가 목장을 빌려줬으니까. 혹시 내가 아들이 죽게 도왔는지도 몰라. 그거야 모를 일이지. 누가 알겠어, 안 그래?"

"그럼요."

앨든은 멜빵바지 앞의 배주머니에 손을 넣어 너덜너덜하게 헤진 지갑을 꺼냈다. 그러더니 운전대에서 두 손을 다 떼고 지갑을 펼친 다음, 지갑 속의 투명한 비닐 칸을 뒤적거렸다.

"내 아들들이 선물해 준 지갑이야. 로리하고 올리가. 올리는 아직 살아 있어."

"지갑이 멋지네요."

사만다는 옆으로 몸을 기울여 운전대를 잡았다. 필과 함께 살 때에도 그런 적이 있었다. 그것도 여러 번. 딘스모어 씨의 트럭은 느리면서도 왠지 규칙적인 호를 그리며 이쪽 길가에서 저쪽 길가로 비틀비틀 나아갔고, 이 집 저 집의 우편함을 간발의 차로 피해 갔다. 그래도 괜찮았다. 불쌍한 늙은이 앨든은 시속 30킬로미터 이상은 밟지 않았고 모튼길에는 차가 한 대도 없었다. 차 라디오에서 WCIK 방송의 노래가 나직하게 흘러나왔다. 블라인드 보이스 오브 앨라배마가 부르는 「천국의 달콤한 희망」이었다.

앨든은 사만다에게 지갑을 던져 주었다.

"거기 있어, 우리 아들 사진. 제 할아버지랑 같이 찍은 거야."

"제가 사진 보는 동안 운전대 좀 잡아 주실래요?"

"당연하지."

앨든은 다시 운전대를 잡았다. 트럭은 좀 더 빨리 그리고 좀 더 똑바로 나아가기 시작했지만 흰색 중앙선을 넘나드는 움직임만은 변함이 없었다.

컬러 사진에 찍힌 사람은 얼싸안은 어린 소년과 노인이었다. 노인은 레드삭스 야구모자와 산소마스크를 쓰고 있었다. 소년은 함박웃음을 짓고 있었다.

"애가 어쩜 이렇게 잘생겼을까요."

"그럼, 잘생겼지. 잘생기고 머리도 좋은 녀석이었어."

앨든은 눈물도 흘리지 않은 채로 고통스러운 울음소리를 내질렀다. 당나귀 울음소리 같았다. 입에서는 침이 튀어나왔다. 트럭이 휘청, 흔들리다가 다시 똑바로 나아갔다.

"제 아들도 정말 잘생겼어요."

사만다는 울음을 터뜨렸다. 브래즈 인형을 고문하며 놀던 기억이 떠올랐다. 이제 사만다는 전자레인지에 들어가 있는 기분이 어떤지를 깨달았다. 전자레인지에서 구워지는 느낌이 어떤지를.

"아들을 만나면 뽀뽀를 해 줄 거예요. 두 번 해 줄 거예요."

"그래, 뽀뽀해 줘야지."

"그럼요."

"뽀뽀해 주고 안아 줘. 꽉 안아 줘."

"그럴게요, 아저씨."

"나도 우리 아들한테 뽀뽀해 주고 싶어. 차게 식은 뺨에다 뽀뽀해 주고 싶어."

"그 마음 알아요."

"그런데 벌써 묻었어. 오늘 아침에. 죽은 자리에다 묻었어."

"정말 너무 안됐어요."

"맥주 더 마셔, 아가씨."

"고맙습니다."

사만다는 맥주를 한 캔 더 땄다. 슬슬 취기가 돌았다. 취할 수 있어서 너무나 좋았다.

두 사람이 이렇게 드라이브를 즐기는 동안 하늘의 분홍빛 별들은 점점 밝아졌고, 깜박거리기는 했어도 떨어지지는 않았다. 이 날 밤에는 유성우가 쏟아지지 않았다. 두 사람이 탄 트럭은 사만다가 다시는 돌아가지 못할 자신의 트레일러 곁을 지나갔다. 속도를 줄이지 않은 채로.

17

로즈 트위첼이 《데모크라트》 사무실 문의 유리창을 두드린 시각은 저녁 7시 45분경이었다. 줄리아와 피트, 토니는 기다란 탁자 앞에 서서 네 쪽짜리 《데모크라트》 최신호를 만드는 중이었다. 피트와 토니가 종이를 잡고 고정시키면 줄리아는 스테이플로 찍어서 한 곳에 쌓아 두었다.

로즈를 발견한 줄리아는 안으로 들어오라고 열광적으로 손짓했다. 로즈는 사무실 문을 열고 들어서다가 살짝 비틀거렸다.

"아이구야, 여긴 왜 이렇게 더워?"

"전기를 아끼려고 에어컨을 껐거든요. 복사기도 너무 오래 돌리다 보니까 열을 받았고요. 오늘 저녁 내내 돌렸죠." 말은 그렇게 했지만, 피트 프리먼은 자랑스러워하는 표정을 하고 있었다. 로즈가 보기에는 세 사람 모두 의기양양한 표정이었다.

"식당 일 때문에 많이 바쁘실 줄 알았는데요."

"정반대였어, 토니. 오늘 저녁엔 파리 쫓느라 정신이 없었지 뭐야. 내 얼굴을 보기 싫어하는 사람이 한둘이 아닌가 봐. 우리 요리사가 체포돼서 그런가. 그런데 실은 서로 보기 싫어하는 사람들도 꽤 될 거야, 오늘 푸드시티에서 일어난 일을 생각해 보면."

"로즈, 이리 와서 신문 좀 보세요. 당신이 표지 모델이에요." 줄리아가 말했다.

신문 맨 위에 빨간색으로 적힌 문구는 다음과 같았다. **무료 돔 위기 특별판 무료**. 그 아래에는 줄리아가 지난 호부터 쓰기 시작한 16호 크기 활자로 이렇게 적혀 있었다.

깊어 가는 위기 속에 폭동과 살인 발생

사진에 찍힌 사람은 다름 아닌 로즈였다. 옆얼굴을 찍은 사진이었다. 입에는 확성기를 대고 있었다. 이마에 머리카락 한 타래가 흘러내린 로즈의 얼굴은 놀랍도록 아름다워 보였다. 사진 배경은 파스타 선반과 주스 선반 사이의 통로였고, 바닥에는 스파게티 소스로 보이는 깨진 병 몇 개가 보였다. 사진 아래 붙은 설명은 다음과 같았다. **폭동 진압자의 위엄** 들장미 식당 소유주이자 경영자인 로즈 트위첼이 데일 바버라의 도움을 받아 식량 폭동을 진압하고 있다. 데일 바버라는 현재 살인 혐의로 구속당한 상태이다 (4면의 사설 참조.).

"에구머니나. 그래도 뭐…… 예쁜 쪽으로 잘 찍었네. 내 얼굴에 예쁜 쪽이 있다면 말이지만."

"로즈, 당신 미모는 미셸 파이퍼 급이에요." 토니 게이가 진지한 표정으로 말했다.

로즈는 코웃음을 치며 토니에게 손을 내저었다. 눈은 이미 4면의 사설로 향한 후였다.

혼란 뒤에 닥칠 치욕을 생각하자
줄리아 셤웨이

체스터스밀 주민들 중에는 마을에 온 지 얼마 안 된 데일 바버라를 모르는 사람도 있을 테지만, 들장미 식당에서 그가 만든 음식을 안 먹어 본 사람은 얼마 되지 않을 테다. 그를 아는 사람이라면 어제까지만 해도 그가 마을에 보탬이 되는 사람이라고 얘기했으리라. 그는 지난 7월과 8월에 열린 소프트볼 경기에서 심판을 보았고, 9월에는 체스터스밀 중학교를 위한 도시 기부 행사를 도왔으며, 불과 2주 전만 해도 마을 대청소에 나와 휴지를 주웠다.

그런 '바비(친구들 사이에서 그는 이렇게 불렸다.)'가 오늘, 끔찍한 살인 네 건을 저지른 혐의로 체포당했다. 희생자들은 명망 있는, 또한 사랑받는 마을 주민들이었다. 데일 바버라와 달리 이 마을에서 나고 거의 한평생을 살아온 사람들이었다.

여느 때 같았으면 '바비'는 캐슬록 카운티 구치소로 이송되어 전화 통화를 할 수 있도록 허락받았을 테고, 형편이 안 되면 국선 변호사도 지원받았을 것이다. 살인죄로 기소되었을 테고 뒤이어 숙련된 전문가들이 증거 수집에 나섰을 것이다.

위와 같은 일은 일어나지 않았다. 그리고 우리 모두는 그 이유를 안다. 돔이 우리 마을을 온 세상으로부터 격리했기 때문이다. 그러나 적법한 절차와 상식마저 격리당했다고 할 수 있을까? 앞서 말한 범죄가 아무리 끔찍하다 한들 데일 바버라는 무리한 고발을 넘어서는 부당한 대우를 받았다. 또한 신임 서장은 본지 기자의 질의에 응답하기를 거부했고 데일 바버라가 아직 살아 있음을 확인시켜 주지도 않았다. 한편 희생자 중 한 명인 도로시 샌더스의 아버지(마을 의장 앤드류 샌더스)는 서장의 허가를 받고 아직 기소도 되지 않은 수감자를 접견했을 뿐 아니라 그를 비난하기까지 했으며……

"어이구야." 로즈는 이렇게 중얼거리며 고개를 쳐들었다. "진짜 이대로 신문에 낼 거야?"

줄리아는 차곡차곡 쌓인 종이 더미를 가리켰다.

"벌써 다 찍었어요. 왜요? 마음에 안 들어요?"

"아니, 그건 아닌데……."

로즈는 사설의 나머지 부분을 재빨리 훑어보았다. 몹시 길었고, 바비를 편드는 내용이었다. 사설의 마지막은 그 범죄에 관하여 아는 것이 있는 사람은 나서 달라고 촉구하는 내용으로 끝났다. 또한 이 위기가 끝나면(분명히 끝날 테지만) 체스터스밀 주민들이 살인 사건 앞에서 보인 행동들은 비단 이 메인 주와 미국뿐만이 아니라 전 세계 사람들의 눈앞에 낱낱이 드러나리라는 말도 함께 적혀 있었다.

"자기들은 해코지당할까 봐 무섭지 않아?"

"로즈, 언론의 자유란 게 있잖아요."

피트의 목소리는 스스로 듣기에도 영 자신이 없었다.

"호러스 그릴리라면 틀림없이 이렇게 했을 거예요."

줄리아는 굳은 목소리로 말했다. 한쪽 구석에 잠들어 있던 줄리아의 웰시코기는 자기 이름이 불리자 고개를 쳐들었다. 그 개는 로즈를 보고 쓰다듬어 달라고 다가갔고, 로즈는 기꺼이 쓰다듬어 주었다.

"줄리아, 여기 적힌 거 말고 또 아는 거 있어?"

로즈는 사설이 적힌 신문지를 두드리며 물었다.

"조금요. 지금은 숨길 생각이에요. 더 나올 때까지."

"바비가 그런 짓을 저질렀다니 말도 안 돼. 그런데도 난 바비가 어떻게 될지 무서워."

책상 위에 흩어져 있던 휴대전화 가운데 한 개가 울렸다. 토니가 그 전화기를 낚아챘다.

"《네모크라트》의 토니 세이입니다."

토니는 가만히 듣다가 줄리아에게 전화기를 내밀었다.

"콕스 대령이야. 당신을 바꿔 달라는데, 목소리가 영 어두워."

콕스. 까맣게 잊었던 이름이었다. 줄리아는 전화기를 받았다.

"셤웨이 씨, 바비 좀 바꿔 주십시오. 그곳 지휘권을 넘겨받는 일이 어떻게 진행되고 있는지 좀 알아야겠습니다."

"당분간은 힘들 것 같네요. 그 사람 유치장에 있거든요."

"유치장이오? 무슨 혐의로요?"

"살인이오. 정확히 말하면, 네 건의 살인이죠."

"농담할 때가 아닙니다."

"대령님, 제 목소리가 농담하는 것처럼 들리나요?"

잠시 침묵이 흘렀다. 전화 저편에서 여러 명의 목소리가 들려왔다. 다시 전화로 돌아왔을 때 콕스의 목소리는 나직했다.

"어떻게 된 일인지 설명해 주시죠."

"아뇨, 설명 안 하는 게 나을 것 같아요. 전 지난 두 시간 동안 그 일에 관한 기사를 썼어요. 그리고 제가 어릴 때 저희 엄마가 말씀하셨듯이 전 같은 말은 절대 두 번 안 해요. 아직 메인 주에 계세요?"

"캐슬록에 있습니다. 이곳에 전진 기지를 세웠지요."

"그럼 전에 만났던 데서 다시 만나요. 모튼길에서요. 내일 자 《데모크라트》는 공짠데, 어떻게 드릴 방법이 없네요. 제가 돔 앞에서 들고 서 있을 테니까 대령님은 바깥에 서서 읽으세요."

"전자우편으로 보내 주시면 됩니다."

"그건 안 돼요. 전자우편은 신문업계의 적이니까요. 전 그런 쪽으론 꽤 구식이에요."

"허허, 이 아가씨 진짜 사람 짜증나게 하네."

"짜증이야 나시겠지만, 아가씨라는 호칭은 좀 거북하네요."

"이것만이라도 가르쳐 주십시오. 무슨 음모에 걸린 겁니까? 샌더스하고 레니가 꾸민 일입니까?"

"대령님, 제가 여쭤 볼게요. 곰이 숲에서 똥을 싸던가요?"

침묵이 흘렀다. 이윽고 콕스가 입을 열었다.

"한 시간 후에 뵙겠습니다."

"저랑 같이 갈 사람이 있어요. 바비의 고용주예요. 아마 대령님도 그 사람 말에 흥미가 생길걸요."

"좋습니다."

줄리아는 전화를 끊었다.

"로즈, 나랑 같이 돔까지 드라이브 안 갈래요?"

"바비한테 도움이 된다면 당연히 가야지."

"희망을 품는 건 좋지만, 난 왠지…… 우리끼리 헤쳐 나가야 할 것 같단 생각이 드네요."

줄리아는 피트와 토니를 돌아보았다.

"스테이플 작업은 자기들끼리 마무리해 줄래? 문 옆에다 쌓아 두고 집에 갈 땐 잠그고 가. 오늘 밤엔 푹 자, 내일은 다 같이 신문을 돌려야 하니까. 내일 자 호외는 옛날식으로 돌릴 거야. 마을 집집마다. 근처 농장에도. 물론 이스트체스터에도. 그쪽엔 새로 이사 온 사람이 많으니까, 이론적으론 빅 짐의 위세도 덜할 거야."

피트의 눈썹이 '과연'이라고 말하듯이 쫑긋 올라갔다.

"레니 부의장은 홈 팀이야. 그리고 이번 목요일 비상 회의에서 연단에 올라가면 마을을 통째로 자기 손아귀에 집어넣으려고 하겠지. 하지만 선취점을 넣는 건 우리 원정 팀이야."

줄리아는 신문 묶음을 가리켰다.

"저게 우리가 넣을 선취점이야. 사람들이 웬만큼만 읽어 주면 레니는 장광설을 늘어놓기도 전에 따끔한 질문을 받게 될 거야. 잘하면 조금이나마 기선을 제압할 수 있겠지."

"확실히 제압할 수도 있어. 푸드시티에서 돌팔매질을 시작한 게 누군지 밝혀내기만 하면." 피트가 말했다. "그런데 말이지, 내 생각엔 밝혀낼 수 있을 것 같아. 내가 보기에 이 모든 일은 비밀리에 연결되어 있어. 어딘가 분명히 단서가 있을 거야."

"그 단서를 찾을 때까지 바비가 살아남으면 좋을 텐데."

줄리아는 손목시계를 내려다보았다.

"가요, 로즈. 드라이브할 시간이에요. 호러스, 너도 갈래?"

호러스는 기꺼이 따라나섰다.

18

"아저씨, 여기서 내려 주시면 돼요."

사만다가 말했다. 이스트체스터에 있는 전원주택 앞이었다. 집 안은 캄캄했지만 잔디밭은 어슴푸레하게 빛났다. 그들이 있는 곳이 돔 근처이기 때문이었다. 체스터스밀과 할로 경계선을 밝힌 조명등 불빛이 이곳까지 비쳤다.

"걸으면서 마시게 맥주 한 캔 더 가져가, 응?"

"괜찮아요, 전 더 안 가거든요."

사실이 아니었다. 사만다는 다시 마을로 돌아가야 했다. 돔이 비춘 누런 불빛 속에서 앨든 딘스모어는 마흔다섯 살이 아니라 여든다섯 살로 보였다. 사만다는 그토록 슬픈 얼굴을 본 적이 없었으나…… 이곳까지 오려고 병실을 나서기 전 거울에 비춰 본 자신의 얼굴만은, 예외였다. 사만다는 몸을 숙여 앨든의 볼에 입을 맞추었다. 수염자리 때문에 입술이 따가웠다. 앨든은 입술이 닿은 자리에 손을 갖다 대고 싱긋 웃었다.

"아저씨, 이제 집에 가셔야 해요. 부인을 생각하셔야죠. 챙겨야 할 아들도 한 명 남았고요."

"그래, 아가씨 말이 옳은 것 같아."

"당연하죠."

"아가씬 괜찮겠어?"

"괜찮아요." 사만다는 트럭에서 내린 다음 앨든을 돌아보았다. "아저씬요?"

"애써 볼게."

사만다는 차 문을 힘껏 닫고 진입로 끄트머리에 서서 앨든이 차를 돌리는 모습을 지켜보았다. 트럭 바퀴가 도랑에 빠졌지만 물이 마른 덕분에 무사히 빠져나왔다. 다시 119번 국도로 접어든 트럭은 처음에는 갈지자로 나아갔다. 그러다가 미등이 또렷이 보이는가 싶더니, 조금은 똑바로 달리기 시작했다. 도로 한복판을 점령한 것만은 변함이 없었지만(필이 보았더라면 '저놈의 차는 중앙선을 따먹는군.'이라고 말했으리라.), 사만다가 보기에는 별 탈이 없을 듯싶었다. 이미 밤 8시 30분에 가까운 시각이라 사방이 캄캄했다. 앨든이 길에서 누구를 만날 것 같지는 않았다.

트럭의 미등이 깜박이다 마침내 사라지고 나서 사만다는 어두운 전원주택으로 들어갔다. 마을 공원 부근의 오래된 저택들에 비할 바는 아니었지만, 이 집 또한 사만다가 살아 본 그 어떤 집보다도 훌륭했다. 사만다는 필과 함께 이 집에 온 적이 있었다. 필이 직업도 없이 그저 대마초를 팔거나 트레일러 뒤에서 자기가 태울 필로폰을 만들며 빈둥거리던 시절의 일이었다. 예수님이 어쩌고 하는 이상한 생각에 빠져들어 그 엉터리 교회에 들어가기 전의 일이었다. 거기 사람들은 자기들만 빼고 전부 다 지옥에 떨어진다고 믿었다. 필의 문제가 시작된 곳이 바로 종교였다. 종교는 그를 코긴스에게로 이끌었고, 코긴스 또는 다른 누가 그를 주방장으로 바꾸어 놓았다.

이 집에 살던 사람들은 약쟁이가 아니었다. 약쟁이들은 주택 대출금을 약으로 바꾸어 홀라당 털어먹게 마련이므로 이런 집을 오래도록 유지하지 못했다. 그러나 잭과 마이라 에번스 부부는 이따금씩 대마초를 즐겼고 필은 기꺼이 그들에게 약을 대 주었다. 그들이 좋은 사람들이었기에 필도 그들에게 친절하게 대해 주었다. 그 시절에는 필도 사람들에게 친절하게 대하는 법을 알았다.

필과 사만다가 이 집에 들렀을 때, 마이라는 아이스커피를 대접해 주었다. 리틀 월터를 가진 지 8개월쯤 되었던 사만다는 배가 눈에 띄게 불룩했고, 그래서 마이라는 아들과 딸 중 어느 쪽을 바라냐고 물었다. 사만다를 깔보는 기색은 조금도 없었다. 잭은 필을 조그만 자기 사무실로 데려가 약값을 치렀다. 필은 사무실에 들어서자마자 거실에 있는 사만다에게 외쳤다. '여보, 와서 이것 좀 봐!'

이제 다 옛날이야기 같기만 했다.

현관 문고리를 돌려 보았다. 잠겨 있었다. 사만다는 마이라가 가꾼 화단의 갓돌을 하나 골라 들고 무게를 가늠해 보았다. 그렇게 잠시 생각하다가, 돌을 던지는 대신 집 뒤로 돌아갔다. 몸 상태로 보아 창문을 넘어가기는 힘들었다. 또 (조심스럽게) 넘어갈 기운이 있다고 한들, 깨진 유리에 베기라도 했다가는 이날 밤을 위해 마련한 다음 계획에 차질이 생길지도 몰랐다.

게다가, 정말로 멋진 집이었다. 사만다는 다른 방법이 있다면 굳이 이 집을 망치고 싶지 않았다.

집을 망칠 필요는 없었다. 마을의 기능이 그래도 완전히 마비되지는 않은 덕분에 잭의 시체는 이미 치워진 후였지만, 집 뒷문을 잠글 생각은 아무도 하지 못했다. 사만다는 뒷문을 열고 곧장 걸어 들어갔다. 발전기가 없는 집 안은 너구리 똥구멍만큼이나 캄캄했지만 주방 오븐 옆에 성냥갑이 놓여 있었다. 성냥을 켜자마자 식탁 위의 손전등이 눈에 들어왔다. 손전등은 제대로 켜졌다. 환한 불빛이 비치자 핏자국 비슷한 바닥의 얼룩이 드러났다. 사만다는 냉큼 불빛을 돌리고 잭의 사무실 쪽으로 향했다. 거실 바로 안쪽에 꾸민 사무실은 어찌나 작던지, 공간이라고는 책상 한 개와 유리문이 달린 장식장 한 개를 놓을 자리가 다였다.

사만다가 불빛으로 책상 위를 훑다가 손전등을 쳐들자 잭이 신주단지처럼 아끼던 전리품의 눈이 불빛을 받고 반짝였다. 3년 전 TR-90 지대에서 잡은 말코손바닥사슴의 대가리 박제였다. 필이 사만다에게 와서 보라고 했던 것도 바로 이 사슴 대가리였다.

'작년 사냥철 허가권 추첨에서 마지막 한 장을 내가 차지했어요. 저 총으로 잡았죠.' 잭은 장식장 안에 든 사냥총을 가리켰다. 조준경이 달린 무시무시한 물건이었다.

얼음이 짤랑거리는 아이스커피 잔을 들고 문간에 다가온 마이라의 자태는 우아하고 아름다웠으며, 표정은 흐뭇해 보였다. 사만다는 알고 있었다. 자신이 결코 그런 여인이 될 수 없음을. 그때 마이라는 이렇게 얘기했다. '얼마나 비싸게 줬는지 몰라요. 12월에 1주일짜리 버뮤다 여행을 선물해 준다고 약속 안 했으면, 절대 못 사게 했을걸요.'

"버뮤다 여행." 사만다는 손전등 불빛에 드러난 사슴 대가리를 올려다보며 중얼거렸다. "이젠 갈 수가 없겠네. 불쌍해라."

약값이 든 봉투를 뒷주머니에 쑤셔 넣으며 필은 이렇게 말했다. '멋진 엽총이군요. 그래도 가정 방위용으로는 너무 과한데.'

'그거야 따로 마련해 뒀죠.' 잭은 필에게 직접 보여 주지는 않았지만 의미심장한 표정으로 책상 상판을 두드렸다. '쓸 만한 권총으로 몇 자루 챙겨 놨어요.'

필도 알 만하다는 표정으로 고개를 주억거렸다. 사만다와 마이라도 판박이처럼 똑같은 눈빛을 주고받았다. 그 눈빛은 마치 '남자들은 하여튼 애라니까요'라고 말하는 듯했다. 사만다는 마이라와 눈빛을 주고받을 때 얼마나 기뻤는지, 마이라와 같은 편에 속한 기분이 얼마나 흐뭇했는지를 아직도 기억했다. 또한 그 기억은 사만다가 마을에서 가까운 집을 뒤지는 대신 이 집까지 찾아온 이유이기도 했다.

사만다는 잠시 멈춰 서서 퍼코셋을 한 알 더 까먹은 다음 책상 서랍을 뒤지기 시작했다. 서랍은 모두 열려 있었고, 세 번째 서랍에 든 나무 상자 역시 마찬가지였다. 상자 안에는 잭 에번스가 따로 챙겨 둔 45구경 스프링필드 XD 자동권총이 들어 있었다. 사만다는 권총을 만지작거리다가 탄창을 꺼냈다. 탄창에는 총알이 가득했고 서랍 안에 여벌 탄창도 한 개 있었다. 사만다는 여벌 탄창도 함께 챙겼다. 주방으로 가서 총과 탄창을 담을 가방도 한 개 챙겼다. 그리고 물론 차 열쇠도. 고인이 된 잭과 마이라의 차고에는 차가 있을 터였다. 사만다는 마을까지 걸어서 돌아갈 마음이 티끌만큼도 없었다.

19

줄리아와 로즈는 마을의 미래에 관하여 한창 의논하던 도중에 하마터면 자신들의 현재가 끝장나는 꼴을 볼 뻔했다. 이날 밤의 목적지를 2킬로미터 남짓 앞둔 에스티 굽잇길에서 구닥다리 농장 트럭을 만났더라면, 정말로 끝장이 났을 터였다. 그러나 줄리아가 자기 차로에서 이쪽을 향해 똑바로 달려오는 트럭을 발견했을 때는 마침 굽잇길을 돌아 나온 후였다.

줄리아는 생각할 겨를도 없이 프리우스의 운전대를 왼쪽으로 확 꺾어 반대편 차로로 빠져나갔고, 두 차는 한 뼘 차이로 서로를 스쳐 지나갔다. 프리우스 뒷좌석에 앉아 여느 때처럼 드라이브 나가는 즐거움에 생글거리던 호러스는 놀란 나머지 '깽' 소리와 함께 바닥으로 굴러 떨어졌다. 차 안에서 들린 소리는 그것뿐이었다. 두 여인은 비명을 지르지도, 심지어 입을 열지도 못했다. 그러기에는 너무나 순식간에 일어난 일이었다. 사고사 내지는 중상이 두 사람을 백짓장 차이로 놓치고 그대로 사라졌다.

줄리아는 원래 차로로 돌아온 다음 비포장 갓길에 차를 대고 변속 레버를 주차로 밀었다. 그런 다음 로즈를 돌아보았다. 로즈도 화등잔 같은 눈에 입을 헤 벌리고 마주보았다. 뒤에서는 호러스가 의자로 펄쩍 뛰어올라 '멍' 하고 한 번 짖었다. 왜 차를 세웠느냐고 묻는 듯했다. 두 여인은 그 소리가 들리고 나서야 함께 웃음을 터뜨렸고, 로즈는 불룩한 자기 가슴 한복판을 손으로 다독였다.

"엄마야, 애 떨어지는 줄 알았네."

"누가 아니래요. 방금 얼마나 가까웠는지 봤죠?"

로즈는 다시 웃음을 터뜨렸다. 웃음소리가 덜덜 떨렸다.

"자기 농담해? 세상에, 창틀에 팔이라도 걸치고 있었어 봐, 저 망할 놈이 내 팔뚝을 들고튀었을걸."

줄리아는 고개를 설레설레 저었다.

"아마 취해서 그랬겠죠."

"아마는 무슨, 틀림없이 취했어." 로즈가 코웃음을 쳤다.

"출발해도 되겠어요?"

"자기는?"

"괜찮아요. 호러스, 넌 어때?"

호러스는 끄떡없다는 듯이 짖었다.

"'간발의 차로 피한 불운은 행운의 전조란다.' 우리 할아버지가 하시던 말씀이야."

"그분 말씀이 들어맞으면 좋겠네요."

줄리아는 다시 차를 출발시켰다. 가는 동안 내내 앞에 전조등 불빛이 보이는지 유심히 관찰했지만, 다음번에 그들이 불빛을 본 곳은 돔이 가로막은 할로 경계선 근처였다. 두 사람은 사만다 부시를 보지 못했다. 그러나 에번스네 집 차고 앞에 시보레 말리부 세단의 열쇠를 쥐고 서 있던 사만다는 그들을 보았다. 프리우스가 집 앞을 지나간 다음, 사만다는 차고 문을 올리고(전기가 나간 탓에 손으로 열다 보니 배가 몹시도 아팠다.) 운전석에 앉았다.

버피네 만물상과 체스터스밀 주유소 사이에는 마을 큰길과 웨스트 가를 잇는 골목이 하나 나 있었다. 주로 배달 트럭이 다니는 길이었다. 이날 밤 9시 45분, 한 치 앞도 안 보일 만큼 캄캄한 이 골목에 주니어 레니와 카터 티보도가 나타났다. 카터는 빨간 바탕에 대각선으로 노란색 줄이 그어진 20리터짜리 통을 한 손에 들고 있었다. 노란색 줄 위에 **휘발유**라고 적힌 통이었다. 다른 손에 든 것은 휴대용 확성기였다. 원래는 흰색이었지만 카터는 골목을 다시 빠져나가기 전에 남의 눈에 띄지 않도록 확성기를 온통 검은색 테이프로 감아 놓았다.

주니어는 배낭을 멘 차림새였다. 이제 머리도 아프지 않았고 절던 다리도 멀쩡했다. 그동안 무슨 병을 앓았는지 몰라도 몸이 마침내 이겨 낸 듯싶었다. 아마도 만성 바이러스 같은 것이었으리라. 대학 기숙사에는 원래 온갖 고약한 병균이 도사리고 있는 법이고, 그 점을 생각하면 학생을 두들겨 패고 퇴학당한 일은 오히려 정체를 숨긴 축복인지도 몰랐다.

골목 어귀에 이르자 《데모크라트》 사무실이 똑똑히 보였다. 아무도 없는 보도에 사무실 불빛이 쏟아졌고, 안에서 돌아다니는 프리먼과 게이의 모습이 보였다. 둘은 신문 다발을 사무실 입구로 옮겨 차곡차곡 쌓는 중이었다. 신문사와 줄리아의 살림집을 겸한 낡은 목조 건물은 샌더스 약국과 서점 사이에 자리 잡고 있었지만, 두 건물하고는 서로 떨어져 있었다. 서점 쪽에는 포장된 보도가, 약국 쪽에는 방금 주니어와 카터가 살금살금 지나 온 길과 비슷한 골목이 나 있었다. 바람 한 점 없는 밤이었기에, 주니어 생각에는 아버지가 부하들을 빨리 보내면 불필요한 피해는 없을 듯싶었다. 딱히 걱정이 돼서 하는 생각은 아니었다. 큰길 동쪽이 홀라당 타 버린다고 해도 주니어는 아무 상관도 없었다. 곤란해지는 사람은 데일 바버라뿐이었다. 이쪽을 찬찬히 뜯어보던 바버라의 차가운 눈빛이 지금도 선했다. 그런 눈빛을 받고 그냥 넘어갈 수는 없었다. 상대가 유치장 창살 너머에 있다면 더더욱 그러했다. 망할 바아아비이 자식.

"그냥 쏴 버렸어야 하는데." 주니어가 중얼거렸다.

"뭐라고?"

"아무것도 아냐. 좀 더워서." 주니어는 이마의 땀을 닦았다.

"누가 아니래. 프랭크가 그러는데 돔이 안 없어지면 우린 다 자두처럼 물러 터질 거래. 그나저나 일은 언제 시작하는 거야?"

주니어는 부루퉁한 표정으로 어깨를 으쓱했다. 아버지한테 들었으면서도 당최 기억나지가 않았다. 어쩌면 10시 정각일지도. 하지만 무슨 상관이란 말인가? 저기 있는 둘은 그냥 타 죽게 내버려 두면 그만인데. 게다가 만약 그 신문사 계집애가 위층 살림집에 있다면(또 아끼는 딜도로 하루의 피로를 한창 푸는 중이라면) 그년도 함께 타 죽으면 그만이었다. 그렇게 되면 바비가 더욱 곤란해질 테니까.

"카터, 지금 하자."

"진짜?"

"길에 지나가는 사람 보이냐?"

카터는 주위를 둘러보았다. 큰길에는 아무도 없었고 불빛도 드물었다. 들리는 것이라고는 신문사와 약국 건물 뒤에서 돌아가는 발전기 소리뿐이었다. 카터는 제 알 바 아니라는 듯이 어깨를 으쓱했다.

"그래. 까짓것."

주니어는 배낭의 버클을 풀고 덮개를 뒤로 젖혔다. 맨 위에 놓인 것은 얇은 장갑 두 켤레였다. 주니어는 한 켤레를 카터에게 건네고 남은 것은 자기 손에 끼었다. 그 아래에는 목욕수건으로 꽁꽁 싼 뭉치가 들어 있었다. 주니어는 수건을 풀고 빈 와인병 네 개를 갈라진 아스팔트 바닥에 내려놓았다. 배낭 맨 아래에 든 것은 양철 깔때기였다. 주니어는 와인병에 깔때기를 끼우고 휘발유통을 들었다.

"야, 내가 할게. 너 손 떨잖아."

주니어는 자기 손을 내려다보고 흠칫 놀랐다. 떨리는 느낌은 전혀 없었다. 그런데도 두 손은 분명히 후들거렸다.

"쫄아서 그러는 거 아냐, 넘겨짚지 마."

"누가 쫄았대? 주니어, 머리가 아프다고 이렇게 되진 않아. 그건 누가 봐도 알 수 있어. 에버렛한테 가 봐. 넌 분명히 어디가 아픈 거고, 지금 이 마을에 의사 비슷한 거라곤 그놈뿐이니까."

"난 괜찮다니……."

"누가 듣기 전에 입 다물어. 넌 수건이나 말아, 휘발유는 내가 부을게."

주니어는 총집에서 권총을 꺼내어 카터의 미간을 쏘았다. 카터의 머리는 수박처럼 터졌고, 피와 뇌 조각이 사방으로 튀었다. 뒤이어 주니어는 카터를 내려다보며 방아쇠를 당겼고, 또 당겼고,

또……

"주니어?"

주니어는 환상을 떨쳐 내려고 고개를 흔들었다. 어찌나 생생했던지, 환각에 빠진 듯했다. 정신을 차려 보니 손이 정말로 권총 손잡이를 쥐고 있었다. 어쩌면 그 바이러스가 아직 완전히 죽지 않았는지도 몰랐다.

그리고 어쩌면, 바이러스가 아닌지도 몰랐다.

'그럼 뭐야? 도대체 뭔데?'

코를 찌르는 휘발유 냄새가 어찌나 향긋했던지, 눈에서 불이 날 것만 같았다. 카터가 이미 첫 번째 병을 채우는 중이었다. 휘발유통에서 '꿀렁, 꿀렁' 소리가 났다. 주니어는 배낭 옆주머니를 열고 어머니가 쓰던 재봉 가위를 꺼냈다. 그 가위로 수건을 잘라 기다란 천 쪼가리 네 가닥을 만들었다. 한 가닥의 끄트머리를 첫 번째 와인병에 넣었다 꺼낸 다음, 반대쪽 끄트머리를 다시 병 속으로 집어넣었다. 휘발유에 흠뻑 젖은 수건 쪼가리가 병 입구에 기다랗게 늘어졌다. 남은 병에도 똑같은 작업을 반복했다.

그 일을 하는 동안에는 손이 후들거리지 않았다.

21

바비의 상사였던 콕스 대령은 줄리아가 마지막으로 보았을 때와 영 딴판이었다. 밤 9시 30분에 본 사람치고는 면도 상태가 깔끔했고 머리도 말끔했지만, 면바지는 전과 달리 쭈글쭈글했고 두

툼한 점퍼도 후줄근했다. 마치 살이 빠지기라도 한 듯이. 대령은 실패로 끝난 화학 실험의 흔적인 격쇠 모양 페인트 자국 앞에 서서 이맛살을 잔뜩 찌푸린 채 앞을 노려보는 중이었다. 흡사 정신을 집중하기만 하면 그 페인트 자국 사이로 돔을 뚫고 들어올 수 있다는 듯이.

'『오즈의 마법사』가 생각나네요. 자, 눈을 감고 발뒤꿈치를 세 번 맞부딪히세요. 톡, 톡, 톡.' 줄리아는 속으로 생각했다. '세상에 돔만 한 곳도 없으니까요.'

줄리아는 로즈와 콕스를 서로에게 소개해 주었다. 두 사람이 짧은 인사를 나누는 동안 주위를 둘러본 줄리아는 풍경이 영 마음에 들지 않았다. 할리우드 시사회를 알리듯이 현란한 빛으로 하늘을 밝힌 조명과 털털거리는 발전기는 그대로 있었지만 트럭은 한 대도 보이지 않았고, 길 저편으로 50미터쯤 떨어진 곳에 서 있던 지휘 본부용 초록색 대형 천막도 마찬가지로 사라지고 없었다. 납작하게 눌린 풀밭만이 천막이 있던 자리임을 알렸다. 콕스 곁에는 군인 둘이 함께 있었으나 줄리아의 눈에는 전투병이 아니라 부관 또는 수행원처럼 보였다. 초병들은 완전히 철수하지는 않았더라도 뒤쪽으로 멀리 물러나서 경계선을 구축한 듯했다. 체스터스밀 쪽에서 웬 가엾은 비렁뱅이가 돔까지 걸어와 도대체 어떻게 되어 가느냐고 물어도 들리지 않을 만큼 멀리.

'지금은 캐물을 때야. 구걸은 나중에 해도 돼.' 줄리아는 속으로 생각했다.

"정보를 주십시오, 셤웨이 씨."

"먼저 제 질문에 대답부터 해 주세요."

콕스는 못 말리겠다는 듯이 눈을 굴렸다(줄리아는 손을 뻗을 수만 있으면 콕스의 뺨을 갈기고 싶었다. 이곳까지 오는 길에 당할 뻔한 사고 때문에 아직 신경이 곤두선 탓이었다.). 그럼에도, 콕스는 줄리아에게 물어보라고 대답했다.

"저희 버림받은 건가요?"

"절대 아닙니다."

제격 대답하기는 했지만, 콕스는 줄리아의 눈을 똑바로 보지 못했다. 줄리아가 보기에는 마치 서커스가 서 있다가 떠나 버린 듯 텅 빈 돔 저편의 풍경보다 눈을 피하는 콕스의 행동이 더욱 불길했다.

"이걸 읽어 보세요."

줄리아는 이튿날 자 신문의 1면을 돔의 투명한 표면에 갖다 댔다. 몸짓이 꼭 백화점 진열창에 세일 전단을 붙이는 여성 같았다. 한순간 손끝에서 희미하게 '따닥' 소리가 났다. 건조한 겨울날 아침에 금속을 건드릴 때 느끼는 정전기와 비슷했다. 둘 다 한 번 당하고 나면 끝이었다.

콕스는 다음 면으로 넘기라고 지시해 가며 신문을 끝까지 다 읽었다. 다 읽는 데 10분이 걸렸다. 콕스가 다 읽자 줄리아가 먼저 입을 열었다.

"보셨다시피 광고는 팍 줄었지만, 기사의 질이 확 올라간 것만은 자신 있게 말씀드릴 수 있어요. 전 황당한 꼴을 당해야 최선을 발휘하나 봐요."

"셤웨이 씨……."

"아, 줄리아라고 하세요. 하루 이틀 알고 지낸 사이도 아닌데."

"알겠습니다. 당신이 줄리아면 전 제이시(JC)겠군요."

"한 2000년 전에 물 위로 걸어 다니던 어떤 분하고 머리글자가 똑같네요. 헷갈리지 않게 조심해야겠는데요."

"이 레니라는 친구가 독재자로 등극하려고 준비 중이다, 이 말입니까? 메인 주에서 마누엘 노리에가 행세를 한다고요?"

"실은 폴 포트 수준으로 폭주할까 봐 걱정스러운데요."

"그게 가능할 것 같습니까?"

"이틀 전이었다면 저도 그런 소릴 비웃었을 거예요. 레니는 의장단 회의를 진행할 때 말곤 그저 중고차 판매업자였으니까요. 하지만 이틀 전엔 식량 폭동 같은 것도 없었죠. 살인 사건은 말할 것도 없고요."

"바비 짓이 아니에요. 절대로."

로즈는 몹시도 지친 표정으로 고개를 저었다.

콕스는 거들떠보지도 않았다. 줄리아 생각에는 로즈를 무시해서가 아니라 거들떠볼 가치조차 없을 만큼 터무니없는 소리였기 때문이었다. 그렇게 생각하고 보니 콕스에 대해 조금은 마음이 누그러졌다.

"줄리아, 그 살인을 레니가 저지른 것 같습니까?"

"그 생각도 해 봤어요. 술 판매 금지 조치부터 바보천치를 경찰 서장으로 앉힌 일까지, 돔이 생기고 나서 레니가 한 짓은 하나같이 정치적인 것뿐이었어요. 자기 권력을 확장할 목적으로요."

"레니의 개인기 목록에 살인은 안 들어 있다는 뜻입니까?"

"딱히 그런 뜻은 아니에요. 레니의 아내가 죽었을 때 그 인간이 거들었을 거라는 소문이 돌았거든요. 소문이 사실이란 말은 안 하겠어요. 하지만 애초에 그런 소문이 돈 것 자체가 사람들이 그 인간을 어떻게 보는지 말해 주는 증거죠."

콕스는 툴툴거리는 소리로 동의를 표했다.

"그래도 저로서는 살인과 십대 소녀 둘을 성폭행하는 짓이 어떻게 정치적인지 도저히 이해를 못하겠군요."

"바비는 절대 안 했다니까 그러시네." 로즈가 되뇌었다.

"대령님, 그건 코긴스 목사도 마찬가지예요. 그 사람 교회가 수상쩍을 만큼 돈이 많긴 했지만요, 특히 라디오 방송국 쪽이오. 하지만 브렌다 퍼킨스라면? 그 건은 충분히 정치적이에요."

"그런데도 대령님은 해병대를 보내서 그놈을 막을 수가 없어요, 안 그래요?" 로즈가 끼어들었다. "맥들이 할 수 있는 거라곤 그냥 구경하는 것뿐이잖아요. 수족관을 구경하는 어린애들처럼 말이에요. 제일 큰 고기가 먹이를 다 먹어치우고 이제 잔고기들까지 잡아먹는데도."

콕스는 로즈의 말을 듣고 나지막이 중얼거렸다.

"휴대전화 서비스를 끊는 것 정도는 가능합니다. 인터넷도요. 그 정도는 저희도 할 수 있어요."

"경찰은 무전기를 사용하니까 레니도 그걸로 바꿀 거예요. 그리고 목요일 저녁에 마을 회의가 열리면 사람들이 외부하고 통신이 끊겼다고 불평할 텐데, 그럼 레니는 대령님을 탓할걸요."

"저흰 금요일에 기자 회견을 예정해 뒀습니다. 거기서 터뜨리면 될 것 같은데요."

줄리아는 그 생각에 소름이 끼쳤다.

"꿈도 꾸지 마세요. 그랬다간 레니는 바깥세상 사람들한테 자기가 한 짓을 아예 변명도 안 하려고 할걸요."

"어디 그뿐인가, 전화하고 인터넷을 끊어 버리면 레니가 무슨 짓을 하는지 바깥에 알려줄 수가 없잖아요." 로즈가 덧붙였다.

콕스는 잠시 우두커니 서서 땅만 내려다보았다. 그러다가 고개를 들었다.

"그 가상의 돔 생성 장치는 어떻게 됐습니까? 뭐 건진 거라도 있나요?"

줄리아는 그 장치를 찾는 임무의 책임자가 중학생 아이라는 얘기를 콕스에게 해야 할지 어떨지 확신이 서지 않았다. 알고 보니 얘기할 필요가 없었다. 바로 그 순간에 마을 화재 경보가 울려 퍼졌기 때문이었다.

22

피트 프리먼은 마지막 신문 묶음을 사무실 문 옆에 떨어뜨렸다. 그런 다음 두 손으로 허리를 짚고 등뼈를 쭉 폈다. '우두둑' 소리가 사무실 저편에 있던 토니 게이의 귀에까지 들어갔다.

"허리 부러지는 소리 같은데."

"아냐. 시원해."

"피트, 우리 마누란 벌써 곯아떨어졌을 거야. 집 차고에 숨겨 둔 술이 있는데, 가는 길에 한 잔 안 할래?"

"아니, 난 그냥……."

피트가 말을 꺼낸 순간, 첫 번째 병이 창문을 깨고 들이닥쳤다.

피트는 병 주둥이의 불붙은 심지를 얼핏 보자마자 한 발자국 물러섰다. 단 한 발자국이었지만 그 덕분에 심한 화상을 입지 않았다. 아니었으면 산 채로 타죽었을지도 모를 일이었다.

창문과 유리병은 둘 다 박살이 났다. 휘발유에 불이 붙자 가오리처럼 생긴 샛노란 화염이 치솟았다. 이와 동시에 피트가 몸을 숙이고 허리를 틀었다. 불타는 가오리는 피트의 셔츠 소매를 먹어 치우고 그의 위를 지나 줄리아 책상 앞의 양탄자에 내려앉았다.

"이게 무슨……."

토니가 말을 꺼내기가 무섭게 두 번째 유리병이 포물선을 그리며 앞서 깨진 창문으로 날아들었다. 그 병이 줄리아의 책상 위에서 깨지는 바람에 화염이 상판 위로 길게 퍼졌고, 흩어져 있던 종이에 불이 붙는가 싶더니 사무실 바닥에까지 불똥이 떨어졌다. 휘발유 타는 냄새는 후끈하고 알싸했다.

피트는 불붙은 셔츠 소매를 옆구리에 두드리면서 사무실 구석에 있는 생수통으로 달려갔다. 생수통을 몸통에 대고 엉거주춤 들어 올린 다음, 통 주둥이 아래에 불붙은 셔츠를 갖다 댔다(이제 팔꿈치 아래쪽으로 햇볕에 홀랑 탄 느낌이 들기 시작했다.).

어둠 속으로부터 화염병이 또 날아들었다. 이번 것은 창문을 넘지 못하고 보도에서 깨져 콘크리트 위에 조그만 모닥불을 밝혔다. 불붙은 휘발유가 가느다랗게 퍼져 나가 도랑으로 흘러들었다.

"바닥에 물을 뿌려! 다 타 버리기 전에 얼른!"

토니가 목청껏 외쳤다. 피트는 숨을 헐떡거리며 토니를 멍하니 바라보기만 했다. 생수통의 물은 적실 필요도 없는 곳에만 꿀렁꿀렁 쏟아져 내렸다. 불행히도.

비록 스포츠 기사를 쓰는 실력은 시원찮았지만, 토니 게이는 고등학생 시절에는 만능 운동선수였다. 그리고 10년이 지난 지금도 반사 신경은 거의 그대로였다. 토니는 피트의 손에서 물을 콸콸 뿜는 생수통을 낚아채어 먼저 줄리아의 책상 위에, 다음으로 불붙은 양탄자에 쏟아 부었다. 불길은 이미 퍼지는 중이었지만, 그래도 어쩌면…… 빨리 움직이기만 하면…… 비품 창고로 이어진 복도에 생수통이 한두 개만 더 있으면…….

"더 가져와!"

토니가 피트를 향해 외쳤다. 정작 피트는 타고 남은 셔츠 소매에서 피어오르는 연기를 입을 헤 벌리고 쳐다보는 중이었다.

"야, 창고에서 물통 가져오라고!"

피트는 잠시 무슨 말인지 못 알아들은 듯했다. 그러다가 퍼뜩 정신을 차리더니 복도로 달려갔다. 토니는 1리터쯤 남은 생수를 들고 줄리아의 책상을 빙빙 돌면서 퍼지려고 발악하는 불길 위에 마저 쏟아 부었다.

바로 그때, 어둠 속으로부터 마지막 화염병이 날아들었다. 결정타였다. 그것은 두 사람이 사무실 문 옆에 쌓아둔 신문 더미를 정확히 맞혔다. 불붙은 휘발유가 사무실 현관 아래의 널빤지로 번져 나가더니 위로 용솟음쳤다. 화염 너머로 보이는 마을 큰길은 일렁거리는 신기루였다. 그 신기루 너머, 길 건너편에서, 토니는 흐릿한 사람 형상 둘을 발견했다. 치솟는 열기 탓에 춤추는 사람들처럼 보였다.

"데일 바버라를 석방하라, 안 그러면 이것으로 끝나지 않을 것이다!"

확성기를 통해 나온 목소리가 외쳤다.

"우리는 한둘이 아니다, 이놈의 마을을 불바다로 만들어 버릴 수도 있다! 데일 바버라를 석방하라, 안 그러면 대가를 치를 것이다!"

아래를 내려다본 토니의 눈에 가랑이 사이로 달려가는 불길이 들어왔다. 그 불을 끌 물은 남아 있지 않았다. 불길은 머잖아 양탄자를 먹어치우고 그 아래의 말라비틀어진 널빤지 바닥을 맛볼 참이었다. 한편 사무실 현관은 벌써 불바다였다.

토니는 빈 생수통을 내던지고 뒤로 물러섰다. 사무실 안의 열기는 이미 후끈했다. 살갗을 타고 올라오는 열이 느껴졌다. '망할 놈의 신문만 아니었으면 진작……'

그러나 그 진작도 이미 너무 늦은 상황이었다. 뒤로 돌아선 토니의 눈에 폴란드스프링 생수통을 들고 서 있는 피트가 보였다. 불에 탄 셔츠 소매는 거의 다 떨어져 나가고 없었다. 그 아래의 살갗은 선명한 붉은색이었다.

"늦었어!"

토니는 악을 쓰면서 이미 천장까지 치솟는 불길로 변한 줄리아의 책상에서 물러났다. 열기를 막느라 한 팔로 얼굴을 가린 채로.

"너무 늦었어, 뒷문으로 나가!"

피트 프리먼에게 더 이상의 재촉은 필요하지 않았다. 피트는 불길에 생수통을 내던지고 그대로 달아났다.

23

캐리 카버는 체스터스밀 주유소 겸 편의점과 거의 무관한 사람이었다. 그 작은 편의점 덕분에 남편과 함께 한세월 편안히 지내기는 했지만, 캐리가 보기에 자신은 그런 잡일과 상관없는 고상한 사람이었다. 그러나 남편 조니가 '보관상의 안전을 위하여'라는 교묘한 이유를 대며 가게에 남은 통조림을 집으로 옮기자고 했을 때에는 즉시 동의했다. 게다가 평소에는 일손을 별로 거들지 않았으면서도(캐리는 가게 일보다 법정 드라마를 보는 쪽이 더 성향에 맞았다.) 이날은 기꺼이 돕겠다고 나섰다. 푸드시티 폭동이 일어날 당시 현장에 있지는 않았지만, 나중에 친구인 레아 앤더슨과 함께 피해 상황을 보러 갔을 때 박살이 난 유리창과 보도에 난 핏자국을 보고 몹시도 겁에 질렸기 때문이었다. 캐리는 앞날이 어떻게 될지가 두려웠다.

조니는 수프와 스튜, 콩, 소스 통조림이 든 상자를 가게에서 들고 나왔다. 캐리는 상자들을 닷지 램 밴의 짐칸에 실었다. 두 사람이 작업을 반쯤 마쳤을 즈음, 길 저편에서 불길이 치솟았다. 두 사람 모두 확성기 소리를 들었다. 캐리는 버피네 만물상 옆 골목으로 뛰어 들어가는 사람 형상을 두셋쯤 본 듯싶었지만, 확실치는 않았다. 그러나 나중에는 확신할 터였고, 시커먼 형상의 머릿수는 적어도 네 명으로 늘어날 터였다. 아예 다섯까지 늘어날 수도 있었다.

"무슨 소리지? 여보, 방금 그게 무슨 소리야?"

"뭐긴 뭐야, 그 망할 살인자 새끼가 외톨이가 아니란 뜻이지.

그놈한테 패거리가 있어."

남편의 팔을 쥐고 있던 캐리는 손톱을 세워 더욱 세게 붙들었다. 조니는 아내의 손을 뿌리치고 경찰서를 향해 달려가며 목청 껏 '불이야'를 외쳤다. 캐리 카버는 남편 뒤를 따르는 대신 통조림 상자를 트럭에 계속 실었다. 캐리는 그 어느 때보다도 앞날이 두려웠다.

24

중학교 체육관의 응원석에 모여 앉은 체스터스밀 향토 경비대에는 로저 킬리언과 보위 형제 말고도 신임 대원 열 명이 더 있었다. 화재 경보가 울렸을 때, 빅 짐은 그들의 임무에 관하여 이제 막 연설을 시작한 참이었다. '이 녀석들이 서둘렀나 보군.' 빅 짐은 속으로 생각했다. '주니어한테 내 뒤를 맡길 수는 없겠어. 전에도 그랬지만 이건 너무 심하잖아.'

"자, 여러분."

빅 짐은 어린 미키 워들로를 특히 눈여겨보며 연설을 이어갔다. 맙소사, 아직 이마에 때도 안 벗겨진 녀석이 저렇게 껄렁껄렁하다니!

"할 말은 아직 많이 남았지만, 보아하니 우리가 출동할 일이 벌어진 것 같군요. 퍼널드 보위 대원, 소방서에 우리가 쓸 만한 수동식 펌프가 있는지 혹시 아십니까?"

퍼널드는 자신이 그날 저녁 일찍 그저 소방서에 무슨 장비가 있는지 볼 생각으로 그곳을 들여다보았는데 수동식 펌프가 열 개쯤 있더라고 얘기했다. 게다가 마침 물도 전부 다 채워진 상태라고 했다.

빅 짐은 자애로우신 주님께서 굽어 살피시는 덕분이라고 말했다. 비꼬는 말도 그 말을 알아들을 지능이 있는 사람한테나 통한다는 생각은 머릿속으로만 했을 뿐, 입 밖에 내지 않았다. 또한 화재 경보가 가짜가 아닐 경우에는 스튜어트 보위를 부사령관으로 임명하겠다는 말도 했다.

'어떠냐, 이 마녀 같은 참견쟁이 계집애야.' 신임 대원들이 눈을 반짝이며 열의에 가득한 표정으로 일어서는 동안, 빅 짐은 속으로 생각했다. '내 앞을 막으면 어떻게 되는지 보여주마.'

25

"넌 어디로 갈 거야?"

카터가 물었다. 차는 웨스트 가와 117번 국도가 만나는 삼거리에 불이 꺼진 채 서 있었다. 이곳에 서 있는 건물은 2007년에 문을 닫은 텍사코 주유소였다. 마을에 가깝기는 해도 눈여겨볼 사람이 없으니 숨기에는 안성맞춤이었다. 두 사람이 지나온 길 저편에서는 화재 경보 소리가 요란하게 울려 퍼졌고, 불길도 하늘로 머리를 쳐들었다. 주황색보다는 분홍색에 가까운 불길이었다.

"어?"

주니어는 길게 올라가는 불길을 멍하니 바라보는 중이었다. 그 불길을 보고 있으려니 사타구니가 뻐근해졌다. 애인이 있으면 좋았을 텐데 하는 생각이 들었다.

"어디 갈 거냐고. 너희 아빠가 알리바이 만들라고 하셨잖아."

"우체국 뒤에다 2호차를 세워 놨어."

주니어는 불길로부터 마지못해 눈을 돌리며 대답했다.

"난 프레드 덴턴하고 같은 조야. 덴턴이 같이 있었다고 얘기할 거야. 저녁 내내. 그러니까 여기서 그냥 걸어가면 돼. 혹시 웨스트가로 돌아갈지도 몰라. 불이 잘 타나 안 타나 구경하러."

주니어는 째지는 소리로 킥킥거렸다. 카터는 그 계집애 같은 웃음소리 때문에 주니어를 뜨악하게 쳐다보았다.

"주니어, 너무 오래 구경하지 마. 텔레비전에서 봤는데 방화범은 현장에 돌아가는 버릇 때문에 잡힌다더라. 「긴급수배! 이 사람을 보셨나요?」에 나왔어."

"저 불 때문에 좆 되는 건 바아아비이뿐이야. 그러는 너는? 어디로 가는데?"

"집. 엄마가 난 저녁 내내 집에 있었다고 말을 맞춰 준댔어. 엄마한테 어깨 붕대 갈아달라고 해야겠다. 그 개새끼한테 물려서 아파 죽겠다니까. 아스피린이나 좀 먹어야지. 그다음엔 와서 불 끄는 것 좀 돕든가."

"보건소나 병원에 가면 더 센 약도 있을걸. 약국에도 있을 테고. 나중에 거기나 한번 가 보자."

"그래야지."

"아니면…… 너 약 하냐? 좀 구할 수 있을 것도 같은데."

"혹시 필로폰? 그건 안 해. 옥시콘틴 정도라면 모를까."

"옥시콘틴!"

주니어는 무심코 외쳤다. 왜 그 생각을 못했을까? 조미그나 이미트렉스보다는 옥시콘틴이 두통을 훨씬 잘 잡을 텐데.

"그래, 그거야! 너 말 한번 잘했다!"

주니어는 주먹을 치켜들었다. 카터도 주먹을 들고 맞부딪쳤지만, 주니어와 나란히 약을 하고 싶은 생각은 조금도 없었다. 주니어가 이상하게 변했기 때문이었다.

"주니어, 그만 가자."

"그래, 나 간다."

주니어는 차 문을 열고 멀어져 갔다. 한쪽 다리가 여전히 살짝 끌렸다.

카터는 주니어가 떠나자 얼마나 마음이 놓이는지를 깨닫고 깜짝 놀랐다.

26

화재 경보를 듣고 깨어난 바비는 감방 앞에 서 있는 멜빈 셜스를 발견했다. 멜빈은 남대문을 활짝 열고 굵직한 자기 물건을 손에 쥐고 있었다. 그러다가 바비가 이쪽을 보는 기척을 눈치채고 소변을 보기 시작했다. 분명히 감방 침대를 겨누고 하는 짓이었다. 그러나 침대에 닿는 데는 실패했고, 대신 콘크리트 바닥에 선이 삐죽삐죽한 에스(S) 자를 그려놓았다.

"자, 바비. 마셔. 너 목마르잖아. 좀 짜긴 하겠지만 알 게 뭐야,

씨발."

"어디서 난 불이지?"

"꼭 모르는 사람처럼 말한다?"

멜빈이 싱긋 웃었다. 피를 상당히 흘린 탓에 아직도 낯빛이 해쓱했지만, 머리에 감은 붕대는 핏자국 하나 없이 새하얬다.

"그럼 모른다고 해 두지."

"네 친구들이 신문사를 홀랑 태워 먹었어."

멜빈은 이제 이를 드러내며 웃고 있었다. 바비는 알 수 있었다. 이 애송이는 화가 치민 상태였다. 그런데도 무언가를 두려워했다.

"우릴 겁줘서 널 풀어주게 하려고 말이야. 하지만 우린……
겁…… 안 먹어."

"내가 뭐 하러 신문사에 불을 지르겠어? 마을 회관이 더 낫지 않아? 그리고 내 친구라니, 도대체 무슨 소리야?"

멜빈은 자기 물건을 다시 바지 속에 쑤셔 넣었다.

"내일은 목마를 일 없을 거다, 바비. 물 걱정은 안 해도 돼. 네 이름이 적힌 양동이에다 물을 가득 받아 놨거든. 스펀지도 같이 챙겨 놨고 말이야."

바비는 말이 없었다.

"너 이라크에서 물고문 구경 많이 했지?"

멜빈은 다 안다는 듯이 고개를 주억거렸다.

"이제 네가 직접 경험할 차례야."

멜빈은 창살 안으로 손을 뻗어 삿대질을 했다.

"네 패거리도 다 찾아낼 거야, 이 씨발아. 애초에 네가 무슨 수로 우리 마을을 격리시켰는지도 다 밝혀낼 거고. 물고문 맛 알지?

아무도 못 버텨."

멜빈은 감방 앞을 떠나려다 다시 돌아섰다.

"물론 깨끗한 물은 아니야. 소금이 살짝 들어갈 거거든. 그게 첫째지. 너도 잘 생각해 봐."

멜빈은 붕대를 두른 머리를 숙이고 쿵쿵 소리를 내며 지하실 계단을 올라갔다. 바비는 침대에 앉아 바닥에서 뱀 모양으로 말라가는 멜빈의 소변 자국을 가만히 내려다보며 귀로는 화재 경보를 들었다. 픽업트럭을 타고 가던 아가씨가 떠올랐다. 태워 줄 것처럼 보이더니 결국은 마음을 고쳐먹은 그 금발 아가씨. 바비는 눈을 감아 버렸다.

잿더미

1

허리에 찬 휴대전화에서 나지막한 노랫소리가 들려왔을 때, 러스티는 병원 앞 유턴 지점에 서서 마을 큰길 저편에 치솟은 불길을 구경하는 중이었다. 곁에는 트위첼과 지나도 함께 서 있었다. 지나는 보호자가 필요한 사람처럼 트위첼의 팔을 붙들고 있었다. 지니 톰린슨과 해리엇 비겔로는 둘 다 직원 휴게실에서 곯아떨어진 후였다. 병원 일을 거들겠다고 나선 서스턴 마셜은 병실을 돌며 약을 나눠 주는 중이었다. 알고 보니 서스턴의 솜씨는 눈부시게 훌륭했다. 전등과 장비들이 다시 켜진 덕분에 당분간이나마 일이 순조롭게 풀리는 듯싶었다. 화재 경보가 울리기 전까지, 러스티는 실제로 느긋한 기분을 느끼기까지 했다.

러스티는 휴대전화 표시창에 뜬 **린다**를 보고 냉큼 말했다.

"린다, 괜찮아?"

"여긴 괜찮아. 애들은 잠들었어."

"당신 혹시 불난 데가 어딘지……."

"신문사야. 여보, 조용히 듣기만 해. 난 1분 30초쯤 전화기를 꺼 놓을 거야. 그래야 아무도 불 끄러 나오라는 연락을 못할 테니까. 재키가 집에 와 있어. 애들은 재키가 봐 줄 거야. 우리 장의사에 서 만나. 스테이시 모긴도 그리로 올 거야. 먼저 도착해서 기다리 기로 했어. 스테이시도 우리 편이야."

귀에 익은 이름이었지만 러스티는 그 이름에 해당하는 얼굴을 퍼뜩 떠올리지 못했다. 그리고 이름보다 더욱 크게 울린 것은 '우 리 편이야'라는 한마디였다. 이제 정말로 편이 갈리기 시작했다. '우리 편'과 '저쪽 편'으로.

"린다……."

"거기서 만나. 10분 후에. 보위 형제도 진화반에 들어 있으니 까, 불을 끄는 동안은 안전할 거야. 스테이시가 그랬어."

"아니 어떻게 그렇게 빨리 진화반을……."

"나도 몰라, 알고 싶지도 않고. 올 수 있겠어?"

"그래."

"좋아. 건물 옆 주차장은 안 돼. 뒤쪽의 작은 주차장으로 와."

그 말을 끝으로 린다는 전화를 끊었다.

"저 불은 어디서 난 거예요? 선생님은 아세요?"

"몰라. 난 아무한테서도 전화를 못 받았거든."

러스티는 굳은 표정으로 지나와 트위첼을 돌아보았다.

지나는 무슨 말인지 못 알아들었지만 러스티는 바로 눈치챘다.

"전화는 무슨 전화야."

"난 그냥 나간 거야. 혹시 전화를 받고 나갔는지도 모르지만, 두 사람은 아무것도 못 들은 걸로 해. 알았지?"

지나는 여전히 알쏭달쏭한 표정이었지만, 그럼에도 고개를 끄덕였다. 이제 이 사람들이 자기편이기 때문이었다. 지나는 거기에 의문을 품지 않았다. 왜 아니겠는가? 이제 고작 열일곱 살인데. '편 가르기라.' 러스티는 속으로 생각했다. '보통은 몹쓸 약이지. 열일곱 살짜리한테는 더더욱.'

"전화를 받고 나가셨는지도 모른단 말씀이죠? 저흰 아무것도 못 들었고요."

"옙, 바로 그거야. 러스티 선생은 탱자탱자 노는 베짱이고 우린 열심히 일하는 개미라 이거지."

"너무 심각하게 생각할 것 없어. 두 사람 다."

말은 이렇게 했지만 실제로 심각한 일이었고, 이는 러스티도 익히 아는 바였다. 앞으로 벌어질 일은 재앙이었다. 거기에 낀 아이는 지나뿐만이 아니었다. 러스티와 린다에게는 두 딸이 있었고, 그 아이들은 지금 엄마 아빠가 턱없이 작은 배를 타고 폭풍 속으로 나아가는 줄도 모른 채 잠들어 있었다.

그럼에도.

"갔다 올게."

러스티는 이 말이 그저 낙관적인 희망으로 끝나지 않기를 바랐다.

2

러스티가 보위 장의사로 출발하고 나서 얼마 지나지 않아 사만다 부시가 모는 에번스네 말리부 세단이 캐서린 러셀 병원 진입로에 들어섰다. 두 사람이 탄 차는 마을 공원 오르막길에서 서로 반대편으로 스쳐 지나갔다.

트위첼과 지나가 이미 병원으로 돌아간 이때 유턴 지점에는 아무도 없었지만, 사만다는 그곳에 차를 세우지 않았다. 사람은 옆자리에 총이 놓여 있으면 조심스러워지게 마련이었다(필 부시가 들으면 미친 소리라고 하겠지만.). 사만다는 병원 옆으로 돌아 직원 주차장에 차를 댔다. 조수석의 45구경 권총을 허리춤에 꽂은 다음, 티셔츠로 총을 덮었다. 그런 다음 주차장을 가로질러 세탁실 문 앞에 도착했고, 거기 서서 팻말을 읽었다. 1월 1일부터 금연 구역입니다. 사만다는 문손잡이를 내려다보았고, 그 문이 잠겨 있으면 포기할 작정이었다. 잠긴 문은 하나님의 계시일 수도 있었다. 하지만, 만약, 문이 안 잠겨 있다면…….

문은 열려 있었다. 사만다는 안으로 스르륵 들어섰다. 다리를 저는 창백한 유령처럼.

3

서스턴 마셜은 피곤한 와중에도(실은 기진맥진했는데도) 오랜만에 찾아온 행복감을 만끽했다. 의심할 여지 없이 변태적인 행복감이었다. 서스턴은 종신 재직권을 얻은 교수이자 시집을 출간한 시인이었으며, 격조 있는 문예지의 편집 위원이기도 했다. 젊고 아름답고 심지어 영리하기까지 한 잠자리 상대는 그를 멋진 남자로 여겼다. 그런데 아픈 사람들에게 약을 나눠 주고 연고를 발라 주고 요강을 비워 주는 일이(부시네 아기의 똥 기저귀를 갈아 주는 것은 말할 것도 없고) 앞서 말한 모든 것보다 더한 행복을 안겨 주다니 틀림없이 변태적이어야 했건만, 그럼에도 그 행복감은 진짜였다. 소독약과 바닥 광택제 냄새를 풍기는 병원 복도는 서스턴으로 하여금 젊은 시절을 떠올리게 해 주었다. 데이비드 퍼나의 셋집에서 진동하던 파출리 향초 냄새부터 케네디 대통령을 위한 촛불 추모 미사에 매고 갔던 페이즐리 무늬 머리띠까지, 이날 밤에는 그 시절 기억들이 몹시도 생생했다. 병실을 돌 때에는 그 시절에 유행한 머디 워터스의 노래 「무 다리 여인」을 나지막이 흥얼거리기도 했다.

직원 휴게실을 슬쩍 들여다보니 코가 깨진 간호사와 예쁘장한 간호조무사(그 아이 이름은 해리엇이었다.)가 야전침대에 누워 잠들어 있었다. 소파는 비어 있었다. 서스턴은 머잖아 그 소파에 누워 몇 시간 눈을 붙이든가, 아니면 이제 새 보금자리가 된 더머전네 집으로 돌아갈 터였다. 아무래도 집으로 갈 공산이 컸다.

일이 묘하게 풀려 나갔다.

세상은 참 묘한 곳이었다.

하지만 그에 앞서 '내 환자'로 여기는 사람들을 한 번 더 돌아보아야 했다. 병원이라 봐야 우표만 한 크기였으니 오래 걸리지도 않았다. 어차피 병실도 태반은 비어 있었다. 빌 올넛 환자는 푸드시티 약탈전에서 입은 부상 때문에 아홉 시가 넘도록 깨어 있다가 이제 코를 골며 푹 자는 중이었다. 길게 찢어진 뒤통수가 눌리지 않도록 옆으로 돌아누운 채였다.

완다 크럼리 환자는 다음다음 병실에 누워 있었다. 심전도 모니터는 기운차게 삑삑거렸고 혈압도 조금 안정을 찾았지만 여전히 산소마스크를 벗지 못한 상태였고, 서스턴은 그런 완다가 잘못되지나 않을까 두려웠다. 완다는 체중이 너무 많이 나갔다. 담배도 너무 많이 피웠다. 침대 옆에 남편과 막내딸이 앉아 있었다. 서스턴은 손을 들어 완다의 남편인 웬들 크럼리에게 (그가 젊을 적에는 평화의 상징이었지만 지금은) 승리를 뜻하는 브이(V) 자를 만들어 보였고, 웬들은 꿋꿋한 미소와 함께 브이 자를 돌려주었다.

맹장수술을 받은 탠시 프리먼이 잡지를 읽다 말고 물었다.

"아저씨, 화재 경보가 왜 울리는 거죠?"

"나도 모르겠는데. 배는 안 아프냐?"

"3 정도예요." 탠시는 무덤덤한 목소리로 말했다. "어쩌면 2일 수도 있고요. 저 진짜 내일 퇴원해도 돼요?"

"그거야 러스티 선생이 결정할 문제지. 헌데 내 수정구슬에는 해도 된다고 나오는구나."

이 말을 듣고 환해진 탠시의 얼굴을 보며 서스턴은 왠지 울음이 터질 것만 같았다. 이유는 그 자신도 알 수가 없었다.

"맞다, 그 아기 엄마 돌아왔어요. 아까 지나가는 거 봤어요."

"거 잘됐구나."

말은 이렇게 했지만, 사실 그 아기는 별 말썽을 피우지 않았다. 한두 번 울기는 했어도 대개는 자거나 먹거나 아기 침대에 누워 멍하니 천장을 올려다볼 뿐이었다. 아기 이름은 월터였지만 서스턴 마셜의 머릿속에는 '약물중독 아기'로 기억되었다(서스턴은 병실 문의 환자 이름 앞에 붙은 리틀이 실제 이름일 거라고는 상상도 못했다.).

이제 바로 그 23호실 차례였다. **아기가 입원해 있어요**라고 적힌 노란색 플라스틱 딱지가 붙은 문을 열자 침대 곁의 의자에 앉은 젊은 여인이 보였다. 지나가 귀띔해 준 바에 따르면 그 여인은 강간 피해자였다. 여인은 아기를 무릎에 뉘고 젖병으로 분유를 먹이는 중이었다.

"좀 괜찮으십니까? 그……." 서스턴은 병실 문에 붙은 환자 이름을 흘깃 쳐다보았다. "……부시 부인?"

서스턴은 '부셰'라고 발음했지만 사만다는 발음을 바로잡아 주지도, 그렇다고 다른 사내 녀석들은 자신을 '코끼리 엉덩이 부시'로 부른다고 가르쳐 주지도 않았다.

"괜찮아요, 선생님."

서스턴도 굳이 자신이 의사가 아니라고 가르쳐 주지 않았다. 뭐라 설명할 수 없는 즐거움이 조금 더 커졌다. 속에 아련한 슬픔을 숨긴 즐거움이었다. 하마터면 자원봉사자로 나서지 않았을지도 모르는데…… 만약 캐럴린이 용기를 북돋워 주지 않았더라면…… 서스턴은 이 즐거움을 놓쳤을지도 몰랐다.

"돌아오신 걸 알면 러스티 선생이 기뻐할 겁니다. 월터도 그렇고요. 혹시 진통제가 필요하신가요?"

"아뇨."

그 말은 진심이었다. 은밀한 부위는 여전히 당기고 욱신거렸지만 아득히 먼 통증이었다. 사만다는 자신의 몸 위에 둥둥 떠 있는 기분을 느꼈다. 그런 사만다를 지상에 묶어둔 것은 실 중에서도 가장 가느다란 실 한 가닥이었다.

"다행이군요. 회복 중이라는 뜻이니까요."

"맞아요. 전 금방 괜찮아질 거예요."

"아기가 분유를 다 먹으면 침대에 누워서 좀 쉬시는 게 어떨까요? 내일 아침에 러스티 선생이 뵈러 올 겁니다."

"그럴게요."

"그럼 안녕히 주무십시오, 부셰 부인."

"선생님도요."

서스턴은 병실 문을 살며시 닫고 회진을 계속했다. 복도 끝이 루 경관의 병실이었다. 그곳만 들여다보면 이날 근무는 끝이었다.

조지아 루는 흐릿한 표정을 하고 있었지만 깨어 있었다. 조지아를 문병 온 젊은이는 그렇지 않았다. 그 청년은 병실 한쪽 구석에서 방에 하나뿐인 의자에 앉아 무릎에 스포츠 잡지를 펼쳐 놓고 긴 두 다리를 쭉 뻗은 채 잠들어 있었다.

조지아는 서스턴을 손짓으로 부른 다음 그가 침대 위로 몸을 숙이자 뭐라고 소곤거렸다. 이가 다 빠진 데다 턱까지 부서진 탓에 목소리가 어찌나 나지막하던지, 단어 한두 개밖에 알아들을 수가 없었다. 서스턴은 몸을 더 깊이 숙였다.

"개우지 마에요."

서스턴의 귀에는 꼭 「심슨 가족」에 나오는 호머 심슨의 목소리처럼 들렸다.

"저 문병 온 아람은 애 바에 어버요."

서스턴은 고개를 끄덕였다. 면회 시간은 당연히 한참 전에 끝났고 청년의 파란색 셔츠와 허리에 찬 권총으로 보아 화재 경보를 듣고도 출동하지 않았다고 질책을 당할 처지였지만, 그럼에도…… 그게 잘못인가? 불 끌 사람이 한 명 더 있든 덜 있든 결과는 크게 다르지 않을 터였고, 화재 경보 소리를 듣고도 못 일어날 정도로 곯아떨어진 청년이라면 어차피 가 봤자 별 도움이 안 될 듯싶었다. 서스턴은 자신도 공모자라는 뜻으로 입에 손가락을 댄 다음, 병상에 누운 조지아에게 '쉿' 소리를 냈다. 조지아는 웃으려고 하다가 통증에 놀라 흠칫했다.

서스턴은 그 모습을 보고도 진통제를 주지 않았다. 침대 발치에 걸린 진료 기록을 보면 조지아는 이튿날 오전 2시까지 버틸 분량을 이미 복용한 후였다. 그래서 약을 주는 대신 병실을 빠져나와 문을 살며시 닫고 고요한 복도를 걸어갔다. **아기가 입원해 있어요** 딱지가 붙은 문이 또다시 살짝 열려 있었으나 서스턴은 눈치채지 못했다.

지나가면서 본 휴게실의 소파가 달콤하게 유혹했지만, 서스턴은 끝내 하이랜드 가의 집에 돌아가기로 마음을 굳혔다.

또한 애플턴 남매를 보살피기로.

4

사만다는 리틀 월터를 무릎에 뉜 채 침대 옆에 앉아 새로 들어온 의사가 병실 앞을 지나갈 때까지 기다렸다. 그런 다음 아들의 양 볼에, 그리고 입술에도 입을 맞추었다.

"우리 아기, 얌전하게 있어야 해. 엄마는 천국에서 기다리고 있을게. 천국에서 들여보내 주기만 하면. 아마 들여보내 줄 거야. 엄마 지옥에서 살 만큼 살았으니까."

사만다는 아들을 침대에 내려놓고 머리맡에 놓인 탁자의 서랍을 열었다. 마지막으로 안고 분유를 먹이는 동안 아들의 몸이 배기게 하고 싶지 않았기에 권총을 넣어 둔 곳이었다. 사만다는 그 총을 다시 꺼냈다.

5

번쩍이는 경광등을 켠 채로 꼬리를 물고 늘어선 경찰차들이 마을 큰길 아래쪽 어귀를 봉쇄했다. 봉쇄선 너머에 서서 구경하는 사람들은 말이 없었고, 표정은 시큰둥한 정도가 아니라 거의 부루퉁했다.

줄리아의 웰시 코기종 개 호러스는 평소에 조용한 개였다. 입으로 내는 소리라고는 퇴근한 주인을 반길 때 내는 '멍' 소리나, 이따금씩 자신이 여기 있으니 잊어버리지 말라는 뜻으로 내는 '왕' 소리가 고작이었다. 그런데 줄리아가 꽃집 앞 보도 턱에 차를 댔을 때에는 뒷자리에서 나직하게 으르렁거리기 시작했다. 줄리아는 고개도 돌리지 않고 뒤로 손을 뻗어 호러스의 머리를 쓰다듬었다. 그렇게 개에게 위안을 주면서 자신도 위안을 받았다.

"세상에, 줄리아." 로즈가 중얼거렸다.

두 사람은 차에서 내렸다. 줄리아는 원래 호러스를 차에 두고 갈 생각이었으나 호러스가 또다시 나지막하고 구슬픈 울음소리를 토했다. 꼭 무슨 일인지 다 안다는 듯이, 정말로 안다는 듯이. 그래서 줄리아는 뒷좌석 발치를 더듬어 목줄을 찾고 호러스가 내리도록 차 문을 열어 준 다음, 펄쩍 뛰어내린 호러스의 목에 줄을 채웠다. 뒤이어 조수석 등받이 주머니에서 사적 용도로 쓰는 소형 카시오 디지털 카메라도 함께 챙긴 후에 차 문을 닫았다. 두 사람은 보도에 모인 구경꾼들을 밀며 나아갔다. 호러스가 앞장서서 목줄을 팽팽히 당겼다.

루퍼트 리비 경관이 그들 앞을 막아섰다. 루퍼트는 파이퍼 리비 목사의 사촌이자 5년 전 마을로 이사를 와 시간제 경관으로 일하는 사내였다.

"여기서부턴 출입금지입니다."

"저긴 내 집이에요. 세상에서 내가 가진 건 전부 저 집 2층에 있어요. 옷, 책, 소지품, 전부 다요. 아래층은 우리 증조할아버지가 세우신 신문사예요. 120년 역사 동안 빠진 호가 4호밖에 없는 신문사라고요. 그런데 지금 연기가 돼서 날아가려고 해요. 내가 가까이 가서 못 보게 막으려거든 차라리 날 총으로 쏴요."

루퍼트는 잠시 망설이는 표정으로 서 있다가 줄리아가 다시 앞으로 나서자 슬쩍 비켜섰다(호러스는 줄리아의 다리 옆에 붙어 서서 미심쩍은 표정으로 대머리 경관을 올려다보았다.). 그러나 그것도 잠시뿐이었다.

"당신은 안 돼요." 루퍼트는 로즈를 막아섰다.

"안 되기는 개뿔. 다음번에 설사약 들어간 초콜릿 파르페를 먹기 싫으면 당장 비켜."

"부인…… 아니, 로즈…… 나도 명령 때문에 이러는 거예요."

"명령은 무슨 얼어 죽을."

중얼거리는 줄리아의 목소리는 대드는 기색보다 지친 기색이
더 짙었다. 로즈의 팔을 잡고 보도를 걸어가는 동안 줄리아는 단
한 번 걸음을 멈추었다. 오븐처럼 뜨거운 열기가 얼굴에 확 끼쳤
을 때였다.

《데모크라트》는 불지옥이었다. 등에 수동식 펌프를 멘 경찰관
이 여남은 명이나 있었지만(몇몇 펌프에 아직도 붙어 있는 스티커
가 불빛에 선명하게 드러났다. 버피네 만물상 세일 특가!) 그들은 불
을 끄는 시늉조차 하지 않고 오로지 약국과 서점 건물에만 물을
뿌렸다. 바람 한 점 안 부는 밤이었으니 두 건물 모두 살릴 수 있
을 터였고…… 그렇게 되면 큰길 동쪽의 상용 건물은 모두 무사
할 듯싶었다.

"이렇게 빨리 출동하다니 참 용하네."

로즈가 중얼거렸다. 줄리아는 말없이 지켜보기만 했다. 캄캄한
하늘로 치솟은 불기둥이 분홍빛 별들을 집어삼켰다. 너무 놀라서
울음조차 나오지 않았다.

'다 타버렸어.' 줄리아는 속으로 생각했다. '전부 다.'

그러다가 콕스 대령을 만나러 가기 전 트렁크에 넣어 둔 신문
묶음 한 뭉치를 떠올리고 마음을 고쳐먹었다. '전부 다가 아니라
거의 다구나.'

경찰관들은 이제 샌더스 약국의 전면과 북쪽 면을 빙 둘러싸
고 한창 물을 뿌리는 중이었다. 그들을 뚫고 피트 프리먼이 이쪽

으로 다가왔다. 시커먼 얼굴에 깨끗한 곳이라고는 검댕 위로 흘러
내린 눈물 자국 두 줄뿐이었다.

"줄리아, 정말 미안해!" 피트는 숫제 울부짖다시피 했다.

"거의 끝 뻔했는데…… 잘하면 끝 수도 있었는데…… 그랬는
데 마지막 한 놈 때문에…… 그 새끼들이 던진 마지막 병이 문
옆 신문 더미에 떨어져서……."

피트는 남아 있는 셔츠 소매로 눈물을 훔쳤다. 소매의 그을음
이 얼굴을 더럽혔다.

"미안해, 미안해!"

줄리아는 피트가 갓난아기라도 되는 양 꼭 안아 주었다. 자신
보다 키가 15센티미터는 더 크고 몸무게도 50킬로그램은 더 나가
는 장정이었는데도, 다친 팔을 건드리지 않으려고 조심스럽게 안
아 주었다.

"어떻게 된 거야?"

"화염병이 날아왔어." 피트는 울먹이는 목소리로 말했다. "바버
라 그 새끼가 한 짓이야."

"피트, 그 사람은 유치장에 있잖아."

"그 새끼 친구들 짓이야! 패거리가 있다고! 그 새끼들 짓이야!"

"뭐? 자기도 봤어?"

"들었어."

피트는 뒤로 물러서서 줄리아를 마주보았다.

"안 들을 수가 없었어. 확성기를 썼으니까. 그 새끼들은 바버라
를 안 풀어 주면 마을을 불바다로 만들어 버린다고 했어."

피트의 입가에 쓴웃음이 번졌다.

"풀어줘? 그런 새끼는 교수대에 세워야 해. 밧줄만 쥐 봐, 내 손으로 목을 매달아 버릴 테니까."

빅 짐이 어슬렁어슬렁 나타났다. 환한 불길 탓에 양 볼이 주황색으로 물들어 있었다. 두 눈은 번들거렸다. 어찌나 싱글벙글 웃어 댔던지 입이 귀에 가서 걸려 있었다.

"줄리아 씨, 이제 바비라는 친구 분이 좀 달리 보이시나?"

줄리아는 빅 짐을 향해 걸어갔고, 그런 줄리아의 표정에는 틀림없이 무언가 있었다. 빅 짐이 뒤로 흠칫 물러섰기 때문이었다. 줄리아가 주먹을 날리기라도 한다는 듯이.

"이건 말도 안 돼요. 하나도. 그리고 당신도 그걸 알아요."

"저런, 내가 보기엔 말이 되는데. 애초에 이 돔을 만든 게 바버라와 그놈의 부하들이라는 데 생각이 미치기만 하면 말이 되도 한참 된다, 이 얘기지. 이건 테러 행위야. 명명백백한 사실이지."

"헛소리. 난 그 사람 편이었어요, 그건 곧 우리 신문사도 그 사람 편이었다는 뜻이고요. 그 사람도 아는 사실이었어요."

"하지만 줄리아, 그놈들 말로는……." 피트가 입을 열었다.

"그래, 그랬겠지."

그 말에 맞장구치기는 했지만, 줄리아는 피트를 돌아보지 않았다. 줄리아의 두 눈은 불빛에 번들거리는 레니의 얼굴에 못 박혀 있었다.

"그놈들이 그랬겠지, 그놈들이 저랬을 테고. 하지만 *그놈들*이란 게 도대체 누구지? 피트, 그건 당신 스스로한테 물어봐. 물어보는 김에 이것도 함께 물어봐. 만일 아무 동기도 없는 바비가 한 짓이 아니라면, 그럼 이런 짓을 할 동기를 지닌 사람은 누굴까?

줄리아 섐웨이가 골치 아픈 입을 다물면 이득을 보는 사람이 과연 누굴까?"

빅 짐은 뒤로 돌아서서 신참 경관 둘을 손짓으로 불렀다. 그들이 경관임을 확인할 증거는 위팔에 질끈 동여맨 파란색 손수건뿐이었다. 한 명은 훤칠한 키에 떡 벌어진 덩치를 지닌 사내였지만 얼굴은 애 티를 갓 벗은 애송이였다. 다른 한 명은 빼도 박도 못할 킬리언네 아들이었다. 그 포탄 모양 두상은 기념우표만큼이나 또렷한 특색이었다.

"미키, 리치. 이 두 숙녀 분을 현장 바깥으로 모시도록."

호러스는 목줄을 팽팽히 잡아당긴 채 웅크려 앉아 빅 짐을 올려다보며 으르렁거렸다. 빅 짐은 그 조그만 개를 깔보듯이 내려다보았다.

"혹시라도 비협조적으로 나오거든 내가 책임질 테니 가까운 순찰차 후드에다 패대기치도록 해."

"아직 안 끝났어."

줄리아는 빅 짐을 손가락으로 가리키며 내뱉었다. 이제 눈에서 눈물이 흘러나왔지만 슬퍼서 흘리는 눈물이라기에는 너무나 뜨거웠고, 또한 너무나 쓰라렸다.

"이대로 끝나진 않아, 이 개자식아."

빅 짐의 입가에 또다시 미소가 번졌다. 그 미소는 H3 해머의 광택만큼이나 번들거렸다. 그리고 새카맸다.

"무슨 말씀을. 다 끝난 일을 가지고."

6

빅 짐은 활활 치솟는 불길 쪽으로 돌아가서(참견쟁이 계집애의 신문사가 잿더미로 변할 때까지 지켜보고 싶었기에) 연기를 한 모금 들이마셨다. 그러자 가슴 속의 심장이 우뚝 멈췄고, 눈앞의 세상은 헤엄치듯 구불텅구불텅 흘러가기 시작했다. 무슨 영화 속의 특수 효과 장면 같았다. 심장은 이내 다시 뛰기 시작했지만 불규칙한 박동이 한바탕 계속된 탓에 숨이 턱 막혔다. 빅 짐은 가슴 왼쪽을 주먹으로 내리친 다음 힘껏 기침을 했다. 해스켈 선생이 가르쳐 준 부정맥 발작 시의 응급조치였다.

처음에는 대중없이 날뛰던 심장이(두근…… 잠잠…… 두근두근 두근…… 잠잠) 이내 평소의 박자를 되찾았다. 잠깐 동안이었지만, 빅 짐은 둥그렇고 싯누런 지방 덩어리에 단단히 갇힌 자신의 심장을 보았다. 마치 산 채로 파묻힌 짐승이 산소가 다 사라지기 전에 탈출하려고 발버둥을 치는 듯했다. 빅 짐은 그 환상을 떨쳐 냈다.

'난 끄떡없어. 그냥 좀 과로한 거야. 일곱 시간만 푹 자면 다 나을 거야.'

떡 벌어진 등에 수동식 펌프를 짊어진 랜돌프 서장이 이쪽으로 다가왔다. 얼굴에 땀이 줄줄 흘러내렸다.

"빅 짐, 괜찮아요?"

"그래."

빅 짐은 괜찮았다. 정말로 괜찮았다. 이날은 빅 짐 인생의 정점이자, 그가 늘 가질 수 있다고 여겼던 위대함을 마침내 성취할 기회이기도 했다. 심장마비 따위에 주저앉을 수는 없는 노릇이었다.

"그냥 좀 피곤한 것뿐이야. 꽤 오랫동안 쉬질 않았으니."

"그만 들어가세요. 저 돔 때문에 감사드릴 날이 올 줄은 생각도 못했습니다. 뭐 그거야 지금도 마찬가집니다만, 그래도 돔이 바람막이 역할은 해 줬으니까요. 마을은 괜찮을 겁니다. 혹시 불똥이 튈까 해서 약국하고 서점 옥상에 사람들을 보내 놨습니다. 그러니까 그만······."

"보내다니, 누구를?"

심장 박동이 차츰, 차츰 가라앉았다. '좋았어.'

"서점에는 헨리 모리슨하고 토비 웨일런이 가 있습니다. 약국은 조지 프레더릭하고 신참 한 명이 맡았고요. 아마 킬리언네 아들일 겁니다. 로미오 버피가 함께 가겠다고 나서던데요."

"무전기 갖고 있나?"

"그럼요."

"프레더릭도 갖고 있고?"

"정규직은 다 휴대 중입니다."

"프레더릭한테 버피를 유심히 보라고 전해."

"버피를요? 아니 왜요?"

"그놈은 믿을 수가 없어. 바버라 패거리인지도 몰라."

하지만 빅 짐이 버피에게 신경을 쓰는 까닭은 바버라 때문이 아니었다. 버피는 브렌다의 친구였다. 게다가 똑똑했다.

랜돌프의 땀투성이 얼굴에 주름이 팼다.

"몇 놈이나 될 것 같습니까? 그 망할 놈의 패거리 말입니다."

빅 짐은 고개를 설레설레 저었다.

452

"딱 잘라 말하긴 힘들어, 피터. 하지만 이건 어마어마한 일일세. 준비 기간만도 상당히 길었을 테지. 마을에 온 지 얼마 안 된 놈들만 추려낸다고 해서 끝날 일이 아니야. 몇 년 전에 기어들어와서 자리를 잡았을 수도 있어. 어쩌면 10년 전일지도. 이른바 고정 간첩이라는 거지."

"맙소사. 하지만 짐, 이유가 뭘까요? 왜 하필 여길까요?"

"낸들 아나. 어쩌면 실험 같은 걸 수도 있어. 우린 모르모트 신세고 말이야. 아니면 권력 다툼일 수도 있고. 난 사실 백악관의 그 불한당 자식도 의심이 가기는 해. 지금 중요한 건 경비를 강화하는 거야. 또 질서를 수호하려는 우리의 노력에 훼방을 놓는 놈들이 없는지도 감시해야 해."

"그럼 혹시 저 여자도……?"

랜돌프는 고갯짓으로 줄리아를 가리켰다. 줄리아는 자신의 일터가 연기로 변해 날아가는 광경을 지켜보는 중이었고, 그 발치에는 호러스가 앉아 열기에 지쳐 헐떡거리는 중이었다.

"그것도 확실하진 않아. 하지만 저 여자가 오늘 낮에 어땠는지 봤지? 경찰서를 휘저으면서 바버라를 만나겠다고 악을 썼잖아. 그게 무슨 뜻이겠나?"

"그렇군요."

랜돌프는 하도 머리를 굴리느라 가느다래진 눈으로 줄리아를 쳐다보았다.

"자기 손으로 집에 불을 지르다니, 그거야말로 최고의 위장 효과로군요."

손가락으로 랜돌프를 가리킨 빅 짐의 표정은 이렇게 말하는

듯했다. '바로 그거야.'

"난 집에 가서 좀 쉬어야겠어. 무전기로 조지 프레더릭을 호출하게. 조지한테 그 루이스턴 출신 캐나다 녀석을 잘 감시하라고 해."

"알겠습니다."

랜돌프는 허리에 찬 무전기를 뽑아 들었다. 그들 뒤에서 퍼널드 보위가 고함을 질렀다.

"지붕이 무너진다! 길에 있는 사람들, 뒤로 물러나요! 옆 건물 옥상에 있는 대원들, 진화 준비! 진화 준비!"

《데모크라트》 신문사 건물의 지붕이 푹 꺼지고 캄캄한 하늘에 폭죽 같은 불티들이 치솟는 광경을, 빅 짐은 허머의 운전석 문에 한 손을 걸친 채로 바라보았다. 옆 건물 옥상에 배치된 대원들은 옆 동료가 짊어진 펌프에 물이 가득한지 확인한 다음, 소방 호스의 노즐을 쥔 채 뒷짐을 지고 가만히 서 있었다. 불티가 자신들 쪽으로 날아올 때까지 기다리는 중이었다.

《데모크라트》의 지붕이 무너져 내리는 순간 줄리아 섐웨이의 얼굴에 떠올랐던 표정이야말로 빅 짐의 심장에는 세상 그 어떤 약이나 페이스메이커보다도 훌륭한 약이었다. 지난 수년간 빅 짐은 그 여자가 일주일에 한 번씩 퍼붓는 장광설을 억지로 참아야만 했다. 또한 그 여자를 두려워했다고 순순히 인정하지는 않을지언정, 그 여자 때문에 짜증이 치밀었던 것만은 사실이었다.

'헌데 저 꼴을 좀 봐.' 빅 짐은 속으로 생각했다. '집을 비운 사이에 변기에 앉아 똥 누다 죽은 엄마를 발견한 계집애 같잖아.'

"이제 좀 괜찮아지셨군요. 혈색이 다시 돌아왔어요."

"기분이 썩 괜찮군. 그래도 들어가야겠어. 눈을 좀 붙여야지."

"잘 생각하셨습니다. 빅 짐, 우리한텐 당신이 필요해요. 그 어느 때보다도요. 혹시라도 저 돔이 사라지지 않는다면……."

랜돌프는 고개를 절레절레 흔들었다. 그러는 동안에도 사냥개처럼 큼지막한 두 눈은 빅 짐의 얼굴을 떠나지 않았다.

"당신 없이 어떻게 헤쳐 나갈지 도무지 모르겠어요. 그 정도만 얘기해 두죠. 물론 앤디 샌더스도 제 친형제처럼 아끼지만, 그 양반은 머리 쓰는 쪽으로는 영 별로잖아요. 안드레아 그리넬은 허리를 다친 후론 아예 허수아비나 마찬가지고요. 체스터스밀을 떠받칠 기둥은 당신뿐이에요."

빅 짐은 가슴이 찡했다. 그래서 랜돌프의 팔을 꾹 쥐었다.

"난 이 마을에 신명을 바칠 걸세. 그만큼 마을을 사랑하니까."

"저도 압니다. 동감이고요. 우리가 있는 한 아무도 마을을 훔쳐가지 못할 겁니다."

"자네 말이 옳아."

빅 짐은 차를 몰고 보도 위로 올라가 큰길 북쪽 어귀의 봉쇄선을 돌아 나갔다. 가슴 속의 심장은 (거의) 안정을 찾았건만, 마음은 여전히 답답했다. 아무래도 에버렛을 만나야 할 듯싶었다. 그 생각이 마음에 안 들었다. 에버렛 또한 마을이 하나로 뭉쳐야 할 이때에 번번이 딴죽을 거는 참견쟁이인 탓이었다. 게다가, 녀석은 전문의도 아니었다. 빅 짐은 차라리 수의사를 찾아가고 싶었지만 체스터스밀에는 수의사가 한 명도 없었다. 부정맥을 가라앉힐 약이 필요해지면 그저 에버렛이 제대로 처방해 주기만 바랄 수밖에 없었다.

'뭐, 그놈이 무슨 약을 주든 앤디한테 확인하면 그만이니까.'

그러나 빅 짐의 마음을 짓누르는 가장 큰 고민거리는 부정맥이 아니었다. 바로 피터가 했던 어떤 말이었다. '혹시라도 저 돔이 사라지지 않는다면……'

빅 짐은 그런 걱정은 하지 않았다. 오히려 정반대였다. 만약 돔이 너무 일찍 사라지기라도 하면, 필로폰 공장이 발각되지 않는다고 해도 빅 짐은 심각한 곤경에 빠질지도 몰랐다. 온갖 밥벌레들이 등장하여 그가 내린 결정에 토를 달 것이 뻔했다. 이는 그가 일찍이 깨우친 정치 법칙 가운데 하나이기도 했다. '유능한 사람은 일을 하지만 무능한 것들은 유능한 사람의 발목을 잡는다.' 빅 짐이 직접 실행했거나 하도록 지시한 일들은(심지어 이날 아침 슈퍼마켓에서 돌을 던지도록 한 일조차도) 마을을 아끼는 마음에서 비롯된 것들이건만, 어쩌면 사람들은 이를 이해 못할지도 몰랐다. 바깥세상에 있는 바버라의 친구들은 더욱 그러했다. 왜냐면 그들은 이해하려고 노력조차 안 할 테니까. 대통령의 서한을 받은 후로 빅 짐은 바버라에게 바깥세상에서 한자리 하는 친구들이 있다는 사실을 추호도 의심치 않았다. 그러나 놈의 친구들은 당분간 아무것도 할 수 없었다. 빅 짐은 적어도 몇 주 동안은 이 상태가 지속되기를 바랐다. 어쩌면 한두 달쯤.

사실 빅 짐은 돔이 마음에 들었다.

물론 너무 오래 끌면 곤란했다. 그러나 라디오 방송국에 쌓아둔 프로판가스통을 다시 제자리에 돌려놓을 때까지만 돔이 있어준다면? 필로폰 공장을 싹 허물고 공장이 있던 창고도 홀라당 태워 버릴 때까지(물론 데일 바버라 패거리가 저지른 또 한 건의 범죄로 꾸밀 작정이었다.). 재판에 회부된 바버라가 경찰 처형대에 총살당할 때까지. 이 위기 속에서 일어난 사건들이 가능한 한 많은 사람의 귀에 들어갈 때까지, 그리하여 모든 책임이 단 한 사람, 다시 말해 데일 바버라에게로 돌아갈 때까지.

그때까지는, 이 돔도 꽤 마음에 드는 물건이었다.

빅 짐은 잠들기 전에 부디 그렇게 되게 해 달라고 무릎 꿇고 기도하기로 마음먹었다.

7

사만다는 병실 문에 붙은 환자 이름을 확인하며 병원 복도를 절뚝절뚝 걸어갔다. 혹시나 싶어서 환자 이름이 안 붙은 문은 직접 열어 보기까지 했다. 망할 조지아 계집애가 여기 없으면 어떡하나 하는 걱정이 슬슬 고개를 쳐들 무렵, 마지막 병실 문에 붙은 쾌유 기원 카드가 눈에 들어왔다. 카드 겉면에 그려진 강아지가 이렇게 말하고 있었다. '네가 아프단 얘길 들었어.'

사만다는 청바지 허리춤에 꽂아 둔 잭 에번스의 권총을 꺼내어 총구로 카드를 펼쳐 보았다(마침내 체중 감량에 성공했는지 바지허리가 조금 헐렁했다. 영영 못 빼느니 뒤늦게라도 빼서 다행이었다.). 카드 속지에 그려진 강아지는 자기 불알을 핥으며 이렇게 말했다. '네 가랑이도 좀 핥아 줄까?' 아래에 서명한 사람은 멜빈과 주니어 레니, 카터, 프랭크였다. 사만다가 보기에 딱 그놈들이 보낼 만한 카드였다.

사만다는 총신으로 병실 문을 밀었다. 조지아는 혼자가 아니었다. 마음이 깊이 가라앉은 사만다는 이에 흔들리지 않았다. 이제 마음이 거의 평정심에 가까웠다. 만일 저 망할 계집애의 아버지나 삼촌이 함께 있었더라면 흔들렸을지도 모르지만, 구석에 잠든 사내는 여자 가슴이나 주물럭거리고 다니는 프랭크 드레셉스였다. 사만다를 맨 먼저 강간한 놈, 거시기 빨 때가 아니면 주둥이 다물고 있으라고 지껄인 바로 그놈이었다. 놈이 잠들었다고 해서 달라질 것은 아무것도 없었다. 그런 놈들은 깨어 있어 봤자 헛소리나 지껄일 뿐이니까.

한편 조지아는 잠들지 못하고 지독한 통증에 시달리는 중이었다. 그런데 회진을 하러 온 긴 머리 간호사가 진통제를 내놓지 않고 꾸물거렸다. 다시 보니 간호사가 아니라 사만다였다. 조지아의 두 눈이 휘둥그레졌다.

"너, 너, 나가."

사만다는 싱긋 웃었다.

"너 말하는 게 꼭 호머 심슨 같네."

조지아는 권총을 보고 눈이 더욱 커졌다. 이제 이가 거의 다 빠지고 없는 입을 벌리고, 조지아는 비명을 질렀다.

사만다는 미소를 지우지 않았다. 사실 그 미소는 더욱 커졌다. 조지아의 비명 소리는 귀를 간질이는 음악이자 상처를 달래는 고약이었다.

"'망할 계집애, 따먹어 버려.' 그때 조지아 네가 그랬지? 그랬잖아, 이 피도 눈물도 없는 쌍년아."

잠에서 깨어난 프랭크가 어리둥절한 눈으로 사방을 두리번거렸다. 의자 끄트머리에 엉덩이를 걸치고 있던 프랭크는 조지아가 또다시 내지른 비명 소리에 놀라 펄쩍 일어났다가 바닥에 나뒹굴었다. 다른 경관들과 마찬가지로 권총을 차고 있던 프랭크는 총집으로 손을 뻗으며 중얼거렸다.

"사만다, 그거 내려놔. 제발, 내려놔. 우린 친구잖아. 다 한동네 친구 사이잖아."

"프랭크, 넌 주둥이 다물고 있어. 네 친구 주니어 거시기 빨아 줄 때만 빼고."

사만다는 스프링필드 자동권총의 방아쇠를 당겼다. 조그만 병실에 울려 퍼진 총성은 귀를 찢을 듯이 날카로웠다. 첫발은 프랭크의 머리 위로 날아가 창문을 박살 냈다. 조지아가 또 비명을 질렀다. 침대에서 빠져나오려고 버둥거리는 바람에 주사 튜브와 심전도 모니터의 전극 선이 후드득 떨어져 나갔다. 그러나 조지아는 사만다에게 떠밀려 침대 위에 벌러덩 자빠지고 말았다.

프랭크는 그때까지도 총을 뽑지 못했다. 어찌나 무섭고 황망했던지 총손잡이 대신 총집을 쥐고 낑낑댄 탓이었다. 해낸 일이라고는 고작 허리띠를 오른쪽 옆구리로 바짝 올린 것뿐이었다. 사만다는 그런 프랭크를 향하여 두 걸음 다가선 다음, 텔레비전에서 본 배우들처럼 두 손으로 권총을 잡고 다시 발사했다. 프랭크의 머리 왼쪽 옆이 날아갔다. 훌러덩 벗겨진 머리가죽이 벽에 부딪혀 그대로 들러붙었다. 프랭크는 손으로 상처를 틀어막았다. 손가락 사이로 피가 솟구쳤다. 뒤이어 손가락이 사라졌다. 두개골이 있던 자리의 물컹한 내용물 속으로 파묻힌 것이었다.

"그만!"

프랭크가 울부짖었다. 화등잔 같은 눈에 눈물이 출렁거렸다.

"그만, 제발! 살려 줘!" 뒤이어 터져 나온 소리는…….

"엄마! 엄마아아!"

"불러 봤자 소용없어. 널 엉망으로 키운 건 바로 네 엄마야."

사만다는 다시 프랭크를 겨누고 방아쇠를 당겼다. 이번에는 가슴이었다. 프랭크는 벽으로 휙 날아갔다. 박살 난 머리를 틀어막고 있던 손이 바닥에 툭 떨어지자 이미 고여 있던 피가 확 튀었다. 사만다는 프랭크에게 세 번째 총알을 박아 넣었다. 자신을 아프게 한 바로 그곳에다가. 그러고는 침대에 있는 다음 사람에게 돌아섰다.

조지아는 공처럼 잔뜩 웅송그린 모양새였다. 전극을 뽑은 탓인지, 머리 위의 심전도 모니터가 미친 듯이 삑삑거렸다. 머리카락이 흘러내려 두 눈을 다 가리고 있었다. 조지아는 비명을 지르고 또 질렀다.

"네가 그랬지? '저 계집애 따먹어 버려.' 맞지?"

"미아애!"

"뭐라고?"

조지아는 다시 똑똑히 말하려고 기를 썼다.

"미아내! 미아내, 아만다!"

그 뒤를 이은 마지막 한마디가 걸작이었다.

"취이소하께!"

"늦었어."

사만다는 조지아의 얼굴에 총을 발사한 다음, 목에도 한 발 박아 넣었다. 조지아는 프랭크와 마찬가지로 풀쩍 날아갔다가 잠잠해졌다.

바깥 복도에서 이쪽으로 달려오는 발소리와 고함소리가 났다. 다른 병실에서도 걱정이 되었는지 잠이 덜 깬 목소리로 외치는 소리가 들렸다. 이렇게 호들갑을 떨다니 미안한 마음이 들었지만, 때로는 선택의 여지가 없는 상황도 있었다. 어떤 일들은 매듭을 지어야만 하는 법이었다. 그 매듭을 짓고 나면 평화가 찾아왔다.

사만다는 관자놀이에 총구를 갖다 댔다.

"우리 리틀 월터, 사랑해. 엄마가 많이 사랑해."

그러고는 방아쇠를 당겼다.

8

러스티는 화재 현장을 피하려고 웨스트 가로 돌아서 가다가 117번 국도 교차점에서 다시 큰길 아래쪽으로 빠졌다. 보위 장의사는 정면 유리창에 밝혀 둔 조그만 전기 촛불을 빼면 캄캄했다. 러스티는 아내가 가르쳐 준 대로 건물 옆을 돌아 뒤쪽의 조그만 주차장으로 가서 기다란 회색 리무진 영구차 옆에 차를 댔다. 근처에서 발전기 돌아가는 소리가 들려왔다.

차 문을 막 열려고 하는데 휴대전화가 울렸다. 러스티는 발신자 이름도 확인하지 않은 채 전화를 껐다. 다시 고개를 들어 보니, 창 밖에 경찰관이 서 있었다. 총을 든 경찰관이었다.

그 경관은 여성이었다. 경관이 허리를 숙이자 먼저 곱슬곱슬한 금발이 폭포수처럼 흘러내렸고, 뒤이어 러스티가 아내에게서 들었던 이름과 일치하는 얼굴이 나타났다. 낮 조에 속한 연락원 겸 상담원이었다. 러스티는 이 경관이 돔 데이 당일 또는 직후에 전일 근무조로 강제 배속되었으리라고 추측했다. 또한 이날 밤의 임무는 자기 멋대로 지어낸 것일 듯싶었다.

경관이 권총을 총집에 집어넣었다.

"안녕하세요, 러스티 선생님. 저 스테이시 모건이에요. 2년 전에 옻올랐을 때 봐 주셨죠? 그러니까, 제⋯⋯."

스테이시는 자기 허리를 툭툭 쳤다.

"기억하다마다요. 바지를 올리고 만나니까 더 반갑네요, 모건 경관님."

스테이시는 앞서 말할 때와 마찬가지로 나지막하게 웃었다.

"저 때문에 놀라셨겠네요."

"조금요. 휴대전화를 끄는 중이었는데 갑자기 나타나셔서."

"죄송해요. 들어오세요, 린다가 기다려요. 시간이 별로 없어요. 전 이 앞에서 망을 볼게요. 누가 오면 린다한테 무전기로 두 번 신호를 보낼 거예요. 보위 형제가 돌아오면 건물 옆에다 차를 댈 테니까, 우린 안 들키고 이스트 가로 빠져나갈 수 있어요."

스테이시는 고개를 살짝 젖히고 싱긋 웃었다.

"뭐⋯⋯ 계획이 좀 낙천적이긴 하지만, 그래도 해 봐야 아는 거니까요. 운이 좋으면."

러스티는 스테이시의 출렁거리는 금발을 등대 삼아 따라갔다.

"스테이시, 혹시 문을 따고 들어왔나요?"

"설마요. 경찰서에 열쇠가 있었어요. 큰길에 가게를 낸 사람들 은 거의 다 경찰서에 비상 열쇠를 맡겨 놔요."

"이 일에 뛰어든 이유는요?"

"사람들 겁주는 게 영 마음에 안 들어서요. 듀크 서장님이 계셨으면 벌써 한참 전에 제동을 거셨을 텐데. 자, 가요. 그리고 빨리 끝내세요."

"그건 장담 못합니다. 사실 장담할 수 있는 건 아무것도 없어요. 난 법의학자가 아니니까."

"꾸물거리지만 마세요, 그럼."

러스티는 스테이시를 따라 안으로 들어섰다. 잠시 후, 린다가 두 팔을 벌리고 그를 맞아 주었다.

9

간호조무사 해리엇 비겔로는 두 번 비명을 지르고 기절했다. 지나 버펄리노는 놀라서 멍해진 얼굴로 그저 앞만 바라보았다.

"지나를 데리고 나가요."

서스턴이 짧게 내뱉었다. 그는 주차장까지 갔다가 총성을 듣고 헐레벌떡 뛰어서 돌아왔다. 와서 보니 이 모양이었다. 학살극이었다.

지니 톰린슨은 지나의 어깨를 한 팔로 감싸고 복도로 데리고 나갔다. 빌 올넛과 탠시 프리먼을 포함하여 걸어 다닐 기력이 있는 환자들이 모여 있었다. 다들 겁에 질려 눈이 휘둥그랬다.

"이 아가씨 좀 치워 주게. 치마도 좀 내려 주고. 사람들 볼까 무서우니까." 서스턴은 해리엇을 가리키며 트위첼에게 말했다.

트위첼은 서스턴이 시킨 대로 했다. 그런 다음 지니와 함께 병실로 돌아와 보니 서스턴이 프랭크 드레셉스의 사체 곁에 무릎을 꿇고 있었다. 프랭크는 조지아의 애인 대신 문병을 왔다가 면회 시간을 넘기는 바람에 총에 맞아 죽었다. 서스턴이 죽은 조지아에게 덮어 준 이불 위로 대번에 핏빛 꽃이 피어났다.

"선생님, 저희가 뭐 할 수 있는 일이 있을까요?"

지니는 서스턴에게 이렇게 물었다. 의사가 아닌 줄은 알고 있었지만 너무 놀란 탓에 저절로 튀어나온 말이었다. 지니는 바닥에 널브러진 프랭크의 사체를 내려다보았다. 손이 저절로 올라가 입을 가렸다.

"있지요."

서스턴이 일어서자 무릎에서 총성 비슷한 '따닥' 소리가 났다.

"경찰을 부르세요. 여긴 범죄 현장이니까요."

"오늘 근무를 서는 사람은 전부 저 아래서 불을 끄고 있을 텐데요. 비번은 불을 끄러 가는 중이거나, 전화를 꺼놓고 자는 중일 테고요." 트위첼이 대신 대답했다.

"그럼 아무나 불러요, 제발. 그다음엔 여길 치우기 전에 해야 할 일이 뭔지 생각해 봅시다. 현장 사진을 찍는다거나…… 글쎄, 생각이 안 나는구먼. 그래도 어떻게 된 일인지는 알 것 같군요. 잠깐 실례 좀 하겠소. 토할 것 같아서."

지니는 서스턴이 병실에 딸린 조그만 화장실로 향하도록 길을 비켜 주었다. 화장실 문을 닫았는데도, 서스턴의 구역질 소리가 요란하게 들려왔다. 마치 흙이 섞여 들어간 엔진에서 나는 소리 같았다.

현기증이 밀물처럼 밀려왔고, 그 물 위로 둥둥 떠내려갈 것처럼 몸이 가벼워졌다. 지니는 그 기분을 떨쳐 내려고 이를 악물었다. 곁에 있던 트위첼을 돌아보니 휴대전화를 닫는 중이었다.

"러스티 선생은 안 받아요. 음성 사서함에 남기긴 했는데, 누구 다른 사람 없을까요? 빅 짐은 어때요?"

"안 돼!" 지니는 벌벌 떨다시피 했다. "그 사람은 안 돼."

"그럼 우리 누나는요? 안드레아 누나요."

지니는 대답 대신 물끄러미 바라보기만 했다.

트위첼도 잠시 지니를 마주보다가, 눈을 내리깔고 중얼거렸다.

"전화 안 하는 게 낫겠죠."

지니는 트위첼의 손목을 살며시 잡았다. 살갗에 소름이 돋아서 서늘했다. 지니 자신도 마찬가지일 듯싶었다.

"위로가 될까 해서 하는 말인데, 안드레아가 약을 끊으려나 봐. 러스티 선생을 만나러 왔었어. 분명히 그 일 때문에 상담하러 왔을 거야."

트위첼은 손으로 양 볼을 쓸어내렸다. 얼굴이 한순간 우는 표정을 한 가면으로 바뀌었다.

"무슨 이런 악몽이 다 있나."

"그러게."

지니는 짧게 맞장구쳤다. 그러고는 자기 휴대전화를 꺼냈다.

"누구한테 전화할 건데요? 설마 고스트버스터스?"

트위첼은 가까스로 미소를 지어 보였다.

"아니. 안드레아하고 빅 짐을 빼고 남은 사람. 누구겠어?"

"앤디 샌더스죠. 하지만 그 인간은 개똥만큼도 쓸모가 없어요,

아시잖아요. 그냥 싹 치우는 게 낫지 않아요? 서스턴 씨 말마따나 무슨 일이 일어났는지는 분명하니까요."

마침 서스턴이 종이수건으로 입을 닦으며 화장실에서 나왔다.

"세상엔 규칙이란 게 있소, 젊은 양반. 그리고 이런 때일수록 규칙을 지키는 게 중요해요. 적어도 지키려고 노력은 해 봐야지."

트위첼은 고개를 들었다. 벽 저 위에 들러붙은 채로 말라 가는 사만다 부시의 뇌 조각이 눈에 들어왔다. 한때는 사만다의 사고 기능을 담당하던 기관이 이제는 오트밀 덩어리처럼 보였다. 트위첼은 왈칵 울음을 터뜨렸다.

10

앤디 샌더스는 데일 바버라의 셋집 침대 가장자리에 걸터앉아 있었다. 이웃한 《데모크라트》 신문사에서 난 화재 때문에 창문 가득 주황색 불빛이 일렁거렸다. 머리 위에서는 발소리와 웅성거리는 목소리가 들려왔다. '옥상에 사람이 있나.' 앤디는 멍하니 생각했다.

아래층 약국에서 실내 계단을 통해 이곳으로 올라왔을 때, 앤디는 갈색 봉투 한 개를 챙겨왔다. 이제 봉투 안에 든 것들이 바깥으로 나왔다. 유리잔, 다사니 생수 한 병, 약통 한 개. 알약은 옥시콘틴이었다. 약통의 라벨에는 *안드레아 그리넬 님 귀하*라고 적혀 있었다. 알약은 분홍색이었고, 20밀리그램짜리였다. 앤디는 몇 알을 꺼내어 세어 본 다음 몇 알을 더 꺼냈다. 스무 알. 400밀

리그램. 오랫동안 복용한 탓에 내성이 생긴 안드레아를 죽이기에
는 모자랄지도 모르는 양이었지만, 앤디에게는 그 정도면 충분
했다.

옆 건물의 열기가 벽을 뚫고 후끈하게 전해졌다. 땀이 돋아서
살갗이 축축했다. 이곳의 온도는 40도쯤, 어쩌면 더 될지도 몰랐
다. 앤디는 이불로 얼굴의 땀을 닦았다.

'더위에 오래 시달리진 않을 거야. 천국엔 시원한 미풍이 불 테
니까. 그리고 우린 다 함께 주님의 식탁에 모여 앉아 만찬을 들겠
지.'

앤디는 유리잔 바닥으로 분홍색 알약을 빻아 가루로 만들었
다. 약이 즉시 효력을 발휘하게 할 생각에서였다. 소의 머리를 내
려치는 망치처럼. 그저 침대에 누워 두 눈을 감으면 그만이었다.
고이 잠들라, 사랑하는 약사여, 천사들의 노래를 들으며 안식에
이르기를.

'나랑…… 클로뎃이랑…… 도디랑. 셋이서 영원히 함께.'

'형제님, 그런 생각 하지도 마시게.'

코긴스 목사의 목소리였다. 어느 때보다도 엄하고 우렁찬 목소
리였다. 앤디는 알약을 빻던 손을 멈췄다.

'자살한 이는 사랑하는 가족과 주님의 만찬장에 앉을 수 없어.
그런 사람들은 지옥에 떨어져서 뜨거운 석탄을 먹는다네, 뱃속
에서 영원토록 활활 타는 석탄을. 나와 함께 외치려나, 할렐루야?
아멘?'

"헛소리."

앤디는 나직한 소리로 중얼거리고 나서 알약을 계속 빻았다.

"당신도 우리랑 똑같이 침을 질질 흘리면서 구린 사업에 뛰어들었어. 그런 당신 말을 내가 왜 믿어야 하지?"

'왜냐면 내가 진실을 말하기 때문이지. 자네 부인과 딸이 지금 저 위에서 내려다보고 있네, 자네에게 제발 그러지 말라고 애원하고 있어. 그들의 목소리가 안 들리나?'

"안 들려. 그리고 지금 이건 당신 목소리가 아니야. 내 마음 한구석에 사는 겁쟁이의 목소리야. 그 겁쟁이 놈은 평생 나를 부려 먹었어. 빅 짐한테 이용당한 것도 그놈 때문이야. 마약 사업에 말려든 것도 그놈 때문이고. 난 어차피 그런 돈 필요 없었어, 그렇게 많은 돈은 난 아예 헤아리지도 못해. 난 그냥 거절하는 법을 몰랐을 뿐이야. 하지만 이번엔 말할 수 있어. 싫다고 말이야. 나한텐 이제 살 이유가 없어, 그러니까 떠나는 거야. 뭐 더 할 말 있어?"

레스터 코긴스는 할 말이 없는 듯했다. 앤디는 알약을 모조리 가루로 만들고 나서 유리잔에 물을 따랐다. 손날로 분홍색 가루를 쓸어 모아 잔에 털어 넣은 다음, 손가락으로 물을 휘저었다. 귀에 들리는 것은 타닥거리는 불 소리와 그 불을 끄는 사람들의 희미한 고함 소리, 그리고 옥상에서 쿵쿵거리며 뛰어다니는 사람들의 발소리뿐이었다.

"건배."

말은 이렇게 했지만…… 앤디는 들이켜지 못했다. 손은 잔을 쥐고 있었지만, 마음속의 겁쟁이가 그 손을 붙잡고 놓아주지 않았다. 그 겁쟁이 놈은 삶의 의미를 다 잃어버리고도 죽으려 하지 않았다.

"안 돼, 이번에도 네가 이기게 놔둘 순 없어."

그러나 눈물로 얼룩진 얼굴을 닦느라 일단은 잔을 내려놓아야만 했다.

"넌 천하무적이 아니야, 이번엔 안 돼."

앤디는 다시 잔을 들어 입술에 댔다. 그 안에 달콤한 분홍빛 망각이 헤엄치고 있었다. 그러나 이번에도 머리맡 탁자에 잔을 내려놓았다.

마음속의 겁쟁이는 지금도 앤디를 지배하고 있었다. 그 망할 놈의 겁쟁이 자식이.

"주님, 저에게 계시를 내려 주소서." 앤디는 나직이 중얼거렸다. "이 잔을 마셔도 좋다는 계시를 제게 내려 주소서. 이 마을에서 벗어날 방법이 이것뿐이라면, 저는 상관없나이다."

바깥에서는 《데모크라트》 신문사의 지붕이 불티를 흩날리며 무너져 내렸다. 머리 위에서는 아마도 로미오 버피인 듯싶은 남자가 악을 썼다.

"어이, 준비해! 다들 단단히 준비해!"

'준비해.' 그 말은 틀림없는 계시였다. 앤디 샌더스는 유리잔 한 개 분량의 죽음을 다시 집어 들었고, 이번에는 마음속의 겁쟁이도 그의 팔을 붙잡지 않았다. 마침내 겁쟁이마저 손을 든 모양이었다.

주머니에서, 휴대전화 벨소리인 「그대는 아름다워」의 전주가 흘러나왔다. 클로뎃이 골라 준 거지 같은 발라드 노래였다. 앤디가 막 약을 들이켜려는 순간 목소리가 들려왔다. 그 목소리는 어쩌면 이것도 계시일지 모른다고 속삭였다. 앤디는 그 목소리의 주인이 마음속 겁쟁이인지, 코긴스 목사인지, 아니면 자신의 진심인지

도무지 알 수가 없었다. 그래서 전화를 받아 보았다.

"샌더스 의장님?" 여자 목소리였다. 지치고 우울하고 겁에 질린 여자였다. 앤디가 아는 사람이었다. "저 지니 톰린슨이에요, 병원 간호사요."

"그래요, 지니!"

여느 때처럼 활기차고 친절한 앤디 자신의 목소리가 터져 나왔다. 기괴했다.

"병원에 일이 생겨서 그러는데요. 좀 와 주실래요?"

먹구름처럼 혼란스러운 앤디의 머릿속을 한 줄기 번개가 꿰뚫었다. 놀라움과 감사함으로 마음이 벅차올랐다. 남한테서 '좀 와 주실래요?'라는 말을 들을 때. 그럴 때 기분이 얼마나 좋은지, 앤디는 잊고 있었을까? 아마도. 애초에 의장 선거에 나선 이유가 바로 그것이었건만. 권력은 앤디의 목적이 아니었다. 그것은 빅 짐의 관심사였다. 그저 남에게 도움의 손길을 내미는 것. 그것이야말로 앤디의 출발점이었다. 어쩌면 종착점 또한 그것일지도 몰랐다.

"샌더스 의장님? 여보세요?"

"그래요, 조금만 기다려요, 지니. 금방 갈게요. 그리고…… 의장님 소리는 그만해요. 앤디라고 불러요. 다 한 마을 이웃이니까."

앤디는 전화를 끊은 다음 유리잔을 들고 화장실로 가서 잔에 든 분홍색 내용물을 변기에 모조리 쏟아 버렸다. 손잡이를 돌려 물을 내리고 나니 방금 느꼈던 흐뭇함도(그 찬란했던 경이감도) 함께 내려가 버렸다. 뒤이어 울적한 기분이 다시 찾아와 마치 퀴퀴한 냄새를 풍기는 낡은 외투처럼 앤디를 휘감았다. 필요로 하는 사람이 있다고? 웃기는 소리. 그는 그저 얼간이 앤디 샌더스, 빅 짐의 무릎에 앉은 꼭두각시에 지나지 않았다. 대변인. 떠버리. 빅 짐의 명령과 제안을 제 것인 양 읽는 사내. 2년마다 한 번씩 촌뜨기들 상대로 선거운동을 벌일 때 요긴하게 써 먹는 사내. 빅 짐이 못하거나 할 생각이 없는 일들은 앤디 차지였다.

약병에는 아직도 옥시콘틴이 남아 있었다. 아래층 냉장고에 생수도 남아 있었다. 그러나 앤디에게는 중요하지 않았다. 지니 톰린슨에게 가겠노라고 약속했기 때문이었다. 그리고 앤디 샌더스는 약속을 지키는 남자였다. 그렇다고 자살 생각을 아예 접은 것은 아니었다. 그저 뒤로 잠시 미루어 둘 뿐이었다. 시골 마을의 정치계에서 쓰는 표현을 빌리면, '지연'시킬 뿐이었다. 또한 임종을 맞을 뻔한 이 집에서 그만 나가는 것도 좋은 생각인 듯싶었다.

집 안에 연기가 차오르고 있었다.

11

보위 장의사의 시신 처리실은 지하에 있었다. 덕분에 린다는 마음 놓고 불을 켰다. 러스티가 조사를 하려면 불빛이 필요했다.

"이 난장판 좀 봐."

러스티는 한쪽 팔을 빙 돌리며 실내 이곳저곳을 가리켰다. 지저분한 타일 바닥에는 발자국이 선명했고 책상에는 맥주와 음료수 깡통이 뒹굴었으며, 한쪽 구석에 뚜껑이 열린 채로 놓인 쓰레기통 위에는 파리가 날아 다녔다.

"메인 주 장의업 관리 위원회나 보건국에서 이 꼴을 봤다가는 당장에 면허를 취소하겠군."

"어차피 보러 올 수도 없잖아."

린다는 남편에게 현실을 일깨워 주었다. 처리실 한복판을 차지한 것은 스테인리스스틸 작업대였다. 작업대 상판은 차마 이름을 알고 싶지 않은 물질로 얼룩져 있었고, 물이 빠지도록 파놓은 홈에는 둥글게 뭉친 초코바 포장지가 떨어져 있었다.

"이제 여긴 메인 주라고 할 수도 없을 것 같아. 서둘러, 에릭. 냄새 때문에 죽겠어."

"참기 힘든 건 냄새뿐만이 아닌 것 같은데."

러스티는 눈앞의 난장판 때문에 기분이 언짢았다. 아니, 분노가 치솟았다. 저 초코바 포장지 때문에라도 스튜어트 보위의 주둥이에 주먹을 날리고 싶었다. 숨을 거둔 마을 사람들의 피를 뽑는 작업대에 과자 껍질을 버리다니.

방 안쪽에 스테인리스스틸로 만든 시신 보관함 여섯 개가 있었다. 그 뒤 어디쯤에서 윙윙거리는 냉각기 소리가 들려왔다.

"여긴 프로판가스가 넘쳐나나 본데. 보위 형제가 알부자인 줄은 몰랐어."

러스티가 중얼거렸다.

보관함 문의 이름표를 끼우는 자리가 모두 비어 있었던 탓에 (이 또한 나태함의 증거였다.) 러스티는 문 여섯 개를 모두 열어 보았다. 맨 처음 두 칸은 비어 있었으나 놀랄 일은 아니었다. 론 해스켈 선생과 에번스 부부를 비롯하여 돔 데이 이후에 숨을 거둔 마을 사람들은 모두 곧바로 매장되었다. 가까운 친척이 없는 지미 시로이스만이 아직도 캐서린 러셀 병원의 작은 영안실에 누워 있었다.

　나머지 네 칸은 러스티가 조사하러 온 시체들이 차지하고 있었다. 바퀴 달린 시신 안치대를 잡아당기자 악취가 확 끼쳐 왔다. 방부제와 화장용 크림 냄새도 불쾌하기는 했지만 이 썩은 내 앞에서는 아무것도 아니었다. 린다는 코를 틀어막고 뒤로 물러섰다.

　"린다, 토하면 안 돼."

　러스티는 방 건너편에 있는 캐비닛 쪽으로 걸어갔다. 첫 번째 서랍을 열어 보니 있는 거라곤 오래된 사냥 및 낚시 관련 잡지들뿐이었다. 러스티의 입에서 욕이 튀어나왔다. 그러나 바로 아래 서랍에는 그가 찾던 물건이 있었다. 러스티는 한 번도 안 씻은 것처럼 더러운 체액 추출용 대롱 아래에서 아직 포장을 안 뜯은 녹색 비닐 마스크 두 개를 꺼냈다. 그중 한 개는 린다에게 건네고 한 개는 얼굴에 썼다. 그 아래 서랍에서는 고무장갑을 한 켤레 꺼냈다. 장갑은 기괴할 정도로 생생한 샛노란 색이었다.

　"마스크를 쓰고도 토할 것 같으면 위에 올라가서 스테이시랑 같이 기다려."

　"괜찮아. 난 여기서 지켜봐야 돼."

　"당신 증언이 효력이 있을지 모르겠는데. 우린 부부잖아."

　린다는 같은 말을 되풀이했다.

　"난 지켜봐야 돼. 당신은 빨리 끝내기나 해."

　시신 안치대는 지저분했다. 처리실을 이미 둘러본 러스티로서는 새삼스러울 것도 없었지만, 그래도 화가 치밀기는 매한가지였다. 린다는 집 창고에서 찾아낸 구식 카세트 녹음기를 챙겨왔다. 러스티는 **녹음** 버튼을 누르고 작동하는지 확인해 보았고, 성능이 꽤 괜찮다는 사실에 조금 놀랐다. 러스티는 그 작은 파나소닉 녹음기를 빈 안치대에다 올려놓았다. 그런 다음 장갑을 끼었다. 손에 땀이 나서 평소보다 시간이 걸렸다. 방 안을 뒤져보면 아마도 존슨즈 베이비 파우더 같은 땀띠약이 나올 것 같았지만 그런 데 시간을 허비할 생각은 조금도 없었다. 러스티는 이미 빈집털이가 된 기분이 들었다. 아니, 실제로 빈집털이였다.

"좋아, 시작할게. 현재 시각 10월 24일 10시 45분. 검사를 실시하는 곳은 보위 장의사의 시신 처리실. 그런데 꽤 지저분하다. 창피할 정도로. 앞에 사체 네 구가 있다. 여성 셋, 남성 하나. 여성 둘은 10대 후반에서 20대 초반 정도로 젊다. 두 사람의 이름은 안젤라 매케인과 도디 샌더스이다."

"도로시야." 작업대 너머에서 린다가 중얼거렸다. "도로시가 본명…… 이었어."

"정정한다. 도로시 샌더스이다. 세 번째 여성은 60대로 보인다. 브렌다 퍼킨스이다. 남성은 마흔 살쯤으로 보인다. 레스터 코긴스 목사이다. 분명히 말하는데, 나는 이들이 누군지 안다."

러스티는 아내를 손짓으로 부른 다음 시체들을 가리켰다. 아래를 내려다본 린다의 눈에 눈물이 그렁그렁했다. 린다는 마스크를 벗었다.

"저는 체스터스밀 경찰서 소속 린다 에버렛입니다. 배지 번호는 775. 저도 이 시체 네 구의 신원을 압니다."

린다는 짤막한 말을 마치고 다시 마스크를 썼다. 마스크 위의 두 눈은 그만 보고 싶다고 간청하는 듯했다.

러스티는 아내에게 물러나라고 손짓했다. 어차피 요식 절차일 뿐이었다. 러스티는 이를 잘 알았고 린다도 알 거라고 생각했다. 그러나 침울한 기분은 들지 않았다. 러스티는 어려서부터 쭉 의사가 되기를 바랐고, 부모를 보살피려고 대학을 그만두지만 않았더라면 틀림없이 의사가 되었을 터였다. 이제 시체 앞에 선 러스티는 고등학교 2학년 생물 시간에 개구리와 소 눈알을 해부할 때 그를 사로잡았던 순수한 호기심을 다시금 느끼고 있었다. 알고 싶었다. 알아낼 작정이었다. 전부 다는 아니더라도, 조금만이라도.

'이곳은 죽은 자가 산 자를 돕는 곳. 린다가 그랬던가.'

뭐라고 했든 상관없었다. 러스티는 그들이 할 수만 있으면 도와줄 거라고 확신했다.

"장례식을 위해 화장을 한 흔적은 안 보이지만, 사체 네 구는 모두 방부 처리가 되어 있다. 확실치는 않지만 대퇴 동맥에 꽂힌 혈액 추출용 관을 보니 아직 처리가 다 안 끝난 것 같다. 안젤라와 도디, 아니 도로시는 심하게 폭행당한 흔적이 보이며, 이미 부패가 상당히 진행된 상태이다. 코긴스도 외관으로 보아 폭행을 당한 듯하고 부패도 진행됐지만, 두 사람만큼은 아니다. 얼굴과 팔의 근육 조직이 이제 막 쳐지기 시작한 단계이다. 브렌다…… 그러니까 브렌다 퍼킨스는……."

러스티는 말꼬리를 흐리고 브렌다 위로 몸을 숙였다.

"여보. 러스티?" 린다가 불안한 목소리로 불렀다.

러스티는 장갑 낀 손을 뻗다가 생각을 고쳐먹고 장갑을 벗은 다음, 맨손으로 브렌다의 목을 감싸 쥐었다. 뒤이어 브렌다의 머리를 들고 목덜미 바로 아래에 기괴한 모양으로 불거진 혹 같은 것을 만져 보았다. 머리를 내려놓고 나서는 등과 엉덩이가 보이도록 몸통을 한쪽으로 틀었다.

"맙소사."

"러스티, 왜 그래?"

'첫째, 브렌다 퍼킨스는 아직도 똥으로 범벅이 되어 있다.' 러스티는 속으로 이렇게 생각했으나…… 그 말을 녹음기에 담을 수는 없었다. 혹시라도 그 녹음테이프를 손에 넣은 랜돌프나 빅 짐 레니가 처음 60초만 듣고 나서 구둣발로 짓뭉개고 남은 것은 다 태워 버린다고 할지언정, 그 말을 테이프에 담을 수는 없었다. 브렌다를 그 정도로 망가뜨릴 수는 없는 노릇이었다.

그러나 결코 잊지는 않을 작정이었다.

"여보, 왜 그러냐니까?"

러스티는 혀로 입술을 축이고 말했다.

"둔부와 대퇴부의 시반으로 미루어보아 브렌다 퍼킨스는 최소한 열두 시간, 아마도 열네 시간쯤 전에 죽은 것 같다. 양 볼에 멍이 또렷이 나 있다. 이 멍은 손자국이다. 누가 브렌다의 얼굴을 쥐고 머리를 왼쪽으로 세게 비틀어 고리뼈와 중쇠뼈, 즉 1번과 2번 목뼈를 부러뜨린 것이다. 아마 척추뼈도 함께 부러졌을 것이다."

"세상에, 러스티." 린다의 입에서 신음이 새어 나왔다.

러스티는 엄지손가락으로 브렌다의 눈꺼풀을 한 쪽씩 들추어 보았다. 두려워하던 증거가 바로 그곳에 있었다.

"양 볼의 멍 자국과 공막에 생긴 울혈, 즉 흰자위에 맺힌 핏방울은, 즉사하지 않았다는 증거이다. 브렌다는 숨을 들이마실 수가 없어서 질식했다. 당시 의식이 있었는지 없었는지는 확실치 않다. 없었기를 바란다. 불행히도 내가 밝혀낼 수 있는 것은 여기까지다. 가장 먼저 숨을 거둔 희생자는 안젤라와 도디 두 사람이다. 부패한 정도로 보아 따뜻한 곳에 방치된 듯하다."

러스티는 녹음기를 껐다.

"그 말은 곧 바비의 무죄를 입증할 확실한 증거는 하나도 못 찾았다는 뜻이야. 또 이미 아는 것 말고는 하나도 못 알아냈다는 뜻이고."

"브렌다 얼굴에 난 손자국이 바비 손하고 일치하지 않으면?"

"자국이 너무 불분명해. 린다…… 난 지금 세상에서 제일 멍청한 놈이 된 기분이야."

러스티는 두 젊은 아가씨들을 다시 어둠 속으로 밀어 넣었다. 지금쯤 쇼핑센터를 쏘다니며 귀고리 가격을 비교해 보고, 옷을 사고, 서로 남자친구 자랑을 하고 있어야 할 아가씨들이었다. 그런 다음 브렌다 쪽으로 돌아섰다.

"린다, 수건 좀 갖다 줘. 아까 개수대 옆에 몇 개 쌓아놓은 걸 봤어. 심지어 깨끗한 수건이야. 이 돼지우리에 그런 게 있다니, 거의 기적이지."

"그건 왜……."

"그냥 갖다 줘. 두 장만. 물에 적셔서."

"러스티, 우리 이럴 시간 없어."

"시간은 만들면 돼."

남편이 브렌다 퍼킨스의 엉덩이와 허벅지 뒤쪽을 정성스레 닦아 내는 동안, 린다는 말없이 지켜보았다. 러스티는 시신을 다 닦고 나서 더러워진 수건을 구석에 집어던졌다. 만약 보위 형제가 이곳에 있으면 한 장은 스튜어트의 입에, 남은 한 장은 망할 퍼널드의 입에 쑤셔 박고 싶었다.

러스티는 브렌다의 서늘한 이마에 입을 맞추고 다시 차가운 보관함 속으로 밀어 넣었다. 뒤이어 코긴스도 원래 자리로 돌려놓으려고 다가갔다가, 우뚝 멈춰 섰다. 목사의 얼굴은 넷 중 가장 엉망이었다. 귀와 콧구멍에 아직도 피가 차 있었고 이마에도 피딱지가 붙어 있었다.

"린다, 수건 한 장만 더 적셔 줘."

"여보, 벌써 10분이나 지났어. 고인한테 예를 표하는 것도 좋지만 산 사람은 살아야 할 것 아냐."

"여기서 뭔가 나올지도 몰라. 목사는 다른 방식으로 폭행당한 것 같아. 척 보기만 해도…… 빨리, 수건 좀."

린다는 더 따지지 않고 수건을 물에 적셔 꼭 짠 다음 남편에게 건넸다. 남편이 죽은 코긴스 목사의 얼굴에서 피를 닦아 내는 동안 린다는 가만히 지켜보았다. 러스티의 손길은 부드러웠지만, 브렌다에게 보여 준 정성은 없었다.

린다는 코긴스 목사를 좋아한 적이 없었다(목사는 매주 출연하는 라디오 프로그램에서 마일리 사이러스의 콘서트에 가는 아이들은 지옥에 떨어질 각오를 해야 한다고 주장한 적도 있었다.). 그러나 러스티의 손길 아래 드러난 얼굴을 보니 목사가 가엾어졌다.

"세상에, 꼭 애들이 돌 던지기 표적으로 삼은 허수아비 같아."

"얘기했잖아, 다른 방식으로 맞았다고. 이건 주먹이나 발에 맞은 자국이 아니야."

린다는 손으로 코긴스의 머리를 가리켰다.

"관자놀이에 저건 무슨 자국이지?"

러스티는 대답하지 않았다. 마스크 위의 두 눈이 놀라움으로 번뜩였다. 그 눈에는 다른 것도 있었다. 이제 막 얻기 시작한 깨달음이었다.

"여보, 저게 뭐야? 꼭 무슨…… 실밥 자국 같은데."

"바로 맞혔어."

러스티의 마스크가 살짝 구겨졌다. 그 아래의 입이 미소를 지었기 때문이었다. 행복해서가 아니라 만족스러워서 나온 미소였다. 또한 그 누구보다도 잔혹한 미소였다.

"앞이마에도 있어. 보이지? 그리고 턱에도. 턱이 부러진 곳에 같은 자국이 나 있어."

"도대체 뭘로 때려야 저런 자국이 남을까?"

"야구공."

러스티는 사체 안치대를 보관함 안으로 밀었다.

"그것도 보통 야구공으로는 안 돼. 하지만 금으로 도금한 야구공이라면? 가능해. 세게 휘두르기만 하면 충분히 가능해. 아니, 내 생각엔 확실해."

러스티는 아내의 이마에 자기 이마를 갖다 댔다. 둘의 마스크가 맞부딪쳤다. 러스티는 아내의 눈을 들여다보았다.

"짐 레니한테 그 비슷한 공이 있어. 사라진 프로판가스통 이야기를 하러 갔을 때 그 인간 책상에 있는 걸 봤어. 여보, 다른 사람은 몰라도 레스터 코긴스가 죽은 곳은 밝혀낸 것 같아. 그리고 누가 죽였는지도."

12

지붕이 무너지고 나서, 줄리아는 차마 더 지켜볼 수가 없었다.

"줄리아, 우리 집에 가자. 손님방이 비었으니까 자기 있고 싶을 때까지 있어도 돼."

"고마워요, 로즈. 하지만 괜찮아요. 지금은 그냥 혼자 있고…… 참, 호러스도 같이 있구나. 생각할 게 좀 있어요."

"묵을 곳은? 괜찮겠어?"

"괜찮아요."

괜찮을지 어떨지는 알 수 없었다. 마음은 진정이 된 듯했고 생각하는 데도 문제가 없었지만, 감정은 마취 주사를 맞은 듯 무덤덤했다.

"나중에 한번 들를게요."

길 건너편에서 멀어져 가는 로즈를 보며(불안했던지, 로즈는 이쪽을 돌아보고 마지막으로 손을 흔들었다.) 줄리아는 프리우스로 돌아와 호러스를 조수석에 태우고 운전석에 앉았다. 피트 프리먼과 토니 게이의 모습을 찾아보았지만 두 사람은 어디에도 없었다. 불에 덴 팔을 치료받도록 토니가 피트를 데리고 병원에 갔는지도 몰랐다. 두 사람 다 중상을 입지 않았다니, 기적이었다. 또한 콕스를 만나러 갈 때 차에 태우고 가지 않았더라면 호러스도 다른 모든 것과 함께 재가 되었을지도 몰랐다.

생각이 거기까지 미쳤을 때, 줄리아는 문득 깨달았다. 감정은 마비된 것이 아니라 그저 숨어 있었을 뿐이었다. 소리가, 울음 비슷한 소리가 줄리아에게서 새어 나왔다. 호러스는 큼지막한 귀를 쫑긋 세우고 걱정스러운 듯이 주인을 올려다보았다. 줄리아는 그치려고 했지만 그칠 수가 없었다.

아버지의 신문사가.

할아버지의 신문사가.

증조할아버지의 신문사가.

잿더미로.

줄리아는 차를 몰고 웨스트 가를 지나다가 글로브 극장 뒤편의 버려진 주차장을 발견하고 그곳에 차를 댔다. 시동을 끄고 호러스를 끌어안은 다음, 털이 북슬북슬하고 떡 벌어진 어깨에 기대어 5분 동안 울었다. 그동안 호러스는 믿음직스럽게도 잘 참아 주었다.

울 만큼 울고 나니 기분이 나아졌다. 어쩌면 쇼크 상태에 빠져 멍해졌는지도 몰랐지만, 적어도 다시 생각을 할 수는 있었다. 그리고 줄리아가 생각해 낸 것은 트렁크에 남아 있는 신문 한 묶음이었다. 줄리아는 호러스 옆으로 몸을 뻗어 조수석 사물함을 열어 보았다(호러스는 그런 주인의 목을 다정스럽게 핥아 주었다.). 안은 잡동사니로 빼곡했지만, 그래도 어쩌면…… 혹시라도…….

마치 하나님의 선물인 양, 있었다. 핀과 고무 밴드, 압정, 클립 따위가 든 조그만 플라스틱 상자였다. 고무 밴드와 클립은 줄리아가 염두에 둔 일에 별 쓸모가 없었다. 하지만 핀과 압정은…….

"호러스. 우리 산책하러 갈까?"

호러스는 진심으로 가고 싶다는 뜻을 '멍멍' 소리로 표현했다.

"그래. 나도 가고 싶어."

줄리아는 신문 뭉치를 들고 마을 큰길로 돌아갔다. 이제 불길이 치솟는 잿더미로 변한 《데모크라트》 신문사에 경찰관들이 물을 뿌리는 중이었다('그 펌프 참 편리해 보이네.' 줄리아는 속으로 생각했다. '물도 꽉 차 있겠다, 준비 완료겠군.'). 신문사를 보고 있으려니 마음이 아픈 것만은 어쩔 수 없었지만, 생각보다는 덜했다. 이제 할 일이 생긴 덕분이었다.

줄리아는 호러스와 나란히 큰길을 걸으며 전신주 하나하나에 《데모크라트》 최신호를 붙였다. 1면 머리기사의 제목(**깊어 가는 위기 속에 폭동과 살인 발생**)이 화재 현장의 불빛을 받고 번뜩이는 듯했다. 한마디 덧붙이면 좋았을 텐데 하는 생각이 떠올랐다. **조심하세요**라고.

줄리아는 신문이 다 떨어질 때까지 멈추지 않았다.

13

한편 큰길 건너편에서는 피터 랜돌프의 무전기가 세 번 치직거렸다. 치직, 치직, 치직. 긴급 상황이라는 뜻이었다. 무슨 소식이 들릴지 두려워하며, 랜돌프는 무전기의 송신 버튼을 눌렀다.

"랜돌프 서장이다. 말해."

호출을 한 사람은 저녁 조 지휘관이자 사실상 부서장 노릇을 하는 프레드 덴턴이었다.

"피터, 방금 병원에서 신고가 들어왔습니다. 두 명이 살해당하고 한 명이……."

"뭐어?"

랜돌프가 악을 썼다. 신참 경관 미키 워들로가 꼭 장터 구경을 처음 나온 다운 증후군 환자처럼 랜돌프를 멍하니 바라보았다.

덴턴은 사건 설명을 계속했다. 침착한, 또는 잘난 척하는 목소리였다. 만일 후자라면 그야말로 구제불능이었다.

"……한 명이 자살했답니다. 강간당했다고 주장하던 그 여자애가 총을 쐈습니다. 서장님, 희생자는 우리 경관들입니다. 조지아 루하고 프랭크 드레셉스요."

"자네…… 지금…… 농담하나?"

"루퍼트 리비하고 멜빈 셜스를 병원으로 보내 놨습니다. 긍정적으로 생각하세요. 벌써 다 끝난 일이니까 범인을 체포해서 바버라 옆 감방에 처넣을 필요도……."

"프레드, 자네가 직접 가야 할 것 아닌가. 지휘관이잖아."

"그럼 경찰서는 누가 지키는데요?"

랜돌프는 대답할 말이 없었다. 덴턴은 너무 똑똑하든가 아니면 지독히도 멍청한 놈이었다. 랜돌프는 직접 캐서린 러셀 병원에 가봐야겠다고 생각했다.

'서장 노릇 못해 먹겠다. 이젠 싫어. 1초도 더 못해.'

그러나 이미 엎질러진 물이었다. 또한 빅 짐이 도와주면 어떻게든 해낼 수 있을 것도 같았다. 거기에만 집중해야 했다. 빅 짐은 상대의 속을 훤히 들여다보니까.

마티 아스노가 어깨를 두드렸다. 랜돌프는 어찌나 놀랐던지 하마터면 두드린 사람을 칠 뻔했지만, 마티는 그런 기색을 눈치채지 못했다. 길 건너편에서 개를 데리고 걸어가는 줄리아 섐웨이를 보고 있었기 때문이었다. 줄리아는 개를 산책시키면서…… 저게 뭐지?

신문을 붙이고 있었다. 망할 놈의 나무 전신주에 압정으로 신문을 붙이는 중이었다.

"저 망할 년은 포기할 줄을 모르는군."

"서장님, 제가 가서 그만두게 할까요?"

마티는 기꺼이 나서고 싶어 하는 눈치였고, 랜돌프도 허락할 것처럼 보였다. 그러나 이내 고개를 저었다.

"민권이 어쩌고저쩌고 한참 떠들 거야. 사람들 겁 줘 봤자 마을에 아무 도움도 안 되는 걸 모르는 것처럼 말이지."

랜돌프는 연방 고개를 저었다.

"진짜 모를 수도 있어. 저 여잔 정말이지……."

그 여자한테 딱 어울리는 말이 있었는데……

……고등학생 때 배운, 도저히 떠오르지 않을 것 같던 그 단어가 랜돌프의 머릿속에 떠올랐다.

"너무 고지식하거든."

"제가 말리겠습니다, 서장님. 할 수 있습니다. 저 여자가 뭘 어쩌겠습니까, 변호사라도 부르겠어요?"

"재미 보게 그냥 놔둬. 어쨌거나 우릴 귀찮게 하진 않잖아. 난 병원에 가 봐야겠어. 덴턴이 그러는데 부시네 딸이 프랭크 드레셉스하고 조지아 루를 죽였다는군. 그러고는 자살했대."

"맙소사. 그것도 바버라 녀석이 시킨 짓일까요?"

마티는 핏기가 싹 가신 얼굴로 중얼거렸다.

랜돌프는 아니라고 대답하려다가 마음을 바꾸었다. 사만다가 강간당했다고 주장했던 일이 생각났기 때문이었다. 이제 자살을 했으니 사람들이 그 말을 진짜로 여길 터였다. 체스터스밀 경찰서의 경관들이 그런 짓을 저질렀다는 소문이 돌면 부하들의 사기가 꺾일지도 몰랐고, 마을 사람들 또한 마찬가지였다. 이 정도는 굳이 빅 짐한테서 듣지 않아도 알 만했다.

"그거야 모르지. 하지만 가능한 일이야."

연기 때문인지 아니면 슬픔 때문인지, 마티의 눈에 눈물이 맺혔다. 어쩌면 둘 다 때문인지도 몰랐다.

"서장님, 빅 짐한테 알려야 합니다."

"그래야지. 그리고……."

랜돌프는 고갯짓으로 줄리아를 가리켰다.

"저 여자 잘 지켜봐. 저 신문은, 붙이다 지쳐서 그만두면 죄다 뜯어서 원래 있던 곳에다 돌려놓고."

랜돌프는 이날 아침까지 신문사였던 불더미를 가리켰다.

"쓰레기는 쓰레기통에 버려야지."

마티는 나지막이 쿡쿡거렸다.

"예, 서장님."

아스노 경관은 명령대로 실행했다. 그러나 그 전에, 밝은 빛 아래에서 꼼꼼히 읽을 생각으로 신문을 떼어 간 마을 사람들이 있었다. 대여섯 부, 어쩌면 열 부쯤 될지도 몰랐다. 이날 밤으로부터 이삼 일간 사람들은 그 신문을 손에서 손으로 전하며 문자 그대로 닳아 없어질 때까지 읽었다.

14

앤디 샌더스가 병원에 도착해 보니 파이퍼 리비 목사가 먼저 와 있었다. 대기실의 긴 의자에 앉아 목사와 함께 얘기를 나누는 아가씨 둘은 하얀 나일론 바지에 간호사 제복 상의를 입고 있었는데…… 앤디가 보기에 정식 간호사라기에는 너무 어린 듯싶었다. 둘 다 이미 한참 운 얼굴을 하고 있었고 금방이라도 다시 울음을 터뜨릴 듯했다. 앤디는 리비 목사가 그들을 달래고 있었음을 한눈에 알아챘다. 그는 사람들의 감정을 읽는 일만큼은 전혀 어려움이 없었다. 이따금씩 생각을 읽는 일에 더 능했으면 하고 바랄 때도 있을 정도였다.

지니 톰린슨은 의자 옆에 서서 나이가 지긋해 보이는 남자와 소곤소곤 이야기하는 중이었다. 둘 다 놀라서 정신이 없어 보였다. 지니가 앤디를 보고 다가왔다. 나이 든 남자도 그 뒤를 따랐다. 지니는 그 남자가 병원 일을 도와주러 온 서스턴 마셜이라고 소개했다.

앤디는 함박웃음과 따뜻한 악수로 새 친구를 환영했다.

"반갑습니다, 서스턴 씨. 앤디 샌더스입니다. 마을 의장이죠."

파이퍼 목사는 의자에 앉은 채로 샌더스를 흘깃 쳐다보았다.

"앤디, 당신이 진짜 의장이라면 레니 부의장 좀 말려 봐요."

"목사님, 요 며칠간 많이 힘드셨죠." 앤디는 웃음을 거두지 않은 채로 말했다. "저희 모두 마찬가집니다."

파이퍼 목사는 시종 냉랭한 표정으로 앤디를 쳐다보다가 두 아가씨에게 식당에 가서 차라도 마시지 않겠느냐고 물었다. '팔이 이 모양이긴 해도 차 정도는 끓일 수 있어.' 목사가 말했다.

"아까 전화하고 나서 목사님도 같이 불렀어요."

파이퍼 목사가 간호사 지망생들을 데리고 자리를 뜬 후, 지니가 살짝 미안해하는 말투로 말했다.

"경찰서에도 전화했고요. 프레드 덴턴이 받더군요."

지니는 그 이름을 말하면서 사람들이 구린내를 맡았을 때 그러듯이 코를 찡그렸다.

"아, 프레드는 좋은 친구죠."

앤디의 목소리는 진지했다. 마음은 지금도 이곳이 아니라 데일 바버라의 침대에 누워 독이 든 분홍색 물을 마실 생각을 하고 있었지만, 오래된 버릇이 자연스레 튀어나왔다. 문제가 생기면 바로 잡고 싶은 충동, 갈등을 보면 가라앉히고 싶은 마음, 그런 것들은 결국 자전거 타기와 비슷한 습관이었다.

"어떻게 된 건지 얘기해 줘요."

지니는 앤디의 부탁대로 했다. 앤디는 평생 드레셉스 가족과 알고 지냈을 뿐 아니라 고등학생 시절에는 조지아 루의 어머니와 데이트를 한 적도 있었지만, 그런 사람치고는 놀랍도록 침착하게 들었다(조지아의 어머니 헬렌은 앤디와 입을 맞출 때 입술을 벌려 주었다. 고마운 일이었으나 뒤따라 온 입구린내는 영 고약했다.). 그가 보기에 감정이 이토록 무덤덤한 까닭은 순전히 휴대전화 벨소리가 울리지 않았더라면 지금쯤 의식을 잃고 쓰러져 있으리라는 생각 때문이었다. 어쩌면 벌써 죽었을지도. 그렇게 생각하니 세상이 똑똑히 보이는 듯했다.

"신임 경관이 둘이나 죽다니."

앤디가 중얼거렸다. 스스로 듣기에도 꼭 극장 상영 시간표를 읽어주는 자동 응답기 목소리 같았다.

"그러잖아도 한 명은 슈퍼마켓 소동 때문에 심하게 다친 상태였는데. 맙소사, 맙소사."

"지금은 이런 말씀 드릴 때가 아닌지도 모르겠습니다만, 전 이 마을 경찰이 그리 마음에 들지 않습니다. 하긴, 저한테 주먹질을 한 경관이 이미 숨을 거뒀으니 민원을 제기해 봐야 소용없겠지요."

"누구 말인가요, 서스턴 씨? 프랭크? 아니면 조지아?"

"청년이 그랬습니다. 그…… 그렇게 심한 모습이 됐어도 알아볼 수는 있더군요."

"프랭크 드레셉스가 서스턴 씨를 때렸다고요?"

앤디는 도저히 믿을 수가 없었다. 프랭크는 몇 년 동안이나 앤디네 집에 신문을 배달해 주면서 하루도 빼먹지 않은 아이였다. 뭐, 다시 생각해 보니 한두 번쯤 빼먹은 적이 있는 것도 같았지만, 그때는 폭설 때문에 어쩔 수가 없었다. 그러고 보니 한번은 홍역에 걸린 적도 있었다. 아니, 볼거리였던가?

"그게 그 청년 이름이라면, 맞습니다."

"맙소사…… 그것 참……."

그게 어쨌다는 건가? 그게 문제가 될까? 문제는 무슨 문제? 그럼에도, 앤디는 꿋꿋이 밀고 나갔다.

"정말 유감입니다. 저희 체스터스밀 공무원들은 의무를 다하는 것을 중요하게 여깁니다. 그게 바로 옳은 일을 하는 거니까요. 지금은 다만 위기 상황이라서 그런 것뿐입니다. 서스턴 씨도 아시겠지만, 통제가 불가능한 경우도 있으니까요."

"그거야 물론 알지요. 저야 뭐, 다 지나간 일로 여깁니다. 하지만…… 그 경관들은 너무 어렸어요. 그리고 도가 너무 지나쳤습니다." 서스턴은 잠시 망설이다가 덧붙였다. "저와 함께 있던 여성도 공격을 당했습니다."

앤디는 이 사람 말이 진실이라고는 도저히 믿을 수 없었다. 체스터스밀의 경찰관은 주민이 먼저 맞을 짓을(그것도 아주 심한 짓을) 하지 않는 한 결코 폭력을 쓰지 않았다. 서스턴이 말한 사건은 사람들이 사이좋게 지낼 줄 모르는 대도시에서나 일어나는 법이었다. 물론, 앤디로서는 젊은 아가씨가 경관 둘을 죽이고 자살하는 사건도 이 마을에서 일어날 일이 아니라고 말하고 싶었다.

'신경 쓸 것 없어.' 앤디는 속으로 생각했다. '이 노인은 뜨내기야, 게다가 정신도 이상해. 그렇게 알고 넘어가면 그만이야.'

"앤디, 이렇게 왔으니까 하는 말인데, 뭘 부탁해야 할지 모르겠어요. 죽은 사람들은 지금 트위첼이 수습하는 중인데……"

지니가 미처 말을 맺기 전에 병원 출입문이 열렸다. 젊은 여성이 졸려 보이는 아이 둘의 손을 잡고 들어왔다. 사내아이와 여자아이가 가만히 올려다보는 가운데 (이름이 서스턴이라던) 노인과 젊은 여성이 서로를 끌어안았다. 아이들은 둘 다 맨발이었고, 잠옷 대신 티셔츠를 입고 있었다. 사내아이의 발목까지 내려오는 티셔츠에는 **쇼생크 교도소 죄수 번호 9091**이라고 적혀 있었다. 앤디가 보기에는 서스턴의 딸과 손자 손녀 같았고, 그 생각을 하니 클로뎃과 도디가 새삼 그리워졌다. 앤디는 가족들 생각을 떨쳐 버렸다. 지니에게서 도와 달라는 전화를 받고 이곳에 왔기 때문이었다. 그리고 지니 본인 또한 명백히 도움이 필요한 사람이었다. 그 도움이란 다름이 아니라 지니가 다시 풀어놓는 사건 이야기를 들어 주는 것이었다. 앤디를 위해서가 아니라 지니 자신을 위하여, 사건의 진상을 파악하고 그럼으로써 담담히 받아들이기 위하여. 앤디는 아무래도 상관없었다. 남의 이야기 들어 주기는 늘 앤디의 장기였고 시체 세 구를 구경하는 것보다는 훨씬 편한 일이었다. 게다가 죽은 셋 중 한 명은 한때 그에게 신문을 배달해 주던 아이였다. 이야기를 들어 주는 것은 진심으로 귀를 기울이기만 하면 바보라도 할 수 있을 만큼 쉬운 일이었다. 그러나 빅 짐은 한 번도 잘 해낸 적이 없는 일이기도 했다. 빅 짐은 말하는 데 더 능했다. 그리고 물론, 계획을 세우는 데에도. 이런 때에 빅 짐 같은 사람이 있어서 다행이었다.

지니가 두 번째 진술을 다 마칠 즈음, 앤디의 머릿속에 어떤 생각이 떠올랐다. 십중팔구 중요한 생각인 듯싶었다.

"저어, 지니, 혹시 누가……."

그때, 서스턴이 방금 도착한 이들을 줄줄이 데리고 돌아왔다.

"샌더스 의장님, 아니, 앤디 씨. 이쪽은 제 동행인 캐럴린 스터지스입니다. 이쪽은 저희가 돌보는 아이들이고요. 앨리스하고 에이든이죠."

"나 공갈젖꼭지 물고 싶어." 에이든이 뚱한 목소리로 말했다.

"너 그런 거 물 나이 지났잖아."

앨리스가 야단치며 동생을 팔꿈치로 쿡 찔렀다. 에이든은 울상을 짓기는 했지만 울지는 않았다.

"앨리스, 동생한테 심술부리면 안 돼. 심술쟁이는 뭐랬지?"

캐럴린의 말에 앨리스의 표정이 환해졌다.

"심술쟁이는 완전 밥맛이에요!"

앨리스는 꽥 소리를 지르고 깔깔거렸다. 에이든도 잠시 생각하다가 누나를 따라 웃었다.

"죄송해요, 아이를 봐 줄 사람이 없어서요. 전화를 받아 보니까 서스턴이 너무 경황이 없는 것 같아서 그만……."

믿기 힘든 일이었지만, 저 노인과 이 아가씨는 그렇고 그런 관계로 보였다. 앤디는 그 생각을 그냥 흘려보냈다. 여느 때 같았으면 깊이 생각해 볼 일이었다. 과연 저 둘은 어떤 체위를 즐길까, 저 함초롬한 입술로 저 늙은이의 물건을 빨아 줬단 말인가, 기타 등등. 그러나 당장은 다른 일부터 챙겨야 했다.

"지니, 혹시 누가 사만다 남편한테 연락했나요?"

"남편이라니, 필 부시오?"

두기 트위첼이 복도 저편에서 걸어오며 말했다. 어깨는 축 늘어진 채였고, 낯빛은 거의 회색이었다.

"그 개새끼는 처자식을 버리고 마을을 떴어요. 벌써 몇 달 전에." 트위첼의 눈이 앨리스와 에이든에게로 향했다. "욕해서 미안하다, 얘들아."

"괜찮아요. 저흰 집에서 무슨 말이든 자유롭게 쓰거든요. 그러면 신뢰가 더 두터워지니까요."

캐럴린의 말에 앨리스가 맞장구를 쳤다.

"맞아요. '젠장'이나 '제기랄' 같은 말도 막 할 수 있어요. 엄마가 돌아오실 때까지는요."

"그치만 쌍년은 안 돼요. 쌍년은 성차별적인 말이에요."

에이든이 틀리게 설명했지만 캐럴린은 알아차리지 못했다.

"서스턴, 어떻게 된 거예요?"

"애들 앞에서 할 얘기는 아니야. 자유로운 말을 쓰는 것도 정도가 있으니까."

"프랭크 부모님은 마을 바깥에 있지만, 헬렌 루한테는 연락해뒀어요. 꽤 침착하게 받던데요."

앤디는 트위첼의 말을 듣고 이렇게 물었다.

"혹시 취했던가?"

"예, 곤드레만드레."

앤디는 복도를 잠시 걸었다. 병원복에 슬리퍼 차림을 한 환자 몇 명이 등을 이쪽으로 돌린 채 서 있었다. 학살 현장을 구경하는 중인 듯했다. 그럴 생각이 조금도 없었던 앤디는 두기 트위첼이 현장을 수습해 주어서 고마울 따름이었다. 앤디는 약사이자 정치인이었다. 그의 일은 산 자를 돕는 것이지, 죽은 자를 수습하는 것이 아니었다. 그리고 그는 이들이 모르는 어떤 것을 알고 있었다. 이들에게 필 부시가 아직 마을에 있으며 라디오 방송국에서 은둔자처럼 생활한다고 털어놓을 수는 없었다. 그러나 필에게 별거 중인 아내가 죽었다는 소식을 전할 수는 있었다. 할 수 있었고, 해야만 했다. 물론 요즘 들어 제정신이 아닌 필이 어떻게 반응할지는 짐작이 갔다. 어쩌면 미쳐서 덤벼들지도 몰랐다. 하지만 그게 뭐 그리 끔찍한 일인가? 앤디에게는 확신이 있었다. 자살한 사람은 지옥에 떨어져서 영원토록 불타는 석탄을 집어먹어야 할 테지만, 살해당한 희생자는 천국에 가서 주님의 식탁 앞에 앉아 영원토록 로스트비프와 복숭아 파이를 먹으리라는 확신이었다.

사랑하는 가족과 함께.

15

낮잠을 달게 잤는데도 불구하고, 줄리아에게 이날은 평생 가장 피곤한 하루였다. 적어도 기분은 그러했다. 게다가 로즈의 제안을 거절한 이상 갈 곳도 없었다. 물론 차에서 자는 방법이 있기는 했다.

줄리아는 차로 돌아가서 호러스가 뒷좌석에 올라갈 수 있도록 목줄을 풀어 준 다음, 운전석에 앉아 생각을 정리하려고 애썼다. 로즈는 좋은 사람이었지만 그 집에 갔다가는 길고 비참했던 하루를 통째로 복기해야 할지도 몰랐다. 또한 로즈가 데일 바버라 일을 어떻게 해야 하느냐고 물을지도 몰랐다. 로즈는 줄리아에게서 답을 구하려 할 테지만 줄리아에게는 아무 생각도 없었다.

한편 호러스는 귀를 쫑긋 세우고 눈을 반짝이며 이제 어쩔할 생각이냐고 묻듯이 주인을 바라보았다. 줄리아는 그런 호러스를 보고 있다가 개를 잃어버린 여인을 떠올렸다. 파이퍼 리비 목사. 파이퍼 목사라면 꼬치꼬치 캐묻지 않고도 잘 곳을 내줄 듯싶었다. 그리고 하룻밤 푹 자고 나면 머리가 다시 돌아갈지도 몰랐다. 어쩌면 계획도 조금은 짤 수 있을지도.

줄리아는 프리우스에 시동을 걸고 제일 회중 교회로 향했다. 그러나 목사관은 문에 쪽지가 붙은 채 불이 꺼져 있었다. 줄리아는 그 쪽지를 떼어 차로 가져와서 실내등 불빛에 비추어 보았다.

'병원에 가요. 거기서 누가 총을 쐈대요.'

또다시 울음 비슷한 소리가 새어 나오려고 했지만, 호러스가 화음을 맞추려는 듯 낑낑거리기 시작하자 줄리아는 입을 꾹 다물었다. 그러고는 프리우스를 후진시키다가 잠시 세워 두고 쪽지를 원래 자리로 되돌려 놓았다. 혹시라도 세상의 무게 때문에 힘겨워 하는 신도가 체스터스밀에 한 명 남은 영적 지도자를 찾아올까 싶어서였다.

자, 그럼 이제 어디로 간다? 결국 로즈네 집으로? 하지만 로즈는 이미 잠자리에 들었는지도 몰랐다. 병원으로? 기사거리를 건질 수만 있다면 충격과 우울을 딛고 억지로라도 갔을 테지만, 기사를 실을 신문이 사라진 마당에 이 이상 끔찍한 일을 마주할 이유는 없었다.

교회 진입로를 빠져나와 아무 생각도 없이 차를 몰다 보니 프레스틸 가가 나왔다. 3분 후, 줄리아는 안드레아 그리넬의 차고 앞 진입로에 프리우스를 세웠다. 그러나 이 집도 캄캄하기는 매한가지였다. 현관문을 살짝 두드려보아도 대답이 없었다. 안드레아가 약을 끊은 이후 처음으로 2층 침실에서 단잠에 빠져 있는 줄 까맣게 몰랐기에, 줄리아는 집 주인이 동생 트위첼의 집에 갔거나 아니면 친구네 집에서 밤을 보내는 중일 거라고 생각했다.

한편 호러스는 현관 앞 깔개에 앉아 주인을 올려다보며 늘 그러했듯이 앞장서 주기를 기다렸다. 그러나 줄리아는 그 이상 앞장설 힘도, 또 그 이상 멀리 갈 힘도 없었다. 다른 곳을 찾아 나섰다가는 운전대를 도로 바깥으로 꺾어 개와 함께 자살하고 말 것만 같았다.

줄리아의 머릿속을 줄곧 차지한 것은 자신의 삶을 송두리째 담고 불타던 건물이 아니었다. 마을이 버림받았냐고 물었을 때 시선을 피하던 콕스 대령의 표정이었다.

'아닙니다.' 콕스는 그렇게 대답했다. '절대 아닙니다.' 그러나 대답하는 동안 좀처럼 줄리아를 마주보지 못했다.

집 앞 베란다에 그네 의자가 놓여 있었다. 여의치 않으면 그곳에서 웅크리고 잘 수도 있었다. 하지만 어쩌면…….

문손잡이를 돌려 보니 현관이 열려 있었다. 줄리아는 망설였지만, 호러스는 그러지 않았다. 어디를 가든 환영받으리라고 자부하는 호러스는 열린 문틈으로 냉큼 들어갔다. 줄리아는 목줄에 끌리다시피 따라가며 생각했다. '이제 개가 내 대신 결정을 내려 주는구나. 어쩌다 이 꼴이 됐담.'

"안드레아?"

줄리아는 가만히 불러 보았다.

"안드레아, 집에 있어요? 저 줄리아예요."

위층 침대에 벌렁 드러누워 마치 나흘 동안 한숨도 안 자고 차를 달린 트럭 운전사처럼 코를 골던 안드레아는 몸의 한 부분으로만 반응했다. 금단 증상을 다 떨치지 못하고 시시때때로 움찔거리는 왼쪽 발이었다.

거실은 어둡기는 해도 아예 캄캄하지는 않았다. 안드레아가 주방에 밝혀 둔 배터리식 전등 덕분이었다. 그리고 악취도 풍겼다. 창문이 열려 있었지만 바람이 안 분 탓에 토사물 냄새가 다 빠지지 못했기 때문이었다. 안드레아가 아프다는 얘기를 들은 적이 있었던가? 독감에라도 걸린 걸까?

'독감일 수도 있지. 하지만 약을 끊으려다 금단 증상에 시달리는 걸 수도 있어.'

어느 쪽이든 아프기는 마찬가지였고, 아픈 사람은 대개 혼자 있기 싫어하는 법이었다. 즉, 이 집이 비어 있다는 뜻이었다. 그리고 줄리아는 너무나 피곤했다. 거실 저편의 길고 편안해 보이는 소파가 줄리아를 부르고 있었다. 아침에 안드레아가 돌아와서 거기 있는 자신을 봐도 이해해 줄 것만 같았다.

"차를 한 잔 끓여 줄지도 몰라. 그럼 우린 마주보면서 멋쩍게 웃을 테지."

그러나 당장은, 무엇을 보고 다시 웃을 수 있으리라는 생각은 가당치도 않아 보였다.

"호러스, 가자."

줄리아는 호러스의 목줄을 풀어주고 거실 건너편으로 터덜터덜 걸어갔다. 호러스는 주인이 소파에 누워 쿠션을 머리에 받칠 때까지 가만히 지켜보았다. 그러다가 바닥에 쭈그리고 앉아 앞발에 주둥이를 괴었다.

"얌전히 있어야 해."

줄리아는 눈을 감았다. 그러자 시선을 돌리던 콕스의 눈이 떠올랐다. 콕스가 눈을 돌린 까닭은 마을이 돔 아래에서 한참을 버텨야 하기 때문이었다.

그러나 몸은 머리가 깨닫지 못하는 자비를 아는 법이었다. 이날 아침 브렌다 퍼킨스가 안드레아에게 건네려고 했던 서류 봉투에서 고작 1미터 떨어진 곳에 머리를 뉘고, 줄리아는 잠들었다. 어느 새 소파 위로 뛰어오른 호러스가 주인의 무릎 사이에 몸을 틀었다. 그리고 10월 25일 아침, 그 모습 그대로 잠든 둘을 발견한 안드레아 그리넬은 몇 년 만에 처음으로 멀쩡한 정신을 회복한 상태였다.

16

러스티의 집 거실에 네 사람이 모여 있었다. 린다와 재키, 스테이시 모긴, 러스티 본인이었다. 러스티는 사람들에게 아이스티를 돌린 다음 자신이 보위 장의사 지하에서 발견한 것을 간단히 이야기했다. 맨 처음 질문한 사람은 스테이시였고 질문의 내용은 매우 실용적이었다.

"문은 잠그고 왔겠죠?"

"응." 린다가 대답했다.

"그럼 열쇠 주세요. 서에 갖다 놔야 해요."

'우리 편과 저쪽 편이라.' 러스티는 다시금 생각했다. '그 얘기가 또 나오겠군. 벌써 편은 갈라졌는데 말이지. 우리 편의 비밀. 저쪽 편의 권력. 우리 편의 대책. 저쪽 편의 정책.'

린다는 스테이시에게 열쇠를 건네고 나서 재키에게 아이들이 얌전히 있었냐고 물었다.

"발작 얘기를 하는 거라면 걱정 안 해도 돼. 자기가 집을 비운 동안 양처럼 얌전히 잠만 잤어."

"저기요, 우리 이제 어떡해요?"

스테이시가 물었다. 체구는 아담했지만 표정은 결연했다.

"만약 빅 짐을 체포할 작정이라면 랜돌프를 설득해야 해요. 우리 셋은 경찰 자격으로, 러스티 씨는 임시 법의학자 자격으로요."

"안 돼!"

재키와 린다가 동시에 외쳤다. 재키의 목소리에는 단호함이, 린다의 목소리에는 두려움이 배어 있었다.

재키가 먼저 말했다.

"우린 추정만 할 뿐이지 물증은 하나도 없어. 피터 랜돌프는 빅 짐이 브렌다의 목을 꺾는 장면을 몰래 찍은 사진을 들고 가도 안 믿으려고 할걸? 그 둘은 이제 죽으나 사나 한패야. 게다가 경관들도 태반은 그쪽 편에 설 테고."

"신참들은 특히 그렇죠."

스테이시는 곱슬곱슬한 금발을 잡아당기며 중얼거렸다.

"다들 좀 덜떨어진 애들인데 충성심 하나는 끝내 주거든요. 총 차고 다니는 것도 좋아하고요. 게다가⋯⋯." 스테이시는 비밀 얘기라도 하듯이 몸을 앞으로 숙였다. "오늘밤에 여섯 명인가 여덟 명인가가 새로 늘었어요. 고등학생밖에 안 된 애들이에요. 멍청한 주제에 덩치는 산만 하고, 의욕까지 넘쳐요. 무서워 죽는 줄 알았다니까요. 그뿐인 줄 아세요? 티보도하고 셜스하고 주니어 레니가 신참들한테 인원이 더 필요하니까 추천해 보라는 거예요. 이삼 일 있으면 이제 경찰이 아니라 소년병들로 만든 군대가 될걸요."

"우리 말을 믿어 줄 사람은 아무도 없을까요? 한 명도?"

러스티가 물었다. 딱히 궁금해서는 아니었다. 그저 명확히 해두고 싶을 뿐이었다.

재키가 입을 열었다.

"헨리 모리슨은 믿어 줄지도 몰라요. 그 사람은 일이 돌아가는 꼴을 영 맘에 안 들어 하거든요. 하지만 다른 사람들은? 그냥 따라가기만 할걸요. 겁먹은 탓도 있겠지만, 권력을 누리는 게 마음에 들기 때문이기도 해요. 토비 웨일런이나 조지 프레더릭 같은 인간들은 그런 걸 가져 본 적이 없으니까요. 프레드 덴턴 같은 놈들은 그냥 못돼 처먹은 거고."

"그러니까 어떻게 해야 한다는 거야?" 린다가 물었다.

"그러니까 당분간은 우리만 알고 있자는 뜻이지. 만약 네 사람을 죽인 게 사실이라면 레니는 굉장히, 굉장히 위험한 인물이야."

"기다린다고 해서 덜 위험해지지는 않아요, 더하면 더했지." 러스티가 반대하고 나섰다.

"러스티, 주디하고 자넬 생각도 해야지." 린다는 손톱을 물어뜯는 중이었다. 러스티가 몇 년 만에 본 모습이었다. "애들까지 위험을 감수하게 할 순 없어. 난 그런 건 생각도 하고 싶지 않아, 당신이 생각하게 내버려두지도 않을 거고."

"저도 아들이 있어요." 스테이시가 끼어들었다. "이름은 캘빈이에요. 이제 겨우 다섯 살이죠. 전 아까 장의사에서 망만 봤는데도 용기를 있는 대로 쥐어짜야 했어요. 랜돌프 그 멍청이한테 이 일을 털어놓자니, 생각만 해도 정말……."

굳이 말을 끝맺을 필요는 없었다. 하얗게 질린 안색만 봐도 알수 있었다.

"자기한테 하라고 할 사람은 아무도 없어." 재키가 말했다.

"내가 지금 증명할 수 있는 건 코긴스를 때리는 데 그 야구공이 사용됐다는 것뿐이에요. 그거야 아무나 손에 넣을 수 있는 물건이죠. 젠장, 혹시 빅 짐의 아들이 그랬을지도 모르고."

"그게 사실이라고 해도 놀랄 일은 아닌 것 같아요." 스테이시가 말했다. "주니어는 요즘 좀 이상했거든요. 보든 대학교에서 폭행 건으로 제적당한 다음부터요. 그 애 아버지도 아는지는 모르겠는데, 폭행 사건이 일어난 체육관에 경찰이 출동했대요. 경찰 통신에서 그 보고서를 봤어요. 그리고 죽은 여자애들이…… 혹시 성폭행을 당했다면……."

"맞아요. 아주 처참하더군요. 차마 말도 못할 정도로."

러스티의 말에 재키가 이의를 제기했다.

"하지만 브렌다한텐 성폭행 흔적이 없었잖아요. 내 생각에 코긴스하고 브렌다 건은 여자애들 건하고 따로 봐야 할 것 같은데요."

"혹시 여자애들은 주니어가 죽이고 브렌다하고 코긴스는 주니어 아버지가 죽였는지도 모르죠."

러스티는 이렇게 말하고 나서 누가 웃어 주기를 기다렸다. 아무도 웃지 않았다.

"만약 진짜로 그랬다면, 동기가 뭘까요?"

경관들은 다들 짐작도 안 간다는 듯이 고개를 저었다.

"틀림없이 동기가 있었을 텐데, 성욕 때문은 아닌 것 같아요." 러스티가 말했다.

"빅 짐이 무슨 비밀을 숨기려고 그랬다는 말이군요."

"맞아요, 재키. 그런데 그 비밀을 알 만한 사람이 떠올랐어요. 지금은 경찰서 지하 유치장에 있는 사람이죠."

"바버라요? 바버라가 그걸 어떻게 알겠어요?"

"브렌다하고 얘기를 나눴으니까요. 돔이 생긴 다음날, 바버라하고 브렌다는 서장님 댁 뒤뜰에서 허심탄회하게 얘기를 나눴어요."

"세상에, 그런 건 다 어떻게 아셨어요?" 스테이시가 물었다.

"서장님 댁 옆집이 버펄리노 씨 댁이거든요. 지나 버펄리노의 방에서 보면 그 집 뒤뜰이 다 보여요. 지나한테서 두 사람을 봤다는 얘기를 들었어요."

러스티는 자신을 쳐다보는 아내의 시선을 눈치채고 별 수 있냐는 듯이 어깨를 으쓱했다.

"어쩌겠어? 조그만 마을인데. 다들 같은 팀을 응원하잖아."

"지나한테 입단속 잘하란 말은 했겠지?"

"아니. 그땐 빅 짐이 브렌다를 죽였다고 의심할 이유가 없었잖아. 기념패에 붙은 야구공으로 레스터 코긴스를 때려죽인 것도 몰랐고. 애초에 두 사람이 죽은 줄도 까맣게 몰랐는데."

"우린 바비가 뭘 아는지도 아직 모르잖아요. 끝내주게 맛있는 버섯 치즈 오믈렛 조리법은 알겠지만." 스테이시가 말했다.

"누가 가서 물어보는 수밖에 없어. 내가 갈게."

"재키, 그 사람이 뭘 안다고 해서 도움이 될 것 같아? 지금 체스터스밀은 거의 독재 국가야. 난 그걸 이제 겨우 깨달았어. 느려 터진 거지."

"그건 린다 자기가 느려 터진 게 아니라 믿음직한 사람이라는 뜻이야. 믿음직하단 말은 보통은 좋은 뜻이잖아. 바버라 대령에 관해선, 일단 물어보기 전에는 도움이 될지 어떨지 알 방법이 없어." 재키는 잠시 뜸을 들이다가 말을 이었다. "사실 진짜 중요한 건 그게 아니야. 그 사람은 결백해. 중요한 건 그거야."

"그놈들이 바비를 죽이면요? 탈출하려다가 총에 맞아 죽었다고 둘러댈지도 몰라요." 러스티가 무뚝뚝한 목소리로 물었다.

"그런 짓은 절대 안 할 거예요. 빅 짐이 원하는 건 공개 재판이니까요. 서에서도 그런 말이 돌고 있어요."

재키의 말에 스테이시도 동의한다는 듯 고개를 끄덕였다.

"사람들이 바버라를 거대한 음모의 원흉으로 믿게 하려는 거죠. 처형은 그다음에 해도 되니까요. 하지만 아무리 서두른다고 해도 며칠은 걸릴 거예요. 운이 좋으면 몇 주가 걸릴지도 모르죠."

"그런 행운은 바라기 힘들 거야. 레니가 서두른다면."

"자기 말이 맞아, 린다. 하지만 빅 짐은 목요일 저녁에 열릴 임시 마을 회의부터 통과해야 해. 또 바버라도 심문해야 할 테고. 바버라가 브렌다하고 같이 있었던 걸 러스티 선생이 알 정도면, 틀림없이 빅 짐도 알고 있을 거야."

"당연히 알겠죠. 바버라 씨가 빅 짐한테 대통령 서한을 보여줬을 때 브렌다 씨도 같이 갔으니까요." 스테이시가 조급하게 끼어들었다.

넷은 잠시 아무 말도 없이 그 말에 대해 생각해 보았다.

"만약 레니가 뭔가 감추고 있다면, 그걸 없앨 시간이 필요할 거야."

린다의 말에 재키가 웃음을 터뜨렸다. 팽팽한 긴장이 감도는 거실에 울려 퍼진 웃음소리는 거의 소름이 끼칠 정도였다.

"그거 하난 다행이네. 뭔진 몰라도 트럭에 싣고 마을 바깥으로 나갈 수는 없으니까."

"프로판가스하고 상관이 있을까?" 린다가 러스티에게 물었다.

"어쩌면. 재키, 당신 군대 경험이 있다고 했죠?"

"육군에 있었어요. 복무 기간을 한 번 연장했고요. 주특기는 헌병이었죠. 전투 경험은 없지만, 두 번째 근무지였던 뷔르츠부르크에서 부상병은 많이 봤어요. 독일에 있는 곳인데 그땐 제1보병사단 소속이었어요. 그 왜, 부대 마크가 빨간색 1자라서 '빅 레드 원'이라고 불리는 부대 있잖아요. 임무라고 해 봐야 주로 술집에서 싸움을 말리거나 병원에서 경비를 서는 거였지만요. 난 바버라 같은 사람들을 몇 명 알아요. 또 그런 사람이라면 유치장에서 빼내서 우리 편으로 삼고 싶은 마음이 굴뚝같고요. 대통령이 그 사람을 지휘관으로 임명한 것도 일리가 있어요. 물론 성공하진 못했지만……."

재키는 잠시 입을 다물었다가 말을 이었다.

"잘하면 빼낼 수 있을지도 몰라요. 한번 생각해 볼 만해요."

이미 아이 엄마가 된 두 경관은 아무 말도 하지 않았다. 린다는 다시 손톱을 깨물 뿐이었고, 스테이시는 자기 머리카락을 괴롭혔다.

"자기들 마음 알아."

재키의 말에 린다가 고개를 저었다.

"아니. 2층 방에서 엄마가 아침밥을 차려 줄 거라고 믿으면서 자고 있는 애들을 둔 처지가 아니라면, 이해 못해."

"자기 말이 맞을지도 몰라. 하지만 생각해 봐, 만약 우리가 바깥세상으로부터 완전히 차단됐다면? 그건 사실이지. 또 마을을 장악한 인간이 미친 살인자라면? 그건 가능성이 있는 얘기야. 이런 판국에 우리가 그냥 손 놓고 가만히 있으면 상황이 나아질 수 있겠어?"

"만약 바비를 빼내는 데 성공한다면, 그다음엔 뭘 어쩔 작정인 가요? 증인 보호 프로그램에 넣을 수도 없는데."

"나도 몰라요." 재키는 러스티의 물음에 답하고 나서 한숨을 내쉬었다. "내가 아는 건 대통령이 바버라를 사령관으로 임명했는데, 빅 짐 레니 그 망할 놈이 그 사람한테 살인 누명을 씌우는 바람에 일이 엉망이 됐다는 것뿐이에요."

"당장 뭘 어떻게 할 수는 없어요. 바비하고 이야기하는 것도 불가능하니까요. 게다가…… 실은 지금 뭔가 다른 일이 벌어지는 중인데, 어쩌면 그 일이 상황을 완전히 바꿔놓을 수도 있어요."

러스티는 세 사람에게 가이거 계수기 이야기를 들려주었다. 그 기계가 어떻게 자기 손에 들어오게 되었는지, 기계를 누구에게 넘겼는지, 또 조 매클러치가 그 기계로 찾았다고 주장하는 것은 무엇인지.

"전 잘 모르겠는데요." 스테이시의 목소리에 의심하는 빛이 묻어났다. "너무 그럴듯해서 현실성이 없는 것 같아요. 그 매클러치 씨 댁 아들은…… 몇 살이죠? 열네 살인가요?"

"열셋일걸요. 하지만 굉장히 똑똑한 아이예요. 검은능선길에서 방사능 발생 지점을 찾았다고 해도 그 애 말이라면 난 믿을 수 있어요. 만약 그 애들이 찾은 게 돔 발생 장치라면, 또 우리가 그걸 끌 수만 있다면……."

"그럼 이 모든 게 다 끝나는 거잖아!"

린다가 외쳤다. 두 눈이 반짝거렸다.

"그럼 빅 짐 레니도 쓰러질 거야. 꼭…… 꼭 바람 빠진 애드벌

룬처럼!"

"그거 참 볼만하겠네." 재키 웨팅턴이 중얼거렸다. "텔레비전으로 보면 진짜 같겠는데."

17

"필? 어이, 필."

앤디가 소리쳤다. 상대방이 듣게 하려면 고함을 질러야 했다. 보니 난델라와 구원자 밴드가 부르는 「내 영혼이 증인이니」가 최고 볼륨으로 흘러나왔기 때문이었다. 스피커에서 울려 퍼지는 '우우우', '예이예' 소리에 정신이 나갈 것만 같았다. WCIK 방송국 내부의 휘황찬란한 조명도 정신이 나갈 것 같기는 마찬가지였다. 그 환한 형광등 아래에 서고 나서야 앤디는 체스터스밀의 다른 집들이 얼마나 어두운지를 깨달았다. 그리고 자신이 그 어둠에 얼마나 잘 적응했는지도.

"어이, 주방장?"

대답이 없었다. 앤디는 텔레비전(소리를 꺼놓은 채 틀어놓은 CNN 화면)을 힐긋 쳐다본 다음, 스튜디오 벽에 나 있는 기다란 유리창으로 눈을 돌렸다. 스튜디오 안에도 불이 켜져 있었고 방송장비도 모두 돌아가는 중이었다(방송국의 모든 기능이 컴퓨터로 제어된다는 얘기는 레스터 코긴스한테서 들었는데도, 그 광경을 보니 왠지 으스스했다.). 그러나 필 부시는 어디에도 보이지 않았다.

시큼하게 찌든 땀 냄새가 확 끼쳐 왔다. 앤디가 뒤로 돌아서 보니 필이 바로 앞에 서 있었다. 마치 바닥에서 불쑥 솟아오른 듯했다. 한 손에는 차고 문을 열 때 쓰는 리모컨 비슷한 것을 들고 있었다. 다른 손에 쥔 것은 권총이었다. 총부리가 앤디의 가슴을 겨누었다. 방아쇠에 걸린 손가락에는 관절이 하얘질 만큼 힘이 들어가 있었고, 총구는 살짝 흔들렸다.

"안녕, 필. 아니, 주방장."

"여기서 뭐 하고 있었어?"

주방장 부시가 물었다. 시큼한 땀 냄새가 진동을 했다. 청바지와 WCIK 티셔츠는 꼬질꼬질했다. 맨발은 때가 끼어서 시커멨다 (소리 없이 등장한 것도 맨발 덕분인 듯싶었다.). 머리를 감은 지는 한 1년쯤 되어 보였다. 어쩌면 더 되었을지도. 그중에서도 최악은 벌게진 채로 불안해하는 두 눈이었다.

"빨리 말하는 게 좋아, 늙다리. 꾸물거리면 다시는 입을 못 여는 신세가 될 수도 있어."

분홍색 물을 내려놓고 사신을 간발의 차로 피한 지 얼마 되지 않은 앤디는 주방장의 위협을 담담히 받아들였다. 환호까지는 하지 않았다.

"망설이지 말고 원하는 대로 해, 필. 아니, 주방장."

주방장은 놀라서 눈썹이 쑥 올라갔다. 눈빛은 여전히 흐릿했지만 놀란 것만은 분명했다.

"진짜?"

"당연하지."

"여긴 뭐 하러 왔어?"

"나쁜 소식을 전하러 왔어. 정말 유감이야."

주방장은 그 말을 곰곰이 생각하다가 싱긋 웃었다. 벌어진 입술 새로 몇 개 안 남은 이빨이 드러났다.

"이제 나쁜 소식 같은 건 없어. 예수님께서 다시 오실 거거든. 나쁜 소식을 모조리 집어삼킬 좋은 소식이지. 그보다 더 좋은 소식은 없으니까. 안 그래?"

"아무렴, 할렐루야지. 그런데 불행하게도…… 아니, 다행이겠군. 다행이라고 해야겠어. 자네 안사람은 벌써 주님 곁에 가 있다네."

"뭐가 어째?"

앤디는 손을 뻗어 총구를 바닥 쪽으로 내렸다. 주방장은 그 손에 저항하지 않았다.

"주방장, 사만다가 죽었어. 오늘 저녁에 자살했어. 정말로 유감이야."

"사만다가? 죽어?"

주방장은 쥐고 있던 권총을 옆 책상의 서류함 가운데 **기결** 칸에 내려놓았다. 리모컨도 아래로 내리기는 했지만 아예 놓지는 않았다. 지난 이틀 동안 그 리모컨은 주방장의 손을 떠난 적이 없었다. 시도 때도 없이 잠에 빠져드는 와중에도 그러했다.

"정말 유감이야, 필. 아니, 주방장."

앤디는 사만다의 죽음과 관련된 정황을 아는 대로 얘기했고, 아기가 무사하다는 희소식도 빼놓지 않았다(이처럼 앤디는 절망의 한복판에서도 낙관적인 사람이었다.).

주방장은 리틀 월터의 안부 따위 관심도 없다는 듯이 리모컨 쥔 손을 휘저었다.

"사만다가 짭새를 둘이나 죽였다고?"

그 말에 앤디의 표정이 굳어졌다.

"필, 그 둘은 경찰관이었어. 훌륭한 사람들이었다고. 사만다는 틀림없이 정신이 혼란스러웠을 거야, 그건 나도 이해해. 하지만 그래도 그건 아주 나쁜 짓이었어. 그러니 당장 짭새란 말 취소해."

"뭐가 어째?"

"우리 경찰관들을 짭새로 부르는 건 내가 용납 못해."

주방장은 앤디의 말을 곰곰이 생각해 보았다.

"아, 그래. 그러시겠지. 취소할게."

"고마워."

덩치가 그리 장대한 편은 아닌 주방장이 몸을 숙이더니(앤디는 꼭 해골한테 절을 받는 기분이 들었다.) 앤디의 얼굴을 가만히 올려다보았다.

"형제님 용기가 아주 대단하시네. 응?"

"아니. 그냥 목숨에 미련이 없는 것뿐이야."

앤디는 솔직히 대답했다. 주방장은 앤디에게 무언가 고민이 있음을 눈치챈 듯했다. 주방장이 앤디의 어깨를 붙잡았다.

"형제님, 괜찮아?"

앤디는 액자 아래의 사무용 의자에 털썩 주저앉아 울음을 터뜨렸다. 벽에 걸린 액자에는 이런 문구가 적혀 있었다. **예수님은 모든 채널을 보시고 모든 주파수를 들으시나니.** 앤디는 이 기묘한 문구 바로 아래에 머리를 기댄 채로, 꼭 잼을 훔치다 걸려서 벌을 받는 아이처럼 꺼이꺼이 울었다. 바로 '형제님'이라는 한마디 때문이었다. 생각지도 못했던 '형제님'이라는 말 때문이었다.

주방장은 방송국 책임자의 책상에서 끌어 온 의자에 앉아 앤디를 찬찬히 뜯어보았다. 표정이 마치 진기한 야생 동물을 관찰하는 박물학자 같았다.

"샌더스! 당신 혹시 나한테 죽고 싶어서 온 건가?"

"아니." 앤디는 흐느낌 사이로 중얼거렸다. "어쩌면 그럴지도. 잘 모르겠어. 하지만 내 인생은 이제 완전히 틀어졌어. 내 아내하고 딸이 다 죽었어. 하나님께서 날 벌하시는 것 같아, 이 쓰레기를 판 죄로⋯⋯."

주방장은 고개를 주억거렸다.

"그럴지도 모르지."

"⋯⋯난 답을 찾는 중이야. 아니면 끝이든. 그것도 아니면 뭐든 간에. 물론 자네 안사람이 죽었다는 말은 전할 생각이었어. 옳은 일을 하는 건 중요하니까⋯⋯."

주방장은 앤디의 어깨를 다독여 주었다.

"잘했어, 형제님. 고마워. 사만다는 음식 솜씨도 별로고 청소 실력은 똥밭에 뒹구는 돼지 수준이었지만, 그래도 약에 취했을 땐 아주 신들린 떡을 선사해 줬어. 죽은 경찰들하고는 무슨 일이 있었던 거야?"

슬픔에 짓눌린 와중에도 앤디는 강간 이야기를 꺼내지 말아야겠다는 생각이 떠올랐다.

"아마 돔 때문에 신경이 불안정했나 봐. 필⋯⋯ 아니, 주방장, 자네 돔이 뭔지는 알아?"

주방장은 다시 손을 내저었다. 안다는 뜻이 역력한 손짓이었다.

"필로폰 얘기는 당신 말이 맞아. 그딴 걸 파는 짓은 옳지 않아.

무례한 짓이지. 하지만 그걸 만드는 일은…… 그건 하나님의 뜻이야."

앤디는 두 손을 축 늘어뜨린 채 퉁퉁 부은 눈으로 주방장을 올려다보았다.

"그렇게 생각해? 난, 그게 옳은 일이라는 확신이 안 서."

"한 번이라도 피워 본 적은 있어?"

"없어!"

앤디가 악을 썼다. 코커스패니얼하고 성관계를 해 본 적이 있냐는 질문을 받은 사람 같았다.

"당신 의사가 약을 처방해 주면 받아먹지?"

"그야…… 물론, 먹지. 하지만……."

"필로폰은 약이야."

주방장은 진지한 표정으로 앤디를 내려다보며 자기 말을 강조하려는 듯이 손가락으로 가슴을 쿡 찔렀다. 손톱에 피가 날 정도로 물어뜯은 자국이 나 있었다.

"따라해 봐, 필로폰은 약이다."

"필로폰은 약이다."

앤디는 충분히 동감한다는 듯이 따라했다.

"바로 그거야."

주방장이 자리에서 일어섰다.

"우울증에 아주 특효약이지. 레이 브래드버리가 쓴 단편소설도 있어, 「멜랑콜리의 묘약」이라고. 당신 레이 브래드버리 책 읽어 봤어?"

"아니."

"브래드버리는 천재야. 다 알고 있었던 거지. 그 사람은 진짜 끝내주는 책을 썼어, 할렐루야. 자, 따라와. 내가 당신 인생을 바꿔줄게."

18

체스터스밀 마을 의회의 의장은 파리 떼에 달려드는 개구리처럼 필로폰에 달려들었다.

줄줄이 놓인 진기 솥 뒤에 너덜너덜한 소파가 놓여 있었다. 이 소파에 나란히 앉은 앤디와 주방장 부시는 오토바이를 탄 예수 그리스도의 그림이 든 액자(그림 제목은 「당신의 보이지 않는 길동무」였다.) 아래서 필로폰 흡입 파이프를 주거니 받거니 했다. 필로폰이 타는 동안에는 요강에서 사흘 묵은 오줌 비슷한 냄새가 풍겼지만, 일단 멈칫거리며 한 모금 피워 본 앤디는 주방장의 말이 옳다고 생각했다. 약을 파는 짓은 사탄의 농간일지 몰라도 약 자체는 하나님의 선물이었다. 세상이 펄쩍 뛰어오르더니 미세하게 떨리며 일찍이 본 적 없는 아름다운 풍경으로 바뀌어 갔다. 심장은 벌렁거렸고 목의 핏줄은 강철 케이블처럼 팽팽하게 불뚝거렸으며, 잇몸은 얼얼했고, 불알은 사춘기 시절 가장 달콤한 꿈을 꿀 때처럼 축 늘어졌다. 그 모든 것보다도, 어깨를 짓누르고 머릿속을 헤집던 우울함이 사라져서 황홀했다. 앤디는 수레에 산을 싣고 옮길 수도 있을 것 같은 기분이 들었다.

"에덴동산에 나무가 한 그루 있었어."

주방장이 파이프를 건네며 말했다. 파이프 양 끝에서 초록색 연기가 피어올랐다.

"선과 악을 알게 해 주는 나무였지. 당신도 알지?"

"그럼. 성서에 나와 있잖아."

"누가 아니래. 그런데 그 나무엔 사과가 열렸어."

"그래, 맞아."

앤디는 홀짝이듯이 살짝 연기를 머금었다. 더 들이마시고 싶었지만, 아예 몽땅 빨아들이고 싶었지만, 폐 속 깊이 들이마셨다가는 머리가 로켓처럼 솟아올라 공장 안을 날아다닐 것만 같았다. 잘린 목에서 불꽃을 내뿜으면서.

"그 사과의 과육은 진실, 껍질은 필로폰이었어."

앤디는 주방장을 바라보았다.

"놀라운 사실인데."

주방장은 고개를 주억거렸다.

"그래, 샌더스. 바로 그거야."

주방장은 파이프를 다시 가져갔다.

"어때, 좋아?"

"경이로워."

"예수님은 핼러윈에 재림하실 거야. 확실하진 않아, 어쩌면 며칠 일찍 오실지도. 어쨌든 이미 핼러윈 시즌이니까. 망할 마녀들이 설치는 시즌이지."

주방장은 앤디에게 파이프를 건넨 다음 들고 있던 리모컨으로 한쪽을 가리켰다.

"저거 보여? 선반 끝에 있는 거. 창고 문 위에."

앤디는 그쪽으로 눈을 돌렸다.

"뭐 말이야? 저 하얀 덩어리? 꼭 찰흙덩이 같은데."

"찰흙이 아니야, 샌더스. 저건 예수님의 성체야."

"거기 꽂힌 전선은 다 뭐야?"

"예수님의 보혈이 흐르는 관이지."

앤디는 가만히 생각해 보았다. 꽤 멋진 말이었다.

"좋은데."

앤디는 좀 더 생각해 보았다.

"사랑해, 필. 아니, 주방장. 여기 오길 정말 잘한 것 같아."

"동감이야. 이봐, 드라이브 가고 싶지 않아? 여기 어디 차가 있을 거야. 근데 내가 좀 어지러워서."

"좋지. 어디 가고 싶은 데 있어?"

앤디는 소파에서 일어섰다. 눈앞의 세상이 잠시 헤엄을 치다가 이내 멈추었다.

주방장은 앤디에게 목적지를 알려 주었다.

19

지니 톰린슨은 접수대에 펴 놓은 《피플》 잡지에 머리를 기댄 채 잠들어 있었다. 잡지 표지를 장식한 브래드 피트와 앤젤리나 졸리는 음란한 분위기를 풍기는 어느 조그만 섬의 해변에서 파도를 맞으며 노닥거리는 중이었다. 웨이터가 칵테일에 조그만 종이 양산을 꽂아 가져다주는 그런 섬이었다. 수요일 새벽 2시 15분경, 무슨 소리에 놀라 잠을 깬 지니의 눈앞에, 유령이 서 있었다. 호리호리한 체격에 눈은 퀭하고 머리는 사방으로 뻗친 사내였다. WCIK 방송국 티셔츠 아래에 받쳐 입은 청바지가 야윈 엉덩이에 살짝 걸쳐져 있었다. 처음에는 송장이 걸어 다니는 악몽을 꾸는 중인가 싶었지만, 이내 지독한 악취가 풍겨 왔다. 지니는 그토록 역겨운 냄새가 나는 꿈을 꾼 적이 없었다.

"나 필 부시요." 유령이 중얼거렸다. "아내 시신을 거두러 왔소. 내가 묻어 줄 거요. 어디 있는지 가르쳐 주시오."

지니는 따지지 않았다. 이 유령이 사라져 주기만 한다면 병원에 있는 시체를 모조리 넘겨주고 싶었다. 지니는 주방장을 이끌고 지나 버펄리노 앞을 지나갔다. 지나는 이동 침대 곁에 서서 하얗게 질린 얼굴로 주방장을 지켜보았다. 그러다가 주방장이 자기 쪽으로 고개를 돌리자 흠칫 놀라서 물러섰다.

"꼬마야, 너 핼러윈에 뭐 입을지 정했냐?" 주방장이 물었다.

"예에……."

"뭐 입을 건데?"

"글런다요. 『오즈의 마법사』에 나오는 착한 마녀요." 지나는 가녀린 목소리로 대답했다. "근데 파티에는 어차피 못 갈 것 같아요. 모튼에서 열리거든요."

"난 예수님이 돼서 나타날 거다."

이렇게 중얼거리고 지니 뒤를 따라가는 주방장은 다 썩어가는 컨버스 하이탑 운동화를 신은 지저분한 유령 같았다. 주방장이 문득 뒤를 돌아보았다. 입가에 미소가 걸려 있었다. 두 눈은 공허했다.

"그런데 기분이 영 더럽구나."

20

10분 후. 주방장 부시는 침대보로 둘둘 싼 사만다의 시신을 두 팔에 안고 병원을 나섰다. 한쪽 발이 침대보에서 빠져나와 덜렁거렸다. 발톱에 칠한 분홍색 페디큐어가 너덜너덜했다. 지니는 주방장이 나갈 수 있도록 문을 잡아 주었다. 그러는 동안 유턴 지점에서 시동을 켠 채 기다리는 차의 운전석에 누가 앉아 있는지 굳이 확인하려 하지 않았고, 앤디는 그런 지니에게 살짝 감사하는 마음이 들었다. 그러다가 지니가 병원으로 들어가고 나서야 차에서 내려 뒷문을 열어 주었다. 주방장은 가죽을 씌워 놓은 해골 표본처럼 바짝 마른 사람치고는 시신을 거뜬히 날랐다. '혹시 필로폰이 기운도 솟게 해 주는 건가.' 앤디는 속으로 생각했다. 만약 그렇다면, 자신은 약발이 떨어지는 중인 듯싶었다. 우울증이 다시 스멀스멀 치솟았다. 피로감과 함께.

"좋아, 이제 출발하자. 우선 그것부터 내놔."

주방장은 앞서 앤디에게 리모컨을 잘 간수하라며 맡겨 두었다. 앤디가 맡아 두었던 리모컨을 내밀었다.

"장의사로 갈 거지?"

주방장은 별 미친놈 다 본다는 듯이 앤디를 쳐다보았다.

"라디오 방송국으로 돌아갈 거야. 예수님이 재림하실 때 맨 먼저 들르실 곳이니까."

"핼러윈 때 말이지."

"맞았어. 혹시 일찍 오실지도 몰라. 어쨌거나, 내가 이 주님의 딸을 묻는 데 손을 좀 빌려 주지 않겠어?"

"당연히 그래야지." 앤디는 냉큼 대답하고 나서 소심하게 덧붙였다. "먼저 약부터 좀 피우는 게 좋을 것 같은데."

주방장은 껄껄 웃으며 앤디의 어깨를 다독거렸다.

"마음에 들었군, 안 그래? 내 그럴 줄 알았지."

"우울증엔 특효약이잖아. 「멜랑콜리의 묘약」."

"바로 그거야, 형제님. 바로 그거야."

21

감방 침대에 누운 바비는 다가올 아침을, 그리고 이다음에 벌어질 일을 기다렸다. 이라크에서 근무하는 동안 바비는 이다음에 벌어질 일에 대해 걱정하지 않는 법을 혼자서 훈련했다. 그리고 아무리 통달해 봐야 불완전하게 마련인 그 기술을 웬만큼 터득하는 데에 성공했다. 공포와 더불어 사는 사람이 지켜야 할 규칙은 결국 단 두 가지뿐이었다(바비가 보기에 공포를 정복한다는 말은 뜬구름 잡는 소리에 지나지 않았다.). 침대에 누워 기다리는 동안 바비는 그 규칙을 속으로 되뇌었다.

'나는 내 힘으로 통제할 수 없는 것들을 받아들여야 한다.'

'나는 내게 닥친 불행을 내게 유리한 점으로 바꾸어야 한다.'

두 번째 규칙은 어떠한 자원이라도 아껴 쓰면서 그것으로 무엇을 할지 궁리해야 한다는 뜻이었다.

바비는 유일한 자원을 매트리스 아래에 숨겨 두었다. 스위스아미 칼이었다. 자그마한 크기에 칼날도 두 개뿐이었지만, 둘 중 작은 칼날로도 사람 목쯤은 너끈히 딸 수 있었다. 칼을 들여 올 수 있었던 것은 엄청난 행운이었고 이는 바비도 아는 바였다.

하워드 퍼킨스 서장이 어떤 식의 규정을 확립해 두었는지는 알 길이 없었지만, 그가 죽고 피터 랜돌프가 서장 자리에 오르면서 체스터스밀 경찰서의 용의자 수감 절차는 개판이 되고 말았다. 바비가 보기에 지난 나흘 동안 이 마을이 겪은 충격을 고려하면 어떤 경찰서라도 나사가 풀릴 만했다. 그러나 이곳은 나사가 풀린 정도가 아니었다. 결국 모든 문제의 시발점은 랜돌프의 우둔함과 나태함이었다. 그리고 어느 조직이든 말단 구성원들은 최고 책임자를 본받는 법이었다.

경관들은 바비의 지문을 채취하고 사진까지 찍었다. 그러나 피로와 혐오감으로 일그러진 표정을 한 헨리 모리슨이 계단을 내려와 바비의 감방 2미터 앞에 서기까지는 꼬박 다섯 시간이 걸렸다. 바비의 손이 닿기에 턱없이 먼 곳이었다.

"뭔가 잊은 게 있군, 안 그래?" 바비가 물었다.

"주머니에 있는 걸 다 꺼내서 복도로 내놔. 그다음엔 바지를 벗어서 창살에 걸쳐 둬."

"순순히 시키는 대로 하면 변기에 고인 물 말고 다른 걸 마시게 해 줄 건가?"

"뭔 소리야? 주니어가 물을 갖다 줬잖아. 내가 봤어."

"물에 소금을 부었던데."

"아무렴. 그랬겠지."

이렇게 대꾸하면서도 헨리는 약간 미심쩍은 표정을 지었다. 어쩌면 아직 사고력을 잃지 않은 인간이 남아 있는지도 몰랐다.

"시키는 대로 해, 바비. 아니, 바버라."

바비는 주머니에 든 것을 모두 꺼냈다. 지갑, 열쇠, 동전, 반으로 접은 지폐 몇 장, 행운의 부적 삼아 갖고 다니는 성 크리스토퍼 메달이 나왔다. 스위스아미 칼은 이미 한참 전에 매트리스 아래로 숨고 없었다.

"원한다면 내 목에 밧줄을 걸고 교수형을 시킬 때도 바비로 불러도 돼. 레니가 생각하는 게 그거지? 교수형 말이야. 아니면 총살인가?"

"입 다물고 바지나 벗어서 창살에 걸쳐 놔. 셔츠도."

헨리의 말투는 전형적인 촌구석 깡패였지만, 바비는 그가 전에 없이 흔들린다는 느낌을 받았다. 좋은 징조였다. 여기가 바로 출발점이었다.

애송이 경관 둘이 계단을 내려왔다. 한 명은 손에 최루가스 캔을, 다른 한 명은 전극을 발사하여 상대를 마비시키는 전기 충격기, 즉 테이저를 들고 있었다.

"모리슨 경관님, 좀 도와드릴까요?"

"됐어. 내가 검사하는 동안 너흰 계단 밑에 서서 잘 지켜봐."

"난 아무도 안 죽였어. 그건 헨리 자네도 알 거야."

바비의 목소리는 나지막했다. 그러나 온 힘을 짜내어 결백을 주장하는 목소리였다.

"내가 아는 건 입을 다무는 게 너한테도 이득이라는 사실뿐이야, 테이저에 맞고 자빠지기 싫으면."

헨리는 바비의 옷만 뒤졌을 뿐 속옷을 내리고 엉덩이를 벌려 보라는 말은 하지 않았다. 늦은 데다 철저하지도 않은 신체 검사 였지만 바비는 검사할 생각을 한 것만으로도 헨리에게 높은 점수 를 주고 싶었다. 다른 경관들은 아무도 떠올리지 못했으니까.

헨리는 검사를 다 마치고 바비의 청바지를 창살 너머로 던져 주었다. 바지 주머니는 텅 비었고, 허리띠도 압수당한 채였다.

"메달은 돌려주면 안 될까?"

"안 돼."

"헨리, 잘 생각해 봐. 내가 도대체 뭐 하러……."

"닥쳐."

헨리는 바비의 소지품을 들고 고개를 푹 숙인 채 애송이 경관 들 사이로 빠져나갔다. 애송이들도 뒤를 따랐고, 그중 한 놈은 바 비를 돌아보고 씩 웃으며 손가락으로 목을 긋는 시늉을 했다.

이때부터 홀로 남겨진 바비에게 할 일이라고는 그저 침대에 드 러누워 가느다란 유리창(철망을 덧씌운 젖빛 물방울무늬 유리창) 을 올려다보며 날이 밝기를 기다리는 것, 또 경관들이 정말로 물 고문을 할지 아니면 셜스가 겁주려고 그냥 해 본 소리였는지를 고민하는 것뿐이었다. 만일 놈들이 그냥 한번 시도해 봤는데 용 의자 수감 절차에 어두웠던 만큼이나 물고문 요령에도 어두운 것 으로 판명난다면, 바비가 물에 빠져 죽을 위험은 몹시도 높았다.

그러다가 날이 밝기 전에 누가 지하로 내려오지나 않을까 하는 궁금증이 떠올랐다. 누군가 열쇠를 가진 사람. 감방 문 앞에 바 짝 붙어 설 사람. 칼이 있으니 탈출도 아예 불가능한 것만은 아니었지만, 일단 날이 밝으면 티끌만 한 가능성도 사라질 터였다. 어쩌면 주니어가 창살 사이로 소금물을 건넬 때 시도했어야 하는지도……. 다만, 그때 주니어는 권총을 쏘고 싶어 안달이 난 상태였다. 그때는 성공할 가능성이 희박했고 바비도 그리 절박하지 않았다. 적어도 아직은.

'게다가…… 나가 봤자 어디로 간단 말이야?'

탈출에 성공하여 몸을 숨긴다고 해도 친구들은 바비 때문에 고통스러운 지옥에 빠질 터였다. 셜스나 주니어 레니 같은 경관들은 '심문'에 몰두하다 보면 돔 따위는 까맣게 잊어버릴지도 몰랐다. 지금 고삐를 쥔 사람은 빅 짐이었고, 빅 짐 같은 인간들은 일단 고삐를 쥐면 미친 듯이 달리게 마련이었다. 때로는 밑에 깔린 말이 쓰러져 죽을 때까지 달리기도 했다.

바비는 근심으로 얼룩진 얕은 잠에 빠져들었다. 꿈에 고물 포드 픽업트럭을 타고 가던 금발 아가씨가 나왔다. 꿈속에서 그 아가씨는 바비를 차에 태워 주었고, 돔이 내려오기 직전에 함께 체스터스밀을 빠져나갔다. 아가씨가 블라우스 단추를 끄르고 막 연보라색 브래지어를 보여 주려고 할 때, 목소리가 들려왔다.

"야, 씨발아. 그만 처자고 일어나."

22

재키 웨팅턴은 에버렛네 집에서 묵기로 했다. 아이들은 조용히 잠들었고 손님방의 침대도 편안했지만, 재키는 뜬눈으로 누워 있었다. 이튿날 새벽 네 시 무렵, 재키는 해야 할 일을 해치우기로 마음을 굳혔다. 위험한 줄은 이미 아는 바였다. 그러나 바비가 경찰서 지하 유치장에 갇혀 있는 한 자신이 편히 쉴 수 없다는 것도 이미 깨달은 바였다. 만약 자신이 나서서 저항 세력을 조직할 수 있다면, 하다못해 살인 사건을 자세히 조사할 능력이라도 있었다면, 이미 시작했으리라는 생각이 들었다. 그러나 재키는 자신을 너무나 잘 알았기에 그런 것은 상상조차 하지 않았다. 괌과 독일에서 근무하던 시절에는 능력 있는 헌병이었지만 그곳에서 하던 일이라 봐야 술집에서 취한 병사 끌어내기, 탈영병 추적하기, 기지 내 교통사고 현장 정리하기 정도였다. 그러나 지금 체스터스밀에서 벌어지는 일은 육군 상사의 능력으로 엄두도 못 낼 만큼 턱없이 거대했다. 이는 뒤에서 '왕가슴 여경'이라고 수군거리는 촌구석 사내들이 우글거리는 경찰서에 한 명뿐인 정규직 여성 순경에게도 마찬가지였다. 동료들은 모를 거라고 생각했지만 재키는 다 알고 있었다. 그런데 지금은 그런 식의 고등학생 수준 성차별쯤은 고민거리 목록의 맨 끝줄로 밀려날 판국이었다. 이 상황을 끝내야만 했고, 미합중국 대통령으로부터 상황 정리를 명받은 사람은 바로 데일 바버라였다. 무엇보다 중요한 것은 군 통수권자를 만족시키는 것이 아니었다. 첫 번째 규칙은 바로 전우를 버려두지 않는 것이었다. 이는 신성한 불문율이었다.

먼저 바비에게 혼자가 아님을 알려주는 데서 시작해야 했다. 그러면 바비도 나름대로 다음 수를 궁리할 수 있을 테니까.

이튿날 새벽 5시. 린다가 나이트가운 차림으로 계단을 내려왔을 때에는 창문으로 어슴푸레한 빛이 스며드는 중이었고, 그 빛에 비친 나무와 덤불은 미동조차 하지 않았다. 실바람 한 가닥 안 부는 새벽이었다.

"린다, 나 플라스틱 그릇 하나만 줘. 동그란 터퍼웨어 같은 거. 작고 속이 안 비치는 걸로. 혹시 있어?" 재키가 물었다.

"당연히 있지. 그런데 왜?"

"데일 바버라한테 아침을 갖다 주려고. 콘플레이크를 담을 거야. 밑에는 쪽지를 넣을 거고."

"지금 무슨 소리 하는 거야? 재키, 난 못해. 나한테 애들이 있 단 말이야."

"알아, 하지만 나 혼자선 못해. 나 혼자 지하 유치장에 내려 가게 놔두진 않을 테니까. 남자라면 또 모르지만, 이게 달린 이 상……." 재키는 자기 가슴을 가리켰다. "자기가 도와줘야 해."

"쪽지라니, 무슨?"

"내일 밤에 바버라를 탈출시킬 거야." 재키의 목소리는 기분과 달리 차분했다. "마을 전체 회의가 열리는 동안에. 그땐 자기가 안 도와줘도……."

"도와 달라니, 꿈도 꾸지 마!"

린다는 나이트가운의 앞섶을 꽉 쥐었다.

"목소리 낮춰. 잘하면 로미오 버피한테 도움을 받을 수 있을 거야. 바비가 브렌다를 안 죽였다고 납득시킬 수만 있으면 말이 야. 스키 마스크나 뭐 그런 걸 쓰면 얼굴을 들킬 염려는 없어. 아 마 아무도 안 놀랄걸? 마을 사람들은 이미 바비한테 패거리가 있 다고 철석같이 믿으니까."

"재키, 자기 미쳤구나!"

"아니야. 마을 회의가 열리는 동안 경찰서에는 최소 인원만 남아 있을 거야. 셋, 기껏해야 넷 정도. 아니면 달랑 둘이든가. 틀림없어."

"말도 안 돼!"

"내일 밤이라고 해도 실은 한참 남았어. 바비는 그때까지 놈들을 속이고 살아남아야 해. 그러니까 터퍼웨어 줘."

"재키, 난 못해."

"아니, 할 수 있어."

러스티의 목소리였다. 뉴잉글랜드 패트리어트 티셔츠에 반바지를 입고 문간에 서 있는 모습이 평소보다 더 거대해 보였다.

"지금은 위험을 감수할 때야. 애가 있든 없든. 여긴 우리밖에 없어, 이제 끝내야 해."

린다는 입술을 깨물며 잠시 남편을 바라보았다. 그러다가 개수대 아래 찬장으로 몸을 숙였다.

"터퍼웨어는 이 아래에 있어."

23

두 사람이 경찰서에 들어섰을 때 당직 근무대는 비어 있었다. 프레드 덴턴이 잠시 눈을 붙이러 집에 간 탓이었다. 그러나 애송이 경관들 예닐곱 명은 당직실에 둘러앉아 커피를 마시며 노닥거리는 중이었다. 그들 가운데 이 시간에 말짱한 정신으로 깨어 있는 경험을 한 사람은 거의 없었고, 있다고 해도 오랜만이었기에 다들 들뜬 상태였다. 재키는 그중 몇 명의 얼굴을 알아보았다. 애 많기로 소문난 킬리언네 아들이 둘, 디퍼스 단골이자 촌동네 여자 폭주족인 로렌 콘리, 그리고 카터 티보도가 있었다. 나머지는 모르는 얼굴이었지만 둘은 툭하면 학교를 빼먹고 자잘한 약물이나 교통 위반으로 걸리곤 하던 고등학생들이었다. 신참 중의 신참인 이들 애송이 '경관'들은 제복조차 입지 않았다. 다만 파란색 천 쪼가리를 위팔에 동여맸을 뿐이었다.

그들은 한 명만 빼고 모두 총을 차고 있었다.

"뭐 하러 이렇게 일찍 나왔어요?" 티보도가 어슬렁어슬렁 다가오며 물었다. "전 이유가 있어서 나왔어요. 진통제가 다 떨어졌거든요."

나머지 신참들이 동화에 나오는 트롤 무리처럼 킬킬거렸다.

"바버라한테 아침을 갖다 주려고."

재키는 린다를 돌아보기가 두려웠다. 린다의 얼굴에 떠오른 표정을 보기가 두려웠다.

티보도가 그릇을 들여다보았다.

"우유는 없어요?"

"그 자식한테 우유는 필요 없어. 내가 직접 적셔 줄 테니까."

재키는 이렇게 말하고 스페셜 케이 콘플레이크가 든 그릇에 침을 뱉었다.

신참들이 환호성을 질렀다. 몇몇은 손뼉을 치기도 했다.

재키와 린다가 계단까지 다가갔을 때, 카터가 말했다.

"잠깐 줘 봐요."

한순간 재키는 딱 얼어붙고 말았다. 카터에게 그릇을 내던지고 부리나케 달아나는 자신의 모습이 머릿속에 떠올랐다. 그러지 못한 이유는 한 가지 단순한 사실 때문이었다. 달아나 봤자 갈 데가 없었다. 경찰서를 벗어나는 데 성공한다 해도 미처 전쟁 기념광장을 빠져나가기도 전에 붙잡힐 것이 뻔했다.

린다는 재키의 손에서 터퍼웨어를 빼내어 티보도에게 내밀었다. 티보도는 그릇 속을 들여다보았다. 그러다가 콘플레이크 속에 뭐가 들었나 살펴보는 대신 자기도 침을 뱉었다.

"저도 한 몫 보태려고요."

"잠깐, 잠깐만요."

이렇게 말한 사람은 로렌 콘리였다. 콘리는 모델처럼 늘씬한 몸매에 볼에는 여드름이 덕지덕지 난 빨강머리 아가씨였다. 코맹맹이 소리를 낸 까닭은 한쪽 콧구멍에 손가락을 둘째 마디까지 쑤셔 넣었기 때문이었다.

"나도 줄 게 좀 있어서."

콧구멍에 박혔던 손가락이 큼지막한 코딱지를 달고 빠져나왔다. 콘리가 그 코딱지를 콘플레이크 위에 얹어 놓자 더 큰 박수 소리와 외침이 터져 나왔다. '우리 콘리가 녹색 황금을 캤구나!'

"원래 콘플레이크 상자 속엔 깜짝 선물이 들어 있잖아요."

콘리는 얼빠진 표정으로 싱긋 웃으며 말했다. 손은 허리에 찬 45구경 권총의 손잡이에 얹은 채였다. 재키가 보기에 콘리처럼 빼빼 마른 몸으로 그 총을 쏘았다가는 반동 때문에 뒤로 날아갈 듯싶었다.

"이제 다 됐네요. 저도 같이 갈게요." 티보도가 말했다.

"좋아."

재키는 쪽지를 주머니에 넣어 두었다가 바비에게 직접 건네려던 원래 계획을 떠올리고 가슴이 철렁 내려앉았다. 문득 자신들이 터무니없이 큰 위험을 감수한다는 생각이 들었으나…… 이미 엎질러진 물이었다.

"티보도, 넌 계단 밑에 서 있어. 린다는 내 뒤를 맡고. 방심은 금물이니까."

재키는 티보도가 토를 달겠거니 했지만 티보도는 아무 말도 하지 않았다.

24

바비는 침대에 앉아 있었다. 창살 건너편에 재키 웨팅턴이 하얀 플라스틱 그릇을 들고 서 있었다. 그 뒤에는 린다 에버렛이 두 손으로 권총을 쥐고 총구를 바닥으로 향한 채 서 있었다. 맨 뒤의 카터 티보도는 자다 일어난 듯 뻗친 머리를 하고 계단 입구에 서 있었다. 파란색 제복 셔츠의 단추를 푼 탓에 개한테 물린 어깨의 붕대가 보였다.

"안녕하십니까, 웨팅턴 경관님."

바비는 재키에게 인사를 건넸다. 가느다란 유리창으로 희뿌연 빛이 기어들었다. 그 빛을 보고 있노라니 삶이라는 것이 지독한 농담 같기만 했다.

"제가 받은 비난은 다 억울한 것뿐입니다. 그건 혐의라고 할 수도 없습니다, 애초에 구속 영장도……."

"닥쳐." 재키 뒤에 서 있던 린다가 말했다. "우린 관심 없어."

"잘한다. 힘내요, 언니." 카터가 하품을 하며 붕대를 긁었다.

"거기 앉아서 손가락도 까딱하지 마." 재키가 명령했다.

바비는 시키는 대로 했다. 재키는 창살 사이로 그릇을 밀었다. 조그만 그릇이라 창살 틈에 딱 맞았다.

바비는 그릇을 집어 들었다. 스페셜 케이로 보이는 콘플레이크가 들어 있었다. 바삭바삭한 콘플레이크 맨 위에 침이 번들거렸다. 다른 것도 있었다. 큼지막한 초록색 코딱지였다. 축축해 보였고, 피까지 묻어 있었다. 그런데도 뱃속에서는 꼬르륵 소리가 났다. 바비는 몹시도 굶주린 상태였다.

또한 자신도 모르게 가슴이 아렸다. 재키 웨팅턴이 이럴 줄은 몰랐기 때문이었다. 바비는 재키를 처음 봤을 때 이미 전직 군인임을 알아차렸다(짧은 머리 탓도 있었지만 그보다는 절도 있는 몸놀림 탓이 더 컸다.). 헨리 모리슨의 경멸을 참아 넘기기는 쉬웠다. 이번에는 그러기가 힘들었다. 게다가 러스티의 아내인 다른 여성 경관 한 명은 바비를 마치 진기한 독충인 양 쳐다보고 있었다. 서의 경관들 가운데 다만 한 줌이라도 진실을 볼 줄 아는 사람이 남아 있기를 바랐건만⋯⋯.

"처먹어." 티보도가 계단 아래에서 소리쳤다. "우리가 맛있는 양념까지 쳐 줬잖아. 안 그래요, 언니들?"

"아무렴."

린다가 맞장구를 쳤다. 린다의 양 입가가 아래로 씰룩거렸다. 살짝 떨린 정도에 불과했지만, 바비는 기운이 솟았다. 린다가 연기를 하는 듯싶었다. 어쩌면 너무 원대한 희망일지도 모르지만,

그래도…….

린다는 티보도의 눈을 가리려고 재키 등 뒤로 살짝 움직였으나…… 굳이 그럴 필요는 없었다. 티보도는 붕대 가장자리를 긁어 대느라 정신이 없었다.

재키는 등 뒤를 흘깃 돌아보고 안전한지 확인한 다음, 손으로 그릇을 가리키고 손바닥을 위로 뒤집더니 눈썹을 위로 씰룩거렸다. '미안해요.' 그런 다음 두 손가락으로 바비를 가리켰다. '정신 똑바로 차려요.'

바비는 고개를 끄덕였다.

"맘껏 처먹어, 망할 자식아. 점심엔 더 그럴듯한 걸로 갖다 줄게. 오줌 햄버거는 어떨까 싶은데."

계단 아래 서서 붕대를 긁어 대던 티보도는 재키의 말을 듣고 껄껄 웃었다.

"씹어 먹을 이빨이 남아 있어야 할 텐데 말이야." 린다였다.

바비는 린다가 차라리 입을 다물고 있었으면 하고 바랐다. 심술궂기는커녕 화난 목소리로도 들리지 않았다. 그저 이곳만 아니면 어디든 상관없다고 생각하는 여인의 겁먹은 목소리일 뿐이었다. 그러나 티보도는 눈치를 못 챈 듯했다. 어깨를 살피느라 정신이 없는 탓이었다.

"가자. 이 자식이 먹는 꼴은 못 보겠어." 재키가 말했다.

"목이 너무 깔깔하지 않겠어?"

티보도가 물었다. 두 경관이 감방 사이의 복도를 걸어 계단으로 돌아오는 동안, 또 린다가 권총을 총집에 넣는 동안에도 티보도는 꼼짝 않고 서 있었다.

"혹시 이것도 필요하면⋯⋯."

티보도가 '크윽' 소리를 내며 목구멍의 가래를 긁어 올렸다.

"됐어, 그냥 내가 알아서 먹을게."

"그래야지. 당분간은 할 수 있을 거다. 오래는 힘들겠지만."

세 사람은 계단을 올라갔다. 티보도는 맨 뒤에서 따라가다가 재키의 엉덩이를 철썩 갈겼다. 재키는 웃으며 티보도를 후려쳤다. 훌륭한 연기였다. 적어도 러스티의 아내보다는 훨씬 고수였다. 그러나 두 사람 모두 배짱이 두둑하기는 마찬가지였다. 가공할 만한 배짱이었다.

바비는 스페셜 케이 위에 얹힌 코딱지를 떼어 앞서 소변을 보았던 감방 구석으로 휙 튕겼다. 코딱지를 집은 손은 셔츠에 쓱쓱 문질렀다. 그런 다음 콘플레이크를 뒤지기 시작했다. 그릇 바닥에 있던 종이쪽지가 손가락 끝에 닿았다.

'내일 밤까지만 버텨요. 우리가 꺼내 준 다음에 안전하게 머물 곳이 있는지 생각해 봐요. 이 쪽지를 어떻게 해야 하는지는 알 거라고 믿어요.'

바비는 잘 알고 있었다.

25

바비가 종이쪽지와 콘플레이크를 먹어치운 지 한 시간쯤 되었을 무렵, 계단을 천천히 내려오는 육중한 발소리가 들려왔다. '돔 비상 내각'의 새 날을 맞아 슈트와 넥타이를 차려입은 빅 짐 레니였다. 그 뒤로 카터 티보도와 다른 신참 한 명이 따라왔다. 머리 모양으로 보아 킬리언네 아들 같았다. 킬리언네 아들은 의자를 들고 낑낑거리며 내려왔다. 북부 토박이 노인이라면 '마른 장작'으로 불렀을 법한 깡마른 체구였다. 티보도가 의자를 받아 들고 복도 끝의 감방 앞에 내려놓았다. 레니는 바지에 주름이 가지 않도록 먼저 바지통을 살짝 당기고 그 의자에 앉았다.

"안녕하신가, 바버라 선생."

빅 짐은 민간인이라는 뜻의 '선생'에 살짝 강세를 주었다.

"레니 부의장님, 제가 뭘 도와드리면 될까요? 제 이름, 계급, 군번…… 그런 건 잘 기억이 안 나는데 말이죠."

"자백을 하면 돼. 그럼 우린 수고할 필요가 없어지고 자넨 영혼을 구원받을 수 있어."

"셜스 경관이 어젯밤에 물고문 이야기를 하더군요. 저더러 이라크에서 물고문을 본 적이 있냐고 묻던데요."

입을 오므리고 희미하게 웃는 레니는 이렇게 말하는 듯했다. '더 얘기해 봐. 말하는 짐승이란 건 참 재미나거든.'

"사실, 본 적이 있습니다. 보고서마다 다르기 때문에 전장에서 얼마나 자주 쓰는 기술인지는 알 길이 없지만, 전 물고문 현장을 두 번 봤습니다. 피의자 둘 중 한 명은 자백을 하더군요. 내용은 별 쓸모가 없었지만요. 그 사람이 알카에다 폭탄 기술자라며 이름을 댄 용의자는 이미 14개월 전에 쿠웨이트로 떠난 학교 교사더군요. 나머지 한 명은 경련을 일으키다가 뇌사 상태에 빠지는 바람에 자백을 못 받았고요. 하지만 그렇게 안 됐다면 틀림없이 불었을 겁니다. 물고문을 당하면 누구나 불게 되거든요. 대개는 시간문제일 뿐입니다. 저도 틀림없이 그럴 테죠."

"그럼 사서 고민할 필요 없잖나."

"부의장님, 꽤 피곤해 보이시는데요. 몸은 좀 괜찮으십니까?"

희미한 미소가 희미한 찡그림으로 바뀌었다. 찡그림은 레니의 미간에 잡힌 주름에서 시작되었다.

"내 몸 상태는 자네가 걱정할 바 아니야. 내 충고 하나 함세, 바버라 선생. 나한테 허튼수작 부릴 생각 마, 그럼 나도 자네한테 허튼수작 안 할 테니까. 자네가 걱정해야 하는 건 자네 몸이야. 지금은 멀쩡하다지만, 언제 바뀔지 모르거든. 그건 시간문제야. 왜냐면 정말로 자네한테 물을 좀 먹일까 생각 중이니까 말이지. 실은 아주 진지하게 생각 중이야. 그러니 살인을 저질렀다고 자백해. 그럼 막대한 고통과 수고를 덜 수 있어."

"그럴 것 같진 않은데요. 그리고 코에 물이 들어가면 제 입에서 무슨 소리가 나올지 저도 잘 모릅니다. 잘 생각해 두시는 게 좋을 겁니다, 제가 입을 열 때 방에 누구를 들여놓을지 말입니다."

레니는 그 말을 곰곰이 생각해 보았다. 차림새는 말끔했지만, 이른 아침이라는 점을 감안하면 더욱 그러했지만, 얼굴은 거의 흙빛이었고 단춧구멍 같은 눈 주위는 멍 자국인 양 자줏빛으로 물들어 있었다. 정말로 몸이 안 좋은 사람처럼 보였다. 바비는 만약 빅 짐이 여기서 고꾸라져 죽으면 앞날이 두 갈래로 나뉠 거라고 추측했다. 어쩌면 체스터스밀의 혼란스러운 정국이 더 이상의 격변 없이 말끔히 정리될지도 몰랐다. 아니면 엉망진창인 피바다가 펼쳐질지도 몰랐다. 바비의 죽음을 필두로(총살보다는 맞아죽을 공산이 훨씬 컸다.) 그와 한패로 몰린 사람들이 줄줄이 숙청당할 수도 있었다. 명단의 맨 위는 줄리아 차지였다. 그리고 두 번째 는 로즈였다. 겁에 질린 사람들은 인민재판의 판결을 맹신하게 마 련이었다.

레니가 티보도 쪽으로 고개를 돌렸다.

"물러나 있어, 카터. 저 끝으로, 계단 아래로 가."

"하지만 저 자식이 부의장님을 붙잡기라도 하면……."

"그럼 자네가 죽여 버리면 돼. 그 정도는 이 친구도 알 거야. 안 그런가, 바버라 선생?"

바비는 고개를 끄덕였다.

"게다가 난 이 이상 다가갈 생각이 없어. 그래서 물러나 있으라 는 거야. 둘이서 사적인 얘기를 좀 나눌 거거든."

티보도는 뒤로 물러났다.

"자, 바버라 선생…… 도대체 무슨 소리를 하실 작정인가?"

"난 너희 필로폰 공장에 관해 다 알고 있어." 바비는 목소리를 나지막하게 깔았다. "퍼킨스 서장이 밝혀냈어. 널 막 체포하려던 참이었지. 브렌다가 서장님 컴퓨터에서 자료 파일을 찾았어. 네가 브렌다를 죽인 이유도 그거고."

레니는 싱긋 웃었다.

"상상력이 참 풍부하군그래."

"일단 네 동기를 알고 나면 주 검찰총장은 그렇게 생각 안 할 걸. 난 지금 트레일러에 얼기설기 차린 마약 제조장 이야기를 하 는 게 아니야. 너희가 만든 건 필로폰 업계의 제너럴모터스니까."

"퍼킨스의 컴퓨터는 결국 박살 날 신세야. 그 집 금고에 서류 쪼가리가 몇 장 있기야 하겠지만, 그게 뭐 대순가. 나를 늘 흰 눈으로 보던 놈이 만든 악의적이고 정치적으로 편향된 쓰레기일 뿐인데. 금고를 따서 다 태워 버리면 그만이야. 물론 내가 아니라 이 마을의 안녕을 위해서 하는 일이지. 지금은 위기 상황이거든. 우리 모두 하나로 뭉칠 때야."

"브렌다는 죽기 전에 파일의 인쇄본을 다른 사람에게 넘겼어."

빅 짐이 씩 웃자 입술 새로 촘촘히 난 옥니 두 줄이 드러났다.

"허언에는 허언으로 답례하는 게 도리지. 내가 한 마디 해도 되겠나, 바버라 선생?"

바비는 두 손을 활짝 폈다. '얼마든지.'

"내 생각은 이렇다네. 브렌다는 날 찾아와서 자네하고 똑같은 얘기를 했어. 자네가 말한 그 인쇄본을 줄리아 셤웨이한테 넘겼다더군. 하지만 난 그게 거짓말이란 걸 알아. 넘길 생각을 했는지도 모르지만 실제로는 안 그랬어. 만에 하나 넘겼다고 해도……." 레니는 무슨 상관이냐는 듯이 어깨를 으쓱했다. "자네 꼬붕들이 어젯밤에 셤웨이의 신문사를 홀라당 태워 버렸거든. 그 친구들이 잘못 생각한 거지. 아니면 자네 생각이었나?"

바비는 같은 말을 되풀이했다.

"인쇄본은 분명히 존재해. 난 그게 어디 있는지도 알아. 날 물고문 하면 그 장소를 불어 버리겠어. 우렁찬 목소리로."

레니는 너털웃음을 터뜨렸다.

"연기 실력이 아주 대단하시군, 바버라 선생. 헌데 난 평생을 장사꾼으로 살아온 몸이야. 상대가 허세를 부리면 딱 안다, 이 말이지. 어쩌면 자넬 즉결 심판에 부쳐야 할지도 모르겠어. 그럼 온 마을이 환호할 테지."

"패거리를 밝혀내기도 전에 나부터 처형한다고? 그럼 사람들이 얼마나 크게 환호할 것 같아? 심지어 피터 랜돌프도 의문을 제기할 거야, 그 멍청하고 겁 많은 아첨꾼조차도."

빅 짐은 의자에서 일어섰다. 축 처진 볼이 적벽돌처럼 벌겠다.

"자네 지금 누굴 상대하는지 잘 모르나 본데."

"그럴 리가. 난 이라크에서 너 같은 놈들을 지겹도록 봤어. 넥타이 대신 터번을 두른 것만 빼면 한 치도 다를 게 없는 놈들이었지. 신을 찾으면서 헛소리하는 것까지 똑같던데."

"흠, 그 말을 들으니 물고문은 포기해야겠군. 그래도 아쉬워, 난 늘 물고문을 직접 보고 싶었거든."

"어련하시겠어."

"당장은 자네를 이 아늑한 감방에 모셔 두기로 하지. 괜찮겠지? 아마 식사는 별로 생각이 없을 거야, 배가 부르면 머리가 잘 안 돌아가는 법이니까. 혹시 또 아나? 머리가 빠릿빠릿하게 돌아가다 보면 내가 자넬 살려 줘야 할 이유를 떠올릴지도 모르잖아. 예를 들면, 나한테 반기를 든 마을 주민 명단이라든가. 한 명도 빠짐없이 적은 명단. 자네한테 48시간을 주지. 그 후에도 내 마음을 돌려놓지 못하면 자넨 온 마을이 지켜보는 가운데 전쟁 기념 광장에서 처형될 걸세. 본보기가 되는 거지."

"안색이 안 좋아 보인다는 말은 진심이었어, 부의장님."

레니는 진지한 표정으로 바비의 얼굴을 가만히 응시했다.

"원래 이 세상의 말썽이란 말썽은 대부분 너 같은 부류가 저지르는 법이지. 널 처형하면 마을의 기강을 확립하고 사람들에게 그토록 고대하던 카타르시스를 안겨 줄 수 있을 거다. 그렇게 생각하지 않았다면, 지금 당장 티보도 경관한테 널 쏴 죽이라고 명령했을 거야."

"해 봐, 그럼 다 들통 날 테니까. 네가 무슨 짓을 저질렀는지 마을 이쪽 끝에서 저쪽 끝까지 쫙 퍼질걸. 그 빌어먹을 마을 회의에서 총의를 한번 물어보시지, 이 우물 안 독재자야."

빅 짐의 목 양 옆에 핏줄이 돋았다. 이마 한복판에도 한 줄기가 불끈 솟았다. 잠시 동안 빅 짐은 금방이라도 터져 버릴 것만 같았다. 그러다가 싱긋 웃었다.

"노력은 가상했네, 바버라 선생. 하지만 그건 다 거짓말이야."

빅 짐은 자리를 떴다. 경관들도 모두 떠났다. 바비는 침대에 앉아 땀을 흘렸다. 얼마나 아슬아슬했는지는 그 자신도 아는 바였다. 레니에게 그를 살려 둘 이유가 있다고 해도 절박한 이유는 아니었다. 게다가 재키 웨팅턴과 린다 에버렛이 가져 온 쪽지도 있었다. 에버렛 부인의 표정은 곧 겁먹기에 충분할 만큼 알고 있다는 증거였고, 자기 한 몸 때문에 두려워하는 것도 아니었다. 차라리 스위스아미 칼로 탈출을 시도하는 편이 더 안전할지도 몰랐다. 지금 체스터스밀 경찰서를 채운 인재들의 수준을 감안하면 불가능한 일도 아니었다. 운이 조금은 필요할지도 몰랐지만, 불가능한 일은 아니었다.

그러나 바비는 동료들에게 혼자 힘으로 탈출하겠다고 전할 방법이 없었다.

바비는 침대에 누워 손을 머리 뒤에 받쳤다. 한 가지 의문이 다른 모든 의문을 제치고 그를 괴롭혔다. 줄리아에게 전하려던 베이더 파일의 인쇄본은 어떻게 됐을까? 인쇄본은 줄리아에게 전해

지지 못했다. 그 점만큼은 레니의 말이 진실이었다.

알 길이 없었고, 기다리는 것밖에는 할 일도 없었다.

침대에 드러누운 채로, 천장을 올려다보며, 바비는 하나뿐인 할 일을 시작했다.

〈3권에서 계속〉

언더 더 돔 2

1판 1쇄 펴냄 2010년 12월 10일
1판 6쇄 펴냄 2017년 11월 7일

지은이 | 스티븐 킹
옮긴이 | 장성주
편집인 | 김준혁
발행인 | 박근섭
펴낸곳 | 황금가지

출판등록 | 2009. 10. 8 (제2009-000273호)
주소 | 135-887 서울 강남구 신사동 506 강남출판문화센터 5층
전화 | 영업부 515-2000 / 편집부 3446-8773 / 팩시밀리 515-2007
홈페이지 | www.goldenbough.co.kr

978-89-94210-68-1 04840
978-89-94210-66-7(set)

• 황금가지는 ㈜민음인의 픽션 전문 출간 브랜드입니다.

리치우먼

현명한 여자들을 위한 재테크 지침서

RICH WOMAN:

A Book on Investing for Women

by Kim Kiyosaki

RICH WOMAN

리치 우먼

현명한 여자들을 위한 재테크 지침서

킴 기요사키

박슬라 옮김

민음인

내 부모님 위니 메이어와
빌 메이어에게 이 책을 바칩니다.

그녀는 나보다 뛰어난 투자가다!

로버트 기요사키

"성공한 남자 뒤에는 강인한 여자가 있다."는 말이 있다. 내 경우에는 완벽한 사실이다. 아내 킴이 없었다면 절대로 지금처럼 성공하지 못했을 테니까. 가끔은 킴이 없었다면 내가 지금 어떤 삶을 살고 있을지 궁금할 정도다.

처음 킴을 만났을 때 내 눈길을 사로잡은 것은 매력적인 외모였다. 하지만 첫 데이트를 하자마자 나는 킴이 그저 겉모습만 아름다운 게 아님을 깨달았다. 그녀는 똑똑했다. 아주 똑똑했다. 조금씩 서로를 알아가면서 나는 킴의 내면이 외모보다 더욱 아름답다는 사실을 알게 되었다. 그 순간 나는 사랑에 빠졌다. 이 세상에 천생연분이라는 게 존재한다면 드디어 내 영혼의 반쪽을 찾은 것 같았다.

하지만 킴이 얼마나 강인한 사람인지 체감한 것은 우리가 힘겨운 시기를 보내고 있을 때였다. 킴의 강인한 정신이야말로 인생 최악의 시기에 우리를 이끈 원동력이었다. 주머니에는 땡전 한 푼 없고, 잘 곳도 없이 떠돌며 심지어 자동차까지도 잃었을 때, 나는 여러 번 킴을 부둥켜안고 어린애처럼 엉엉 울음을 터트렸다. 킴은 우리 둘 중에서 더 강했고, 우리를 지탱하는 기둥이었으며, 나 자신조차 나를 믿지 못할 때도 끝까지 나를 믿어 준 사람이었다.

세상 모든 부부가 그렇듯이 우리는 의견 충돌도 잦고 말다툼도 많이 했다. 평탄하고 모범적인 중산층 부부의 삶과도 거리가 멀었다. 그러나 온갖 우여곡절과 실수투성이의 힘든 시절을 겪으면서도 한 가지 좋은 점이 있다면 킴에 대한 내 사랑이 어마어마한 존경심으로 발전했다는 것이다. 킴은 대단히 독립적인 여자다. 내 도움 없이도 혼자서 앞가림을 할 수 있다. 그녀는 근사하고, 현대적이고, 재미있고 부자인 데다, 친절하고, 사랑스럽고, 아름답고, 독립적이다.

골프를 칠 때도 킴은 남자들과 똑같이 플레이한다. 여자라는 이유로 핸디캡을 기대하거나 요구하지도 않는다. 그리고 불행히도 대개는 나보다 많은 타수로 마감하곤 한다. 이길 때에도 나를 놀리지 않는 게 얼마나 고마운 일인지.

처음 킴을 만났을 때 나는 빚투성이였고, 엄청나게 많은 실수를 저질렀으며, 삶에서 커다란 교훈을 배웠고, 꿈이 하나 있었다. 킴은 기꺼이 나와 함께하겠다고 말했다. 그때 내게는 꿈을 실현하기 위해 필요한 것이 하나도 없었는데도 말이다. 하지만 오늘날 우리 두 사람은 젊은 날의 꿈을 훨씬 능가한 곳에 도달했고, 우리가 상상하던 것보다도 더욱 거대한 꿈속에 살고 있다.

킴은 돈 때문에 나와 결혼한 게 아니다. 우리가 결혼했을 때 나는 빈 털터리였으니까. 투자에 관해서도 내가 한 일이라고는 그녀에게 부자 아빠가 가르쳐 준 교훈을 알려 준 게 전부였다. 킴은 오리가 물장구를 치듯 순식간에 투자 세계에 적응했다. 지금은 나보다 훨씬 뛰어난 투자가이며, 내가 시도한 것보다도 훨씬 큰 규모의 거래를 좌지우지하고 있다. 킴은 자수성가한 여자다. 그리고 부자다.

나는 킴이 집필한 수많은 책 중에서도 처음으로 이 책의 추천사를 쓰게 되어 자랑스럽게 생각한다. 킴은 현대 여성이 우러러볼 수 있는 롤모델이다. 돈과 투자에 대한 뛰어난 전문가다. 나는 킴이 돈과 투자에 문외한이었던 젊은 여성에서, 투자를 통해 성공함으로써 재테크 전문가로 거듭나는 과정을 옆에서 지켜보았다. 킴은 남들에게 주창하는 말을 스스로 실천하는 사람이다. 내 절친한 친구이자 사업 파트너, 그리고 아내인 킴에게 추천사를 바칠 수 있어 영광이다.

차례

왜 여자 투자가를 위한 책이 필요할까?

임대 부동산을 매입하고, 주식 투자 종목을 고르고, 높은 투자 수익률을 얻는 방법을 알아내는 등의 투자 '노하우'란 남자에게든 여자에게든 똑같기 마련이다. 주식이 됐든 채권이 됐든 부동산이 됐든, 그것을 사고팔고 보유하고 리모델링하고 대여하는 사람이 남자든 여자든 결과는 달라지지 않는다.

그렇다면 왜 여자만을 위한 투자 서적이 필요한 걸까?

왜냐하면 '돈에 관한 한' 남자와 여자는 다르기 때문이다. 역사적으로나 심리적으로나 정신적으로나 감정적으로나 말이다.

이러한 차이점은 어째서 오늘날 그토록 많은 여자들이 돈과 투자에 있어서 만큼 아직도 아무것도 모른 채 어둠 속을 헤매고 있는지를 말해 준다. 그것이 곧 투자에서 성별이 구분되는 이유이며, 내가 여자들을 위해 이 책을 쓰는 이유다.

나한테 이래라저래라 하는 게 너무 싫어!

어느 날 오후 남편 로버트와 다른 친구들과 함께 점심을 먹는데 이 책이 화두에 올랐다. 책의 제목은 당연히 『리치 우먼』이 되어야 했다. 하지만 아직 부제를 결정하지 못해 우리는 내키는 대로 이런저런 제목들을 내놓고 있었다.

그때 로버트가 내게 물었다. "당신은 왜 그렇게 재정적 독립을 원했던 거야? 놀란다거나 별로 낯선 개념으로 받아들이지도 않았잖아. 처음부터 그걸 원했지. 진심으로 절실하게 말이야. 이유가 뭐야? 무슨 일이 있어도 반드시 자력으로 성공하겠다는 결심을 하게 된 가장 중요한 원인이 뭐야? 뭐가 당신을 그렇게 열정적으로 만드는지 알려 줘."

내 옆 자리에는 친구 수지가 앉아 있었다. 나와 수지는 사고방식이 굉장히 비슷하다. 그 순간, 우리는 서로 시선을 마주치며 거의 동시에 입을 열었다. "누가 나한테 이래라저래라 하는 게 너무 싫어서!" 그러곤 우리는 남의 지시를 따른다는 게 얼마나 지겨운지, 그런 말을 들으면 어떤 기분이고 어떻게 반응하게 되는지, 그리고 내 삶이 다른 사람에게 좌우된다는 게 얼마나 끔찍한지 끊임없이 피력했다.(아마 여자라면 내가 지금 무슨 말을 하는지 이해할 것이다. 어쩌면 당신도 나와 비슷한 생각을 하고 있는지도 모른다.)

우리는 한참 동안 떠들다가 문득 말을 멈췄다. 테이블 주위를 둘러보니 모두가 조용히 입을 다문 채 얼굴에 미소를 머금고 있었다. 로버트가 말했다.

"이 책의 부제가 정해진 것 같은데?"

어렸을 때부터 이렇게 생겨 먹었는데…

별로 낯선 개념은 아니었다. 나는 유치원 때부터 선생님 말을 듣는 데 문제가 있었으니까! 우리 반에서 나만큼 복도에서 많은 시간을 보낸 아이도 없었을 것이다. 요즘엔 이런 벌칙을 타임 아웃(time out) 또는 '생각하는 의자'라고 한다지. 나는 낮잠을 자는 게 싫었다. 친구들과 놀고 싶었다. *복도로 나가렴!* 선생님이 읽어 주는 동화책을 듣기보다 손가락으로 그림을 그리는 게 더 좋았다. *복도로 나가렴! 아, 설마 저 끔찍한 급식을 나한테 먹일 생각은 아니겠죠? 네, 알았어요. 나가서 복도에 서 있을게요.*

교사는 나를 "고집불통"이라고 불렀다. 나는 그저 시키는 대로 하는 게 안 맞았을 뿐이다.

대학 졸업 뒤 취직한 첫 직장에서는 '두 번'이나 해고됐다. 똑같은 직장에서 두 번이나! 내가 게을렀다거나 무능해서가 아니다. 도리어 그 반대였으니까. 어찌나 열렬하게 일을 배우고 싶어 했는지 같은 일자리를 두 번째로 다시 얻을 수 있었을 정도였다. 그러나 내 본성을 억누를 수는 없었다. 나는 자주성이 지나치게 강했고, 그래서 겨우 스물한 살에도 모든 해답을 알고 있다고 여겼다. 무엇보다 남의 지시를 받아들이는 데 문제가 있는 성격은 회사에서 성공을 거두기에 그리 좋은 조건이 아니었다.

이 문제가 얼마나 심각했냐면, 만일 누가 내게 뭔가를 이렇게 저렇게 하라고 조금만 강하게 압박하면 나는 그게 최선의 방법이라는 걸 알면서도 일부러 그 말을 따르지 않을 정도였다. 그냥 남이 하라는 대로 하는 게 싫다는 이유로 말이다.

그렇다. 그건 실제로 내 인생에 몇 가지 문제를 초래했다… 그리고 내가 독립적으로 자라게 만들었다. 특히 금전적인 문제에 있어서 말이다.

"돈을 가진 자가 규칙을 만든다."는 말을 들어 본 적이 있을 것이다. 돈을 가진 자들은 다른 사람에게 무언가를 하도록 지시할 수 있다. 그래서 나는 남의 지시를 받는 사람이 아니라 규칙을 만드는 사람이 되기로 일찍부터 결심했다.

여자들이 하는 멍청한 행동들

어느 날 오후 집에 온 로버트는 내가 텔레비전을 향해 고래고래 소리를 지르고 있는 것을 발견했다. "정신 차려, 이 멍청한 여자야! 바보 천치처럼 굴지 말고 그 머리로 생각이란 걸 하라고!"

로버트는 웃음을 터트렸다. "왜 그래?"

나는 순수한 좌절감을 터트리며 대답했다. "여자들이 돈과 관련해 정신 나간 짓거리를 하고 있는 걸 보면 답답해 미칠 것 같아! 저 여자가 TV에 나와서 잘난 척만 하는 생전 처음 보는 재무설계사한테 자기가 모아 둔 돈이 몇 천 달러 있는데 어떻게 해야 하냐고 묻잖아. 그러고는 저 남자가 형편없는 대답을 했는데도 '어머, 너무 감사해요. 말씀대로 할게요.'라는 거야. 아악, 너무 멍청해! 여자는 재정이나 투자에 무지하다는 전형적인 선입견을 증명하고 있어!"

"저 여자가 당신이 민감한 곳을 제대로 건드렸나 봐." 로버트가 씨익 웃었다. "어쩌면 여자들은 정말로 자기가 뭘 하고 있는지 모르는지 모르지. 그럼 그걸 알려 줄 좋은 기회가 아닐까?"

그 일은 내 신경을 제대로 건드려 놓았다. 왜냐하면 여자들은 살면서 가끔 정말로 돈과 관련해 멍청한 짓을 하곤 하기 때문이다. 그러니 이제는 조금 똑똑해져야 할 때가 왔다고 생각한다.

잠깐, 내가 여자들이 멍청하다고 했나?

천만의 말씀. 그런 헛소리도 없을 거다. 나는 우리가 가끔 믿을 수 없을 만큼 멍청한 짓을 한다고 말했다. 그리고 이 어리석은 짓은 대부분 돈과 직접적으로 연관되어 있다.

많은 여자들이 돈과 관련해 저지르는 몇 가지 어리석은 행동을 소개한다.

> 내가 강조하고 싶은 것은 만일의 경우에 반드시 대비해야 한다는 점이다.
> 그리고 당신이 재정적 미래를 누구에게 또는 무엇에 의존하고 있는지 현실을 직시하게 하고 싶다.

◆ 돈을 위해 결혼한다.

◆ 혼자서 가계를 꾸려 나가지 못할까 두려워 바람직하지 못한 결혼 생활이나 연인 관계를 지속한다.

◆ 재정적으로 중요한 결정을 남자에게 맡긴다.

◆ 돈에 관해서는 남자가 더 잘 안다는 환상을 믿는다.

◆ 남자가 투자를 더 잘한다는 환상을 믿는다.

◆ 남자의 자존심을 건드리지 않기 위해 그들이 돈에 대해 내린 결정에 의문을 표하거나 반대하지 않는다.

◆ 내가 똑똑하지 않다는 생각에 소위 '전문가'로부터 재정적 조언을 듣는다.

◆ 평화를 깨트리지 않기 위해 입을 다문다.

◆ (적어도 재정적으로는) '편안하기' 때문에 너무 오래 버틴다.

◆ 너무 오래 버티다가 젊은 여자들에게 자리를 빼앗긴다.

◆ 남자가 바뀔 거라고 생각한다.

◆ '훌륭한' 것을 원하면서 '괜찮은' 수준에 만족한다.

◆ 남자는 길을 잃어도 도움을 요청하는 법이 없고… 우리는 그를 따라간다.

◆ 자기 능력을 과소평가한다.

◆ 직장에서 불평등한 처우를 감내한다. 설사 그게 급여일지라도.

◆ 야근을 하느라 아이들과 함께 시간을 보내지 못해 죄책감을 느낀다.

◆ 응당 주어져야 할 승진 기회를 놓치고도 회사에 남는다.

◆ 남성 동료들보다 낮은 연봉에 수긍하고 종종 그들의 일을 도맡는다.

◆ 일 때문에 아이들의 축구 시합이나 공연을 보러 가지 못한다.

◆ 미래를 상상하며 생각한다. '언젠가는….'

여자라면 이런 바보 같은 짓을 최소한 하나 이상 해 봤을 것이다. 요는 우리가 돈이라는 명목하에 영혼을 팔고 있다는 것이다. 그런 행위가 우리의 자존감과 자신감, 자기 가치에 미치는 타격이야말로 진짜 범죄라고 부를 만한데 말이다.

그렇다. 이 책은 여자와 투자에 관한 책이지만 실은 그 이상이기도 하다. 이 책은 자신의 삶을 온전히 책임지고 통제하고자 하는 여자들에 관한 이야기다. 우리의 존엄성과 자기 존중에 관한 책이다.

여자는 경제적으로 남자에게 의존한다?

원래 내가 생각했던 이 책의 부제는 "재정적 독립을 추구하고… 남자나 가족, 회사, 또는 정부에 의존하고 싶지 않은 여자들을 위해서"였다. 이것이 이 책의 핵심이다. 역사적으로 여자는 본인의 재정적 안녕을 타인에게 의존하도록 요구되고 또 교육받아 왔다. 그러나 현대 사회에서 이는 굉장히 위험한 일이다. 시대가 변하지 않았는가?

역사적으로 볼 때, 섹스를 언급하지 않고 남자와 여자, 돈에 대해 논하는 건 불가능하다. 섹스와 돈, 그리고 여자는 매우 밀접하게 엮여 있건만, 우리는 종종 이것들이 서로에게 얼마나 강력한 영향을 미치는지 인식하지 못한다. 왜냐하면 아주 오랫동안 이를 당연한 것으로 여기도록 교육받아 왔기 때문이다.

열여섯 혹은 이보다 더 어린 나이에 우리는 소녀 또는 젊은 여자로서 우리가 남자들에게 끼치는 어마어마한 영향력을 눈치채게 된다. 바로 섹스의 힘이다. 대부분의 10대 남자애들은 서툴고, 철없고, 커다란 발을 가진 강아지처럼 행동하는 한편 여자아이들은 또래고 어른이고 남자들이 우리를 전과 다른 눈길로 본다는 사실을 의식하기 시작한다. 그들은 성적인 의도를 갖고 우리를 쳐다본다. 심지어 우리가 아주 어릴 때조차 성인 남성들은 우리에게 미소를 보내거나 종종 휘파람을 불었고, 어떤 이들은 노골적으로 치근덕거리거나 탐욕스러운 눈빛으로 빤히 응시했다.

아마 당신도 학창 시절에 학급마다 있던 '그 여자애'가 기억날 것이다. 또래들보다 더 '성숙한' 여자애 말이다. 우리 반에는 멜로디가 있었다. 그 애는 열네 살 때부터 자신이 다른 여자애들과 다르다는 걸 알고 있었고, 새로 발견한 성적 매력을 보란 듯이 과시하고 다녔다. 멜로디는 중학생 때 고등학생과 데이트를 했고, 고등학생 때는 대학생과 어울려 다녔다. 그 애는 남자들에게서 원하는 관심을 이끌어내는 방법을 알고 있었다.

지금이야 멜로디가 평범한 게 아니라 예외적인 경우라는 걸 알지만 그럼에도 우리 중 대부분은 (솔직히 말해 보자.) 젊고 어린 여자들이 내뿜는 여성성이 얼마나 강력한지 인정할 것이다. 약간의 은근한 유혹은 사실 아주 유용하다.

남성들의 성적 욕구는 젊은 여자에게 인생 초반에 큰 힘을 부여하고, 원하는 것을 얻기 위해 무엇을 하고 어떻게 행동할지에 관한 관점을 형성하는 데 영향을 끼친다. 그리고 그 공식은 대부분 성공하는데, 적어도 우리가 젊고 매력적일 때는 그렇다. 하지만 시간이 흐르면 상황이 변하기 시작한다.

열네 살 때였다. 어느 날 학교 수업을 마치고 집에 왔더니, 엄마가 부엌 식탁에서 친구와 두런두런 대화를 하고 있었다. 내가 다가가자 엄마가 나를 발견하고는 친구와 할 이야기가 있으니 저리 가라고 손짓했다. 나는 간식을 먹으러 냉장고로 향했다. 냉장고에서 우유를 꺼내는데 그들의 대화 내용이 귀에 들어왔다.

엄마의 친구 글로리아는 무척 화가 나 있었다. "문제야 당연히 있었지. 하지만 애들이 있으니까 그이가 진짜로 날 떠날 줄은 몰랐어."

"그 사람이 뭐라고 했는데?" 엄마가 물었다.

"시내에서 알게 된 여자랑 1년째 만나고 있대. 나보다 훨씬 어린 여자야." 글로리아가 말했다. "그 여자랑 있으면 자기가 영웅처럼 느껴진다나. 나랑 있으면 실패자처럼 느껴지나 보지."

"넌 그놈이 바람피우는 거 알고 있었어?" 엄마가 물었다.

"솔직히 말하자면 수상한 낌새는 있었는데 알고 싶지 않았어. 그냥 지나가겠거니, 결국엔 다 괜찮아지겠거니 생각했지."

"그러니까 사실 속으론 알고 있었던 거네?" 엄마가 캐물었다.

"그래, 그랬던 것 같아. 그냥 인정하기 싫었던 거지." 글로리아가 드디어 속내를 털어놓았다. "최근 몇 년간 우리 사이가 그리 좋진 않았거든. 시간이 지날수록 공통점이 점점 줄었으니까. 그 사람은 직장에 출근했고 난 애들을 키웠지. 그 사람이 출장을 가면 난 집에 남았고."

"결혼 생활도 별로였고 남편이 바람피우는 것도 알았는데 왜 아무 말도 않고 계속 참은 거야?"

"애들 때문에." 글로리아가 냉큼 대답했다.

"애들?" 엄마가 놀라 물었다. "글로리아, 너희 애들은 이미 다 자랐 잖아. 아들은 이번에 대학도 졸업했고. 그거 말고 다른 이유가 있을 거 아니니."

잠시 머뭇거리던 글로리아가 조용히 말했다. "경제적 문제 때문에 어쩔 수가 없었어. 결혼 생활이 안 좋긴 해도 경제적으로 괜찮았으니 까. 나 혼자 살아가야 한다고 생각하니까 겁이 덜컥 나더라. 일을 안 한 지 10년이나 됐는걸. 나 혼자 생계를 꾸려 나갈 수 있을지도 모르 겠고. 그래, 세월이 지나면서 우리 부부 사이는 멀어졌을지 몰라. 하지 만 한 가지 다행인 건 적어도 내가 경제적으론 괜찮았다는 거야."

글로리아가 흐느끼기 시작했다. "어떻게 해야 할지 모르겠어. 현실 을 마주하고 나니 너무 무서워. 나이 마흔다섯에 혼자가 돼서 돈을 벌 고 생계를 책임져야 한다니. 내가 이런 처지가 될 거라곤 상상도 못해 봤단 말이야."

나는 냉장고에 우유팩을 넣은 뒤 내 방으로 향했다. 계단을 올라가 는데 엄마 친구가 하는 말이 들렸다. "내가 재정 문제를 혼자 해결할 수 있을지 모르겠어." 그 말은 내 가슴에 묵직하게 날아와 박혔다.

나는 속으로 생각했다. "저 여자는 비참한 결혼 생활을 하면서도 남 자한테 경제적으로 의존하고 있다는 이유로 모든 걸 꾹 참았어." 그 순 간 나는 여자의 인생이라는 것이 막연히 상상하는 것처럼 '그 뒤로 오

리치 우먼

래오래 행복하게 살았습니다.'로 끝나지 않을 수도 있다는 사실을 깨달았다. 나는 그날 내가 어떤 결심을 했는지 아직도 기억한다.

"나는 남자, 아니, 다른 누구에게도 경제적으로 절대 기대지 말아야지."

이제껏 내 삶을 이끈 것은 바로 그 결심이었다.

공식을 바꿔야 할 시간

말해 두겠는데, 나는 남자를 싫어하지 않는다. 나는 남자를 좋아한다. 다만 그들에게 경제적으로 의존하고 싶지 않을 뿐이다. 하지만 오늘날에는 아직도 많은 여자들이 남자에게 경제적으로 의존하는 삶을 살고 있다.

나는 40~50대에 이혼을 하고 어려움을 겪고 있는 중년 여자들을 많이 만났다. 그들이 하는 이야기는 대부분 비슷했다. "젊었을 땐 참 행복했어요. 하지만 시간이 지나면서 점점 멀어졌고, 그 사람은 젊은 여자한테 반해 나를 떠났죠. 생전 처음으로 난 혼자가 됐어요."

나는 운이 좋은 편이다. 우리 부모님은 그야말로 행복한 부부의 모범이었다. 두 분은 50년 넘게 결혼 생활을 유지하셨고, 애정이 가득하고 서로 존중하는 결혼 생활에 대한 스승이자 본보기로서 나는 두 분을 존경한다.

불행히도 많은 혼인이 이러한 시간 검증을 통과하지 못한다. 이혼율은 계속 상승 중이고 결혼한 두 쌍 중 한 쌍은 이혼으로 끝난다. 이혼할 준비를 하라는 게 아니다. 그저 현실적으로 생각하고 어떤 일이 일어나도 대비할 수 있게 재정적 기반을 마련해 두라는 것이다. 글로리아에게는 '만일을 위한 대책'이 없었다. 미래에 대한 그녀의 계획은 한가지뿐이었다. 반드시 결혼 생활을 유지하여 안락한 생활을 누릴 것.

젊음과 성적 매력을 이용해 원하는 것을 얻고 관심과 영향력을 누리는 것은 20~30대에는 통할지 몰라도 40대나 50대, 나아가 60대가 되었을 때 필요한 것을 얻을 수 있는 공식은 아니다. 남자들이 바뀔 거라고 생각하는 건 시간 낭비다. 이제 우리 여자들이 바뀌어야 할 때다. 젊었을 적 통하던 공식도 나이가 들면 효능을 잃는다. 그러니 여자들이여, 우리의 공식을 바꾸자. 그리고 이 공식에서 핵심적인 역할을 하는 것이 바로 돈이다. 젊었을 때 성적 매력이 힘을 부여해 줬다면, 나이가 들수록 돈이야말로 우리에게 통제력을 가져다 줄 것이다.

캐서린 헵번이 이에 대해 아주 적절하게 표현한 적이 있다.

"여자들이여, 돈과 성적 매력 중에 하나를 선택해야 한다면 돈을 선택하세요. 나이가 들면 돈이 당신의 성적 매력이 될 겁니다."

이제 세상은 여러 가지로 변했고, 여자들 역시 그와 함께 변화해야한다. 이 책은 그러한 변화를 위한 로드맵을 제공한다. 만일 죽을 때까지 당신을 부양해 줄 남자를 찾는 것이 당신이 생각하는 최고의 재테크 전략이라면, 부디 행운을 빈다. 하지만 그와 생각이 다른 사람들, 즉 삶을 변화시킬 준비가 되어 있고 자신의 삶을 스스로 통제하길 원하며 기꺼이 이를 시도할 의지가 있는 사람들에게 나는 대안을 제시해 줄 것이다.

가족에 경제적으로 의존한다면?

어떤 여자는 가족에게 경제적으로 의존할 수 있는 행운을 타고 났을지도 모른다. 하지만 어쨌든 그런 이들이 다수는 아닐 것이다. 내 친구들 몇몇은 가족의 보살핌을 받기는커녕 오히려 그들을 돌보고 있다. 호놀룰루에 살고 있는 한 친구는 어머니의 건강에 문제가 생겨 어머니를 보살피고 있다. 치료에 들어가는 비용도 비용이지만 무엇보다 그녀는 수입의 상당 부분을 잃었다. 일하며 돈을 벌어야 할 시간에 어머니를 돌봐 드려야 하기 때문이다.

어머니를 요양원에 모신 또 다른 친구는 매달 8,000달러를 요양원에 내고 있다. 그녀는 이렇게 되리라고는 전혀 예상하지 못했다.

스코츠데일에 거주하는 한 여자는 얼마 전 어머니가 돌아가시면서 집을 물려받았다. 부모님이 30년 동안 살았던 집이었다. 문제는 지난 30년간 집값이 너무 많이 오른 탓에 어마어마한 재산세도 함께 물려받았다는 점이다. 여자는 세금을 낼 돈이 없었기 때문에 결국 세금을 내기 위해 물려받은 집을 팔아야 했다. 결과적으로 그녀에게 남은 것은 거의 없었다.

요즘 점점 더 흔해지고 있는 다른 시나리오도 있다. 이 이야기를 내게 들려준 수잔의 아버지는 부동산과 사업, 주식 등으로 많은 자산을 축적했다. 수잔의 어머니가 돌아가시자 아버지는 재혼을 했다. 그러다 불치병에 걸렸는데, 아버지가 병상에 누워 있는 동안 새 부인이 남편의 전 재산을 자기 가족에게만 상속하도록 유언장을 고쳐 버렸다. 수

잔과 수잔의 동생들은 유언장에서 완전히 배제되었다. 아버지가 돌아가신 후, 수잔은 아버지의 그 많던 재산을 한 푼도 물려받지 못했다.

여기서 내가 하고 싶은 말은 잘못될 가능성이 있는 모든 수를 철저히 고려하라는 것이 아니다. 진짜로 중요한 것은 일어날 수 있는 일에 대해 미리 대비하는 것이다. 지금 당신이 누구에게 혹은 무엇에 당신의 재정적 미래를 의존하고 있는지 스스로 깨닫기 바란다. 내가 강조하고 싶은 것은 반드시 만일의 경우에 대비해야 한다는 점이다. 그리고 당신이 재정적 미래를 누구에게 또는 무엇에 의존하고 있는지 현실을 직시하게 하고 싶다.

기업이나 정부의 작금의 행보 역시 재정적 미래를 가족에게 의존하는 것이 최선의 선택이 아님을 보여 주는 또 다른 이유가 된다.

회사에 경제적으로 의존한다면?

2005년 10월 31일, 《타임》지에 "은퇴와 관련된 거대한 사기극"이라는 커버스토리가 실렸다. 부제는 "연금 수령을 기대하며 퇴직하는 수백만 미국인을 강타한 고약한 충격. 기업은 어떻게 정부의 도움을 받아 서민들의 주머니를 털고 있는가?"였다. 기사는 미국의 주요 기업들이 직원들의 퇴직 연금을 대부분 탕진하거나 또는 문자 그대로 강탈한 현실을 폭로했다. 한편 정부는 기업이 직원들에게 매달 연금과 건강보험 혜택을 지원하겠다는 약속을 지키지 않아도 아무 문제없이 빠져나갈 수 있도록 뒤를 봐 주었다.

기사는 이렇게 말한다. "《타임》지의 조사 결과, 현재의 일선 노동자들이 은퇴 연령에 이르기 훨씬 전부터 노동자보다 기업 및 특별 이익 집단을 우선시하는 국회의 정책들은 수백만에 이르는 노령 인구를(그 중 대다수가 여자다.) 빈곤 상태로 몰아넣고 그 외에도 수백만 명을 벼랑 끝으로 내몰아 일부 부유층을 제외한 모든 사람에게 가난하고 힘겨운 노후 생활을 선사할 것이다."

이 기사를 읽었을 때 특히 내 관심을 사로잡은 부분은 연금 미지급의 피해자가 된 다섯 명의 이야기였다. 다섯 개의 사례 모두 '여성'이었다. 그중 한 명인 69세의 여성은 남편의 업무상 재해로 인해 지급될 예정이었던 월 1,200달러 연금을 받지 못해 깡통을 모아 매달 60달러의 수입으로 생계를 버티고 있었다.

60세의 다른 여성은 36년 동안 폴라로이드사에서 근무했다. 처음에는 단순한 사무직원이었지만 승진을 거듭해 임원이 될 수 있었고, 종업원지주제(ESOP)에 참여했다. 그녀는 매달 급여의 8퍼센트를 저축하면서 퇴직 후 주식을 현금화하면 상당한 돈을 쥘 수 있으리라 생각했다. 하지만 회사의 사업적 실책과 국회의 개입 때문에 주가가 폭락하면서 약 10만~20만 달러에 달하는 가치를 잃게 되었다. 거기다 수만 달러의 연금과 기타 혜택을 기대하고 있었건만 회사가 정리된 뒤 수중에 남은 것은 겨우 47달러짜리 수표 한 장뿐이었다.

기사에서 언급된 다섯 명의 여성들은 은퇴 후에 재정적으로 안정된 삶을 영위하리라 생각했지만 그들은 모두 빈궁한 생활을 하고 있다.

말도 안 되는 일이지 않은가? 더구나 앞으로 연금제도가 다시 부활할 조짐은 없다. 말 그대로 그것은 과거의 것으로 남을 것이다.

이건 비단 여자에게만 일어나는 일도 아니다. 수많은 남자들과 다른 가족 구성원들에게도 일어나는 일이다. 이 위기는 특정한 성별에게만 국한되는 게 아니다.

그러므로 다시 말한다. 만일 당신의 재정적 안정을 남편이나 다른 피붙이에게 기대고 있다면 이 같은 현실을 부디 진지하게 고려하기 바란다.

정부에 경제적으로 의존한다면?

정부가 운영하는 사회보장제도와 메디케어는 파산했다. 과연 그들이 이 문제를 해결할 수 있을까? 난 모르겠다. 대부분의 조사에 따르면, 현재 20~30대 남녀들은 자신이 은퇴 연령에 이르렀을 때 사회보장제도 및 메디케어의 혜택을 받을 수 없다는 사실을 인식하고 있다. 또한 연금제도의 경우에도 정부는 평생 동안 노동을 통해 사회보장제도와 메디케어에 기여한 국민들에게 한 약속을 지키지 못할 것이다.

선택은 당신의 몫이다

남자와 가족, 회사나 정부가 미래에 당신을 도와줄 '수도' 있지만… 나라면 그들에게 '의존하지' 않겠다. 나라면 스스로 통제할 수 없는 것에 내 재정적 미래를 걸지 않을 것이다.

우리는 결정을 내려야 한다. 스스로 재정적 독립을 이룰 것인가? 아니면 남에게 의존할 것인가? 이것은 의식적인 선택이다. 재정적 '의존'을 선택한다면 자신의 재정적 안녕에 대한 책임을 다른 사람에게 전가한다는 의미임을 명심하라. 결과가 좋든 나쁘든 당신은 무조건 수긍해야 한다.

반대로 재정적 '독립'을 선택한다면 단기적인 편안함이 아닌 장기적인 자유를 선택하는 것이다. 훗날에 더 쉽고 보람찬 길을 걸을 수 있게끔 지금 당장 어렵고 험한 길(많은 여자들이 단념하고 등 돌렸다.)을 선택하는 것이다.

나는 여자가 진정으로 자신의 재정적 삶을 통제하겠다고 결심한다면 누구나 성공할 수 있다고 믿는다. 이미 많은 여자들이 그렇게 하고 있으니까.

이 책은 재정 독립에 관한 책이다. 왜냐하면 나는 여자가 자유를 성취하는 첫 번째 열쇠가 바로 재정적 자유에 있다고 믿기 때문이다.

여자와 투자에 관한 킴 기요사키의 강연을 듣고 싶다면 www.richwoman.com/richwoman을 **방문하여 오디오 파일을 무료로 다운로드하세요.**

Chapter 1

친구들과의 점심식사

"다른 모든 것에 앞서, 난 여자예요."
— 재클린 케네디 오나시스(제37대 미국 영부인)

　나는 뉴욕을 사랑한다. 뉴욕은 유일무이한 도시다. 언제나 왕성한 에너지를 분출하는 멈추지 않는 도시, 지루할 틈이 없는 곳이다. 내가 손을 흔들자 타임스퀘어 옆 51번가에 택시가 멈춰 섰다. 거리는 평소처럼 어딘가로 바삐 움직이는 회사원들과 길게 늘어선 시계와 지갑, 군밤을 파는 좌판, 창문 너머로 가게를 구경 중인 사람들로 그득하다. 허기진 사람들이 점심식사를 하러 서둘러 식당으로 향하고 있다. 나도 마찬가지다. "어디로 갈까요?" 택시기사가 물었다. "플라자 호텔이요." 내가 대답했다. 맑고 청량하고 선선한 날이다. 파란 하늘 아래 부는 바람 때문에 다소 싸늘하게 느껴졌다.

나는 호텔에 예상보다 더 빨리 도착했다. "5.7달러입니다." 택시기사가 호텔의 정문 앞에 차를 대며 말했다. 긴장되면서도 설레는 마음으로 택시에서 내렸다. 나는 오늘 이 점심식사를 위해 피닉스에서 뉴욕까지 비행기를 타고 날아왔다. 뭘 기대해야 할지도 모르겠고, 고백하자면 정확히 누구와 식사를 할지도 모르는 상태였다. 근사한 만남이 될 수도 있고 아니면 커다란 실수로 판명날 수도 있었다. 다만 한 가지 분명한 게 있다면, 무슨 일이 있어도 결코 지루하지는 않을 거라는 것이었다.

내가 이메일을 받은 것은 두 달 전의 일이었다.

안녕, 아가씨들!
그래, 우리가 해냈어! 우리가 다시 뭉칠 날짜와 시간, 그리고 정확한
장소까지 전부 다 정해졌단다. 우리는 뉴욕시에 있는 플라자 호텔에서
3월 22일 낮 12시에 만나 점심식사를 함께할 거야. 호놀룰루에서 만나
이젠 뉴욕이라니… 참 많은 게 변했지. 빨리 만나서 그동안 다들 어떻게
지냈는지 알고 싶다.
애정을 보내며, 팻

팻은 하와이 대학에서 만난 친구다. 우리는 철학 수업에서 처음 만나 1년 동안 한집에서 살았다. 그러곤 그 후 20년 정도 얼굴을 보지 못했다. 팻은 이번에야말로 우리 '하와이 그룹'이 다시 만날 기회라고 선

언했다.

우리의 하와이 그룹은 모두 6명이었다. 모두 호놀룰루에서 보낸 '잊지 못할' 시절에 만난 사이다. 그때 우리는 젊고, 미혼이었고, 하와이 섬에 살고 있었다. 그리고 그곳에서 인생 최고의 시간을 보냈다.

팻이 어떤 마법을 부렸는지는 모르겠지만, 어쨌든 그녀는 해냈다. 미국 전역에 흩어져 살고 있던 우리 다섯 명을 모두 찾아내 일정을 조정하고, 약속 장소를 정하고, 날짜와 시간을 조율했다. 다들 오랫동안 연락이 끊긴 상태라 굉장한 업적이라고밖엔 할 수 없었다. 나만 해도 사는 곳을 여러 번 옮겨 다녔고 다른 친구들도 마찬가지일 터였다. 하지만 그런 문제는 계획과 정리의 여왕인 팻에게 맡기면 금방이지!

우리가 마지막으로 한자리에 모인 건 20년 전 호놀룰루에서 점심식사를 했을 때였다. 다들 막 직장 생활을 시작해 거창한 꿈을 꾸던 시기였다. 우리는 호놀룰루에서 시간을 보내며 함께 많이 성장했고, 나는 다른 친구들이 그동안 어떻게 지냈고 지금은 무엇을 하고 있는지 궁금해 죽을 지경이었다.

호텔 입구에 깔려 있는 붉은 양탄자 위를 따라 걸었다. 도어맨이 문을 잡아 주었다. 호텔 안에 들어서자, 순간 시간이 멈춘 것만 같았다. 나는 3미터 앞에 서 있는 팻과 레슬리를 한눈에 알아봤다. 팻은 그야말로 완벽해 보였다. 심지어 머리카락 한 올도 모자 밖으로 삐쳐 나오지 않았다. 옷차림 또한 완벽했다. 부츠는 새것 같았고, 맞춘 것처럼 코디한 장갑도 그랬다. 세세한 부분까지 나무랄 데가 없었다. 팻은 언제나 그랬다. TV 드라마 「오드 커플」에 나오는 깔끔하고 꼼꼼한 펠릭스 엉거를 연상시켰다.

팻은 모든 것이 계획대로 딱 맞아 떨어지는 걸 좋아하는 성격이라 그날 거의 한 시간이나 일찍 도착했다. 우리의 재회를 위해 모든 게 완벽하게 준비되어 있길 바랐기 때문이다. 그렇다, 팻은 뭔가를 계획하고 준비해야 할 때 가장 먼저 필요한 사람이었다. 온갖 사소한 것까지 따지고 들어 우리를 미치게 만드는 사람도 팻이었지만.

팻 옆에는 레슬리가 있었다. 그녀가 아직도 예술가라는 건 자명해 보였다. 화려하고 다양한 색색의 옷을 겹쳐 입은 레이어드 패션에(길고 헐렁한 치마, 밝은색 프린트 셔츠, 조끼, 스카프, 한 치수 큰 코트) 몸에 걸친 모든 게 펄럭이고 있었다. 팻과는 극단적일 정도로 정반대였다. 레슬리는 마치 방금 바람을 타고 내려온 것 같았다. 어깨에 걸려 있는 크고 불룩한 가방은 안에 대체 뭐가 들어 있는지 궁금할 정도였다. 레슬리는 예술가적 기질이 다분해서 대체로 종잡을 수가 없다. 그녀는 항상 엉뚱하고 약간은 괴팍해 보일 정도지만 사실은 굉장히 똑똑한 사람이다. 만일 1800년대에 건축된 건물에 그림을 그려야 한다면 레슬리는 가장 먼저 건물의 역사와 시대적 배경, 그 시대에 활동하던 화가들과 그들의 화풍에 대해 공부할 거다. 레슬리는 진심으로 예술을 사랑하고 예술이 깃든 삶을 사는 친구다.

우리는 두 팔을 활짝 벌려 포옹을 나눈 다음, 바로 수다를 떨기 시작했다. 어찌나 신나게 재재거렸는지 순식간에 20분이 지났고 심지어 재

니스가 호텔에 들어오는 것도 몰랐
다. 그녀는 서부 해안에서 막 날아
온 참이었다. 약간 흐트러진 채 숨
을 헐떡이며 들어온 재니스가 우리
를 발견하고는 소리를 꽥 질렀다.
"세상에! 이렇게 다시 만나다니 너

> 우리가 마지막으로 한자리에 모인 건 20년
> 전 호놀룰루에서 점심식사를 했을 때였다.
> 다들 막 직장 생활을 시작해 거창한 꿈을
> 꾸던 시기였다. 우리는 호놀룰루에서
> 시간을 보내며 함께 많이 성장했다.

무 좋다! 우리가 뉴욕에서 모일 줄 누가 알았겠니!" 재니스가 감탄했
다. "그건 그렇고 여기 오는 데 길이 막혀서 죽는 줄 알았어. 거기다 회
의도 늦게 끝났거든. 오늘 날씨 정말 좋더라!" 재니스가 숨도 쉬지 않
고 두두두 말을 쏟아 냈다.

팻과 레슬리, 나는 서로 시선을 맞추며 마치 뭔가는 평생이 가도 변
하는 법이 없다고 말하듯 조용히 고개를 주억거렸다. 우리가 예전에
알고 사랑했던 재니스의 모습 그대로였다. 그녀에게는 항상 열 가지
일이 동시에 일어났다. 말도 빨랐다. 걸음걸이도 빨랐다. 무한한 에너
지를 발산했다. 그리고 절대로 조용히 등장하는 법이 없었다.

넷이서 다시 한창 수다를 떠는데 팻의 휴대전화가 울렸다. "너무 아
쉽다." 팻이 전화기에 대고 말했다. "오늘 밤새서 일을 해야 한다고? 그
렇게 애썼는데 정말 아까워. 오늘 만나서 무슨 얘기 했는지 나중에 다
알려 줄게. 몸조심하고."

전화를 끊고 나서 팻이 말했다. "트레이시는 못 온대. 지금 하고 있
는 프로젝트가 이번 달까지 마감이래. 마무리 짓고 올 수 있을 줄 알았

는데 오늘 아침에 상사가 갑자기 급하게 수정사항이 있다고 해서 도저히 빠져나올 수가 없다나 봐." 그러곤 트레이의 사정을 설명했다. "회사에서 승진하려고 엄청나게 노력 중인데 오늘처럼 직장 때문에 사생활을 많이 포기해야 하는 것 같더라. 정말 꼭 오고 싶었대."

"트레이시는 지금 어디 살아?" 레슬리가 물었다.

"시카고에. 유명한 휴대전화 회사에서 일해." 팻이 대답했다.

직원이 우리를 테이블로 안내했다. 팻은 우리를 위해 레스토랑 한쪽 구석에 있는 근사한 자리를 예약해 두었다. 심지어 하와이 시절을 기념하기 위해 각자의 자리에 초콜릿을 입힌 마카다미아너트가 담긴 작은 상자도 준비되어 있었다. 가장 놀라운 선물은 20년 전 우리가 호놀룰루에서 만났을 때 찍은 사진이 담긴 액자였다. 오늘 만남이 결코 잊을 수 없는 시간이 되리라는 예감이 들었다.

우리는 사진을 이리저리 뜯어보며 다들 젊었을 때에 비해 얼굴이 하나도 안 변했다고 서로 확인해 주는 일련의 절차를 거쳤다. "그때 입던 수영복도 아직 들어갈걸." 재니스가 비꼬듯이 말하자 모두가 신음을 토했다.

"마사는 어땠어? 걔는 안 와?" 웨이터가 물 잔을 채우고 사라지자 내가 물었다. 팻이 대답했다. "오고 싶어 했는데 안 될 것 같다고 연락이 왔어. 어머니가 건강이 안 좋으셔서 사흘 동안이나 어머니를 혼자 두기가 어려울 것 같대. 이야기를 들어 보니까 아버지가 10년 전에 돌아가시고 지금은 어머니랑 둘만 사나 봐. 외동이거든. 모두에게 사랑한다고 전해 달래."

"뭐, 여섯 명 중 네 명이면 나쁘지 않네." 재니스가 말했다.

한 손에는 아이스버킷, 그리고 다른 한 손에는 차게 식힌 샴페인 병을 든 웨이터가 다가왔다. 역시 팻은 하나라도 빠트리는 법이 없다니까. 샴페인 잔은 이미 테이블 위에 준비되어 있었다. 샴페인이 '뻥!' 하고 터지고, 모두의 잔이 조심스럽게 채워졌다.

"내가 건배사를 할게." 팻이 말했다. "오랜 세월 동안 이어진 다시없을 우정을 위해." 우리는 술잔을 높이 들어 올리며 한 목소리로 따라 외쳤다.

길고 여유로운 점심식사가 시작되었다.

Chapter 2

친구들은 어떻게 살아왔을까?

"진저 로저스는 프레드 아스테어가 한 일을 전부 다 했을 뿐만 아니라
하이힐까지 신고 거꾸로도 그 일들을 할 수 있었다."

— 페이스 위틀시(정치인)

대화가 잠시도 끊이지 않았다. 누군가와 일대일로 이야기를 하다 보면 곧 옆에서 다른 친구가 끼어들었고, 우리는 테이블 맞은편과 옆자리로 쉴새 없이 말을 걸었다. 궁금한 게 너무 많았다.

우리 중 가장 시끄러운 성격인 재니스가 레슬리에게 외쳤다. "레슬리, 지난 20년간 뭐하고 살았어?" 그녀의 목소리가 관심을 사로잡은 덕분에 우리는 전부 하던 말을 멈추고 레슬리의 대답을 기다렸다.

레슬리의 이야기(이혼/아이 둘/아트 갤러리 근무)

레슬리가 입을 열었다.

"하와이에서 마지막으로 모였을 때 기억나? 그때 더 큰 기회를 찾아서 호놀룰루를 떠날 거라고 했잖니."

우리는 한 몸으로 고개를 끄덕였다.

"그래서 반년쯤 뒤에 뉴욕으로 왔어. 자고로 성공을 하려면 사람이 많은 곳으로 가야 한다고 생각했거든. 그렇다면 상업 예술의 중심지가 제격 아니겠니. 운 좋게 바로 작은 그래픽디자인 회사에 취직할 수 있었지. 덕분에 뉴욕을 찬찬히 둘러보면서 내가 진짜로 뭘 하고 싶은 건지 알아볼 수도 있었고. 처음엔 약간 불안했어. 하와이에서 뉴욕으로 옮겨 온 건 엄청난 변화였거든. 난 지하철을 여기 와서 처음 봤단 말이야. 송곳 같은 하이힐을 디디고 서는 법도 배웠고. 알다시피 그건 신고 걸을 수 있는 물건이 아니잖니. 그 뒤로 직장을 몇 군데 옮겨 다녔지. 블루밍데일이랑 메이시의 미술 부서에도 있었어.

여가 시간엔 그림을 그렸지. 좁은 아파트 구석에 이젤이랑 물감을 챙겨서 나만의 작업실을 만들었어. 내가 제일 좋아한 건 화구를 바리바리 싸들고 센트럴 파크나 록펠러 센터 같은 곳에 가서 몇 시간이고 죽치고 앉아 그림을 그리는 거였어. 몇 년 전에는 뉴욕에 있는 갤러리에서 전시회도 열었단다. 그때가 내 인생 최고의 절정기였던 것 같아. 많은 돈은 못 받았지만 그림이 몇 점 팔렸거든. 내 작품을 원하는 사람이 있다는 것만으로도 너무 기뻤지.

그러다 피터를 만났어. 내 이상형의 남자였지. 나랑 같은 화가였는데, 우린 사랑에 빠졌고 1년 뒤에 결혼식을 올렸어. 애도 둘 낳았고. 아들이랑 딸이야. 하지만 예술가 둘이 같이 사는 건 절대로 쉬운 일이 아냐. 적어도 내가 꿈꾸던 생활은 아니었지.

피터는 시내에 화실이 있었는데 그림도 어느 정도 팔고 미술 강의도 했어. 하지만 내가 보기에 우리의 문제점은 우리가 너무 비슷하다는 거였던 것 같아. 둘 다 예술가였으니까. 둘 다 충동적이고, 별로 체계적이지도 못하고, 무엇보다 돈에 있어서는 젬병이었거든. 하지만 우리 둘 다 돈 쓸 줄은 또 기가 막히게 알았지. 결혼 생활은 한 6년쯤 했나. 지금은 친구로 지내고 있어.

그 뒤론 혼자 애 둘을 키우는 데만 전념했어. 피터가 경제적으로 도와주긴 하는데 그 사람도 어차피 돈을 많이 버는 건 아니라서. 지금 딸은 열네 살이고 아들은 열두 살이야. 지금도 가능하면 시간이 날 때마다 그림을 그리는데 시간을 내기가 여간 어렵지가 않아.

참, 그리고 저 아래쪽에 있는 아트 갤러리에서 일하고 있어. 여자 혼자 애들을 키우다 보니 여러 모로 힘들었어. 맨해튼에선 돈이 너무 많이 들어서 뉴저지로 이사 갔는데, 여기선 사는 것도 좀 낫고 애들도 괜찮은 학교에 다니고 있어. 그래서 결론적으로 말하자면 이 정도면 괜찮다야. 스무 살 때 계획했던 것에는 전혀 못 미치지만."

"혼자서 애 둘을 키우다니 나로서는 꿈도 못 꿀 일이야." 재니스가 말했다. "난 내 한 몸도 제대로 건사 못하는데. 그래서 내가 아직 혼자인가 봐. LA도 물가가 만만치 않긴 하지만 뉴욕에 비할 만큼은 아니지. 레슬리, 너 정말 굉장하다."

"고마워." 레슬리가 대답했다.

"LA에 사는 건 어때?" 팻이 이번에는 재니스에게 물었다. "난 캘리포니아에는 살아 본 적이 없거든."

재니스의 이야기 (미혼/아이 없음/자영업자)

"난 LA가 너무 좋아."

재니스가 이야기를 시작했다.

"그것도 그건데, 무엇보다 내가 하는 일이 너무 좋아. 뭐, 대개는 말이야. 아까도 말했지만 난 결혼을 안 했거든. 8년 전쯤에 하마터면 할 뻔도 했는데 청첩장을 돌리기 직전에 그이가 '진정한 자신을 찾아야겠다.'며 뉴욕으로 떠나 버렸지 뭐니! 그러곤 6개월 뒤에 달랑 편지만 하나 보내서 자기는 아직 결혼할 준비가 안 된 것 같다고 하더라고. 내가 그때가 되도록 그걸 몰랐을까 봐? 마지막으로 들은 소식은 발리인지 피지인지에서 스무 살짜리 여자애랑 같이 살고 있다는 거였어. 드디어 '자기 자신을 찾았나' 보지.

그러고 나니 결혼이라는 게 별로 내키지가 않더라. 나이가 들수록 데이트를 하기도 쉽지가 않고. 늙은 남자들이 젊은 여자를 끼고 다니는 모습만 점점 더 보게 되더라고. 내가 거기 경쟁이나 되겠니. 그래서 일에 전념하게 됐지. 호놀룰루에서 같이 일하던 부부하고 계속 동업을 했어. 기억나? 열대풍 선물가게를 운영하던 사람들 말이야. 처음에 내가 거기서 일했을 땐 호놀룰루에 가게가 하나뿐이었는데 점점 사업을 확장해서 나중엔 호놀룰루에만 가게가 세 개가 됐어. 마우이랑 빅 아일랜드에도 지점이 생겼고. 나중엔 본토에 택배 서비스까지 시작했지.

그들과 일한 지 5년쯤 됐을 즈음 돈이 꽤 모여서 과감히 내 사업을 시작하기로 했지. 소매사업에 대해선 잘 알았으니까 그게 제일 좋은 방법 같았어. 나 혼자서도 할 수 있을 것 같았고.

그런데 틀려도 단단히 틀렸지 뭐야. 내 목표는 고급 식재료 판매점을 여는 거였어. 호놀룰루에는 그런 상점이 하나밖에 없는데 진짜 잘 나가고 있었거든. 지금까지 모은 돈을 전부 쏟아붓고 사업 자금 대출까지 받아서 와이키키 번화가에 작은 가게 자리를 빌리고 판매할 상품을 마련한 다음 문을 열었지.

난 사람들이 벌떼처럼 달려들 줄 알았어. 그런데 나흘 동안 파리만 날리는 거야. 가게에 멍하니 앉아 있다가 깨달았지. 가게가 거기 있다고 아무한테도 말하지 않았다는 걸! 홍보도 안 하고 손님들이 저절로 알아서 올 거라고 여긴 거지. 그다음엔 썩지 않는 공산품을 파는 거랑 식품을 판매하는 것 사이에는 엄청난 차이가 있다는 사실을 알게 됐어. 또 임대료를 늦게 낼 경우 상당한 불이익이 있다는 조항이 임대 계약서에 있다는 것도 아주 힘들게 배웠고.

몇 번이고 때려치울 뻔했는데, 결국엔 옛 상사한테 전화를 걸어서 제발 도와달라고 애걸했어. 그분이 내 말을 듣곤 웃더라고. '자영업자가 된 걸 축하해요!' 그러더니 지금 상황이 어떠냐고 묻더라. 그분은 정말 좋은 멘토가 되어 주셨어. 내 사업이 살아날 수 있게 도와주셨지. 그분이 없었다면 지금처럼 성공하지 못했을 거야.

좀 더디긴 해도 사업이 조금씩 궤도에 올라서기 시작했어. 처음으로 구직 광고를 냈을 땐 가슴이 터질 것 같았지. 드디어 날 도울 사람을 고용할 정도가 되다니 말이야. 첫 점포가 안정적으로 돌아가자 바로 두 번째 점포를 열었어. 두 번째도 처음엔 고생을 좀 했지만 시간이 지나자 안정적인 매출과 상당한 수익을 올리게 됐지.

그러고 나니 다시 좀이 쑤셔서 염두에 두고 있던 또 다른 끝내주는 아이디어를 펼쳐 보기로 했어. 여자들의 휴식을 위한 최고급 상품을 파는 곳이었지. 편안하고 조용한 분위기에, 바스오일과 향초 같은 다양한 제품과 고객의 집까지 저녁식사를 배달하는 특별 서비스에 이르기까지 온갖 서비스를 총망라하는 상점이었어.

하와이에 있는 상점을 팔고 캘리포니아에서 이 아이디어를 시험해 보기로 했지. 식은 죽 먹기일 줄 알았어." 재니스가 숨을 깊이 들이마시더니 말을 멈췄다.

"하지만 폭삭 망할 뻔했다니까. LA에서 사업하는 건 호놀룰루랑은 완전히 다르더라고. 그냥 비즈니스의 규칙 자체가 달라. 고객들이 원하는 제품도, 전반적인 태도와 사고방식 자체도 달랐어. 처음부터 다시

우리는 건배했다. "선택을 위해! 우리 모두 우리가 한 선택을 최대한 활용하고 앞으로도 최선의 선택을 할 수 있기를!"

시작하는 거나 다름없었지.

덕분에 아주 많은 교훈을 배웠어. 여하튼 결론만 말하자면 난 지금 가게를 세 개 운영하고 있어. 두 개는 LA에 있고 하나는 샌디에이고에 있지. 여자들을 위한 가게긴 한데 요즘엔 남자들도 많이 와. 그리고 인터넷에도 상당한 신경을 써서 지금은 온라인 쇼핑몰도 운영 중이야. 세상 참 많이 변했지!

사업을 운영하는 건 정말 정신없는 일이야. 지금은 직원이 열두 명이나 되는데, 이건 다른 얘기니까 차치하고, LA랑 샌디에이고를 오가면서 바쁘게 살고 있어. 상품도 구입하고, 무역 박람회에 참가하고, 거기다 영업 회의랑 사업을 더 발전시키기 위해 만나야 할 사람들까지, 출장만 다니면서 살고 있는 것 같아. 어쨌든 어느 정도 돈을 벌어서 다행이긴 한데 그래 봤자 번 돈의 대부분은 다시 사업을 유지하는 데 들어가." 재니스가 털어놓았다. "내 일을 사랑하긴 하지만 언젠간 가만히 앉아서 돈이 저절로 굴러 들어오는 것만 보면서 살 수 있으면 좋겠어. 내가 예상하는 것보다 훨씬 더 오래 걸릴 것 같아서 걱정이지만.

지난 20년간 바쁘게 살았던 것들이나 그동안 겪은 수많은 사건을 생각하면 전부 다 아주 먼 옛날 일처럼 느껴져. 한데 호놀룰루에서 보낸 그 여유롭던 시절은 꼭 어제 일 같단 말이야. 그때로 다시 돌아갈 수 있을까?"

그 말을 듣자마자 우리는 옛날의 추억으로 돌아갔다. 젊은 시절 우리가 어떻게 만났고, 해변을 누비며 얼마나 즐거운 시간을 보냈고, 어떤 남자들을 만났는지. 하와이의 다른 섬으로 놀러 갔던 일과 처음 들어간 직장, 남자들과 가장 그리운 토속 음식, 손바닥만 한 비키니, 행복했던 시간들… 아, 그리고 또 남자들.

레슬리가 말했다. "팻, 나 네가 처음으로 들어간 직장 기억나. 신문사에서 일하게 돼서 네가 무척 좋아했잖아. 네가 쓰는 기사 이야기만 나오면 한도 끝도 없이 떠들었고. 아직도 기자 일 하고 있어?"

팻의 이야기(기혼/아이 셋/전업주부)

팻은 글을 쓰는 것을 좋아했다. 그리고 시사와 관련된 주제도 좋아했다. 팻은 정치학과 저널리즘을 전공했고, 어렸을 때부터 특파원이 되어 전 세계를 돌아다니며 기사를 쓰고 싶어 했다. 대학을 졸업한 후, 그녀가 이력서를 보낸 회사는 두 곳뿐이었다. 두 곳 모두 호놀룰루 최고의 신문사였다. 만일 그 두 회사에 취직하지 못하면 어떻게 할 거냐고 묻자, 팻은 이렇게 대답했다. "난 이 면접을 위해 지난 4년 동안 준비했어. 그 사람들이 안 된다고 해도 된다는 말을 들을 때까지 절대로 포기 안 해."

팻은 평소에는 조용하고 내성적이었다. 기사를 쓰기 위해 취재를 할 때만 빼고 말이다. 그녀의 책상 위에는 온갖 책과 잡지, 신문뭉치가 산더미처럼 쌓여 있었다. 항상 사실 관계를 파고들었고, 문자 그대로 뉴스 중독자였다. 신문을 다섯 종류나 구독했고 밤이고 낮이고 뉴스 채널만 봤다. 요즘 세상에 무슨 일이 벌어지고 있는지 궁금하다면 그저 팻에게 물어보기만 하면 됐다. 그녀는 우리 모두가 감탄할 수밖에 없는 확신과 자신감을 갖고 있었다. 자신이 무엇을 원하고 어디로 갈 것인지 확고하게 알고 있었다.

그러나 때때로, 삶은 우리의 꿈을 가로막는다.

"나 신문사에서 아주 잘 나갔었어." 팻이 말했다. "점점 중요한 기사를 맡았고, 업무적으로나 사적으로나 만족스런 삶을 살고 있었지. 신문사에서 3년쯤 일했을 때 남편 그랜트를 만났고. 우린 둘 다 큰 꿈을 갖고 있었지.

그러다 댈러스에 있는 전국 최대 은행 중 한 곳에서 그랜트한테 환상적인 기회를 제안했어. 그는 내게 결혼하자고 했고 나는 좋다고 대답했지. 하와이와 내 일이 그리워질 거라는 건 알았지만 그가 받은 제안이 경제적으로 아주 많이 유혹적이었거든. 그다음에 내가 아는 거라곤 우리가 짐을 싸들고 곧장 댈러스로 갔다는 거야. 댈러스에 있는 신문사에 취직을 하려고 했는데 뜻밖의 일이 일어났어. 임신을 한 거야. 계획에 없던 일이었지."

우리는 팻의 인생에 "계획에 없던 일"이 생겼다는 데 대해 도저히 믿을 수 없다며 한 마디씩 농담을 던졌다. 그건 정말 팻답지 않은 일이었다.

"그럴지도." 팻이 말했다. "하지만 임신한 상태에서 직장을 구하는 게 얼마나 어려운지 아니? 내가 그때 별일 아닐 거라고 생각했다니 믿을 수가 없어. 하지만 정말정말 어려웠어. 한번은 내가 임신했다고 하니까 면접자가 무슨 생각을 하는지 얼굴에 빤히 드러나더라. '우리가 왜 이런 시간 낭비를 하고 있지? 기껏 훈련을 시켜놔도 6~7개월 동안 이나 회사에 안 나올 텐데?' 그땐 임신한 여자를 고용하려는 곳이 아무 데도 없었어. 신생아를 키우는 엄마는 말할 필요도 없고 말이야. 그래서 결국 출구 없는 무한루프에 빠졌지. 부업으로 글을 몇 편 기고하기도 했지만 대부분은 그랜트의 수입에 의존해 살았어. 정말 답답하고 짜증나는 일이었지. 우울하기도 했고.

그러다 보니 어차피 애를 둘이나 셋은 갖고 싶으니까 이왕 이렇게 된 거 지금 낳고 나중에 애들이 조금 나이가 들면 다시 일을 하자는 생각이 들더라. 그렇게 몇 년이 수년이 됐고, 난 사랑스러운 세 아이를 키우는 전업주부가 됐어. 그랜트는 승진을 거듭해 지금은 최고 임원이 되어 높은 연봉을 받아. 그래서 난 불평을 할 수도 없지. 부업을 할 정도로 돈이 필요하지 않아서 결국 직장으로는 돌아가지 못했어. 우리 애들 중 둘은 곧 대학에 들어갈 거야. 드디어 글 쓰는 일에 전념할 때가 됐다는 생각이 드는데, 이젠 그 바닥도 많이 변했을 테고 난 너무도 많은 시간과 열정을 잃었어. 다시 일을 시작할 에너지가 내게 없는 것 같아."

방금 전까지 레스토랑에서 가장 시끄러웠던 테이블이 순식간에 조용해졌다. 우리는 팻의 목소리에서 후회를 읽었다. 어색한 침묵이 흘렀다. 무슨 말을 해야 할지 알 수가 없었다. 팻이 마치 우리 마음을 읽은 듯이 샴페인 잔에서 시선을 들며 말했다. "그러지 마. 우린 선택을 해야 했고, 난 선택을 했어. 내가 다른 걸 선택할 수 있었을까? 물론이지. 하지만 난 커리어보다 어머니가 되는 걸 선택했고 그걸 후회하지 않아." 팻이 단호한 어조로 말했다.

팻의 확고한 태도가 테이블 주위에 팽배해 있던 긴장감을 누그러뜨렸다. 재니스가 술잔을 들어 올리며 힘 있는 목소리로 외쳤다. "선택을 위해! 우리 모두 우리가 한 선택을 최대한 활용하고 앞으로도 최선의 선택을 할 수 있기를!" 우리는 잔을 부딪쳤다.

레슬리가 빈 술잔을 응시하며 말했다. "샴페인을 더 마셔야 할 것 같아. 그다음엔 킴이 어떻게 살았는지 들어 보자."

Chapter 3

나의 이야기

"규칙을 전부 지키다 보면 모든 재미를 놓치게 된다."

— 캐서린 헵번(배우)

웨이터가 레슬리의 말을 들었는지 바로 테이블로 다가와 술잔을 채워 주었다. 그가 자리를 뜨자 레슬리가 물었다. "킴, 너는 20년 동안 어떻게 살았어?"

"파란만장했지." 내가 입을 열었다. "열세 살 때 읽은 책이 있는데, 10대 후반의 남자 넷과 여자 하나가 1920년대 초반에 유럽을 여행하는 내용이었어. 중간에 있었던 모험을 얼마나 실감 나게 묘사했던지. 뉴저지에서 태어나고 자란 나한테 뉴저지와 뉴욕, 펜실베이니아 말고 다른 세계가 있다는 걸 깨닫게 해 준 책이었어. 하와이로 대학을 간 것도 그 영향이 컸지."

"너희 집 오리건 아니었니?" 팻이 물었다. "열네 살 때 뉴저지에서 오리건으로 이사 간 거야." 내가 대답했다. "그때 처음으로 내가 알던 세상 바깥에 존재하는 다른 세상을 보게 되었지. 덕분에 세상이 얼마나 넓은지 조금은 경험하게 됐고, 앞으로 더 많은 걸 보고 싶다는 생각이 들었어.

그래서 부모님이 어떤 대학에 가고 싶으냐고 물었을 때 하와이라고 한 거야. 하와이에 가 보면 정말 좋을 것 같았거든. 별로 놀랄 일은 아니지만 부모님은 내가 하와이에 가면 학교 수업을 듣기보다 해변에서 더 많은 시간을 보내지 않겠냐고 의심하셨어. 사실 맞는 말씀이긴 했어. 하지만 난 어차피 모범생도 아니었고, 다른 대학에 가 봤자 별로 잘할 수 있을 것 같지 않아서. 일단은 1년만 거기서 보내 보자고 하셨지. 1년이 지나면 '하와이 타령'은 날아가고 진지하게 교육을 받을지도 모른다고 말이야."

"실제로도 너 하와이를 떠났었잖아." 팻이 말했다 "다시 돌아오긴 했지만."

"그래." 나는 순순히 인정했다. "여행을 하고 싶었으니까. 4년 동안 교환학생을 다섯 번이나 갔지. 하와이 대학에서는 마케팅을 전공했고. 난 세 자매 중 막내인데, 우리 셋 다 대학에 갔어. 대학교 졸업식 날에 난 졸업장을 포장해서 부모님한테 보냈어. '축하드려요. 저보다도 두 분이 더 이걸 받으실 자격이 있어요.'라고 쓴 쪽지를 넣어서 말이야."

"너희 부모님이 호놀룰루에 오셨던 게 기억나." 팻이 말했다. "참 재미있는 분들이셨는데."

"난 진짜 운이 좋았어." 내가 말했다. "우리 부모님은 늘 내게 본보기가 되어 주셨거든. 원하는 게 있다면 뭐든 할 수 있다고 말씀해 주시곤 했지. 늘 자기 자신을 제일 중요하게 생각하라면서 '네 행복이 가장 중요하단다.'라고 격려해 주셨어. 당신들도 그 말씀대로 사셨고. 우리 어머닌 학교 선생님이었는데, 평범한 아이들은 물론이고 특별한 도움이 필요한 아이들도 가르치셨어. 굉장한 낙천가셨지. 난 어머니를 통해 친절과 배려, 그리고 거기 딸려 오는 사소한 성가심이나 짜증에도 화를 내지 않고 넘기는 법을 배웠어. 어머니는 이렇게 묻곤 하셨지. '그게 정말로 화낼 일일까?' 아버지는 사업가이자 영업 전문가였는데 내게 정직과 성실성이 뭔지를 보여 주셨지. 아버지는 누군가와 약속을 하면 무슨 일이 있어도 그걸 지켜야 한다고 가르치셨어. 지금도 두 분은 나와 로버트가 하는 일을 가장 크게 응원하고 자랑스러워하셔."

"우리들처럼 너도 하와이를 사랑했고 거기에 남았지." 재니스가 말했다.

"솔직히 우린 그때 모두 젊었고, 미혼이었고, 호놀룰루에 살고 있었고, 별로 책임질 것도 없었잖아. 그러니 어떻게 하와이를 사랑하지 않을 수가 있겠니?"

"맞아. 즐거웠던 시절이었지." 재니스가 수긍했다.

첫 번째 직장

나는 이야기를 이어 나갔다. "내가 처음 취직한 곳은 호놀룰루에서 제일 큰 광고회사의 미디어 부서였어. 좋은 곳이었지. 호놀룰루는 작은 도시라 광고계를 꽤 빨리 파악할 수 있었어. 재미난 사람도 무척 많았고.

거기서 시작해 광고계의 다른 분야로 갔다가 결국엔 광고 판매 쪽에 자리를 잡았어. 그 바닥을 뜰 때까지 계속 거기서 일했고. 너희가 알지 모르겠는데, 난 영업에 그다지 잘 맞는 사람이 아니야. 그쪽으로 교육을 받은 적도 없고. 그야말로 일을 하면서 배운 케이스지. 그때 난 스물다섯 살이었고, 호놀룰루 비즈니스 업계가 주로 읽는 잡지사를 운영했어. 내 주된 업무는 잡지의 광고 지면을 판매하는 거였지. 내 밑에서 일하는 영업 담당자가 둘 있었는데, 우리가 영업을 해서 광고를 따내지 못하면 잡지를 발간할 수가 없었어. 그래서 잡지를 발행할 때마다 지난 호보다 광고를 더 많이 따 오라는 압박이 엄청났지. 우린 매달 안간힘을 써야 했고, 그때마다 어떻게든 해냈어."

로버트가 가르쳐 준 부자 아빠의 첫 번째 교훈 중 하나는 투자가 사분면 I로 가는 비결이 '내가 돈을 위해 일하는 게 아니라 돈이 나를 위해 일하게 만들어야 한다.'는 데 있다는 것이다.

"우리가 호놀룰루에서 마지막으로 만났을 때도 거기서 일하고 있었지? 그 후론 뭘 했어?" 레슬리가 물었다.

"거기서 2년쯤 일하다가 변화를 시도할 때가 됐다고 판단했어. 내 계획은 이랬어. 1단계, 전 세계 광고 업계의 메카인 뉴욕에 간다. 2단계, 광고회사에서 일하며 승진한다. 그리고 3단계, 매디슨 애비뉴 건물에 있는 대형 사무실을 내 걸로 만든다! 그게 내 계획이었고, 그걸 달성하려고 열심히 일했지. 적어도 난 그렇게 생각했어.

그런데 이내 내 계획에 한 가지 문제가 있다는 걸 깨달았지. 회사에서 승진을 하려면 남의 지시를 따를 줄 알아야 한다는 것 말이야. 군말 없이 위에서 시키는 대로 해야 하니까. 하지만 너희도 알다시피, 난 다른 사람 명령을 받는 걸 싫어하잖아. 남의 지시를 따르는 건 내가 잘하는 일이 절대로 아니란 말이야. 아까 내가 처음 취직했을 때 두 번이나 잘렸다고 말했던가?

그래서 두 번째 계획을 실천할 때가 됐다고 결심했지. 난 내 성격적 결함을 솔직하게 시인할 수밖에 없었어. 난 남 밑에서 일하는 걸 못 한다는 거 말이야. 그래서 생각했지. '어떻게 해야 할지 알아. 내가 직접 사장이 되는 거야!'

그러곤 바로 딜레마에 봉착했지. 비즈니스에 대해 아는 게 하나도 없었거든. 주변에 사업을 하는 사람도 없었고. 뭘 어떻게 시작해야 할지 감도 안 잡히더라. 어떤 종류의 사업을 해야 할지도 알 수가 없었어. 생각만 해도 눈앞이 깜깜했지. 하지만 적어도 한 가지만은 확실했어. 내 사업을 하고 싶다는 거. 거기에 어떻게 도달할 것인지는 두 번째 문제였고. 그래서 난 20대 젊은이 특유의 무모함으로 일단 뉴욕에 간 다음 나머지는 나중에 생각하기로 했지."

로버트와의 첫 데이트

"호놀룰루에 있는 TGI 프라이데이에서 친구 카렌과 얘기를 하다가 뉴욕으로 이사를 갈 거라고 말했어." 나는 말을 이었다. "체육관에서 운동을 끝낸 다음에 만나서 바에서 대화를 나누는데, 카렌이 저쪽에 친구 로버트가 자기 친구들이랑 있는 걸 발견한 거야. 그래서 잠시 인사를 하고 통성명도 하고… 뭐, 그게 다였어. 어쨌든 그땐 그렇게 생각했지.

여하튼 짧게 요약하자면 로버트는 그 뒤로 거의 반년 동안 데이트를 하자고 쫓아다녔어. 난 계속 싫다고 했지. 곧 뉴욕으로 이사를 갈 거라 새로운 관계를 시작할 수가 없다고 말이야. 게다가 더 골치 아픈 건 카렌이랑 로버트가 8년 전쯤에 사귄 적도 있는 오랜 친구 사이라는 거였어. 그래서 로버트는 카렌한테 전화를 걸어서 '카렌, 너랑 킴이 절친이라는 거 알아. 내 부탁 하나만 들어 줄래?' 했지. 카렌은 '너 꿍꿍이가 있는 거지? 원하는 게 뭐야?'라고 대꾸했고. 타고난 세일즈맨인 로버트는 이렇게 말했어. '나 걔 소개 좀 시켜 줘!' 나중에 카렌이 '내 안부 묻자고 전화한 게 아닌 줄 알았지.' 하면서 웃더라고.

카렌은 나한테 로버트가 얼마나 좋은 남자인지 속닥이기 시작했어. 문제는 카렌이 어찌나 진심처럼 말했는지 난 카렌이 아직도 로버트를 좋아한다고 생각했다는 거야. 게다가 난 의리 빼면 시체라서 친구가 좋아하는 남자랑은 데이트를 하면 안 된다고 생각했단 말이야. 그렇게 두 달쯤 지났을까. 난 아직도 뉴욕으로 이사 갈 준비를 하고 있었어.

그때 즈음엔 카렌이 자기가 로버트를 좋아하는 게 아니라고 날 설득했고, 로버트는 나한테 꽃다발이니, 그림엽서니, 개인적인 카드니, 거기다 또 꽃다발이니 선물 공세를 하면서 아주 열심이었지. 하루는 일하는 중에 로버트가 전화를 걸어서 데이트를 하자는 거야. 나도 슬슬 마음이 끌리기도 해서 오늘 밤은 어떠냐고 했지.

다시 로버트의 훌륭한 영업 솜씨로 돌아가자면, 로버트는 카렌과 무수한 대화를 주고받은 결과 내가 제일 좋아하는 두 가지를 알아냈어. 고급 샴페인이랑 해변을 산책하는 거였지. 첫 데이트 때 그에게 필요한 전부였지. 내가 다이아몬드헤드 해변에 있는 고급 호텔에 주차를 하니까(로버트가 그때 거기서 살았거든.) 주차장 직원이 내 주황색 소형 도요타 세실리아의 문을 열어 주며 말했어. '킴 씨 되시지요? 로버트 씨가 기다리고 계십니다. 그분 아파트로 안내해 드리지요.' 우린 로비를 지나, 엘리베이터를 타고 로버트가 살고 있는 아파트로 향했어. 그가 문을 열어 주자 나는 안으로 들어갔고 거기서 잠시 대화를 나눴지. 그런 다음엔 호놀룰루에서 최고로 꼽히는 해변 레스토랑인 미셸스에 갔고. 레스토랑 지배인이 우리한테 다가왔어. '기요사키 씨, 해변이 내다보이는 전망 좋은 테이블을 준비해 두었습니다. 샴페인도 차게 식혀 두었고요.' 와… 이쯤 되니 감격하지 않을 수가 없더라. 샴페인을 막 따르자 지배인이 다시 나타나서 말했어. '괜찮으시다면 샴페인 잔을 들고 산책을 다녀오셔도 됩니다.' 그게 결정타였어. 그 뒤로 나와 로버트는 아직까지도 함께야."

첫눈에 반한 비즈니스 파트너

"첫 데이트 때 새벽 세 시까지 얘기를 나눴어. 아직도 그날 로버트가 물었던 아주 중요한 질문이 기억나. 내게 어떤 삶을 살고 싶으냐고 물었지. 그러자 내 입에서 바로 이런 대답이 흘러나왔어. '내 사업을 하고 싶어. 난 남의 지시를 따르는 걸 잘 못하고, 비즈니스를 사랑하거든. 그러니까 내 사업을 하는 게 정답인 것 같아.' 그러자 그가 이러더라. '그건 내가 도와줄 수 있지.' 한 달도 안 돼 우리는 함께 첫 사업을 시작했어. 우리는 첫 데이트를 한 뒤로 인생 파트너가 됐지만 동시에 비즈니스 파트너이기도 해.

그날 밤 로버트가 부자 아빠가 가르쳐 준 비즈니스 모델에 대해 설명해 줬어. 다이어그램을 그려 줬는데…"

나는 핸드백에서 메모장을 꺼내 사분면 그림을 그렸다.

"로버트는 이걸 현금흐름 사분면이라고 부른다면서 이렇게 말했어. '비즈니스 세계에 있는 네 가지 부류의 사람들을 나타내지. E는 봉급 생활자, S는 자영업자나 전문직 종사자, B는 사업가, 그리고 I는 투자가를 뜻해.'

'난 지금 E야.' 내가 말했어. 그리고 로버트에게 물었지. 'S랑 B가 다른 게 뭐야?'

그는 S는 의사나 회계사, 정비공, 또는 피부미용사에 이르기까지 자기 사업을 하는 사람을 가리킨다고 했어. 반면에 사업가는 다른 사람들의 업무에 의존하고 이미 갖춰진 일종의 시스템을 바탕으로 사업을 운영하지. 마이크로소프트나 할리 데이비슨, 스타벅스는 B야. 이 둘의 차이점을 더 자세히 설명하자면, 만일 S가 한 달 휴가를 받는다면 그 사람은 한 달 동안 수입이 없을 거야. 일을 쉬면 수입도 중단되는 거지. 하지만 B는 한 달 또는 1년 휴가를 받아 자리를 비우더라도 그의 사업은 변함없이 돌아갈 거야. 로버트는 이렇게 말했어. 'I, 즉 투자가 사분면으로 가는 비결은 내가 돈을 위해 일하는 게 아니라 돈이 나를 위해 일하게 만들어야 한다는 데 있지.'

'그렇다면 난 B와 I 사분면으로 이동하고 싶어. 내가 일을 하든 말든 사업과 투자로 자동적으로 돈을 벌 수 있는 곳으로 말이야.' 하고 내가 말했어.

'좋은 계획이야.'가 로버트의 대답이었어.

두 달 뒤에 우리의 첫 동업이 시작됐어. '윈/윈(win/win)'이라는 단어로 로고를 만든 다음 티셔츠와 재킷에 수를 놔서 미국 전역에서 열리는 다양한 콘퍼런스와 세미나, 컨벤션에서 판매했지. 사업의 목표는 우리가 다음 사업을 준비하는 1년간 교통비와 교육비를 충당할 수 있는 수입을 창출하는 것이었어."

(※참고: 나는 친구들에게 비즈니스와 투자에 관한 이야기를 할 때 현금흐름 사분면의 E와 S 사분면에서 B와 I 사분면으로 이동해야 한다고 장려했다. 그 두 사분면이야말로 노력에 대해 가장 큰 보상을 얻을 수 있는 곳이기 때문이다. 더 자세한 내용은 『부자 아빠 가난한 아빠 2』를 읽어 보라.)

지옥에서 보낸 한 해

"1984년 12월에 우린 얼마 안 되는 재산을 전부 팔고 호놀룰루를 떠나 서던 캘리포니아로 사업을 시작하러 갔어. 그러곤 얼마 지나지 않아 (정확히 말하자면 두 달이었어.) 돈이 다 떨어져 빈털터리가 됐지. 돈도 없고 직장도 없고 일감도 없었어. 우리가 목표로 삼고 있는 사업을 시작하려면 갈 길이 요원했지. 심지어 머물 곳도 없어서 낡아 빠진 도요타 세실리아 자동차 안에서 잠을 잤어. 솔직히 말해 1985년은 우리 생애 최악의 해였지."

"어느 정도였는데?" 팻이 물었다.

"'돈으로는 행복을 살 수 없다.'는 말 들어 본 적 있어?" 내가 물었다.

"그럼." 레슬리가 대답했다.

"글쎄, 난 돈으로 행복은 살 순 없어도 돈이 없으면 사람이 비참해질 수 있다고 확신해. 옛날에 난 부자들이 탐욕스럽고 냉혹하고 천박하다고 생각했는데, 1985년에 난 그런 자질이 결코 부자들의 전유물이 아니라는 걸 깨달았지. 수중에 아무것도 없으니까 로버트랑 허구한 날 싸우고 서로 비난을 퍼붓게 되더라. 원망하는 마음도 들고, 확실히 우리 둘 다 그리 좋은 모습은 아니었어. 스트레스가 엄청났지. 내가 보기에 그중에서도 최악은 자존감이 바닥을 쳤다는 거야. 난 원래 낙천적이고 밝고 과감하고 자신감이 넘치는 여자였어. 한데 그 비참한 시기에는 내가 지금껏 알고 믿어 왔던 모든 것에 회의를 품고 의심을 하게 되더라고. 내 능력에 대해서도 말이야. 난 이렇게 자문하곤 했어. '내가 진짜로 아는 게 하나라도 있긴 한 거야?' 자괴감에서 시작된 몇 가지 의문이 계속 불어나서 나중엔 아무리 발버둥 쳐도 헤어 나올 수 없는 검고 거대한 구덩이가 되었지."

"세상에, 거기서 어떻게 빠져나왔니?" 팻이 물었다.

위안의 밤

"로버트와 나는 아는 사람들을 찾아가 며칠만 묵게 해 줄 수 있는지 물어보고 다녔어. 그때 우린 신용카드 한도도 완전히 초과해 버렸거든. 하지만 그 당시에는 모든 가게에서 즉각적으로 카드 한도를 확인할 수 있는 건 아니었지. 그러던 어느 날 친구가 우리를 6펜스 모텔에 데려다 줬어. 샌디에이고 고속도로 옆에 있는 싸구려 모텔이었지. 나는 로비로 들어가 신용카드를 내밀고는 제발 직원이 유효 여부를 확인하지 않기만을 빌었어. 그는 기계적으로 내 카드를 카드 용지에 문질러 긁은 다음 방 열쇠를 건네 줬어. 그 자리에서 팔짝팔짝 뛰지 않으려고 얼마나 참았는지 몰라. 로비를 나오자마자 거의 뛰다시피 로버트가 기다리고 있던 차로 향했지. '방을 얻었어! 방을 얻었다고!' 직원 귀에 들리지 않을 만큼만 소리를 지르면서. 평생 잊지 못할 날이었지.

어떤 사람에게는 싸구려 모텔이었을지 몰라도 우리한텐 천국이나 다름없었어. 길 건너편에 있는 KFC에서 치킨 한 버킷을 산 다음 옆에 있는 식품점에서 맥주를 사서 방으로 돌아왔어. 드디어 우리 둘만 있게 된 거야. 그날 밤만은 모든 게 다 괜찮았어. 비바람을 피할 지붕이 있었으니까. 그날 우린 서로 꼭 껴안고 잠이 들었어. 내일은 어떻게 될지 몰라도 정말 그날 밤만은 다 괜찮았어.

로버트도 나도 서로가 없었다면 그 끔찍한 1년을 버텨 내지 못했을 거야. 부모님도 친구들도 우리를 계속 채근했지. '왜 취직을 하지 않는 거니?' '사업이 자리를 잡을 때까지만 직장에 다니며 돈을 벌면 되잖니.' 하지만 우린 일자리를 얻는다는 것 자체가 일종의 퇴보라는 걸 알고 있었어. 여기까지 왔는데 멈추면 안 되지. '급여'라는 편안한 시스템에 발을 들여놓고 나면 우리가 다시는 사업을 하지 않을 거라는 것도 알고 있었고. 지금 와서 생각해 보면 그 끔찍했던 상황이 우리를 앞으로 나아가게 해 준 원동력이었던 것 같아. 거기서 어떻게든 빨리 빠져 나갈 길을 모색해야 했으니까. 그 길은 결코 쉽지 않았고, 일자리를 찾는 것만으로는 해결되지 않았어. 우린 사업을 하기로 단단히 결심한 상태였으니까."

통제력을 가질 시간

나는 계속 말했다. "그리고 마침내, 우리가 초래한 이 혼돈이 도저히
감당할 수 없는 수준에 이르게 됐어. 결국 로버트는 자기 자신이 아니
면 아무도 이 사태를 해결할 수 없다는 결론에 이르렀지. 이제 과감하
게 행동을 취해야 할 때였어. 나는 자기 연민을 그만두기로 했어. 이런
상황에 처한 데 대해 다른 사람들을 원망하는 것도 그만두기로 했고.
우리 둘은 미래를 스스로 통제하기로 결심했고, 실천했지."

"무슨 사업을 했니?" 재니스가 물었다.

"기업가 정신에 중점을 맞춘 교육 회사를 세웠어." 내가 대답했다.
"로버트는 캘리포니아로 오기 전에 호놀룰루에서 사업을 해 본 경험이
있었어. 사람들의 학습 방식을 연구하고, 그들을 교육할 새롭고 혁신
적인 방법을 고안했지. 우리 사업은 전 세계 7개국에 11개 지점을 낼
만큼 성장했고, 주로 해외 시장 위주로 계속 확장해 나갔어."

레슬리가 물었다. "결혼은 언제 했어?"

"1986년 11월에 캘리포니아주 라졸라에서." 내가 대답했다. "사업이
아직 번창하지는 않았을 때지만 미래가 퍽 밝아 보였거든."

"너희가 하던 사업은 그 뒤로 어떻게 됐어?" 팻이 물었다. "아직도
계속 운영하고 있니?"

나는 설명했다. "회사를 세운 지 9년이 지난 1994년에 회사를 팔고

우리 둘 다 은퇴했어. 그때 난 서른일곱이었고, 로버트는 마흔일곱이었지. 가장 좋은 건 우리가 그 뒤로 자유로워졌다는 거야."

"재정적으로 자유로워졌다는 뜻이야?" 팻이 물었다.

"그래. 더는 돈을 벌기 위해 일할 필요가 없었지." 내가 대답했다. "그거 정말 기분이 끝내주더라."

레슬리가 말했다. "평생 일할 필요가 없다니, 회사를 엄청나게 비싸게 팔았나 보다. 겨우 서른일곱 살에! 앞으로 50~60년은 먹고 살 돈이 있다는 얘기잖아."

나는 웃었다. "대부분의 사람들은 그렇게 생각하겠지. 우리가 은퇴할 수 있었던 건 회사를 팔았기 때문이 아냐. 그 돈으로만 살았다면 회사를 매각하고 2년도 안 되어 빈털터리가 됐을걸."

"이해가 안 되는데." 레슬리가 의아한 듯 중얼거렸다.

"우리가 1994년에 은퇴할 수 있었던 건, '투자'를 했기 때문이야. 매달 투자에서 수익이 나오는데 대부분은 부동산에서 오고 그걸로 생활비를 충당해. 그래서 우리가 재정적으로 자유로운 거야."

인생 최초의 투자

"난 투자에 대해선 아무것도 몰라." 팻이 털어놓았다. "나한텐 너무 생소한 분야야."

"나도 그랬어." 내가 말했다. "처음 투자를 시작했을 때 투자가 뭔지 정확한 의미도 몰랐는걸. 배워야 할 게 엄청나게 많았지."

"뭐에 투자했어?" 재니스가 물었다.

"시작은 부동산이었어. 그게 나한테 제일 맞는 것 같았거든. 처음 임대 부동산을 구입한 게 1989년이야. 침실 두 개에 욕실 하나짜리 소박한 임대용 주택이었지. 오리건주 포틀랜드에 있었는데, 내가 사는 곳에서 겨우 두 블록 거리였어. 그걸 산 일이 그때까지 내가 한 일 중에 제일 겁나는 일이었다고만 말해 둘게. 살이 떨릴 만큼 무서웠어. 뭘 잘못해서 투자한 돈을 잃거나 손해라도 보면 어떡하나 무서워 죽을 것 같았지. 앞으로 어떻게 될지 전혀 알 수가 없었으니까.

세세한 것까지 모두 설명하진 않을게. 하지만 한 달 후에 내 주머니에 50달러의 현금흐름이 들어온 순간 정신이 확 들면서 투자에 꽂히고 말았지. 지금 난 수백만 달러 상당의 부동산을 보유하고 있고 다른 분야의 투자도 하고 있어. 그리고 이를 통해 매달 상당한 현금흐름을 얻고 있고 말이야. 난 지금 재정적으로 완전한 독립과 자유를 누리고 있어."

재니스가 말했다. "난 투자라는 단어를 들으면 뮤추얼펀드나 주식, 채권이 생각나던데. 보통 부동산이 먼저 떠오르진 않아. 그럼 넌 집을 사고팔아서 돈을 버는 거야?"

"아니, 사고파는 게 아니야. 산 다음 계속 보유하는 거지. 하지만 이건 좀 복잡하고 무거운 주제니까 원한다면 지금 말고 나중에 자세히 이야기하자."

리치대드 컴퍼니

"은퇴한 뒤에는 어떻게 지냈어?" 레슬리가 물었다. "네가 날마다 수영장에서 빈둥거리는 건 상상이 잘 안 돼서 말이야."

"내가 그럴 리가 없지." 나는 씨익 웃었다. "은퇴한 후에 비스비라는 작은 마을에 85에이커짜리 농장을 샀어. 비스비는 애리조나 남부에 있는 예술가 공동체야. 우리 땅에는 무너진 판잣집이 하나 있었는데, 서부 시대에 사용하던 진짜 역마차 역이었대. 그 자리에 아주 근사한 방 하나짜리 작은 집을 짓고 별채에는 작업용 스튜디오를 마련했지. 텔레비전도 라디오도 없는, 고요하고 평화로운 곳이었어. 그리고 그 평화로운 분위기 속에서 로버트가 『부자 아빠 가난한 아빠』를 썼어. '부자들이 들려주는 돈과 투자의 비밀'이라는 부제로 말이야. 로버트가 책을 쓰는 동안 나는 피닉스에서 작은 호텔을 아파트로 개조하고 있었지. 나도 처음 해 보는 일이었는데, 결과는 대성공이었어.

아, 성공 얘기가 나와서 말인데 『부자 아빠 가난한 아빠』는 역대 가장 오랫동안 《뉴욕타임스》 베스트셀러 목록을 유지한 네 권 중 하나야. 『부자 아빠 가난한 아빠』를 내기 전에는 캐시플로 101이라는 보드게임을 개발했어. 재정적 자유를 원하는 사람들이 배워야 할 것을 가르치는 보드게임이었지. 게임을 통해 돈과 투자에 대해 배우는 거야. 이 게임의 목적은 요즘 세상에서 대부분 사람들이 갇혀 있는 새앙쥐 레이스에서 벗어나 더 큰 투자 기회가 놓여 있는 패스트 트랙에 진입하는 거고. 패스트 트랙으로 갈 수 있는 비결이 바로 현금흐름이지. 투자에서 나오는 현금흐름이 매월 쓰는 생활비보다 많아지면 새앙쥐 레이스에서 탈출할 수 있어!

로버트와 나는 비즈니스 파트너인 샤론 레흐트와 함께 『부자 아빠 가난한 아빠』를 출간했어. 1997년 4월에 1000부를 발행했는데, 앞으로 한 10년간 크리스마스 선물은 해결했다는 생각이 들었지. 이걸 팔겠다는 서점도 없었고, 유통업체도 거들떠보지 않았거든. 도매상에서도 우리 연락에 답이 없었어. 그래서 우리가 알아서 마케팅을 하기로 결심했어. 처음 책을 판매한 곳은 친구가 운영하던 세차장이었어. 사람들 손이 닿을 만한 곳이라면 무작정 다 비치했지. 그러다 보니 책이 조금씩 팔리기 시작하더라. 입소문이 퍼져 나가더니 2년도 안 돼 《월스트리트》지 베스트셀러 목록에 올랐고 말이야. 날아갈 것 같은 기분이었어!

원래는 회사를 또 설립할 생각이 없었는데, 지금 리치대드 컴퍼니는 우리가 예상했던 것보다도 훨씬 커졌어. 로버트의 책은 46개 언어로 번역돼 97개 나라에 출간됐지. 캐시플로 101도 16개 언어로 번역되었고, '부자 아빠' 시리즈는 물론 '부자 아빠의 어드바이저' 시리즈도 있어. 우리한테 투자와 비즈니스에 대해 조언하는 이들이 쓴 책이지. 우리 사업은 계속 번창해서 재정적 자유와 독립을 의미하는 국제 브랜드가 되었지. '우리만큼 더 기쁘고 감사한 사람은 없을 거야.'"

"세상에, 정말 끝내준다." 레슬리가 탄성을 질렀다. "20년 동안 정말 파란만장했구나. 집도 없이 떠돌다가 일할 필요가 없어져서 은퇴하고,

어마어마하게 성공한 다국적 회사까지. 정말 훌륭해. 완전 부럽다."

"운이 좋았지." 내가 말했다. "하지만 얼마나 많은 사람들이 우리가 오늘날의 위치에 이르기 위해 견딘 일을 감수할지 모르겠어. 우린 미래에 더 쉬운 길을 만들기 위해 일부러 현재에 더 어려운 길을 택했어. 대부분 사람들은 피하고 싶어 하는 길을 말이야. 그리고 다행히 그런 보람이 있었고.

자, 내 얘기는 여기까지야. 한 가지만은 장담한다. 내 이야기가 지루하지 않았지?"

여자 동지들에게

리치대드 컴퍼니 일로 여자들을 만날 때마다 많은 분들이 내게 이렇게 물었다. "여자들에게 투자에 대해 가르쳐 주실 생각은 없나요?" 내가 이 책을 쓴 것도 이 때문이다. 이 책의 1차적 목적은 여자들이 행동에 나서도록 격려하고 재정적 독립을 달성하는 것이 실은 별로 어렵지 않다는 사실을 이해시키는 것이다. 누구나 할 수 있다. 그저 시간과 교육이 조금 필요할 뿐이다.

여러분이 이 책을 통해 깨우칠 한 가지 분명한 사실은, 오늘날 여자들은 다른 누군가 즉 남편이나 배우자, 부모, 회사, 또는 정부가 우리를 경제적으로 돌봐 줄 것이라고 여겨서는 안 된다는 것이다. 어머니나 할머니 세대에는 가능했을지 몰라도 우리에겐 더 이상 적용되지 않는다. 내가 보기에 여자는 반드시 투자를 배워야 한다. 그들 자신,

또는 자식들의 안전한 미래를 위해서라도 말이다. 이건 선택 사항이 아니라 필수 사항이다. 세상의 규칙은 이미 바뀌었다. 이제는 우리 스스로 재정적 미래를 책임져야 할 때다.

Chapter 4

20년 전 하와이에서

"여자들이 원하는 건 남자와 커리어, 돈, 자식, 친구, 명품, 편안함, 자립, 자유, 존중, 사랑, 그리고 흘러내리지 않는 3달러짜리 팬티스타킹이다."

— 필리스 딜러(미국 최초의 여성 스탠드업 코미디언)

지난 20년 동안 어떻게 살았는지 한참 동안 이야기를 나눈 뒤, 우리는 하와이에서 함께 지냈던 시절로 옮겨 갔다. 그야말로 "기억나니?"의 향연이 펼쳐졌다. 팻이 손을 들었다. "하와이에서 마지막으로 만나 점심 먹은 날 기억하는 사람?"

30초 정도의 짧은 정적이 스쳐 지나갔다. 우리는 순간 하와이에 살던 시절로 돌아갔다. 우리 중에 하와이에서 나고 자란 토박이는 없었다. 우리는 모두 당연한 이유로 하와이에 갔다. 아름다운 백사장, 여유로운 시간, 투명한 바닷물, 열대의 풍경, 따사로운 날씨와 놀거리! 놀거리! 놀거리! 나는 고등학교 때 가족 여행 삼아 처음으로 하와이에 가 봤다. 거기서 일주일을 보낸 뒤에 하와이에 사는 사람들이야말로 이 세상 제일의 행운을 누리고 있다고, 나도 꼭 여기서 살아야겠다고 결심했다.

우리는 아무런 걱정 근심 없이 낙원에서 살던 시절로 회귀했다. 마침내 재니스가 정적을 깨트렸다. "20년 전 타이티안 라나이 바였지."

레슬리가 웃음을 터트렸다. "1월이었고 햇빛이 참 좋은 날이었어. 아직도 재니스의 크고 펑퍼짐한 모자랑 마사가 입고 있던 분홍색 땡땡이 야한 윗도리가 기억나. 남자들이 그걸 보고 눈이 돌아갔었는데."

"다 같이 해변에 나란히 앉았더랬지. 아직도 선탠 로션 냄새가 나는 것 같다." 팻이 덧붙였다. "그땐 이런 비싼 샴페인도 아니고 하우스 와인만 마셨잖아. 좋은 시절이었어. 책임질 것도 없고 걱정거리도 없고. 돈은 없었지만 마음이 편했으니까."

"하루 종일 수영복을 입고 살아서 몸매도 좋았고 말이야." 재니스가 말했다.

"우린 함께 지내며 많이 성장했지." 내가 말했다. "마사와 트레이시가 오늘 못 와서 아쉬워. 개네들도 있었으면 더 좋았을 텐데. 근데 팻, 너 어떻게 우리를 다 찾아냈니? 정말 굉장해."

"공부는 포기했어"—마사의 이야기

레슬리가 옛 추억을 꺼냈다. "마사는 거의 수영복을 입고 살았지. 맨날 해변에서 서핑보드를 안고 살았잖아. 걘 진짜 '서핑 걸'이었어. 서던 캘리포니아 해변에서 자랐으니 바다랑 관련된 거라면 전부 다 좋아했던 것도 무리가 아냐. 오죽하면 해양학을 전공했겠니."

재니스가 말했다. "마사가 해양 생물 연구소에 취직했을 때 모인 거 기억나? 걘 거기가 무슨 천국이라도 되는 것처럼 좋아했잖아. 바다와 해양 생물 보호에 대해 항상 열심인 데다 세상을 구하고 싶어 했으니까. 자크 쿠스토랑 같이 그 사람 배에서 일하는 게 평생 꿈이라면서. 맞다, 걔 꿈은 어떻게 됐을까? 팻, 넌 마사랑 통화해 봐서 알지?"

"잠깐밖에 얘기하지 못했어." 팻이 대답했다. "캘리포니아로 왜 이사 갔냐고 물으니까 아버지랑 일하던 오른팔 직원이 갑자기 그만둬서 아버지를 도와드리려고 갔대. 원래는 몇 달만 있을 예정이었는데 어쩌다 보니 거기 남게 됐다고 하더라. 그게 더 쉬웠고, 아무 때나 서핑을 할 수 있는 것도 좋았대. 그땐 사는 게 '아주 편했다.'고 말했어. 하지만 말하는 걸 보니 조금 지쳐 있는 것 같았어. 아버지가 돌아가셔서 지금은 어머니랑 사는데, 아까 어머니 건강이 안 좋아서 못 온다고 했잖아. 어

> "20년 동안 얼마나 많은 일이 있었던지." 팻이 한숨을 내쉬었다. "나만 해도 처음 사회생활을 시작했을 때 꿈꿨던 것과는 완전히 다른 삶을 살고 있는걸. 생각지도 못한 일이 너무 많이 일어났어."
> "그게 '인생'이라는 거야." 레슬리가 응수했다. "산다는 건 그런 거지."

머니를 돌볼 사람이 자기밖에 없대. 아무래도 많이 힘들 거야."

"그럼 해양학 쪽은 포기한 거야?" 내가 물었다.

"그런가 봐. 물어보니까 그 얘기는 안 하려 들더라고." 팻이 말했다.

"그건 좀 충격이네." 내가 말했다.

"결혼을 했다거나 애가 있다는 얘기는 없었어?" 재니스가 물었다.

"그런 말은 없었어." 팻이 대답했다.

"회사 생활이 지겨워."─트레이시의 이야기

"트레이시는? 개는 어떻게 지낸다니?" 내가 물었다.

"아까 통화했을 때 무척 아쉬워하는 것 같았어." 팻이 대답했다. "오늘 여기 못 와서 너무 슬프대. 정확히는 '회사 생활이 지겹고 신물이 난다.'고 했어. 오늘 못 와서 그런 건지 아니면 지금 하는 프로젝트 때문에 너무 고생해서 그런지 아니면 다른 의미가 더 있는 건지는 모르겠지만. 하지만 그 전에 통화했을 때도 별로 행복한 것 같진 않았어. 목소리에 생기가 하나도 없더라고. 피곤한 것 같더라. 결혼은 했고 애는 둘이야. 회사 간부로 일하면서 애 둘을(거기다 남편까지) 키우는 건 절대 쉬운 일이 아니잖아. 정말 존경스러워."

"그래도 트레이시는 꿈을 이룬 것 같네." 내가 말했다. "개랑 나는 그러니까… 말하자면 일 때문에 만났잖아. 호놀룰루의 불 같은 금요일 기억나지? 업무 시간이 끝나면 시내 큰 도로를 전부 막잖아. 레스토랑은 밤늦게까지 북적거리고 여기저기선 밴드가 연주를 하고 거리엔 시내나 근처에서 일하는 사람들이 그득하지. 좋아하는 레스토랑이나 바를 3, 4차까지 돌아다니기도 하고. 그러다 트레이시를 만났지. 우린 만나자마자 의기투합했었어. 둘 다 경영대학원에 다니고 있었거든."

나는 말을 이었다. "트레이시는 대기업에 들어가고 싶어 했어. 회사에서 높은 자리까지 올라가는 게 꿈이었지. 그 애한테 어울리는 일이기도 했고. 대학을 졸업하자마자 곧장 하와이에서 제일 큰 식품회사에 취직해서 꽤 높은 자리까지 올라간 게 기억나. 다른 섬에 출장 간 이야기랑 고객들과 소통하는 걸 좋아한다고 말한 기억도 있고. 그땐 분명히 회사 생활을 좋아했었는데, 틀림없이 지금도 그럴 거야."

"20년 동안 얼마나 많은 일이 있었던지." 팻이 한숨을 내쉬었다. "나만 해도 처음 사회생활을 시작했을 때 꿈꿨던 것과는 완전히 다른 삶을 살고 있는걸. 생각지도 못한 일이 너무 많이 일어났어."

"그게 '인생'이라는 거야." 레슬리가 응수했다. "산다는 건 그런 거지." 레슬리는 잠시 입을 다무는가 싶더니 이어 말했다. "옛날에 우리가 마지막으로 모였을 때 한 얘기 기억나? 지금 우리가 이렇게 모이게 된 계기 말이야." 우리 모두는 레슬리가 꺼낸 그 이야기가 뭔지 정확하게 기억나지 않는다는 데 의견을 모았다.

"아마 시작은 이랬을 거야." 레슬리가 기억을 더듬었다. "재니스가 숨을 헐떡이면서 30분쯤 늦게 도착했지. 어쩌다 늦은 건지 한도 끝도 없이 변명을 늘어놓으면서 말이야."

"세월이 아무리 지나도 어떤 건 절대로 변하는 법이 없지." 팻이 끼어들었다. "너무 해!" 재니스가 웃음을 터트렸다.

20년 전의 약속

레슬리는 오래 전 우리가 나눈 대화를 생생하게 그려내기 시작했다.

"'이제까지 무슨 얘기하고 있었어?' 재니스가 어깨에서 흘러내리는 핸드백과 바람에 날아갈 것 같은 크고 헐렁한 모자를 추스르며 물었어. '나 없는 동안 무슨 얘기 한 거야? 알려 줘, 알려 줘.'

그래서 내가 간단히 말해 줬는데, 그때 팻이 말했어. '20년 후에 우리가 뭘 하고 있을지 궁금해.'

'20년 후?' 마사가 외쳤어. '20년이 다 뭐야. 오늘 이 모임이 파한 뒤에 뭘 할지도 모르는데.'

'20년 후면 다들 늙어 있겠지!' 트레이시가 외쳤지. '누가 그런 걸 생각하고 싶어 해?' 우리는 와르르 웃음을 터트렸어. 생각하고 싶지 않다. 거기서 끝이었지. 친구들과 느긋한 점심을 즐기고 싶었으니까.

하지만 팻은 물러나지 않았어. '그러지 말고 얘들아, 그때쯤엔 뭘 하고 싶어? 뭐가 되어서 어디서 뭘 하고 있을 것 같아?'

재니스가 끼어들었어. '난 부자가 되어서, 불꽃 같은 사랑을 하고, 세계 여행을 하고 싶어.'

'난 그거 찬성!'

'나도!'

'나도 끼워 줘!'

우린 속으로 이렇게 생각하고 있었어. '휴, 다행히도 우리 앞날에 대한 길고 심각하고 성찰적이고 심오한 토론을 피할 수 있게 됐군. 미래에 대해 생각하기엔 오늘 날씨가 너무 좋지 않아? 초등학교 때부터 질리도록 들은 질문이잖아. 크면 뭐가 되고 싶니? 있는 대로 오늘을 즐기는 게 좋아.' 하지만 팻은 포기하지 않고 결정타를 날렸어. '나이가 들어 우리가 안 보거나 하진 않겠지만 시간이 지나고 나이를 먹으면 각자 다른 길로 가게 될 거야. 20년 뒤에 다시 만나는 건 어때? 그때 우리가 뭘 하고 있을지 알아보면 재미있지 않을까?'

우린 팻이 더 이상 그 얘기를 물고 늘어지지 않게 막으려고 그날로부터 20년 뒤에 '여자들끼리의 오찬'을 하며 그때까지 살아온 이야기를 나누기로 했어. 물론 그때 누가 책임지고 연락을 하고 약속을 잡을지에 대해선 전혀 얘기를 하지 않았지. 하지만 어쨌든 그렇게 약속하고는 남은 점심시간을 아주 즐겁게 보냈어."

우리는 오래 전 대화를 재미나게 재구성해 들려 준 레슬리의 솜씨에 웃음을 터트리며 박수를 보냈다. 레슬리의 기억이 옳았다.

"다시 모이자고 약속한 것까진 기억나는데 나머진 까먹었어." 팻이 말했다.

"제발 오늘은 심각하고 무거운 이야기는 하지 않을 거라고 해 줘." 재니스가 웃음기 어린 말투로 말했다.

"이번에 그 역할은 다른 사람한테 맡길게." 팻이 대답했다.

"디저트 드시겠습니까?" 웨이터가 다가와 물었다.

Chapter 5

여자가 투자해야 하는 이유

"다 가질 수 있어요. 다만 한 번에 전부 다 가질 수 없는 것뿐이죠."

— 오프라 윈프리(방송인)

결국 우리는 충동을 이기지 못하고 디저트를 두 개 주문해 넷이서 나눠 먹기로 했다. 웨이터가 주문을 받고 자리를 뜨자마자 레슬리가 물었다. "킴, 벌써 은퇴했다고 했지?"

"응, 맞아."

"하지만 여가를 즐기며 느긋하게 살고 있는 것 같진 않은데. 내가 상상하는 은퇴 생활이란 골프를 치러 다니거나 크루즈 갑판에 누워 노닥거리는 거거든. 근데 넌 무척 바빠 보여."

나는 웃음을 터트렸다. "맞아, 내가 여가를 즐기고 있다고는 못하겠네. 하지만 아주 중요한 걸 말해 줬어. 사람들은 대부분 '은퇴'라는 말을 들으면 한가로운 삶을 상상하지. 하얀 백사장에 둘이서 누워 있거나, 친구들과 18홀 골프 코스를 돌거나, 아니면 항상 꿈꿔 왔던 아주 먼 나라로 여행을 간다거나 하는 거 말이야."

"난 여행이랑 하얀 백사장이 마음에 든다." 재니스가 말했다.

"나도 그래." 나도 시인했다. "골프도 좋아하고. 하지만 그보다 더 중요한 건, 내가 도전을 좋아하고 새로운 걸 배우는 걸 좋아한다는 거야. 그리고 내 인생에서 일은 아주 큰 부분을 차지하거든. 그러니까 요는 내가 '은퇴'를 했다거나 일을 그만둔 게 중요한 게 아니라 더는 원하지 않는 일을 '할 필요가 없는' 경제적 위치에 있다는 거야. 난 이제 생계를 유지하기 위해 일이나 사업을 할 필요가 없어. 하고 싶은 일을 자유롭게 '선택'할 수 있지. 난 말 그대로 재정적으로 자유로워. 그래서 하고 싶은 일을 마음껏 할 수 있어."

레슬리가 다시 물었다. "혹시 괜찮으면 물어봐도 돼? 대체 어떻게 한 거야? 투자를 해서 돈을 번다고는 했는데, 어떻게 그것만으로 은퇴 생활을 할 수 있는지 이해가 안 가. 내 말은, 그러니까 일을 하지 않아도 될 정도면 돈을 엄청나게 많이 벌어야 하는 거 아니야? 어떻게 그럴 수가 있는 거야?"

"일단, 난 돈을 엄청나게 많이 벌지는 않았어." 나는 입을 열었다. "그건 우리가 필요한 과정을 아주 오래 전부터 시작했기 때문이야. 로버트의 부자 아빠는 항상 '돈을 위해 일하지 말고 돈이 너를 위해 일하

게 하는 방법을 배워야 한다.'고 주지시켰지. 돈을 위해 일한다면 결코
재정적으로 자유로워질 수 없다고 하셨어. 돈을 계속 벌기 위해 끊임
없이 일을 해야 하니까."

"그게 뭐야, 로버트의 부자 아빠라니?" 재니스가 물었다.

"아, 부자 아빠는 로버트의 가장 친한 친구의 아버지야. 열세 살 때
학업을 그만두고 가족들을 부양하기 위해 생계 전선에 뛰어드셨지. 지
금은 하와이주에서 손꼽힐 정도로 부유한 분이고. 로버트는 늘 이 부
자 아빠에게서 돈과 투자에 대해 많은 것을 배웠다고 말해.

로버트는 아홉 살 때 부자 아빠에게서 돈이 그를 위해 일하게 만드는
방법을 배웠어. 나는 1989년부터 돈이 나를 위해 일하게 하려면 어떻
게 해야 할지 로버트에게서 배웠는데, 그때 '투자' 세계를 알게 됐지."

"그래, 아까도 투자 얘기를 했더랬지." 레슬리가 다소 조급하게 말했
다. "난 투자 얘기를 들으면 좀 걱정되더라. 투자를 하다가 돈을 날린
사람이 많잖아! 투자는 너무 위험한 것 같아. 그리고 너무 어려워! 난
화가야. 수표책 잔액 맞추는 것도 잘못하는걸. 그런데 투자라니, 평생
가도 하나도 이해하지 못할 거야."

"난 투자는 남편한테 맡겨." 팻이 말했다. "난 소질이 없는 것 같더라
고. 너무 복잡한 데다 증권 중개인이 뭐라고 하는지 하나도 못 알아듣
겠어." 그러더니 이렇게 물었다. "너 주식 투자 하니? 주식 거래를 해서
돈을 많이 번 거야? 우리 남편은 본전치기만 한 것 같던데."

이번엔 재니스가 끼어들었다. "나도 주식이랑 뮤추얼펀드는 조금 갖

고 있는데, 갖고만 있고 신경은 안 써. 소위 매수 후 보유 전략이랄까. 엄밀히 말하자면 매수 후 올라가기를 바라고 있는 거지만. 가게를 경영하느라 신경 쓸 시간이 없기도 하고."

나는 친구들이 말을 마칠 때까지 조용히 앉아 있었다. 친구들이 내 대답을 기다리고 있자, 나는 조심스럽게 단어를 골랐다. "난 '투자'라고만 했는데 너희 셋 다 반사적으로 반응하는구나. 레슬리는 투자가 너무 위험하다고 하고, 팻은 너무 복잡하다고 하고, 재니스는 시간이 없다고 하고. 투자가 너희한테 안 맞는다고만 하잖아."

나는 이어 말했다. "어쩌다 이런 얘기가 나왔는지 짚어 보자. 레슬리가 나한테 어떻게 은퇴를 했냐고 물었지. 나는 투자를 했다고 했고. 하지만 먼저 이것부터 확실히 해 둘게. 내 목표는 투자가 아니었어. 심지어 부자가 되는 것도 아니었고. 내 목표는 '재정적 독립'을 달성하는 거였어. 경제적으로 다른 사람에게 기대 살고 싶지 않았거든. 남편이나 회사, 부모님 등등 누가 됐든 말이야. 나한테 '재정적 독립은 자유와 동의어'야. 생존을 위해 다른 사람에게 의존해야 한다면, 그건 자유로운 삶이 아니지. 아주 단순한 원리야. 나한테 재정적 독립이란 일을 하지 않아도 매달 생활비로 나가는 돈보다 더 많은 돈이 주머니로 들어오는 것을 의미해. 그걸 실현하기 위해서는 여러 방법이 있지."

나는 계속 설명했다. "물론 복권도 있어. 하지만 복권에 당첨될 확률은 솔직히 너무 낮잖아. 유산을 물려줄 친척도 없고, 돈만 보고 부자랑 결혼하기도 싫었지."

재니스가 끼어들었다. "헬스클럽에서 일하던 에리카 기억나? 걔가 돈 때문에 결혼했잖아. 나이가 서른 살은 더 많은 남자랑. 걔라면 해 줄 얘기가 무척 많을 텐데. 에리카랑 걔 남편이랑 누가 더 과거가 복잡한지는 아무도 모를걸."

우리는 황당한 얼굴로 재니스를 멍하니 쳐다봤다.

"미안. 갑자기 생각 나서." 재니스가 말했다.

"아까도 말했지만 난 돈 때문에 결혼할 생각은 없었어." 나는 이야기를 이었다. "어떤 사람들은 사업이 성공해서 부자가 되기도 해. 로버트랑 나도 사업을 했는걸. 하지만 사업을 한다고 성공한다는 보장은 없지. 게다가 성공하더라도 그걸 언제까지 해야 하는데? 그래서 투자 세계에 대해 알고 나니 바로 흥미가 생기더라."

레슬리가 약간 당혹스러운 얼굴로 말했다. "내가 자동으로 반응한 건 맞아. 그리고 네 말을 듣고 있으니까 나도 투자가 뭔지 정확하게 모른다는 생각이 드네."

나는 빙긋 웃었다. "아까도 말했지만 나도 그랬어. 사실 내가 관심을 갖게 된 것도 '투자' 자체가 아니라 출근을 안 해도 내가 투자한 것에서 매달 돈이 들어온다는 개념이었어. 아까 네가 그랬잖니, 레슬리. 일을 안 하고 살려면 돈이 아주 많이 필요할 거라고 말이야. 만약에 내가 저축을 해서 모은 돈으로만 살 거라면 엄청나게 많은 돈을 모아야겠지. 하지만 그게 아니라 '투자'에서 매달 일정한 수입이 들어온다면 생계를 유지하는 데 그렇게 많은 돈이 필요하지 않아. 무슨 뜻인지 알겠니?"

세 친구는 다소 멈칫거리며 고개를 끄덕였다.

"그러니까 목돈을 모으기보다 돈이 다달이 꾸준히 들어오는 게 더 중요하다는 거지?" 팻이 물었다.

"그래." 내가 대답했다. "그걸 현금흐름이라고 해. 매달 현금이 주머니에 들어오는 거."

"그럼 매달 현금흐름이 얼마나 들어와야 하는데?" 팻이 물었다.

"아주 훌륭한 질문이야. 내가 일을 하든 안 하든 매달 생활비를 충당할 수 있고⋯ 거기다 여윳돈이 조금 더 들어온다면 더할 나위 없겠지. 간단하지? 이게 내가 처음 투자를 시작할 때 목표였어. 투자 자산을 구입하고 생활 수준을 유지할 수 있는 현금흐름을 얻는 것. 이게 왜 중요하냐고? 내가 그렇게 나이 서른일곱에 자유를 누리게 됐거든. 더는 회사에 출근할 필요도 없고, 하고 싶은 일을 하지 못해 아쉬워할 일도 없고, 상사한테 이래라저래라 명령을 들을 일도 없어졌지. 뭐든 하고 싶은 일을 원할 때 할 수 있게 된 거야. 그때가 되자 스스로 이렇게 묻기 시작한 것 같아. '나는 어떤 삶을 살고 싶은 거지?' 20년 전 호놀룰루에서처럼 내 앞에 놓인 선택지를 하나씩 뜯어보는 느낌이었지. 하지만 이번엔 돈 걱정을 할 필요가 없었기 때문에 옛날보다 훨씬 좋았어. '해야 할 일'이 아니라 '하고 싶은 일'을 고르면 됐으니까. 재정적 독립이란 다시 말해 선택의 여지를 아주 크게 넓히는 거야.

하나만 더. 많은 여자들이 경제적으로 남편한테 의존하는 까닭에 불행한 결혼 생활도 참고 견디거나 꾸준한 수입이 필요해서 싫어하는 직장에 붙어 있곤 하지. '자존감'보다 '안정성'을 택한 거야. 하지만 내가 보기에 그건 범죄나 다름없어. 많은 여자들이 경제적 이유 때문에 불행한 상황이나 환경을 선택하는데, 그러면서도 늘 '돈은 중요하지 않다.'고 말하지. 천만의 말씀. 대부분 인정하지 않고 싶겠지만 사실 돈만큼 여자의 삶에서 중요한 것도 없어. 생각해 봐. 만약에 네가 엄청난 부

"그때가 되자 스스로 이렇게 묻기 시작한 것 같아. '나는 어떤 삶을 살고 싶은 거지?' 20년 전 호놀룰루에서처럼 내 앞에 놓인 선택지를 하나씩 뜯어보는 느낌이었지. 하지만 이번엔 돈 걱정을 할 필요가 없었기 때문에 옛날보다 훨씬 좋았어. '해야 할 일'이 아니라 '하고 싶은 일'을 고르면 됐으니까. 재정적 독립이란 다시 말해 선택의 여지를 아주 크게 넓히는 거야."

자라면 지금 네 인생에서 몇 가지는 다른 식으로 하고 있지 않았을까? 돈은 여자를 자유롭게 만들 수도 있고 속박할 수도 있지. 모든 건 본인에게 달려 있어."

테이블 주위에 둘러 앉아 있는 세 친구는 아무 말도 없었다. 드디어 그들의 관심을 사로잡은 것이다.

왜 여자가 투자자가 되어야만 하는가?

얼마 전 한 젊은 저널리스트가 열렬한 어조로 말을 건 적이 있다. "여자들이 직접 돈을 다뤄야 한다는 걸 알려 줘야 해요. 다른 사람한테 맡기는 게 아니라요!" 대화를 조금 더 나눠 본 후, 나는 그녀의 열정이 어디서 비롯되었는지 알게 되었다. 54세인 그녀의 어머니가 얼마 전

이혼을 했다고 한다. 어머니는 정말 아무것도 없이 홀로 세상에 남겨졌고 지금은 딸과 함께 살고 있었다. 그리고 딸은 이제 자기 자신은 물론 어머니의 생계까지 책임져야 했다. 이런 상황은 젊은 저널리스트의 눈을 번쩍 뜨이게 만들었다. 미래를 그려 본 그녀는 갑자기 고정 수입이 중단된다면 지금까지 모아 놓은 7,000달러말고는 의지할 데가 없다는 것을 깨달았다. 한시라도 빨리 뭔가 조치를 취해야 했다.

책의 서두에서 말한 것처럼 투자의 노하우란(주식을 사고팔고, 임대용 부동산을 관리하고, 비즈니스 투자를 분석하는 노하우) 남자든 여자든 똑같이 적용된다. 다만 여자가 투자를 해야 하는 '이유'는 남자들과 다르다.

우리는 이미 어머니 세대와 많이 다른 삶을 살고 있지만, 그 차이가 얼마나 큰지 알면 깜짝 놀랄 것이다. 여기 여자가 투자 게임에 참여해야 하는 여섯 가지 이유가 있다.

1. 통계 자료가 증명한다

여자와 돈에 대한 통계는 충격적인 사실을 보여 준다. 다음 나열한 내용은 미국의 통계 자료지만, 세계 곳곳의 다른 국가에서도 비슷한 상황 또는 적어도 동일한 추세가 나타나고 있다.

◆ 50세 이상 여성 중 47퍼센트가 배우자 없이 혼자 살고 있다.(재정적 삶을 스스로 책임지고 있다.)

◆ 여성의 퇴직 소득은 남성보다 적다. 남성의 경력 단절 기간이 평균 1.6년인데 반

해 여성은 14.7년이나 되기 때문이다.(이는 여성이 주로 가정을 돌보는 역할을 맡기 때문이다.) 여성의 임금이 더 낮다는 점까지 고려하면 여성의 퇴직 수당은 남성의 4분의 1 수준에 불과하다.(출처: 여성과 은퇴 연구센터 National Center for Women and Retirement Research, NCWRR)

◆ 결혼한 커플 중 50퍼센트가 이혼한다. 이혼 후 자식을 책임지는 쪽은 대개 누구일까? 여성이다. 이혼한 여성은 혼자서 가계를 책임져야 할 뿐만 아니라 자식들까지 도맡아 키워야 한다. 그리고 부부 싸움이 일어나는 가장 큰 요인은 뭘까? 돈이다.

◆ 이혼 후 첫해에 여성의 생활 수준은 평균 73퍼센트까지 하락한다.

◆ 여성의 기대 수명은 남성보다 평균 7~10년이나 길며(출처: 앤 레티어시 Ann Lettee-resee) 그만큼 더 오래 자신의 생계를 책임져야 한다. 한편 베이비붐 세대의 기혼 여성은 남편보다 평균 15~20년 더 오래 살 것으로 예상된다.

◆ 1948년부터 1964년 사이에 출생한 여성들은 일반적으로 충분하지 못한 자산과 연금 때문에 최소 74세까지 노동을 지속할 가능성이 크다.(출처: 여성과 은퇴 연구센터)

◆ 빈곤층 고령자 가운데 4명 중 3명이 여성이다.(출처: 모닝스타 펀드투자 Morningstar Fund Investor) 여성의 80퍼센트는 남편이 생존해 있을 때는 빈곤하지 않았다. 여성 10명 중 7명은 향후 어떤 시점에서든 빈곤을 겪을 것이다.

이러한 통계 자료가 말해 주는 것은 무엇인가? 재정 교육이 부족하거나 자신의 재정을 책임질 준비가 되지 않은 여자들이 특히 노년으로 갈수록 점점 많아진다는 것이다. 여자들은 가족들을 돌보는 데 평생을 바쳤지만 정작 자신의 재정적 삶을 돌보는 중요한 능력은 갖추지 못했다. 다른 사람들, 즉 남편이나 배우자, 상사, 가족, 또는 정부에 의존하거나 아니면 모든 게 저절로 알아서 해결될 것이라고 짐작하는 수밖에 없다. 어릴 적부터 그런 동화를 믿고 자랐으니까.

◆ 여성의 90퍼센트는 인생의 어떤 시점에서든 재정적 삶을 스스로 책임져야 하지만 여성의 79퍼센트는 그에 대한 어떤 대책도 갖고 있지 않다.

◆ 베이비붐 세대 여성의 58퍼센트는 1만 달러 미만의 은퇴 자금을 보유하고 있다.

◆ 베이비붐 세대 여성의 오직 20퍼센트만이 은퇴 후에도 재정적으로 안전한 생활을 할 수 있다.(출처:《미즈 매거진 Ms. Magazine》) 다시 말해 80퍼센트는 그렇게 살 수 없다는 뜻이다. 그러나 당신이 이 책을 읽고 있다는 건 그 20퍼센트를 향해 움직이고 있다는 의미이며, 점점 더 많은 여성들이 투자를 시작할수록 수치는 현저히 증가할 것이다.

2. 의존성을 거부한다

결혼을 하면서 이혼을 예상하는 사람은 없다. 취직을 하면서 해고될 거라고 예측하는 사람도 없다. 하지만 그런 일은 일어나기 마련이며, 요즘에는 점점 더 자주 일어나는 일이기도 하다. 앞에서도 말했지만, 남편이나 고용주 혹은 누가 됐든 타인에게 재정적 미래를 의존하고 있는 여자라면 다시 생각해 보기 바란다. 그들은 필요할 때 옆에 없을 것이다. 정신이 번쩍 드는 사건을 접하기 전까지 우리가 얼마나 의존적인 삶을 살고 있는지 깨닫지 못하는 경우가 너무 많다.

개인적인 이야기를 해 볼까 한다. 로버트와 나는 첫 번째 데이트를 하고 한 달 뒤에 사업 파트너가 되었다. 당시 우리는 몇 가지 사업을 공동으로 운영했다.

교육 회사를 설립하고 6년쯤 지났을 무렵, 로버트와 논쟁을 벌이다가 번개에 맞은 듯한 충격과 깨달음을 얻었다. 당시 우리 회사는 호주와 뉴질랜드, 미국, 홍콩, 싱가포르, 말레이시아와 캐나다에서 운영 중이었고, 대외적으로 회사의 최고 권위자이자 대변인, 비전을 가진 리더는 로버트였다. 비즈니스적인 관점에서 어찌 보면 당연한 선택이었다. 그러다 어느 날 로버트와 나 사이에 의견이 충돌했다. 단순한 말다툼이 크고 심각한 싸움으로 확대됐고, 한참 언쟁을 벌이던 도중 나는 화가 머리끝까지 폭발해 집 밖으로 나가 버렸다. 그땐 우리 둘 다 제정신이 아니었다. 나는 머리를 식히며 생각할 시간이 필요해 집 근처 산으로 하이킹을 갔다. 혼자 생각을 정리하는데 갑자기 충격적인 깨달음이 머리를 강타했다.

나는 자주적이고 독립적인 사람이라는 데 평생 자부심을 느끼며 살아왔다. 고등학교 시절 처음 일을 했을 때부터 내 손으로 돈을 벌 수 있는 한 절대로 다른 사람에게 기대거나 의존하지 않을 터였다. 한데 로버트와 이 회사를 함께 세웠음에도, 갑자기 현실이 머리를 내려치는 것 같았다. 만약에 로버트와 내가 갈라서기라도 한다면 결혼 생활만 파탄 나는 게 아니라 회사마저 잃게 된다! 왜냐하면 로버트가 우리 회사의 얼굴이었으니까. 로버트가 떠나면 회사가 무너질 테고, 그가 회사에 남는다면 내가 떠나야 했다. 어느 쪽이 됐든 나는 모르는 사이에 이미 로버트에게 의존하고 있었다. 믿을 수가 없었다! 물론 로버트는 그렇게 생각하지 않을 테지만 적어도 내가 보기엔 그랬다. 이게 바로 내게 있어 정신이 번쩍 드는 사건이었다. 나는 이제 은행 계좌가 아닌 나를 위한 결정을 내려야 했다.

결과적으로 로버트와 나는 말다툼의 원인이었던 문제를 해결하고 앞으로도 오랫동안 동반자가 되고 싶다는 마음을 다시 확인했다. 하지만 그 순간의 깨달음은 인생의 방향을 크게 바꿔 놓았다. 당시에 나는 약간의 임대 부동산을 갖고 있긴 했지만, 그저 일종의 취미생활로 여겼다. 하지만 이제 내 눈에 그것은 자유를 달성할 수 있는 수단으로 보였다. 투자에 대한 열정이 나를 덮쳤고, 그것은 더 이상 취미가 아니었다. 내 사명이었다.

투자가가 되자 전혀 예상치 못했던 한 가지 커다란 이점이 따라왔다. 투자 게임을 이해하고 일을 하지 않아도 돈을 버는 법을 배우고 나자 나는 로버트가 내게 필요하지 않다는 사실을 깨달았다. 하지만 바로 그렇기 때문에 로버트와 남은 생애를 함께 보내고 싶다는 생각을 하게 되었다. 필요해서가 아니라 단지 내가 그를 원하기 때문에. 그 시점에서 우리의 관계는 새로운 의미를 갖게 되었고, 우리는 그저 서로를 원하는 마음으로 곁에 있게 되었다.

또 다른 커다란 선물은 그 과정에서 내 자존감이 크게 성장했다는 것이다. 그 결과 로버트와 나는 서로에 대한 더 큰 존중과 사랑이 넘치는 행복하고 바람직한 결혼 생활을 누리게 되었다.

3. 유리 천장이 없다

회사에서 일하는 수많은 여자들이 맞닥뜨리게 되는 장애물 중 하나가 유리 천장이다. 유리 천장은 우리가 여자라는 이유로 승진 사다리를 어느 단계 이상 오르지 못하게 가로막는다. 그러나 시장이 관심을 갖는 것은 오로지 당신이 얼마나 똑똑하게 돈을 다루느냐는 것뿐이다. 중요한 것은 교육과 경험이다. 투자 세계에서는 여자에게 적용되는 어떤 종류의 한계도, 천장도 존재하지 않는다.

4. 수입에 한계가 없다

여자는 유리 천장과 더불어 여전히 존재하는 남녀 간 임금 불평등 때문에 창출할 수 있는 소득 규모에 제한을 받는 경우가 많다. 연구에 의하면, 남녀 근로자가 동등한 학력과 경험을 지니고 있을 때 남성의 소득이 1달러라면 여성의 소득은 74센트에 그친다. 그러나 투자 세계에서는 성별에 관계없이 무한한 돈을 벌 수 있다. 투자가가 되면 돈을 얼마나 벌 것인지 전적으로 스스로 책임지고 통제할 수 있다.

아무도 내가 버는 돈의 규모를 제한하지 않기 때문에 나만 잘하면 거의 무제한적인 소득을 올릴 수 있다는 사실은 내게 큰 감명을 주었다.

5. 자존감이 높아진다

나는 이것이야말로 여자 투자가가 얻을 수 있는 최고의 혜택 중 하나라고 생각한다. 여자의 자존감이 스스로를 부양하는 경제적 능력과 직결되어 있는 건 전혀 이상한 일이 아니다. 재정적 삶을 타인에게 의존하면 자존감이 저하될 수 있다. 돈만 있었다면 하지 않아도 될 일을 해야 할 수도 있기 때문이다.

나는 재정적 독립을 달성하자 자존감이 급상승한 여자들을 자주 봐왔다. 자존감이 상승하면 대개 주변 사람들과의 관계도 개선된다. 자기 자신을 긍정적으로 평가하기에 삶이 향상되고, 진심으로 원하는 선택을 할 수 있게 된다. 작은 승리를 거듭하면 자신감이 상승하기 마련이다. 자신감의 상승은 더 높은 자존감을 낳고, 높은 자존감은 더 큰 성공으로 이어지며 궁극적으로 가장 위대한 선물인 자유를 가져다 준다.

6. 시간의 주인이 된다

투자와 관련해 남자보다 여자에게 훨씬 심하게 작용하는 장애물이 있다면 바로 '시간'이다. 특히 자녀를 돌보는 데 많은 시간을 들여야 하는 엄마들이라면 더욱 그렇다. 많은 여자들이 이렇게 토로한다. "퇴근하고 집에 오면 저녁식사 준비해야죠, 애들 숙제 봐 줘야죠, 설거지 해야죠. 다들 자러 간 뒤에야 시간이 나는데 그땐 내가 파김치가 되어 있다고요!"

투자가가 되면 시간을 통제할 수 있다. 투자는 짬짬이 남는 시간에 할 수도 있고 하루 종일 전념할 수도 있는 일이다. 집이든 사무실이든 어디서나 가능하다.

또한 투자는 아이들과도 함께할 수 있는 일이다. 많은 엄마들이 아이들을 대동하고 부동산을 보러 가거나 투자할 사업체를 방문한다. 여기서 얻을 수 있는 한 가지 이점은 아이들을 이 과정에 참여시킴으로써 투자가가 되는 방법을 가르칠 수 있다는 것이다. 로버트의 부자 아빠가 그런 것처럼 아이들에게 선생님이 되어 줄 수 있다.

나는 자식이 없지만, 부모가 아이들과 되도록 많은 시간을 보내고 싶은 마음을 충분히 이해한다. 자식들이 자라는 모습을 보고, 다양한 '첫 경험'을 함께하는 것. 투자가가 되면 누릴 수 있는 최고의 자유 중 하나가 바로 시간이다. 투자가가 되면 시간을 원하는 대로 쓸 수 있다. 아이들과 시간을 보내고 배우자, 파트너와 여행을 가거나 새로운 계약 조건을 검토할 수도 있다. 내 시간의 주인이 되는 것이다.

이제까지 여자가 투자를 해야 하는 여섯 가지 이유를 살펴보았다. 통계 자료는 오늘날 시대의 변화를 보여 주고 여자가 현실적인 재정 교육을 받는 것이 더는 사치가 아닌 필수임을 지적한다. 재정적 미래를 타인의 손에 맡기는 것은 주사위를 굴리는 도박이나 다름없다. 보상을 얻을 수도 있지만 그보다 위험이 훨씬 높다.

유리 천장과 수입의 한계는 지금도 많은 여자들이 직면하고 있는 문제지만, 투자 세계에서는 이 두 가지 모두 존재하지 않는다. 그리고 가장 커다란 선물 두 가지, 즉 높은 자존감과 시간 관리의 자율성이 있다. 오늘날 투자란 단순히 여자가 하면 좋은 일이 아니라 반드시 해야 하는 일이다.

Chapter 6

"그럴 시간이 없어!"

"우리는 자신의 선택을 스스로 책임져야 한다. 평생 동안 우리의 모든 행동과 말, 생각이 가져온 결과를 받아들여야 한다."

— 엘리자베스 퀴블러 로스(정신과 의사)

팻이 가장 먼저 입을 열었다. "많은 깨달음을 주는 얘기네. 남편한테 경제적으로 기댄다는 게 어떤 기분인지는 나도 알지. 우리 집도 남편이 혼자 버니까, 그이 없이 나 혼자 돈과 관련된 결정을 하면 꺼림칙하더라. 난 그럴 자격이 없는 사람처럼 느껴지거든. 필요할 경우를 대비해 따로 모아 둔 비상금이 조금 있긴 하지만.

하지만 네 이야기가 특히 크게 와닿는 이유는 22년 동안이나 결혼생활을 했던 내 친구 하나가 지금 이혼을 준비 중이기 때문이야. 이혼이 마무리되고 나면 개한텐 양육비를 빼면 남는 게 하나도 없을 거야. 아까 네가 말한 통계에 완벽하게 해당되는 케이스지. 18년간 가정주부로 살았는데 50이 다 된 나이에 앞으로 어떻게 먹고 살아야 할지, 이력서에는 또 뭐라고 써야 할지 암담해하고 있어. 거의 패닉 상태지."

재니스는 마음이 조금 불편한 듯 보였다. "하나만 물어볼게." 그녀가 말했다. "난 내 사업을 좋아하고 앞으로도 계속 일할 거야. 물론 괜찮은 가격에 매각을 할 수도 있긴 하지만. 그렇다면 내가 왜 투자를 해야 해? 이 정도면 꽤 건실한 계획 아니야?"

"네 계획은 훌륭해." 나는 재니스에게 말했다. "내 말은 선택의 여지가 있어야 한다는 거야. 네 미래가 계획대로 실현되면 정말 좋겠지. 그리고 내가 널 좀 아는데, 너라면 틀림없이 해낼 거야. 리치대드 컴퍼니의 경우에도 재정상 독립적으로 시작했다는 게 성공에 큰 도움이 됐거든. 우리가 회사를 차렸을 때 로버트와 난 생계를 유지하는 데 회사 돈을 쓸 필요가 없었어. 파트너인 샤론도 마찬가지였고. 그래서 우린 사업 결정을 내릴 때마다 '우리 회사에 최선인 건 무엇일까?' 하고 물을 수 있었지. '돈을 더 벌려면 어떻게 해야 할까?'가 아니라 말이야. 그것만으로도 우리 회사는 큰 성공을 거둘 수 있었어. 사업상 가장 바람직한 선택을 할 수 있었으니까.

또 다른 예를 들어 볼게. 자기 일을 열렬하게 사랑하는 한 여자가 있었어. 캐롤은 치과의사야. 개인 병원을 운영하고 있었지. 그러다 유방암 선고를 받게 됐어. 다행히 초기에 발견해서 지금은 괜찮아졌지만.

어쨌든 암 진단을 받고 얼마 뒤에 캐롤이 나한테 전화를 했어. '이번 일로 엄청난 깨달음을 얻었어. 난 치과의사로서 꽤 성공했고, 돈도 많이 벌고 있고, 내가 하는 일을 좋아하는데, 갑자기 암에 걸렸지. 그 말을 듣자마자 내가 일을 못하게 되면 어떻게 될지 생각해 보게 되더라. 지금 벌고 있는 안정적인 수입이 끊기겠지. 모아 둔 돈으로는 1년 정도'밖에' 못 버틸 거고. 그렇게 생각하니 겁이 확 드는 거야. 암도 암인데 재정적으로 파산하면 어쩌지 싶어서.'

어쨌든 그때의 깨달음을 계기로 지금 캐롤은 임대 부동산을 마련해 매달 상당한 수입을 올리고 있고, 그녀가 치과에 나가지 않더라도 병원이 굴러갈 수 있게 시스템을 다듬는 중이야."

나는 마지막으로 덧붙였다. "다시 말하는데, 이건 그저 선택의 여지를 넓히기 위한 거야."

재니스가 알겠다는 듯이 고개를 끄덕였다.

여자들이 하는 가장 흔한 변명

"하지만 재니스, 방금 넌 여자든 아니든 투자 같이 새로운 것을 시작할 때면 반드시 던져야 할 아주 중요한 질문을 해 줬어."

"내가 뭐라고 했는데?"

"정직하게 대답하지 않으면 재정적으로 성공할 가능성을 망칠 수도 있는 아주 중요한 질문이지." 내가 말했다. "근데 이 말부터 해야겠다. 난 오늘 너희들에게 훌륭한 투자가가 되어야 한다고 말하러 온 게 아니거든. 물론 그렇게만 된다면야 더할 나위 없겠지만. 어쨌든 오늘은 그동안 어떻게 살았는지 떠들고, 맛있는 점심도 먹고, 즐거웠던 옛 추억을 더듬고, 마음 편하게 즐기러 온 거잖아."

"아, 괜찮아, 괜찮아." 팻이 말했다. "이런 것도 꽤 괜찮은걸."

"그렇게 말해 주니 다행이네. 난 가끔 주변 사람들한테 내가 배운 것을 마구 늘어놓는 습관이 있거든. 한 번 입을 열면 멈추질 않는단 말이야. 내가 너무 설교를 하는 것 같으면 미리 사과할게. 돈과 재정에 있어 이제껏 많은 걸 배우고 실천할 수 있었던 건 내가 유난히 똑똑하다거나 대학을 졸업해서, 혹은 특별한 기술이 있다거나 남들보다 아는게 많아서가 아니야. 그런 것과는 전혀 거리가 멀지. 난 그저 좋은 스승들을 많이 만났을 뿐이야. 사업가와 투자가, 작가, 부모님, 친구들까지, 그들은 대부분 자기가 내 스승인지도 몰랐지만. 그래서 내가 투자나 다른 것들에 대해 하는 얘기는 그들의 지식을 전부 다 합친 거랑 비슷해.

난 그냥 이런 얘기가 나오면 좀 흥분하는 경향이 있어. 여자들이 투자를 시작하면서 삶이 더 좋은 방향으로 바뀌는 걸 많이 봤거든. 하지만 이렇게 나 혼자 떠드는 것보다는, 여기에 대해 더 궁금하면 다음에 이야기하자. 지금은 우리가 다시 만난 것만 축하하고."

무슨 질문이었지?

"그렇게 어물쩍 넘어가지 마." 재니스가 타박했다. "내가 아주 중요한 질문을 했다며. 내가 뭐라고 했는데? 그것부터 말해 줘야지."

나는 팻과 레슬리의 눈치를 봤다. "너희도 듣고 싶어? 나랑 재니스는 나중에 따로 만나 이야기하면 되니까."

"아냐, 지금 해." 레슬리가 말했다. "나도 궁금한걸. 정말 흥미로운 이야기야. 솔직히 말하자면 나도 이 문제에 대해 오래도록 해답을 찾고 있었거든."

팻도 고개를 끄덕였다. "나도 관심 있어. 사실 어떤 부분은 개인적으로 많이 찔리기도 하고."

"좋아." 나는 이야기를 시작했다. "재니스는 매우 중요한 질문을 해주었어. 하지만 그게 뭔지 말하기 전에 먼저 힌트를 줄게. 자, 이거 하나만 물어보자. 만약에 내가 우리 모두 건강을 위해 일주일에 3일씩, 그날 하루 종일 운동을 하자고 한다면 뭐라고 대답할 거니?"

"그러기엔 난 너무 바빠. 그렇게 오랫동안 가게를 내버려 둘 순 없어." 재니스가 가장 먼저 대답했다.

"맞아. 직장에 일하러 가야 하는데 일주일에 사흘을 빼라니, 그건 너무 심해." 레슬리도 맞장구를 쳤다.

"그럴 시간만 있으면 좋을 텐데. 요즘 몸이 말이 아니거든." 팻이 마무리를 지었다.

"시간, 항상 시간이 문제야. 그렇지 않니?" 내가 말했다. 친구들이 고개를 끄덕였다. "우린 너무 바쁘고 시간이 없어. 좋은 일이라는 걸 알면서도 시간이 없다는 이유로 하질 못하지."

"무슨 말을 하고 싶은 거야?" 레슬리가 물었다.

"우린 뭔가를 하고 싶지 않을 때 정당한 이유가 있는 척 변명을 해. 겉으로 보기에 합리적이고 그럴싸한 이유 같지만 사실은 '난 안 할 거야.'나 '하기 싫어.'의 다른 표현일 뿐이지. 그럼 사람들이 가장 많이 내세우는 변명이 뭐게?"

"그럴 시간이 없어!" 레슬리가 외쳤다.

"정답! 실제로 시간이 없는 것도 맞아. 다들 바쁘게 살고 있잖아. '하루에 몇 시간만 더 있으면 좋겠다.'고 생각해 본 적 없는 사람이 누가 있겠니. 특히 여자들은 더 그렇지. 우리 중에 직장에 다니면서 애도 키우고 남편을 챙겨 주거나 연애를 하고, 거기에 날마다 운동이나 다른 활동까지 하고 있는 사람이 얼마나 많니? 그런데 누가 남은 시간까지 쪼개서 뭔가를 더 하자고 하면 폭발하겠지.

우리가 '시간이 없어.'라고 말하는 건 사실 '네가 제안하는 것보다 훨씬 더 중요한 일이 많아.'라는 뜻이야. '시간이 없어.'라고 대답하는 게 잘못이라는 뜻이 아냐. 하지만 그보단 이렇게 물어봐야 해. '내게 정말로 중요한 건 무엇인가?' 시간이 없다는 변명은 대부분 자동 반사에 가까워. 이미 너무 많은 일에 치여 살고 있으니까, 해야 할 일이 늘어난다고 상상만 해도 끔찍한 거지."

"돈과 재정에 있어 이제껏 많은 걸 배우고 실천할 수 있었던 건 내가 유난히 똑똑하다거나 대학을 졸업해서, 특별한 기술이 있다거나 남들보다 아는 게 많아서가 아니야. 그런 거하곤 전혀 거리가 멀지. 난 그저 좋은 스승들을 많이 만났을 뿐이야. 사업가와 투자가, 작가, 부모님, 친구들까지, 그 사람들은 대부분 자기가 내 스승인지도 몰랐지만."

"하지만 만약에 정말로 하는 일이 너무 많아서 진짜 시간이 없으면?" 재니스가 물었다.

"좋은 질문이야." 내가 대답했다.

"난 질문 하나는 끝내주게 잘하거든. 대답은 잘하지 못하지만." 재니스가 소리 내어 웃으며 말했다.

"그리고 이건 네가 처음에 한 질문과 이어지지." 내가 말했다. "투자를 어떻게 시작해야 할지 여자들과 얘기하다 보면 제일 자주 듣는 변명이 바로, 너희도 짐작하겠지만, '그럴 시간이 없어요!'란다. 날마다 가족과 직장, 자선활동, 스포츠와 사회적 교류, 그리고 일상적이고 자질구레한 일에 힘겹게 치여 살고 있는데 어떻게 시간을 낼 수 있을까?

그렇다고 우리가 하루 24시간을 늘릴 수 있는 것도 아니지. 그런데 여자들과 얘기를 하다 보니 '시간을 내는 것'이야말로 재니스의 질문에 대한 대답이더라."

"그러니까 대체 내가 뭐라고 물었는데?" 재니스가 애처롭게 물었다.

"네가 했던 질문은 '내가 왜 투자를 해야 해?'였어. 그게 가장 중요한 질문이지."

세 친구 모두 어리둥절한 얼굴이었다.

"그게 왜 가장 중요한 질문이야?" 레슬리가 당혹해하며 물었다.

투자를 하는 개인적인 이유는 무엇인가?

"왜냐하면 대부분의 사람들은 투자의 첫 번째 단계가 투자 방법을 배우는 거라고 생각하거든." 나는 대답했다. "좋은 부동산 중개인을 찾는 법, 콜옵션을 매수하는 법, 투자할 만한 사업체를 찾는 법 등등. 하지만 그런 노하우를 배우는 건 별로 어렵지 않아. 약간의 교육과 시간이(여기 또 '시간'이라는 단어가 나왔네.) 필요할 뿐이지. 하지만 투자에 있어 가장 중요한 첫 번째 단계는 내가 왜 투자를 하고 싶은가, 혹은 왜 투자를 해야 하는가를 파악하는 거야. 너희는 왜 이렇게 어려운 일을 하려는 거야? 귀한 시간과 노력을 투자해서 좋은 투자가가 되고 싶은 이유가 뭐야?"

"난 그냥 먹고 살기 위해 일할 필요가 없을 만큼만 돈이 있으면 좋겠어." 레슬리가 가장 먼저 나섰다.

"'일할 필요가 없을 만큼만 돈을 벌고 싶다.'는 생각이 관련 서적을 읽고, 발품을 팔고, 세미나에 참석하고, 투자 전문가를 만나고, 네 휴일을 포기할 정도로 강한 동기를 부여할 수 있을까?" 내가 물었다.

"우와! 그렇게 물어보니까 할 말이 없네. 듣기만 했는데 벌써부터 피곤하다, 얘."

"그럼 그건 네 '이유'가 되지 못해. 내 말을 듣고 의욕이 사라진다면 그건 네가 그런 노력을 할 만큼 설득력 있는 이유가 안 된다는 뜻이지." 내가 설명했다.

"네가 말하는 설득력 있는 이유라는 게 어떤 건데? 예를 들어줄 수 있어?" 팻이 물었다.

나는 잠시 생각에 잠겼다. "좋아. 아까 내가 일주일에 사흘 동안 운동만 해야 한다면 어떻게 할지 물었지?" 친구들이 고개를 주억거렸다. "너희는 모두 그렇게 할 만한 설득력 있는 이유를 찾아내지 못했어. 대신에 왜 그렇게 할 수 없는지, 왜 그런 노력을 쏟을 필요가 없는지에 관한 이유만 찾아냈지." 세 명이 또 다시 고개를 끄덕였다.

"그런데 만약에 건강검진을 하러 갔는데 의사가 너희가 희귀병에 걸렸다면서 1주일에 최소 사흘은 운동을 하지 않으면 죽을 거라고 하면 어떻게 할래? 그렇게 되면 너희에게도 1주일에 사흘은 운동을 할 이유가 생기겠지?"

친구들의 눈이 휘둥그레졌다.

"적어도 난 그래." 재니스가 대답했다. "그런 말을 들으면 운동이야말로 내 인생의 최우선 목표가 될걸."

"내 말이!" 나는 신이 나서 외쳤다. "처음엔 운동이 별 의미가 없다고 하더니 일단 이유를 찾고 나니까 단번에 네 인생의 최우선 목표가 됐잖아. 개인적인 이유를 찾아야 한다는 건 바로 이런 뜻이야."

"그러니까 진정으로 마음에 와닿는 이유를 찾지 못하면, 그게 별로 중요하게 느껴지지 않기 때문에 결국 행동하지 않는다는 뜻이지?"

"별로 열심히 노력하지도 않고, 설령 시작은 하더라도 중간에 흥미를 잃고 포기하게 되겠지." 나는 덧붙여 설명했다. "중요할 거 같아서 시작했다가 중간에 그만두는 일은 또 얼마나 많니? 처음엔 그게 좋은 생각 같았겠지. 하지만 그걸 해야 할 이유를 찾기 위해 고민한 적은 없을 거야. 투자란 장기적인 게임이고 가파른 학습 곡선을 그리기 때문에 '돈을 더 벌고 싶어.'라든가 '임대 부동산을 구입하고 싶어.' '빨리 은퇴하고 싶어.' 같은 이유론 충분하지 않아. 물론 그런 것도 이유가 될 수 있긴 하겠지. 하지만 조금이라도 힘들거나 '이 정도면 충분히 했는데'도 원하는 결과가 안 나오면 쉽게 단념하게 돼. 투자를 하려면 압도적이고, 강한 추진력을 부여할 수 있는 개인적인 이유가 있어야 해. 지금 뭘 하는지 회의감이 들 때조차도 계속 나아갈 수 있게 말이야."

"그러니까 '투자를 해야 해.'라든가 '누구누구가 좋은 거라고 했으니까.' 정도론 투자를 지속할 동기가 안 된다는 거구나. 내 마음속 깊은 곳에 있는 진정한 욕구를 건드리지 못하니까." 레슬리가 말했다.

진짜 이유를 찾아라

"그래, 그런 의미야. 그리고 보니 얼마 전에 아주 훌륭한 '이유'를 들은 적이 있어." 내가 말했다. "피터라는 사람이었는데, 7살짜리 아들을 혼자 키우고 있었어. 그 사람은 내게 이렇게 말했지. '나는 엔지니어입니다. 아침에만 잠깐 아들 얼굴을 보고 동급생 부모님의 차를 태워 학교에 보낸 뒤 출근을 하죠. 운이 좋으면 애가 자러 가기 전에 퇴근을 할 수 있고요. 내가 재정적 자유를 얻고 싶은 이유는 아주 단순합니다. 아들을 직접 학교에 태워다 주고 싶었어요. 그게 답니다. 목표를 이루는 데 4년이 걸렸고, 지금은 자유를 누리고 있습니다. 투자에서 나오는 현금흐름으로 생활비를 충당하고 있거든요. 이젠 매일 아들을 학교에 데려다 줍니다. 난 아마 LA의 지독한 교통 체증에 갇혀 있으면서도 싱글거리는 유일한 사람일 겁니다.' 이런 게 진짜 중요한 '이유'지."

"그 얘기 들으니까 이웃집 사람이 생각 난다." 레슬리가 말했다. "꽤 자주 얘기를 나누는 사이인데, 혼자서 애를 키우는 게 얼마나 힘든지 토로하더라고. 다섯 살 때 부모님이 이혼해서 아버지랑 같이 살았는데 문제는 크면서 아버지가 집에 있었던 적이 없었대. 언제나 일을 하거나 아니면 여자를 쫓아다니느라 말이야. 그 사람 말로는 어렸을 때 어른의 보살핌을 받아 본 적도 없고 안정감을 느껴 본 적도 없대. 거의 베이비시터 손에 컸다고 하더라. 그래서 자기가 부모가 되면 반드시 자식들을 사랑하고 보호해 주고 날마다 보살펴 주겠다고 마음먹었다는 거야. 가능한 한 애들과 시간도 많이 보내고. 그런데 애들을 부양하려면 하루 종일 직장에서 일을 해야 하잖아. 어떤 때는 늦게까지 야근을 해야 하고. 그 사람은 '이유'를 갖고 있구나. 다만 그걸 어떻게 해결해야 할지 모를 뿐이지."

"내 동생도 마찬가지겠다." 팻이 말했다. "걔는 글자를 읽을 수 있게 된 후로 세계 여행을 하는 게 자기 꿈이라고 했거든. 외국에 관한 책이라면 닥치는 대로 읽었지. 학기말 리포트도 항상 이국적인 장소가 배경이었고. 가 보고 싶은 곳에 대한 팸플릿과 기사도 엄청나게 수집하고 있어. 항상 너무 나이가 들어서 몸이 힘들어지기 전에 자기가 꿈꾸는 곳에서 살고 싶다고 하는데, 지금 우리가 무슨 얘기를 하는지 알면 흥분해서 자기도 끼워 달라고 할걸."

"많은 사람들이 자기만의 '이유'를 갖고 있어. 그런 게 없는 사람은 없을걸. 다만 시간을 들여서 자세히 생각하거나 고민하지 않을 뿐이지. 안타까운 일이지만, 많은 사람들이 정신이 번쩍 드는 충격적인 일을 계기로 이유를 깨닫곤 해."

"충격적인 일이라니, 무슨 뜻이야?" 재니스가 물었다.

"아까 얘기한 치과의사 친구 기억나? 그 친구는 암 진단을 받았을 때 자신의 이유를 깨달았어. 사실은 두 번이나 경각심을 느꼈지. 첫 번째는 당연히 건강이었어. 그래서 암에 대해 알아보기 시작했지. 암에 걸리는 원인은 무엇인가? 생존 확률을 높이려면 어떻게 해야 하는가? 식이요법을 하거나 일하는 방식을 바꿔야 하나? 이제 그 친구에게 제일 중요한 건 건강이었지. 두 번째는 돈이었어. 그녀는 일을 할 수 없게 되면 수입이 사라진다는 걸 깨달았어. 저축이라고 해 봤자 거의 없는 거나 마찬가지였고 일을 하지 않으면 생계를 유지할 방법이 없었지. 그 사실이 그녀에겐 장기적 재정 계획을 세우는 데 자극이 되었어."

"건강 문제 때문에 사람이 갑자기 바뀌는 건 나도 자주 봤어." 재니스가 말했다. "솔직히 심각한 문제가 생기기 전까진 건강에 그렇게 신경 쓰는 사람은 별로 없잖아. 일이 터지고 나서야 아차! 하는 거지. 나만 해도 아침에 알람이 울리면 이불을 뒤집어쓰고 고민하는걸. 정말로 운동을 하러 가야 하나? 아니면 그냥 잘까?"

"너도 그러니? 나도 여러 번 그랬는데" 레슬리가 신음했다.

"어, 사실은 나도, 음… 여러 번 수준이 아니지." 나도 시인했다. "어쨌든 '시간이 없어.'라는 제일 흔한 변명으로 돌아가자면, 먼저 투자를 하고 싶은 진짜 '이유'를 찾고 나면 변명을 없앨 수 있어."

"왜냐하면 그게 인생에서 가장 중요한 목표가 되니까." 팻이 내 말을 받아 마침표를 찍었다. "뭐가 진짜 중요한지 알 수 있으니까."

그때 레슬리가 끼어들었다. "20년 전 사회생활을 시작했을 때랑 별로 다를 것도 없네. 그때 우리한테 제일 중요한 게 커리어였잖아. 관심도 온통 거기에만 쏠려 있었고, 사회에 나가서 새로운 도전을 한다는 데 흥분해 있었지! 모든 노력과 시간을 거기에 쏟아붓고… 음, 남자랑 해변에서 노는 거랑 데이트만 빼고. 뭐, 어쨌든 그때 우리한텐 그게 제일 중요했지. 그리고 각자 원하는 걸 이루기도 했고 말이야. 하지만 시간이 지나면서 뭔가를 삶의 최우선 목표로 여기는 게 아니라 그냥 주변에서 일어나는 일에 '반응'만 한 것 같아. 나는 그랬어. 내 삶이 지금까지 굴러온 방식도 그랬고. 이런, 방금 깨달았는데 난 나한테 진짜 중요한 걸 우선순위로 둔 적이 없네."

"방금 그 말 엄청 철학적인데?" 재니스가 농담을 던졌다. "그렇지만 확실히 진지한 이야기긴 하다. 내가 깨달은 건 이제껏 내가 하나의 미래만을 염두에 두고 있고(사업을 더 키워서 파는 거 말이야.) 원하는 대로만 된다면 끝내줄 거라는 거야. 하지만 만약에 예기치 못한 일이 터지거나 사업이 망하기라도 하면 어쩌지? 그러니 다른 길도 미리 생각해 둬야 할 것 같아. 일을 하지 않아도 매달 꼬박꼬박 돈이 들어온다는 것도 마음에 들고. 더 자세히 얘기해 봐. 난 그쪽에 대해선 하나도 모르거든. 나도 내 '이유'에 대해 진지하게 생각해 봐야 할 것 같아. 일하곤 별개로 시간과 에너지를 따로 들여서라도 말이야. 네 말을 빌자면 재정적 독립을 이뤄야 하는 이유 말이지. 아주 좋은 생각인 것 같아."

"지금까지 한 얘기를 듣고 내가 깨달은 건." 팻이 끼어들었다. "이제껏 무슨 일을 하든 그 '이유'에 대해 진지하게 생각해 본 적이 없는 것 같다는 거야. 그냥 해야 하는 일이니까 하면서 살았던 것 같아. 일부러 시간을 들여 고민해 보고 '이게 나한테 제일 중요한 목표야.'라고 말해 본 적도 없고. 어떤 걸 '왜' 하는지 생각하지 않고 하루하루를 되는 대로 보냈지. 와, 이제 보니까 그런 걸 생각하는 것만으로도 내 삶을 더 통제할 수 있게 된 것 같네." 레슬리가 물었다. "어쩌다 이렇게 진지한 얘기를 하게 됐지? 오랜만에 얼굴 보면서 맛있는 거나 먹으려고 했는데, 인생을 변화시키자는 얘기를 하고 있다니! 누구야, 누가 이 얘기 시작했어?" 테이블 주위가 갑자기 조용해졌다. 그러자 레슬리가 말했다. "누군진 몰라도 고마워. 나한테 딱 필요하던 거였어."

우리는 앞으로도 계속 연락하며 지내자고 약속했다. 다음에는 마사와 트레이시도 올 수 있을지 모른다. 참으로 오랜만에 다시 모이는 자리였다. 일부러 시간을 내서 여기까지 온 건 정말 잘한 일이었다. 마지막으로 이 자리를 마련한 팻에게 찬사를 보냈다. 첫 번째 택시가 접근하자 재니스가 외쳤다. "이런! 개점 행사에 가기로 했는데 벌써 30분이나 지났잖아!" 그녀가 택시에 허둥지둥 올라타며 말했다. "오늘 정말 재미있었어! 나중에 전화해!" 그러곤 폭풍우처럼 떠나갔다.

뒤에 남은 우리 셋은 황당한 표정으로 서로의 얼굴을 마주봤다. 그래, 세월이 아무리 흘러도 어떤 건 절대로 변하지 않는 법이다.

재정적 독립을 성취해야 하는 개인적 이유 파악하기

주변의 방해 없이 나 자신과 내면의 대화를 나눌 수 있는 조용하고 아늑한 장소를 찾는다. 시간을 넉넉하게 잡고 다음 절차를 시행한다. 조급하게 굴 필요는 없다. 곧바로 이유가 떠오를 수도 있고 아니면 오랜 시간에 걸쳐 차근차근 생각하고 싶을 수도 있다.

1. 재정적 독립을 이루고 싶은 진짜 이유는 무엇인가?

  (다시는 일을 할 필요가 없다면 무엇을 하고 싶은가? 원하는 대로 시간을 보낼 수 있다면 무엇을 하고 싶은가? 돈 걱정을 할 필요가 없다면 당신의 삶은 어떻게 달라졌을까?)

2. 재정적 독립을 이루고 싶은 가장 중요하고 핵심적인 이유는 무엇인가?

3. 재정적 독립을 이루고 싶은 가장 진실되고 내밀한 이유는 무엇인가?

떠오르는 생각을 전부 종이에 적는다. 그때 끊임없이 묻고 또 물어라. 재정적 자유를 얻고 싶은 이유가 명확해질 때까지 더욱 심오하고 진실한 본심을 파헤쳐라.

Chapter 7

재정적 독립의 의미

"나는 여자가 남자를 지배할 권리를 바라는 게 아니라 여자가 스스로를 지배할 수 있길 바란다."

— 메리 울스턴크래프트(작가, 최초의 여성주의자)

'재정적 독립'이란 정확히 무엇일까? 고액 연봉을 받으며 생계를 꾸려 나갈 수 있다는 뜻인가? 상당한 돈을 모아 둔 덕분에 앞으로 30~40년은 별 무리 없이 살 수 있다는 의미인가? 혹시 물려받을 유산이 있는가? 아니면 이혼 수당이라도? 많은 이들에게 재정적 자유란 "65세까지 일하다가 은퇴할 거예요."를 의미한다.

재정적 독립을 달성하는 방법에 대해서는 여러 가지 의견이 존재한다. 나는 지금까지 오랫동안 재정적 독립을 다음과 같이 정의해 왔고,

덕분에 서른일곱의 나이에 일을 그만둘 수 있었다.

가장 먼저 『부자 아빠 가난한 아빠』를 꼭 읽어 보도록 권하는 바다. 『부자 아빠 가난한 아빠』는 내 남편 로버트가 쓴 책으로, 그의 두 '아버지'의 실제 이야기를 바탕으로 하고 있다. '가난한 아빠'는 로버트의 친아버지다. 그분은 교육학 박사 학위를 보유했고, 하와이 교육감도 지냈다. 로버트가 그분을 '가난한 아빠'라고 부르는 이유는 그분이 아무리 많은 급여를 받아도 월말이 되면 생활비가 거의 떨어졌기 때문이다. 반면에 '부자 아빠'는 로버트와 절친한 친구의 아버지였다. 그분은 정규 교육은 많이 받지 못했지만 하와이에 부동산 왕국을 건설했다. 『부자 아빠 가난한 아빠』는 두 아버지가 두 아들, 즉 로버트와 그의 친구에게 돈에 대해 가르치는 이야기다.

돈과 부(富), 그리고 재정적 자유와 관련해 내가 가진 대부분의 생각과 관점은 로버트가 부자 아빠에 대해 쓰고 이야기한 내용에서 배운 것이다. 그러므로 내게서 부자 아빠의 가르침에 대해 듣기보다는 직접 『부자 아빠 가난한 아빠』를 읽어 보길 권한다. 기본 지식과 탄탄한 토대를 쌓을 수 있을 것이다. 재정적 미래를 구축하는 데 대해 진지하게 생각하고 있다면 반드시 읽어야 할 책이다.

부자 아빠의 이야기에서 내가 가장 놀란 점은 부자 아빠가 소위 '경제 전문가'들이 하는 말과 정확히 반대로 행동함으로써 부를 일궜다는 사실이다. 게다가 그가 한 일은 그렇게 어렵지도 복잡하지도 않았다. 그저 시간을 투자해 지식을 쌓고 상식을 활용했을 따름이다.

자, 그럼 다시 '재정적 독립'으로 돌아가 보자. 재정적 독립이란 무엇인가? 내가 이제껏 재정 주권을 지키고 확장하기 위해 꾸준히 따라왔고 앞으로도 따를 정의와 공식을 소개한다. 많은 이들이 각자 재정적 독립에 관해 서로 다른 정의를 갖고 있으며, 거기에는 정답도 오답도 없다. 나 역시 단순히 내가 재정적 자유를 얻기 위해 투자를 할 때 활용한 용어와 기준을 설명할 뿐이다.

다시 말하지만 내가 재정적 독립을 위해 사용한 공식은 부자 아빠가 로버트에게 가르쳐 준 것이다. 더 자세히 알고 싶다면 『부자 아빠 가난한 아빠』를 읽어라.

재정적 독립을 위한 공식

현금흐름을 창출하는 자산을 만들거나 구입한다. 자산에서 비롯된 현금흐름으로 생활비를 충당한다. 매월 창출되는 현금흐름이 생활비와 같거나 더 많다면 재정적 독립을 달성할 수 있다. 내가 재정적 자유를 누릴 수 있는 것은 자산이 현금흐름을 제공하는 한편 나를 대신해 일하고 있기 때문이다. 나는 더 이상 돈을 벌기 위해 일할 필요가 없다.

자산이란 무엇인가?

로버트의 부자 아빠는 모든 것을 쉽고 단순하게 설명할 수 있는 능력을 지니고 있었다. 그분은 자산을 이렇게 설명했다.

"자산이란 일을 하지 않을 때도 내 주머니에 돈을 넣어 주는 것이다." 이게 다. 지금 당장 일을 그만둬 급여를 받지 못하면 어디서 돈이 들어오는가? 내가 이렇게 물었을 때 대부분의 여자들은 이렇게 대답했다. "아무 데서도 안 들어오는데요." 즉 돈이 없다는 얘기다.

한 여성은 이렇게 우기기도 했다. "하지만 내 다이아몬드 팔찌는 자산 아닌가요."

그러면 나는 이렇게 대꾸했다. "그거 팔 건가요?"

"말이 되는 소리를 해요!" 그녀가 발끈하며 외쳤다.

"그럼 그게 당신 주머니에 지금 돈을 넣어 주나요?"

"아뇨." 그녀는 조용히 시인했다.

"그럼 간단하네요. 부자 아빠의 정의에 따르면, 그건 자산이 아니에요. 그걸 팔아서 돈이 손에 들어오면 그땐 자산이 될 수 있겠죠."

긍정적인 현금흐름을 공급해 주는 임대용 부동산은 자산이다. 투자를 통해 매년 현금흐름을 창출하는 사업체도 자산이다. 배당금을 주는 주식도 그렇다. 어쨌든 요는 투자를 통해 돈이 주기적으로 들어와야 한다는 것이다. 플러스 현금흐름을 창출해야 한다.

반면에 부자 아빠의 정의에 따르면, 부채란 주머니에서 돈을 빼 가는 것이다. 즉 일을 그만두면 당신의 자가용은 매달 할부금과 기름값, 유지비 등으로 돈을 빼 간다. 마찬가지로 집도 융자금과 재산세, 보험료, 갖가지 관리비 등의 명목으로 매달 돈을 쓰게 만든다. 그리고 이 모두는 마이너스 현금흐름을 제공한다.

부자 아빠에 따르면, 사람들이 재정적 곤란을 겪거나 돈을 모으지 못하는 이유는 부채를 자산이라고 믿으면서 끌어안고 있기 때문이다. 내가 부자 아빠에게서 배운 가장 중요한 가르침 중 하나도 자산과 부채의 차이점을 인식하는 것이었다. 자, 공식의 첫 번째 단계는 자산을 만들거나 구입하는 것이다. 자산은 긍정적 현금흐름을 창출한다.

현금흐름이란 무엇인가?

자산을 획득할 때 나는 두 가지 사항에 초점을 맞춘다.

가장 중요한 요소는 현금흐름이다. 당신이 많은 돈을 들여 투자를 한다고 치자. 투자 대상은 주식일 수도 있고 부동산이나 벤처 사업체일 수도 있다. 이제 당신은 달마다(혹은 매년이나 사분기마다) 투자 수익금 (또는 지불금)을 받게 된다. 주식의 경우에는 배당금으로 현금흐름을 얻을 수 있다. 비즈니스 세계는 어떨까. 친구가 새로 연 고급 식재료 사업에 2만 5000달러를 투자했다고 치자.(친구가 운영하는 사업에 투자를 하라는 게 아니다. 그건 완전히 다른 얘기다.) 그런 다음 매달 400달러의 수표를 받는다면 그 400달러가 당신이 얻는 현금흐름이다.

부동산을 예로 들어 볼까? 당신은 10만 달러짜리 방 두 개 임대용 아파트를 구입하고 선불금으로 2만 달러를 지불했다. 매달 세입자에게서 집세를 받고, 관련 부대 비용을 지불하고 융자금을 내고 나면 순이익은 300달러다. 이 300달러가 당신의 현금흐름이며, 곧장 당신의 주머니로 들어가게 된다.

현금흐름이 목표가 아니라면 왜 투자를 하는가?

사람들이 투자를 하는 이유는 대개 둘 중 하나다. 현금흐름을 얻기 위해서, 아니면 자본 이득을 얻기 위해서다. 자본 이득은 일회성 이익이다. 반면에 현금흐름은 지속성 이익이다. 예를 들어 10만 달러에 주택을 하나 구입했다고 하자. 당신은 그 집을 13만 달러에 매각했다. 부동산 중개인에게 수수료를 지불하고 모든 부대 비용을 처리하고 나니 순수익은 2만 달러가 남았다. 그 2만 달러가 당신의 자본 이득이다.

만일 주식을 주당 20달러로 매수해 주당 25달러에 매도했다면 여기서 얻은 차익도 자본 이득이다. 자본 이득을 얻으려면 자산 또는 투자물을 팔아야 한다. 더 많은 자본 이득 또는 이익을 얻으려면 또 다른 자산이나 투자물을 구입하고 다시 매각해야 한다.

반면에 현금흐름은 자산을 보유하는 한(그리고 잘 관리하는 한) 계속해서 유입된다. 자산을 팔면 현금흐름은 중단된다. 투자물을 매각해 이익을 얻는다면 그제야 자본 이득의 범주가 된다.

현금흐름 계산법

주식 및 기업의 이익 배당금에서 창출되는 현금흐름을 계산하는 방법(직접 사업을 운영하는 게 아니라 사업체를 투자 대상으로만 볼 경우)은 꽤 단순하다. 배당금을 지급하는 주식을 보유했다면 배당금이 곧 현금흐름이다. 따로 계산이라고 할 것도 없다. 다만 현금흐름 외에도 다른 중요한 공식이 있는데, 이에 대해서는 다음에 다루도록 하자.

순수한 비즈니스 투자로부터 창출되는 현금흐름을 계산하는 것도 별반 다를 게 없다. 돈을 투자하면 다달이 또는 사분기마다 당신의 돈을 빌려 간 사업체가 수표를 보내 온다. 당신이 얻는 현금흐름은 일반적으로 사업체의 이익에서 비롯된다.

전부 생소하게 느껴진다고? 전혀 그럴 필요가 없다. 은행에 돈에 저축하는 것과 똑같이 생각하면 되기 때문이다. 은행 계좌에 넣어 두는 돈에 붙는 이자도 현금흐름이다. 다만 문제가 있다면 요즘 은행 이자율이 1~2퍼센트에 불과하기 때문에 당신이 얻을 수 있는 현금흐름 역시 미미한 수준이라는 것이다. 투자가라면 돈이 당신을 위해 되도록 열심히 일해 주길 바랄 것이다. 1~2퍼센트는 너무 게으르지 않은가.

부동산 투자의 경우, 단독주택과 아파트 건물, 사무실 건물, 쇼핑센터 등 어디에 투자하든 계산법은 동일하다. 공식을 대입해 보자면 다음과 같다.

임대 소득 - 비용 - 주택 융자금(대출금) = 현금흐름

이 공식의 핵심은 현금흐름이 마이너스가 아니라 플러스여야 한다는 것이다.

재정적 독립에 있어 현금흐름이 중요한 이유는 무엇인가?
재정적 독립은 내게 의미하는 바는 단 한 가지다. '자유'.

재정적 독립을 성취하면 원하는 것을 자유롭게 할 수 있다. 여유로운 생활을 즐기든 새로운 사업을 시작하든 전부 내 마음대로다. 좋아하는 사람들과 원하는 대로 자유롭게 시간을 보낼 수 있다. 마음대로 일정을 짤 수도 있다. 이제 내 시간은 완벽하게 내 것이다.

자유란 더욱 폭넓은 선택을 할 수 있다는 의미다. 이코노미 클래스를 탈지 비즈니스석을 탈지 선택할 수 있다면 당신은 무엇을 고르겠는가? 대부분의 사람에게는 선택권이 없다. 사람들이 이코노미 클래스를 타는 이유는 돈을 절약하기 위해서다. 맛은 있지만 저렴한 타코를 먹을지 별 다섯 개짜리 고급 레스토랑에 갈지 선택할 수 있다면 당신은 어느 쪽을 고르겠는가? 아마 그날 기분에 달려 있을 것이다.(나라면 길거리 타코를 먹을 거다.) 요는 재정적 자유가 있다면 마음 가는 대로 자유로운 선택을 할 수 있다는 것이다. 대부분의 사람들은 선택의 여지 없이 그저 싸구려 음식을 먹어야 할 것이다.

그렇다면 현금흐름은 여기서 어떤 역할을 하는 걸까? 일을 '해야 하는' 한, 나는 진정으로 자유로울 수 없다.(일을 하는 것을 '선택'할 수도 있겠지만, 이건 '해야 하는' 것과는 다르다.) 먹고 사는 데 필요한 돈을 벌기 위해 날마다 무언가를 '해야 한다'면 나는

현금흐름을 창출하는 자산을 구입하거나 생산한다. 자산에서 비롯된 현금흐름으로 생활비를 충당한다. 매월 창출되는 현금흐름이 생활비와 같거나 더 많다면 재정적 독립을 달성할 수 있다. 내가 재정적 자유를 누릴 수 있는 것은 자산이 현금흐름을 제공하는 한편 나를 대신해 일하고 있기 때문이다. 나는 더 이상 돈을 벌기 위해 일할 필요가 없다.

리치 우먼

자유로운 게 아니다.

내가 긍정적 현금흐름을 좋아하는 이유는 일을 하든 안 하든 매달 돈이 들어오기 때문이다. 내가 소유한 아파트 건물은 매달 내 주머니에 돈을 넣어 준다. 상업용 부동산도 달마다 꼬박꼬박 정확하게 상당한 수익을 안겨 준다. 로버트가 집필한 저서는 그가 더는 일을 할 필요가 없을 정도로 매달 인세 소득을 가져다주고 있다. 그저 책 한 권을 썼을 뿐인데, 많은 사람이 읽는다면 현금흐름이 창출된다. 그가 일을 하든 말든 말이다.

가장 중요한 최우선 목표는 주머니에서 나가는 돈보다 더 많은 현금흐름을 창출하는 것이다. 나는 일을 하지 않고도 현금흐름을 안겨 주는 것을 구입하거나 생산하고 싶다. 그걸 자산이라고 한다.

내가 돈을 위해 일하는 게 아니라 자산이 나를 위해 일하게 하고 싶다. 따라서 자본 이득은 내게 있어 일차적 목적이 아닌 간접 혜택일 뿐이다. 자본 이득을 얻으려면 자산을 팔아야 한다. 그렇게 얻은 돈은 소비되거나 생활비로 나갈 테고, 그러면 나는 다른 투자물을 찾아 구입한 다음 또 다시 팔아야 할 것이다. 그 돈은 다시 생활비로 사용되고… 결국 이런 패턴이 반복될 뿐 나는 결코 자유가 될 수 없다.

어떤 이들은 "평생 안락하게 살 수 있는 많은 돈을 모을 거야."라고 말한다. 그것도 좋다. 다만 이 점을 생각해 보기 바란다. 여생을 편안히 보낼 수 있는 돈을 모으려면 얼마나 오랫동안 일하고 저축해야 할까? 퇴직할 즈음이면 이자가 얼마나 불어 있을까? 모아 둔 돈이 언제

떨어질까 두려워 돈을 쓸 때마다 신경이 곤두서지는 않을까? 최대한 오랫동안 버티려면 허리띠를 얼마나 졸라매야 할까? 이 정도만 생각해 봐도 감이 잡히지 않은가?

로버트와 나의 목표는 단 하나였다. 매달 우리가 쓰는 생활비를 충당할 수 있는 만큼의 현금흐름을 창출하는 자산을 구입하거나 생산할 것. 그렇게 함으로써 우리는 1994년에 일을 그만두고 완전히 '은퇴'할 수 있었다.

기쁜 소식은 재정적 자유를 얻는 데 그리 많은 돈이 필요하지는 않다는 것이다. 1994년에 로버트와 나는 투자를 통해 매달 1만 달러의 소득을 올렸다. 당시 우리의 생활비는 월 3,000달러 정도였고 그 시점에서 우리는 재정적 자유를 얻었다. 살아가기에 충분한 돈을 현금흐름으로 얻고 있었으니까.

당연하지만 우리는 거기서 멈추고 싶지 않았다. 우리는 계속해서 자산을 구입하고 생산했다. 현금흐름은 증가했고, 우리의 생활비도 함께 늘어났으며, 생활 수준은 향상되었다.

투자 수익률이란 무엇인가?

앞에서 나는 투자 대상을 탐색할 때 두 가지 사항에 초점을 맞춘다고 말했다. 첫 번째가 현금흐름이라면, 두 번째는 바로 투자 수익률 (ROI)이다.

투자 수익률이란 문자 그대로 투자를 했을 때 당신에게 돌아오는 현금 수익이다. 다시 말해 돈이 당신을 위해 얼마나 열심히 일하는지를 측정하는 기준이라고 할 수 있겠다.

투자 수익률은 무엇을 측정하느냐에 따라 다양한 방식으로 계산할 수 있다. 여기서 내가 말하는 투자 수익률은 대개 현금 투자 수익률 (cash-on-cash return)이다. 내가 관심이 있는 건 오직 한 가지뿐이다. 내 주머니에 얼마나 많은 현금이 들어오는가.

어떤 공식은 ROI를 계산할 때 감가상각을 적용하고 어떤 것은 당신에게 들어오는 현금흐름이 곧장 재투자되고 있다고 가정하기도 한다. 무엇을 평가하느냐에 따라 두 가지 방식 모두 옳다. 나는 단순한 쪽을 좋아한다. 어쨌든 중요한 건 현금흐름이니까.

현금 투자 수익률 계산법

아주 단순하다. 대개 연간 수익을 퍼센티지로 표시한다. 계산 공식은 다음과 같다.

$$연간 현금흐름 \div 투자한 현금 = 현금 투자 수익률$$

가령 임대용 부동산을 구입했다고 하자. 주택의 가격은 10만 달러다. 그중 20퍼센트인 2만 달러를 선불금으로 지불하고 매달 200달러의 현금흐름이 들어온다면, 연간 2,400달러의 현금흐름을 얻는 셈이다. 이 2,400달러(연간 현금흐름)를 2만 달러(부동산에 투자한 현금)로 나누면 12퍼센트(현금 투자 수익률)가 나온다.

이것을 주식에도 한번 대입해 보자. 연 100달러의 배당금을 지불하는 2,500달러의 주식을 샀다. 100달러를 2,500달러로 나누면 현금 투자 수익률은 4퍼센트다.

이제 은행의 예금 이자를 살펴 보자. 요즘 은행의 이자율은 2퍼센트다. 거꾸로 계산하자면, 1,000달러를 은행에 넣었을 때 매년 20달러의 이자를 얻을 수 있다는 이야기다.

다시 강조하지만, 아주 간단한 공식이다. 현금을 얼마나 투자하고 있는가? 그리고 그 투자를 바탕으로 얼마나 많은 현금을 벌고 있는가?

현금흐름에 초점을 맞추는 이유는 돈이 나 대신 일해 주기를 바라기 때문이다. 현금 투자 수익률은 돈이 당신을 위해 얼마나 열심히 일하고 있는지를 보여 주고 다른 투자 실적과 비교할 수 있게 해 준다. 투자 수익률이 2퍼센트라면 그 투자는 별로 열심히 일하고 있지 않은 것이다. 반면에 투자 수익률이 50퍼센트라면 충실한 친구라고 할 수 있겠다.

재정적 자유를 목표로 삼으라

재정적 자유를 얻기 위해 거친 길은 별로 어렵지도 복잡하지도 않다. 정말 '단순한' 공식을 따르기만 하면 된다. 하지만 그렇다고 '쉬운' 것도 아니다. 시간과 교육이 필요하기 때문이다. 하룻밤 새에 짠! 하고 이뤄지는 게 아니다. 하지만 일단 주머니에 들어오는 현금흐름을 보고 나면 이게 얼마나 재미있는 게임인지 깨닫게 될 것이다.

이렇게나 간단한 공식이 있는데, 여자들은 왜 행동에 나서기를 주저하며 자신의 재정적 삶을 책임지지 못하는 것일까?

앞에서 나는 여자들이 투자를 실천하지 않는 가장 큰 이유가(자기 입으로 말하고 스스로 그렇게 '믿는') "그럴 시간이 없어."라고 말했다. 하지만 개인적으로 중요한 일이라면 시간은 어떻게든 낼 수 있는 법이다.

시간이 없기 때문이 아니다. 거기에 필요한 시간을 다른 곳에 쓰기로 결정했기 때문이다. 대부분의 사람들은 이미 하루하루를 바쁘게 살고 있다. "그럴 시간이 없어."라고 변명하는 것은 당신이 재정적 자유를 가장 중요한 것으로 여기지 않는다는 의미다. 그래야 할 '이유'를 찾지 못했기 때문이다. 하지만 이것만은 말해 두겠다. 여자가 재정적 자유를 최우선 목표로 삼기만 한다면 그 무엇도 그들을 막을 수 없을 것이다. 지금도 점점 더 많은 여자들이 재정적 독립을 위해 노력하고, 또 성취하고 있다.

그렇다면 또 무엇이 여자들을 가로막고 있는 걸까? 내가 만난 수천 수만 명의 여자들이 두 번째 변명으로 삼는 것은 바보 같은 수준을 넘어 황당할 정도다. 이런 건 변명조차 될 수가 없다. 정말 터무니없다고 밖에는 표현할 길이 없다. 우리 여자들이 두 번째로 자주 내세우는 변명은 바로…

Chapter 8

"난 똑똑하지 못해!"

"여자라고 한계를 긋지 않은 게 비결이라고 생각한다."

— 마르티나 나브라틸로바(테니스 선수)

뉴욕에서 친구들과 재회한 뒤 일주일쯤 지났을 때, 회의에 가던 중에 전화벨이 울렸다.

"킴, 나 레슬리야. 지금 통화할 수 있니?"

"응, 물론이고말고."

"지난번에 네가 투자랑 재정적 독립에 대해 한 얘기에 대해 많이 생각해 봤는데, 정말 마음에 들었어. 딱 나한테 필요한 거였거든. 그런데 계속 똑같은 문제에 부딪치게 돼."

"무슨 문제?"

"난 평생 그림만 그리고 살았잖아. 색감과 형태, 스타일, 테크닉 같은 거에만 관심 있고, 머리도 그쪽으로만 굴러가거든. 그래서 체계적인 거나 분석적인 거하곤 거리가 멀어. 간단히 말하자면 숫자랑 수학에 대해선 완전히 바보란 말이야. '아무래도 난 투자를 할 만큼 똑똑하지 못한 것 같아.' 나도 한번 해 볼까 하고 생각할 때마다 머리가 멍해진다니까. 이번엔《월스트리트 저널》까지 사 봤는데 읽어도 뭐가 뭔지 하나도 모르겠더라. 이런 걸 잘하려면 타고 나야 하나 봐. 셈에도 밝아야 하고. 아무래도 난 소질이 없는 것 같아."

레슬리는 무척 낙담한 것 같았다. 그래서 나는 일부러 가볍게 말했다. "하나만 물어보자. 투자를 하기로 결정한 이유가 뭐야?"

"이유야 간단하지." 레슬리가 대답했다. "그림을 그리고 싶어서. 난 그림이 좋아. 문제는 생계를 유지하려고 갤러리에서 일하다 보니 막상 그림 그릴 시간이 없다는 거지. 난 특별하고 아름다운 곳에 물감과 이젤만 챙겨 가서 실컷 그림을 그리고 싶어. 유럽이 제일 좋을 거 같아. 그림도 그리고, 거장들 작품도 공부하고. 근사한 미술 강좌도 들을 수 있겠지. 난 만약에 살날이 하루밖에 안 남았대도 그림을 그릴 거야. 그게 내 이유야."

"축하해! 그럼 넌 드디어 이 과정에 발을 디딘 거야."

"무슨 과정?" 레슬리가 어리둥절해하며 물었다.

"부자가 되거나 재정적 자유를 얻는 건 하룻밤 만에 일어나는 게 아니야. 새로운 걸 배우려면 학습 곡선을 거쳐야 하지. 어쩌면 힘들고 불편하게 느껴질 수도 있어. 처음엔 특히 그래. 잘 알지도 못하는 전혀 생소한 세계에 들어가는 거잖아."

"운전을 배우는 거랑 비슷하구나." 레슬리가 말했다. "처음엔 꼭 바보가 된 것 같잖아. 액셀을 너무 세게 밟기도 하고, 한번은 브레이크를 너무 급하게 밟아서 앞 유리를 뚫고 날아갈 뻔한 적도 있어. 처음 도로에 나갔을 땐 사고를 낼 뻔했지."

"바로 그거야. 하지만 지금은 생각할 필요도 없이 몸이 알아서 브레이크를 밟고 핸들을 돌리잖아. 거의 자동적으로 말이야. 처음 배우기 시작했을 땐 힘들고 시간도 오래 걸렸지만 지금은 누워서 떡 먹기지."

나는 레슬리를 다독였다.

"그러니까 이게 전부 다 하나의 과정이라는 거지? 앞으로 배울 것도 많고." 레슬리가 말을 이었다. "하지만 과연 내가 할 수 있을지 모르겠어. 투자는 너무 남자들 세계 같단 말이야. 남자들이 원래 숫자에 더 강하기도 하고. 내가 그런 데서 살아남을 수 있을지 모르겠어."

"자, 우선." 내가 말했다. "네 말이 맞아. 남자들은 숫자에 강하지. 정확히 말하자면 38-24-36 사이즈 같은 거."

레슬리가 웃음을 터트렸다.

"농담 아니거든? 도대체 왜 투자가 남자들 세계라고 생각하는 거야?"

"뉴스를 봐도 여자 투자가는 거의 안 나오잖아. 유명한 사람들도 전부 남자고. 우러러볼 여자 롤모델이 있기는 한지 모르겠는걸. 여자들보단 남자들이 투자를 더 잘하는 거 같아."

"이거 하나만 묻자." 나는 차분하게 말했다. "남자들이 여자들보다 투표를 잘해? 그래서 옛날엔 남자한테만 투표권을 준 거야? 아니면 남자들이 여자들보다 똑똑해서 남자만 학교에 간 걸까? 그래서 옛날에 대학에서 여자를 안 받아 준 걸까? 증언을 듣거나 증거를 판단하는 것도 남자들이 훨씬 뛰어나니까 남자만 배심원이 될 수 있었던 거고?"

"무슨 말도 안 되는 소리니!" 레슬리가 펄쩍 뛰었다.

"뭔가를 잘하는 거랑 더 '오래' 한 거랑은 완전히 다른 거지." 나는 '오래'에 힘을 주어 말했다. "네가 똑똑하지 못해 투자를 못한다고 생각하는 건 중요한 세 가지 핵심 비결을 아직 모르고 있기 때문이야. 그것만 알고 나면 지금 하는 말을 철회하게 될걸. 난 그랬어."

"좋아. 말해 봐. 그게 뭔데?" 레슬리가 물었다.

우리의 대화는 그 뒤로도 계속되었다. 내가 레슬리에게 들려 준 내용은 다음과 같다.

투자로 향하는 길

솔직히 말해 보자. 돈이라는 아주 중요한 주제에 대해 여자들은 평소에 그리 많은 정보를 접하지 못했다. 실제로 여자들이 배운 것 중 많은 것들이 사소하고 소박한 분야에 치우쳐 있었다. 수표책을 관리하고, 자동차 보험에 가입하고, 소비를 줄이고, 식료품점에서 돈을 아끼는 비법 같은 것 말이다. 솔직히 나는 우리가 그보다는 더 똑똑하다고 생각한다.

첫째, 경제 공부

우리는 개인 재정을 관리할 줄 알아야 한다. 일상생활에 필요한 기본 사항들도 알아야 한다. 하지만 내가 하고 싶은 말은 오늘날에는 그것만으로는 충분하지 않다는 것이다. 그것들은 토대를 구성하는 시작점일 뿐이다. 일단 기본적인 것을 이해하고 나면 재정적 목표를 달성하기 위해 적극적으로 노력해야 할 필요가 있다.

남자들은 항상 우쭐대듯 말한다. "우리 집에선 아내가 경제권을 꽉 쥐고 있답니다." 그렇게 히죽이는 얼굴을 볼 때마다 소리를 지르고 싶다. 아내가 경제권을 쥐고 있는 게 아니다. 청구서를 지불하고 수표장을 관리하고 있을 뿐이다. 조금만 깊이 알아보면 실제로 투자나 중요한 구매 결정은 전부 남편에게 달려 있는 걸 알 수 있다. 주식을 사고팔고 부동산을 거래하는 등 경제적으로 진짜 중요한 결정은 대부분 남편 몫이다.

그러다 남편이 세상을 떠나고 나면 아내는 이 모든 문제들을 홀로 헤쳐 나가야 한다. 그녀는 무엇을 어떻게 해야 하는지 아무것도 모른다. 빈곤하게 살고 있는 여자들 중 80퍼센트가 남편이 살아 있을 때는 가난하지 않았다는 사실이 놀랍지 않은가? 명심하라. 여자 중 90퍼센트는 인생의 어떤 시점에서든 재정적 삶을 스스로 책임져야 한다. 재정 교육을 전혀 받지 않았거나 경험이 없는 상태에서 남편이 죽은 뒤 홀로 남게 되면 아내는 잘못된 결정을 내리거나 "미스터 헬퍼(재무설계사, 증권 중개인, 부동산 중개인, 자산관리사 등등)"가 구해 주길 기다려야 한다.

그는 이렇게 말할 것이다. "제가 책임지고 돌봐 드리겠습니다. 고객님의 돈을 관리하도록 도와 드리겠습니다. 완벽한 투자 계획을 세워 드릴 테니 신경 쓰지 않으셔도 됩니다." 하지만 본인이 자기 돈에 대해 신경 쓰지 않는다면 대체 누가 신경을 써 준단 말인가?

세인트루이스에 사는 한 여성의 무서운 이야기를 읽어 보라.

"난 쉰여덟 살이고, 남편은 불시의 사고로 세상을 떴습니다. 하지만 난 우리 재산이 얼마나 있고, 어디에 모아 놨는지 전혀 몰라요. 그런 문제는 전부 다 남편이 처리했고 나한테는 돈 걱정은 하지 말라고 했거든요. 그 말인즉슨 우리의 재정 상황과 관련해 한 번도 진지한 대화를 나눈 적이 없다는 뜻이죠.

남편이 없는 지금, 나는 제 힘으로 일어나 걸으려 하지만 계속 넘어지기만 하는 한 살배기 갓난아기처럼 무력감을 느낍니다. 난 정말 아는 게 하나도 없었어요. 남편 장례식이 시작되기 전에 친구를 찾아가 이렇게 물었을 정도죠. '장례비는 어떻게 내는 거야?

나 하나도 모르겠어.'

위의 이야기처럼 되고 싶지 않다면 시간과 교육, 그리고 여러 번의 시행착오가 필요하다. 재정적 독립을 달성하는 것은 하나의 과정이다. 하룻밤 만에 갑자기 모든 게 달라지는 게 아니다. 하지만 무엇보다도 투자에 있어 남자가 여자보다 낫다고 생각하는 극악한 실수만은 저지르지 말기 바란다. 어떤 사람이 스스로를 '재정 전문가'라고 자칭한다고 해서 당신의 돈에 뭐가 좋을지 모든 해답을 알고 있을 거라고 생각하지 마라. "나보단 나을 거야."라고 생각한다면 당신은 온 세상 '미스터 헬퍼'의 먹잇감이 될 것이며 자신의 돈임에도 결코 자유롭게 관리하지 못하게 될 것이다.

첫 번째 단계는 필요한 지식을 배우고 교육받는 것이다. 여기서 교육이란 정확히 무엇일까? 배워야 할 게 너무 많은데 어디서부터 시작해야 할까?

그렇다. 우리는 개인 재정을 관리할 줄 알아야 한다. 일상생활에 필요한 기본적인 사항들도 알아야 한다. 전부 중요한 것들이니까. 하지만 내가 하고 싶은 말은 오늘날에는 그것만으로는 충분하지 않다는 것이다. 그것들은 토대를 구성하는 시작점일 뿐이다. 일단 기본적인 것을 이해하고 나면 재정적 목표를 달성하기 위해 적극적으로 노력해야 할 필요가 있다.

이는 사람마다 다르다. 투자의 종류에 대해 배우고 나면 자신이 어떤 투자에 끌리는지 알게 된다. 내 경우에는 부동산 투자가 매력적이었다. 내 회계사 친구는 주식 투자를 좋아했고 사업가인 또 다른 친구는 스타트업 기업에 투자하는 것을 선호했다. 당신도 스스로를 교육하는 과정을 통해 어떤 종류의 투자가 가장 잘 맞는지 판단할 수 있을 것이다.

여기 재정 교육에 도움이 될 방법을 몇 가지 추천한다.

◆ 책을 읽는다

서점에만 가 봐도 투자를 시작하고 싶은 이들과 이미 능숙한 투자자들을 위한 수많은 재테크 서적들이 있다. 이 책 말미에 추천서 목록을 수록했다.

◆ **관련 강의를 듣는다**

길이 막혀 차 안에 꼼짝없이 갇혀 있을 때, 통근 시간에, 또는 가까운 거리를 가볍게 오갈 때에 남는 시간을 활용할 수 있다. 자산 관리부터 투자, 자기 계발에 이르기까지 폭넓은 주제의 강의가 시중에 나와 있다.

◆ **교육 세미나, 워크숍, 콘퍼런스에 참석한다**

거주 지역에 무료 또는 유료 강좌가 있을 것이다. 커뮤니티나 기업체, 클럽, 각종 단체 및 투자 그룹 등이 종종 이런 프로그램을 제공하며, 개중에는 여성만을 타깃으로 하는 모임도 있다.

◆ **경제 신문이나 잡지를 읽는다**

《월스트리트 저널》, 《인베스터스 비즈니스 데일리》, 《배런스》는 투자 정보가 담겨 있는 3대 경제 전문지다. 기사에 자주 등장하는 용어들을 잘 모르더라도 계속 읽다 보면 관련 지식이 놀랍도록 발전하는 것을 경험할 수 있을 것이다. 《월스트리트 저널》에서 발행한 『돈에 대한 이해 및 투자 가이드(Guide To Understanding Money and Investing)』라는 훌륭한 책은 《월스트리트 저널》을 읽고 해석하는 방법을 가르친다.

◆ **지역 경제 신문 또는 잡지를 구독한다**

지역 신문을 구독하면 해당 지역에서 무슨 일이 일어나고 있는지 풍부한 정보를 신속하게 얻을 수 있다. 투자 결정과 관계가 있거나 영향을 끼칠 수 있는 기사를 보면 금방 눈치챌 수 있다.

◆ **부동산, 주식 및 사업 중개인과 대화를 나눈다**

이들에게 질문을 던지면 많은 정보를 얻을 수 있다. 다만 이들 중 대부분은 당신에게 뭔가를 판매하려는 속셈을 갖고 있으니 항상 두 눈을 크게 뜨고 주시해야 한다. 진정으로 유능하고 성공한 중개인은 대부분 다른 사람에게도 기꺼이 정보를 나눠 주고 알려 준다.

(세 가지 팁: ①세상에는 좋은 중개인만큼 혹은 그보다 더 많은 나쁜 중개인이 존재하는 법이다. 유능하고 믿음직한 중개인을 만나고 싶다면 주변 사람들에게 추천해 달라고 부탁하라. ②특히 부동산 중개인과 일할 때는 상대가 주거용 주택이 아닌 투자 부동산을 전문으로 하는지 확

인해야 한다. 그 둘은 완전히 다른 언어를 사용한다. ③가능하다면 본인도 투자를 하고 있는 중개인을 골라라. 많은 중개인들이 투자가 아닌 단순한 영업 직원에 불과하다. 직접 투자를 하는 중개인이라면 그렇지 않은 사람보다 당신의 필요와 요구를 더 빠르고 정확하게 파악할 것이다.)

◆ 다른 투자가와 교류한다

당신이 관심 있는 분야에 이미 투자하고 있는 사람들을 찾아 대화를 나누고 교류하라. 진정으로 성공한 투자가라면 그들의 지식을 기꺼이 나눠 줄 것이다.

◆ 여성 전용 투자 클럽에 가입한다

베터 인베스팅(Better Investing)의 켄 잰키의 말에 따르면, 현재 주식 투자 클럽에는 여성이 다수를 차지하고 있다. "1960년대에 투자 클럽의 회원은 90퍼센트가 남성이었고 여성은 10퍼센트에 지나지 않았다. 한편 오늘날에는 60퍼센트 이상이 여성이다." 개인적으로는 투자를 직접 하기보다 투자 '교육'에 중점을 두는 클럽을 추천한다. 솔직히 털어놓자면, 나는 회원들끼리 돈을 모아 함께 투자하는 투자 클럽은 그다지 좋아하지 않는다. 공동으로 투자했다가 애매모호한 규칙 때문에 다툼이 생겨 사이가 멀어지는 것을 몇 번 목격했기 때문이다. 지역 신문이나 잡지를 살펴보면 가까운 곳에서 열리는 여성 전용 투자 클럽 모임 등을 찾을 수 있다. 혹은 여성 사업가 네트워크에 참여해 투자 클럽을 추천해 줄 것을 부탁하라.

◆ 여성 투자 클럽을 직접 창설한다

다만 반드시 기준을 높이 잡아야 한다. 재정적 미래에 대해 진심으로 진지하게 생각하는 여성들, 목표 달성을 위해 서로를 지지하고 격려하는 여성들만 받아라.

(투자 클럽에서 하는 일: ①책을 읽고 토론하는 스터디 그룹이 될 수도 있고, 오디오/영상을 시청하고 분석할 수도 있다. ②성공한 투자가나 유능한 중개인, 자산 관리사, 영업 전문가 등 투자 관련 지식을 늘리는 데 도움을 줄 이들을 초청해 강연을 듣는다. ③잠재 투자 상품을 분석하는 방법을 배운다. 부동산 투자, 주식 투자, 비즈니스 투자와 관련된 특정 사례를 가져와 여자들끼리 함께 분석하고 배워 나가는 것이다. 처음에는 경험 많은 투자가 또는 전문가를 초청해 기본적인 분석 기술을 배우는 것이 좋다. 사례를 더욱 많이 살펴볼수록 좋은 기회와 나쁜 기회

를 구분하는 능력을 키울 수 있다.)

◆ **캐시플로 클럽에 참여한다**

전 세계에는 거의 2,000개에 달하는 캐시플로 클럽이 있다. 인터넷에서 가장 가까운 곳에 있는 클럽을 찾아보거나 www.richdad.com에서 캐시플로 클럽 명단을 확인해 보라. 모든 캐시플로 클럽은 각자 독특한 개성을 지니고 있다. 대부분의 클럽은 캐시플로 보드게임을 주기적으로 플레이하고, 서로의 투자 목표를 격려하고, 강사를 초청해 강의를 듣는다. 가장 중요한 것은 재정적 독립을 실현하는 방법에 대해 함께 배운다는 점이다.

◆ **인터넷을 활용한다**

온라인으로 원하는 분야의 투자 정보를 검색하고 알아본다. 인터넷은 빠른 자료와 회의, 콘퍼런스, 계약서, 채팅방과 토론방이 있는 웹사이트를 찾을 수 있는 정보의 보고다.

◆ **차를 몰고 주변 동네를 돌아본다**

당신이 살고 있는 지역의 부동산 및 비즈니스 시장이 어떻게 돌아가고 있는지 직접 피부로 느껴 본다. 사람들은 보통 투자를 할 만한 '적절한' 도시나 시장을 찾아야 한다고 여기는 경향이 있는데, 실제로 대부분의 좋은 기회는 가장 가까운 곳에 있다. 성공 가능성 역시 투자 대상이 가까운 곳에 있을수록 높아진다. 시장의 분위기를 주시하기에도 2,000킬로미터 떨어진 곳보다 근처 동네일 때가 훨씬 쉽지 않은가.

◆ **TV에서 금융 경제 프로그램을 시청한다**

다시 말하지만 전부 다 이해할 수는 없어도 많은 것을 배울 수 있으며, 최소한 전문용어 정도는 파악할 수 있게 된다. 관련 프로그램을 더 많이 보고 들을수록 점점 더 많이 이해할 수 있다.

◆ **투자 관련 뉴스레터를 구독한다**

많은 뉴스레터들이 다양한 투자 시장 현황과 지역 또는 세계 경제의 추세, 앞으로 주목해야 할 대상들에 대한 통찰력을 제공한다.

◆ 묻고, 묻고, 또 물어라

이 바닥에서 한 가지 유리한 점이 있다면 여자들은 재정 교육을 받은 적이 없거나 아주 적게 받았기 때문에 모든 해답을 아는 척할 필요가 없다는 것이다. 질문을 던지면 던질수록 우리는 더 똑똑해질 것이다. 더불어 그 과정에서 멘토를 만날 수도 있다.

그건 그렇고, 교육이란 절대로 끝날 수 있는 게 아니다. 투자가 늘고 포트폴리오가 확장될수록 새로운 종류와 차원의 지식이 필요해진다. 시장이 변화하고 투자 규모가 늘어날 때마다 나는 끊임없이 금융 지식을 업데이트해야 했다.

둘째, '과정과 결과'를 이해하기

나는 늘 투자는 과정이라는 사실을 잊지 않기 위해 노력한다. 비밀 공식 따위는 없다. 하룻밤 만에 부자가 되는 마법의 약도 없다. 어젯밤까지 가난했다가 다음날 눈을 떴더니 부자가 되어 있는 꿈같은 일도 일어나지 않는다. 그런 게 가능하다고 호언장담하는 사람들이 있을지도 모르지만, 나는 이를 장기적으로 해낸 사람은 한 명도 본 적이 없다.

이건 다이어트와도 비슷하다. 체중을 줄이고 그대로 계속 유지하고 싶다면 반드시 필요한 과정을 거쳐야 한다. 주기적으로 꾸준히 운동을 하고 식이요법도 실천해야 한다. 시간이 지나면 점차 결과가 나타나는 것을 볼 수 있을 것이다. 절대로 짧은 시간 내에 가능한 일이 아니다. 지방 흡입술을 받는다면 모를까. 하지만 만에 하나 그런 경우라도 체중을 계속 유지하려면 생활 습관을 바꿔야 한다.

우리는 투자가가 되는 과정을 통해 새로운 것을 배운다. 직접 체험한다. 실수를 저지르고 그로부터 배운다. 더 많은 경험을 쌓는다. 그리고 그 과정에서 우리의 지식과 자신감, 능력이 향상된다. 은행 계좌는 말할 것도 없다. 요는 '우리가 거치는 이러한 과정이 최종 목표 그 자체보다 중요하다.'는 것이다. 왜냐하면 이 같은 과정을 거쳐 얻은 모든 지식과 실수, 경험의 결실로서 새로 빚어진 우리 자신이야말로 가장 중요한 것이기 때문이다. 중국 속담을 빌어 말하자면,

"목적을 향한 여정 자체가 보상이다."

로버트와 나의 "지옥과도 같은 한 해"였던 1985년은 우리 생애에서 최악의 시기였다. 자존감은 박살 났고 끝이 보이지 않는 우울증이 나를 덮쳤다. 나 자신을 향한 내면의 목소리는 끊임없이 부정적인 말을 중얼거렸다. "넌 못해." "실패할 거야." "네 인생은 끝이야." 어떤 날은 잠자리에 들면서 내일 아침에 깨어나지 못하면 좋겠다고 생각할 정도였다. 두말할 필요도 없이 내 인생 최악의 구렁텅이에서 허우적대던 때였다.

수년이 흘러 그 시절을 되돌아보았을 때, 나는 우리가 하나의 과정에 있었음을 깨달았다. 그때 우리에게는 아무런 가식이 없었다. 그저 비참했을 뿐. 그럼에도 최저점을 찍고 다시 기어오르는 과정을 경험한 것은 우리 두 사람에게 일어난 최고의 일 중 하나였다. 당시에 나는 내

가 그러한 상황을 견딜 배짱이나 오기가 있다는 사실을 전혀 모르고 있었다. 그러나 그 고난의 시간을 함께 버티고, 나 혼자서 그리고 커플로서 해야 할 일을 하고, 끝내 터널 반대쪽으로 무사히 빠져나온 것은 우리의 인격을 형성해 나가는 과정이었다. 그 결과 우리 두 사람은 전보다 더 강하고 똑똑하게 거듭났고, 서로에게 더욱 충실하고 헌신적인 커플이 되었다. 그 과정에서 새로 벼려진 나와 로버트는 그 무엇에도 비할 수 없을 만큼 소중하다. 그것이야말로 과정의 끝에서 만나는 진정한 보상이다.

나는 당신이 그 과정에서 실수를 저지를 것이라고 확신한다. 때로는 아주 큰 실수를 저지를 것이다. 난관에 부딪치고 두려움을 느낄 것이다. 이렇다 할 결과가 없는 결정도 내려야 할 것이다. 그럴 때마다 우리는 인격적인 시험에 들게 될 것이다. 도전을 받아들이지 않고 회피한다면 성장할 수 없다. 아무것도 배울 수 없다. 그러나 기꺼이 받아들이고 정면으로 부딪친다면 성공을 거두든 그렇지 않든 한 명의 인간으로서 더욱 성장하게 될 것이다. 그리고 그 과정에서 얻는 '지적 및 감정적 자산'은 무엇보다 값질 것이다.

Chapter 9

빨리 똑똑해지는 법

레슬리는 깨달았다. "내가 똑똑하지 않은 게 아니구나." 그녀가 말했다. "이런 걸 배운 적이 없는 것뿐이지. 아무도 나한테 그런 식으로 생각하라고 가르쳐 주지 않았으니까. 승마를 배웠을 때랑 똑같아. 말 그대로 걸음마부터 시작해야 했으니까."

"그래, 바로 그거야."

"근데 있잖아." 레슬리가 조용히 털어놨다. "TV에서 경제 프로그램을 몇 개 봤는데 모르는 말이 너무 많아서 무슨 얘길 하는지 하나도 모르겠더라고. 모르는 단어가 절반이 넘는데 그걸 어떻게 이해하니."

셋째, 전문 용어를 넘어서기

"좋은 점을 지적했어." 내가 대답했다. "그게 세 번째 핵심이야. 그런 걸 전문 용어라고 하는데, 투자랑 경제쪽에선 전문 용어를 아주 많이 사용하지."

나는 말을 이었다. "투자 전문가나 반전문가, 자칭 전문가와 비전문가가 사용하는 저런 용어들 때문에 많은 사람들이 투자가 어렵다고 지레짐작하는 거야. 가끔은 저 사람들이 우리를 헷갈리게 하려고 일부러 저러는 건가 싶을 때도 있다니까. 아니면 자기들이 똑똑해 보이게 만들어서 뭔가를 사게 만든다거나 말이야. 사람들은 보통 상대방이 무슨 얘기를 하는지 모른다는 걸 인정하기 싫어하잖아. 나도 해 봐서 알아. 앞에서 누가 내가 모르는 말을 잔뜩 늘어놓으면 무슨 뜻인지 설명해 달라고 하기보다 아는 척 고개를 끄덕이지. 멍청하게 보이기는 싫으니까. 다들 그렇지 뭐."

"인정하긴 싫지만 두 달 전에 내가 딱 그랬어." 레슬리가 웃으면서 대꾸했다. "새로 연 이탈리아 레스토랑 개점 행사에 갔는데, 거기 주인이 내가 일하는 갤러리 고객이었거든? 사람들이 모여서 주식 이야기를 하고 있더라고. 무슨 새로운 회사가 얼마 전에 상장됐다나. 자기 친구의 친구가 그 회사에서 일한다는 둥, 곧 제2의 마이크로소프트가 될 거라는 둥 이야길 하는데 세상에, 뭔 놈의 전문 용어가 그렇게 많은지!

다들 뭔가 있어 보이는 거창한 단어를 늘어놓는데 나는 그게 무슨 뜻인지도 모르겠는 거야. 무슨 주가소득률이니 나스텍 주식이니 했던 거 같아. 다들 아는 것도 많고 무척 신이 나 있더라. 무슨 얘기를 하는지 모

> 단어는 강력한 도구다. 이에 통달하면 새로운 정보에 대한 이해도가 놀랍도록 상승한다. 모르는 단어를 만나면 사전에서 찾아보고, 정확한 의미를 이해하고, 계속 읽어라.

르는데도 왠지 그 주식에 대한 따끈따끈한 정보를 엿듣고 있는 느낌이었어. 그래서 나도 다음날에 그 회사 주식을 조금 샀지 뭐야. 그게 두 달 전이야. 그런데 오늘 보니까 주가가 절반으로 떨어졌더라고. 그 회사의 미래도 별로 밝지는 않다는 것 같고."

나는 웃음을 터트렸다. "내 생각엔 그거 주가 수익률인 거 같아. 회사의 주가와 지난 한 해의 수익을 비교한 거지. 그리고 나스텍이 아니라 나스닥인데, 컴퓨터 전산망을 사용하는 주식 거래 시스템이야. 증권 거래소 건물 같은 게 없다고.

하지만 그런 신데렐라 주식에 혹했다고 낙담할 필요는 없어. 동화 같은 얘기를 믿고 싶지 않은 사람이 어디 있겠니."

나는 레슬리를 위로했다.

"이런 말을 들으면 도움이 될지 모르겠는데, 나도 옛날엔 그런 동화 같은 이야기를 믿었을 뿐만 아니라 황금알을 낳는 거위 주식을 샀다고 좋아한 적도 있는걸! 사모펀드를 했거든. 거기서 하는 말은 전부 다 믿고 싶었지. 엄청난 수익률을 보장한다는데 어쩌겠니. 가슴 벅찬 기대

감과 비밀 공식, 모두가 원하는 위대한 성배(聖杯), 뭐 그런 거였지. 그 때만 해도 진짜와 거짓을 감별하는 능력이 안 됐고, 그 사람들 말이 다 진짜인 것 같았지. 그래서 나도 다 사 버렸어. 그런데 나중에 그 회사 는 수사 대상이 되고 사장은 감옥에 잡혀 들어갔다니까. 온갖 부정적 인 얘기가 도는 와중에도 난 여전히 신문기사가 거짓말이고 그 사람들 이 약속한 게 내 손에 들어올 거라고 믿었지. 하지만 결국 소문은 진실 이었고 난 투자금을 몽땅 잃었어. 어쨌든 결론만 말하자면 난 그 바닥 을 몰랐는데, 알려고 공부하지도 않았어. 그 허황한 얘기가 사실이길 바랐으니까."

레슬리가 커다랗게 한숨을 내쉬었다. "저런, 안 됐다… 하지만 항상 옳은 판단만 하는 사람은 없다는 걸 알고 나니까 기분이 좀 나아지는 것 같기도 해. 이상하고 어려운 용어 때문에 머리가 핑핑 도는 사람이 나 말고 더 있다는 것도."

"그럼 이 이야기도 마음에 들 거야." 나는 레슬리에게 말했다. "로버 트가 뉴욕에서 경제 뉴스 TV 프로그램에서 인터뷰를 했을 때 일인데, 인터뷰하는 사람이 온갖 어려운 전문 용어를 계속 쓰는 거야. 파생상 품, 주가 수익률, 상한가 저항선 같은 거 말이야. 그래서 로버트가 중 간에 그 사람 말을 막고 이렇게 말했어. '난 쉬운 말을 쓰는 걸 좋아합 니다.' 그러곤 인터뷰 내내 이해하기 쉬운 일상 용어를 사용해서 설명 했지. 인터뷰를 끝내고 나오는데 한 젊은 남자가 우리에게 다가왔어. 나이는 스물아홉쯤 되는 것 같고, 양복이랑 코트를 근사하게 차려 입고 있었지. 자기가 월스트리트에서 일한다면서 로버트의 손을 잡고 위 아래로 기운차게 흔들며 말하더라. '방금 인터뷰를 봤는데, 누구나 이 해할 수 있는 쉬운 단어로 설명해 주셔서 진심으로 감사합니다.' 업계 사람이 그런 말을 하다니 굉장한 칭찬이었지."

"와! 그 말을 들으니까 정말 마음이 놓인다." 레슬리가 말했다. "아마 많은 여자들이 나처럼 자기가 투자를 할 만큼 똑똑하지 못하다고 생각 하고 있을걸. 나처럼 자기 혼자만 그런 걸 이해하지 못하고 있다고 생 각할 테니까 말이야. 투자가 일종의 과정이고 계속 배워야 한다는 게 무슨 뜻인지 알 것 같아."

레슬리가 통화를 마무리 지었다. "오늘 얘기 고마워. 이제야 머리가 좀 정리가 된다. 다음에 뉴욕에는 언제 와?"

"두 달 후쯤 가게 될 것 같아."

"왔을 때 시간 되면 얼굴 보자. 나랑 점심 약속한 거다!"

모른다는 걸 어떻게 알 수 있을까?

인간의 학습 방식에 대해 오래 연구한 친구로부터 중요한 걸 배운 적이 있다. 그녀는 내게 이렇게 물었다. "글을 읽는데 이상하게 같은 단락만 여러 번 되풀이해 읽은 적 있어?"

"있어." 나는 대답했다. "실은 자주 그래. 왜 그러는 거야?" 친구의 연 구 결과에 따르면, 사람들은 글을 읽을 때 모르는 단어를 만나면 집중 력을 잃는다. 그래서 자신도 모르게 똑같은 문장이나 단락을 되풀이해서 읽게 되는 것이다. 의미를 모르는 단어가 끼어 있으면 문장이나 단락 전체를 이해하는 능력이 떨어지기 때문이다. 나는 친구에게 물었다. "그걸 어떻게 고칠 수 있어?"

친구는 대답했다. "간단해. 모르는 단어가 나오면 사전에서 찾아보고 무슨 뜻인지 이해한 다음 계속 읽으면 되지. 그럼 독해 능력이 놀랍도록 향상될 거야."

그래서 이제 나는 옆에 항상 사전을 놓아 두고 모르는 단어가 나올 때마다 찾아보는 습관을 갖고 있다. 글을 읽는데 계속해서 똑같은 부분을 되풀이해 읽고 있다면 그건 내가 모르는 단어를 이해하지 못하고 그냥 넘겼다는 명백한 증거다.

투자 세계는 전문 용어가 난무하는 곳이다. 한 문장에 모르는 단어가 네 개 이상 나오는 경우도 다반사다. 별로 중요하지도 않은 단어라고 치부하며 다음 내용으로 빨리 넘어가고 싶더라도 나는 억지로라도 사전을 집어 들고 무슨 뜻인지 찾아본다. 단순히 단어의 정의를 읽고 끝나는 게 아니다. 의미를 진실로 이해해야 한다. 가끔은 초등학교에서 선생님이 단어의 의미를 설명하는 모습을 상상하기도 하는데, 놀랍게도 꽤 효과적이다! 처음엔 일일이 사전을 뒤지는 게 귀찮을지도 모르지만 이러한 습관은 확실히 이해력에 도움을 주었고, 덕분에 어휘력도 향상되었다.

이 책 말미에 수록된 용어 사전은 금융 및 투자 업계에서 자주 사용하는 용어들이다. 앞으로 접하게 될 모든 단어를 수록할 수는 없기에 관련 지식을 넓히고 전문 용어가 난무할 때 도움이 될 투자 및 재테크 서적도 함께 추가했다.

많이 알수록 좋은 결과를 얻을 수 있다

몇 년 전 어떤 투자 부동산 중개인과 24세대짜리 아파트 건물에 대해 이야기를 나눈 적이 있다. 처음에 그는 온갖 어려운 용어들을 쏟아 냈다. "주택 담보 인정 비율이 80퍼센트예요. 자본 환원율은 9퍼센트고요. 내부 수익률은 19퍼센트죠.(각각의 용어가 무슨 뜻인지는 말미의 용어 사전에서 찾아볼 수 있다.)" 말하는 내내 이런 식이었다. 그래서 내가 물었다. "자본 환원율이 정확하게 뭐죠?" 그는 이렇게 말했다. "음… 높으면 높을수록 좋은 거죠."

"하지만 그걸 누가 결정하는데요? 어떻게 계산해요? 그걸로 뭘 알 수 있죠?"

그는 멍하니 나를 쳐다보더니 말했다. "별로 중요한 건 아닙니다. 중요한 건 이게 진짜 좋은 조건이라는 거죠."

실제로 그는 자신이 하는 말이 무슨 뜻인지도 모르고 있었다. 어려운 전문 용어를 늘어놓으면서 그 단어가 정확히 무슨 의미인지도 몰랐다. 그리고 무엇보다 중요한 점은, 이 부동산 중개인은 자신이 제시한 숫자들 역시 말도 안 된다는 사실도 모르고 있었다. 그건 절대로 좋은 조건이 아니었다.

전문 용어를 대할 때 필요한 규칙

전문 용어를 접할 때 다음 세 가지 규칙을 따르라.

◆ 날마다 어휘력을 늘려라

모르는 단어가 나온다고 지레 겁을 먹거나 게으름을 피워서는 안 된다. 대화 중에 익숙지 않은 단어가 등장하면 그 단어를 사용한 사람에게 무슨 뜻인지 물어보거나 적어 달라고 한 다음 나중에 의미를 알아보라. 책을 읽거나 TV를 볼 때도 모르는 단어가 나오면 그 자리에서 즉시 사전을 뒤져라.

◆ 질문을 던져라

항상 호기심을 가져야 한다. 해당 주제에 대해 어느 정도 지식이 있을 때도 계속 질문을 던져라. 배움에는 끝이 없다. 전문가 또는 전문가나 다름없는 이들에게 질문을 던지면 즉석에서 친밀감을 쌓을 수 있고, 더 많은 것을 배울 수 있다.

◆ "몰라요."라고 말하는 것을 겁내지 마라

모든 해답을 아는 척 행동하는 것, 상대방이 무슨 이야기를 하는지 모르면서도 아는 척하는 것이야말로 배움을 가로막는 가장 빠르고 쉬운 길이다. 바보처럼 보일까 봐 겁을 낸다면 결국 진짜 바보가 될 뿐이다.

나는 여자들이 가진 가장 큰 장점 중 하나가 자본과 금융, 투자에 대한 교육을 받지 못한 데 있다고 생각한다. 그러므로 우리는 "몰라요."라고 말하는 것을 두려워할 필요가 없다. 아무도 우리가 알 거라고 기대하지 않기 때문이다. 그래서 우리는 거리낌 없이 질문을 던질 수 있다. 모든 해답을 아는 건 아니라는 사실을 시인하기를 두려워할 필요가 없다.

어렵고 헷갈리는 전문 용어에 가로막혀 좌절하지 마라. 그저 단어들일 뿐이고 사전에서 찾아보면 금방 의미를 알 수 있다. 새로운 경제 용어를 접했을 때 겁을 집어먹기보다는 도리어 기뻐해라. 이 새로운 단어들이 당신을 더욱 똑똑하고 유능한 투자가로 만들어 줄 것이기 때문이다.

Chapter 10

"무서워 죽겠어!"

**"우리는 두려움에 직면하는 경험을 통해 힘과 용기, 자신감을 얻는다.
그러니 자신이 할 수 없다고 생각하는 일을 해야 한다."**

— 엘리너 루스벨트(사회운동가)

두려움에 대해 이야기해 보자.

많은 여자들이 투자를 두려워한다는 사실을 무시할 수는 없다. 나는 특히 많은 초보 여성 투자가들로부터 "어떻게 두려움을 극복할 수 있죠?"라는 질문을 자주 들었다. 임대 부동산을 처음 구입했을 때나 처음으로 비즈니스 투자를 했을 때, 또는 힘들게 번 돈을 어딘가에 투자할 때마다 무서워 죽을 것 같다면 '그렇게 느끼는 게 당신 혼자만이 아니라는 사실'을 명심하기 바란다.

두려움의 장단점

두려움에도 긍정적인 측면은 있다. 두려움은 우리가 맞닥뜨릴 수 있는 위험 상황을 경고하여 대비할 수 있게 해 준다. 한밤중에 이상한 소리가 들리면 두려움을 느낀다. 우리는 집에 도둑이 들었다고 생각하고는 바로 필요한 조치를 취할 것이다. 두려움은 한밤중에 어두운 공원을 지나가야 할 때 가장 안전한 길을 찾게 해 준다. 앞이 보이지 않을 정도로 지독한 눈보라 속에서 운전을 하고 있다면 당신은 무서운 나머지 갓길에 차를 세우고 눈발이 지나갈 때까지 기다릴 것이다. 그러므로 두려움에도 분명 긍정적인 부분이 있다.

낯설고 생소한 분야에 처음 발을 들여놓을 때 약간의 두려움은 실제로 매우 유익하다. 약간의 두려움은 임대 부동산의 각종 통계를 더욱 신중하게 검토하게 하고, 방금 산 주식의 산업 분야에 관한 특별탐사 TV 보도를 시청하게 만든다. 약간의 두려움은 늘 촉각을 곤두세워서 많은 비용이 드는 커다란 실수를 피할 수 있게 해 준다. 두려움은 이렇게 우리에게 도움을 줄 수도 있다.

> 두려움은 위험 상황을 경고하는 한편, 모든 것을 완전히 없애 버릴 수도 있다. 꿈을 죽이고, 기회를 죽이고, 개인의 성장과 열정, 그리고 충만한 삶에 대한 가능성을 죽여 없애 버릴 수 있다.

두려움의 부정적 측면은 우리가 겁을 먹고 얼어붙은 순간 발휘된다. 두려움에 사로잡히면 우리는 아무것도 하지 못한다. 기회가 찾아와도 쳐다보지 않고 "안 돼!"라고만 말한다. 머릿속은 '온통 일이 잘못되면 어떻게 되는 거지.' 하는 생각뿐이다. 어떤 투자가 왜 나쁘고 위험하고 현명하지 못한 일인지에 대해 온갖 핑계를 늘어놓는다. 실수에 대한 두려움, 돈을 잃을지도 모른다는 두려움, 실패자가 될지도 모른다는 두려움이 결국 승리를 거둔다.

그렇다면 우리는 왜 두려움에 발목 잡히는가? 거기에는 크게 두 가지 이유가 있다.

1. "난 죽을 거야!"—비약적인 사고

두려움의 역할 중 하나는 목숨이 위험한 상황을 경고하는 것이다. 그러나 인간의 마음은 실제로는 그리 위험하지 않은 상황에도 생사가 오가고 있다는 착각을 하곤 한다. 예를 들어 이런 경우처럼 말이다.

"투자는 위험해! 난 돈을 날릴 거야! 그러다 먹고 살 수도 없을 정도로 가난해지면 어떡하지? 대출금을 못 갚게 되면? 은행에서 우리 집을 압류할지도 몰라. 그럼 난 집도 잃고 노숙자가 되겠지! 거리에 나앉게 될 거야. 하느님 맙소사, 난 죽을 거야!"

세상에나, 엄청난 비약이다. 그러나 실제로도 우리의 마음은 이런 식으로 흘러갈 수 있다. 투자 한 번 실패했다고 우리가 정말 죽을까? 당연히 아니다. 하지만 이런 무의식적이고 자동적인 반응은 때때로 우리의 삶을 지탱하기도 한다.

생소하고 익숙하지 않은 투자 기회를 검토할 때 이런 식의 끔찍한 공포를 느낀다면 가장 먼저 이게 생사가 걸린 상황이 아님을 스스로에게 주지시켜야 한다. 투자란 죽을 각오로 덤벼드는 일이 아니다. 그다음 합리적으로 찬반을 따져 보라. 이 투자의 장점은 무엇이고 단점은 무엇인가? 단점을 없애려면 어떻게 해야 할까? 다시 말해, 자동적으로 튀어나오는 비이성적인 사고를 타파해야 한다.

2. 두려움 무작정 회피하기

사람들이 두려움에 좌우되는 분명한 이유는 두려움을 느낄 때 이를 직시하고 극복하기보다 휩쓸리는 편이 더 쉽기 때문이다. 우리는 미지의 것과 만났을 때, 우리를 자극하거나 압박감을 주는 것과 대면했을 때 불편함을 느낀다. 이때 가장 쉬운 대처는 아무것도 하지 않는 것이다.

가령 청중 앞에서 공개 발언을 해 본 적이 있는가? 전문가들은 사람들이 가진 가장 큰 두려움 중 하나가 많은 사람 앞에서 말하는 것이라고 한다. 만일 그러한 종류의 두려움을 갖고 있다면 이를 극복하는 가장 쉬운 방법은 애초에 그런 두려움을 피하는 것이고, 따라서 사람들 앞에 나서지 않는 것이다.

그보다 어려운 길은 두려움을 직면하고, 연설 원고를 쓰고, 연습을 하고, 웅변 또는 말하기 강좌를 듣고, 조금 더 연습을 하고, 그런 다음 마침내 연단에 서는 것이다. 이 모든 과정을 실행하는 과정에서 당신은 더욱 성장할 것이다. 반면에 그 과정을 회피한다면 더욱 위축되고 초라해질 것이다.

비록 불편하고 무섭더라도 만약 일전에 경험했더라면 지금 당신의 삶이 더 훌륭하고 충만해졌을 거라고 생각하는가? 그럴 때 두려움은 당신이 전진하도록 북돋을 수도 있고 반대로 핑곗거리를 대 주며 아무것도 하지 않게 만들 수도 있다. 이러한 순간에 당신은 두려움에 정면으로 대응할 것인지 아니면 회피하고 똑같은 자리에 머무를 것인지 선택해야 한다. 그러나 현실적으로 우리는 결코 한 자리에 머무를 수 없다. 우리는 성장하거나, 후퇴한다. 오늘날처럼 빠른 속도로 변화하며 움직이는 세상에서 우리가 하는 선택은 삶을 확장하거나 축소시킨다. 그 중간은 없다.

두려움은 오히려 자산이다

두려움은 가장 큰 자산이 될 수도 있다. 두려움이 찾아올 때마다 그것이 생사가 걸린 문제가 아님을 깨닫고 나면 자아를 성장하고 확장할 기회임을 알 수 있기 때문이다. 우리는 대개 이런 종류의 불안정한 과정을 통해 가장 많이 성장하는 법이다. 뿐만 아니라 두려움을 극복하는 과정은 매우 고무적인 경험이기도 하다! 모든 과정을 마치고 나면 당신은 다른 사람이 되어 있을 것이다.

이렇게 생각해 보라. '두려움은 우리를 성장시킨다.' 두려움을 피하거나 멀리하지 말고 그 눈을 똑바로 직시하면 그것이 성장을 위한 또다른 발판임을 알게 될 것이다. 그 기회를 붙잡기로 선택하기만 한다면 말이다.

랠프 월도 에머슨의 말은 내 인생을 바꿔 놓았다.

"날마다 두려움을 정복하지 않은 사람은 인생의 비밀을 알지 못하는 것이다."

실패할 것인가, 후회할 것인가

사람들이 나이가 들면서 자주 하는 슬픈 말이 있다. "내가 ○○만 했더라면…" "나한테 ○○만 있었더라면…" 그들은 저 밖에 더 많은 기회가 있다는 걸 알면서도 두려움 때문에 망설였다. 실패에 대한 두려움, 더 나은 것을 찾지 못할 것이라는 두려움, 또는 무언가를 잃거나 망신을 당할지도 모른다는 두려움 때문에 말이다. 두려움은 열정적이고 즐겁고 자기 성취적인 삶을 누릴 기회보다도 더 강력한 영향력을 발휘한다. 동기 부여 강연가인 토니 로빈스는 이런 말을 한 적이 있다. "세상에는 두 가지 종류의 괴로움이 있다. 실패할지도 모른다는 두려움과 후회할 것이라는 두려움이다."

선택이 가능하다면 나는 실패할지도 모른다는 두려움 쪽을 택하겠다. 내게 있어 후회는 나 자신에게 지우는 최악의 형벌이다. 나는 내가 어떤 때 꽁무니를 빼는지 안다. 어떤 때 단념하는지 안다. 어쨌든 요는 내가 물러났던 순간에 나에게는 선택권이 있었다는 것이다. 그리고 그때 나는 '용기'가 아니라 '겁쟁이'가 되는 쪽을 선택했다.

내가 언제 겁을 먹고 행동하지 않았는지 누가 말해 줄 필요는 없다. 내가 이미 잘 알고 있으니까. 그리고 그때를 되돌아볼 때마다 후회의 아픔을 뼈저리게 느끼게 된다.

어떤 여자들에게 후회란 직장 생활을 포기한 것일 테고, 반대로 어떤 이들에게는 가정 대신 직장을 선택한 것일 테다. 그리고 아마도 후회의 가장 전형적인 공식은 만족스럽지 못한 연인 관계나 결혼 생활을 유지한 것이겠지. 그저 그 편이 더 "쉽고 편하다."는 이유로 말이다.

내가 우리 중 누구도 경험하지 않길 바라는 게 있다면 바로 우리의 재정적 이익을 무시하고 다른 사람이 우리에게 최선이라고 생각하는 일을 하도록 맡기는 데 따르는 후회다.

인생에 과감한 변화를 일으키려면 용기가 필요하다. 미지의 것을 대면하려면 용기가 필요하다. 좋은 소식은 겁쟁이가 되기보다 용기를 선택하면 항상 승리할 수 있다는 것이다. 우리 자신을 더욱 성장시킬 수 있기 때문이다. 그렇게 된다면 후회할 필요도 없다.

용기의 순간

아마 많은 여자들이 어렸을 적 큰맘 먹고 용기를 냈던 때나 혹은 그런 장면을 본 기억이 있을 것이다. 나는 어느 날 일곱 살짜리 여자아이를 보고 옛일을 떠올렸다.

지역 센터 수영장에서였다. 아이는 생전 처음으로 높은 다이빙대에서 뛰어내릴 참이었다. 나는 아이가 사다리를 한 발짝씩 오르며 난간을 꽉 쥐는 것을 보았다. 드디어 꼭대기에 다다라 다이빙대 위에 발을 디뎠다. 소녀는 다이빙대 끝을 뚫어져라 바라보았다. 그 순간에 다른 것은 아무것도 존재하지 않았다. 아이는 마치 영원과도 같은 시간 동안 거기 홀로 서 있었다. 그리고는 한 발을 앞으로 내디뎠다. 손은 여전히 난간을 꼭 쥐고 있었다. 드디어 난간에서 손을 뗐을 때 이제 남은 것은 어린 소녀와 다이빙대, 그리고 저 아래 펼쳐진 수영장뿐이었다. 수면이 까마득히 멀어 보였다.

소녀는 쭈뼛거리며 다이빙대 끝까지 걸어갔다. 다리가 약간 떨리고 있었다. 선택의 순간이 다가왔다. 저 아래 보이는 수면을 향해 무시무시한 도약을 할 것인지, 아니면 등을 돌려 다시 사다리를 타고 지상으로 내려가 "못 하겠어요."라고 말할 것인지.

아이는 망설이며 몇 분을 더 서 있었다. 그러더니 용기를 마지막 한 방울까지 짜내어 가슴 깊이 숨을 들이마시고는 눈을 질끈 감고 미지의 세계를 향해 뛰어내렸다.

아이의 몸뚱이가 수면에 부딪히자 커다란 물보라가 튀었다. 마침내 소녀의 머리가 물 밖으로 불쑥 튀어 나왔을 때, 아이는 얼굴 가득 크고 밝은 함박웃음을 띠고 있었다. "해냈어!" 아이가 소리 질렀다. 환희에 가득 찬 목소리였다. 아이는 죽을 만큼 무서웠지만 그럼에도 해냈다. 그다음에 그 애가 뭘 했는지 아는가? 다시 사다리를 타고 올라가 다이빙대에서 한 번 더 뛰어 내렸다. 그런 다음 또 한 번… 또 한 번….

이 일곱 살 소녀는 나나 당신과 다를 바가 없다. 상황은 다를지 몰라도 아이가 다이빙대 위에서 뛰어내릴지 말지 결정할 때 느꼈던 두려움은 우리가 새로운 모험을 앞두고 느끼는 두려움과 별반 다를 바가 없다.

어떻게 두려움을 극복할 수 있을까?

투자를 시작하면 우리는 종종 미지의 영역으로 발을 내딛게 된다. 많은 여자들이 이제껏 한 번도 해 보지 못한 것을 행동하게 되는 것이다. 경험이 없을 수도 있다. 당연히 모든 해답을 알지도 못한다. 솔직히 그럴 수 있는 투자가가 얼마나 있는지도 모르겠다. 배워야 할 것도 많다. 실수를 저지를 가능성도 많다. 게다가 진짜 돈이 달려 있으니 약간의 극적인 요소까지 가미된다.

두려움은 다양한 형태로 다가올 수 있다. 돈을 잃는 데 대한 두려움일 수도 있고 실수를 저지를지도 모른다는 두려움일 수도 있다.(하지만 이건 별로 두려워할 필요가 없다. 너무나도 당연한 일이니까. 당신은 당연히 실수를 저지를 거다.) 아니면 빈털터리가 되어 떠돌이 노숙자가 될지도 모른다는, 여자들의 가장 큰 두려움일 수도 있다.(앞에서 봤던 여성 노인의 재정 상황에 대한 통계 자료를 볼 때 이런 두려움은 어느 정도 근거가 있다.) 어떤 종류의 두려움이든, 두려움을 느낀다면 그렇다고 인정해야 한다.

두려움을 줄이는 해법 중 하나는 교육과 경험이다. 투자에 대해 더 많이 배우고 노하우를 익힐수록 더 자신감 있게 결정을 내릴 수 있다. 투자를 하면 할수록 확고한 자신감을 얻고 지식도 늘 것이다. 그렇게 투자에서 두려움이 차지하는 지분이 점점 줄게 된다.

인생을 바꾼 경험

대부분의 사람들은 때때로 공포나 두려움을 느낀다. 그렇다면 이를 어떻게 극복할 수 있을까? 여러 해 전에 나는 극기 훈련에 참가한 적이 있다. 실제로 그 훈련은 내게 두려움을 다스리는 방법을 가르쳐 주었다. 거기서 했던 활동 중 하나가 전봇대와 비슷하게 생긴 높은 나무 장대를 타고 오르는 것이었다. 꼭대기에 올라선 다음에는 과감하게 뛰어내려 공중에 매달려 있는 그네를 붙잡아야 했다. 나는 그 훈련에서 가장 무서운 순간이 당연히 공중그네를 향해 뛰어내릴 때라고 생각했다. 하지만 틀렸다. 장대에 달려 있는 작은 손잡이 겸 디딤대를 붙잡고 올라가는 동안 나는 속으로 생각했다. "이 정도면 할 만한데?" 그러곤 마지막 디딤대에 이르렀다. 그건 내가 다음에 손으로 붙잡아야 하는 곳이 약 15센티미터 지름에 불과한, 장대의 평평한 꼭대기라는 의미였다. 공포심이 밀려들었다. 두 손으로는 꼭대기를 붙잡고, 발로는 두 개의 디딤대를 밟고 서 있었다. 이 활동에서 가장 무서운 순간은 손으로 붙잡을 것이 아무것도 없는 상황에서 발을 디딤대에서 떼어 장대 꼭대기로 끌어올릴 때였다. 꼼짝도 할 수가 없었다. 몸이 얼어 버린 듯 움직이지 않았다. 한참 뒤, 강사가 나를 불렀다. "괜찮아요?"

내가 말했다. "너무 무서운데, 이거 어떻게 극복해야 하죠?"

그가 대답했다. "이건 두려움을 극복하는 활동이 아닙니다. 두려움이 느껴질 때 그걸 '다스리는' 법을 배우는 거죠. 그냥 다음 단계로 나아가세요."

한쪽 발을 끌어 올려 장대 꼭대기를 디딘 다음 다시 나머지 한쪽 발을 끌어올리기 위해, 정말로 내게 있는 모든 것을 총동원해야 했다는 사실을 고백해야겠다. 다음 순간 두 발이 겨우 들어갈 만한 좁고 평평한 장대 위에서 양팔을 옆으로 펼쳐 아슬아슬하게 균형을 잡고 선 채, 나는 생각했다. "내가 해냈어." 이어 두 번째 두려움의 파도가 몰려왔다. 다음은 여기서 뛰어내릴 차례였다. 목표는 1.8미터 정도 앞에 매달려 있는 공중그네를 붙잡는 것이었다. 나는 방금 강사가 한 말을 되뇌었다. "두려움을 다스리는 법을 배우는 거야. 다음 단계로 나아가."

숨을 깊고 길게 들이켰고, 장대를 박차며 공중으로 몸을 던졌다. 팔을 뻗어 공중그네를 붙잡았다. 마침내 지상에 발을 딛고 서게 되었을 때, 내 몸은 훈련을 시작했을 때보다도 더 심하게 떨리고 있었다. 강사가 다가와 물었다. "교훈을 배우셨나요?" 그렇다. 온몸의 세포 하나하나를 통해 나는 교훈을 배웠다.

첫 투자의 두려움을 마주하라

나는 부동산권리회사 사무실에 벌벌 떨며 앉아 있었다. 내 앞에는 서류가 놓여 있었고, 막 내 생애 최초로 임대용 부동산을 구입할 참이었다. 나는 겁에 질려 있었다.

1989년, 로버트가 앞에서 말한 극기 훈련 강사처럼 내게 이렇게 말했다. "킴, 이제 당신도 투자를 시작할 때야."

"투자? 무슨 투자?" 나는 어리둥절했다.

로버트는 투자와 부동산에 대한 부자 아빠의 가르침을 간단히 설명한 다음 말했다. "나머지는 당신이 알아내야 해."

"안 돼!" 나는 생각했다. "다시 장대 위로 올라가라는 거잖아!"

나의 투자 교육은 그렇게 시작되었다.

로버트가 내게 권한 것은 "가까운 동네를 한번 살펴봐."였다. 그래서 그렇게 했다. 당시 우리가 살고 있던 포틀랜드 근처의 이스트모어랜드에서 몇 블록 떨어진 곳에 웨스트모어랜드라는 지역이 있었다. 마당과 현관 포치가 딸린 작고 귀여운 집이 많은 동네였다. 중심지에는 공원이 있었고 골동품점과 레스토랑이 많아 고풍스러운 분위기가 났다.

어쨌든 요점만 말하자면, 나는 매물로 나온 침실 두 개에 욕실 하나짜리 이 예스러운 주택을 발견했다. 잘 정돈된 뒷마당에, 차고도 딸려 있었다. 심지어 집 앞에 귀여운 금속 나비 장식도 붙어 있었다. 완벽한 집이었다. 가격은 4만 5000달러였고, 나는 선불금으로 5,000달러를 지불했다. 계산에 따르면, 나는 매달 50달러에서 100달러 사이의 현금흐름을 얻을 수 있었다. 현금흐름이란 내가 세입자에게 받는 월세에서 필요한 경비를 제하고(세금과 보험료, 수도세 등등), 융자금을 지불한 뒤 내 주머니로 들어오는 돈을 뜻한다.

부동산 거래라는 것을 생전 처음 해 보는 탓에 내가 지금 제대로 하고 있는 건지 알 수가 없었다. 그래서 모든 사항을 서너 번씩 거듭 확인했다. 지붕, 배관 상태, 건물 구조, 세금, 보험에 이르기까지 모든 사항을 말이다. 어떤 부동산이 임대에 적합한지 파악하기 위해 여러 명의 부동산 관리자와 만나 대화도 나눴다. 나는 철저하게 준비했다.

그런데도 막상 계약서에 서명을 하고 소유권 이전을 하고 5,000달러를 낼 때가 되니 손이 떨려서 서명도 제대로 하지 못할 정도였다. 나는 이 집에 대해 모든 것을 완벽히 조사했다. 매물의 장점을 살펴보고 단점도 검토했다. 모든 숫자를 세 번씩 확인했다. 그런데 왜 이렇게 불안한 거지? 나는 끊임없이 중얼거렸다. "다음 단계로 나아가야 해."

다시 말하지만, 이건 내 생애 처음으로 해 보는 부동산 투자였다. 이 부동산에 대해 제대로 분석을 했는지 확신할 수가 없었다. 어쨌든 할 수 있는 한 최선을 다하긴 했다. "하지만 실수를 했으면 어쩌지?" 나는 생각했다. "숫자 계산을 잘못했다면? 매달 돈을 버는 게 아니라 손해를 보면 어떡해? 배관이나 지붕에 문제가 있으면? 5,000달러를 날리게 되면?" 테이블 앞에 앉아서 조금 있다 건네줘야 할 5,000달러 수표를 응시하는 동안 이런 생각들이 머릿속을 휘저었다.

"이 계약 하지 말까 봐." 나는 중얼거렸다. "그러면 귀찮은 일도 없지 않을까? 아니면 부동산 투자에 대해 공부를 더 한 다음에 투자를 해야 할지도. 만약에 이게 그렇게 좋은 물건이면 벌써 모두들 사려고 달려들지 않았겠어?" 하나같이 거래를 포기할 합리적인 이유처럼 느껴졌다. 주변의 다른 많은 사람들도 그만두겠다는 내 결정에 찬성할 터였다.

하지만 나는 이내 마음을 단단히 고쳐먹었다. "킴, 너 이 집을 사려고 조사를 엄청나게 했잖아. 어쨌든 네가 아는 한 이 집을 사는 건 좋은 투자가 맞아. 지금 이걸 사지 않으면 아마 앞으로 평생 부동산 투자를 하지 못할걸. 지금이 아니면 안 돼. 과감히 뛰어들어야 한다고." 그래서 나는 계약서에 서명을 하고, 수표를 지불하고, 생애 처음으로 당당하게 임대 부동산을 소유하게 되었다.

내가 이 집을 살 때 실수를 저질렀을까? 그렇다. 그래서 비용을 치러야 했나? 그렇다. 모든 게 내 계획대로 되었나? 아니다. 내 인생에서 가장 중요한 투자였나? 물론이다. 내 인생 최초의 투자였으니까. 덕분에 나는 첫발을 디딜 수 있었고, 일단 문을 열고 나가자 더 많은 투자를 할 수 있게 되었다.

다음번, 다음번, 그리고 또 다음번 투자를 할 때도 겁이 나고 불안했을까? 그렇다. 정말로 그랬다. 한번은 거래를 마무리 짓다가 너무 겁이 나서 진짜로 울어 버린 적도 있다. 그 부동산의 가격이 떨어질 거라는 확신이 들었기 때문이다. 하지만 어쨌든 그때도 나는 잘 버텨 냈다. 새로운 투자를 할 때마다 조금씩 더 배워 나갔고, 조금씩 더 똑똑해졌다. 점점 더 많은 지식이 쌓여 갔다. 투자란 한 번에 한 걸음씩 꾸준히 전진하는 과정이다.

다음 단계로 나아가라

다음은 생전 처음 부동산 투자를 하게 되었을 때 두려움을 느꼈던 한 여성이 어떻게 극복했는지에 관한 감동적인 이야기다. 현재 그녀는 매우 성공한 투자가다.

< 비다의 이야기 >

남편과 나는 작은 사업을 경영하는 자영업자다. 우리는 무척 바빴지만 일의

결실을 얻기까지는 매우 요원해 보였다. 정확히 말하자면 우리는 시간이 갈수록 손해를 보고 있었다.

내 나이는 마흔일곱이고, 자식 중 둘은 대학생이고 셋은 아직 집에 있다. 그러니 공부를 하거나 관련 지식을 쌓거나 투자에 적합한 부동산을 찾아 돌아다닐 시간을 내기가 어려웠다. 그렇지만 나는 어떻게든 시간을 마련했다. 이게 나와 가족들을 위해 아주 중요하다는 자각이 있었기 때문이다. 남편도 나를 응원해 주었기 때문에 우리는 투자에 대해 함께 배우기 시작했다. 나는 부동산에 초점을 맞추고 남편은 주식이나 옵션 같은 다른 분야에 대해 공부하기로 했다.

처음으로 투자용 부동산을 구입하게 됐을 때, 부담감을 심하게 느꼈다. 아파트 건물 한 채였다. 이 건물을 사려면 지금까지 모은 돈을 전부 투자해야 했기 때문에 죽을 만큼 겁이 났다. 시간이 갈수록 없던 일로 하고 싶었다. 주변 사람들이 격려해 주지 않았다면 틀림없이 겁을 집어먹고 내뺐을 것이다.

나는 지난 2년간 내가 엄청난 시간과 돈을 들여 재정 교육을 받았고 지금 무슨 일을 하는지 잘 안다고 끊임없이 스스로 자신감을 불어 넣어야 했다. 열심히 모은 돈을 다 날리고 말 것이라고 쉴 새 없이 머릿속에서 소리 지르고 있는 목소리를 몰아내기 위해 수없이 나 자신을 다독여야 했다. 지금은 그때를 돌아보며 웃어넘길 수 있는데, 그건 정말 기분 좋은 일이다. 나는 결국 거래를 성사시켰고, 지금 그 건물은 세입자로 가득하며, 상당한 현금흐름을 창출하고 있다. 나는 계속 배우고 더 많은 투자 자산을 구입할 것이다. 그리고 지금보다 더 똑똑해지고, 자신감을 얻을 것이며, 더 재미나게 살아갈 것이다.

Chapter 11

당신은 얼마나 부유한가?

**"여자는 자기 돈주머니를 가질 수 있을 때야
의존하는 삶에서 벗어날 수 있다."**

— 엘리자베스 케이지 스탠턴(여성 권리 운동가)

어느 날 아침 메일함을 열자 한동안 보지 못한 주소에서 메일이 와
있었다.

"안녕, 킴! 나 재니스야. 내일 하루 피닉스에 갈 건데 혹시 시간 되면
점심때 잠깐 만날래? 그럼 안녕!"

나는 답장을 보냈다.

"안녕, 재니스. 내일 괜찮아. 그동안 어떻게 지냈는지 궁금하다. 그럼
안녕."

우리는 약속 장소와 시간을 정했다.

다음 이메일에서 재니스는 경쾌한 말투로 이렇게 써 보냈다.

"킴, 뉴욕에서 만났을 때 네가 한 이야기 말인데, 생각하면 할수록 무슨 뜻인지 알 것 같아. 특히 허구한 날 일에 치여 살고 있다 보니 말이야. 거기에 대해 더 자세히 알고 싶은데, 괜찮을까? 내일 봐!"

다음날 나는 재니스가 그 이야기를 하고 싶어 안달이 나 있다는 사실을 알 수 있었다. 내가 기억하는 한 나보다 재니스가 약속 장소에 먼저 와서 앉아 있는 건 생전 처음이었기 때문이다. 세상에, 재니스가 약속에 일찍 도착하다니! 내가 테이블로 다가갔을 때 재니스는 누군가와 전화통화를 끝내는 참이었다.

재니스가 벌떡 일어나더니 나를 꼭 껴안았다. "오늘 너 엄청 근사해 보인다." 그녀가 웃으며 말했다.

"연락해 줘서 고마워." 내가 대답했다. "그리고 너도 언제나처럼 멋진걸."

시간이 쏜살같이 흘러갔다. 우리는 점심을 먹으며 거의 두 시간 동안 쉴 새 없이 수다를 떨었다. 뭔가 먹긴 한 것 같은데, 오늘 우리의 관심사는 식사가 아니었다.

내가 먼저 운을 뗐다. "무슨 일이 있었던 거야?"

"돈에 끌려다니고 있어!"

"지난번에 그 얘기를 한 뒤에 생각이 좀 많았어. 물론 모든 문제가 해결되진 않겠지만 돈 문제만 없다면 내 삶이 어떻게 달라질지 알 것 같더라고. 지금껏 내가 했던 수많은 결정들이 돈을 많이 버는 거랑 나와 내 사업에 뭐가 좋을지에만 맞춰져 있었다는 걸 이제야 깨달았지 뭐야." 재니스가 털어놓았다.

"예를 들자면, 지난주에 난 한 가지 결정을 내려야 했어. 참석해야 할 행사가 두 개 있었는데 같은 날이라서 하나를 포기해야 했거든. 하나는 소매 업계의 유명인사들이 참석하는 행사로 주로 인맥을 쌓고 새로운 걸 배울 수 있는 모임이었지. 예전부터 꼭 가고 싶었던 프로그램이었어. 다른 하나는 내가 상품을 팔아야 하는 작은 무역 박람회였고."

"그래서 어느 쪽을 선택했어?" 나는 궁금해하며 물었다.

"내 의사결정 과정은 우리 사업에 무엇이 장기적으로 좋을지 고려하는 것과는 거리가 멀었어." 재니스가 착잡해하며 대답했다. "지금 돈을 얼마나 벌 수 있는지에만 맞춰져 있었지. 그래서 난 무역 박람회에 갔어."

"그래서?" 나는 계속해 보라고 재촉했다.

"완전히 시간 낭비였어. 물건은 별로 팔지도 못했고, 거기 참석한 사람들은 실제로 내 고객도 아니었어. 그리고 무엇보다 재미가 없었어. 다른 행사에 참석했더라면 우리 업계에서 거의 '영웅'이나 다름없는 사람을 둘이나 만나 궁금한 것도 물어보고 배울 수 있었는데. 그 사람들이 거기 온다는 걸 행사 측에서 홍보를 안 했거든. 거기 갔던 내 친구는 엄청나게 유익한 조언을 들었대. 거기 갔더라면 우리 회사의 성장에 큰 도움이 될 내용을 많이 배웠을 거야. 하지만 난 그저 쉽고 빠르게 몇 달러를 벌 생각만 했지."

"좋은 교훈을 배웠네." 내가 말했다.

"그러니까. 결정을 내릴 때 눈앞의 돈에만 매달리지 않으면 삶이 어떻게 달라질지 조금은 알 것 같았다니까." 재니스가 대답했다. "기본적으로 생활비를 댈 수 있고 일로 버는 돈에 의존할 필요가 없으면 사업을 하는 게 훨씬 재미있어질 것 같다는 생각이 들더라. 그러면 회사에 장기적으로 더 좋은 선택을 할 수 있을 테니까… 그리고 내 인생에 있어서도 말이야."

"어제는 내가 정말로 하고 싶은 일을 2년째 하고 있는 여자와 아침식사를 할 기회를 거절했어. 내가 그 대신 뭘 했는지 알아? 우리 회사의 영업 담당자들과 회의를 했어. 지난달 매출이 떨어졌거든." 재니스가 말을 이었다. "그래, 영업 회의는 아주 중요해. 하지만 정말 바보 같았던 게, 회의야 시간을 뒤로 미루거나 다음날에 다시 잡으면 되는 거잖아. 하지만 내 사업에 진짜 도움을 줄 수 있는 그 여자분을 만날 기회를 다시 잡는 건 불가능하겠지. 정말 바보 같은 짓이었어."

"그럼 앞으로 네 계획은 뭐야?" 내가 물었다.

"이젠 나도 네가 말한 재정적 독립을 위해 노력할 진짜 이유를 찾은 것 같아. 난 내 회사가 즐거운 곳이 되었으면 좋겠어. 내가 배우고 성장할 수 있는 곳, 함께 일하는 사람들 모두가 내가 추구하는 꿈과 목표를 함께 배우고 발전시키고 추구하는 곳이 될 수 있으면 좋겠어. 그렇게 되면 행복감과 성취감이 들 거야." 재니스의 눈빛이 반짝거렸다.

"멋진 이유다." 내가 말했다.

재니스와 나는 계속해서 대화를 나눴다.

나는 레슬리가 전문가들이 사용하는 용어에 겁을 먹어 자기가 똑똑하지 못하다고 생각한다는 이야기를 털어놓았다. 그런 다음 우리는 돈과 투자, 금융 전문 용어를 배우는 것이 얼마나 중요한지 논의했다.

"그건 중요하지." 재니스가 말했다. "난 그런 알아듣지 못할 말이 나오면 그냥 신경을 꺼 버려. 다시는 거기 관심이 가지 않더라고."

그런 다음 우리는 꽤 오랫동안 재정적 독립이란 무엇이며, 어째서 현금흐름에 가장 먼저 집중해야 하는지에 대해 이야기했다.

나에게 필요한 현금흐름을 파악하라

"그럼 이제 어떻게 해야 해? 다음 단계는 뭐야?" 재니스가 물었다.

"재정적 독립의 첫 번째 목표가 일을 하지 않고도 생활비로 나가는 돈보다 더 많은 현금흐름을 얻는 거라고 말한 거 기억나?"

"응, 그 개념이 특히 마음에 들더라." 재니스가 대답했다. "또 재정적 자유를 얻기 위해 아주 많은 돈이 필요하지 않다는 것도 좋았어. 난 항상 돈을 많이 모으는 것 말고는 다른 방법이 없다고 생각했거든."

"그래. 로버트의 부자 아빠가 알려 준 공식에 따르면, 재정적 독립의 의미는 사람마다 달라. 그러니까 네가 재정적 자유를 얻는 데 필요한 현금흐름과 네 친구나 이웃 사람한테 필요한 현금흐름은 다를 거라는

"생각해 봐." 나는 말했다. **"재정적 독립과 자유를 누린다는 건 다시는 돈을 위해 일할 필요가 없다는 뜻이야. 왜냐하면 네 투자 덕분에 생활비를 충당하기에 충분한 돈이 매달 들어올 테니까. 그러니까 네 재산은 결코 바닥나지 않아."**

뜻이야."

나는 재니스에게 로버트와 내가 어떻게 1994년에 재정적 자유를 성취할 수 있었는지 말해 주었다. "우리가 재정적 자유를 얻는 데는 5년밖에 안 걸렸어. 내가 1989년에 처음 투자용 부동산을 샀다고 했잖아. 방 두 개에 욕실 하나짜리 작은 집이었지. 하지만 5년 뒤가 되자 주로 부동산에 집중했던 우리의 현금흐름 투자 덕분에 매달 주머니에 1만 달러가 들어오게 됐어. 아주 큰 돈은 아니지만 당시에 우리 생활비가 한 달에 3,000달러 정도였거든. 그러니 그 시점에서 우린 자유가 된 거지. 더는 한 달에 3,000달러를 벌기 위해 일을 할 필요가 없었던 거야. 이젠 돈이 우리 대신 일하고 있었고, 매달 1만 달러가 주머니에 들어왔지."

재니스가 반색하며 말했다. "그럼 다음 단계는 내 생활비를 충당하려면 현금흐름이 얼마나 필요한지 파악하는 거구나? 월별 지출 비용을 계산하면 되겠네."

"맞았어! 원한다면 지금 당장도 해 볼 수 있어."

"그럼 지금 해 보자." 재니스가 주먹으로 테이블을 쾅 하고 내리치며 말했다.

당신의 부유함을 추정하라

"그럼 네가 얼마나 부유한지 알아볼까?" 내가 말했다.

"그 부유하다는 게 정확히 무슨 뜻이야?" 재니스가 물었다.

"좋은 질문이야. '부'라는 단어는 여러 가지 의미로 풀이할 수 있지. 나는 몇 년 전에 알게 된 정의로 사용하고 있어. 뛰어난 발명가이자 사상가, 인도주의자인 R. 버크민스터 풀러가 풀이한 정의야. 그는 부라는 단어의 의미를 이렇게 정의했어.

어떤 사람이 앞으로 ○○일 동안 생존할 수 있는 능력

재정적 관점에서 말하면, 일을 하지 않고 얼마나 오랫동안 살 수 있는지를 뜻해. 여기서 제일 중요한 건 '일을 하지 않고'야. 그러니까 지금 당장 직장을 그만두어 수입이 끊긴다면 지금 갖고 있는 돈만으로 얼마나 오래 버틸 수 있냐는 뜻이지."

"그걸 어떻게 알아낼 수 있는데?" 재니스가 물었다.

"실은 아주 간단해." 내가 대답했다. "먼저 지금 쓰고 있는 한 달 생활비를 계산해 봐. 그게 네가 매달 '생존하기 위해' 필요한 돈이니까. 급여나 사업으로 버는 돈이 없다면 너는 한 달 동안 사는 데 돈이 얼마나 필요하니?"

"그러니까 최소한의 생활비를 말하는 거지? 지금은 자주 밥을 밖에서 사 먹긴 하지만 외식비는 빼도 되겠네. 그리고 쇼핑도 줄일 수 있을 것 같아." 재니스가 말했다.

"그 말 아주 잘 꺼냈어. 왜냐하면 그게 진짜로 중요한 부분이거든. 이 공식은 지금 네가 살고 있는 생활 방식을 기준으로 해. 더 작은 집으로 이사를 간다거나 버스를 타야 한다거나 그런 게 아니야. 난 '분수에 맞게 아껴 살라.'는 말을 좋아하지 않아. 원하지도 않는데 그렇게 쪼들려 살아야 한다면 재정적 독립을 해 봤자 무슨 의미니? 재정적 자유란 네가 원하는 수준에 맞춰 사는 거야. 그러니까 지금 어느 정도의 생활 수준을 영위하고 있다면 적어도 그 정도는 계속 유지할 수 있어야 한다는 거지. 어쩌면 더 위로 끌어올릴 수도 있고."

1단계: 월 지출액 계산하기

재니스가 알겠다는 듯 고개를 끄덕였다. "내 한 달 지출을 합산하려면 포함시킬 게 많겠다."

재니스는 목록을 써 내려갔다. 다음은 재니스의 지출 목록이다.

주택 담보 대출 할부금	$2,500
재산세	300
주택 보험	150
주거비(광열비, 수도세, 전화, 케이블 TV 등)	350
자동차 할부금	550
유류비	150
식비 & 유흥비(식료품 및 외식)	500

잡화(의복, 생활용품)	500
잡지/신문/도서	50
여행/휴가	250

직접 월 지출 목록을 만들고 싶다면 다음과 같은 항목을 활용해 보라.

*주택 담보 대출 할부금

*재산세

*주택 보험

*주거비: 광열비, 수도세, 전화, 케이블 TV 등

*월세

*자동차 할부금

*자동차 유지비

*유류비

*교통비(기차, 버스, 택시)

*식비: 식료품

*식비: 외식

*여가: 연극, 콘서트, 스포츠 등

*잡화: 의류, 생활용품, 책, 미용 등

*잡지/신문 구독

*여행/휴가

*자녀: 베이비시터, 교육, 의류, 기타 잡화, 스포츠, 사교육

*의료보험

*운동/체육관

*반려동물(사료, 병원, 임시보호)

*정원 관리
*기타 차량(보트, 오토바이, RV)
*교육 프로그램
*주차비
*기타

나는 재니스가 만든 목록을 훑어보고는 말했다. "그럼 네가 한 달에 쓰는 총금액은 얼마야?"

"4,900달러."

"다 정직하게 적은 거 맞지?" 내가 추궁했다.

"음." 재니스가 조금 머뭇거렸다. "사실 옷이랑 여가는 그걸로 부족할 거 같아. 그 항목은 좀 돈을 늘려야 할지도. 그리고 '비상금'이랑 '기타' 항목도 추가로 있어야 할 거 같아. 항상 예상치 못한 돈이 나갈 일이 생기잖아."

"좋은 생각이야." 나는 맞장구를 쳤다. "돈에 대해 정직하게 굴수록 목표를 성취할 가능성이 증가하지."

그러곤 이렇게 덧붙였다. "로버트와 내가 빈털터리가 됐을 때 제일 힘들었던 일이 한 달에 두 번씩 경리랑 만나 회의하는 거였어. 경리랑 같이 앉아서 지금 들어오는 돈은 얼마 없는데 나가는 돈은 얼마나 많은지, 또 빚은 얼마나 많은지 일일이 확인하는 건 정말 고역이었지. 하지만 그때 우리가 상황을 적나라하게 인식한 덕분에 목표를 세우고 채권자를 다루고 당시 상황을 해결할 수 있었던 것 같아. 만약 그때 우리의 재정 상태에 대해 우리 자신에게도 거짓말을 했다면 아직도 빚을 갚고 있을 테지."

"무슨 말인지 알 것 같아." 재니스가 말했다.

그녀는 지출 목록의 숫자를 조금 수정한 뒤 이렇게 선언했다. "내 월 지출액은 도합 5,300달러야."

"잘했어." 나는 재니스를 축하해 주었다. "이제 네가 얼마나 부유한지 알아내는 첫 번째 단계를 끝냈어. 두 번째 단계를 시작할 준비는 됐어?" 내가 묻자 재니스가 대답했다. "당연하지."

2단계: 내가 가진 돈을 파악하라

"두 번째 단계는 지금 너한테 돈이 얼마나 있는지 파악하는 거야. '단, 여기에는 직장에서 받는 급여나 일을 해서 버는 돈은 포함되지 않아.' 다시 말해서 네가 일을 그만뒀을 때 당장 쓸 수 있는 돈이 얼마나 있냐는 뜻이지. 은행 예금, CD, 지금 팔거나 현금화할 수 있는 주식, 그리고 당연히 자산에서 비롯되는 현금흐름까지 말이야."

"보석이나 할머니한테 물려받은 은식기는 어때? 그런 건 해당 안 되니?" 재니스가 물었다.

"난 그런 물건은 재산에 넣지 않아. 두 가지 이유가 있는데, 첫 번째는 그걸 팔 수 있을지 알 수가 없다는 거야. 만약에 팔 수 있더라도 예상보다 돈을 적게 받을 확률이 커. 그리고 두 번째 이유는 이건 지금의 네 생활 수준을 유지한다고 가정하는 거잖아. 가진 걸 팔기 시작하면 생활 수준이 낮아지는 거잖니."

"그렇네." 재니스가 고개를 끄덕였다. "알았어. 그럼 계산해 볼게. 별로 많진 않을 거야."

재니스가 완성한 목록은 다음과 같았다.

은행 예금	$18,000
주식	6,000

"이게 내가 가진 재산 목록이야." 재니스가 말했다. "별로 안 많을 거라고 했지. 정리하자면 내가 가진 돈은 2만 4000달러야."

3단계: 지금 당신은 얼마나 부유한가?

"잘했어." 내가 말했다. "이 2만 4000달러를 월 지출액인 5,300달러로 나누면 얼마야?"

재니스가 가방에서 계산기를 꺼내 두드렸다. "2만 4000 나누기 5,300 하니까 4.5가 나오네." 재니스가 다소 의아한 표정으로 말했다. "이게 무슨 뜻인데?"

"그건 네가 4.5개월 부유하다는 뜻이야. 오늘 당장 일을 그만두면 앞으로 4.5개월 동안 생활비를 감당할 수 있다는 얘기지."

재니스의 어깨가 축 처졌다. 그녀는 놀란 얼굴로 나를 쳐다보며 말했다. "별로 오래 못 버티는구나. 이런 식으로 생각해 본 건 생전 처음이야."

"이건 정답이나 오답이 있는 문제가 아니야." 내가 지적했다. "그냥 여기가 네 출발점이라는 것뿐이지. 지금 일을 그만두면 한 푼도 없거나 아니면 심지어 마이너스인 사람도 수두룩할걸."

"그러니까 이 공식은 내가 이제까지 모은 돈을 한 달에 쓰는 생활비로 나누는 거지? 맞아?" 재니스가 물었다.

"그래. 정말 간단하지? 여기 퍼즐 조각을 하나 더 끼워 맞출 거야." 내가 대답했다. "예를 들어 어떤 사람의 월 지출액이 2,500달러라고 하자. 그리고 저축은 5,000달러를 가지고 있어. 5,000달러를 2,500달러로 나누면 2니까, 그 사람은 앞으로 두 달간 지금처럼 살 수 있다는 뜻이지.

그럼 아까 말한 퍼즐 조각을 이제 끼워 넣어 볼까." 나는 말을 이었다. "전체 공식은 이거야." 나는 냅킨에 공식을 썼다.

(저축＋일하지 않아도 들어오는 소득)÷월 생활비＝부

"하지만 난 지금 일을 하지 않아도 다달이 들어오는 돈이 한 푼도 없지. 그게 나한테 없는 조각이구나." 재니스가 말했다. "그럼 목표가 뭐야? 일하지 않고도 살 수 있는 이 최종 개월 수를 최대한 늘리는 거? 그러려면 돈이 엄청나게 필요할 텐데!"

경제적 자유를 목표로

"그래. 그럴 테지." 나는 맞장구를 쳤다. "하지만 아주 좋은 질문을 했어, 재니스. 재정적 독립을 이룩하려면 무한대의 부가 필요해."

"무한대라고?" 재니스가 어안이 벙벙한 표정으로 물었다.

"자, 생각해 봐. 재정적 독립과 자유를 얻는다는 건 다시는 돈을 벌기 위해 일할 필요가 없다는 뜻이야. 매달 투자를 통해 버는 돈이 생활비를 해결해 주고도 남으니까. 가진 돈이 절대로 바닥나지 않으니 무한대지."

"평생을 편안하게 사는 데 100만 달러가 필요하다면 난 그 돈을 모으기 위해 열심히 일해야 할 거야. 시간도 무척 많이 걸릴 테고, 그런 어마어마한 돈을 모으는 건 사실 거의 불가능하겠지. 설령 100만 달러를 모은다고 해도 쓰다 보면 언젠간 없어질 테고 그럼 난 심각한 문제에 봉착하겠지."

"바로 그 뜻이야!" 내가 말했다.

"그러니까 내 한 달 지출액이 내가 벌어야 할 '현금흐름'을 결정하는 거구나. 그리고 난 이제 한 달에 생활비를 얼마나 쓰는지 아니까 투자로 얼마를 벌어야 하는지 구체적인 목표를 세울 수 있는 거고." 재니스가 이제야 알겠다는 듯이 말했다.

"이해했구나!" 나는 씨익 웃었다. "그게 바로 현금흐름이야. 현금이 네 주머니에 흘러들어 오거든. 그리고 투자를 통해 얻는 현금흐름을 '수동 소득(또는 불로 소득)'이라고 하지. 수동적이라고 부르는 이유는 그걸 벌기 위해 일을 하지 않아도 되기 때문이고."

재니스가 흥분하며 말했다. "그럼 내 현금흐름 목표는 5,300달러야! 일을 하지 않아도 매달 5,300달러를 벌고 싶어!"

"그래, 월 5,300달러… 아니면 그 이상이든가." 내가 말했다.

"그거보다 많으면 좋지." 재니스가 말했다.

"그럼 다음 질문은 '어떻게 해야 그럴 수 있어?'겠구나?"

"안 그래도 그걸 물으려던 참이었는데!" 재니스가 웃음을 터트렸다. "하지만 그건 네가 투자 공식에 대해 설명했을 때 말해 준 거나 다름없는걸. 자산을 구입하거나 생산한다고 했잖아. 자산이 곧 주머니에 돈을 넣어 주는 투자라고도 했고. 그럼 내가 해야 할 다음 단계는 주머니에 돈을 넣어 줄 자산에 대해 공부하고 그걸 찾아보는 거겠지!" 재니스가 의기양양하게 외쳤다.

그러곤 이렇게 덧붙였다. "그런데 궁금한 게 하나 더 있어. 난 여윳돈이 별로 없거든. 아까 내가 가진 돈이 얼마 안 되는 거 봤잖니. 돈을 벌려면 돈이 있어야 하지 않아? 투자를 하려면 돈이 많이 들지 않니?"

"아주 훌륭한 질문이야." 내가 대답했다. "하지만 지금은 시간이 없으니까, 나중에 전화로 얘기하도록 하자."

나는 레스토랑을 나오면서 재니스에게 마지막으로 말했다. "아까 네가 물어본 거 말인데, 지금은 이렇게만 말해 둘게. 투자를 할 때 돈은 가장 중요한 요인이 아니란다. 그럼 나중에 얘기하자. 잘 가!"

Chapter 12

"하지만 돈이 없어!"

> "돈으로 행복을 살 수는 없지만, 대신 돈이 있으면
> 불행할 때도 끝내주게 편안하게 지낼 수 있죠."
>
> — **클레어 부스 루스**(작가, 정치인)

뉴욕으로 출장 갈 준비를 하던 중, 레슬리가 뉴욕에 올 일이 있으면 연락하라고 했던 게 문득 기억났다. 나는 레슬리에게 전화를 걸었다.

"여보세요?" 레슬리가 전화를 받았다.

"안녕, 레슬리! 나 킴이야. 잠깐 통화 가능해?"

"물론이지!"

"나 2주 뒤에 뉴욕 가는데, 그때 시간 되면 만날래?"

"점심때라면 괜찮아." 레슬리가 웃으며 말했다.

나는 미소를 지었다. "점심 모임이라도 만들어야 할까 봐. 며칠 전에 재니스랑 만났는데 그때도 점심을 먹었거든."

우리는 잠깐 이야기를 나눈 뒤 날짜와 시간을 정했다. "장소는 네가 골라." 내가 말했다.

"내가 좋아하는 곳이 있는데, 가능한지 알아보고 연락 줄게." 레슬리가 말했다. 우리는 그렇게 통화를 마쳤다.

또 한 번의 재회

특이한 곳에서 점심식사를 하고 싶다면 화가한테 맡겨라! 나는 약속 장소로 걸어가며 생각했다.

레슬리가 좋아하는 곳이 정확히 어딘지 알 수가 없어 결국 휴대전화를 꺼내 들었다. "레슬리! 나 지금 다리를 건너는 중인데 여기서 오른쪽이야, 왼쪽이야?" 내가 물었다.

"오른쪽. 길을 따라 쭉 오다 보면 우리가 보일 거야. 근데 오늘 날씨 정말 좋지 않니?" 레슬리가 말했다.

나도 모르게 웃음을 터트렸다. 하늘은 구름 한 점 없이 맑았다. 날도 따스해서 얇은 재킷 하나만 걸쳐도 충분했다. 굽은 길을 돌자 레슬리가 보였다. 센트럴 파크 한가운데 있는 푸른 잔디밭 위에 눈이 부실 정도로 선명한 빨간색 담요가 펼쳐져 있었고, 레슬리가 그 위에 앉아 있었다. 그리고 얼굴 가득 커다란 미소를 띠고 있는 레슬리의 옆으로 큼지막한 소풍 바구니가 놓여 있었다.

나는 손을 흔들며 서둘러 그녀를 향해 걸어갔다. 문득 레슬리의 옆에 어떤 여자가 등을 돌린 채 앉아 있는 걸 보고는 깜짝 놀랐다. 레슬리가 내게 손을 흔드는 동안에도 여자는 꿈쩍도 하지 않았다.

가까이 다가가자 금세 그 사람이 누군지 알아볼 수 있었다. "트레이시! 세상에, 너를 여기서 만나다니!" 나는 탄성을 질렀다. 우리는 반가운 포옹을 나눴다.

"지난번 약속에 못 나가서 서운했거든. 네가 뉴욕에 온다고 하니까 레슬리가 나한테 전화해서 같이 만나자고 하더라." 트레이시가 말했다. "그래서 이번 기회는 절대로 놓치고 싶지 않았어. 특히 지난번에 만났을 때 얼마나 재미있었는지 들었단 말이야."

우리는 그동안 서로 어떻게 지냈는지 한 시간이 넘게 떠들었고 레슬리가 챙겨 온 푸짐한 음식을 즐겼다. 트레이시는 시카고에서 일을 하느라 번아웃이 왔다고 털어놓았다. "사는 게 사는 것 같지가 않았어." 트레이시가 회한이 담뿍 담긴 목소리로 말했다. "뼈 빠져라 일만 했는데 그만한 보람도, 보상도 없었거든. 연봉이 올랐는데도 성공했다는 느낌이 안 들더라. 남편도 나만큼 일에 치여 살고, 애는 둘이야. 하나는 고등학생이고 하나는 중학생이지. 어떻게든 아등바등해 나가고는 있는데, 솔직히 말해 하루를 끝마쳤을 때 뭔가 진전이 있었다는 기분이 전혀 안 들어. 전속력으로 달리는 데도 항상 제자리에 있는 것 같다고 할까. 정말이지 변화가 필요해."

트레이시가 말을 이었다. "이번에 진짜 겁이 났던 게, 몇 달 전에 남편 회사가 다른 회사로 넘어가는 바람에 하마터면 남편이 잘릴 뻔했거든. 인수한 회사에서 기존 직원들을 자기네 직원들로 대체하려고 했다니까. 천만다행으로 우리 남편은 안 잘렸지만 만약 그랬다면 우리 집 경제 사정에 큰 문제가 생겼을 거야. 그 일 때문에 우리가 재정적으로 얼마나 취약한지 깨달았지."

그때 레슬리가 끼어들었다. "지난번에 돈이랑 재정적 자유에 대해 얘기했던 거 트레이시한테도 말해 줬어. 그 얘기가 크게 와닿았나 봐."

"보다시피 타이밍이 절묘했어." 트레이시가 수긍했다.

친구들과 만나 점심식사를 할 때면 늘 그렇듯, 우리는 쉴 새 없이 수다를 떨었다. 트레이시는 일과 가정생활을 병행하는 게 얼마나 힘든지 토로했다. 나는 글로리아 스타이넘의 말을 들려주었다. 스타이넘은 페미니스트 활동가이자 《미즈 매거진》의 설립자다.

"나는 남자들이 어떻게 일과 가정생활을 양립할 수 있는지 조언을 구하는 것을 본 적이 없다."

우리는 와르르 웃음을 터트렸다. 그러곤 다음 순간 그 말이 너무도 사실이라는 생각에 한동안 숙연해졌다.

트레이시가 입을 열었다. "그래서 난 '그럴 시간이 없어.'라는 생각이 내 삶의 많은 부분을 한정 지은 것 같아. 누가 지금보다 1분이라도 더 시간을 잡아먹는 일을 제안하면 저절로 그 말이 튀어나오거든. 레슬리가 너랑 했다던 돈과 투자에 관한 얘기를 들려줬을 때도 제일 먼저 생각난 게 그거였어. 하지만 요즘엔 내 삶이라는 게 주변에 끌려다니기만 하는 것 같아서 큰 변화가 필요하다는 걸 실감하고 있어. 오늘 여기 온 것도 그래서야."

익숙한 질문―"종잣돈이 얼마나 필요하지?"

트레이시의 '이유'는 이미 명백해 보였다. 우리는 짧은 시간 동안 많은 이야기를 나눴다. 그때 트레이시가 아주 익숙한 질문을 던졌다. "하지만 투자를 하려면 종잣돈이 필요하지 않아? 돈을 벌려면 돈이 있어야 하는 거 아니었니?"

나는 빙긋 웃었다. "재니스도 불러와야겠네. 지난번에 재니스도 똑같은 질문을 했거든. 하지만 시간이 없어서 그냥 넘어갔었어."

트레이시가 말했다. "이런 말하기가 좀 부끄럽긴 한데, 이미 별별 걸 다 말한 사이에 괜찮겠지. 남편이랑 나는 지금까지 모아 둔 게 별로 없어. 401(k)랑 뮤추얼펀드 조금, 애들 대학 등록금으로 조금 모아 둔 거뿐이야. 그 외엔 버는 족족 나가 버리거든. 어떤 때는 마이너스이기도 하고."

"내 말이 위안이 될지는 모르겠는데 나도 비슷한 처지야, 트레이시." 레슬리도 고백했다.

"그럼 돈이 있어야 돈을 벌 수 있는 게 아닌 거야?" 트레이시가 재차 물었다.

"일단 이렇게만 말할게. 시간이 없어서 재니스한테는 말하지 못했는데, 투자를 시작했을 때 내가 갖고 있던 가장 큰 이점은 돈이 없다는 거였어."

두 친구는 나를 멍하니 쳐다봤다.

"그게 어떻게 가능해?" 레슬리가 물었다. "나도 트레이시랑 같은 생각이야. 투자를 하려면 일단 종잣돈이 있어야 할 것 같은데."

"하지만 투자 대상을 찾아내기 전에 과연 돈이 필요할까?" 내가 대꾸했다.

"무슨 뜻인지 모르겠어." 트레이시가 말했다.

"'나한테 돈이 생기면 이런저런 걸 해야지.'라든가 '시간이 생기면 무엇무엇을 해야지.' 같은 말 들어 본 적 있지? 아주 익숙하지 않아?"

"그래, 그런 말은 나도 자주 해. 특히 시간이랑 관련된 두 번째 거. 그런데?" 트레이시가 물었다.

"그런데 그런 시간이 언제 생기기는 해?" 내가 캐물었다.

트레이시는 잠깐 생각해 보는 듯 하더니 이내 대답했다. "그런 적은 거의 없지."

레슬리가 끼어들었다. "나는 '돈이 좀 생기면' 같은 말 자주 해. 그런데 그거 아니? 막상 돈이 생기고 나면 이상하게 전에 생각하던 건 안 하게 되더라. 그 이유가 뭐게? 새로 생긴 돈은 늘 다른 데 쓰이거든. 마치 그런 말을 입 밖에 내고 나면 그럴 일이 없어지는 것처럼 말이야."

"내 말이 그 말이야." 내가 말했다. "돈이 생기면 바로 이런저런 걸 해야지.'라고 말하는 사람들은 막상 돈이 생기면 안 할걸. '돈이 생기면'이라는 말은 그냥 지금 안 하는 걸 정당화하기 위한 것뿐이니까. 아무엇도 안 하는 데 대한 아주 좋은 핑계지."

"그럼 투자를 시작할 돈이 없으면 어떻게 해야 해?" 트레이시가 답답한 듯이 물었다.

"내가 이야기 하나 해 줄게. 돈이 있어야 투자를 할 수 있다고 생각했던 내가 생각을 바꾸게 된 얘기야."

트레이시와 레슬리가 고개를 끄덕였다.

"우린 돈이 없어."란 말의 함정

"로버트와 함께 오리건에 살면서 투자를 시작했을 때 우리한텐 모아둔 돈이 없었어. 사실은 그냥 돈이 없었지. 매달 먹고사는 것만도 빠듯했으니까. 그러다 호주에 5주 동안 출장갔다 돌아온 날이었어. 문자 그대로 현관문에 들어서자마자, 아직 짐가방을 내려놓지도 않았는데 전화기가 울렸지. 우리랑 일하는 부동산 중개인이었어. 방금 12세대짜리 아파트 건물을 매매 명단에 올려놨는데 딱 한 시간 동안 미리 둘러볼 수 있다는 거야. 우리한테 제일 먼저 전화를 걸었다더라. 한 시간 내에 우리가 대답하지 않으면 다른 투자자한테 연락할 거라고 했어. 24시간 동안 비행기를 타고 온 터라 피곤해 죽을 것 같은데, 로버트가 말했지. '내가 가서 보고 올게.' 차에 올라타는 그이를 기겁해서 뒤따라가며 외친 게 생각 나. '사면 안 돼!' 그때 우리 재정 사정이 정말 형편 없었거든.

하지만 당연하게도, 로버트는 잔뜩 들떠서 돌아왔지. 그 사람이 웃

으면서 제일 먼저 한 말이 뭔지 알아? '그거 샀어.'

놀라서 턱이 빠지는 줄 알았어. '뭐라고? 우리 돈도 없는데?' 큰 소리가 절로 나왔지.

'돈이 안 구해지면 안 사면 돼.' 그가 말했어. '하지만 일단 돈을 구할 방법을 궁리해 보자. 계약서엔 서명했고, 판매자도 조건을 받아들였어. 2주 동안 건물과 여러 재정 조건을 검토해 본 다음 결과가 마음에 안 들면 계약을 파기해도 된다는 조건을 걸어 놨거든. 그러니까 돈을 2주 내로만 구하면 된다는 얘기지.'

솔직히 말해, 걱정스러웠다는 말로도 부족했지.

중개인한테서 건물의 재정 관리 상태에 대한 정보를 얻었어. 그런 다음 캐나다에 있는 친구 드류에게 전화를 걸었지. 그 사람은 크게 성공한 부동산 투자가야. 그가 관심이 있다길래 숫자 정보를 팩스로 보냈어. 그 건물을 사려면 5만 달러를 선불로 납입해야 했고 매매가는 33만 달러였지. 드류한테 팩스를 보내고 한 시간이 지나자 전화가 왔어. '이거 정말 마음에 드는데. 진짜 괜찮은 거래야. 내가 50퍼센트 투자할게.' 그러니까 드류가 2만 5000달러를 투자하는 대신 건물에 대한 소유권을 우리랑 절반씩 나눠 갖겠다는 거였지. 이젠 2만 5000달러만 해결하면 됐어.

'잘 됐군!' 로버트가 말했지. '자세한 건 내일 알려 줄게.'

드류의 전화를 받았을 때 우린 운전 중이었어. 드류가 '투자할게.'라고 말한 순간 온몸이 짜릿해지는 느낌이었지. 나는 로버트를 쳐다보며

말했어. '평생을 부동산 투자에 바친 드류가 진짜 괜찮은 거래라고 생각한다면 진짜 좋은 게 틀림없어.'

로버트도 같은 생각이었지.

내가 씨익 웃으면서 말했어. '그럼 우리끼리 해 보자. 우리가 100퍼센트 다 갖는 거야!'

로버트가 갑자기 브레이크를 밟더니 갓길에 차를 세웠어. '내 말 들어 봐.' 그가 다급하게 말했어. '드류가 절반을 내겠다고 했으니 우린 2만 5000달러만 마련하면 돼. 하지만 만약 우리 돈으로만 이 건물을 살 거라면 원점으로 돌아가는 거야.' 침묵이 흘렀어. 하지만 우리 둘다 머릿속은 아주 시끄러웠지. 우린 시선을 마주쳤어. 로버트가 말했지. '좋아, 해 보자.'

아마 많은 사람들이 우리가 멍청한 짓을 한다고 생각했을 거야. 실은 우리도 그랬거든. 결과가 확실한 좋은 제안을 거절하고 어쩌면 땡전 한 푼 못 건질 일을 하기로 했으니까. 대박 아니면 쪽박이었지.

우린 다시 처음으로 돌아가 5만 달러를 구할 방법을 찾기 시작했어. 은행을 돌아다녔는데 가는 족족 퇴짜를 맞았지. 아는 사람들을 찾아가서 합리적인 이자율로 돈을 빌릴 수 있는지도 알아봤지만 몽땅 허탕을 쳤어. 그다음엔 우리 가계부를 탈탈 털어서 약간이나마 돈을 마련했지. 그때 운영하던 사업체도 샅샅이 검토해서 기한 내에 약간의 매출을 낼 수 있는 새로운 아이디어를 생각해 냈어. 그렇게 여기저기서 긁어모은 돈이 2만 5,000달러였어. 나는 생각했지. '드류가 하겠다고 말

'한 데까지는 왔네.'

우린 멈추지 않았어. 계약 날까지 겨우 사흘이 남은 시점이었어. 마지막 희망을 품고 우리가 거래하던 은행을 찾아갔어. 그때까지 거긴 일부러 빼놓고 있었거든. 당시 우리 사업 계좌에 들어 있던 돈이 겨우 3,500달러여서 은행에서 우리 대출 요청을 받아 주지 않을 것 같았으니까.

> '돈이 생기면 바로 이런저런 걸 해야지.'라고 말하는 사람들은 막상 돈이 생기면 안 할 걸. '돈이 생기면'이라는 말은 그냥 지금 안 하는 걸 정당화하기 위한 것뿐이니까. 아무것도 안 하는 데 대한 아주 좋은 핑계지.

로버트와 나는 은행에 찾아가 지점장인 제임스와 얘기를 나누고 싶다고 말했어. 전에도 몇 번 제임스를 만난 적이 있었거든. 작은 은행이었고, 그 사람도 우리처럼 이 동네 신참이었으니까. 우린 그와 책상을 사이에 두고 마주 보고 앉았어. 이 부동산 투자에 대한 이야기를 했지. 건물과 관련된 재정과 수익 정보를 보여 주고 여기서 나오는 현금흐름으로 대출금을 갚을 거라고 설명했어. 제임스는 조용히 우리를 응시하더니 입을 열었어. '이렇게 찾아오시다니 두 분 모두 배짱이 두둑하시군요. 첫째, 전 두 분이 우리 은행에 예치금을 얼마나 갖고 계신지 압니다. 둘째로 두 분은 우리 은행의 고객이 되신 지 두 달밖에 안 됐죠.' 나쁜 뉴스를 들을 거라는 예감이 들었지.

제임스가 말을 이었어. '만약에 제가 잠깐이라도 이 대출 요청을 고려한다면, 물론 그럴 확률은 매우 낮지만, 절차의 첫 번째 단계는 두

분이 이 서류에 서명을 하는 겁니다. 그러니 적어도 그렇게 하시는 게 어떨까요?'

우린 제임스가 최선을 다해 우리가 거절당하는 민망함을 줄여 주려고 그렇게 말하는 줄 알았지.

우리는 서류에 서명을 한 다음 그에게 돌려줬어. 그는 서류를 받아 파일에 끼워 넣었지. 그런 다음 우리를 쳐다보며 얼굴 가득 미소를 지었어. '축하합니다. 방금 원하시는 대출을 받으셨습니다.'

우린 깜짝 놀랐어. '정말이요? 우리한테 돈을 빌려 주시겠다고요?' 내가 물었어.

'말씀하시는 걸 들으니 충분히 좋은 투자 같았습니다.' 제임스가 말했어. '게다가 두 분을 몇 번밖에 안 뵀긴 하지만 사업을 얼마나 열심히 운영하시는지도 알고요. 그러니 이 새로운 투자에도 성심을 다하실 것이라 믿습니다. 행운을 빕니다.'

우린 어안이 벙벙한 채 은행에서 걸어 나와 중개인에게 전화를 걸어 계약을 진행했지. 이제 건물은 100퍼센트 전부 우리 거였어.

사실 그 은행 지점장은 우리한테 대출을 해 줄 이유가 전혀 없었어. 그 사람이 우리한테 기회를 줄 거라는 걸 누가 알았겠니? 때로는 정말 전혀 예상치도 못한 곳에서 돈이 나오기도 해. 진짜 마법이 일어나는 거야. 하지만 제일 중요한 건, 우리가 애초에 그 부동산에 대해 상세히 알아보고 가계약을 맺지 않았다면 자금을 마련하지도, 그걸 사지 못했을 거라는 거야." 나는 그렇게 이야기를 마무리 지었다.

돈이 없어도 괜찮아

"이제까지 내가 생각했던 거랑은 반대로 말하는구나." 레슬리가 말했다. "투자에 필요한 돈을 먼저 마련하는 게 아니라 투자할 대상을 먼저 찾으라는 말이잖아. 맞지?"

"그래. 바로 그거야." 내가 대답했다. "보통 사람들은 '돈을 먼저 구한 다음 투자를 하라.'고 말하지. 하지만 나는 '투자할 대상을 먼저 찾은 다음 돈을 구하라.'고 배웠어."

"계속 말해 봐." 레슬리가 재촉했다.

"간단한 얘기야. 먼저 네가 투자하고 싶은 걸 찾아. 네가 진짜로 투자를 할 거라는 걸 현실적으로 실감하고 기대감을 만끽하는 거야. 예를 들어 방 세 개에 욕실 두 개짜리 임대 부동산이 있다면 직접 찾아가서 살펴봐. 손으로 만져 보기도 하고 집 안에 들어가서 둘러보기도 하고. 현금흐름이 얼마나 나올지 계산도 해 봐. 그럼 이게 더 이상 단순한 머릿속 생각이나 이론에서 끝나는 게 아니라 진짜 현실처럼 느껴질 거야. 그럼 그때부터 마음가짐이 달라져. 사람이 자금을 마련할 방법을 궁리할 때 얼마나 창의적이 될 수 있는지 알면 놀랄걸. 비즈니스 투자든 다른 투자든, 가슴이 설레는 건 똑같아. 개인적으로 내가 제일 좋아하는 건 그 투자로 인해 내 주머니에 들어올 현금흐름이지만."

"그러니까 투자 자금이 아니라 투자할 대상부터 찾으라는 거지?" 레슬리가 거듭 확인했다. "그럼 지금 즉시 투자를 시작해도 된다는 거네. 사실 난 투자할 돈을 마련할 일이 제일 갑갑했거든. 일을 더 열심히 하는 것 말고는 방법이 없을 거 같았어. 하지만 그러다 보니 생각하는 것만으로도 피곤해져서 투자할 것을 찾아다니질 못하겠더라."

이번엔 트레이시가 끼어들었다. "그럼 좋은 투자물을 찾아내면 신기하게 돈 생길 구멍이 생긴다는 거야?"

"가만히 앉아서 아무것도 안하고 있으면 당연히 그런 일은 일어나지 않아." 내가 대답했다. "열심히 뛰어다니고 자구책을 찾아야지. 적극적으로 방법을 강구해야 해. 일단 특정한 투자물을 발견하고 나면 두 가지 이점이 생겨. 첫 번째는 이제 실물이 있기 때문에 다른 사람과 대화를 하거나 대출 기관이나 잠재 투자자에게 보여 줄 수 있다는 거야. 둘째는 정해진 기한 내로 필요한 자금의 일부나 전부를 마련해야 한다는 거지. 일단 마감 시한이 정해지면 더는 '나중에 해야지.' 하고 미룰 수가 없잖아. 지금 즉시 행동해야 하지. 더 많은 사람들, 더 많은 잠재 투자자와 대출 기관과 대화를 나눌수록 더 많은 에너지가 생성되고, 그렇게 만들어지는 에너지가 많을수록 더 많은 기회가 열릴 거야. 에너지는 더 많은 에너지를 끌어들여. 그러면 마법이 일어나지. 은행 지점장이 우리에게 대출을 해 줬을 때처럼 말이야."

레슬리가 물었다. "항상 돈을 구할 수 있었니? 자금을 마련하지 못한 적은 없었어?"

"물론 항상 가능하다는 보장은 없어. 하지만 그렇게 하면 적어도 실제 게임에 참여할 수는 있으니까 시도를 해 보는 거지. 아니면 '난 돈이 없어. 그럴 여력이 안 돼!'라고 지레 겁을 먹고 포기할 수도 있겠지.

일단 투자할 것부터 정해놓고 돈을 구하러 다니면 원하는 투자물을 손에 넣을 확률은 50에서 100퍼센트야. 하지만 나는 할 수 없다고 미리 결론을 내려놓으면 확률은 0이지."

돈이 없다는 건 장점?

트레이시가 물었다. "투자 대상부터 먼저 찾으라는 건 이해가 돼. 그렇지만 돈이 없는 게 어떻게 장점이 될 수 있는지는 아직도 잘 모르겠어. 너도 돈을 마련하려고 고생을 많이 한 것 같은데."

"좋은 지적이야." 내가 대답했다. "고생을 많이 했지. 다음번에도, 또 그 다음번에도. 사실 투자를 할 때마다 항상 필요한 자금을 구하려고 뛰어다녀야 했어. 처음 투자를 시작했을 땐 수중에 돈이 없어서였고, 지금은 가진 돈을 전부 투자에 쓰고 있어서 현금이 부족해서지."

"그러니까 돈이 없는 게 장점이라는 말의 의미가…." 트레이시가 옆에서 다그쳤다.

"그래야 더 절실하게 고민하게 되니까. 더 창의적이 되지. 난 이제 투자에 필요한 돈을 마련할 수 있는 전략을 단순히 지금 있는 돈을 사용하는 것을 넘어 수백 수천 가지는 알고 있어. 그중에서 가장 중요한 건 더는 돈이 없다는 이유로 좋은 투자를 포기하겠다는 변명을 할 수가 없다는 거야. 사람이 어쩔 수 없는 상황에 몰리면 얼마나 많은 걸 할 수 있는지 알면 놀랄 거야." 나는 말했다.

"로버트의 부자 아빠가 가르쳐 준 가장 훌륭한 교훈 중 하나는 절대로 '그걸 살 여유가 없다.'는 말을 해서는 안 된다는 거야. '할 수 없다.' 는 말을 하는 순간 우리의 마음이 그대로 닫히고 마니까. 부자 아빠 는 대신에 이렇게 물으라고 했어. '어떻게 그럴 여유를 마련할 수 있을까?' 자신에게 이렇게 물으면 마음이 열리고 대답을 궁리하게 돼."

자금을 마련하는 법

사람들은 대부분 돈을 빌리거나 자금을 마련해야 할 때 시중 은행을 찾아간다. 첫 번째 은행에서 대출이 거절되면 그들은 체념하며 "난 대출을 받을 수가 없어."라고 말한다. 또 다시 '난 할 수 없어!'가 등장하는 것이다. 하지만 그들은 제시한 자산 또는 비즈니스와 관련해 은행 규정상 대출이 불가할지도 모른다는 사실을 간과하고 있다. 수많은 은행들이 각자 다양한 종류의 투자에 자금을 대출해 준다. 뿐만 아니라 전통적인 은행 융자 외에도 투자 자금을 마련할 수 있는 방법에는 여러 가지가 있다. 투자 경험이 늘수록 자금을 마련할 다양한 방법을 깨우치게 될 것이다.

◆ **판매자 융자**: 임대 부동산을 거래할 때, 집을 판매하는 사람이 은행 역할을 하는 것. 대출액, 이자율, 융자 기간 등을 명시한 융자 계약을 판매자와 체결한다.

◆ **현금흐름을 이용한 자금 조달**: 예를 들어 사업체를 매입한 다음 판매자와 대출 업체, 또는 투자자에게 해당 사업에서 창출되는 현금흐름으로 부채를 갚는다는 계약을 체결한다.

◆ **금융 대출**: 여러 종류의 금융 대출 기관을 이용할 수 있다. 여기서는 담보 대출 중개인 또는 비즈니스 중개인이 중요한 역할을 할 수도 있는데, 이런 중개인은 대출 기관이 어떤 종류의 투자에 융자금을 빌려 주는지 잘 알고 있기 때문이다. 중개인 수수료는 대출 기관이 지불한다.

◆ **대출 승계**: 부동산을 거래할 때 때로는 자산에 대출이 걸려 있을 수 있다. 그럴 때는 대출 자격을 새로 갖출 필요 없이 기존 대출을 그대로 '승계'하면 된다. 기존의 대출 조건이 그대로 승계되며, 금리, 융자 기간, 기타 조건 등이 모두 포함된다.

◆ **다른 투자가**: 세상에는 자금은 있으나 투자 대상을 탐색하고 관리할 관심이나 시간, 전문 지식이 부족한 사람들이 있다. 부동산, 사업, 세금 선취 특권 증서, 귀금속 등 당신의 투자 대상이 높은 투자 수익률을 올릴 수 있다면 개인 투자가가 당신에게 자금을 대줄 수도 있다.

◆ **가족 및 친구**: 가족이나 친구에게 공동 투자를 권할 수도 있다. 당신이 시간과 노력을 투자하는 대신 그들이 자금을 투자하는 것이다. 가족이나 친구에게 자금 조달을 제안할 때에는 두 가지 점에 유의해야 한다.
① 친구나 가족을 사랑하는 사람이나 당신을 도와줄 사람이 아니라 진지한 투자가로 취급하라. 투자가가 될 생각이라면 어떤 상황에서든 프로 의식을 가져야 한다. 공동 투자가에게 투자금을 어떻게 돌려받고 얼마나 높은 수익을 올릴 수 있을지 입증하라. 계약서를 체결하는 것도 잊지 마라.
② 가족과 친구는 친밀하고 감정적인 관계를 맺고 있는 이들이기 때문에 솔직히 이 방법은 별로 추천하지 않는다. 결과가 어떻게 될지 모르는 투자에 우정을 희생할 정도의 가치는 없다. 당신도 몇 달 전 사업 자금이 간절히 필요하다던 처남에게 돈을 빌려 준 매형이 급전이 필요해져 집안싸움이 일어나는 것을 본 적이 있을 것이다. 아무리 투자가 중요하다고는 해도 가족 내 분란을 일으킬 정도로 절박하지는 않다. 모든 투자는 각각의 독립적인 비즈니스로 취급하라. 사실이 그렇기 때문이다.

"돈은 항상 마련할 수 있어!"

나는 친구들에게 말했다. "바로 지난주에 나랑 일하는 중개인이 부동산 투자 건을 하나 들고 왔어. 조금 흥정을 한 끝에 내가 제시한 조건으로 합의를 봤지. 그 중개인은 내가 선수금을 지불하려고 세 가지 수단을 동원하는 걸 보고는 내가 돈을 마련하지 못할까 봐 불안해하더라. 거래가 종결된 날 나는 그 사람에게 말했어. '좋은 기회 주셔서 감사해요. 또 이런 투자 건이 생기면 연락 주세요. 내일 당장도 괜찮고요.' 그랬더니 그가 말했어. '내일요? 하지만 자금을 마련하실 수 있겠습니까? 이번 거래에 전부 쓰신 줄 알았는데요.'

그래서 나는 자신만만한 미소를 띠며 말했지. '좋은 투자를 할 돈은 항상 마련할 수 있답니다.'"

트레이시가 말했다. "그러니까 요점은 먼저 돈을 마련하는 데 초점을 맞추면 안 된다는 거구나. 그러면 시작을 하지 못할 테니까. 대신에 투자할 대상을 찾는 데 먼저 집중하라는 거지? 일단 투자 대상을 찾은 다음에 돈을 마련해야 한다는 거고. 마음에 든다."

"잘 이해했어." 내가 말했다. "그럼 이번엔 나랑 로버트가 아주, 아주 오랫동안 이용해 온 중요한 비법을 하나 알려 줄게. 지금 생활하는 방식에 큰 변화를 주지 않고도 날마다 돈을 모을 수 있는 방법이야. 하지만 그 전에 저기 치즈 좀 줘."

Chapter 13

돈에 대해 더 자세히 알아보기

"좋은 목표는 격렬한 운동과 같다. 최선을 다해 멀리 뻗게 만드니까."

— 메리 케이 애시(기업인)

"그래서, 그 비법이라는 게 뭐야?" 트레이시가 물었다.

"이야기를 하나 더 해 줄게." 내가 말했다. "로버트랑 내가 오리건으로 이사했을 때 모아 둔 돈도 없고 하루하루 버티기도 힘들었다고 말했었지?"

두 친구가 고개를 끄덕였다.

"그때 우린 깨달았어. 뭔가 변화를 만들지 않으면 평생 이렇게 곤궁하게 살게 될 거라는 걸 말이야. 가진 건 없어도 어떻게든 경제적으로 나아지려면 지금 당장 미래를 향해 나아가는 수밖에 없었지."

"그래서 어떻게 했어?" 레슬리가 물었다.

"가장 먼저 경리를 고용했어." 내가 말했다.

"왜?" 레슬리가 의아한 듯 물었다. "돈이 없었다며. 돈이 없는데 경리는 왜 필요한데?"

"돈 문제에서 스스로 속이는 게 얼마나 쉬운지 알지?" 내가 말했다. "그때 난 이상하게도 때가 되면 돈 문제가 없어질 거라고 믿었어. 워낙 낙천주의기도 했고, 우리가 처한 재정적 상황을 정면으로 직시하고 싶지 않았던 거지. '생각하지 않으면 없는 거'라고 여긴 거야."

레슬리가 웃음을 터트렸다. "어쩜 사람 마음을 그렇게 잘 아니! 나랑 똑같아."

"현실을 직시하는 것보다 그게 더 쉬우니까." 내가 응수했다. "그래서 내가 할 수 있는 일 중에 제일 힘들었던 게 경리를 고용해 한 달에 두 번씩 만나는 거였어. 베티는 2주마다 와서 우리가 재정적으로 얼마나 암울한 상황에 있는지 보라고 눈앞에 억지로 들이댔지. 엄마가 콩을 다 먹지 않으면 식탁에서 못 일어나게 하는 것처럼 말이야. 베티는 우리가 모든 청구서와 돈 문제를 꼼꼼히 해결하지 않으면 회의실에서 나가지도 못하게 했어. 정말 즐겁지 않은 일이었어. 진저리가 날 정도였지."

"이 이야기에 좋은 점도 있는 거지?" 트레이시가 놀리듯이 물었다.

나는 웃었다. "좋은 점은 어쨌든 우리의 재정 상황을 정확히 알 수 있었다는 거야. 그걸 보고 나니까 더는 모든 게 괜찮다느니 어떻게든 잘 될 거라니 할 수가 없더라. 우리가 얼마나 벌고 또 얼마나 쓰고 있는지 실감할 수 있었거든. 일단 상황을 객관적으로 파악하고 나자 우리의 목표는 무엇이고 또 어떻게 그것을 이룰 수 있을지 현실적으로 고민할 수 있었지."

나는 이야기를 계속했다. "베티를 고용하기 전까지 난 모래 바닥에 머리를 박고 있는 타조하고 똑같았어. 레스토랑에 전화를 걸어서 '거기 어떻게 가나요?'라고 다짜고짜 물을 뿐, 지금 내가 어디 있는지는 말해 주지 않는 것과도 같았지. 내가 지금 어디 있는지 모른다면 레스토랑 직원이 어떻게 거기까지 가는 방법을 알려 줄 수 있겠어?

그러니까 네가 재정적으로 가고 싶은 곳을 알고 싶다면 지금 어디에 있는지부터 알아야 하는 거야."

3개의 계좌로 나누기

"2주마다 베티와 만나기 시작했을 때, 로버트와 내가 가장 먼저 깨달은 건 우리가 미래를 위한 돈을 전혀 모으고 있지 않다는 거였어. 버는 족족 생활비로 나가고 있었거든. 음, 가능할 때 말이야. 그래서 가장 먼저 '스스로에게 돈을 지불'하고 그런 다음 채권자에게 돈을 갚기로 결심했지. '나 자신에게 먼저 지불한다.'는 말이 클리셰에 가깝고 어떤 사람들에게는 전혀 다른 뜻으로 들릴 수 있다는 거 알아. 하지만 우리한텐 이런 뜻이었어.

우리 계획은 간단했어. '가계에 수입이 들어올 때마다 무조건 30퍼센트를 먼저 우리가 가져간다.' 그러니까 100달러 수입이 생기면 우리가 그중 30달러를 먼저 떼 가는 거야. 1달러가 들어오면 30센트를 가져가고.

그런 다음 그 돈을 세 개의 계좌에 나눠 넣었지.

1. 투자 계좌(10퍼센트)
2. 저축 계좌(10퍼센트)
3. 기부 또는 십일조 계좌(10퍼센트)

이렇게 30퍼센트를 '먼저' 가져간 '다음' 남은 돈으로 생활비를 쓰고 청구서를 지불했어. 나 자신에게 먼저 지불한다는 건 그 30퍼센트를 미래를 준비하는 데 사용한다는 의미야.

여기서 제일 중요한 건 꾸준히 실천하는 거야. '이번 달엔 건너뛰는 대신 다음 달에 두 배로 넣어야지.'라고 생각하면 안 돼. 그랬다간 결국 다음 달에도 실패할 공산이 크거든. 이 과정에서 가장 중요한 부분은 네가 버는 모든 수입에 있어 '스스로를 통제하고' 약속을 지키는 거야. 매달 돈을 얼마나 많이 모으느냐가 중요한 게 아니라 수중에 돈이 들어올 때마다 이런 자제력 있는 행동을 반복하고 또 반복하는 '습관'을 들이는 게 중요해. 한번 습관이 들면 나중에는 몸에 배어서 저절로 그렇게 행동하게 되거든.

비율은 다르게 설정해도 괜찮아. 우리가 30퍼센트를 선택한 건 그게 당시 우리의 경제 사정을 감안할 때 약간 무리를 하는 정도였기 때문이야. 이보다 적은 액수로 하더라도 상관없어. 다만 너무 쉬운 길을 가려고 하지는 말라고 하고 싶다. 거기엔 두 가지 이유가 있어.

첫 번째는 비율을 너무 적게 설정하면 실질적인 결과가 나타나는 데 너무 오래 걸릴 거야. 그리고 두 번째는 빠른 시일 내에 결과를 눈으로 볼 수 있지 않으면 쉽게 흥미를 잃고 습관을 그만둘 거라는 거지. 나도 이게 가계에 퍽 부담이 되고 나중에 보람을 느끼려면 어느 정도 희생을 해야 한다는 걸 알아. 창의성을 발휘해야 하지. 하지만 이런 식으로 계좌에 돈이 얼마나 빨리 쌓일 수 있는지를 보면 깜짝 놀랄걸.

우리가 깨달은 건 이 30퍼센트가 곧 우리의 미래라는 거야. 지금 당장 재정적으로 미래를 준비하지 않으면 우리한텐 미래가 아예 없을 테니까."

트레이시가 물었다. "하지만 안 그래도 빠듯하게 살았다면서 어떻게 그럴 수가 있었니?"

나는 웃기 시작했다. "우리 경리인 베티도 정확하게 그렇게 물었어! 그래서 이런 대화를 나눴지.

'베티, 앞으로는 수입이 들어오면 그중 30퍼센트를 무조건 따로 떼어 놓고 싶어요. 그 돈은 곧장 은행 계좌 세 개로 들어갈 거고, 나중에 투자와 기부를 할 때 사용할 거예요. 저축 계좌는 만약의 사태를 위한 비상금이고요.'

베티가 말했어. '그럴 순 없어요! 회사도 있고 생활도 해야 하잖아

요. 그걸 어떻게 할 건데요?'

내가 말했어. '채권자들에게는 매달 어느 정도 돈을 갚을 거예요. 가끔은 그들이 요구하는 것보다 적겠지만요. 필요하다면 따로 전화를 걸어서 채무는 반드시 갚겠지만 기한을 조금 늘려 달라고 부탁해야죠.'

베티가 말했어. '더 나은 생각이 있어요. 일단 돈부터 갚은 다음에 남는 돈을 챙기는 거 어때요?'

내가 말했어. '사람들은 늘 그렇게 말하는데, 문제는 그렇게 하고 나면 아무것도 안 남는다는 거죠. 우리가 말한 대로 하도록 해요. 채권자들은 내가 상대할 테니.'"

"채권자들이 너를 들들 볶진 않았어?" 레슬리가 물었다.

"아, 좋은 질문이야." 내가 대답했다. "돈을 갚지 않는 건 개인적으로 절대로 추천하지 않아. 지금 미국에는 점점 더 많은 사람들이 파산하고 있고, 그중 많은 사람들이 자기가 빚진 돈이나 재정적 책임에서 벗어나고 싶어 하지. 난 그런 사람들을 편드는 게 아냐. 내야 할 돈은 당연히 다 내야 해. 우린 채권자들에게 꾸준히 연락하고 대화를 나누며 채무는 언젠가 반드시 다 갚겠다고 약속했어.

내가 하고 싶은 말은, 어쨌든 재정 문제를 다루는 방법은 한 가지 이상이라는 거야. 최대한 창의성을 발휘해야 해. 가능한 선택지를 전부 둘러보고, 새로운 옵션을 개발해야 해. 이렇게 자문해 봐. '나 자신에게 먼저 지불하는 전략을 실천하려면 어떻게 해야 할까? 무엇을 다르게 해야 할까?' 다시 말하지만, 이건 여윳돈을 모으는 게 아니야. 나의 재정적 미래를 지금부터 쌓아 나가는 거지. 이렇게 하면, 내가 장담하는데, 예상한 것보다 훨씬 빨리 돈이 불어날 거야."

"세 가지 계좌에 대해 더 자세히 설명해 봐." 레슬리가 채근했다.

나는 종이에 세 개의 상자를 그렸다.

투자	기부	저축

"먼저 투자를 해야 하기 때문에 투자 계좌를 만들었어. 그런 다음엔 (우린 뭔가를 받기 위해서는 가진 것을 남들과 나눠야 한다고 믿는 사람들이라) 기부 또는 자선 계좌를 만들었지. 세 번째는 비상 상황이나 특별한 일에 대비한 일반적인 저축 계좌야."

"'나 자신에게 먼저 지불하라.'는 건 나한테 새 신발이나 타히티 여행을 선물하는 게 아니라 미래를 위해 재정적으로 대비하라는 뜻이구나." 레슬리가 생각에 잠겨 말했다.

"그래, 바로 그 뜻이야." 내가 대답했다. "아주 좋은 점을 지적해 줬어. 많은 사람들이 그게 뭔지 정확히 이해하지 못해서 열심히 모은 돈을 자기 자신을 위한 '선물' 같은 것에 써 버리곤 하거든. 그렇게 다시 원점으로 돌아가 버리지. 사실 내가 첫 임대 부동산(방 두 개, 욕실 하나짜리 작은 집 말이야.)을 구입했을 때 지불한 5,000달러도 이 투자 계좌에서 나온 돈이었어."

"수입의 30퍼센트를 무조건 따로 떼어 두고 나머지 70퍼센트로만 살아야 한다니 상상이 안 돼." 레슬리가 탄식했다.

"그게 쉬운 일이라면 모두가 그렇게 했겠지." 내가 대답했다. "창의성을 발휘해야 해. 어떻게 그렇게 할 수 있을지 최선을 다해 고민해야지. 하지만 이렇게 생각해 봐. 작년에 네가 얼마나 벌었는지 대충 계산해 봐. 했어?"

"응." 레슬리가 대답했다.

"1년 전부터 그 돈의 30퍼센트를 따로 떼어 모아 놨다면 지금 네 은행 계좌에 돈이 얼마나 있을지 상상해 봐."

레슬리의 얼굴에 미소가 떠올랐다.

"포기해야 하는 게 아니라 얻을 수 있는 것에 대해 생각해야 해." 레슬리가 의아한 표정을 지었다. "포기해야 하는 거?" 그녀가 물었다.

"그래." 나는 씨익 웃었다. "포기해야 하는 거. 그러니까 네가 이제까지 해 온 방식 말이야. 평생 그렇게 해 왔으면서 알아차리지 못했던 것들, 너를 앞서가지 못하게 만들었던 것들 말이지."

"무슨 뜻인지 알겠어." 레슬리가 빙그레 웃었다.

"그거 지금도 하고 있니? 아직도 총수입의 30퍼센트를 따로 떼어 놓고 있어?" 트레이시가 물었다.

"그래. 다만 지금은 30퍼센트보다도 많아. 유일하게 달라진 게 있다면 우리가 모은 돈을 가장 먼저, 그리고 가장 많이 사용하는 분야가 투자라는 거지."

우리 셋은 그 뒤로도 계속해서 이야기를 나눴다. 우리는 레슬리가 고른 식당을 충만하게 만끽했다. 레슬리가 챙겨 온 맛좋은 음식이야 말할 필요도 없다. 우리는 부스러기 하나까지 탈탈 털었다. 그렇게 느긋한 시간을 보내고 있는데 레슬리의 휴대전화가 울렸다.

연습 활동

1) 지난 12개월의 총가계 소득은 얼마인가?　＿＿＿＿＿＿＿＿

   만일 지난 12개월 동안 총소득의 30퍼센트를

   따로 모아 두었다면 현재 그 금액은 얼마나 될까?

   12개월 소득 × 0.3 =　＿＿＿＿＿＿＿＿

2) 현재의 총가계 소득은 얼마인가?　＿＿＿＿＿＿＿＿

   월 소득에 12를 곱해 향후 연

   가계 소득을 계산해 보라.　＿＿＿＿＿＿＿＿

   더불어 기대할 수 있는 추가 소득은 얼마인가?

   (예: 세금 환급, 증여, 투자, 추가 근로 소득 등)

   총가계 소득　＿＿＿＿＿＿＿＿

   만일 다음 12개월 동안 총가계 소득의 30퍼센트를 따로 모은다면 '나 자신에게 지불하기' 위해 얼마나 모을 수 있을까?

   총가계 소득 × 0.3 =　＿＿＿＿＿＿＿＿

Chapter 14

"내 배우자는 관심이 없어!"

"권력이란 다른 사람을 기쁘게 할 필요가 없는 능력이다."

— 엘리자베스 제인웨이(작가)

"여보세요!" 레슬리가 기운차게 전화를 받았다.

"여보세요, 레슬리? 나 팻이야." 상대방이 대답했다.

레슬리가 웃음을 터트렸다. "팻! 왠지 너일 거 같더라. 오늘 점심 모임에 참석해 줘서 정말 기뻐. 음식은 우리가 다 먹었지만. 잠깐만." 레슬리가 휴대전화를 스피커폰 모드로 바꿨다. "팻, 트레이시랑 킴한테도 인사해."

"안녕! 트레이시랑 만났다니 다행이다. 자, 그럼 이제까지 무슨 얘기를 했는지 빨리 말해 봐."

트레이시가 끼어들었다. "너도 왔으면 좋았을 텐데. 하지만 전화해서 다행이야. 킴이랑 레슬리한테 지난번 모임 이야기를 들었어. 레슬리랑 돈이랑 투자랑 재정 상태에 관한 얘기를 하다가 더 궁금해져서 여기도 왔지 뭐야. 유익한 대화였어. 너도 보고 싶다!"

"나도 가고 싶었는데." 팻이 대답했다. "여긴 골치 아픈 일이 좀 많았거든. 너희들이랑 만났으면 더 좋았을 걸."

팻이 말을 이었다. "그때 우리끼리 한 얘길 남편한테도 해 줬어. 우리 젊었을 때 이야기 말고 투자에 관한 거 말이야. 한데 그이는 별로 흥미가 없나 봐. '우린 지금 버는 돈으로도 충분해. 굳이 투자 같은 걸 해서 위험을 초래할 필요는 없지. 우린 괜찮을 거야.'라고 하잖아. 그렇게 대화를 끝내는 바람에 나도 더는 말을 못 꺼냈고. 배우자가 딱 잘라 관심이 없다는데 나 혼자 새로운 걸 시작하기가 쉽지는 않잖아. 특히 돈을 벌어 오는 건 그 사람인데 말이야. 어떻게 해야 할지 모르겠어."

우리는 입을 다물었다.

나는 속으로 생각했다. "백만 불짜리 질문이네. 나는 투자를 하고 싶은데 남편은 아니라면 어떻게 해야 하지? 어떻게 투자를 시작하지? 그 사람의 도움이 필요할까? 물론 배우자의 지지가 있다면 더 쉽긴 하겠지만. 공동 자금을 투자해도 되는지 어떻게 동의를 받지? 이건 단순히 투자 문제가 아냐. 부부 관계의 문제지. 그럼 완전히 다른 심리학 영역이잖아.' 온갖 생각들 때문에 머리가 어지러울 지경이었다.

고개를 들자, 레슬리와 트레이시가 나를 쳐다보고 있었다. 마치 '팻에게 뭐라고 말 좀 해 줄래? 얘한테 뭔가 말해 줘. 어떻게 해야 하는 거야?'라고 묻는 듯한 표정이었다.

하지만 뭐라고 해야 할지 알 수가 없었다. 나는 개인적으로 이런 상황을 경험해 본 적이 없었다. 내 경우에는 완전히 반대였다. 내 배우자는 항상 더 많이 배우고 더 많이 투자하라고 격려했다. 하지만 생각해 보면 전에도 아주 많은 여자들이 이와 비슷한 질문을 했었다. 그래서 나는 팻이 특이한 경우가 아님을 잘 알 수 있었다.

결국 내 입에서 나온 대답은 이것이었다. "팻, 그 질문엔 나도 대답해 줄 말이 없다. 짠하고 마법 같은 해결책이 있으면 좋겠는데, 이건 정말 어려운 질문인 것 같아. 단순히 돈과 관련된 문제가 아니라 너희 부부 사이와 연결된 문제잖아. 그러니 나도 조금 더 깊이 생각해 보고, 다른 사람들에게도 조언을 구해 본 다음 해답을 알게 되면 알려 줄게. 그래도 괜찮겠니?"

"그래 주면 정말 좋지." 팻이 대답했다. "고마워."

우리 네 사람은 수다를 떨었고, 모임은 러시아워가 되기 직전에야 파했다. 우리는 번갈아 포옹을 나눈 다음(팻은 전화상으로), 언제 다시 만날지는 모르지만 계속 연락하며 지내자고 말하며 헤어졌다.

배우자가 관심이 없으면 어떻게 해야 할까?

팻의 질문이 머릿속을 떠나지 않았다. 나는 투자에 관심이 있는 반면 배우자는 그렇지 않다면 어떻게 해야 할까?

이 문제와 관련해 내가 발견한 특성 하나는 대부분의 여자들이 삶에 변화를 만들거나 중요한 결정을 내릴 때 주변 사람들을 신중하게 고려한다는 것이다. 남자들보다 훨씬 자주, 많이 말이다. 아마도 이런 이유 때문에 많은 여자들이 투자를 시작할 때 이 질문을 떠올리는 것이리라. 여자는 일반적으로 중요한 결정을 내릴 때 주변 상황이나 사람을 고려하는 반면, 남자는 상대적으로 경쟁적이고 무엇이든 혼자 처리하겠다는 태도를 지니고 있다.

이 문제에 대해 한 친구가 매우 기발한 비유를 한 적이 있다. 그녀가 이렇게 물었다. "수영장 파티에서 애들을 유심히 관찰해 본 적 있어? 남자애들에게 수영장 가장자리에 나란히 서서 한꺼번에 물로 뛰어내리라고 하면 어떻게 하는지 아니? 다들 줄을 서긴 하는데, 한 명도 빠짐없이 다른 애들을 이기려고 하지. 잭은 물을 제일 많이 튀기려고 하고, 찰리는 제일 멀리 뛰려고 할 거야. 피트는 가장 멋진 배치기를 시도할 거고, 대니는 제일 오랫동안 잠수를 하려 들지.

하지만 여자애들에게 똑같은 걸 하라고 하면 어떻게 하게? 여자애들은 점잖게 나란히 서서 다 같이 손을 잡고 셋까지 센 다음 한꺼번에 뛰어들어."

나는 강한 경쟁심에는 불만이 없다. 나도 경쟁을 좋아하니까. 다만 내가 하고 싶은 말은, 여자들은 보통 가까운 이들의 생각과 감정, 그들에게 끼칠 영향을 남자들보다 더 중요하게 여기는 경향이 있다는 것이다. 그래서 자연스레 이런 질문이 도출될 수밖에 없다. "만일 내 배우자가 투자에 관심이 없으면 어떻게 하지?" 여자들은 자주 이런 고민을 한다.

나도 간간이 이런 질문을 듣곤 했다.(참고로 말해 두는데, 남자들도 때로는 이런 질문을 한다.) 하지만 거기에 대답을 해 주지는 못했다. 내 경우에는 로버트 같은 파트너가 있어 굉장히 다행이었다. 그는 내가 투자를 하는 것을 지지할 뿐만 아니라, 계속해서 배우고 더 큰 도전을 하도록 매우 강력하게(강조하지만 정말로 강력하게) 북돋는다. 그는 내가 할 수 있다고 여기는 수준의 한계를 넘어서도록 계속해서 다그친다. 그래서 나는 이런 경험을 직접 해 본 적은 없지만 많은 여성 또는 나아가 남성들마저도 이 같은 상황에 직면해 있다는 것을 알고 있다.

이런 딜레마를 겪고 있는 여자들이 선택할 수 있는 옵션은 네 가지다.

◆ 배우자와 한 팀이 되어 투자한다.

◆ 배우자의 응원을 받으며 혼자 투자한다.

◆ 배우자의 응원 없이 혼자 투자한다.

◆ 투자를 하지 않는다.

1. 배우자와 한 팀이 되어 투자한다

가장 이상적인 경우라고 할 수 있다. 흔한 속담처럼 백지장도 맞들면 낫다. 투자를 하려면 여러 종류의 재능이 필요하다. 좋은 투자를 찾아내는 것에서부터 계약 조건을 협상하고 자잘한 조항들도 꼼꼼히 살펴보아야 한다. 팀으로 일하는 커플은 종종 자신에게 있는지도 몰랐던 재능을 새로 발견하고 이를 투자 전략에 활용한다. 또한 계속해서 함께 배워 나가기 때문에 대화와 소통이 늘어난다. 이들은 중요한 결정을 함께 내리고, 공부하고, 배우고, 익히며, 나아가 더 많은 시간을 공유하게 될 것이다. 이는 대부분 투자를 성공적으로 이끄는 것은 물론 배우자와의 관계를 개선하는 데에도 큰 도움이 된다.

재스민이라는 여성이 내게 보낸 편지를 읽어 보자.

> 내 남편과 나는 스트레스를 받으며 회사의 노예처럼 사는 것보다 더 나은
> 방법이 있을 거라는 생각이 들었습니다. 함께 책을 읽기 시작했는데,
> 덕분에 큰 변화를 일구게 되었죠. 왜냐하면 우리의 관점(큰 그림)이 함께
> 확장되었기 때문입니다. 책을 읽고 토론하고 새로운 아이디어를 탐색하는
> 것은 우리 둘이 함께하는 재미있는 일이 되었고, 부동산 투자를 할 때
> 어떻게 서로의 역할을 나눌 것인지 결정하는 것도 그랬습니다. 나는
> 내 옆에서 지지해 주는 사람이 있다는 게 좋습니다. 반드시 필요한 건
> 아니지만 누군가가 옆에 있다는 걸 아는 것만으로도 기분이 좋아요.

2. 배우자의 응원을 받으며 혼자 투자한다

두 번째로 바람직한 옵션이다. 배우자나 파트너의 응원과 지지를 받을 수 있다면 고통스런 싸움을 할 필요가 없다. 그는 당신 옆에 있어 줄 것이고, 당신이 성공하길 바랄 것이다. 실제로 나는 여기서 시작한 많은 투자자들을 알고 있다. 남편이 "당신이 하도록 해. 난 옆에서 응

원은 해 주겠지만 적극적으로 동참하진 않겠어."라고 말하는 경우다.

여기서 흔히 볼 수 있는 결과는 일단 투자를 위한 과정을 시작하고 특히 돈이 주머니에 들어오기 시작하면 배우자도 이를 모른 척하기가 어려워진다는 것이다. 이제 그는 소극적인 구경꾼이 아니라 관심을 갖게 되고, 점점 더 투자에도 관여하게 된다. 언젠가 내가 강연 중에 투자에 관심이 없는 남편이나 파트너가 관심을 갖게 하려면 어떻게 하느냐고 묻자 한 여성이 이렇게 외친 적도 있다. "돈을 보여 줘!"

여기 부인은 투자에 관심이 없었던 남편이 보내 온 훌륭한 사례를 하나 소개한다. 이 사례를 소개하는 이유는 때때로 여자들은 남자들이 그들의 삶에 여자가 얼마나 큰 부분이 되어 주길 바라는지 잘 모르기 때문이다.

내가 투자를 시작했을 때, 아내는 옆에서 구경만 할 뿐이었습니다. 나는 종일 일을 했고 가끔은 부업을 뛰기도 했지요. 그러다 집에 와 끼니를 때우고 다시 생애 최초의 현금흐름 자산을 찾아 밖으로 나가곤 했죠. 수많은 거절을 거친 끝에 드디어 한 판매자로부터 승낙을 받아 냈고, 월 350달러의 현금흐름을 창출하는 부동산을 손에 넣을 수 있었습니다. 이 첫 거래를 하는 동안 정말 수천 번이라도 그만두고 싶었어요. 하지만 순전한 각오와 결단력이 나를 계속 나아가도록 떠밀었습니다. 언젠가 아내가 이 끝내주는 일에 나와 함께하리라는 것이 가장 큰 동기가 되어 주었지요. 그런 생활이 1년이나 계속되었습니다. 하루 종일 일하고 집에 돌아와 밤에는 자산을 관리하는 데 힘썼지요. 아내의 도움을 직접적으로 받을 수 있다면 큰 도움이 될 테지만 그걸로 귀찮게 굴지는 않았습니다.

그러다 언젠가부터 아내도 관심을 갖고 좋아하는 게 느껴지더군요. 내가 이 일에 얼마나 열심이고 얼마나 큰 희생을 치르고 있는지, 이 투자에 얼마나 큰 믿음을 갖고 있는지 보아 왔으니까요. 그리고 무엇보다 돈이 들어오는 걸 봤으니까요!

애 둘을 키우면서 40채 넘는 부동산을 관리하고 거기서 비롯된 문제를 처리하는 건 거의 미친 짓이었죠. 아내는 정말 최고였습니다. 어찌나 능력이 출중한지 내가 다 우쭐할 정도였어요. 우리 둘 모두 개인적으로 발전했습니다. 끊임없이 배우고 성장해야 한다는 걸 깨달았죠. 우리 사이가 이렇게까지 좋아질 거라곤 상상도 못 했어요. 부부가 모든 것을 함께… 진정으로 모든 걸 함께하고 나누는 것만큼 좋은 건 없습니다.

3. 배우자의 응원 없이 혼자 투자한다

그리 쉬운 상황은 아니다. 완전히 새로운 세상에 한발을 내디뎠는데, 삶에서 가장 중요한 사람의 지지를 받지 못하고 있다. 이게 쉬운 일이라고는 하지 않겠다. 그러나 시간이 지날수록 앞에서 본 남자분의 사연처럼 일단 성공을 거두고 가시적인 결과를 내기 시작하면 당신의 배우자도 마음을 고쳐먹고 가장 큰 지지자가 되어 줄지 모른다. 이와 비슷한 상황에 처한 많은 여자들이 주변 사람들의 응원과 지지에 의존하고 있다. 여자 투자자 그룹이 있다면 귀중한 도움이 될 수 있고, 투자가 클럽이나 조직도 마찬가지다. 이런 처지에 있다면 비슷한 꿈과 목표를 가진 사람들과 교류하라.

4. 투자를 하지 않는다

이런 건 선택지에 포함하고 싶지도 않았지만, 현실적으로 많은 여자들이 결국 투자를 포기하곤 한다. 한 여성은 내게 이렇게 말했다.

"남편이 날 응원해 주지 않으면 이것 때문에 우리 사이가 멀어질까 봐 두려워요. 그래서 남편이 마음을 바꾸길 기다리고 있어요." 안타깝게도 투자에 관심이 없는 배우자나 파트너의 마음을 바꾸는 빠르고 쉬운 해답이나 해결책은 없다. 하지만 좋은 소식은 있다. 지금도 전 세계에서 많은 여자들이 그렇게 하고 있다는 것이다.

배우자나 파트너를 동참하게 하려면

이미 투자를 하고 있는 이들에게 "투자에 관심이 없는 배우자나 파트너의 마음을 어떻게 바꿀 것인가?"라는 질문을 던지자 아주 다양한 실용적이고 창의적인 답을 들을 수 있었다. 그중 몇 가지를 소개한다.

메건의 경우—상대의 재능을 자극하기

메건은 투자 게임에 뛰어들고 싶었다. 2년 동안 생각만 하며 망설이다 마침내 행동에 옮길 기회가 찾아왔다. 그녀는 남편 제프와 마주 앉아 자신이 무엇을 하고 싶은지 진지하게 설명하고, 남편도 동참해 주면 좋겠다고 말했다.

그 말을 들은 제프는 이렇게 반응했다. "난 그럴 시간이 없어. 내 일을 하는 것만으로도 바쁜데. 하지만 당신한테는 중요한 일 같으니까 마음대로 해. 어떻게 돼 가는지 가끔 알려만 줘."

메건은 남편이 자신과 달리 투자에 관심이 없다는 데 다소 실망했지만 적어도 상황에 대해 알고 싶어 한다는 것에서 약간의 위안을 얻었다.

메건은 임대 부동산에 집중했다. 4개월 정도 여러 지역을 돌아다니며 조사한 끝에 마음에 꼭 드는 임대 주택을 발견했다. 집 앞 도로에 서서 그 집을 바라보고 있는데, 남편을 이 투자 사업에 끌어들일 묘수가 하나 떠올랐다.

다음 주 일요일, 메건은 남편에게 아주 훌륭하다고 소문난 레스토랑에 아침식사를 하러 가자고 졸랐다. 참 편리하게도 마침 이 레스토랑은 메건이 봐 둔 집에서 여섯 블록밖에 떨어져 있지 않았다. 제프는 그래픽 디자이너였다. 창의적이고 예술적인 사람이었다. 그래서 메건은 천천히 차를 몰아 그 집 앞에 세우고 물었다. "제프, 만약에 이게 당신 집이라면 어떻게 수리할 거야?"

제프가 대답했다. "먼저 앞마당부터 정리해야지. 일단 잔디를 깔고 현관까지는 자갈길을 만들고. 차양도 현대식으로 바꾸고 따뜻한 계열로 페인트칠을 하면 더 포근한 느낌을 줄 수 있겠군. 그리고 저 현관문은 반드시 교체할 거야."

"나랑 같이 해 볼래?" 메건이 미소를 띠며 물었다.

이런 질문을 하는 이유는 세상에서 가장 격렬한 논쟁거리가 바로 돈과 연인 관계라고 생각하기 때문이다. 그러니 이 두 가지가 결합되면 어떤 일이든 일어날 수 있다. 보통 커플이 싸우는 가장 큰 이유도… 짐작하겠지만 돈이 아닌가.

"무슨 소리야?" 그러나 제프는 금세 눈치챘다. "이게 당신이 사고 싶은 부동산이구나?"

그날 메건과 제프는 부동산 투자 파트너가 되었다. 메건은 어떻게 해야 제프의 관심을 끌 수 있을지 알고 있었다. 그의 진정한 재능을 자극하는 것이었다. 만일 메건이 수치나 부동산 중개인과의 거래 내용에 대해 말했다면 제프는 아무 관심도 보이지 않았을 것이다. 그러나 예술가의 눈으로 부동산을 보게 되자 그는 이 프로젝트에 개인적인 흥미를 느끼게 되었다.

내가 이 이야기를 메건과 비슷한 입장에 있는 한 여성에게 말해 줬을 때, 그녀는 이렇게 대답했다. "완벽하네요! 내 파트너는 정원 가꾸는 걸 정말 좋아하거든요. 평소에도 이웃집 정원을 두고 자기라면 어떻게 꾸밀 건지 얼마나 품평을 해대는지! 이젠 실컷 할 수 있겠어요."

에드윈의 경우─게임처럼 접근하기

에드윈은 다음과 같은 편지를 보내 왔다.

내가 아내와 아이들의 관심을 이끌어 낸 방법은 아주 단순했습니다. 같이 참여시킨 거지요. 아이들이 우리와 함께 배울 수 있도록 다 같이 주기적으로 캐시플로 101 보드게임을 했습니다. 그리고 주말이 되면 가족 전체가 미니밴을 몰고 부동산을 찾아 나서지요. 그러곤 '가격 맞추기' 게임을 합니다. 주택의 실제 면적과 욕실 수, 가격 같은 걸 추정하는 거죠.

그런 다음 전단지를 보고 누가 가장 비슷하게 맞췄는지 확인합니다. 즉 투자를 가족 모두가 참여할 수 있는 재미있는 게임으로 만들었습니다.

레이아의 경우—스스로 깨닫게 하기

레이아는 약간 교묘한 방법으로 접근했다.

아버지가 『부자 아빠의 젊어서 은퇴하기』 책을 줘서 열심히 읽었어요. 내가 원하는 게 재정적 자유를 얻는 거였거든요. 그래서 밤마다 남편에게도 중요한 내용을 요약해서 들려줬죠.(그 사람은 그다지 열렬한 독자가 아니라서요.) 하지만 그이는 그것도 이해가 안 됐나 봐요. 그래서 어떻게 하면 좋을지 친구와 얘기를 해 봤어요. 그 주 주말에 우리가 6시간이나 자동차를 타고 가야 한다는 걸 듣더니 친구가 『부자 아빠 가난한 아빠』 오디오북을 빌려 줬죠. 남편은 나랑 같이 차 안에 꼼짝없이 갇혀서 6시간 동안 그걸 듣는 수밖에 없었어요. 그런데 놀라운 일이 일어났어요. 그이가 깨달음을 얻은 거예요. 갑자기 머리에 불이 켜진 것처럼요. 남은 시간 내내 우리는 이 아이디어가 어떻게 우리 삶을 바꿀 수 있을지 진지한 대화를 나눴답니다. 그러고 나서 투자를 시작했고, 얼마 전에 투자용 부동산을 구입했어요.

안드레아의 경우—문제에 직면하기

안드레아는 상당히 과격한 방법을 택했다.

내 남편은 말레이시아의 쿠알라룸푸르에서 잘 나가던 증권
중개인이었어요. 그러다 1998년에 아시아 경제 위기가 닥치면서 일자리를
잃었고, 주식 시장에서 재산을 절반 이상 날렸죠.

우린 미국으로 돌아왔어요. 남편은 다시 금융 업계에서 일하게 됐고요.
그러곤 남은 돈으로 주식 투자에 공격적으로 달려들었죠.(이번에도요.)
난 집에서 작은 사업을 시작했고요. 2000년에 우리의 포트폴리오는
60퍼센트나 상승했고, 난 남편에게 빨리 팔라고 했어요. 하지만 그이는
'하찮은 아내'의 말은 듣지 않았죠. 우리가 '장기적인 상승세'에
있다면서요. 가장을 존중해 주는 좋은 아내답게 난 더 물고 늘어지지
않았고요. 그러곤 2주 뒤에 증시가 폭락했죠. 그때 평생 모은 돈이 다
사라졌어요.

그리고 2001년 9월 11일, 우리 두 사람이 하던 일이 전부 무너지고
말았어요. 갚아야 할 주택 융자가 아직도 많이 남아 있는데 모아 둔 돈도
없고 남은 수단도 방법도 없었죠. 그러니 집 분위기가 어땠는지 짐작이 갈
거예요. 부부 사이도, 아이들도, 살얼음 같았어요.

그러다 마침내 모든 두려움과 분노, 후회를 뒤로 밀치고 제정신을
차리게 됐어요. 그때까지 난 다른 많은 여자들처럼 남편에게 돈에 대한
전권을 맡겨 두고 있었죠. 가계에 필요한 돈을 주로 벌어 오는 사람이
그이였으니까요. 나는 남편에게 한 번만이라도 내 말에 귀를 기울이고
경제적인 측면을 비롯해 인생의 모든 분야에서 나를 동등한 동반자로
대우해 달라고 말했어요. 그리고 돈 문제를 꺼낼 때마다 벌컥 화를 내며
방어적으로 행동하는 것도 그만하라고 했죠. 우린 한 팀이니 더는 싸우려

들지도 말고 내 아이디어를 비웃지도 말라고 했어요. 그런 다음 마지막으로 최후 통첩을 날렸어요. 우리의 경제 상황을 타파하기 위해 파트너로서 노력할 생각이 없다면 차라리 갈라서자고요. 과감하게 도박을 걸어 본 거죠. 그 결과가 우리의 삶에, 특히 아이들에게 어떤 영향을 미칠지 알고 있었으니까요.

다행히 내 도박은 성공했어요. 드디어 힘을 모아 우리 가족의 이익과 안위를 위해 함께 노력할 수 있었으니까요. 난 더 이상 '하찮은 아내'가 아니라 같이 일하는 동등한 파트너였어요. 지금 우리 상황은 완전히 달라졌답니다. 와이키키에 여덟 채의 임대용 콘도를 소유하고 있고, 부지 개발 프로젝트도 두 개나 끝냈어요. 2년 후면 새앙쥐 레이스에서 벗어나 재정적 자유를 누릴 수 있을 거예요.

배우자가 파트너가 당신 편이 아닐 때 재정적 자유를 성취하는 것은 쉬운 일이 아니다. 부디 배우자의 눈을 뜨이게 하기 위해 이혼하겠다는 위협을 할 필요는 없길 바란다.

내가 먼저? 배우자와 함께?

이 주제에 관해 사람들의 이야기를 듣다 보니 두 가지 의견이 지속적으로 대두되는 것을 알 수 있었다. 하나는 가능하다면 최대한 배우자나 파트너를 배움의 과정에 참여시키라는 것이다. 어떤 종류의 투자를 하든 배우고 실천하는 과정에 배우자를 함께 끌어들여라. 처음에는 신문기사에 대해 이야기하거나 주변 지역의 부동산 시장 추세에 관한 소문을 꺼내는 것만으로도 충분하다. 많은 이들이 이렇게 상대방을 과정에서 배제하는 게 아니라 포함시킴으로써 파트너의 관심을 끌 수 있었다. 더 많이 소통하고 대화를 나누는 것이 핵심 열쇠다.

두 번째로 추천하는 방법은 일단 먼저 시작하라는 것이다. 앞서서 나서라. 한 여성은 이렇게 말했다. "어쨌든 시작은 나한테 달려 있다는 걸 알았어요. 남편이 결국엔 마음을 바꿀 거라고 믿었거든요. 그리고 정말로 그렇게 됐죠. 내가 이 일에 얼마나 열심인지를 보고는 자기도 관심을 갖게 됐어요. 돈이 들어오는 걸 보고는 눈을 확 떴고요!"

돈과 커플의 관계

이 모든 일화들은 결국 대부분의 커플이 해결해야 할 아주 중요한 질문으로 이어진다. "돈에 있어 당신과 상대방의 관계는 어떠한가?"

다시 말해 당신은 배우자와 경제적 상황에 대해 솔직한 대화를 나누는가? 혹시 두 사람 중 한 명이 일방적으로 경제적 결정을 내리지는 않는가? 아니면 함께 논의하고 함께 결정을 내리는가? 혹시 돈이라는 주제에 대해서는 대화를 거의 나누지 않는가?

이런 질문을 하는 이유는 세상에서 가장 격렬한 논쟁거리가 바로 돈과 연인 관계라고 생각하기 때문이다. 그러니 이 두 가지가 결합되면 어떤 일이든 일어날 수 있다. 보통 커플이 싸우는 가장 큰 이유도… 짐작하겠지만 돈이 아닌가.

"부자가 되고 싶어?"

우리가 사귄 지 얼마 되지 않았을 때, 로버트가 내게 이렇게 물었다. "혹시 큰 부자가 되는 데 거부감을 느껴?" 나는 생각했다. '그거 이상한 질문이네. 누가 그런 걸 문제로 여긴담?'

나는 로버트에게 말했다. "전혀 아무렇지도 않아. 왜 그런 걸 물어보는데?"

그가 대답했다. "많은 여자들이 큰돈을 버는 데 집중하는 걸 모욕적으로 느끼고 있어. 부자가 된다는 목표를 천박하게 여기는 여자들도 많아. 세상엔 대놓고 돈에 대해 얘기하면 안 된다고 생각하는 사람들이 정말 많지. 어차피 날마다 돈을 사용하고 있으면서 밖으론 입에 올리면 안 된다고 금기시하다니 신기한 일이야. 난 도무지 이해할 수가 없어. 부자 아빠는 '돈이 인생에서 가장 중요한 건 아니지만 인생에서 중요한 모든 것에 영향을 끼친다.'고 말씀하셨거든. 건강보험 수준, 자식들의 교육, 음식, 집 등 모든 것에 영향을 끼치잖아. 사람들이 왜 돈에 대해 얘기하지 않는지 난 이해가 안 가. 난 부자가 될 생각이고, 그래서 당신이 어떻게 생각하는지 알고 싶었어. 그래서 물어본 거야."

그 뒤로 우리는 그 주제에 대해 많은 이야기를 나눴다. 집안에서 식구들끼리 돈에 대해 얼마나 자주 대화를 나눴는지도 이야기했다. 어렸을 때 우리는 돈에 대해 무슨 말을 들었지? 대부분의 경우 어릴 적 집안의 분위기가 성인이 된 후의 사고방식에도 영향을 끼치기 마련이다. 우리 두 사람에게 돈은 무엇을 의미하는가?

그건 무척 흥미로운 주제였다. 전에는 누구와도 이런 이야기를 해 본 적이 없었다. 우리가 나눈 많은 대화들이 이제껏 생각조차 해 보지 않은 것이었다. 참신하고, 진솔하고, 그러면서도 너무도 많은 의문을 던져 주었다.

요는 우리가 돈에 대한 서로의 태도와 가치관을 이해하고 있었다는 것이다. 덕분에 우리는 돈에 대해 솔직히 터놓고 이야기할 수 있었다. 종종 이 주제를 가리고 있던 신비로운 베일이 벗겨지는 순간이었다.

돈 이야기를 어떻게 꺼내야 할까?

돈이나 재정 문제와 관련해 솔직한 대화를 나눠 본 적이 없다면, 파트너와 특별한 데이트를 잡고 즉시 이야기를 시작하는 게 좋을 것이다. 대화의 물꼬를 트는 데 적당한 몇 가지 질문을 소개한다.

◆ 부모님이 돈에 대해 뭐라고 말씀해 주셨어?

◆ 당신 생각도 부모님과 같아?

◆ 당신에게 돈은 어떤 의미를 지녀?

◆ 돈이 아주 많은 부자들에 대해 어떻게 생각해?

◆ 돈이 얼마나 있어야 '돈이 아주 많은 부자'가 되는 걸까?

많은 사람들이 돈에 대해 드러내고 이야기하길 꺼려 한다. 혹시 상대가 거부감을 보인다면 한 발짝 물러나 천천히 접근하는 것이 좋다. 상대가 불쾌감을 느낄 수 있는 다른 화제를 꺼낼 때처럼 말이다. 반응을 얻을 수 있을 때까지 다양한 각도에서 시도하라. 일단 조금 가까이 접근하는 데 성공하고 나면 다음부터는 자연스럽게 흘러갈 것이다.

다시 팻의 이야기

나는 지난번에 나눈 대화를 잇기 위해 팻에게 전화를 걸었다. 우리는 팻과 남편이 돈 문제에 어떻게 접근하고 있는지 이야기를 나눴다. 그다지 놀라운 일도 아니었지만 두 사람은 돈에 대해 대화를 나누는 법이 거의 없었다. 팻의 남편이 주로 돈을 벌었고, 팻이 가계를 꾸려 나갔다. 그게 다였다. 주택이나 자동차, 휴가처럼 큰돈이 나갈 때는 의논을 했다. 투자는 전부 남편의 역할이었고 주로 뮤추얼펀드에 돈을 입금하거나 가끔 증권 중개인의 추천으로 주식을 사는 정도였다. 그 외에 팻의 집에서는 돈에 대해 진지하게 이야기하는 법이 없었다.

"우리 남편 입을 열어서 돈에 대해 얘기하도록 만들 수 있다면 그게 기자로서 내 생애 최고의 업적이 될걸." 팻이 말했다. "신중하게 접근해야겠지만, 어쨌든 거기서부터 시작해야겠지."

나는 팻에게 비슷한 처지에 있었던 투자가들의 이야기를 몇 가지 들려주었다. 팻은 조용히 내가 읽어 주는 사연을 들었다. 그녀의 머리가 빠르게 돌아가는 소리가 들리는 것 같았다.

"여러 사연 들려줘서 고마워. 어떻게 해야 할지 대충 감이 잡히는 것 같아. 나랑 같은 처지에 있는 여자들이 있고, 그들이 과감하게 행동해 결과를 이끌어 냈다는 걸 아는 것만으로도 안심이 된다. 방법을 알 수가 없어 속이 답답했었거든. 하지만 이젠 몇 가지 시도할 방법을 알 것 같아. 내가 제일 걱정되는 건, 이러다 우리 사이가 크게 벌어지지 않을까 하는 거야. 그게 제일 불안해. 다른 여자들 말을 들어 보면 나름 팬찮은 것 같고, 해결책도 있는 것 같네. 내가 먼저 나서야지, 언젠가 남편이 마음을 바꿀 거라고 막연히 기대하거나 기다리면 안 된다는 거지? 내가 바라는 가장 이상적인 미래는 남편이랑 같이 투자를 하는 거야. 둘이 함께 추구하는 목표가 생기면 우리 사이도 더 돈독해질 테니까. 하지만 만일 그렇게 안 되더라도 굴복하진 않겠어. 어떻게 됐는지 나중에 알려 줄게!" 팻은 열띤 목소리로 말했다.

그녀의 생기 넘치는 반응에 나는 "잘 되길 빌어!"라고 대답했다. "난 널 아니까, 팻. 한번 마음을 정하면 원하는 걸 반드시 얻어 내잖아. 그럼 나중에 봐!"

전화를 끊고 나자 머릿속으로 생각 하나가 재빨리 스쳐 지나갔다. '팻은 걱정할 필요 없어. 그 애는 괜찮을 거야.' 내가 걱정되는 건 팻의 남편이었다. 곧 삶에 커다란 변화를 겪게 될 테니까.

여자가 탁월한 투자가인 8가지 이유

마침내 많은 여자들이 평생 시달렸던 편견과 영원히 결별해야 할 때가 왔다. 우리는 여자와 투자는 어울리지 않는다는 믿음에 동의할 수도 있다.(아니면 내가 여자와 투자에 관한 책을 쓴다고 했을 때 한 눈치 없는 남자가 말한 것처럼 "여자와 투자라니, 그건 모순 아닌가요? 여자와 '소비'라면 모를까, 여자와 '투자'라뇨."라고 말할 수도 있겠다. 세상에, 이런 말을 당사자 앞에서 했다니까? 나는 굳이 뭐라 대꾸하지 않았다. 전투를 치를 때는 전장을 현명하게 고르라는 말을 들으며 자랐으니까. 이 남자는 현명함과는 거리가 한참 멀었다.)

여자들은 똑똑하지 않은 척할 수도 있다. 경제나 금융 같은 것에 대해서는 전혀 모르는 척할 수도 있다. 항상 남자(상사나 남편, 아니면 심지어 사업 파트너) 뒤에 다소곳이 서 있는 역할을 할 수도 있다. 이 모두 우리 여자들이 태곳적부터 겪어 왔고 맞서 대항해야 했던 편견들이다.

내가 하고 싶은 말은, 우리는 똑똑하다는 것이다. 우리는 겉으로 드러내는 것보다 훨씬 많은 것을 알고 있다. 놀라운 수준의 상식도 갖추고 있다. 값어치를 따질 수도 없는 귀중한 직관력은 말할 필요도 없다. 돈과 투자, 금융이 과거에 여자의 분야가 아니었다는 말은… 그래서 그게 어쨌단 말인가?

시대는 변했다. 계속해서 변할 것이다. 언제나 변해 왔다.

"돈에 대해선 잘 몰라."라든가 "난 투자는 젬병이야." 같은 말은 더 이상 변명이 되지 못한다. 옛날에 어쨌는지는 중요하지 않다. 중요한 건 바로 지금, 당신이 어떤 선택을 하느냐다.

어떤 선택을 할 것인가?

당신은 두 가지 중 하나를 선택할 수 있다. 돈과 투자의 세상에 있을 자리가 없음을 인정하고 수표책을 관리하고 가계부를 쓰는 데만 만족하는 것, 아니면 자신의 재정적 삶을 스스로 책임지는 것이다. 당신의 재정적 미래는 다른 누구도 아닌 바로 당신에게 달려 있다. 현명하고 똑똑하게 돈을 관리하라. 대비하고 준비를 갖춰라. 행동하라. 그리고 일이 일어나게 만들어라.

마침내 선택의 순간이 왔다.(그리고 아마 많은 이들이 이미 결정을 내렸을 것이다.) 원하는 대로 실컷 대화를 나눠도 된다. 영원토록 고민할 수도 있다. 진이 다 빠질 만큼 철저한 조사를 할 수도 있다. 그러나 언젠가는 반드시 결정을 내려야 할 때가 올 것이다. 그러니 지금을 그때로 만들도록 하자.

당신이 해야 할 선택은… 개인적으로 재정적 성공을 거두기 위해 필요한 일을 할 것인가 말 것인가에 있다. 필요한 일을 하지 않는다면 당신의 재정적 안녕에 대한 책임은 다른 이의 손으로 넘어가고, 어떤 결과가 나오든 묵묵히 받아들여야 한다. 반대로 필요한 행동을 하겠다고 결심한다면 이제 모든 핑계를 버리고 당신 자신을 위해 행동해야 한다. 이것이 지금 당신이 선택해야 할 결정이다.

선택은 당신의 몫이다.

성공한 투자가가 되려면

이제까지 우리는 투자라는 호수에 발을 담가야 할 때 많은 사람들을 얼어붙게 만드는 반대 의견과 생각, 잘못된 정보에 대해 이야기했다. 하지만 이제는 미래로 나아가야 할 때다. 성공한 투자가가 되려면 어떻게 해야 할까? 처음 투자에 뛰어드는 초보자는 어디서부터 시작해야 하는가? 어느 정도 경험이 있는 투자가가 더 큰 성공을 거두려면 어떻게 해야 할까? 이제부터 책을 읽어 나가며 알아보자.

좋은 소식

좋은 소식부터 시작해 보자. 좋은 소식은 여자가 뛰어난 투자가가 될 수 있다는 것이다. 통계가 이를 증명한다. 지금껏 내가 만나 본 전 세계의 무수한 여자 투자가가 곧 살아 있는 증거이며, 날마다 점점 더 많은 여자들이 이를 입증하고 있다.

통계 자료는 여성이 타고난 투자가임을 거듭 보여 준다. 몇 가지 사실을 살펴보자.

◆ 2000년 미국 투자자 협회(National Association of Investors Corporation, NAIC)는 1951년 이래 여성 투자가 클럽이 평균 32퍼센트의 연 평균 수익률을 올린 반면, 남성 투자가 클럽의 평균 수익률은 23퍼센트에 불과하다고 발표했다.

◆ 캘리포니아-데이비스 대학의 교수 테런스 오딘의 투자 행동 연구에 따르면, 실제로 여성 투자가의 수익률은 남성 투자가의 수익률을 1.4퍼센트 능가한다.

◆ 1995년 NAIC 연구는 지난 15년 중 9년간 여성 투자가 클럽이 남성 투자가 클럽의 수익률을 능가했다고 밝혔다.

◆ 메릴린치 자산 운용사는 남성 및 여성 투자가의 투자 행동에 대해 분석한 결과 다음과 같은 결론을 얻었다.

	여성	남성
가치가 하락하는 투자물을 오랫동안 보유한다.	35%	47%
가치가 상승한 투자물을 팔지 않고 기다린다.	28%	43%
철저한 조사 없이 화제성에 끌려 구매한다.	13%	24%
한 번 이상 같은 실수를 저지른다.	47%	63%

자, 판결이 내려졌다. 여자는 돈을 다루는 법을 안다.

여자 vs. 남자

여자와 남자 중 누가 더 투자 실력이 나은지에 대한 글이나 기사는 무수히 많다. 개인적으로 나는 뭉뚱그려 한 성별이 다른 성별보다 투자를 더 잘한다는 생각에는 동의하지 않는다. 그건 성별과 무관하다. 개별적으로 노래를 더 잘하는 가수가 있고 그렇지 않은 가수가 있는 것과 비슷하다. 성별에 상관없이 실력이 뛰어난 요리사가 있고 그렇지 못한 요리사가 있을 뿐이다. 어떤 사업가는 큰 성공을 거두고 어떤 사업가는 크게 실패하는 것과 마찬가지다. 성공한 투자가도 있고 실패한 투자가도 있다. 이건 전부 개인의 문제다. 투자 세계에서 수익과 손실의 차이를 가르는 것은 그저 개인의 실력과 지식, 경험일 뿐이다.

그렇긴 해도 투자 세계에 접근할 때 여자들에게 다소 이점이 있는 것은 분명해 보인다. 여자들이 평소에 잘하는(특히 어떤 이들은 선천적으로 뛰어난) 많은 것들이 좋은 투자가가 되는 데 장점으로 작용하기 때문이다. 모든 여자들이 그런 특성을 지니는 건 아니지만 나는 여자들 중 상당수가 거기서 자신의 모습을 발견하리라 믿는다. 이를 이점으로 활용하는 것은 우리의 몫이다.

여자 투자가의 장점 1. 모른다고 말하는 것을 겁내지 않는다

투자에 있어 여자가 지닌 최고의 장점을 꼽자면 단연 '모른다.'고 말하는 것을 겁내지 않는 것이라고 생각한다. 여자는 뭔가를 모르거나 이해하지 못할 때 남자들에 비해 쉽게 시인하고 질문을 하는 경향이 있다. 자신이 항상 모든 정답을 알아야 한다고 믿는 사람들, 남들 눈에 멍청하게 보일까 봐 두려워하는 이들은 새로운 것을 배우거나 성장할 수 없다. 자신이 모른다고 인정하고 싶지 않은 사람들은 질문을 던지지도 않고 새로운 정보를 얻지도 못할 것이다. 더는 배우지 못할 것이다. 멍청해 보이기 싫어하는 사람이야말로 정말 멍청한 사람이다.

내 친구 프랭크는 85세다. 그는 내가 아는 사람 중 가장 뛰어난 투자가이자 사업가다. 내가 그를 좋아하는 이유는 많은데, 그중 대표적인 하나는 프랭크가 일곱 살짜리 꼬마에게도 뒤지지 않을 만큼 왕성한 호기심을 갖고 있기 때문이다. 하루는 프랭크와 함께 있을 때 35세 정도 되는 남성을 소개받은 적이 있다.

프랭크가 그에게 물었다. "어떤 일을 하고 있습니까?"

남자가 대답했다. "월스트리트에서 일합니다. 상장을 원하는 회사를 돕지요."

프랭크가 말했다. "거참 재미있겠군! 더 자세히 말해 봐요." 그 뒤로 남자는 프랭크에게 20분 동안이나 기업체의 상장에 대해 상세히 설명했다. 프랭크는 한마디도 하지 않았다. 그저 열심히 듣고 있었을 뿐이다. 그 사람이 자리를 뜨자, 프랭크는 고개를 돌려 나를 보고는 말했다. "흥미로운 이야기였어."

이 이야기의 반전은 실은 프랭크가 20대에 월스트리트에서 사회생활을 시작했다는 것이다. 그는 아주 많은 회사를 상장시켰고, 지금도 하고 있다. 프랭크는 이 분야에 굉장히 풍부한 지식을 갖고 있지만 그럼에도 신참이 하는 이야기를 묵묵히 듣고 있었다. 어쩌면 그가 몰랐던 새로운 것을 배우게 될지도 모르기 때문이다. 프랭크는 내게 있어 훌륭한 롤모델이다. 그는 절대로 모든 것을 아는 척하지 않는다. 그리고 그 덕분에 정말 많은 것을 알고 있다.

여자들이 자신 있게 "난 몰라요."라고 말하는 데서 비롯되는 이점은 그것이 많은 대답을 듣고 새로운 것을 배울 기회의 문을 열어 준다는 것이다. 대화 중에 "설명 좀 해 주실래요? 난 그런 건 잘 몰라서요."라는 질문을 던져 대답을 얻을 수도 있고, 신문기사를 읽거나 TV 프로그램으로 흥미로운 내용을 접할 수도 있다. 그래도 이해가 잘되지 않을 때는 인터넷을 검색하거나 도서관에 갈 수도 있다.

나는 '모른다.'라고 거리낌 없이 말할 수 있는 것이야말로 여자가 가진 가장 효과적인 학습 수단 중 하나라고 생각한다. 그런 말을 하려면 자신감이 있어야 한다. 멍청해 보이고 싶지 않다는 이유로 모르는 것도 아는 척하는 것은 자존감이나 자신감이 부족하다는 의미이기도 하다. 그러니 용감히 일어나 자랑스럽게 시인하라. "난 몰라요!" 그 말을 통해 얼마나 많은 것을 배울 수 있는지 알면 놀랄 것이다.

> 당신이 해야 할 선택은… 개인적으로 재정적 성공을 거두기 위해 필요한 일을 할 것인가 말 것인가에 있다. 이것이 지금 당신이 선택해야 할 결정이다.

여자 투자가의 장점 2. 기꺼이 도움을 요청한다

첫 번째와 더불어 많은 여자들이 지닌 두 번째 이점은 바로 여자들이 남자들보다 상대방에게 기꺼이 도움을 요청한다는 것이다.

어느 날 오후, 나는 친구 마리와 칼의 집을 방문했다. 칼은 손님용 화장실에서 사방에 연장을 늘어놓은 채 변기를 수리하는 중이었다. 마리가 옆을 지나며 무심히 물었다. "칼, 그냥 배관공에게 전화를 걸어 물어보는 게 어때?"

"괜찮아." 칼이 대답했다. "내가 금방 고칠 수 있어."

한 시간 뒤 칼이 화장실에서 나오더니 지친 얼굴로 마리에게 말했다. "배관공에게 전화를 걸어야 할 것 같아. 내가 생각한 것보다 문제가 심각해."

결국 배관공이 찾아와 변기를 통째로 교체했다. 칼의 반응은 이랬다. "거봐. 문제가 심각하다고 했지." 그러나 부부의 친구인 배관공은 나중에 마리에게 원래는 별 문제가 아니었고 금방 해결할 수 있는 일이었지만 칼이 쓸데없이 여기저기를 건드려 놓은 바람에 변기를 고칠 수 없게 되었다고 몰래 귀띔해 주었다.

마리는 처음부터 배관공에게 전화를 걸어 도움을 요청하는 게 좋겠다고 생각했다. 남녀가 낯선 지역을 지나다 길을 잃었을 때도 흔히 이와 비슷한 일을 겪는다. 여자는 차를 멈추고 주변 사람에게 길을 물어보자고 하지만 남자는 그럴 필요가 없다고 대꾸한다. "여기가 어딘지 금방 알아낼 수 있어. 지금 제대로 가는 거 맞아." 투자에 있어서도 마찬가지다. 여자는 주변인에게 어디로 가야 할지 물어볼 것이다. 도움을 요청할 것이다. 여기에는 두 가지 이점이 있다. 첫째는 새로운 것을 배울 수 있다는 것이고, 둘째는 스스로 할 수 있다고 고집부리다 시간을 낭비할 필요가 없다는 것이다.

여자 투자가의 장점 3. 쇼핑 실력이 탁월하다

많은 여자들이 쇼핑에 익숙하고 뛰어나다. 이게 왜 중요하냐고? 왜냐하면 물건을 싸게 살 기회가 있으면 기가 막히게 알아볼 수 있기 때문이다. 투자에도 원칙적으로 같은 공식이 적용된다. 실제 가치보다 낮은 가격으로 판매되는 물건을 찾아 구입하는 것이다.

재정 교육가이자 작가인 루스 헤이든이 이에 대해 훌륭하게 묘사한 적이 있다.

"만일 여자가 백화점에서 쇼핑하는 것처럼 투자를 쇼핑한다면 돈을 벌게 될 거예요. 증시가 떨어진다는 건 하나 가격으로 속옷 세 개를 파는 바겐세일과 같은 거죠."

쇼핑을 해 본 여자라면 루이비통 지갑이나 도나카란 청바지가 평소에 얼마인지 알 것이다. 그들은 이런 제품에 익숙하기 때문에 좋은 물건과 싼 가격을 알아보는 눈을 갖고 있다. 투자도 마찬가지다. 투자 상품에 익숙하고 특정 주식에 관심을 기울이거나 특정 지역에서 임대 부동산을 주시하고 있으면 좋은 물건이 나타났을 때 금방 알아볼 수 있다. '상품'에 익숙하지 않아 가격을 확인하는 데 많은 시간과 공을 들여야 한다면 상품이나 투자물의 진가를 알아보기가 힘들다. 똑같은 공식이다. 할인된 가격으로 시장에 나온 좋은 매물을 찾아 구입하라. 얼마나 간단한가.

여자 투자가의 장점 4. 공부한다

일반적으로 여자는 숙제를 하고 공부를 한다. 여자는 '최신 비밀 정보'에 쉽게 넘어가지 않는다. 한 연구센터의 조사에 따르면, 여자는 투자 대상을 조사하는 데 남자보다 더 많은 시간을 할애한다. 이는 여자들이 충동적으로 거래하거나 '비밀 정보'에 휘둘리지 않게 해 주는데, 반면에 남성들은 충동적인 행동으로 포트폴리오를 악화시키는 경향이 있다. 여자는 매장에서 광고를 보고 즉석에서 물건을 사는 경향이 상대적으로 낮으며, 그보다는 오랜 심사숙고 끝에 자신에게 유리하다고 판단되는 거래를 한다.

여자 투자가의 장점 5. 위험 회피적이다

연구조사에 따르면, 여성은 남성에 비해 '위험 회피' 경향이 강하다. 나는 여자가 투자가로서 성공하기 힘든 이유가 리스크를 감수하려 들지 않기 때문이라는 말을 들은 적이 있다. 하지만 리스크를 감수하는 경향이 적은 게 왜 나쁜 일인가?

나는 내가 어떤 사람인지 안다. 나는 위험하거나 생소한 분야의 투자를 할 때면 평소보다 조사를 더 철저히 하고 주의를 기울인다. 여자가 정말로 위험 회피적이라면, 그것은 거래를 하기 전에 연구조사를 더욱 철저히 한다는 의미이며, 이는 더 큰 성공으로 이어질 것이다. 통계가 이를 입증한다.

다만 한 가지 조심해야 할 함정이 있다면, 위험을 피하고자 하는 성향이 끊임없는 조사와 분석으로 이어질 수 있다는 것이다. 이를 '분석마비 증후군'이라고 하는데, 여기에 빠지면 결국 아무것도 못하게 된다. 리스크를 장점으로 활용하되, 거기 휘말려 마비되지는 마라.

여자 투자가의 장점 6. 자만심이 적다

남자들이 이걸 본다면 틀림없이 반론을 늘어놓겠지.

투자에 있어 여자는 남자보다 자만심이 적다. 여자 투자가인 내 친구는 매우 현실적이고 냉정하며 투자 수익률에 민감하다. 남자들이 흔히 투자에 성공했다며 약간(혹은 아주 많이?) 자랑을 늘어놓거나 허세를 부리는 건 큰 비밀도 아니다. 하지만 여자들이 원하는 건 돈뿐이다. 내게 돈을 보여 줘! 1954년에 미 재무장관이었던 아이비 베이커 프리스트의 말처럼, "여자들은 돈이 손에 들어오기만 한다면 돈에 얼굴을 찍는 것에는 관심이 없다."

국제 투자기관(Global Investment Institute)의 미카 해밀턴은 이런 글을 쓴 적이 있다.

나는 주식의 적극적 투자 관리를 가르치는 회사와 함께 일하며 많은 남녀가 다양한 방식의 투자를 통해 부를 확장하는 것을 목격했다. 우리 고객의 약 80퍼센트는 남성이다. 그러나 나는 가장 큰 성공을 거둔 투자가의 80퍼센트는 여자일 것이라 장담한다.

경험을 바탕으로 어째서 여자가 남자보다 투자에 뛰어난지 거듭 고민해 봤지만, 더는 사실을 무시할 수가 없었다. 여자는 투자에 있어 남자보다 유능하다.

그 이유가 뭘까? 나는 그 이유가 한 단어에 있다고 생각한다. 자만심, 자만심, 자만심. 대부분의 남성이 지닌 공통적인 특성 중 하나는 바로 높은 자만심이다.

남성은 결정을 내릴 때 자만심을 부리는 경향이 있다. 그들은 팔지 말아야 할 때 판다. 큰 기회를 놓칠까 봐 한꺼번에 사들인다. 모르는 걸 물어보길 거부하고 자신이 바보처럼 보일까 봐 도움을 요청하지 않는다.

다시 말해, 남자는 강하고 똑똑하고 성공한 사람처럼 보이는 데 더 큰 관심이 있다. 그들은 좋은 거래를 하기 위해서가 아니라, 남들 눈에 뛰어나 보이기 위해(혹은 나쁘게 보이지 않으려고) 거래를 한다.

반면에 여자는 완전히 이해할 때까지 끊임없이 질문을 던지고, 주변 사람들에게 좋은 인상을 주기보다 목표 그 자체(이 경우에는 돈을 버는 것)에 더 큰 관심이 있다.

사람들은 보통 투자라고 하면 기회와 위험을 떠올린다. 그러나 사실 투자는 대부분의 사람들이 생각하는 것보다 더 감성 지능과 밀접하게 연결되어 있다. 감성 지능은 어떤 상황에 대해 객관적으로 사고하고 지나치게 감정적으로 엮이지 않도록 해 주는 능력이다. 여자는 일반적으로 높은 감성 지능을 보유하고 있다.

이러한 특성은 여자를 훌륭한 투자가로 만든다. 그들은 주변인에게 깊은 인상을 주기 위해서가 아니라 계획에 따라 투자한다. 기분에 좌우되거나, 자신이 '맞았거나 틀렸다는' 반응에 크게 연연해하지 않는다.

여자 투자가의 장점 7. 주변을 돌보고 보살핀다

여자는 투자 대상을 돌보고 보살피는 경향이 있다. 언젠가 한 투자가와 함께 그녀가 소유한 아파트 건물에 대해 이야기를 나눈 적이 있다. 그 여자는 자신이 어떻게 그 건물을 수리하고 외관을 개선하고 분위기를 쇄신했는지 자랑스럽게 털어놓았다. 세입자들도 모두 훌륭하며, 그들 전부를 만나 보았다고 강조했다. 그녀는 자신의 자산과 세입자들을 세심하게 돌보고 보살폈고, 그 결과 세입자들은 주변 사람들에게 그 아파트를 추천했다. 투자가의 부동산은 긴 대기자 명단이 있을 정도로 인기가 좋았고 덕분에 임대료를 비교적 높게 책정할 수 있었다. 높은 입주율과 임대료는 해당 부동산의 가치를 상승시켜 주었다.

더불어 이러한 과정은 그녀가 투자와 관련해 더욱 굳건한 인맥을 쌓을 수 있게 해 주었다. 거기에는 비즈니스, 증권, 부동산 중개인과 금융 대출업자, 투자가, 투자 클럽 및 관련 기관, 세입자, 해당 도시의 미래 정보에 정통한 개인들, 세금 전문가와 멘토까지 포함되었다. 이들과의 관계가 돈독해지면서 그녀는 더 양질의 정보를 얻을 수 있게 되었고, 이는 투자 포트폴리오를 구성하는 데 매우 중요하게 작용했다.

여자 투자가의 장점 8. 서로서로 배운다

여자 투자 클럽이 성장을 거듭하는 이유도 여기에 있다. 이미 전 세계 곳곳에 이러한 클럽들이 생겨나고 있으며, 이곳은 투자에 대해 처음 배우거나 더 많이 배우고 싶어 하는 사람들에게 최고의 수단 중 하나다.

여자는 서로에게서 배우고 익힌다. 여자는 뭔가를 새로 알게 되면 친구들에게도 알려 주고 싶어 한다. 그렇기 때문에 여자 투자 클럽이 남자 투자 클럽보다 더 나은 실적을 올리는 것일지도 모른다. 여자는 대개 친구들도 함께 성공을 누리길 바라기 때문이다.

단점이 있다면, 여자들이 때때로 경험이 부족한 다른 여자들의 정보를 여과 없이 받아들이곤 한다는 것이다. 사람들은 가끔 "걘 내 친구인걸."이라는 이유로 조언을 듣곤 한다. 부디 동료들과 투자에 대해 논할 때는 상대가 당신과 비슷한 목표 및 관점을 갖고 있는지 확인하라. 그렇지 않다면 당신은 시간 낭비를 하는 것인지도 모른다.

일례로 언젠가 내 친구 미셸이 찾아와 피닉스에 임대 부동산을 구입하고 싶다고 말한 적이 있다. 우리는 그 뒤로 며칠 동안 많은 부동산을 보러 다녔고, 그러다 리조트 지역에 있는 한 타운하우스를 발견했다. 수목에 둘러싸여 있고 수영장이 내려다보이는 집이었다. 주택단지 내에서 위치도 최상이었다. 임대료를 받고 융자금과 기타 부대 비용을 처리하고 나면 매달 250달러를 순수익으로 얻을 수 있었다. 부동산 투자를 시작하기에 완벽한 물건이었다. 판매자와 계약 조건을 합의한 후

미셸은 개인적으로 부동산에 대한 실사를 시작했고, 나는 한 달 정도 해외에 출장을 다녀왔다.

집에 돌아왔을 때 나는 미셸에게 전화를 걸었다. "지난번에 그 계약은 잘 마무리했어?"

잠시 침묵이 이어지더니 미셸이 대답했다. "그거 안 사기로 했어."

나는 놀라 숨을 헉 들이키고는 답답한 마음에 물었다. "왜 그걸 안 사? 정말 좋은 기회 같았는데."

미셸이 설명하기 시작했다. "네가 없을 때 캔디스라고 하는 다른 친구랑 만났는데, 그 부동산 얘기를 했더니 너무 위험한 투자라고 하잖아."

"도대체 뭐가 위험하대?" 내가 물었다.

"자기 친구가 임대 부동산을 샀는데 세입자를 못 찾아서 돈을 날렸다고 했어. 자기라면 그걸 안 살 거라고 하더라."

나는 한참 뒤에야 입을 열었다. "그 캔디스라는 친구도 임대 부동산을 갖고 있니?"

"아니."

"그럼 왜 부동산 투자에 대해 아무것도 모르는 사람 말을 믿은 거야?" 나는 약간 격양된 목소리로 말했다. "채식주의자한테 맛있는 스테이크 식당을 추천해 달라고 물은 거나 마찬가지잖아. 다른 사람한테 조언을 들을 거면 적어도 거기에 대해 잘 아는 사람한테 물어봤어야지. 이미 그 일을 해 본 경험이 있는 사람 말이야!"

그렇다. 여자들은 서로에게서 배운다. 그러나 당신이 조언을 구하는 여자가 당신이 하려는 일을 이미 해 봤거나 아니면 하고 있는지 먼저 확인하라.

그래서 나는 여성 투자 클럽을 선호한다. 클럽의 대다수 여자들은 비슷한 사고방식을 가지고 있고, 투자를 통해 돈을 번다는 공통된 목표를 지향한다. 투자 클럽은 대개 두 가지 범주로 분류할 수 있다. 교육적 목적을 지니고 있거나, 자금을 공동 조달한다. 앞에서도 말했지만 나는 순수하게 교육적인 목적을 지닌 투자 클럽을 강력히 추천한다. 여자들끼리 함께 배우고 공부할 수 있기 때문이다. 거기서는 이미 투자 중이거나 투자를 위해 노력하고 있는 것에 대해 여자들끼리 대화를 나누고 그 과정에서 배운 내용을 공유할 수 있다.

그에 반해 자금을 공동 출자하여 투자하는 클럽의 경우에는 약간의 우려가 있다. 회원들 각자 계약 조건을 완벽하게 이해하고 서면으로 증거를 남기지 않는 한 서로 실망을 느끼고 사이가 틀어질 여지가 있기 때문이다. 따라서 내 경우에 교육과 실제 투자는 분리하는 편을 선호한다.

우린 할 수 있어! 이미 하고 있는걸!

투자를 하는 방법에는 그렇다 할 비결이 없다. 사실 노하우는 가장 쉬운 부분이다. 대부분의 여자에게 투자를 잘하는 비결은 "난 할 수 없어."나 "어떻게 하는지 모르겠어."에서 "난 투자가가 될 수 있고, 아주 잘 해 낼 거야!"로 마음을 고쳐먹는 데 있다.

한 가지 작은 비밀을 알려 줄까? 일단 투자라는 게임에 뛰어들고 나면… 아주 재미있다. 내가 가장 가슴 벅찬 순간들은 여성 투자가들이 다가와 이렇게 말할 때다. "왜 처음에 그렇게 겁을 냈는지 모르겠어요. 너무 좋아요!" "왜 진즉에 안 했는지 모르겠어요!" "돈 버는 게 이렇게 재미있을 줄이야!" "빨리 다음 투자 기회가 왔으면 좋겠어요!" "정말 많이 배우고 있어요!"

이제 알겠는가? 여자는 탁월한 투자가가 될 수 있다. 여자는 투자에 매우 적합한 사람들이다. 오늘날에는 점점 더 많은 여자들이 투자의 길에 들어서고 있고, 단순히 잘하는 것을 넘어 뛰어난 실력을 입증하고 있다. 그리고 투자는 무엇보다 재미있다. 돈을 버는 것은 재미있는 일이다. 새로운 것을 배우고 성장하는 것은 재미있다. 자존감을 높이는 것도 재미있다. 가장 중요한 것은 내 삶에 대한 통제권을 쥐다는 것이, 그리고 그로 인해 더 많은 선택과 기회를 누리는 것이 얼마나 재미있는지 깨닫는 것이다. 우리는 그렇게 강하고 자유로워진다.

Chapter 16

"준비 됐어!"

"생각은 에너지다. 우리는 생각으로 세상을 창조할 수도 있고
무너뜨릴 수도 있다."

— 수잔 테일러(배우)

하와이 시절의 단짝 친구 중 아직 만나지 못한 사람은 마사뿐이었
다. 나는 마사가 어떻게 지내고 있는지 궁금했다.

"여보세요, 마사입니다." 전화를 걸자 마사가 받았다.

"안녕, 마사. 나 킴이야. 그 옛날 하와이 시절의 나란다!"

"전화해 줘서 고마워, 킴. 그날 못 나가서 미안해. 팻이랑 레슬리와
는 통화했는데 너무 바빠서 어쩔 수가 없었어. 공원에서도 만났다는
얘기를 듣고 전화할까 했는데, 일이 생겨서." 마사가 미안하다는 듯 말

했다.

"괜찮아." 내가 말했다. "지금 통화 괜찮아?"

마사는 잠시 주저하더니 대답했다. "그래, 괜찮을 것 같아."

"다른 애들이랑은 다 만났는데 너랑은 얘기도 못 해 봐서, 잘 지내는지 물어보고 싶었어. 정말 오랜만이잖니."

전화기 건너편에서는 아무 말도 없었다.

"마사? 듣고 있니?"

"응, 듣고 있어." 마사가 굳은 목소리로 대답했다.

"사실은 너희를 만나기가 좀 그랬어. 요즘 내 사정이 별로 안 좋거든. 솔직히 말하자면 옛날 하와이 시절에 꿈꾸던 것과는 완전히 다른 삶을 살고 있지. 팻이 너희들 얘기를 해 줬는데 나 혼자서만 이러고 사는 것 같아서 좀 창피하더라." 마사가 고백했다.

"내가 유명한 해양학자가 되고 싶어 했던 거 기억나?"

"기억하고말고." 내가 대답했다.

"2년쯤 연구소에서 일했을 때, 아버지가 집안 사업을 도와달라고 연락하셨어. 제일 유능한 직원이 나가는 바람에 곤란해졌다면서 말이야. 새 직원을 뽑을 때까지 몇 달만 도와주면 된다고 하셨지. 나야 어렸을 때부터 옆에서 보고 자라 그 일에는 익숙했지만 내가 관심 있는 분야는

감쪽같은 마법의 공식 같은 건 없다. 이틀 만에 성공적인 투자자로 만들어 줄 수 있는 비밀 약도 없다. 투자란 하나의 과정이기에 뛰어난 투자가가 되려면 주어진 숙제를 하고 발품을 팔아야 한다.

리치 우먼

아니었거든. 어쨌든 하는 수 없이 직장을 그만두고 고향에 가서 몇 달간 아버지를 도와드렸어. 그런데 어떻게 된 건지 정신을 차려 보니 몇 달이 1년이 되고 그러다 또 3년이 되어 있지 뭐야. 그러곤 지금처럼 되어 버렸지. 아버지는 7년 전에 사업체를 처분하셨는데 돈을 많이 받지는 못했어. 엄마와 아빠가 편안한 노후 생활을 보낼 정도는 됐는데 그 후에 아버지가 편찮아지셔서 상당한 돈이 치료비에 들어갔지. 지금은 돌아가셨고. 요즘엔 일자리를 두 개나 뛰면서 아등바등 버티는 중이야."

"어머니도 편찮으시다며?"

"지금은 괜찮으셔. 하지만 아버지가 돌아가신 뒤에 남은 돈이 얼마 안 되어서 지금은 나랑 같이 살고 계셔. 난 외동이거든. 그래서 내가 일을 두 개나 뛰는 거야. 우리 둘을 부양하려고. 또 나이가 드시면서 어머니 건강도 계속 문제가 생겨서. 보험이 있긴 한데 모든 병에 적용되는 건 아니잖아. 그래서 몇 년간 힘들었어.

가장 놀라운 건 처음엔 나도 너무 편해서 여기 안주하고 싶었다는 거야. 샌디에이고로 처음 돌아왔을 땐 모든 게 쉽고 편안했거든. 월세를 낼 필요도 없고, 아버지 일을 도우면서 돈도 벌었고, 자동차도 있었고. 우리 집은 해변에서 겨우 두 블록 떨어진 거리라서 내킬 때면 언제나 서핑을 하러 갈 수도 있었지. 너무 편해서 계속 여기 눌러앉아 있었나 봐. 모든 게 너무 쉽고 간단해서."

마사가 말을 이었다. "하지만 이 '편안한 생활'에는 커다란 문제가 두 가지 있었어. 하나는 내가 계속 해양학자로 일했다면 어떻게 됐을지 궁금하다는 거야. 아무래도 미련이 있나 봐. 그리고 두 번째는 예전에는 사는 게 편했지만 지금은 너무 어렵다는 거고. 그때는 언제든 서핑을 하러 가고 번 돈은 전부 놀고 파티를 하는 데 쓰면서 순간만을 위해 살았는데 이제 그런 시절은 지나갔고 미래를 직면해야 해. 그리고 지금 내 앞에 놓인 미래는 암담하지.

정말 미안해. 이래서 너희를 만나고 싶지 않았던 거야. 내가 너무 힘들어서. 너희도 나랑 만났으면 우울해졌을 거야."

"어떤 기분인지 알겠다. 하지만 난 우리 우정이 그보다 더 깊고 끈끈하다고 믿을래." 내가 말했다.

"고마워. 그냥 앞으로 어떻게 해야 할지 답답해서 그래."

마사는 매우 절박한 듯 들렸고, 그래서 나는 기회를 잡기로 했다. "하나만 물어봐도 돼? 지금 상태에서 빠져나오기 위해 변화할 생각은 있어?"

"당연하지. 나한텐 변화가 필요해. 계속 이렇게 살 순 없잖아. 터널 끝에 아무런 빛도 희망도 안 보이는걸." 마사가 대답했다.

"내가 책 한 권 보내 줄 테니 읽어 볼래?"

"그럼, 물론이지."

"알았어, 그럼 보내 줄 테니까 읽고 나서 나한테 전화해. 같이 얘기해 보자." 나는 말을 이었다. "그게 너한테 해답이 될 거라는 건 아냐. 하지만 그 책에서 말하는 정보에 관심이 생긴다면 그것만으로도 좋은 시작이 될 거야."

"꼭 읽어 볼게." 마사가 다짐했다.

"받자마자 읽을게."

우리는 전화를 끊었다. 나는 마사에게 『부자 아빠 가난한 아빠』 책을 보낸 다음 그녀의 연락을 기다렸다.

"준비 됐어."

한 달쯤 후, 나는 문득 마사에게서 아직도 연락이 없다는 사실을 떠올렸다. 전화를 해 볼까 생각했지만 진심으로 삶에 변화를 만들고 싶다면 마사가 스스로 첫발을 내디뎌야 한다고 생각했다. 내가 대신해 줄 수는 없었다.

그때 전화기가 울렸다. 레슬리였다. 레슬리는 무척 흥분해 있었다.

"좋아, 나 준비 됐어!"

레슬리가 한껏 들뜬 목소리로 외쳤다.

"뭐가 준비 됐는데?" 내가 물었다.

"재정적으로 자유로워지는 데 필요한 걸 배우고, 할 일을 할 준비가 다 됐단 말씀이시지!" 레슬리가 선언했다. "대충대충 사는 삶은 이제 끝이야. 난 행동할 준비가 됐어. 말로만 이러는 거 아냐. 진짜, 진짜 각오가 섰어."

"그래, 알 것 같다." 내가 대답했다.

"그런데 왜 이렇게 갑자기 진지해진 거야?"

"몇 달 전에 버몬트에서 열리는 이틀짜리 그림 교실에 등록했거든. 이젤을 챙겨서 버몬트의 아름다운 야외 풍경을 그리는 프로그램인데, 내가 제일 좋아하는 종류야. 필요한 계획도 다 짜고, 날짜도 잡아서 예약했지. 단풍이 특히 아름다운 가을철로 말이야. 진짜 기대하고 있었어. 그런데 바로 전날에 상사가 연락해서는 전시장에 아주 유명한 화가가 올 예정이니까 나도 거기 참석해야 한다는 거야. 나오라고 직접적으로 말한 건 아닌데 내일 나올 거 아니면 사표를 내라는 말투더라고."

"그래서 어떻게 했어?"

"선택의 여지가 있겠니. 직장이 먼저지. 결국 버몬트에 가는 일정을 취소하고 다음날 갤러리에 출근했어. 물론 살다 보면 뜻밖의 일이 생겨서 계획을 바꿀 일이 많다는 건 알아. 하지만 그때 쿵 하고 깨달은 거야. 내가 내 삶에 대한 통제력이 얼마나 없는지 말이야. 그리고 그건 다 돈 때문이었지. 정말 정신이 번쩍 드는 순간이었어. 머리를 한 대 맞은 것처럼. 더는 거꾸로 가고 싶지 않아. 이젠 앞으로 나아가야 할 때야."

"우와, 그 말을 들으니 내가 다 기쁘다." 내가 말했다. "그 그림 교실을 취소한 게 어쩌면 너한텐 정말 좋은 일이었는지도 모르겠네. 충격을 줘서 깨어나게 했잖아."

"그래, 그런 거 같아." 레슬리가 생각에 잠겨 대답했다.

"그럼 이제 어떻게 할 거야?" 내가 물었다.

레슬리가 기다렸다는 듯이 응수했다. "내가 생각해 봤는데, 지금부터 잘 들어 봐. 마음을 활짝 열고, 너도 생각이 있는지 말해 줘."

"어, 네 말이라면 언제든 들을 준비가 되어 있지." 나는 얼떨떨하게 대답했다.

"제발 그랬으면 좋겠네. 자, 지금부터 들어봐." 레슬리가 흥분한 어조로 말했다.

"이틀 시간을 잡아서 우리 하와이 친구들을 피닉스로 소환하는 거야. 그런 다음 그 이틀 동안 네가 어떻게 투자를 하게 됐고… 어떻게 키워 나갔는지 너한테 강의를 듣는 거지. 어떻게 생각해?"

이번엔 내가 할 말을 잃을 차례였다.

"저기, 나도 하면서 배웠을 뿐이야. 모든 걸 다 아는 건 아닌걸. 그리고 난 '전문가'들이 흔히 말하는 것과는 다른 비전통적인 전략을 사용해. 뛰어난 투자가들한테서 배웠을 뿐이고, 지금도 다른 똑똑한 사람들에게서 계속 배우는 중인걸."

레슬리가 대답했다.

"그건 나도 알아. 그냥 네가 사용하는 전략에 대해 알고 또 배우고 싶을 뿐이야. 이제까지 들은 대로라면 퍽 이치에 맞는 얘기 같았거든. 지금 네 주변에 있는 사람들도 네가 처음 투자를 시작했을 땐 없었을 거 아니니. 너도 아무것도 없는 상태에서 시작했다며. 나도 마찬가지야. 아무것도 없이… 그저 배우고 변화를 만들고 싶다는 강한 마음뿐이지. 그러니까 넌 옛날에 어떻게 시작한 건데? 어떻게 첫발을 디뎠어? 여자들은 서로한테서 배운다면서. 그럼 우리도 같이 모이면 많이 배울 수 있지 않을까? 게다가 너한테서 배우면 모르는 걸 물어봐도 괜찮을 것 같아. 내가 가 봤던 다른 투자 모임에선 자기가 얼마나 똑똑한지 과시하고 싶은 사람들만 질문을 하더라고. 하지만 이렇게 하면 우린 서로에게서 배울 수 있잖아."

나는 웃음을 터트렸다. "이러면서 네 영업 솜씨가 별로라고 했단 말이지? 누가 들어도 완전히 넘어가겠는데?"

"그러니까, 좋다는 뜻이지?" 레슬리는 놓치지 않았다.

"그래. 하지만 두 가지 조건이 있어. 첫째로 진심으로 투자에 대해 배우고 싶은 여자들만 와야 해. 친구들이랑 놀 생각으로 오는 거면 차라리 안 오는 게 나아. 진지한 태도로 배우고, 또 배운 걸 행동으로 옮길 사람들만 오는 거야. 마음가짐은 설득한다고 되는 게 아니니까."

"좋은 지적이야. 그렇게 말해 둘 테니까 누가 오는지는 그때 가서 보자." 레슬리가 말했다.

"두 번째는 뭐야?"

"두 번째는 참석자에게 감쪽같은 마법의 공식 같은 건 없다는 걸 미리 말해 줘야 한다는 거야. 이틀 만에 성공적인 투자자로 만들어 줄 수 있는 비밀의 약 같은 건 나한테 없거든. 투자란 하나의 과정이고, 따라서 뛰어난 투자가가 되려면 주어진 숙제를 하고 발품을 팔아야 한다는 것도 알아 둬야 해. 비현실적인 기대를 품고 오는 건 안 돼. 다른 애들에게 이걸 강조해 줄 수 있겠니?"

"당연하지. 그럼 날짜 잡아도 돼?" 레슬리가 말했다.

나는 빙그레 웃었다. "그래, '영업은 하나도 몰라요' 아가씨. 물론 되고말고!"

나는 레슬리에게 마사와 통화한 이야기를 들려주고는 마사도 초대하자고 말했다.

"참 재밌네. 네가 전화했을 때 마침 마사 생각을 하고 있었거든. 한 달 전에 책을 보냈는데 아직도 연락이 없지 뭐야."

Chapter 17

성공의 90퍼센트는 일단 출석하기!

"무엇을 하려고 시도하는 것, 즉 그저 참석하는 것만으로도
우리는 더 용감해질 수 있다. 자존감은 행동에 달려 있다."

— 조이 브라우니 (방송인)

우디 앨런이 이런 말을 한 적이 있다. "성공의 90퍼센트는 일단 출석하는 것이다." 나는 이 말이 많은 경우에 적용된다고 생각한다. 체중 관리를 하고 싶다고 말하는 사람은 많지만 막상 헬스장에 가는 사람은 얼마나 되는가? 지역 사회를 위해 봉사하고 싶다면서 그중에 마을 회관 회의에 나타나는 사람은? 많은 사람들이 삶을 개선하고 싶다고 말하지만 실제로 '행동'하는 사람은 몇이나 되는가?

하지만 어쨌든 나는 이틀짜리 이 투자 모임에 누가 나타날지 궁금해

죽을 것 같았다. 모든 필요한 준비는 레슬리가 도맡고 있었고, 그녀는 모임에 참여하고 싶은 사람은 금요일 아침 9시에 우리 집에서 만나자고 말해 둔 상태였다. "다들 오고 싶다고 했어." 레슬리가 내게 말했다. "누가 올지는 그때가 되어 봐야 알겠지." 내가 대꾸했다.

금요일 아침 9시

나는 커피를 내렸다. 레슬리는 아침 8시 30분에 과일과 머핀 같은 주전부리를 잔뜩 들고 도착했다. "꼭 와야 한다는 부담 같은 건 안 줬어." 레슬리가 내게 말했다. "그냥 우리가 뭘 할 건지 설명하고 너희 집 주소만 알려 줬을 뿐이야. 올 건지 말 건지 나한테 알려 줄 필요도 없고, 이게 중요하다고 생각하면 그냥 그날 오면 된다고 했어."

"그랬더니 모두들 오겠다고 한 거야?" 내가 물었다.

"응. 전부 다. 마사도 온대. 다들 이 모임에 참여하고 싶다고 했어."

나는 커피를 두 잔 따른 다음, 레슬리와 잡담을 나눴다. 9시가 되기 몇 분 전, 초인종이 울렸다. 우리는 상기된 얼굴로 시선을 마주쳤다. 어린 시절, 롤러코스터 제일 앞자리에 앉아 잔뜩 기대하며 안전벨트를 맬 때처럼 말이다. 우리는 서둘러 현관으로 달려가 문을 열어 젖혔다.

"안녕! 길 설명 아주 훌륭했어, 레슬리! 택시 운전사가 어디로 가야 할지 정확히 알더라. 잘 도착해서 다행이야." 트레이시가 약간 숨을 헐떡이며 말했다.

"트레이시! 와 줘서 기쁘다!" 나는 반갑게 소리쳤다.

리치 우먼

"꼭 내가 와서 놀란 것처럼 말한다?" 트레이시가 말했다. "내가 안올 거 같았어? 안 그래도 지난주에 있었던 일 때문에 꼭 와야겠다고 생각했단 말이야."

우리는 다 같이 부엌으로 향했다. "지난주에 무슨 일이 있었는데?" 내가 물었다. "남편 회사가 매각돼서 일자리를 잃을 뻔했을 때 무척 겁이 났다고 말한 거 기억나?" 트레이시가 말했다. 레슬리와 나는 고개를 끄덕였다.

"지난주 금요일에 우리 회사에서도 중대한 발표가 있었어." 트레이시가 이야기를 시작했다.

"다른 회사와 인수 합병한다는 논의가 예전부터 한 1년쯤 있었거든. 들리는 소문에는 무산됐다고 했고. 그런데 금요일 오후에 CEO가 우리를 전부 불러서 회사가 합병되지는 않을 건데, 대신에 우리 회사의 가장 큰 경쟁사에 팔렸다는 거야! 그래서 앞으로 회사 전체에 큰 변화가 있을 거고 아무도 일자리를 잃지 않게 최선을 다할 거라고 말했어. 하지만 그 말을 듣고 안심할 사람이 누가 있겠니?"

"그래서, 어떻게 될 것 같아?" 레슬리가 물었다.

"나도 몰라. 하지만 지난주 내내 회사가 장례식장 분위기였어. 아무

> 체중 관리를 하고 싶다고 말하는 사람은 많지만 막상 헬스장에 가는 사람은 얼마나 되는가? 지역 사회를 위해 봉사하고 싶다면서 그중에 마을 회의에 나타나는 사람은? 많은 사람들이 자신의 삶을 개선하고 싶다고 말하지만 실제로 '행동'하는 사람은 몇이나 되는가?

래도 정리 해고가 없을 순 없겠지. 회사가 합쳐지면 보통 그것부터 하니까! 다들 잘릴지도 모른다는 생각에 유령처럼 흐느적거리며 걸어 다니는데 분위기가 장난이 아니었다니까. 무엇보다 위에서 말단 직원에 이르기까지 앞으로 뭐가 어떻게 될지 아는 사람이 아무도 없어. 마치 모두의 삶이 그 자리에 멈춰 버린 것 같아. 우울해 죽겠어. 어쨌든 앞으로 어떻게 될지 몰라 난감한데, 이번 주에 이 모임이 있다니까 타이밍이 완벽하게 느껴졌지. 적어도 이것만은 내 뜻대로 결정할 수 있는 거니까."

"맞아! 정신이 확 드는 강렬한 깨달음만큼 좋은 건 없지!" 레슬리가 외쳤다. "지금 누가 문 두드리고 있는 거 아냐?" 트레이시가 말했다.

우리끼리 이야기를 하느라 정신이 팔린 나머지 누군가 현관문을 두드리는 소리를 듣지도 못한 거였다!

"두 번째로는 누가 왔나 볼까?" 내가 웃으며 말했다.

우리는 누구일지 맞춰 보기로 했다.

"내가 10분이나 늦었다니 믿을 수가 없어! 모든 걸 분 단위로 완벽하게 계획해서 평소에는 절대로 안 늦는단 말이야." 팻이 미안하다는 듯이 말했다.

"어서 와, 팻!" 우리는 포옹을 나눈 다음 부엌으로 향했다.

우리는 커피와 과일, 머핀을 먹으며 9시 45분까지 이야기를 나눴고, 올 사람은 다 왔다는 결론을 내렸다. 다른 친구들은 나타나지 않았다.

마사는 어떻게 된 걸까?

나는 나중에 마사에게 무슨 일이 생겼는지 알게 되었다. 마사는 나와 통화할 때 현재의 상황을 바꾸기 위해 '무엇이든' 할 것이라고 말했다. 내가 보낸 책을 읽겠다고도 말했다. 나중에 레슬리가 해 준 말에 따르면, 마사는 우리의 이틀짜리 모임에 '반드시' 오겠다고 말한 유일한 사람이었다고 한다. 나중에 알았지만 그녀는 『부자 아빠 가난한 아빠』를 한 장도 읽지 않았다. 현 상황에 변화를 일으키기 위한 첫발을 내딛지도 않았다. 나는 마사가 이틀 동안 우리와 함께 시간을 보낼 마음도 없었다고 생각한다. 그녀는 말만 할 뿐, 아무것도 실천하지 않았다. 삶에 변화를 주고 싶다고 말하면서도 아무것도 전과 다르게 할 생각이 없었다. 마사는 바뀔 의향이 없었다. 그게 다다. 바로 이런 이유 때문에 내 제안이나 조언을 진심으로 받아들일 의향이 있는 사람과 함께 일하는 것이 중요하다. 진정으로 배우고 싶은 사람들 말이다.

그렇지 않다면 내가 좋아하는 격언처럼 될 뿐이다.

"돼지에게 노래 부르는 법을 가르치지 마라. 그건 시간 낭비일 뿐만 아니라 돼지를 화나게 할 뿐이다."

세상에는 마사처럼 원하는 게 있다고 말하면서도 실제로는 아무런 행동도 취하지 않는 사람이 많다. 그러므로 묻겠다. 당신은 원하는 것을 얻기 위해 필요한 행동을 실천할 '의지'가 있는가? 나는 행동했다. 여러 번 그랬다. 이 책을 쓴 것도 그렇다. 나는 이 책을 쓰기 전에 거의 3년 동안 여자들을 위한 투자 서적을 쓰고 싶다고 누누이 이야기했지만 실제로는 아무 일도 하지 않았다. 입으로는 그렇게 말하면서 한 단어도 쓰지 않았다. 말이야 거듭 꺼냈지만 너무 바빴다. 그러던 중 마침내 친한 친구들이 독촉하기 시작했다. "빨리 책을 쓰든가 아님 집어치우든가 하지 그래!" 친구의 애정 어린 충고였다. 다른 친구는 이렇게 말했다. "맨날 그렇게 입으로만 떠들면서 책은 대체 어디 있는데?"

캐롤의 경우

원하는 게 있으면서도 행동하지 않는 또 다른 사례는 바로 캐롤이다. 캐롤은 예전에 경리로 일하며 로버트와 내 재정 문제를 살펴 주었는데, 그러다가 나중에는 좋은 친구 사이로 발전했다. 우리는 한 달에 두 번씩 만나 재정 상태를 분석했다. 우리는 함께 모든 '숫자'를 점검했고, 캐롤은 우리가 사들이는 다양한 투자 자산과 임대 부동산을 눈으로 직접 확인할 수 있었기 때문에 만날 때마다 투자에 관해 묻곤 했다. 그렇게 2년이 지나갔다.

그러다 어느 날 캐롤이 말했다. "투자에 대해 물어볼 게 있어요." 나는 그녀의 말을 가로막으며 이렇게 말했다. "질문은 이제 그만 해요! 벌써 몇 년째 나한테 묻기만 하고 있잖아요. 대체 행동은 언제 할 거예요? 지금까지 무슨 투자를 했죠?"

"아무것도 안 했는데요."

"그럼 그만 물어요." 나는 선언했다. "앞으론 투자에 대한 질문엔 대답 안 해 줄 거예요. 당신이 진짜로 뭔가를 할 때까지는 투자 얘기도 안 할 거고요. 일단 투자를 시작한 다음에 이야기하도록 해요."

2주 뒤, 캐롤이 의기양양하게 회의실로 들어오더니 생애 처음으로 매입한 주식을 내밀었다. 그녀가 말했다. "주식은 당신이랑 얘기를 나누려고 산 거예요. 사실 내가 원하는 건 부동산이거든요. 첫 임대 부동산을 살 때까지는 부동산 투자에 대해 안 물어본다고 약속할게요."

캐롤은 약속을 지켰다. 한 달 뒤에 캐롤은 작은 임대용 주택을 발견했고, 판매자에게 가격을 제시했고, 받아들여졌다. 하지만 자본금이 얼마 없었기에 알고 지내던 투자가에게 투자 파트너가 되어 달라고 부탁해야 했다. 그가 승낙하자 캐롤은 그때부터 투자의 길로 나섰다. 그 후 캐롤은 단독 주택과 아파트는 물론 몇 채의 아파트 건물까지 손에 넣었고, 지금은 매우 적극적인 투자가로 활동 중이다. 우리는 이제 많은 이야기를 나눈다.

나중에 캐롤은 질문을 자주 던지는 것도 행동을 하는 것이라고 생각했다고 털어놓았다. 그러다 2년 동안 질문만 했을 뿐, 실제로는 아무 것도 하지 않았다는 사실을 깨달은 것이 커다란 계기가 되었다. 캐롤은 질문을 던지고 또 던지는 것이 '게임에 참가하는 것'이라고 생각했다. 하지만 그것은 행동하지 않으려는 변명이었을 뿐이다.

그래서 이 이야기의 교훈은 무엇일까? '말'과 '행동'은 별개다. 그리고 몸소 출석하는 것은 행동이다.

재니스는 어떻게 된 걸까?

부엌에서 일어나 서재로 자리를 옮기려는데 전화가 울렸다. 재니스였다. 나는 모두가 함께 들을 수 있도록 스피커폰으로 돌렸다.

"내가 너희를 잊지 않았다는 걸 알려 주려고 전화했어!" 재니스가 우렁찬 목소리로 외쳤다. "나도 거기 갔어야 했다는 건 아는데, 아주 좋은 소식이 있거든!"

"무슨 좋은 소식?" 레슬리가 물었다.

"내가 항상 진지한 연애하고는 안 어울린다고 이야기한 거 알지? 근데 말이야, 그게 아닌 것 같아. 남자를 만났는데, 그 사람 이름은 그렉이야. 안 지 얼마 되지는 않았어. 꼭 태풍에 휩쓸린 것 같은 느낌이야. 내가 이런 말을 한다는 게 아직도 안 믿기는데, 나 아무래도 사랑에 빠진 것 같아!" 재니스가 폭탄선언을 내던졌다.

팻은 하마터면 의자에서 굴러떨어질 뻔했다. "네가? 뭐든 내 방식대로 하지 않으면 꺼지라는 주의인 네가 사랑에 빠져? 세상에, 네 입에서 그런 말이 나올 줄은 상상도 못했다. 하지만 정말 좋겠다. 더 자세히 말해 봐. 만난 지는 얼마나 됐어?"

"3주." 재니스가 대답했다. "짧은 시간인 건 알아. 하지만 이건 운명이야. 내 사무실 근처 커피숍에서 우연히 만났어. 카푸치노를 사려고 줄 서서 기다리고 있는데, 그때 그가 가게 안으로 들어온 거야. 서로 힐끔거리며 눈치를 보다가 결국 그 사람이 다가와서 말을 걸었지."

"뭐하는 사람이야? 무슨 일을 해?" 트레이시가 호기심을 참지 못하고 물었다.

재니스는 다소 두서없이 늘어놓았다. "아직 그런 얘긴 안 했어. 사업적으로 안 좋은 경험을 해서 그런 이야기하는 걸 꺼려 하는 것 같더라고. 하지만 여러 회사에서 근무했고, 대개는 영업일을 했대. 지금은 잠시 쉬면서 다음에 뭘 할지 알아보는 중이야. 아주 똑똑한 사람이야. 사업 아이디어도 넘치고, 항상 뭔가를 쉴 새 없이 생각하고 있는걸. 내 사업에도 관심이 많아. 나랑 같이 일하는 것도 좋겠다는 얘기를 한 적도 있어. 근데 생각하면 할수록 그것도 괜찮게 들리더라. 똑같은 일을 오래 하다 보면 지겨워질 때가 있거든. 동업자를 만들어서 새로운 아이디어도 주고받고 서로 부담을 덜어 줄 수 있으면 좋을 것 같긴 해. 내가 거기 못 간 건 우리가 지금 샌프란시스코로 가는 중이라 그래. 이번 주말에 아주 로맨틱하게 보낼 작정이거든!" 재니스가 말했다. "그렉 생각이었어. 호텔에 예약도 해 놨고, 자리 구하기가 거의 불가능한 아주 유명하고 무드 있는 이탈리안 레스토랑도 예약해 뒀대. 대기 명단이 석 달은 된다던데, 그 사람이 전부 다 준비한 거야."

트레이시가 물었다. "아까 남자가 잠시 쉬는 중이랬잖아, 그게 정확히 무슨 뜻이니?" 재니스가 대답했다. "내가 아는 거라곤 그렉이 지난번에 사업을 하다가 곤란한 일을 겪었다는 것뿐이야. 컨설팅 사업이었는데, 1년쯤 됐을 때 동업자랑 문제가 생겼대. 그래서 두 달쯤 전에 회사를 그만둔 거야. 그래서 지금은 다음에 뭘 할지 고민 중이고. 나도 사업을 하는 사람이다 보니 그게 얼마나 힘든지 알거든. 사업을 시작하고 1년이면 아직 들어오는 돈도 얼마 없을 시기인데, 이제야 조금씩 자리를 잡아 가던 중이었다더라. 내가 이런 걸 너희들에게 시시콜콜 얘기하고 있다는 걸 알면 창피해 죽으려고 들 거야. 어쨌든 지금은 자금 사정이 별로 안 좋은가 봐. 누구나 한 번쯤은 실패하는 거니까. 나도 한동안 그 사람을 금전적으로 도와주는 데는 별 불만이 없고."

그때 레슬리가 순진하게도 물었다. "아까 샌프란시스코로 주말여행을 간다며. 그럼 그 비용은 누가 대는 거야?"

"내가." 재니스가 순순히 시인했다. "방금도 말했지만 그렉이 자리를 잡을 때까지 도와주는 거 정도는 내가 할 수 있거든. 그리고 그렉은 정말 똑똑해. 그러니까 어쩌면 지금이 딱 좋은 타이밍인지도 몰라. 그렉에게 동업자가 되어 달라고 하면 완벽하지 않을까? 그러면 모든 게 해결되잖아. 물론 나도 이게 황당하게 들린다는 건 알아." 재니스가 말했다. "만난 시간이 너무 짧다는 것도 알고. 하지만 벌써 그렉이 우리 집에 들어와 같이 살자는 얘기까지 했는걸! 세상에, 남자랑 동거하는 건 살면서 한 번도 생각해 본 적도 없는데. 제발 나한테 미쳤다고 말해 줘."

"너 미쳤구나!" 우리는 동시에 입을 모아 소리쳤다.

"알아, 안다고. 흥분되기도 하는데, 동시에 겁도 난단 말이야." 재니스가 열띤 목소리로 말했다. "아, 끊어야겠다. 지금 공항에 가야 하거든. 주말 잘 보내! 안녕!"

우리 넷은 할 말을 잃고 어리벙벙한 시선을 교환했다.

가장 먼저 입을 연 사람은 트레이시였다. "방금 내가 제대로 들은 거 맞아? 지금 재니스가 만난 지 겨우 3주밖에 안 된 남자가, 수입도 전혀 없다고 말한 거 맞지? 여행 비용도 자기가 다 낸다고? 집에 들어와서 같이 살지도 모르고? 정확히 무슨 일을 하는 사람인지도 모르면서 동업자로 삼겠다고 한 거야? 제발 내가 잘못 들었다고 말해 줘."

"나도 그렇게 들었어." 레슬리가 쐐기를 박았다.

"대체 무슨 생각이라는 거니? 눈이 삐기라도 한 거야?" 트레이시가 기가 막힌다는 듯 탄식했다.

"사랑에 빠지면 눈에 뵈는 게 없어진다잖아. 완벽한 사례네." 내가 말했다.

"시간이 지나면 알게 되겠지." 팻이 말했다.

"내가 보기엔 사기꾼 같은데." 트레이시가 말했다.

사실은 우리 모두 비슷한 생각을 하고 있었다.

"그런데 제일 웃기는 건, 우리가 그 남자를 응원해 줬다는 거야!" 트레이시가 흥분해서 말했다. "여자들이 이럴 때마다 너무 싫더라. 정말 멍청한 짓이잖아." 팻이 자그맣게 속삭였다. "아주 잘 생겼나 보지." "잘생기고 젊을지도." 레슬리가 슬그머니 보탰다. "잘생기고, 젊고, 머리숱도 많을지 몰라!" 내가 말했다. "아, 그럼 좀 이해가 가네." 트레이시가 피식 웃었다.

우리는 재니스에게 완벽한 그 남자를 떠올리며 키득거렸다. 하지만 다소 가벼워진 분위기 속에서도 우리는 재니스 걱정을 하지 않을 수 없었다.

Chapter 18

과정을 시작하자!

> "초보자가 될 마음만 있다면 삶의 어떤 단계에 있든 새로운 것을
> 배울 수 있다. 초보자가 된다면 온 세상이 활짝 열릴 것이다."
>
> — 바바라 셔(기업 컨설턴트)

우리 넷은 뒷문으로 나갔다. 집 뒤쪽에는 로버트와 내가 재택근무용 사무실로 개조한 게스트하우스가 있었다. 우리는 여기서 이틀을 보낼 예정이었다. 우리는 덩치 큰 원목 테이블 주위에 자리를 잡고 앉았다. 테이블 중앙에는 노란 메모장과 펜이 쌓여 있었다.

"진짜 사무실 같다." 레슬리가 말했다. "이제 어떻게 해?"

1단계. 나만의 투자 이유 찾기

"가장 먼저 너희가 오늘 여기 온 이유와 어째서 재정적 자유를 얻는

데 필요한 일을 하기로 결심했는지 이야기해 보자."

"음, 난 아까도 말했지만." 트레이시가 가장 먼저 입을 열었다. "우리 회사가 팔린 게 어떻게 보면 아주 좋은 일이었던 것 같아. 덕분에 내 인생의 많은 면에서 나한테 통제권이 없다는 걸 깨달았거든. 특히 직장과 돈에 대해 말이야. 사장이 그 소식을 발표했을 때 난 본 적도 없는 사람들이 내 미래를 결정할 때까지 손 놓고 기다려야 한다는 게 정말 큰 계기가 됐어. 난 그 사람들이 언제든 줄을 좍좍 그어 버릴 수 있는 명단 속 이름에 불과해. 내가 투자를 하고 싶은 이유는 다시는 이런 처지가 되고 싶지 않기 때문이야. 지금부터 내 미래는 내가 결정할 거야. 그러기 위해서 가장 먼저 해야 할 일이 내 돈을 내가 통제하는 거라고 생각했어. 월급을 받으려고 날마다 일하는 게 내가 돈을 통제하는 게 아니라 돈이 나를 통제하는 거라는 걸 알게 되었거든."

다음은 레슬리 차례였다. "나도 지난번에 킴이랑 얘기했을 때 말한 적이 있는데, 이유는 아주 간단해. 그림을 그리고 싶기 때문이야. 그림이야말로 내가 가장 좋아하는 거거든. 손에 붓을 들고 이젤 앞에 설 때면 온몸에 활기가 돌고 행복과 자신감에 충만해져. 하지만 직장 일에 들어가는 시간이 너무 많아서 내가 진짜 좋아하는 일을 할 시간이 점점 줄고 있어. 단순한 것 같지만, 어쨌든 이게 내 이유야."

우리는 고개를 돌려 팻을 쳐다보았다. 나는 팻이 무슨 말을 할지 궁금했다. 솔직히 오늘 팻이 나타난 건 상당히 뜻밖이었기 때문이다.

팻이 조용히 입을 열었다. "지난번에 너희를 만난 뒤로 내 삶에 대한 생각을 해 봤어. 그때 깨달았지. 내 삶의 많은 부분이 내가 아니라 다른 사람의 꿈과 목표를 위한 것이었다는 걸. 남편 꿈을 뒷바라지하고, 자식들의 삶을 뒷받침해 주고, 내 인생은 항상 뒷전이었지. 그래서 뉴욕에서 너희를 만난 뒤에 내가 진정으로 원하는 게 뭔지 고민하기 시작했어. 그러다 뜻밖의 대답을 얻게 됐지.

그때 투자 이야기를 했잖아? 흥미가 생기더라. 너희도 알다시피 난 정보를 조사하고 파헤치는 걸 좋아하잖니. 이번에도 그랬어. 인터넷도 검색하고 투자 세상에 대해 배우기 시작했지. 재미있더라고. 그래서 계속 웹사이트를 돌아다니면서 주식과 스톡옵션, 부동산, 민간기업 투자, 귀금속 등등에 대해 알아봤어. 컴퓨터 앞에서 몇 시간이고 시간을 보냈지. 하지만 그래 봤자 나 혼자 몰래 하는 일이었어. 다른 사람한테는 한마디도 안 했지. 남편한테도. 그런데 벽에 부딪힌 거야. 전에도 말했지만, 우리 집에서 재정적으로 큰 결정을 내리는 건 남편이거든. 그래서 남편한테 투자 이야기를 했는데 그 사람이 진지하게 받아들이지 않고 부부싸움이라도 하게 되면 어떡하나 걱정이 되더라."

팻이 말을 이었다. "그래서 남편한테 솔직하게 털어놓기로 했어. 지금까지 다른 사람을 돌보며 살았으니까 이젠 나를 위해 뭔가를 해 보고 싶다고 말이야. 생전 처음으로, 이번만큼은 나를 가장 중요하게 여기고 싶다고 말했어. 우리의 재정 상태에 대해 남편과 이야기하는 게 조금 겁이 난다고 털어놨어. 돈 문제는 그 사람 영역이니까. 그리고 지금 인터넷으로 투자에 대해 배우고 있고, 단순한 취미가 아니라 이 일을 진지하게 해 보고 싶다고 말했어. 아직 배울 것이 많지만 당신이 도 와주고 응원해 줬으면 좋겠다고 했지. 그런 다음 숨을 크게 들이켜고, 그의 대답을 기다렸어."

"그러겠대?" 내가 물었다.

"그렇게 간단했으면 얼마나 좋았을까." 팻이 대답했다. "아니, 아직 그이가 완전히 내 편이 된 건 아니야. 하지만 결국엔 그렇게 만들 거 야. 난 그 사람의 축복 없이도 혼자 행동할 만큼 확신을 갖고 있거든. 남편은 증거를 봐야 움직이는 사람이니까 결과를 보여 주면 마음을 바 꾸겠지. 지금은 직장 일이 너무 힘들어서 그것밖에 안 보이는 것 같아. 솔직히 남편이 일을 하면서 행복한지도 잘 모르겠어. 그 일을 오래 했 는데 그다지 즐기지도 않는 것 같고. 하여튼 난 그이에게 다른 선택지 가 있고, 내가 생각하는 이것이 훨씬 나은 옵션이라는 걸 보여 주고 싶 어. 그러니까 이건 나를 위해 하는 일이지만 동시에 남편을 위한 것이 기도 해. 장기적으로 우리 사이를 더 돈독하게 만들어 줄 테고, 그렇게 되면 무엇보다 가장 좋은 선물이 될 거야."

"그래, 그렇게 될 거야!" 레슬리가 박수를 쳤다. "그럼 정말 좋겠다."

"우리 셋 모두 투자를 하려는 개인적인 이유가 확고한 것 같네." 트 레이시가 말했다.

"정말 그래." 내가 말했다. "그리고 당연히 확고해야 해. 왜냐하면 이 개인적인 이유야말로 일이 계획대로 진행되지 않거나 회의감이 들 때, 혹은 다른 사람들이 의문을 표할 때마다 너희를 지탱해 주는 거니까.

포기하는 건 늘 더 쉽지. 너희는 모두 아주 강력한 동기를 갖고 있구나. 다행이야!"

2단계. 나의 현재 위치 파악하기

"앞으로 어디로 가고 싶은지 얘기하려면 지금 어디 있는지부터 알아야 해." 내가 말했다. "목적지도 모른 채 무작정 택시를 탈 수는 없잖니? 그럼 아무 데도 못 가거나 하루 종일 빙빙 돌게 될 테지. 그러니까 이 다음 단계는 너희가 지금 재정적으로 어떤 위치에 있는지 파악하는 거야. 지금 너희의 재정 상태는 어때? 이걸 알아내는 아주 쉬운 방법이 있단다." 나는 친구들에게 말했다.

"지난번에 재니스랑도 한 이야기인데, 지금부터 우리가 할 일은 너희가 얼마나 부유한지 알아보는 거야."

"잠깐. 나 벌써부터 우울하려고 그래." 레슬리가 신음을 흘렸다. "지금 내 상황을 부유하다곤 할 수 없을 것 같은데."

나는 웃음을 터트렸다. "내가 말한 부유하다는 의미는 이거야. 지금 당장 일을 그만둔다면 재정적으로 며칠 동안 버틸 수 있는가? 다시 말해서 며칠, 몇 달, 몇 년이나 부유한가?"

우리는 지난번에 재니스가 사용한 것과 똑같은 공식으로 친구들의 '부'를 계산해 보았다.(11장) 여기 그들이 거친 단계를 소개한다.

◆ 팻과 트레이시, 레슬리는 각각 월 지출액 내역을 적었다.

◆ 그다음 단계로 은행의 저축 계좌와 CD, 즉시 현금화할 수 있는 주식, 투자로 인한 현금흐름 등을 전부 더했다.

◆ 그런 다음 소득(2단계)을 월 지출액(1단계)으로 나누어 얼마나 부유한지 결과를 얻었다.

여기저기서 불평이 터져 나왔다.

"이 숫자가 무슨 뜻인지는 몰라도 좋은 건 아닌 거 같아." 레슬리가 탄식했다.

"난 7.2가 나왔어." 트레이시가 말했다. "이게 무슨 뜻이야?"

"그건 네가 7.2개월 부유하다는 의미야. 당장 일을 그만뒀을 때 재정적으로 7.2개월 동안 버틸 수 있다는 의미지. 7.2개월이 지나면 어디선가 수입이 필요해질 거야."

"그냥 좀 긴 휴가 수준이잖아!" 트레이시가 외쳤다.

"나보단 낫네." 레슬리가 대꾸했다. "난 0.6이야. 한 달도 못 산다는 의미라고! 이번 테스트는 꽝이야."

나는 웃었다. "이건 정해진 답이 있는 게 아냐. 네 대답은 그냥 네 대답일 뿐이지. 이건 그냥 지금 네 재정 상태를 알기 위한 거야."

팻이 끼어들었다. "내가 계산한 바에 따르면, 어쨌든 난 우리가 저축이나 투자를 얼마나 하고 있는지 정확히 모르니까(그 말인즉슨 내가 정말 우리 집 재정에 대해 아는 게 하나도 없다는 거네.) 우리 집은 10개월 정도 부유한 것 같아. 이것도 남편이 직장에 계속 다닐 때 얘기라고 생각하니까 확실히 '깨달음'의 순간이네. 하지만 만약에 그 사람이 일자리를 잃으면 어떻게 되지? 다른 소득, 그러니까 내가 직장을 찾거나 할 때까지 버티긴 너무 짧은 시간이야. 게다가 난 17년이나 일을 안 했는걸. 지금 같은 생활 수준을 유지하는 건 거의 불가능해!"

3단계. 어디로 어떻게 갈 것인가?

"자, 이제 너희는 현재의 위치를 알게 됐어. 축하해!" 나는 말했다. "다음 단계는 어디에 도달하고 싶은지 파악하는 거야. 그러려면 두 가지 질문에 대답해야 하지."

"그게 뭔데?" 팻이 물었다.

"첫 번째 질문은 이거야. 자본 이득에 투자할 것인가 아니면 현금흐름에 투자할 것인가?" 나는 본격적으로 설명을 하기 시작했다. "전에 이야기한 거 생각 나? 사람들은 투자를 할 때 대개 자본 이득이나 현금흐름에 투자해. 주식에 투자한다면 자본 이득에 초점을 맞추는 게 되겠지. 주식을 매수해서 살 때보다 더 높은 가격에 파는 거니까. 집을 사서 수리한 다음 곧장 판다면 그것도 자본 이득에 투자하는 거야. 집을 사서 오래 보유하고 있으면서 세를 놓는다면 현금흐름에 투자하는 거고, 배당금을 주는 주식에 투자하는 것도 현금흐름 투자야.

내 경우에 제일 좋아하는 건 현금흐름이야. 일을 하지 않고도 계속 내 주머니에 돈이 들어오는 한 재정적 자유를 누릴 수 있으니까. 매달 긍정적인 현금흐름을 조달하는 자산을 생산하거나 구입하기만 하면 되지. 그게 내 공식이야."

첫 번째 단계는 현 상황을 객관적으로 판단하는 것이다.
두 번째 단계는 미래의 어디에 도달하고자 하는지 결정하는 것이다.

트레이시가 말했다. "난 남은 평생 일을 하고 싶진 않아. 적어도 지금 하는 일을 하고 싶지는 않아. 투자를 해서 매달 현금흐름을 얻고 그렇게 투자를 계속하면 현금흐름을 점점 늘릴 수 있다는 건 알겠어. 그러면 결국 나도 일을 그만둘 수 있겠지. 투자를 통해 매달 현금흐름이 들어오는 동안엔 말이야. 하지만 자본 이득 투자의 경우에는, 거기서 돈을 얻으려면 투자물을 팔아야 해. 그러니 수익을 올리려면 계속해서 사고파는 거래를 해야겠지. 게다가 내 손에 남는 건 일정 액수의 돈뿐이고. 죽을 때까지 재정적으로 버티려면 엄청나게 많은 돈을 모아야겠지. 이 둘은 완전히 다른 방식이네."

"잘 이해했어." 내가 말했다. "말해 두는데, 난 그 두 가지 중 하나가 낫다고 말하는 게 아니야. 그저 내가 사용하는 공식이 현금흐름일 뿐이지. 난 1989년부터 현금흐름을 얻기 위해 투자했고 1994년에는 로버트와 함께 재정적 자유를 얻을 수 있었어. 투자를 통한 현금흐름 덕분이었지. 그렇다고 엄청난 부자가 된 건 아니야. 그냥 하고 싶은 일을 하며 살 수 있을 정도로 자유로워졌을 뿐이지.

그리고 한 가지만 더. 난 주로 부동산 투자를 해. 왜냐하면 난 부동산을 둘러보는 걸 좋아하거든. 부동산을 분석하고, 이것저것 장점을 따져 보고, 어떻게 해야 최대한 활용할 수 있을지 궁리하는 것도 좋아해. 그리고 무엇보다 현금흐름을 사랑하지. 그러니까 너희도 너희가 좋아하는 투자 종류를 찾아야 해. 그렇지 않으면 성공하기 힘들거든.

내가 1년쯤 부동산 투자를 권한 친구가 있는데, 그 친구는 절대로 내 말을 듣지 않았어. 그러더니 어느 날 스톡옵션 거래에 대한 세미나에 한 번 참석하더니 거기에 푹 빠지더라. 그래서 지금은 스톡옵션 거래를 하고 있지. 그 친구는 스톡옵션을 좋아해. 그 분야를 좋아하고 재능도 있거든. 그러니까 자기한테 제일 잘 맞는 것, 제일 좋아하는 투자를 선택하는 게 가장 중요해."

나는 지금까지 한 이야기를 요약했다. "자, 그러니까 너희가 물어야 할 첫 번째 질문은 '현금흐름인가 자본 이득인가?'야. 그런 다음 두 번째 질문은 '목표는 무엇인가?'지."

"내 목표는 100퍼센트 완전한 자유를 얻는 거야!" 레슬리가 불쑥 말했다. "그것만은 분명하게 말해 줄 수 있어. 난 큰 집도 멋진 자동차도 필요 없어. 그냥 그림만 그리고 싶을 뿐이야. 돈 걱정에서 해방되고 싶고, 몇 시까지 출근하란 소리도 그만 듣고 싶어. 내가 재정적으로 자유롭고 원하지 않으면 일할 필요도 없다는 걸 체감하고 싶어. 그러니까 난 현금흐름 투자를 할 거야. 언제까지든 생활비를 해결해 줄 수 있는 현금흐름이 좋아. 지금 매월 5,200달러를 쓰고 있으니까 그 정도 현금흐름만 만들면 된다는 얘기지. 그게 내 목표야."

"정말 확고하구나." 팻이 말했다. "내가 이렇게 말하면 이상하게 들릴지도 모르겠지만 사실 난 이렇다 할 목표가 없어. 일단 시작부터 한 다음 점점 늘려 나갈 생각이었지. 하지만 방금 우리 집 지출을 계산해 보고 남편 연봉과 저축을 따져 보니 겨우 1년 정도 버틸 수 있겠더라. 그러니 나도 좀 깊이 생각해 봐야겠다. 앞으로 무슨 일이 생길지는 아무도 모르잖아? 우리 집은 예기치 못한 사고가 생겼을 경우에 대비가 안 돼 있어. 그래, 이 문제에 대해 진지하게 고려해 봐야겠다."

"목표는 생겼는데, 거기 도달하려면 어떻게 해야 해?" 레슬리가 조바심을 내며 물었다.

"여기서부턴 숙제를 해야 해." 내가 대답했다. "목표를 달성할 계획을 세워야 하니까. 목표를 이루기 위해 사용할 수 있는 수단은 많아. 그러니 제일 먼저 할 일은 우선적으로 집중할 투자 분야를 선택하는 거야. 관심도 없는 분야를 공부해 봤자 아무 쓸모도 없잖니. 고등학교 때 억지로 삼각법을 배웠을 때를 생각해 봐. 난 그게 실생활에 무슨 도움이 될지 아무리 생각해도 모르겠더라."

"그래서 내 생물학 점수가 엉망이었나 봐." 트레이시가 털어놨다. "도저히 개구리 해부를 할 수가 없었거든."

팻이 끼어들었다. "너무 나다운 짓이라고 너희가 웃을 것 같긴 한데, 혼자 인터넷을 뒤지다가 여러 투자 분야에 대해 정리한 걸 찾았거든. 킴한테 이메일을 보냈더니 몇 가지를 더 추가해 줬어. 오늘 출력해 왔으니까 나눠 줄게."

"전혀 안 웃겨, 팻! 정말 잘했다. 자료 고마워." 레슬리가 말했다.

다음은 팻이 정리한 투자 목록이다.(여기 언급된 것 외에도 다양한 분야의 투자가 존재한다.)

◆ 투자의 종류

부동산: 단독 주택

다세대 건물(듀플렉스부터 아파트 건물에 이르기까지)

사무용 건물

쇼핑센터/상가

물류창고

개인용 임대 창고

토지

종이 자산: 주식

스톡옵션

채권

뮤추얼펀드

단기 및 장기 국채

헤지펀드

사모펀드

사업체: 개인 사업체(직접 운영에 관여할 수도 있고 소극적/불간섭 투

자가가 될 수도 있다.)

프랜차이즈

네트워크 마케팅(비즈니스를 구축하거나 관리하는 회원 소비

자로부터 수동 소득을 얻을 수도 있다.)

원자재(상품):   귀금속

휘발유

원유

밀

설탕

삼겹살

옥수수

기타

외국환

세금 선취 특권 증서

발명품

지적 자산

수리권 또는 공중권

(※참고: 각 투자에 대한 정의는 책 말미에 수록된 '용어 사전'에서 찾아볼 수 있다.)

"팻이 가장 기본적인 세 가지 투자 종류를 말해 줬어. 부동산과 종이 자산, 그리고 사업체지." 내가 설명했다. "그리고, 이미 짐작했겠지만, 여기 적힌 것 외에도 아주 많은 종류의 투자가 있어. 심지어 전도유망한 운동선수에게 투자할 수도 있지. 많은 운동선수들이 대형 리그에서 활동할 돈이 없기 때문에 투자가가 훈련과 해외 원정, 그리고 시합에 참가하는 데 필요한 비용을 제공하거든. 그러다 그 선수가 프로가 되어 상금을 타게 되면 투자가가 상금 중 일부를 받는 거지."

"마치 이 세상 모든 것에 투자할 수 있다는 말처럼 들리는데." 트레이시가 말했다. "그럼 내가 하고 싶은 투자가 뭔지 알아낸 다음엔 어떻게 계획을 세우면 돼? 네 말을 빌자면 '거기 도달할 방법'을 어떻게 알 수 있는데?"

"아주 좋은 질문이야. 왜냐하면 사람들은 '계획을 세운다.'는 말을 들으면 복잡하게 생각하는 경향이 있거든." 나는 '거기 도달하는 방법'을 알아내려면 다음 질문들에 답하면 된다고 설명했다.

◆ 주로 어떤 분야에 투자할 것인가?

누군가는 한 가지에 집중하기보다 여러 분야에 분산 투자하는 것을 선호할지도 모르지만, 나는 시간과 에너지를 한 가지에 집중하면 투자에 성공할 확률이 더 크다고 배웠다.

◆ 해당 투자 분야 내에서 어떤 상품에 집중할 것인가?

예를 들어 주식에 투자할 경우, 어떤 종목에 집중할 것인가? 어떤 분야에서 전문가가 될 것인가? 가령 만일 내가 기술주를 노린다면 처참하게 실패할 것이다. 그 분야에 전혀 관심이 없는 데다 첨단 기술에 대해 아는 게 하나도 없기 때문이다. 만약 내가 주식 투자를 한다면 나는 주로 부동산 관련 종목에 집중할 것이다. 부동산에 투자하기로 결정한다면 부동산 투자에도 단독 주택과 아파트 건물, 사무용 건물, 쇼핑몰 등 여러 분야가 있다. 특히 투자를 처음 시작하는 사람이라면 한 분야를 선택해 집중적으로 파고드는 게 좋다. 일단 그 분야에 익숙해지면 그 다음에 다른 분야로 관심을 넓혀라.

◆ 목표를 언제까지 달성할 것인가?

더불어 주요 목표를 달성하는 과정 중에 하위 목표는 언제까지 달성할 것인가?

"'어떻게 도달할 것인가?'는 이게 다야." 나는 이렇게 마무리 지었다. "원한다면 더 복잡하게 계획을 짤 수도 있지만 너무 길고 자세하고 광범위한 건 피하는 게 좋다고 충고하고 싶어. 계획이 거창하다 보면 처음부터 질려서 아예 시작을 하지 않게 되거든."

"네 계획은 뭐였어?" 레슬리가 물었다.

나는 미소를 지었다. "로버트와 나는 재정적 자유를 얻기 위해 장기적이고 꽤 구체적인 계획을 세웠지. 10년 동안 매년 임대 부동산을 두 개씩 구입한다. 그게 우리 계획이었어. 우리가 주로 노린 건 단독 주택이었어. 10년이 지나면 임대 주택이 20채나 있을 테니까 매달 들어오는 현금흐름으로 생활비를 충당하고도 남을 거라고 생각했지."

"그래서 계획대로 됐니?" 트레이시가 물었다.

"응." 내가 대답했다. "하지만 우리가 처음에 계획했던 기간에는 못 맞췄어."

세 친구는 실망한 듯 보였다. 하지만 나는 곧 말을 이었다. "처음에 방 두 개, 욕실 하나짜리 임대 주택을 산 뒤에 우리는 계속해서 두 번째, 세 번째 부동산을 구입했어. 그러다 이런 단독 주택보다는 다세대 주택이 낫겠다는 결론을 내렸지. 그래서 우린 10년 동안 임대 주택 20채가 아니라 18개월 내에 20채를 마련했어. 현재의 위치와 우리가 가고 싶은 곳을 파악하고 나니 목표를 달성하는 데 집중할 수 있었고, 처음에 생각했던 것보다도 훨씬 빨리 결실을 맺을 수 있었지."

우리는 남는 시간 동안 투자 공부를 하고, 대화를 나누고, 글을 쓰고, 그림을 그리고, 전화를 하고, 각자의 투자 계획에 알맞은 정보를 찾아 인터넷 검색을 했다.

그날 하루가 끝나 갈 무렵, 레슬리와 팻, 트레이시는 각자의 목표를 종이에 적었다. 목표를 서면으로 작성하는 것은 계획을 실천에 옮기는 중요한 첫 단계다. 친구들은 오늘 하루 동안 해낸 일에 뿌듯해하고 있었다. 레슬리가 벽시계를 힐끗 쳐다보고는 웃음을 터트렸다. "세상에, 벌써 7시잖아! 공부하는 데 너무 집중해서 우리들 전통 행사인 점심 먹는 것도 까먹고 있었어!"

"그럼 대신 저녁을 먹는 게 어때?" 팻이 제안했다.

계획을 세울 때는

1. 목표를 설정한다.
2. 다음 세 가지 질문을 던진다.
   - 주로 어떤 분야에 투자할 것인가?
   - 해당 투자 분야 내에서 어떤 상품에 집중할 것인가?
   - 목표를 언제까지 달성할 것인가?

Chapter 19

세 부류의 남자, 세 부류의 투자

"마지막에 내 뜻대로만 된다면야 얼마든지 기다릴 수 있다."

— 마거릿 대처(영국 수상)

우리는 레스토랑에서 저녁을 먹으며 오늘 아주 긴 하루를 보냈다는 것을 실감했다. 그러다 남자들이 화제에 올랐는데, 중간에 대화가 다소 독특한 방향으로 흐르게 되었다.

이야기의 물꼬를 튼 건 나였다. "친구 셰리랑 남자들에 대해 아주 재 밌는 얘기를 나눈 적이 있어. 남자들이 가끔 지나가는 여자들한테 1부터 10까지 점수 매기는 거 알지? 그래서 나랑 셰리도 거리에 지나는 남자를 찍어서 그 사람이 '어떤 부류'에 속하는지 맞춰 보고 있었지."

"있잖아, 세상 남자들은 전부 세 가지 부류 중 하나란다." 셰리가 말했다.

"셋?" 내가 말했다. "셋보단 많을 것 같은데."

"그 세 가지가 뭔지 말해 줄 테니 보탤 거 있으면 어디 보태 봐." 셰리가 도전장을 내밀었다.

"좋아."

"세상 남자들은 전부 나쁜 남자, 좋은 남자, 아니면 겁쟁이야."

"계속해 봐."

"나쁜 남자는 너희 아버지가 네가 사귀는 걸 싫어하는 남자야." 셰리가 웃음을 터트렸다. "재미있고, 매혹적이고, 여자들이 거부하기 힘든 남자지. 도전 의식을 불러일으키는 상대랄까. 무슨 짓을 할지 예측하기 힘들어서 끊임없이 감시하고 지켜봐야 해. 그리고 절대로 지루하지 않아. 항상 네 관심을 사로잡을 거야. 넌 그 사람을 잊지 못할 테고. 실연을 당해도 별로 놀랄 일도 아니고, 애증 관계라는 게 있다면 틀림없이 이런 나쁜 남자가 얽혀 있을걸.

두 번째는 좋은 남자야. 주변에 꼭 이런 남자가 있지 않니? 남자면서 좋은 친구 말이야. 다른 사람들도 다 이 남자를 좋아하지. 대화도 잘 통하고, 같이 있으면 편안하고, 고민 상담도 할 수 있어. 좋은 남자랑은 말다툼도 잘 하지 않지. 문제가 생기기 전에 대화로 풀 수 있으니까. 이런 사람은 안전하고, 골치를 썩일 일도 별로 없어. 예측하기도 쉽고. 좋은 남자는 첫 데이트에서 절대로 키스를 하지 않아. 여자들한테 예의 바르고 정중한 사람들이라서."

"그럼 겁쟁이는?"

"겁쟁이는 먹살을 잡고 촬촬 흔들어 주고 싶은 남자야." 셰리가 말했다. "걔네들은 따분해! 인생에 재미라곤 하나도 없고. 겁쟁이랑 데이트를 하면 대개 영화만 보고 집에 가는 걸로 끝일걸. 별이 쏟아지는 밤하늘 아래 옥상에서 촛불을 밝힌 낭만적인 깜짝 저녁식사 같은 건 꿈도 꾸지 않는 게 좋아. 겁쟁이랑 같이 있으면 절대로 놀랄 일이 없어. 신기하고 감탄사가 나올 일 따윈 아무것도 하지 않지. 그런 남자들은 물 위에서 배를 흔들려고 하질 않거든. 위험을 무릅쓰지도 않고, 모든 게 항상 평화롭고 안정적이길 바라. 그런 사람들한텐 세상 모든 게 위험투성이로만 보여. 그러니까 간단히 말해 겁쟁이는 그냥 숨만 쉬면서 살 뿐이야."

"확실히 구분이 가긴 한다." 내가 말했다. "그리고 네 생각에 남자들은 전부 그 세 가지 범주로 나뉜단 말이지?"

"네가 한번 말해 봐." 셰리가 도발했다. "네가 알고 지내는 남자를 한 명 떠올려 봐. 그 사람이 이 세 가지 중 하나에 해당되니?"

"응." 나는 순순히 시인했다.

"어느 쪽?"

"나쁜 남자."

"생각한 대로네." 셰리가 웃음을 터트렸다. "이번엔 생각나는 남자들은 전부 다 떠올려 봐. 전부 다 나쁜 남자나 좋은 남자, 아니면 겁쟁이 중 하나일걸."

나는 한 3분 정도 알고 지내는 모든 남자들을 떠올려 보았고, 전부 이 세 가지 범주 중 하나로 분류할 수 있었다.

"좋아, 네가 이겼어." 내가 말했다. "네 번째나 다섯 번째는 필요 없겠다. 아주 잘 요약했는걸. 다른 여자애들한테도 이거 알려 줘야겠어."

나쁜 남자, 좋은 남자, 그리고 겁쟁이

팻과 레슬리, 트레이시는 모두 폭소하고 있었다. 나는 친구들이 머릿속으로 그들이 아는 남자들을 전부 이 세 가지 부류에 대입해 보고 있다는 걸 알 수 있었다.

"대학교 때 내 남자친구는 확실히 나쁜 남자였어!" 레슬리가 말했다. "하지만 웃기는 건, 막상 결혼은 착한 남자랑 했다는 거야. 어쩌면 그래서 오래 못 갔는지도 몰라. 내가 진짜 원한 건 나쁜 남자였나 봐."

트레이시가 씨익 웃었다. "첫 데이트가 끝나고 나쁜 남자가 꽃을 보내면 마음이 설레지. 겁쟁이가 꽃을 보내면 불안하고 말이야. '설마 더 깊은 관계로 발전하고 싶은 거면 어쩌지?' 해서."

"착한 남자는 같이 마차를 타고 가도 아무 짓도 안 해. 나쁜 남자는 담요만 덮어도 그 밑에서 야단법석을 떠는데!" 팻이 낄낄거렸다.

레슬리가 말을 보탰다. "고등학교 프롬 파티 때 파트너가 없어서 겁쟁이를 데려간 적이 있어. 남은 게 걔밖에 없었거든. 애는 참 착했는데, 인기 있는 여자애들은 전부 나쁜 남자랑 왔지. 그러다 나도 나쁜 남자랑 사귀게 됐는데 그러니까 동급생들 사이에서 인기가 올라가더라."

"태도하고 관계가 있을 거야." 팻이 말했다. 시트콤 「해피 데이스」에 나왔던 폰즈를 생각해 봐. 키도 별로 안 크고 피부도 창백하고 별로 잘생기지도 않았는데 확실히 나쁜 남자였잖아."

"왜 여자들이 나쁜 남자를 그렇게 좋아하는지 모르겠어." 내가 말했다.

"내 친구 중에 착한 남자하고만 사귀는 애가 있는데, 절대로 오래 가는 법이 없었어. 하지만 걔가 죽어도 못 잊는 남자는 5년 전에 사귀었던 나쁜 남자였지."

"나쁜 남자는 약간 위험한 분위기가 있어. 속을 알 수 없기도 하고." 트레이시가 말했다. "과감하고 위험을 무릅쓰는 성향이 있어서 대신 뭐든 가능성이 크지. 내 남편은 착한 남자야. 결혼할 때부터 우리가 교외에 사는 평범한 맞벌이 부부로 조용히 살 거라는 걸 알고 있었지. 지금 와서 내 커리어랑 가족들을 생각해 보면 사실 내가 바란 것도 그런 거였던 것 같아. 안정적이고 확실한 거."

레슬리가 한마디 했다. "내가 사귀던 남자들을 생각해 보면 나쁜 남자는 최악일 때는 정말 최악인데 동시에 최고일 땐 진짜 최고였던 것 같아. 이해하기 힘든 부분이 있지만 확실히 가능성도 무한하지."

"나쁜 남자라고 했을 때 누가 떠올랐어?" 팻이 우리 모두에게 물었다.

내가 가장 먼저 대답했다. "믹 재거는 확실히 나쁜 남자야."

"존 매켄로, 에미넴, 찰리 쉰. 전부 다 나쁜 남자지." 트레이시가 말했다.

"아, 그리고 람보도."

"그럼 좋은 남자는?" 내가 물었다.

"「해피 데이스」에서 폰즈가 나쁜 남자라면 좋은 남자는 리치 커닝햄이지." 레슬리가 말했다. "그 사람은 좋은 남자 맞아. 그리고「고인돌 가족 플린스톤」의 바니 러블도!"

우리는 와르르 웃었다.

팻이 미소를 지으며 말했다. "그리고 겁쟁이로는「못 말리는 번디 가족」의 알 번디가 완벽할 거야. 호머 심슨도 해당되고."

세 가지 부류의 투자

우리는 온 세상 남자들을 나열하며 밤을 샐 수도 있었다. 하지만 우리의 대화는 이내 다른 방향으로 향했다.

내가 말했다. "세상 남자들을 세 가지 부류로 나눌 수 있는 것처럼, 투자도 똑같이 나쁜 남자와 좋은 남자, 그리고 겁쟁이로 분류할 수 있어. 우리가 아는 모든 남자가 이 세 범주 중 하나인 것처럼 투자도 그렇게 구분할 수 있지."

"무슨 말인지 잘 모르겠는데." 레슬리가 말했다.

"모든 투자를 나쁜 남자와 좋은 남자, 겁쟁이로 구분할 수 있다면 나쁜 남자 투자랑 좋은 남자 투자, 겁쟁이 투자가 뭘까?" 내가 물었다.

"난 알 거 같아." 팻이 대답했다. "나쁜 남자 투자는 위험하고 도전적이겠지."

"세상엔 두 가지 부류의 투자가가 있어. 능동적 투자가와 수동적 투자가지. 투자를 통해 재정적 자유를 얻고 싶다면 능동적 투자가가 되어야 해."

"맞았어. 나쁜 남자는 도전 의식을 자극해. 계속 관심을 주고 긴장하면서 지켜봐야 하지. 무시하고 그냥 가 버릴 수도 없어. 왜냐하면 네가 돌아왔을 때 더는 그 자리에 없을지도 모르니까. 나쁜 남자한테는 더 적극적으로 행동해야 해. 예측하기도 어렵지. 관계를 유지하려면 많은 노력을 기울여야 하지만 대신에 보상도 커. 제대로 다루는 법만 알고 있다면 말이야."

"그리고 좋은 남자는 네게 상처를 주지 않아. 적어도 아주 심각한 상처는 말이야!" 트레이시가 말했다.

"맞아. 좋은 남자는 나쁜 남자만큼 주의를 기울일 필요는 없지만 그렇다고 영원히 무관심하게 내버려 둘 수도 없어. 대화를 통해 네가 관심이 있다는 걸 늘 알려 줘야 하지. 그리고 이들은 나쁜 남자보다 용서하기가 더 쉬워. 좋은 남자 투자는 나쁜 남자만큼 '보상이 좋진 않아도' 그만큼 위험하지 않아."

"그럼 겁쟁이는 어떨까?" 내가 물었다.

레슬리가 대답했다. "겁쟁이는 시시해! 아무것도 안 하니까."

나는 웃었다. "완벽한 대답이야. 겁쟁이는 평생 신경을 안 써도 돼. 크게 바뀔 일이 없으니까 관심을 쏟을 필요가 없어. 사실 겁쟁이는 네가 관심을 줄 거라는 기대조차 안 할 거야. 그러니까 겁쟁이지. 이들하고 엮이면 아무 위험도 없지만 대신에 보상도 거의 없어."

"이거 대단한걸!" 레슬리가 감탄했다. "투자란 남자랑 똑같구나! 아니, 진짜 남자보다 나아. 더 젊은 투자 때문에 우릴 떠날 일도 없잖아."

"말대꾸도 안 하고!" 트레이시가 농담으로 받아쳤다.

"대체 어디 가서 아직도 집에 안 들어오는지 걱정할 필요도 없지!" 팻이 마지막으로 덧붙였다.

우리는 정신없이 웃느라 다른 손님들이 우리를 흘겨보는 것도 눈치 채지 못했다.

무엇이 좋은 투자이고, 무엇이 나쁜 투자인가

우리를 다시 대화의 주제로 데려온 건 트레이시였다. "그럼 어떤 투자가 나쁜 남자랑 좋은 남자고, 또 어떤 게 겁쟁이야?"

나는 종이를 꺼내 적었다.

나쁜 남자 / 좋은 남자 / 겁쟁이

"여러 가지 투자가 이 중 어디에 해당되는지 알아보자." 내가 말했다. "주식은 뭘까?"

"주식을 사서 오랫동안 보유하고 있다면, 그건 좋은 남자야." 팻이 대답했다. "왜냐하면 꾸준히 들여다보면서 주가에 영향을 미칠 큰 사건은 없었는지 확인하면 되니까."

"하지만 초단기 매매를 한다면?" 내가 물었다. "날마다 주식을 사고 파는 경우는 어떨까? 주식을 매수한 다음에 몇 시간 후에 재빨리 팔아 버리는 거야. 단타 매매를 하는 사람들은 하루 동안 가진 걸 전부 다

팔아 버리기도 하는걸."

이번에는 트레이시가 대답했다. "그 경우엔 나쁜 남자지. 하루 종일 신경을 곤두세우고 주가를 쳐다보고 있어야 하잖아. 적극적으로 사고 팔아야 하고."

"좋은 지적이야." 내가 말했다. "그럼 '주식-장기 보유'는 좋은 남자로, '주식-단타 매매'는 나쁜 남자로 분류하자. 스톡옵션은 어떨까?"

팻이 말했다. "예전에 스톡옵션에 대해 찾아본 적이 있어. 관심이 좀 있었거든. 이것도 두 가지 대답이 있을 것 같아. 6개월 만기 옵션이라면 이걸로 돈을 벌지 말지 결정할 기간이 6개월이라는 거고, 그럼 좋은 남자야. 관심을 주긴 하는데 적극적으로 행동하지는 않으니까. 하지만 일일 기준으로 스톡옵션을 거래한다면 나쁜 남자겠지. 매분 매초마다 주가를 들여다봐야 하거든. 이 나쁜 남자는 사람을 불안하게 만들 거야."

"그럼 부동산도 투자 종류에 따라 다른 범주에 들어가겠구나." 트레이시가 말했다.

"맞아. 내가 부동산 투자를 하는 친구에게 부동산을 구매하거나, 선불금을 낼 돈을 빌려 준 다음 융자금을 다 갚을 때까지 매달 빌려 준 돈에 대한 이자를 받는다면, 그건 좋은 남자라고 할 수 있겠지. 친구가 부동산 관리를 부실하게 한다면 돈을 받지 못할 위험도 있지만. 하지만 그 사람이 현명한 투자가고 자기가 무슨 일을 하는지 잘 안다면 위험 부담도 크지 않고, 나도 별로 걱정할 필요가 없을 거야."

"그 친구가 돈을 주지 못하면, 좋은 남자는 곧 비명을 지르는 나쁜 남자가 될 거야!" 레슬리가 깔깔 웃었다. "이제 문제가 생겼으니 곧 네 관심을 끌게 되겠네."

"그렇다면 50세대짜리 아파트 건물은 어때? 건물도 낡고, 세입자들도 별로고, 그중 20세대가 비어 있다면 말이야." 내가 물었다.

"나쁜 남자지!" 친구들이 입을 모아 외쳤다.

"왜?"

"낡은 데다 빈집도 많으면 관심도 노력도 엄청나게 필요할 거 아냐." 팻이 말했다. "아하! 이제야 왜 우리 옆집 부부 사이가 그렇게 왔다 갔다 했는지 알겠다. 남편이 나쁜 남자거든."

레슬리가 말을 이었다. "하지만 관리만 제대로 하면 나쁜 남자에서 좋은 남자로 바꿀 수도 있지 않을까? 여전히 상당한 관심을 기울여야 하긴 해도 수리를 마치면 예전만큼 신경 쓸 필요는 없잖아."

"아주 잘 말해 줬어!" 나는 레슬리의 지적에 감탄했다.

"뮤추얼펀드는 어때?" 팻이 물었다.

트레이시가 씨익 웃었다. "내 개인적인 경험으론 '겁쟁이'라고 하고 싶어. 돈을 넣어 두고 좋은 일이 일어나길 바라며 기다릴 뿐이니까. 하지만 내가 상당한 수수료를 지불한다는 것 빼고 그다지 좋은 일이 일어나지는 않았어."

"동감이야." 내가 말했다. "401(k)도 마찬가지야. 납입은 꾸준히 하는데, 시간이 지나도 큰 변화는 없지."

팻이 끼어들었다. "증시가 폭락할 때만 빼고. 내 친구들도 그것 때문에 401(k)를 많이 잃었어. 그래서 겁쟁이가 빈털터리 실패자가 되어 버렸지."

"미개발 토지는 좋은 남자 같아." 트레이시가 화제를 바꿨다. "산 다음엔 그냥 묵혀 두잖아. 딱히 관심을 기울일 필요도 없고. 주변에 개발 붐이 일어나거나 하면 다르겠지만. 거기에 상가나 건물을 짓고 싶으면 시간과 노력, 그리고 교육이 필요한데, 그러면 금방 나쁜 남자로 변하겠지."

"겁쟁이 투자엔 또 뭐가 있을까?" 팻이 물었다.

"넌 뭐라고 생각해?" 내가 되물었다.

"은행의 저축 계좌도 투자로 치니?" 팻이 말했다. "저축 계좌는 아무 일도 안 하잖아. 돈만 넣어 두면 끝이고. 돈을 잃을 위험은 없지만 보상도 없지. 특히 요즘엔 이자율이 없는 거나 마찬가지잖아."

"완벽한 예시야." 내가 대답했다.

"CD도 겁쟁이야. 옛날 우리 형부랑 똑같지. 가만히 앉아 아무것도 하지 않고 빈둥거리기만 하는 게. 애초에 그 사람에게 뭘 기대하는 사람도 없었지만." 레슬리가 키득거렸다.

"금이나 은은?" 트레이시가 물었다.

"내 생각에 금과 은은 좋은 남자 같아." 내가 대답했다. "가격 변동을 살펴봐야 하긴 하지만 언제나 변함없이 거기 있을 거라는 걸 아니까 나쁜 남자랑은 다르지."

팻이 결론을 내렸다. "나쁜 남자 투자는 잘 모르고 덤벼들면 크게 다칠 수 있어. 우리가 여기 모인 것도 다치지 않게 투자에 대해 배우기 위해서지."

"맞는 말이야. 하지만 그래도 가끔은 다칠 수 있어. 사실 아무것도 장담할 수는 없거든." 내가 설명했다. "하지만 계속 배우고 알아 나가면 조금 상처를 입긴 해도 목숨을 잃을 정도로 심하게 다치는 일은 없을 거야."

"하나 더." 레슬리가 말했다. "비즈니스 투자는 어때?"

"자기 사업이나 남이 운영하는 사업에 투자하는 거 말이니?" 내가 물었다.

"이미 존재하는 회사를 사들인다거나, 그 회사의 파트너가 되어 운영에 참여한다거나 하는 것도." 레슬리가 보다 구체적으로 설명했다.

"그러고 보니 그 생각은 안 해 봤네." 트레이시가 말했다. "사업체에 투자하는 방식은 아주 다양해. 내 동생도 자기 친구가 세운 작은 벤처 회사에 돈을 조금 투자했거든. 회사에서 중요한 역할을 하는 건 아니고, 나중에 수익을 나눠 받을 생각으로 초기 사업 자금을 보태 준 거야. 난 그런 투자는 좋은 남자 투자라고 생각해. 문제는 회사를 운영하는 사람들이 잘해야 한다는 거지."

"경험도 없고 자기가 뭘 하는지도 모른다면 그건 투자가 아니라 도박이지." 내가 말했다.

"만약에 내가 사업을 하면…" 레슬리가 입을 열었다.

"나쁜 남자지." 트레이시가 단호하게 말했다. "시간과 노력, 관심이 어마어마하게 들어가잖아. 나쁜 남자 중에서도 최상급일걸!"

능동적 투자 vs. 수동적 투자

"말이 나온 김에 아주 중요한 이야기를 해 보자." 내가 말했다. "세상엔 두 가지 부류의 투자가가 있어. 능동적인 투자가와 수동적인 투자가지. 투자를 통해 재정적인 자유를 얻고 싶다면 능동적인 투자가가 되어야 해. 수동적인 투자만 해서는 재정적 자유를 얻기가 힘들 거야. 뮤추얼펀드와 401(k)도 나쁜 수단은 아니지. 하지만 재정적 독립을 이루려면 그것 말고도 많은 걸 해야 해."

"투자가 능동적인지 수동적인지는 어떻게 구분해?" 팻이 물었다.

"돈을 다른 사람한테 쥐어 주고 투자해 달라고 부탁한 다음, 네가 투자 방식에 관여할 수 없거나 직접 손을 대지 않는다면 난 그걸 수동적인 투자라고 불러. 네 돈을 남한테 맡기고 관심을 꺼 버리는 거니까. 반면에 능동적인 투자가는 적극적으로 투자에 관여하지."

"그러니까 임대 부동산을 구매하고 관리하는 건 능동적인 투자구나." 팻이 말했다.

"그래."

"그럼 나쁜 남자 투자는 다 능동적인 투자겠네." 레슬리가 말했다. "내가 아는 나쁜 남자는 모두 다 적극적이었으니까 말이 되는 것 같아."

"그리고 좋은 남자 투자의 대다수도 능동적인 투자일 거야. 관여 수준에 차이가 있을 뿐이지." 트레이시가 말했다.

"겁쟁이는 100퍼센트 수동적이고." 팻이 말했다.

"꼭 우리 옛날 형부처럼." 레슬리가 말했다.

"뮤추얼펀드도, 401(k)도 수동적인 투자겠구나. 정기적으로 돈을 부을 뿐 아무것도 하지 않으니까."

트레이시가 말을 보탰다. "그리고 내 생각에 주식 투자도 대부분은 수동적인 투자일 것 같아. 내가 아는 많은 사람들이 증권 중개인에게 돈을 맡기고 그 중개인이 뭘 사고팔지 결정하거든. 투자가가 적극적으로 참여하는 게 아니라 말이야. 간혹 증시 추세를 찾아보긴 해도 거기에 대해 공부를 하거나 자기가 가진 주식과 관련된 회사가 무슨 일을 하는지 면밀하게 조사하진 않아."

"나도 같은 생각이야." 내가 끼어들었다. "슈퍼마켓 계산대에서 점원이 업계 정보라고 귀띔해 준 말을 듣고 주식을 산다면 그것도 수동적인 투자야."

"몇 년 전에 생명보험에 가입했는데, 그때 보험 직원이 그걸 투자라고 했었어. 그럼 그것도 수동적인 투자겠다. 아무것도 안 하고 돈만 내니까. 심지어 난 무슨 혜택을 받는지도 자세히 몰라." 트레이시가 투덜거렸다.

마지막으로 정리한 건 팻이었다. "투자를 하고 옷장에 처박아 둔 다음, 그걸 팔 때까지 관심을 기울이지 않으면 수동적인 투자야. 증권 중개인이 남편한테 전화를 걸어서 우리는 잘 알지도 못하는 이런저런 주식으로 돈을 옮기자고 추천하면 우린 수동적인 투자가지. 내가 누군가의 스타트업 회사에 돈을 투자하고 거기에 대해 까맣게 잊어버리면 그것도 수동적인 투자고."

"그렇게 말하니 확실하게 이해가 된다." 레슬리가 말했다. "부동산 투자는 전형적인 능동적인 투자 같아. 집을 사서 수리한 다음 세입자에게 임대하면 내가 투자에 아주 적극적으로 관여하는 거잖아. 작은 상가를 사서 자영업자에게 임대하는 것도 능동적인 투자고."

"하지만 부동산 업계의 뮤추얼펀드라고 할 수 있는 부동산 투자신탁(REIT)을 산 다음, 한참 동안 잊고 있다가 판다면 그건 수동적인 투자지." 내가 말했다.

팻이 물었다. "만약에 내가 주식을 사고파는데 초단타 매매까지는 아니고, 회사와 관련 업계에 대해 공부도 하고, 추세도 살펴보고, 내가 투자한 주식에 대해 자세히 배우고 익힌다면 그건 수동적인 거야, 능동적인 거야?"

트레이시가 끼어들었다. "내 생각엔 능동적에 가까운 것 같아. 능동적이라는 게 투자에 능동적으로 관여한다는 뜻인데, 이 경우엔 그게 배우고 공부하는 거잖아. 그럼 그건 능동적인 투자지. 만약에 너무 게을러서 공부를 안 하거나 다른 사람에게 대신 해 달라고 한다면 수동적인 거고."

"네 말이 맞아." 내가 말했다. "난 개인적으로 잘 모르는 분야에 투자하는 건 추천하지 않아. 돈이 네 대신 최대한 일하게 하려면 능동적인 투자가가 되어야 해."

"사업체 투자에 대해서도 알 것 같아." 레슬리가 말했다. "사업체를 소유하거나 경영하는 건 능동적인 거야. 다른 사람의 사업체에 돈을 투자하거나 회사 운영에 어느 정도 참여하는 것도 능동적인 투자긴 하지만 그보다 강도는 덜하지. 거기엔 회사 내외부에서 맡은 역할이 있거나 회사나 업계 내에서 일어나는 일을 조사하는 것까지 전부 다 포함되고 말이야. 그리고 세 번째는 회사에 돈을 투자하고 그냥 잊어버리는 건데, 이건 수동적이야."

"완벽하게 이해했구나." 내가 말했다.

최종 정리

"자, 이제까지 내가 이해한 바에 따르면 이래." 트레이시가 마지막 요약에 나섰다. "세상 모든 남자들을 세 가지 부류로 나눌 수 있는 것처럼, 투자에도 세 가지 종류가 있어. 나쁜 남자, 좋은 남자, 그리고 겁쟁이지. 모든 투자는 이 세 가지 유형 중 하나에 해당돼. 우리는 과정에 전혀 관여하지 않는 극단적인 수동적 투자에서부터 많은 관심과 노력을 필요로 하는 완전한 능동적 투자에 이르기까지 무엇이든 할 수 있어. 그리고 내가 보기에 제일 중요한 건, 수동적이거나 능동적인 건 사실 투자가 아니라는 거야. 바로 투자를 하는 사람이지!"

"훌륭한 정리야!" 나는 박수를 치며 환호했다. "거기에 몇 마디 보태자면 어떤 종류의 투자든 다른 것들보다 더 좋거나 나쁜 건 없어. 성공적인 투자가가 되려면 모든 투자 유형의 장단점을 알고 있어야 해. 그러니 스스로 생각해 보렴. '내가 하는 이 투자의 위험은 무엇이고 보상은 무엇인가? 뮤추얼펀드 하나가 은퇴 후에 노후 생활을 보장해 줄 거라고 생각해선 안 돼. 왜냐하면 애초에 그렇게 설계되어 있질 않으니까! 임대 부동산을 사 놓고 아무것도 안 하는 것과 똑같지. 각각의 투자 유형에 대해 잘 알아보고 어떤 게 네 미래 계획에 적합한지 선택해야 해. 그리고 재정적 자유를 얻는 게 목적이라면 단순한 투자가가 되는 것에 그치면 안 돼. 반드시 능동적인 투자가가 되어야 하지."

Chapter 20

성공적인 투자가가 되기 위한
핵심 비결 4가지

"남성을 교육하는 것은 한 사람을 교육하는 것이다.
여성을 교육하는 것은 가족 전체를 교육하는 것이다."

— 루비 마니칸(인도의 교회 지도자)

우리는 다음 날 아침에 회의실로 향할 때까지도 여전히 세 가지 부류의 남성들에 관한 농담을 주고받고 있었다.

테이블 주위에 자리를 잡고 앉자 내가 입을 열었다. "재정적 자유를 얻기 위한 계획을 세우기 전에 내가 이제까지 배운 투자 비결 몇 가지를 소개해 주려고 해. 내가 수많은 시행착오를 거치며 어렵게 배운 것들이지."

"네가 한 실수 덕분에 우리가 실수를 피할 수 있다면 완전 환영이지!"레슬리가 말했다."그중엔 아주 값비싼 대가를 치른 것도 있을 거 아니니."

"정말 그랬어." 내가 말했다. "단순히 금전적인 걸 넘어 좋은 기회도 놓치고 시간 낭비도 많이 했지."

"좋아, 얘기해 봐." 팻이 결연한 태도로 말했다.

핵심 비결 1. 교육으로 무장하라

나는 이야기를 시작했다. "첫 번째는 너희도 이미 알고 있는 거야. 어떤 투자를 하든 첫 번째 단계는 이거지.

교육으로 무장하라! 제일 중요한 건 교육이야. 알면 알수록 실력을 기를 수 있으니까. 투자를 시작하기 전에 반드시 어느 정도 공부를 하도록 해. 세상엔 잘 활용할 수 있는 수단이 아주 많아. 약간의 지식으로 미리 무장하는 것만으로도 돈과 관련해 큰 차이를 만들 수 있지.

어쨌든 깊은 물에 뛰어들기 전에 적어도 물에 뜨는 법은 배워야 하잖니. 안 그러면 빠져 죽을 테니까. 투자 세계에 뛰어드는 것도 똑같아. 아무것도 모른다면 허우적대다 빠져 죽어 버릴걸.

우리가 네트워크 마케팅 사업을 높이 평가하는 이유 중 하나도 그런 회사에서는 직원들을 철저하게 교육시키기 때문이야. 영업과 재정, 그리고 자기 계발에 이르기까지 모든 것을 가르치지. 좋은 회사는 단순한 영업 사원을 원하는 게 아니라 자기 직원들이 삶의 모든 분야에서 성공하길 바라니까.

리치대드 컴퍼니는 재정 교육 회사야. 우리는 투자 상품을 팔거나 추천하지 않아. 그저 사람들을 가르칠 뿐이지. 자기한테 어떤 투자가 적합한지 찾는 건 순전히 고객들의 역할이야.

물론 우리도 상품을 판매해. '부자 아빠' 시리즈 책도 있고. 내가 보기에 그건 투자에 진지하게 임하고 싶은 사람이라면 반드시 읽어야 할 책이야. 그리고 캐시플로 101 보드게임도 있지.

로버트와 내가 1994년에 은퇴했을 때 사람들은 끊임없이 우리에게 물어댔어. '어떻게 그럴 수 있었나요? 어떻게 37세에 일을 그만둘 수가 있었어요?' 그때 로버트는 47세였어. 로버트와 내게 한 가지 공통점이 있다면 우린 둘 다 게임을 좋아한다는 거야.

사람들은 대부분 어렸을 때 많은 게임을 하지. 보드게임이나 숨바꼭질, 술래잡기, 그리고 소꿉장난처럼 진짜인 척하는 게임들 말이야. 열두 살 때, 토요일 아침 일찍 자전거를 타고 동네를 한 바퀴 돌면서 무한한 자유와 행복감을 느꼈던 순간이 기억나. 축구를 하러 가는 길이었지. 난 어렸을 때부터 스포츠를 즐겼고 지금도 온갖 종류의 게임을 좋아해.

1995년에 보드게임을 만들자는 아이디어를 낸 건 로버트였어. 우리가 재정적인 자유를 얻기 위해 거쳤던 단계를 보여 주는 보드게임이었지. 뭔가를 배우려면 재미있어야 해.(투자와 돈을 버는 일이 재미있는 것처럼 말이야.) 그래서 우리는 사람들이 투자에 대해 배우면서 동시에 재미도 느낄 수 있게 캐시플로 101 보드게임을 개발했어. 로버트와 내가 실제 투자가로서 어떻게 생각하고 행동했는지를 반영한 게임이었지. 요즈음에 알게 된 사실인데, 우리한테 편지를 보내거나 말을 건 사람들의 이야기를 들어 보면 그중 85퍼센트에서 90퍼센트가 캐시플로 게임을 꾸준히 플레이했더라. 이 게임이 사람들에게 행동에 나서게 만들었던 거야.

지금 보는 건 학습원뿔 그림이야. 1969년에 데일 박사라는 사람이 가장 효과적인 학습 방식에 관해 연구한 걸 정리한 거지. 여기서 충격적인 부분은 원뿔 제일 아래쪽에 있어. 가장 효과가 떨어지는 학습법

학습원뿔		
2주 후 기억의 정도		개입의 정도
말하거나 행한 것의 90퍼센트	실제로 행하는 경우	능동적
	실제 경험을 시뮬레이션 하는 경우	
	극적인 프레젠테이션을 하는 경우	
말한 것의 70퍼센트	말을 하는 경우	
	토론에 참여 하는 경우	
듣거나 본 것의 50퍼센트	현장에서 행위를 목격하는 경우	수동적
	시범을 보는 경우	
	전시물을 보는 경우	
	영상을 보는 경우	
본 것의 30퍼센트	그림이나 사진을 보는 경우	
들은 것의 20퍼센트	강의를 듣는 경우	
읽은 것의 10퍼센트	자료를 읽는 경우	

출처: 학습원뿔(데일, 1969)에서 변형

이지. 그게 뭔지 알아? 읽기와 듣기야. 보통 학교에서 가장 기본적으로 사용하는 교수법이지.(하지만 독자 여러분이 이 책을 읽고 있는 데 대해서는 대단히 고맙게 생각하는 바이다!) 가장 효과적인 학습법은 뭐게? 직접 경험과 모의 경험이야. 사람들이 가장 잘 배울 수 있는 방법은 바로 직접 행동하고 경험하는 거야. 그래서 우리가 투자를 가르치는 방법의 일환으로 일종의 모의 경험인 보드게임을 개발했지.

그래서 난 투자에 대해 배울 때 캐시플로 게임을 하는 걸 추천해. 보드게임을 사서 친구나 가족들과 플레이할 수도 있고, 인터넷 웹사이트에서 해 보거나 아니면 가까운 지역사회에서 캐시플로 클럽을 찾아볼 수도 있어. 캐시플로 클럽은 마음이 맞는 사람들끼리 모여 캐시플로 게임도 하고 다른 투자 관련 교육 활동도 겸하곤 하지."

"오늘 저녁에 같이 해 보자!" 트레이시가 제안했다.

"그래, 우리 모임의 마무리를 그렇게 하면 안성맞춤일 것 같아." 레슬리도 찬동했다.

"캐시플로 게임과 다른 부자 아빠 상품 말고도 투자를 배울 수 있는 방법은 많아. 서적, CD, DVD, 세미나, 신문, 뉴스레터, 웹사이트, 그리고 투자 관련 모임까지 말이야. 찾아보자면 끝도 없을 거야. 그러니 이런 다양한 리소스를 뒤져 원하는 정보를 찾아보면 돼.

물론 가장 좋은 건 역시 직접 경험하는 거야. 그러니까 행동을 취하기 전에 준비를 철저히 한답시고 몇 년 동안 공부에만 매달리는 건 안돼. 어느 정도 배웠다 싶으면 게임에 뛰어드는 게 좋아."

핵심 비결 2. 작게 시작하라

"두 번째 핵심 비결은 투자에 대한 두려움을 줄이는 거야.

어떤 투자를 하기로 결심했든 처음엔 작게 시작해야 해. 그리고 실수를 저지를 각오도 하도록 해. 왜냐하면 너희는 반드시 실수를 저지를 테니까. 실수를 저지를까 봐 투자가 두렵다고 말하는 여자들에게 나는 이렇게 말해. '실수하는 걸 두려워해선 안 돼요. 왜냐하면 당신은 반드시 실수를 할 테니까요. 내가 장담해요. 그걸 알면 두려워할 필요가 없죠.'

난 내가 처음 투자한 임대 부동산 때문에 저지른 실수를 평생 잊지 못할 거야. 집을 산 지 6개월 만에 세입자가 나갔지. 그래서 생각했어. '아하! 절호의 기회야! 이렇게 된 김에 월세를 25달러 올려야지.' 당시에 난 매달 50달러의 현금흐름을 얻고 있었기 때문에 월세를 올리면 월 현금흐름이 50퍼센트나 늘어나는 셈이었지. 혼자서 그걸 생각해 냈다는 게 뿌듯할 정도였어.

내가 저지른 잘못은 주변 다른 집들의 임대료를 조사하지 않았다는 거야. 만일 그랬더라면 내가 올린 월세가 그 지역에서 가장 비싼 수준이었다는 걸 금방 알았을 텐데 말이야. 하지만 그 실수 때문에 그 뒤로 석 달 동안이나 세입자가 들어오지 않았지. 그러니까 75달러를 벌기는 커녕 150달러를 손해 본 거야. 아주 좋은 교훈을 배운 거지.

그러니까 이왕 실수를 할 거면 적은 액수가 걸려 있을 때 하는 게 좋아. 그런 작은 실수를 통해 기본적인 걸 배우는 거야. 주식 투자를

할 때도 한 가지 종목에 크게 걸어
선 안 돼. 몇 주만 사서 처음엔 가볍
게 시작해 봐. 부동산 투자를 할 때
도 처음엔 한 채에서 네 채 정도가
적당하지. 갑자기 150세대짜리 아파
트 건물을 사들이면 안 돼. 처음부
터 너희가 끝내주게 잘 해낼 거라고

투자가가 되려면 게임에 참가해야 해. 내가 이걸 게임이라고 부르는 이유는 이길 수도 있고 질 수도 있기 때문이지. 투자가란 무언가에 돈을 투자하는 사람이나 회사, 조직이야. 돈을 투자하지 않으면 투자가가 아니야.

생각하지 마. 투자란 조금씩 경험하며 배워 나가는 과정이니까. 처음
엔 발끝만 조금 담근 다음 조금씩 조금씩 배워 가며 점점 깊이 들어가
야 해. 투자는 한 방에 해결되는 복권이 아니야.

예전에 한 친구가 내게 세금 선취 특권 증서에 관한 책을 추천한 적
이 있어. 세금 선취 특권 증서는 부동산 소유자가 재산세를 납부하지
않았을 때 발행되는데, 네가 그 부동산에 대한 세금을 대신 내고 부동
산 소유자가 돈을 갚지 않으면 네가 납부한 세금만으로 그 부동산의
권리를 갖게 되지. 아니면 부동산 소유자가 나중에 세금을 내더라도
주에서 부과한 지연 과태료를 네가 낸 세금과 함께 돌려받을 수 있고
말이야.

그래서 그 친구가 추천한 『16퍼센트 솔루션(The 16% solution)』이란 책
을 두 권 사 왔지. 하나는 로버트에게 주고 하나는 내가 읽으려고 말
이야. 그러니까 우린 아주 약간의 지식만으로 무장한 셈이야. 그런 다
음 그런 증서를 구매할 수 있는 군청 소재지를 찾아가 책에서 설명한

과정을 차근차근 따라 했어. 그렇게 500달러어치의 세금 선취 특권 증서를 구매했지. 적은 액수였지만 어쨌든 그렇게 직접 게임에 참가하고 배우게 된 거야.

난 최고의 투자를 찾으려고 애쓰는 사람들을 많이 봤어. 만족할 만한 높은 수익을 안겨 줄 투자를 찾아다니는 사람들 말이야. 하지만 그렇게만 하다 보면 결국엔 아무것도 못해. 최고의 투자가 뭔지 도대체 누가 알 수 있겠니. 영원히 찾아다녀도 안 나올걸. 하지만 이렇게 소소하게 시작하면 여러 차례의 투자를 통해 경험을 쌓을 수 있을 뿐만 아니라 어떤 게 자신에게 가장 적합한지 알 수 있지."

핵심 비결 3. 적은 액수의 돈을 투자하라

"로버트와 내가 세금 선취 특권 증서를 살 때 한 것처럼 해야 해. 즉 적은 액수의 돈을 투자해야 하지. 성공을 거두는 데 이 원칙이 중요한 이유는 세 가지야.

첫 번째 이유는 간단해. 돈을 걸지 않으면 넌 게임에 참가한 게 아니야. 그때까진 전부 말과 이론일 뿐이지. 투자가가 되려면 게임에 참가해야 해. 내가 이걸 게임이라고 부르는 이유는 이길 수도 있고 질 수도 있기 때문이지. 투자가란 무언가에 돈을 투자하는 사람이나 회사, 조직이야. 돈을 투자하지 않으면 투자가가 아니야.

여기서 두 번째 이유로 이어져. 돈의 액수가 적다는 건 리스크가 낮다는 뜻이야. 많은 돈을 투자하면 리스크가 높아지고. 난 새로운 분야

리치 우먼

에 투자할 때면 그 분야에 대한 지식이나 경험이 아직 적다는 사실을 고려해. 그러니 실수를 저지를 테고, 그러면 돈을 잃겠지. 하지만 돈의 액수에는 관계없이 똑같은 걸 배울 수 있을 거야.

제일 중요한 건 세 번째야. 진짜 돈이 걸린 문제가 되면 얼마나 관심이 저절로 생기는지 아니? 우리 이웃 사람은 얼마 전에 새 렉서스 컨버터블을 샀는데, 차를 사기 전까지만 해도 그녀는 차에 관심이 전혀 없었어. 그런데 새 차를 사기로 하더니 갑자기 자동차 전문가가 되지 뭐야. 어떤 차를 살지 결정하려고 얼마나 철저하게 조사를 하던지! 그녀가 그렇게 한 건 아주 중요한 게 걸려 있었기 때문이야. 자기 돈을 쓸 거니까.

내 친구 아들을 또 다른 예로 들 수도 있겠다. 개는 열 살인데 어느 날 아버지가 은을 구입할 거라는 얘기를 들었어. 그래서 아버지에게 왜 은을 사려고 하는지 물어봤지.

어느 날 친구가 전화를 했는데, 자기 아들 벤이 나와 얘기를 하고 싶다는 거야. 벤이 전화를 바꾸고는 이렇게 말했지. '킴 아줌마, 나 용돈으로 은화 10개를 샀어요. 하나 당 7.6달러를 줬으니까 전부 해서 76달러예요! 근데 이거 집에다가 놔둬도 될까요, 아니면 은행에 맡겨야 할까요? 난 항상 갖고 다니고 싶은데 아빠가 안전한 곳에 보관해 둬야 한대요. 나 은화를 10개나 갖고 있어요!'

벤은 날마다 은 시세를 확인했어. 자기 선생님한테도 이야기했지. 그 이야기를 들은 선생님은 벤에게 같은 반 친구들에게 그가 한 투자에 대해 말해 달라고 했어. 그날 은 가격은 온스당 8.5달러였는데, 벤은 다른 학생들에게 자기가 처음 은화를 샀을 때보다 돈을 얼마나 더 벌었는지 계산해 보게 했대! 그리고 이젠 다른 귀금속에 대해서도 배우고 있지. 겨우 열 살인데 말이야!

한 가지 덧붙이자면 벤은 학교 공부를 그리 잘하는 편이 아니야. 학습원뿔을 보면 알다시피 그 애는 실제 행동과 실전으로 더 잘 배우는 아이였지. 연구에 따르면, 학교에서 가르치는 방식으로 학습할 수 있는 학생은 전체의 20퍼센트에 불과하대. 즉 나머지 80퍼센트는 그런 방식으로는 학습 효과가 낮다는 뜻이야. 벤은 은에 관심을 가진 덕분에 읽기 능력도 크게 향상됐어. 인터넷을 검색하고 은에 관한 기사도 읽기 시작했거든. 수학을 실생활에 적용하게 되면서 산수 실력도 놀랍게 늘었고.

이 이야기의 교훈은 새로운 투자를 배우고 싶으면 일단 사라는 거야. 아주 조금만 말이야."

핵심 비결 4. 가까운 것에 집중하라

"남의 떡이 더 커 보인다는 말이 있지. 사람들은 늘 새로운 시장을 찾아다녀. 라스베이거스의 아파트 시장이라든가, 다음 세대의 신기술 주라든가, 아니면 모두가 달려드는 요즘 제일 잘나가는 사업 같은 것 말이야. 남이 갖고 있는 떡은 항상 내 것보다 더 커 보이니까.

네 번째 핵심 비결은 바로 가까운 것에 집중해야 한다는 거야.

투자를 처음 시작하는 초보자든 이미 능숙한 투자가든 나는 늘 가까운 것에 집중하라고 권해. 그게 무슨 뜻이냐고? 이미 알고 익숙한 것에 초점을 맞추라는 뜻이야. 그러니까 남이 말해 주는 최신 정보 같은 것에 혹하지 말라는 얘기지.

IT 버블 붕괴야말로 많은 사람들이 잘 알지도 못한 분야에 달려든 경우의 전형적인 결과일 거야. 다들 기본적인 원칙 따윈 집어 던지고 기술주에 모든 걸 쏟아부었지. 주식 투자를 한 번도 안 해 본 사람들마저 기술주가 목숨 줄이라도 되는 것처럼 매달렸고. 그러곤 거품이 터지면서 수백 만 달러가 날아갔지.

피델리티 마젤란 펀드의 전 매니저이자 『피터 린치의 투자 이야기 (*Learn To Earn*)』를 쓴 피터 린치는 주식에 대해 이렇게 말했어.

"가게에서 물건을 구입하고 햄버거를 먹거나 새 선글라스를 살 때마다 귀중한 정보를 얻을 수 있다. 주변을 둘러보면 무엇이 잘 팔리고 어떤 것이 그렇지 않은지 알 수 있다. 친구들을 관찰하면 그들이 어떤 컴퓨터를 사고, 어떤 브랜드의 음료수를 마시고, 어떤 영화를 보는지, 그리고 리복 브랜드가 아직도 잘 나가는지 아니면 사양길에 접어들었는지 알 수 있다. 이 모두 투자할 만한 주식 종목을 선별할 수 있는 중요한 단서들이다. 얼마나 많은 이들이 이런 단서를 포착하지 못하는지 알면 놀랄 것이다. 수백만 명의 사람들이 관련 업계에서 일하면서도 그 이점을 활용하지 못한다. 의사는 어떤 제약사가 최고의 약을 파는지 알면서도 그 회사 주식을 사지 않는다. 은행가들은 어떤 은행의 재정이 튼튼하고, 지출이

적으며, 가장 똑똑한 대출을 하는지 알면서도 그 은행의 주식을 사지 않는다. 가게 매니저나 상점을 운영하는 사람들은 매달 상품의 매출 정보를 접하고 어떤 상품이 가장 많이 팔리는지 알지만, 쇼핑몰 매니저가 특정 도매업체의 주식에 투자해 돈을 벌었다는 이야기를 들은 적이 있는가?"

기회는 단순히 가까운 곳이 아니라, 바로 눈앞에 있어.

내가 싱가포르에 갔을 때 일인데, 한 여성이 다가와 말했어. '난 싱가포르에 살아요. 플로리다주 올랜도의 부동산 시장이 요즘 좋다는 얘기를 들었는데, 거기 부동산을 사야 할까요?'

자, 먼저 나는 올랜도의 부동산 시장이 좋은지 아닌지 몰랐어. 그리고 두 번째로, 정말로 그렇다고 한들 상관없었지. 그 사람은 한 번도 부동산 투자를 해 본 경험이 없었으니까. 그래서 물었어. '올랜도에 가 본 적이 있거나 아니면 거길 방문할 예정이 있나요?'

'아뇨.' 여자가 대답했어. '그냥 인터넷으로 사려고 했죠.'

난 원래 구체적인 조언은 하지 않는 편인데 그때만큼은 예외였지. '인터넷으로 부동산을 사면 안 돼요. 부동산 투자가 처음이라면 한 번도 가 보지 않은 도시나 익숙하지 않은 지역의 부동산을 사면 안 됩니다. 가까운 곳에 있는 자산을 사세요. 그리고 가장 중요한 건 부동산 투자에 관한 교육을 받는 거고요.' 사람이 실수를 저지를 수는 있어. 하지만 그렇게 멍청할 필요는 없지. 그 여자는 아주 많은 돈이 들어가는 실패를 할 참이었어."

내가 저지른 가장 큰 실수

"내가 왜 이렇게 단호하게 구냐고? 그건 내가 저지른 가장 큰 실수가… 내가 방금 한 충고를 스스로 지키지 않아서 일어났거든.

로버트와 나는 그때 마이애미에 있었고, 아주 마음에 드는 투자 부동산을 발견했어. 헬스클럽이 임대하고 있던 상업용 부동산으로, 면적이 4만 5000평방피트짜리 건물이었어. 우린 거래 가격에 합의하고 세부사항을 검토하기 시작했지.

난 이런 종류의 자산을 매매하는 게 처음이었고 플로리다에도 익숙하지 않았기 때문에 부동산 전문 변호사에게 계약 조건을 대신 검토해 달라고 의뢰했어. 여기서 발생한 첫 번째 문제는 내 변호사의 본거지가 애리조나였기 때문에 플로리다 법률의 미세한 뉘앙스를 이해하지 못했다는 거야. 두 번째 문제점은 경험이 그리 풍부하지 않았던 판매자의 변호사가 우리 변호사를 좋아하지 않았고 우리 쪽도 마찬가지였던 거였고. 그래서 이 계약은 협상이라기보다 두 변호사의 힘겨루기

대결에 가까웠고, 내 부동산은 그 사이에서 인질이 됐어. 무엇보다 가장 큰 패착은 이 투자가 내가 알던 것보다 훨씬 복잡했고, 또 잘 모르는 도시였기 때문에 모든 협상을 변호사에게 일임했다는 거야. 엄청난 실수였지. 난 부동산 변호사의 진짜 역할이 계약을 협상하는 게 아니라는 걸 그때 확실히 배웠어. 변호사의 역할은 각 조항에 대해 의문을 제기하고 잠재적인 문제를 짚어 내는 거야. 어떤 거래 조건을 원하는지 결정하는 건 오롯이 내 몫이지.

짧게 정리하자면, 그 일을 마무리 짓기까지 자그마치 5개월이 걸렸어. 내가 투자 지역에 대한 경험이 전무했다는 사실 하나 때문에 그렇게 복잡해진 거야. 참고로 말하는데, 심지어 그게 1차 계약 때였어. 실질적인 세부 검토는 아직 시작도 안 했다고.

결국엔 로버트와 같이 마이애미에 가서 판매자와 직접 얼굴을 봤지. 그러곤 몇 분도 안 걸려서 마지막 조항까지 합의를 보고 집에 왔어. 다음날 사무실에 계약서가 도착했는데, 글쎄 판매자의 변호사가 우리가 합의한 내용을 수정해 놓은 거야! 판매자는 벌써 비행기를 타고 해외에 나가 버렸는데.

그렇게 수개월을 보내고 있는데 어느 날 밤 10시쯤 전화를 받았어. 우리 중개인이었지. 그 사람이 '판매자가 그 물건을 매물 목록에서 내렸습니다. 이젠 없어요.'라고 하는 거야. 나중에 알았는데 다른 문제가 있었다더라. 어쨌든 그때만 해도 발밑이 무너지는 것 같았어. 그동안 내가 쓴 모든 시간과 노력, 변호사 비용이 전부 날아간 거야. 판매자에게 전화를 걸었더니 없었던 일로 하자고 하더라.

그때 시간이 거의 자정이었어. 충격도 충격이었지만 화가 나서 견딜수가 없었어. 판매자나 변호사한테 화가 난 게 아냐. 나 자신에게 화가 났지. 계약 과정이 그렇게 복잡해진 건 그게 내가 전혀 모르는 지역이었고, 또 그런 종류의 부동산에 익숙하지 않았기 때문이거든. 하지만 내심 속으론 일이 이렇게 엉망진창이 된 데는 한 가지 이유밖에 없다는 걸 알고 있었지. 바로 나였어. '내가 나 자신을 믿지 않았던 거야.' 나는 내가 이 투자에 대해 충분히 알고 있다고 생각하지 않았어. 일을 망쳐 버릴까 두려웠고, 겁이 나서 중심을 잃고 흔들린 까닭에 계약을 날려 버린 거야. 지금 와서 생각해 보면 그건 그냥 몇 가지 새로운 걸배울 수 있는 또 다른 부동산 거래였을 뿐인데 말이야. 그 일은 내게커다란 가르침을 주었어.

새벽 한 시쯤 되었을 무렵엔 아까보다 더 세게 내 엉덩이를 차 주고싶어졌지. 머릿속에서 '이제까지 들어간 시간과 노력이 얼만데, 이제이걸 대신할 다른 매물을 찾아야 하잖아!'가 떠나질 않더라고.

나는 사무실 방으로 들어갔어. 컴퓨터 옆에 중개인이 보내온 수많은프로포마가 쌓여 있었지.(프로포마란 매물로 나온 부동산의 정보가 담긴 브로슈어 같은 거야. 추정되는 수입과 비용, 재무 조건 같은 정보가 담겨 있지.) 그래서 마이애미에 있는 부동산에 정신이 팔려 있는 동안 무시했던 문서들을 하나씩 살펴보기 시작했어.

새벽 두 시쯤에 한 부동산에 대한 서류를 집어 들었어. 몇 달 전에 왔던 거더라. 그런데 뜯어보면 뜯어볼수록 마음에 드는 거야. 이게 아직 시장에 있을지 궁금해졌지.

다음 날 아침 일곱 시가 되자마자 중개인에게 전화를 걸었어. 평소에 내가 아주 잘 알고 신뢰하는 사람이었지. '크레이그, 몇 달 전에 우리가 얘기했던 부동산 기억나요? 당신 사무실 맞은편에 있는 거요. 그거 아직 남아 있어요?'

'사실 매물 명단에 올라간 적도 없어요.' 그가 말했어. '진짜배기 사업가들한테만 공개한 자료거든요. 그쪽 중개인에게 연락해 볼게요.'

그러더니 그가 30분 뒤에 다시 전화를 걸었어. '그쪽에서 당신이 관심 있으면 팔겠답니다.'

'얼마를 원한대요?'

'제시가 그대로요.'

'가치가 얼마나 될까요?'

'제시가 그대로죠.'가 그의 대답이었지.

'살게요.' 내가 말했어.

아이러니한 건 그 부동산이 내가 마이애미에서 사려고 했던 것과 거의 똑같았다는 거야. 난 이 지역을 잘 알았고, 또 이제는 이런 종류의 자산에 대해서도 많이 알고 있었기 때문에 45일도 안 걸려 계약을 빠르게 종결할 수 있었지. 게다가 그 과정에서 지금까지 내가 아는 한 최고의 부동산 전문 변호사 중 한 명을 알게 되었고, 그분은 변호사에 대한 내 믿음을 되살려 주었어.

결과적으로 그 건물은 지금 내가 가진 자산 중에서도 현금흐름과 가치, 그리고 위치에 있어 최고 수준을 자랑하고 있어. 내가 저지른 가장 큰 실수가 최고의 자산이 되어 돌아온 거지. 지식과 현금흐름 양쪽 모두에 있어서 말이야.

그리고 진짜로 아이러니한게 뭔지 아니? 그 건물은 우리 집에서 두 블록 떨어진 곳에 있단다.

그러니까 내가 말했잖아. 가까운 곳에 투자해야 해."

Chapter 21

성공적인 투자가가 되기 위한
핵심 비결 5가지

**"나는 독립이야말로 인생의 위대한 축복, 모든 미덕의 근간이라고
오래도록 생각해 왔다."**

— 메리 울스턴크래프트(작가, 최초의 여성주의자)

"아주 중요한 교훈이구나. 나 자신을 신뢰하는 법을 배워야 한다는
거 말이야." 트레이시가 말했다.

팻이 지적했다. "내 생각에 그건 여자들에게 무척 중요한 것 같아.
특히 돈과 투자는 많은 여자들에게 새로운 분야잖아. 그 교훈을 배우
고 나서 가장 달라진 건 뭐였니?"

내가 대답했다. "그날 이후로 투자에 대한 두려움이 거의 사라졌어.
그 뒤로 투자는 그냥 투자라고 생각하게 됐지. 많은 감정과 반응, 그리

고 불안감이 사라졌어. 내가 느끼던 걱정이나 망설임은 투자와는 관계가 없었어. 그보단 나 자신의 문제였지. 그러니까 나와 투자를 분리해서 받아들일 수 있게 된 것 같아. 지금은 투자할 때 항상은 아닐지 몰라도 대개는 자산을 있는 그대로 분석하게 돼. 감정에 흔들려 사실을 간과하지도 않고 말이야."

"그 말을 들으니 좀 안심이 되는 것 같아." 트레이시가 말했다. "투자를 하면서 배운 또 다른 중요한 교훈은 없니?"

"너희들에게 유용할 다섯 가지 원칙이 있어." 내가 대답했다.

"빨리 말해 봐." 트레이시가 재촉했다.

핵심 비결 5. 성공을 다짐하라

"앞에서 말했던 네 가지 핵심 원칙은 다시 이걸로 이어져.

사람은 누구나 성공을 사랑해. 이기는 걸 좋아하지. 그린베이 패커스 미식축구팀 코치인 빈스 롬바르디는 '좋은 패자를 내놔 봐. 그래봤자 패자일 테니.'라고 말했지. 우리가 투자 게임을 하는 이유는 어쨌든 이기기 위해서야.

게임을 시작할 때는 처음에 약간의 승리나 성공을 경험하는 게 특히 중요해. 앞에서 말한 네 가지 핵심 비결을 따른다면(스스로 교육하고, 작게 시작하고, 적은 액수를 투자하고, 가까운 곳에 투자하면) 투자에 성공할 확률이 비약적으로 증가할 거야.

그러니 첫 투자에서는 반드시 성공하도록 해. 이게 왜 중요하냐고?

여기엔 세 가지 이유가 있어.

첫 번째는 초반에 작은 성공을 경험하면 투자가로서 자신감을 가질 수 있기 때문이야. 하지만 실패한다면, 그것도 특히 첫 번째 투자에서 실패한다면 의구심이 들기 시작하지. '난 이런 것에 어울리지 않나 봐.'라든가, '더는 돈을 잃고 싶지 않아.' '내가 무슨 생각을 한 거람. 난 이런 거 하지 못해!' 같은 생각을 하게 되는 거야. 하지만 첫 번째 투자에서 성공하면 재미를 느끼고 두 번째 투자로 이어질 가능성이 크지.

난 작은 투자를 무시하고 처음부터 과감하게 큰 투자에 손을 대는 사람을 많이 봤어. 2세대 연립 주택으로 시작하는 게 아니라 갑자기 100세대짜리 아파트 건물을 사는 사람들 말이야. 하지만 경험도 없고 그런 대규모 부동산을 관리해 본 적도 없기 때문에 짧은 시간 동안 많은 실수를 하게 되지. 집주인의 대응이 없으니 세입자들도 결국 나가 버려. 그러면 비용이 늘기 시작하고 결국엔 아파트의 매력이 떨어져 더는 세입자가 들어오지 않게 돼. 빈집이 늘어나는 거야. 이렇게 기본적인 걸 지키지 않으면 매달 손해를 보다가 종국엔 '이럴 줄 알았어. 부동산 투자는 쓸모가 없어!'라는 결론에 이르는 거야.

주당 5달러짜리 스톡옵션 200주를 사서 1,000달러를 투자하는 투자가는 같은 주식을 주당 30달러에 200주를 사서 6,000달러를 투자하는 사람보다 더 현명해.

자신감이란 투자를 성공할 때 수반되는 아주 귀중한 부산물이야. 그건 재정적 독립을 성취하는 데 필수적인 요소이기도 하지. 초반에 성공해서 자신감이 쌓여 가면 스스로 판단력을 신뢰할 수 있게 돼. 자신을 믿으면 믿을수록 두려움은 줄어들게 되고. 초반의 작은 성공들은 미래의 무한한 성공의 토대가 될 거야.

두 번째는 주변에서 투자는 위험하다고 말리는 사람들이 있기 때문이야. 증시가 폭락해서, 아니면 부동산 시장이 붕괴해서 어떤 부부가 평생 모은 돈을 다 잃었다는 신문기사를 보면 남들한테도 보여 주고 싶어서 안달이 나는 사람들 있잖니. 그 사람들은 정말로 너희에게 그런 기사를 보내. 자기 말이 맞는 걸 너무 좋아해서 '내가 그랬잖아!'를 외치는 낙으로 살지. 너희도 틀림없이 이런 사람을 한둘쯤 알고 있을걸. 이들은 네 첫 번째 투자가 실패하길 바라. 그래야 너희를 '위로'할 수 있을 테니까. '저런, 저런. 그러기에 내가 뭐랬어. 투자는 위험하다고 했지? 넌 그런 걸 꼭 해 봐야 알지.' 네 덕에 그 사람들 기분이 얼마나 좋겠어! 그러니까 그 사람들을 행복하게 하지 말고 네 인생을 행복하게 만들자. 그들이 틀렸다는 걸 증명해 줘! 성공이야말로 최고의 복수잖아.

세 번째 이유는 너흰 돈을 벌고 싶다는 거야. 그게 이 게임의 이름이거든. 적은 돈이라도 네가 노력한 첫 투자의 결실이 손에 쥐어지면 그때부턴 모든 게 엄청나게 재미있어질걸! 하지만 이것만은 잊으면 안 돼. 투자는 이길 수도 있고 질 수도 있는 게임이야. 하지만 게임이란 원래 재미있는 거고, 돈을 버는 건 특히 정말 정말 재미있단다!"

나는 위험한 투자가에 대한 말을 이어 갔다.

"아까 두 번째 이유에서 '위험'이라는 단어를 말했지? 사람들은 투자가 위험하다고 생각해. 하지만 그건 사실이 아냐. 내가 하는 투자는 리스크가 거의 없어. 투자가 위험하다고 생각하는 사람은 투자를 하지 않거나, 투자에 대해 잘 모르거나, 아니면 자기가 하는 투자에 대한 지식이 없는 거야.

예를 들어, 아까 싱가포르에서 인터넷으로 플로리다 부동산을 사려고 했던 여자 말이야. 그건 정말 위험한 일이야. 아니, 위험한 걸 넘어 멍청한 짓이지. 부동산 투자는 물론, 플로리다 부동산 시장에 대해서도 아무것도 모르고, 부동산을 관리해 본 경험도 없는데, 게다가 자기 자산과 수천 킬로미터나 떨어진 곳에 있잖아. 이 정도면 돈을 잃으려고 하는 거나 마찬가지지. 만약에 플로리다에 가서 부동산을 샀다가 손해를 본다면 그녀는 '부동산 투자는 정말 위험하다니까!'라고 입버릇처럼 말하는 사람 중 하나가 되겠지.

사실 투자는 위험하지 않아. 위험한 건 사람이지. 그 여자는 투자 교육을 받은 적도 없고 경험도 없었어. 지름길을 택하려고 했고. 시간과 노력을 들여 성공적인 투자가가 되는 게 아니라 빠르고 쉬운 대답을 원했지. 다시 말하지만 위험한 건 투자가 아니라 그런 사람들이야.

옆에서 주워들은 지식으로 주식 투자를 해 본 적이 있니? 사람들은 항상 그래. 심지어 나도 그런걸. 누가 이러이러한 주식이 곧 급등할 거라는 내부 정보를 들었다고 말해 주지. '빨리 서둘러야 해.' 하고 말이야. 그러면 그 회사가 무슨 상품을 취급하는 곳인지도 모른 채 무작정 주식부터 사고 보는 거야. 그런 게 위험한 일이야.

내 친구 중에 하나는 자기가 세계 최고의 투자 전략을 알고 있다고 생각해. 그녀는 매일 아침 눈을 뜨면 가장 먼저 TV에서 자기가 좋아하는 경제 프로그램을 보지. 그러곤 그날 출연진이 가장 먼저 언급하는 주식을 사들여. 그게 뭐든 간에 말이야. 그 친구는 TV에서 전문가가 어떤 주식을 홍보한다면 다른 사람들도 그걸 살 테고, 그럼 가격이 오를 거라고 생각하거든. 그런 다음 그날 하루가 다 가기 전에 아침에 산 주식을 팔아. 처음엔 이 전략으로 돈을 벌었어. 한참 증시가 오를 때였거든. 전반적인 시장 추세에 관심을 기울일 필요도 없었지. 그러다 증시가 하락하기 시작했어. 그 친구는 자기 전략이 계속 통할 거라면서 고집스럽게 그 방식을 유지했지. '언젠가 잃은 돈을 회복할 수 있을 거야.'라면서 말이야. 하지만 나중엔 결국 포기할 수밖에 없었어. 그 사이에 거의 1만 달러나 손해를 봤고. 그 친구의 전략은 실제 정보나 원칙이 아니라 TV에 나오는 선전꾼들에게 바탕을 두고 있었어. 다시 말하지만, 지식도 경험도 없이 말이야. 그건 위험한 일이야.

어떤 투자를 하든 처음에는 그 분야에 대해 배우고, 작게 시작하고, 적은 액수의 돈을 투자하고, 가까운 것에 투자해야 해. 성공을 다짐하되, 특히 첫 투자에서 성공하는 게 중요해. 그리고 자신감을 길러. 물론 실수를 하게 되겠지만 실수를 하면 할수록 더 많은 것을 배우게 될 거야. 배울수록 위험은 줄고, 성공할 가능성은 증가하지. 그러니 처음부터 이기겠다는 마음을 먹고 달려들어야 해."

핵심 비결 6. 친목 집단을 사려 깊게 선택하라

"이번 비결은 특히 여자들에게 크게 해당돼.

여기서 '친목 집단'이란 너희 주변에 있는 사람들을 말하는 거야. 살다 보면 여러 다양한 집단에 속하게 되지. 가족이나 직장 동료, 친구들 모임 같은 것 말이야. 특별한 취미가 있거나 스포츠 활동을 한다면 그런 관심사로 연결된 집단도 있을 거야.

투자를 할 때도 투자 집단이 만들어지게 돼. 투자를 하는 목적을 응원해 주거나 연관되어 있는 주변 사람들 말이야. 친구들과 멘토, 여성 집단에 대해 얘기해 볼까?

첫째, 친구들을 잘 선택해야 해. 몇 년 전에 내 친구 제인이 해 준 사려 깊은 충고가 하나 있어. 그때 난 리치대드 컴퍼니와 관련해 추구하고 있는 목표를 제인에게 말해 줬지. 아주 크고 대담한 목표였어. 나는 제인에게 이 웅대한 비전을 다른 사람들에게도 알려서 더욱 현실에 가깝게 만들고 싶다고 말했지. 목표를 널리 퍼트릴수록 실현할 가능성이 늘어날 거라고 생각했으니까.

그런데 제인은 내게 이렇게 말했어. '다른 사람에게 네 목표를 말해 주는 건 괜찮지만, 누구한테 말해 줄 건지는 신중하게 선택하는 게 좋아. 주변에 있는 모든 사람들이 네가 원하는 걸 성취하는 걸 좋아하는 건 아니니까.'

뭐라고? 난 믿을 수가 없었어. 난 낙천주의자야. 사람도 상황도 되도록 좋은 면만 보는 편이고, 일단은 뭐든 긍정적으로 받아들이는 성격이지. 한데 제인은 나더러 믿을 사람들을 조심스럽게 고르고 경계하라고 충고한 거야.

하지만 얼마 뒤에 제인이 무슨 뜻으로 말한 건지 이해하게 됐지. 그리고 그 애의 말이 맞았다는 것도 알게 됐어.

그때 난 신년 파티에서 네 명의 친구들과 함께 신년 계획에 대해 얘기하고 있었어. 그런데 중간에 다른 친구가 끼어들어서는 올해 자기가 무슨 계획을 세웠는지 말해 줬지. '아직 다른 사람들한텐 말하지 않았는데, 올해 건강 걱정이 도져서 사흘간 병원에서 검진을 받았어. 이제까지 건강은 늘 뒷전이었거든. 그래서 올해 내 목표는 15킬로그램을 빼는 거야. 벌써 개인 트레이너랑 일주일에 세 번이나 운동을 하고 있어. 이번엔 반드시 해낼 거야!'

우리 다섯 명은 모두 그 친구의 결심을 축하해 주며 꼭 해낼 수 있을 거라고 격려해 줬어. 그런데 그녀가 자리를 뜨자마자 한 친구가 내 귀에 대고 속삭이는 거야. '절대로 하지 못할걸. 지난번에도 살을 빼겠다고 하고는 결국 못했잖아. 내 생각에 쟨 의지가 좀 약한 것 같아.'

그제야 제인이 말한 게 무슨 뜻인지 실감이 나더라. 난 그 여자가 왜 자기 친구에 대해 그런 부정적인 말을 했는지 몰라. 어쩌면 질투심일 수도 있고, 평소에 반감이 있었거나, 경쟁심이 생겼거나, 아니면 집단 내 정치 같은 게 얽혀 있는지도 모르지. 하지만 이 여자가 100퍼센트 완전히 자기 친구 편이 아닌 건 확실했어. 목표를 세우고 실현하기 위해 열심히 뛰고 있을 때 다른 사람의 부정적인 생각과 말에 방해받는 건 누구도 원하지 않을 거야. 우리 뇌는 그런 부정적인 생각에 사로잡히기 일쑤잖니. 거기에 악영향을 끼치는 친구까지 있다면 얼마나 힘들겠어?

때로는 누군가의 성공이, 아니면 성공을 위한 새로운 목표조차 남에게 위협이 되거나 힐난처럼 느껴질 수 있어. 인생에서 전진하지 못하고 있는 어떤 사람은 앞으로 나아가고 있거나 또는 그러고 싶어 하는 사람을 못마땅해 하기도 해. 그래서 그런 사람들은 노력하는 이들을 옆에서 폄훼하러 들어. 자기가 부족하다는 걸 실감하고 싶지 않거든.

내 친구 마거릿은 거의 평생을 방송 업계에서 일하며 뛰어난 관찰력을 갖게 됐지. 언젠가 그녀가 이렇게 말한 적이 있어. '주말 드라마가 인기가 좋은 이유는 사람들이 자기보다 더 망가진 사람들을 구경하는 걸 좋아하기 때문이야. 남의 힘든 모습을 보면서 성공하지 못한 자기 삶을 정당화하고, 약간의 우월감을 느끼는 거지.'

너희도 진심으로 너희의 성공을 축하해 주는 사람과 말은 축하한다고 하지만 속내는 그렇지 않은 사람을 쉽게 구분할 수 있을 거야.

솔직히 난 경쟁의식이 심한 사람이야. 이기는 걸 좋아하고 때로는 시기심도 느껴. 다른 사람들이 성공하는 걸 보면서 나도 저래야 하는데 왜 못하고 있나 생각하게 되거든. 아무래도 인간의 본성이겠지. 하지만 지금은 그런 기분이 들 때면 의식적으로 남들을 원망하기보다 스스로를 채찍질하고 더 나아지도록 노력하는 계기로 삼아.

그러니까 진심으로 너희를 응원하고 목표를 이루도록 격려하는 사

사실 투자는 위험하지 않아. 위험한 건 사람이지. 그 여자는 투자 교육을 받은 적도 없고 경험도 없었어. 지름길을 택하려고 했고. 시간과 노력을 들여 성공적인 투자가가 되는 게 아니라 빠르고 쉬운 대답을 원했어. 다시 말하지만, 위험한 건 투자가 아니라 그런 사람들이야.

람을 주변에 두는 게 중요해. 나는 오래전부터 내가 좋아하는 사람들하고만 친구가 되고 사업을 하기로 결심했지. 그런 것에 감정 소모를 하기에 인생은 너무 짧거든.

투자라는 게임에 뛰어들려면 주변 사람들을 대할 때 조금은 주의해야 할 필요가 있어. 너희와 비슷한 사고를 가진 사람들, 비슷한 목표를 가진 이들에게만 네 목표를 말해 줘. 너희를 끌어내리는 게 아니라 앞에서 이끌어 줄 수 있는 사람과 가까이 지내도록 해. 너희가 배우고, 성장하고, 담대한 꿈을 성취하도록 도와줄 사람들을 찾아. 그러면 곧 새로운 친구들과 가까워질 수 있을 거야.

둘째, 멘토를 찾아야 해. 멘토란 너희가 하고 싶은 일을 자기 분야에서 이미 성취한 사람들을 말해. 어쩌면 지금도 너희 삶의 다른 분야에 이미 멘토가 있을지 몰라. 투자 멘토, 사업 멘토, 운동 멘토, 인생 멘토처럼 말이야. 내 좋은 친구이자 투자 파트너인 켄은 내 인생 멘토야. 그는 미국 남서부에서 가장 큰 부동산 관리 회사를 소유한 투자가이기도 하지. 그는 투자할 부동산의 모든 면모를 꼼꼼하게 검토해. 내가 그와 일하는 걸 좋아하는 이유 중의 하나는, 그 사람과는 잠재적인 부동산 투자 계약을 놓고 의견을 나눌 수 있기 때문이야. 같이 앉아서 오랫동안 부동산의 장단점을 분석하고, 회의가 끝나고 나면 기분이 한껏 고양되어 날아갈 것 같지. 처음 들어갔을 때보다 아주 많이 배운 상태로 나올 수 있거든.

많은 사람들이 '멘토를 어떻게 찾죠?'라고 묻곤 해. 나도 거기에 대한 마법 공식 같은 건 몰라. 나는 대부분 우연히 만났거든. '준비된 제자에게 스승이 나타난다.'는 말도 있잖아. 난 그게 맞는 말이라고 생각해. 내가 배울 각오가 서 있고 준비가 되어 있다면 중요한 조언가가 나타나게 되어 있어.

셋째, 여성 전용 투자 그룹을 찾아보라는 거야. 전에도 말했지만, 난 여자들이 서로에게서 배운다고 생각해. 그래서 여자들에게 여자들만 참여할 수 있는 투자 스터디 그룹을 만들라고 권하곤 하지.

항상 하는 말이지만, 난 참가자들끼리 자금을 출자해 공동 투자를 하는 곳보다는 함께 모여 공부를 하는 데 중점을 두는 모임을 더 선호해. 투자 파트너는 그보다 더 신중하게 골라야 하니까.

투자 그룹을 만들 거면 기준을 높이 잡아야 해. 재정적 미래를 성취하는 데 대해 마음가짐이 진지하고 진심으로 배우고 실천할 여자들만을 모집하렴. 사고방식이 비슷하고, 열린 마음을 갖고 있고, 새로운 아이디어와 기회를 받아들이는 여자들에게 참여를 권해 봐.

모임은 항상 전문적으로 운영해야 해. 돈을 다루려면 프로다워야지. 항상 시간을 엄수해서 제시간에 시작하고 제시간에 끝내. 모임을 열 때마다 구체적인 주제와 목표를 선정하고. 나도 여성 투자 그룹에 꽤 많이 참가해 봤는데, 가장 성공적이고 효과적인 곳은 회원들에게 처음부터 높은 기준을 요구하는 곳이었어.

투자 클럽은 전문가들을 초청해 지식을 넓힐 수 있는 곳이야. 세상에 투자에 통달한 전문가들이 정말 많고, 가장 훌륭하고 똑똑한 사람들은 대개 자기가 아는 지식을 남들에게도 나눠 주고 싶어 한단다. 일대일 강의는 못해 줘도 여러 사람 앞에서 한 시간 강연을 하는 건 거절하지 않을 거야.

자, 정리하자면, 요점은 이거야. 주변을 널 응원해 주고, 항상 정직하게 대하고, 좋을 때나 나쁠 때나 네 목표, 특히 재정적인 목표를 달성하도록 계속해서 전진할 수 있게 격려해 줄 사람들로 채우라는 거야. 이건 삶의 다른 모든 분야에도 적용된단다."

핵심 비결 7. 투자는 과정이다

"사람들은 투자라고 말하면 대부분 '비밀 정보'를 알고 싶어 해. '어떻게 하면 되는지 알려 주세요.' '답만 말해 줘요.' '5,000달러가 있는데 어디다 투자할까요?' 등등.

빠른 답안을 원하는 거지. 하지만 성공한 투자가가 되려면 투자는 과정이라는 사실을 명심해야 해.

재정적 독립을 추구하는 건 하나의 과정이야. 하루아침에 갑자기 이뤄지지 않는다는 얘기지. 하룻밤 사이에 덜컥 부자가 되는 일 같은 건 일어나지 않아. 투자는 새로운 언어를 배우는 것과 비슷해. 하루 만에 외국어를 유창하게 할 수는 없잖니. 먼저 단어부터 배우고, 어구를 배우고, 꾸준히 어휘를 늘려 가야지. 연습, 연습, 연습만이 살 길이야. 거기다 회화도 익혀야 하고, 그 과정에서 몇 번은 창피한 실수도 하겠지. 하지만 꾸준히 연습하고 노력한다면 언젠가는 그 언어를 유창하게 말할 수 있을 거야.

너희는 실수를 할 때마다 똑똑해질 거야. 언젠가 R. 버크민스터 풀러가 지오데식 돔을 만드는 영상을 본 적이 있어. 지오데식 돔은 그의 발명품 중에서 가장 유명한 건데, 한 무리의 대학생들이 몇 번이고 돔을 조립하려고 애를 쓰고 있었지만 번번이 무너졌지. 그러다 학생들은 이번에는 확실하게 올바른 수치를 계산했다고 믿었고, 그래서 돔이 완성될 거라고 생각했어. 돔이 거의 완성되는 동안 풀러는 위에서 그 모습을 내려다보고 있었는데 결국 돔은 이번에도 무너지고 말았지. 학생들은 좌절감으로 몸부림치며 낙담했어. 하지만 풀러는 아주 기뻐했지. 신이 나서 폴짝폴짝 뛰면서 이렇게 말했어. '우리가 뭘 잘못했는지 알겠어! 굉장해! 이제 돔을 완성하는 데 한 발짝 더 가까워진 거야!' 풀러는 돔이 무너졌다고 실망하지 않았어. 그는 그들이 과정의 중간 단계에 있다는 걸 알았고 조금씩 진전할 때마다 점점 더 똑똑해지고 결국 목표에 가까워질 거라는 걸 알았지.

내게 있어 이 과정은 절대로 끝나지 않아. 나는 지금도 날마다 배우고 있어. 난 실수가 배움의 과정이라는 걸 알아. 실수를 하는 걸 좋아하냐고? 그럴 리가. 실수를 할 때마다 가슴이 미어지는걸. 하지만 난 배우기 위해서는 실수를 해야 한다는 걸 알고 있고, 결국엔 원하는 걸 얻어 낼 거라는 것도 알아. 만약에 내가 1989년에 수백만 달러짜리 건물에 투자해 처음부터 대성공을 거뒀다면 두 가지 일이 발생했을 거야. 첫째, 나는 내가 똑똑하고 투자에 대해 잘 안다고 여겼을 거야. 실은 그냥 운이 좋았을 뿐인데 말이야. 그리고 둘째, 그것과 비슷한 투자를 한 번 더 시도했겠지. 왜냐하면 내가 똑똑하다고 생각하니까. 그러곤 크게 실패했겠지. 왜냐하면 지난번에 어떻게 성공했는지 전혀 모르고, 따라서 성공을 되풀이할 수 없었을 테니까. 결국 필요한 과정을 거치고 차근차근 단계를 밟으며 배워 나가야 과거의 성공을 반복할 수 있는 거야.

유명한 대배우 엘리자베스 테일러는 과정의 중요함을 알고 있었지. '갖는 것이 아니라 얻어 나가는 것이다.'라고 했거든.

핵심 비결 8. 끊임없이 배워라

"개인적으로 계속 성장하고 투자를 늘리고 싶다면 끊임없이 배우는 것 말고 다른 대안은 없지.

이게 바로 성공의 진짜 비결이야. 변하지 않는 것은 없어. 시장도 규칙도 끊임없이 변화하지. 투자가로서 성공하려면 시장의 변화에 맞춰 스스로 변화해야 해. 말하자면 항상 배워야 한다는 뜻이지. 우리가 할 수 있는 선택은 세 가지야. 변화를 따라간다, 변화에 앞서 나간다, 그리고 변화에 따라잡힌다.

한번은 성공적인 부동산 투자가인 카렌이 내 친구에게 개인 회사가 개최한 이틀짜리 부동산 세미나에 참석할 거라고 말했어. 카렌은 그 친구에게 같이 가겠냐고 물었지.

'왜 부동산 세미나를 듣는 거야? 넌 다 알고 있는 내용이잖아. 넌 이미 성공한 투자가인데 그 사람들이 너한테 뭘 가르칠 수 있겠어?' 친구가 물었지. 그러자 카렌이 대답했어. '이게 바로 내가 다른 투자가보다 좋은 성과를 내는 이유일지도 몰라. 항상 새로운 걸 찾아다니니까. 새로운 정보가 너무 많아서 끊임없이 배워야 해.'

내 친구는 카렌을 따라가지 않았어. 그 친구도 부동산 투자가였지. 문제는 이 친구가 3년이 넘도록 새로운 자산을 사거나 기존 자산을 판 적이 없었다는 거야. 왜냐하면 그녀가 사용하던 공식이 더 이상은 통하지 않았거든. 그렇다고 새로운 해답을 찾아다니지도 않았고 말이야. 그녀는 배우기를 그만둔 거야.

그리고 내 친구 프랭크도 있어. 벌써 나이가 80대인데, 난 어쩌면 그 사람이 영원히 안 죽을지도 모른다고 생각해. 왜냐하면 프랭크는 아직도 어딜 가나 새로운 걸 배우려고 하거든. 지금도 매주 나에게 세계 경제와 투자에 관한 기사를 보내 줘. 어떤 날은 중국에서 금광 상장을 검토하고 있다가 다음 주에는 캐나다 밴쿠버에서 미술 수업을 듣고 있지. 그는 로버트와 나를 애리조나주 스코츠데일에 지은 참신한 콘셉트의 아파트 개장식에 초대하기도 했어. 우리 부자 아빠 세미나에도 종종 나타나. 최신 컴퓨터 기술이 사업을 효과적으로 운영하는 데 얼마나 도움이 되는지도 알아서 계속 배우고 활용하고 있어. 그는 절대로 배움을 멈추지 않아. 덕분에 나도 그에게서 끊임없이 배우고 있고.

배우는 걸 멈추지 않으려면 지대한 노력이 필요해. 하프 마라톤을 뛰고 싶으면 단순히 인터넷만 뒤져 보고 말면 안 되잖아. 신발을 신고 밖에 나가서 직접 뛰어 봐야 하지. 가능하다면 코치도 구하고 짧은 거리부터 시작해 21킬로미터까지 거리를 차근차근 늘려 가겠지. 체력뿐만 아니라 정신적 능력도 필요할 거야. 정신력을 기르는 연습도 필요해.

그러니까 너희의 건강과 재정적 성공을 위해서라도 끊임없이 배우고 또 배워 나가렴."

핵심 비결 9. 즐겨라!

"자, 마지막으로 이 아홉 번째 비결을 절대로 잊으면 안 된다고 말하고 싶어. 지금껏 이야기한 것 중에서 제일 중요한 것일 수도 있거든. 이 원칙을 절대로 잊지 말고 항상 마음속에 새겨 놓겠다고 약속해 줘." 내가 물었다.

"약속할게!" 친구들이 조금도 망설임 없이 대답했다.

"아홉 번째 비결은 바로 즐기라는 거야.

투자를 배워 나가면서 성공을 거둘 때마다 스스로를 축하해 주렴. 너희의 성공을 만끽하고 기뻐하도록 해. 여기서 성공이란 돈을 벌거나, 장애물을 극복하거나, 두려움을 이겨 내고 전진하거나, 아니면 몇 달간 돈 걱정을 하지 않았다는 걸 깨닫거나, 자신감에 충만하고 자기 삶에 대한 통제권을 갖게 되었다고 느끼는 것일 수도 있어. 과정을 지속하다 보면 틀림없이 이런 많은 성공의 순간들을 경험하게 될 거야. 그리고 이건 정말 재미있고 축하할 만한 일이란다.

또 다음에 투자할 대상을 찾아다니고, 자산 상황을 파악하고, 수입과 현금흐름이 얼마나 늘었는지 알아보고, 투자에 더욱 통달할 수 있는 새로운 지식을 배우고, 특히 돈이 주머니에 들어오는 걸 보는 것도 정말 재미있어! 전부 신나는 일이지.”

마무리

“이게 승리한 투자가가 되는 내 아홉 가지 핵심 비결이야.” 나는 이야기를 끝마쳤다. “질문 있니?”

“엄청 많이.” 레슬리가 대답했다. “그런데 나한텐 ‘즐겨라’는 부분이 제일 와닿는다.”

“약속 꼭 지켜야 해.” 나는 능청스레 대꾸했다.

“이제 확실하게 알 것 같아.” 트레이시가 말했다. “투자가 과정이라는 게 무슨 뜻인지, 투자를 하는 한 그 과정이 절대로 끝나지 않는다는 것도 말이야. 항상 배울 게 있으니까.”

“그건 그렇고.” 팻이 말했다. 아홉 가지 핵심 비결 내가 다 필기해 놨어. 나중에 복사해서 나눠 줄게!”

역시 팻이었다.

Chapter 22

"계획을 보여 줘!"

"여자는 티백과 같다. 뜨거운 물에 넣으면 더 강해진다."

— 엘리너 루스벨트(사회운동가)

우리 넷은 남은 시간 동안 아이디어를 나누고 진심으로 원하는 게 뭔지 명확하게 정의한 다음, 각자 목표를 성취하기 위해 무엇을 해야 할지 현실적으로 검토했다.

이틀이 지난 지금, 방 전체에는 강렬한 에너지가 넘쳤다. 우리는 일련의 활동을 거치며 유대감을 느꼈고, 나아가 상쾌한 기분마저 들었다. 여기 왔을 때 바라던 것을 성취했기 때문이다.

개별적으로 실천 계획을 세우고 있을 때, 레슬리가 말했다. "빨리 집에 가서 행동에 옮겨 보고 싶어."

트레이시와 팻, 레슬리는 자신이 어떤 재정적 독립을 원하는지 확고하게 알고 있었다. 그리고 그 목표에 어떻게 도달할 것인지에 대해 각각 다른 계획을 세웠다. 우리는 이틀 동안의 배움을 마무리하는 일환으로 각자의 계획에 대해 공유했다.

레슬리의 계획—"종잣돈을 모아 임대 부동산에 투자할래."

제일 먼저 나선 것은 레슬리였다. "여기 오기 전부터 내 궁극적인 계획은 현금흐름을 늘려서 더는 일하지 않고도 살 수 있게 하는 거였어. 이미 말했지만, 난 돈 걱정하는 게 싫어. 날마다 시간에 맞춰 출근하고 내 시간을 어떻게 쓸지 남에게 지시를 받아야 하는 건 그것보다도 더 싫어. 당분간은 일을 계속할 거야. 현재로서는 그게 유일한 소득원이니까. 하지만 번 돈의 20퍼센트를 따로 떼서 투자 계좌에 넣을 거야. 얼마간은 쪼들려 살아야겠지만 될 수 있으면 빨리 종잣돈을 모으고 싶거든."

레슬리가 말을 이었다. "내가 끌리는 건 부동산 투자야. 임대 부동산을 구입하고, 부동산 투자와 관련된 사람들과 인맥을 맺고, 또 세입자들을 위해 좋은 환경을 마련해 주는 건 나도 할 수 있을 것 같거든. 내가 사는 곳 근처에 임대 부동산을 마련하기에 완벽한 지역도 몇 군데 알고 있고. 그래서 집에 돌아가자마자 그 지역을 조사해 볼 거야. 그리고 네가 말한 것처럼 일부 지역을 속속들이 아는 전문가가 될래. 가깝고 친한 사람 중에 같이 사업을 할 사람도 이미 둘이나 알고 있어. 하지만 조심스럽게 접근할 거야. 둘 다 자수성가한 사람이라서 대화를 나누는 것만으로도 큰 도움이 될지 몰라. 할 일이 많다는 건 알지만, 확실하게 각오가 됐어."

트레이시의 계획—"내 일을 하면서 현금흐름 투자를 할래."

트레이시는 레슬리와는 다소 다른 접근법을 취했다. "우리 회사가 매각된 일이 커다란 깨달음이 됐어. 내게 삶에 대한 통제권이 없었고 얼마나 직장에만 의존하고 있었는지 알게 됐거든. 난 비즈니스 세계가 좋아. 혼자 일하는 것도 좋아하고 타이밍도 완벽해. 잘리지 않고 회사에 계속 남더라도 앞으로 더 승진하긴 힘들겠지. 내가 회사 생활을 잘해 온 건 일과 회사에 인생을 바칠 정도로 열심히 일했기 때문이거든. 아침 6시 반에 출근해서 저녁 8시에 퇴근할 수 있으면 운이 좋은 날이었지. 심지어 집에 와서도 항상 일 생각만 할 정도였다니까. 그러니까 난 아주 큰 변화가 필요해. 내 계획은 이거야."

트레이시가 설명을 시작했다. "가장 먼저 남편이랑 같이 재정 상황을 검토할 거야. 그다음엔 두 가지를 하고 싶어. 첫 번째는 회사 말고 내 일을 하는 거야. 마음만 먹으면 내일 당장 시작할 수 있는 프로젝트가 세 개나 되는걸! 회사 말고 알고 지내는 사람들이 같이 일하자고 제안한 일이 있어서. 그래서 타이밍이 좋다고 한 거야. 별로 시간을 많이 잡아먹는 일도 아니야. 물론 그렇다고 식은 죽 먹기도 아닐 테지만. 어쨌든 그 프로젝트만으로도 지금 버는 것과 비슷하거나 더 많은 돈을

벌 수 있어. 둘째로는 시간을 내서 투자를 시작할 거야. 나도 레슬리와
목표가 같아. 내가 노리는 자산은 현금흐름을 안겨 줄 수 있는 거야.
정확히 어떤 분야에 투자할지는 아직 결정하지 못했지만, 부동산과 내
가 경영에 관여하지 않는 사업에 마음이 기울고 있긴 해. 우리 남편도
그건 할 수 있을 것 같으니까. 내가 자료를 보여 줬을 때 남편도 좋아
했거든. 두 번째 단계는 어떤 종류의 현금흐름 투자를 할 것인지 결정
하는 게 되겠지. 일주일쯤 뒤에 결론이 어떻게 났는지 알려 줄게. 지금
이렇게 마음을 먹은 김에 우물쭈물하지 않고 단번에 추진력을 발휘하
고 싶거든. 제일 마음에 드는 건 드디어 내 삶에 대한 통제력을 되찾았
다는 느낌이 든다는 거야."

팻의 계획—"책을 쓰면서 스톡옵션 투자를 시작하겠어."

"난 스톡옵션에 좋아." 팻이 말했다. "내가 뭐든 조사하고 분석하는
걸 좋아하는 성격이라 그런가 봐. 인터넷도 익숙하고, 옵션 거래에 관
심이 가. 고백하자면, 지난 몇 달간 내가 조사한 것 중에서 상당 부분
이 옵션 거래에 관한 거였어.

그래서 내 계획은 이거야. 일단 스톡옵션을 어떻게 거래하는지부터
자세히 알아볼 거야. 내가 아는 한 이건 절대로 단순한 주제가 아니니
까 최고에게 배워야지. 벌써 평판 좋은 프로그램과 강사를 알아놨어.
그리고 처음엔 작게, 적은 돈으로 시작할 거고… 생각만으로도 벌써
흥분된다!"

팻이 말을 이었다. "하지만 글 쓰는 걸 완전히 포기할 생각도 없어. 실은 몇 년 동안 이것저것 하면서 비상금을 조금 마련해 놨거든. 그중 일부를 떼서 재정 교육을 받을 거야. 옵션 거래로 버는 돈은 자본 이 득이지만 궁극적으로 내가 가야 할 길은 현금흐름 투자겠지. 그러니까 옵션 거래로 버는 돈을 전부 현금흐름 투자 계좌에 넣은 다음, 그 돈으 로 현금흐름을 주머니에 넣어 줄 투자 대상을 구입하겠어.

정리하자면, 스톡옵션 거래로 돈을 모은 다음, 그 돈으로 현금흐름 투자를 하는 거야. 이 계획은 나한테도 안성맞춤이야. 남편한테 의존 하지 않고 내가 직접 투자금을 버는 거잖아. 그 사람이 나랑 같이 투자 를 하겠다고 하면 정말 좋겠지. 그럼 재정적 독립을 더 빨리 실현할 수 있을 테니까. 그게 내가 꿈꾸는 가장 이상적인 길이야. 하지만 남편이 싫다고 하면 나 혼자서라도 재정적 독립을 위한 길을 갈 거야."

"두 가지 더." 팻이 덧붙였다. "벌써 전화를 돌려 봤는데, 투자 스터 디 그룹에 참여하고 싶다는 사람이 두 명이나 돼. 집에 가면 그들을 만 나서 얼마나 투자에 진지한지 알아보려고. 주변에서 그런 지지를 얻 을 수 있으면 큰 도움이 될 것 같거 든. 그리고 이런저런 아이디어가 떠 올라서 벌써부터 즐기고 있어. 책을 쓴다면 좋은 수동 소득을 얻을 수 있을 것 같아. 항상 소설을 쓰고 싶 었기도 하고. 사실은 벌써 하나를

> 투자에서나 인생에서나 내가 저지른 가장 큰 실수는 항상 나 자신을 믿지 않았을 때 일어났어. 실은 그렇게 생각하지 않으면서도 사람들 설득에 넘어갔을 때 말이야.

쓰고 있는데, 몇 년 됐어. 책을 쓰는 걸로 현금흐름이나 수동 소득을 얻을 수 있다는 생각은 이제껏 못해 봤었어. 그냥 내 책을 출간한다는 것만 상상했지. 하지만 이젠 집필에 대한 내 열정이 재정 계획의 일부가 될 수도 있다는 걸 알게 됐어. 앞으론 신문이나 잡지에 글을 기고해서 투자 자금을 벌어 볼래. 지금 나한테 중요한 건 아까 트레이시가 말한 것처럼 지난 이틀 동안 배운 것을 흐지부지 넘기지 않고 이 여세를 몰아 행동에 옮기는 거야. 벌써부터 기대돼."

하는 것과 갖는 것

레슬리가 말했다. "그게 제일 중요한 것 같아. 할 일이 이렇게나 많은데 집에 가고 나선 없었던 일처럼 만들고 싶진 않거든. 주변에 같은 목표를 가진 사람이 있다는 게 왜 중요한지 알겠어. 하지만 어떻게 해야 '해야 할 일'에 짓눌리지 않을 수 있을까?"

"좋은 질문이야." 내가 말했다. "해야 할 일에만 집중하다 보면 제풀에 지쳐서 열정이 사그라들 수 있지. 나도 오래전에 같은 의문이 있었는데, 내가 존경하는 분이 이런 식으로 설명해 줬어.

되다(BE) - 하다(DO) - 갖다(HAVE)

이 세 가지 개념을 구분해야 한다고 말이야.

'되다'는 존재, 즉 네가 누구인지를 뜻해. '하다'는 네가 실천하는 행동을 가리키지. 그리고 '갖다'는 네가 소유하는 것을 의미해. 즉 네가 누구이고 무엇을 하는지가 곧 네가 무엇을 갖는지를 결정한다는 뜻이야. 예를 들어 아이를 갖고 싶다면 넌 어머니가 되어야 하고, 그러기 위해서는 임신을 하고, 정기 검진을 받고, 건강을 돌보고, 출산에 대비하고, 출산을 해야 하지. 여기서 중요한 건 해야 하는 일에 중점을 두는 게 아니라 갖고 싶은 것에 초점을 맞추는 거야. '나는 아기가 갖고 싶어.'처럼 말이야.

갖고 싶은 것에 초점을 맞추는 이유는 무언가를 갖고 싶다는 것이 무언가를 하고 싶다는 것보다 더 강력한 동기가 될 수 있기 때문이야. 팻, 만약에 《타임》지에 기사를 기고하고 싶다면 넌 무엇이 되어야 하지?" 내가 물었다.

"'일류 작가'가 되어야지." 팻이 대답했다.

"그럼 일류 작가가 되기 위해 네가 해야 할 일로는 뭐가 있을까?" 내가 물었다.

"《타임》지에서 어떤 기사를 선호하는지 찾아보고, 내 문장 실력을 다듬기 위해 글쓰기 수업을 듣고, 기사에 필요한 자료를 조사하고, 기사를 기고하고, 이후 상황을 계속 체크해야 해. 그러다 퇴짜를 맞으면 통과될 때까지 그 과정을 계속 반복해야 하고. 사실 그 중간 과정을 다 알긴 힘들어. 어떤 과정을 거쳐야 하는지 미리 알았다면 애초에 시작도 안 했을걸."

"바로 그거야." 내가 말했다. "갖고 싶은 것에 집중하면 해야 하는 일이 발생해. 이제까지는 내가 누구고 무엇을 해야 하는지가 가질 수 있는 것을 결정했지. 하지만 가질 수 있는 게 바뀌려면(이게 우리가 지난 이틀 동안 한 이야기인데) 나와 내가 해야 할 일도 바뀌어야 해. 그게 바뀌지 않으면 지금 가진 것에만 만족해야지. 하지만 이제까지 내가 들은 바에 따르면, 너희는 지금 가진 것을 바꾸고 더 향상시키고 싶어 하잖아, 맞지?"

친구들은 고개를 끄덕였다.

"지금의 나를 어떻게 바꾸지?" 트레이시가 물었다.

내가 대답했다. "팻을 예로 들어 보자. 만일 팻이 《타임》지에 기사를 싣고 싶다면 일류 작가가 되어야 해. 팻의 마음을 상하게 하려는 건 아니지만, 지금 팻이 세계적 수준의 작가는 아니야. 오랫동안 일을 하지 않았으니까. 그러니 팻은 지금의 자기 자신을 바꿔야 하지. 아까 말한 것처럼 글쓰기 수업으로 문장력을 키우고, 목표로 삼은 발행지의 최신 동향을 수집하고, 편집자를 만나고, 좋은 관계를 맺고, 기사가 거절되면 이를 인정하고 다시 기사를 쓰고, 그런 다음 다시 기고해야겠지. 그리고 이 과정을 실천함으로써 팻은 변화하게 될 거야. 평범한 작가에서 훌륭한 작가로 말이야. 무슨 뜻인지 알겠니?"

"그래." 트레이시가 대답했다. "그러니까 나로 말하자면 목표를 달성하려면 지금은 아니지만 성공적인 사업가가 되어야 하고, 또 지금은 아니지만 성공적인 투자가가 되어야 한다는 거지? 그러니까 내가 무엇이 되고 무엇을 할 건지 결정하는 건 내 목표, 아니면 내가 무엇을 갖고 있는가로군."

"맞았어. 대부분의 사람들은 해야 할 일부터 생각하는데, 그러면 대개 너무 벅차 보여서 결과적으로 원하는 걸 가지지 못하게 되지."

팻이 말했다. "'이렇게 힘들 줄 알았으면 처음부터 시작 안 하는 건데!' 같은 거구나."

"정말 맞는 얘기다." 레슬리가 말했다. "난 갖고 싶은 것에만 집중해야겠어. 일단 첫 번째로 임대 부동산을 마련하는 거야. 내가 누가 되고 무엇을 해야 하는지는 그 과정에서 차츰 알아 갈 수 있겠지."

스스로를 믿어라

"시간이 많이 늦었지만 마지막으로 물어볼 게 있어." 트레이시가 나섰다. "직장 생활을 하다 보면 어려운 결정을 내려야 할 때가 있잖아. 사실 관계를 전부 고려하더라도 결국엔 내 직감이 최종 결정에 가장 큰 영향을 미치게 된단 말이지. 투자에서도 그럴까? 내 생각엔 소위 '여자의 직감'이라는 것도 플러스 요인이 될 수 있을 것 같은데."

"그 점에 있어선 내 개인적인 경험밖엔 말해 줄 수 없겠다. 첫 임대 부동산 계약을 종결하기 전에 난 마음이 흔들리고 있었어. '이걸 꼭 사야 해.'와 '아니야, 사면 안 돼.' 사이에서 말이야. 어떻게 해야 할지 몰라 미칠 지경이었는데, 종국엔 마음을 이렇게 다잡았어. '지금까지 할 수 있는 일은 다 했잖아. 이제 나 자신을 믿을 수밖엔 없어.' 그러곤 이렇게 자문했어. '할 것인가 말 것인가?' 그러자 마음속에서 대답이 돌아왔지. '해 버려.' 다음 날 나는 그 부동산을 구매했고 결과적으론 옳은 결정이었어.

만약에 내가 필요한 정보를 조사하지 않고 오로지 직감만으로 '할 것인가 말 것인가?' 자문하거나 결정을 내렸다면 그건 멍청한 짓이었겠지. 재미있는 건, 거래 경험이 늘면 늘수록 감도 는다는 거야. 가끔은 '내가 왜 이런 걸 묻고 있지?' 하고 생각했는데, 나중에 알고 보면 그게 정말 중요한 질문이었던 적도 많아.

투자를 시작하고 얼마 안 돼 친구를 통해 만난 증권 중개인에게서 코카콜라 주식을 산 적이 있어. 별 신경 안 쓰고 지내다가 어느 날 주가를 확인해 보니 처음 샀을 때보다 꽤 많이 올랐더라. 그래서 중개인에게 전화를 걸어 말했어. '코카콜라 주식을 팔고 싶은데요.'

그가 재빨리 대답했지. '아, 안됩니다. 지금 팔면 안 돼요. 계속 올라갈 겁니다. 난 전문가예요. 그러니 잘 알고 있습니다.'

하지만 난 말했어. '물론 더 올라갈 수도 있겠죠. 하지만 난 이 정도면 만족하니까 팔고 싶어요.'

그 사람은 내가 기다리면 얼마나 더 많은 돈을 벌 수 있고 지금 팔면 나중에 얼마나 아쉬워할지 계속 늘어놓았어. 결국엔 날 설득하는 데 성공했지. 난 주식을 팔지 않았어. 하지만 일주일도 안 돼 주가가 떨어지기 시작했고 결국엔 손해를 보고 주식을 팔아야 했어. 자기 직감과 판단력을 믿지 못하면 이렇게 돼.

고백하자면, 투자에서나 인생에서나 내가 저지른 가장 큰 실수는 항

리치 우먼

상 나 자신을 믿지 않았을 때 일어났어. 실은 그렇게 생각하지 않으면서도 사람들 설득에 넘어갔을 때 말이야. 나 자신에게 진실하지 못할 때, 내 생각이나 믿음과 일치하지 않는 일을 할 때, 그럴 때면 늘 가장 큰 곤란을 겪었지.

그래, 나도 같은 생각이야, 트레이시. 투자 세계에서 직감은 큰 역할을 할 수 있어. 나도 끊임없이 거기에 귀를 기울이는걸. 다만 거기 끌려다니거나 그걸 중심으로 결정을 내리지는 않을 뿐이야. 하지만 어떤 느낌이 드는지 항상 살펴보기는 해. 나는 조사를 하고 필요한 숙제를 해. 자료와 통계를 모으지. 그런 다음에야 직감에 물어보는 거야. 모든 게 다 들어맞는다면 그제야 움직이지."

"내 감을 묻는다면, 우리가 이걸 아주 잘 해낼 거라고 말하겠어." 레슬리가 웃으며 말했다. "그럼 잠깐만 쉬자. 그런 다음에 마지막으로 해줄 이야기가 있어." 내가 말했다.

Chapter 23

전속력으로 밟아!

"항구에 정박해 있는 배는 안전하다. 하지만 배는 원래 그런 용도가 아니다."

— 그레이스 하퍼(미국 해군 제독 · 컴퓨터 개발자)

"마지막으로 이 이야기만 하고 모임을 마무리하자." 내가 선언했다.

특별한 선물

"2004년 크리스마스 때의 일이야. 로버트가 내게 선물 상자를 건네 줬어. 이상하게 신이 나 보였는데, 기대에 가득 찬 눈빛으로 날 쳐다보 더라고. 내가 선물을 여는 걸 기다리지도 못할 정도로 안달을 냈어. 작 은 상자의 포장지를 찢고, 상자를 열었더니, 짜잔! 거기서 뭐가 나왔 게?"

그랑프리 드라이빙 교육 프로그램 (4일)

밥 본듀란트 하이 퍼보먼스 드라이빙 스쿨

애리조나, 피닉스

"나는 의아한 표정으로 그를 빤히 쳐다봤어. 내가 받고 싶은 크리스마스 선물하고는 거리가 멀었거든.

'당신과 나를 위한 거야!' 그가 외쳤어.

'아, 이제야 이해가 되네.' 나는 속으로 생각했어. '자기가 갖고 싶은 걸 나한테 선물로 준 거군.'

'웬 레이싱 스쿨이야?' 내가 물었어.

'재미있을 것 같아서.' 그가 대답했어. '우린 같이 배우는 걸 좋아하잖아. 이것도 같이 배우면 돼!'

자동차 경주를 배우는 건 내가 죽기 전에 하고 싶은 목록에는 없었지. 하지만 우린 프로그램에 등록했고 날짜를 잡았어."

첫째 날

"우린 고속도로를 타고 밥 본듀란트 스쿨로 향했어. 그곳은 사막 한가운데 있었거든. 가서 뭘 배우게 될지 감도 안 잡히더라. 솔직히 우리 둘 다 약간은 긴장되고 걱정도 됐어. 이제껏 평생 레이싱 트랙에서 차를 몰아 본 적이 한 번도 없었거든. 도착한 다음에는 이름을 적고 교실에 자리를 잡고 앉았어. 그때까진 아무 문제도 없었지. 강사들이 들어와 자기 소개를 하고 인사를 나눴지. 그중 한 강사가 우리에게 보험 신청을 하는 게 좋을 거라고 했어. '차량을 손상시키면 배상을 하셔야 합니다.'하고 말이야.

'차량을 손상해?' 나는 생각했어. '사고가 날 수도 있다는 얘긴가? 갈수록 가관이네.' 더 이상 긴장이 되지 않았어. 그보단 무서워지기 시작했지.

학생들은 한 명씩 일어나 왜 이 프로그램에 신청했는지 말해야 했어. 교실 안에는 열두 명이 앉아 있었지. 한 명씩 말을 할수록 로버트와 나는 얼굴을 마주 보며 '우리 아주 큰 실수를 저지른 것 같아.'를 말 없이 눈빛으로 주고받았지. 교실에 같이 있던 나머지 열 명은 전문 레이싱 선수거나 아니면 적어도 아마추어 애호가인 것 같았거든. 다들 운전 실력을 향상시키려고 왔다고 했어. 나와 로버트만 유일하게 애리조나 출신이었고, 다른 사람은 전부 유럽, 남미, 일본, 그리고 미국 전역에서 찾아온 거였지. 우리 차례가 되자 내가 일어나 떨리는 목소리로 말했어. '재미있을 것 같아서 왔어요.' 그러곤 황급히 앉았어. 정신이 하나도 없어서 빨리 그 자리에서 벗어나고만 싶었지. 아, 그리고 말했던가? 교실 안에 여자는 나 혼자뿐이었어.

강사는 앞으로 한 시간 동안 무엇을 해야 할지 설명했어. '콜벳을 한 대씩 배정받을 겁니다. 그런 다음 다양한 장애물 코스를 운전하며 속도 테스트를 할 거고요. 마지막 테스트 때에는 직선 도로를 전속력으로 질주하고, 우리가 신호하면 브레이크를 최대한 세게 밟아서 차를

곧바로 멈춰야 합니다.'

그래, 난 겁에 질렸어.

우리는 각자 빨간 레이싱복과 헬멧을 받았어. 배정받은 차를 향해 다가가는데 심장이 미친 듯이 뛰더라. 나는 혼잣말로 끊임없이 중얼거렸어. '세상에, 내가 무슨 짓을 한 거지?'

마지못해 콜벳 운전석에 앉았어. 4번 차였지. 좌석을 내 키에 맞추고, 백미러를 조절한 다음, 안전띠를 매고, 숨을 깊이 들이마신 후 키를 돌려 시동을 걸었어.

내 담당 교관인 레스가 차창 사이로 고개를 들이밀더니 말했어. '선두 차량을 따라 일렬로 레이싱 코스를 돌 겁니다. 즐거운 시간 되세요!'

'재미있을 것 같아서 왔다는 말을 내가 왜 했지?' 나는 속으로 생각했어. 그건 엄청난 실수였으니까. 액셀을 밟은 순간, 이젠 돌이킬 수 없다는 생각이 들었지.

일단 본듀란트 레이싱 스쿨의 교습 실력이 뛰어나다는 건 확실히 말해 둬야 할 것 같아. 레이싱이라곤 아는 게 하나도 없는 내가, 끝났을 땐 비록 숨을 헐떡이고 있긴 했지만 교관의 지시에 따르다 보니 코스를 차례대로 모두 완주했거든. 가끔은 내 담당 교관이 운전석에 앉거나 조수석에 동승해서 시범을 보여 주기도 했어. 덕분에 혹시 무슨 일이 생기더라도 믿고 맡길 사람이 있으니 안심할 수 있었지. 솔직히 이 프로그램을 아주 강력히 추천하는 바야. 내가 할 수 있다고 생각하는 것 이상으로 해낼 수 있도록 도와주었으니까. 하지만 이것만은 알아 둬. 거기 참가한 나흘 동안 내가 느낀 감정은 딱 두 가지밖에 없었어. 순수한 공포심과 완벽한 황홀감. 그 중간은 없었어."

'전속력으로 밟아라!'는 내 새로운 인생 모토가 되었지."

둘째 날

"날마다 공포심이 새로운 수준으로 올라갔어. 이틀째에는 그날의 목표에 대한 브리핑을 들었지. 실제 운전을 할 때보다 브리핑을 들을 때가 더 무서웠던 것 같아. 교실에 앉아서 오늘 뭘 할 건지 듣고 있으면 도저히 그런 게 가능할 것 같지가 않았거든. 둘째 날에는 진짜 레이싱 트랙에 나갈 예정이었어. 그런 다음 다른 사람들이랑 같이 경주를 한다는 거야! 나는 로버트를 쳐다보며 눈빛으로 물었어. '이거 다 당신 생각이었잖아. 대체 우리가 여기서 뭘 하고 있는 거야? 명심해. 전부 당신 잘못이야!'

이번에도 난 전부 다 해냈어. 그날 내가 거둔 가장 큰 승리는 출발 준비를 할 때였어. 교관들은 우리에게 차를 서로 최대한 가까이 붙이라고 지시했어. 우리는 진짜 그랑프리 레이스를 시작할 때처럼 한 덩어리로 무리 지어 천천히 트랙을 돌았지.

그래, 그렇게 됐어. 차량들은 서로 붙어서 느릿하게 트랙을 돌았고, 아

'전속력으로 밟아 봤나요?' 교관이 물었다. '킴, 뒤처져 있으려 여기까지 온 건 아니잖아요.'

무도 다른 차를 추월하지 않았지. 나는 교관이 깃발을 들고 서 있는 타워를 주시하면서 신호가 떨어지기만을 기다렸어. 그러다 갑자기 교관이 깃발을 흔들었고, 순간 모두가 동시에 발진했지. 다들 선두를 차지하려고 엎치락뒤치락 정신없이 다퉜어. 그러길 여러 번 반복했지. 나는 처음에 몇 번은 다른 차들이 앞서가게 놔두고 혼자 뒤처졌어. 무서워서 죽을 것 같았거든. 세 번째쯤 되자 나도 조금 더 공격적으로 굴어야겠다는 생각이 들더라. 또 다시 차를 정렬했고, 이번엔 나도 조금 앞쪽에 있었지. 깃발이 떨어지길 기다리며 2단 기어로 트랙을 돌았어. 나는 깃발을 뚫어져라 쳐다보다가 출발 신호가 떨어지자마자 액셀을 밟았어. 다른 차들은 벌써 멀리 앞서가고 있었고 내 앞엔 깃발에 약간 늦게 반응한 한 대밖에 없었지. 하지만 난 그 차를 추월했어! '하! 여자 치곤 나쁘지 않은데.' 나는 냉소적으로 중얼거렸어. 나중에 알았는데, 내가 추월한 사람이 나한테 져서 기분이 상했다고 하더라. 여자한테 졌다고 말이야. 어찌나 고소했던지!"

셋째 날

"셋째 날도 지난 이틀만큼 무섭고 또 동시에 흥분되는 하루였지. 슬슬 적응이 됐다고 안심할 즈음이면 어떻게 귀신같이 더 무서운 걸 들고 오는지. 그 사람들은 단계별로 우리를 차근차근 훈련시켰어.

그날 하루를 마치고 마무리 브리핑을 들으려고 교실에 모였어. 그리곤 넷째 날에 대한 설명을 들었지. 교관이 말했어. '지난 3일 동안 여러

분은 기초적인 테크닉을 배웠습니다. 슬라이드, 회전, 방향 전환 등 차량을 다루는 방법을 배웠죠. 내일은 이 모든 걸 한꺼번에 실행할 겁니다. 내일은 콜벳을 반납하고 포뮬라1 레이싱카를 지급받게 됩니다. 그런 다음 트랙 위에서 전속력으로 경주를 할 겁니다. 포뮬라1 차량에는 운전석밖에 없기 때문에 교관의 도움은 피트에 들어왔을 때만 받을 수 있습니다. 교관들은 차 안에 동승하지 않습니다. 이번엔 모든 걸 여러분 혼자 해야 합니다.'

혹시 나처럼 레이싱카에 대해 잘 모르는 사람들을 위해 설명하자면, 포뮬라1 차량은 진짜 경주용 차야. 운전석이 너무 좁아서 발을 쭉 뻗고 운전석으로 미끄럼을 타듯 들어가야 해. 발 끝에 페달이 있고.

갑자기 온몸에 아드레날린이 폭발할 것 같더라. 그 말을 들으니 지난 며칠하고는 비교도 안 될 정도로 다른 차원의 공포가 밀려왔어. 로버트와 나는 그날 저녁에 집에 가면서 별로 말을 하지도 않았어. 내일 어떻게 살아남아야 할지 머릿속이 터질 거 같았으니까. 레이싱카들이 경주 중에 부딪혀서 박살 나는 장면이 끊임없이 떠올랐어. 오늘 밤에 잠은 어떻게 자지?"

넷째 날

"드디어 대망의 순간이 왔어. 교실에 들어가는데 평소보다 더 조용한 것 같았어. 소곤소곤 대화를 하고 있는 건 경험 많은 전문 선수들뿐이었고 나머지는 무서워 죽을 것 같다는 티를 내지 않으려고 안간힘을 쓰고 있었지.

교관이 들어와 그날 우리가 무엇을 할지 설명하기 시작했어. 그때 갑자기 귀에 확 들어오는 대목이 있었지. '차량에 대한 제어를 잃고 코스 밖으로 탈선하거나 다른 차량과 부딪치면…' 나머지는 정신이 멍해져서 뭐라고 했는지 잘 기억도 안나.

나는 여성용 라커룸에서 옷을 갈아입었어. 이번에 등록한 유일한 여자라 라커룸을 독차지할 수 있었지. 덕분에 혼자서 조용히 마음을 다스릴 시간을 가질 수 있었어. '돈을 내고 이런 짓을 하다니 믿을 수가 없네.' 나는 생각했어. '내가 이제껏 살면서 해 본 일 중에서 제일 미친 짓이야. 첫날 보험 신청을 하라고 했을 때 알아챘어야 했는데! 그냥 아픈 척할까? 아니, 무슨 소리람, 아픈 척이라니! 척이 아니라 진짜 토할 것 같아!' 이런 생각이 머릿속으로 쉴 새 없이 지나갔어.

라커룸 밖으로 나오니 로버트가 기다리고 있더라. 우린 말 없이 손을 잡고 주차장을 지나 포뮬러1 자동차가 있는 창고로 향했지. 여기 온 첫날에 느꼈던 기분이 다시 찾아왔어. 교관은 차량에 자기 몸이 잘 맞는지 확인하라고 했고, 나는 내가 사용할 자동차로 안내받았어. 내 담당 교관인 레스가 미소를 짓더니 긴장을 풀어 준답시고 농담을 했지. 운전석은 너무 좁아서 꼭 사이즈가 두 개는 작은 청바지를 억지로 몸에 꿰는 거랑 비슷한 느낌이었어."

리치 우먼

엔진 시동!

"운전석에 앉아 안전띠를 매고 백미러를 조절하고 기어를 시험해 봤어. 이제까지 탔던 콜벳하고는 많이 다르더라. 커다란 차고 문이 열리고, 다음 순간 이 말이 들려왔어. '자, 모두 엔진에 시동을 거십시오.' 숨을 깊이 들이켜고는 덜덜 떨면서 시도한 끝에 세 번째에야 엔진이 부르릉거리기 시작했어. 우리는 천천히 선두 차량을 따라 차고에서 나와 레이싱 트랙 피트로 들어갔지. 헬멧을 쓰고 있어서 내 숨소리가 들렸어. 난 차를 운전하는 데에만 온 신경을 집중했고. 피트에서 전담 교관이 마지막으로 몇 가지 지시사항을 당부하고는 이렇게 말했어. '준비되면 트랙에서 몇 바퀴 천천히 돌면서 차가 어떻게 움직이는지 느껴 보세요.'

나는 있는 대로 용기를 짜내 천천히 피트에서 나가 트랙에 진입했어. 경험 많은 드라이버들은 벌써 코스를 빠른 속도로 달리고 있더라. 첫 커브에 도착했을 때 나는 교관이 해 준 충고를 입으로 소리 내 외쳐야 했어. '저속 기어! 저속 기어! 에이펙스! 에이펙스! 밟고! 가! 가! 가!' 그러곤 첫 번째 턴을 해냈어. 아드레날린이 솟구쳤지. 속도를 냈어. 한 바퀴, 한 바퀴를 돌 때마다 점점 자신감이 붙더라. 그때 교관들이 우리더러 모이라고 신호했고, 우린 교관들과 함께 트랙에서 몇 가지 연습을 했지.

두 시간쯤 경주용 차량으로 트랙에서 도는 데 익숙해지고 나니 드디어 실전할 시간이 됐어. '체크 무늬 깃발은 트랙에서 나오라는 신호입니다. 엔진을 식히기 위해 한 바퀴를 돈 다음 피트로 들어오세요.' 교관 한 명이 우리에게 당부했어. '자기보다 빠른 차는 그냥 보내십시오. 트랙 위에서 문제가 발생하면 손을 들고요. 그럼 우리가 도와주러 갈 겁니다. 이제 지난 3일간 배운 내용을 활용해 보십시오. 모두 행운을 빕니다!'

그 말과 함께 우리는 헬멧을 쓰고, 각자의 차량으로 걸어가 트랙으로 나갔어. 난 내가 여기까지 왔다는 데 한껏 기분이 고조되어 있었고. 열 바퀴쯤 돌고 나서 직선 코스 전에 있는 코너에 접근하는데, 턴을 하다가 속도를 줄이는 타이밍을 놓쳐서 갑자기 너무 빠른 속도로 코너를 돌게 된 거야. 어떻게든 수습하려고 허둥지둥하는데 갑자기 차가 빙글빙글 마구 회전하기 시작했어. 순간 머릿속이 하얘졌는데 그 상황에서도 몸이 저절로 반응하게 되더라. 지난 이틀 사이에 배운 걸 그대로 따른 거야. 차가 네다섯 바퀴쯤 돌다가 트랙 한가운데 멈춰 섰어. 거꾸로 된 방향으로 말이야. '우와, 내가 해냈어.' 나는 생각했어. '방금 내 인생에서 최고로 무서운 순간이었는데, 레이싱 트랙 위에서 자동차를 제어하지 못해 멋대로 돌았는데, 완전 잘 해냈어.' 나도 모르게 환희가 밀려왔어. 단번에 자신감이 붙었지."

인생을 바꾼 교훈

"나는 차머리를 돌려 몇 바퀴를 더 돌았어. 하지만 레이싱 트랙 위에서 내 차를 원하는 대로 통제하고 있었는데도 여전히 좌절감이 들었지. 콜벳을 운전할 때에는 다른 운전자들보다 뒤처지긴 했어도 나도 다른 차를 꽤 자주 추월했었어. 남들에 비해 크게 뒤떨어지지 않았지. 하지만 포뮬러1을 몰 때는 모든 차량이 나를 추월해 지나갔어. 난 아무도 추월하지 못했고. 이유를 알 수가 없었지. 그 뒤로 몇 바퀴를 도는 내내 계속 그 생각만 나는 거야. 그래서 안 되겠다는 생각에 피트로 후퇴했지.

레스가 다가왔어. '마음대로 안 되나 봐요?' 그가 물었어.

'네, 이해가 안 돼요.' 내가 대답했어. '콜벳을 몰 때는 그래도 다른 사람들과 경주가 됐는데 오늘은 나 혼자만 뒤처져 있어요. 내가 너무 느린가 봐요.'

그때 레스가 한 말이 내 인생을 바꿨어. 그는 이렇게 말했어. '그래요? 전속력으로 밟아 봤나요?'

'전속력이요? 페달이 바닥에 닿을 만큼 세게 밟았냐는 뜻인가요?' 내가 물었어.

'네, 전속력으로 밟아 봤어요?'

나는 재빨리 대답했어. '아뇨.'

레스가 앞에 놓인 트랙을 가리키며 말했어. '저 사람들은 그러고 있는데요.'

'그래서 저 사람들이 날 계속 추월하고 있는 건가요? 전속력으로 달리고 있어서?' 내가 물었어. '하지만 내가 그럴 수 있을지 모르겠어요.'

그러자 레스가 내 눈을 똑바로 마주치더니 씨익 웃으면서 마법의 말을 내뱉었어. '킴, 뒤처져 있으러 여기까지 온 건 아니잖아요.' 그러더니 몸을 돌려 가 버렸지.

'젠장!' 나는 생각했어. '정말 끝나는 법이 없네. 심지어 이런 몇 시간짜리 드라이빙 코스에서조차 앞으로 나가기 위해 안간힘을 써야 한다니.'

나는 한참 동안 피트에 앉아 있었어. 레스가 날 쳐다보는 게 느껴졌지. 나는 천천히 트랙 입구로 차를 몰았어. 과연 내가 할 수 있을까? 확신이 서지 않았어. 다른 차들이 지나갈 때까지 기다렸다가 틈새에 끼어들어 트랙에 진입한 다음 속도를 냈어. 그러곤 한 바퀴를 돌았지. 귓가에 계속 레스의 말이 맴돌았어. '뒤처져 있으러 여기까지 온 건 아니잖아요.' 두 번째 바퀴가 되자, 나는 레스의 말대로 페달을 바닥까지 밟았어. 순식간에 전속력으로 달리고 있었지. 그 바퀴를 다 돌기도 전에 처음으로 다른 차량을 제쳤어. 신이 나서 가슴이 터져라 고함을 질렀지. 다시 경주에 참가하게 된 거야.

제일 신기했던 건 소심하게 굴었을 때보다도 그렇게 전속력으로 달릴 때 오히려 차량을 제어하고 턴을 하기가 더 쉬웠다는 거야. 정말 날아갈 것만 같았어. 코너를 돌 때마다 어찌나 집중했던지 체크 깃발을 보지도 못했어. 직선 도로에 들어섰더니 교관 세 명이 모두 깃발을 흔들고 있더라고. 코스에 남아 있는 건 나뿐이고 말이야. 다른 사람들은 전부 다 피트에 들어가 있었어. 나는 웃음을 터트리고는 엔진을 식히려 마지막 한 바퀴를 돈 다음 피트로 들어갔어.

리치 우먼

차를 세우고 활짝 웃으며 헬멧을 벗었어. 옆에 레스가 서 있었지. '해냈군요! 축하합니다.' 그가 말했어.

'너무 좋았어요! 전속력으로 달리니까 오히려 운전하기가 더 쉽더라고요. 이거 앞으로 내 인생의 새 모토로 삼을 거예요!' 내가 외쳤어.

'그러고 보니 말 안 한 게 있는데요.' 레스가 말했어. '당신이 변명이나 핑곗거리로 삼지 않게 하려고요.'

'무슨 말을 하는 거예요?' 내가 물었어.

'이 프로그램을 선택한 여성분들은 대부분 포뮬라1을 탔을 때 처음에 전속력으로 밟지 않는 경향이 있어요.'

'나처럼요?'

'네, 하지만 한 가지 다른 점이 있죠.'

'무슨 다른 점이요?'

'그들이 피트에 들어오면 나는 항상 같은 조언을 합니다. 킴한테 한 것처럼요. 하지만 그래도 90퍼센트의 여자들은 전속력으로 달리지 않아요. 그래서 목표를 달성하지 못하죠. 그 정도로 전념하지 않아요. 그래서 당신한테 이 말을 안 한 겁니다. 어차피 다른 여자들도 안 그러는데 나도 그럴 필요 없다고 생각할까 봐서요. 요는 이겁니다. 전속력으로 밟지 않으면 이 스포츠를 진정으로 경험할 수 없어요.'

나는 속으로 생각했어. '그리고 전속력으로 밟지 않으면 우리네 인생도 진정으로 경험할 수 없지.'

그 경험은 정말 내 인생을 바꿔 놓았어."

Chapter 24

친구들과의 저녁식사

"여자는 태어나서 18세까지는 좋은 부모가 필요하다. 18세에서 25세까지
는 아름다운 외모가 있어야 한다. 35세부터 55세까지는 원만한 성품이
있어야 한다. 그리고 55세가 넘어가면 돈이 많아야 한다."

— 소피 터커(가수, 배우)

"네가 방금 기준을 너무 높인 것 같은데." 트레이시가 말했다. 나는
말 없이 빙긋 웃었다.

"자, 그럼 이렇게 이틀간의 모임을 마치도록 하자." 내가 선언했다.

우리는 즐겁고 느긋하게 저녁식사를 즐길 준비가 되어 있었다.

우리는 옷을 갈아입고 내 차에 올라탄 다음, 전속력은 아니고 '적당
한 속도'로 수제 파스타와 신선한 오징어로 유명한 가까운 이탈리안

우리 모두 앞으로 멋진 삶을 살아가기를. 모두 건강하고, 행복하고… 그리고 상상하는 것보다 훨씬 더 많은 현금흐름을 얻을 수 있길 빈다!

레스토랑으로 향했다. 직원에게 자동차 주차를 맡기고 식당 안에 들어서자 주인이 우리를 반갑게 맞이했다. "자리를 준비해 두었습니다. 즐거운 식사 되십시오."

"그럴게요!" 레슬리가 냉큼 대답했다.

웨이터가 다가와 물었다. "마실 것 먼저 주문하시겠습니까?"

정리 및 요약에 일가견이 있는 팻이 대표로 대답했다. "오늘 같은 날엔 샴페인을 따도 괜찮겠지?"

탁월한 아이디어였다.

팻이 대표로 주문을 하자 웨이터가 주문을 받고 자리를 떴다.

"내 인생을 바꾼 이틀이었어." 레슬리가 말했다. "너희 모두한테 배운 게 너무 많아서 아직도 머리가 핑핑 도는 것 같아. 정말 고맙다."

우리는 각자 돌아가며 지난 이틀간의 경험이 자신에게 어떤 의미이고, 그 결과 앞으로 어떻게 달라질 것인지 한 마디씩 털어놓았다.

끝맺음을 한 건 트레이시였다. "앞으로 내 인생은 완전히 달라질 거야. 여기 오기 전에도 우리 회사에 생긴 변화와 재정적인 문제 때문에 지금 내가 사는 방식에 변화를 주지 않으면 똑같은 상황이 지속되거나 아니면 더 악화될 거라는 걸 알고 있었거든."

그때 웨이터가 팻이 선택한 술과 샴페인 잔 네 개를 들고 돌아와 우리들 각자 앞에 샴페인을 따라 주었다.

"내가 건배사 할게!" 레슬리가 말했다.

우리는 잔을 들어 올렸다.

"우리 모두를 위해! 우린 진심으로 서로를 위한 응원과 격려를 주고받았고, 또 각자 세운 재정적 목표를 달성하길 진심으로 서로 바라고 있잖아. 만일 내가 목표를 이루지 못하면 너희가 실망할지도 모른다는 생각을 하니 더더욱 힘을 내서 꼭 성공해야겠다는 결심이 든다. 이 모임에 참가하게 되어서 정말 기뻐. 우리를 위해!"

"우리를 위해!" 우리가 한 목소리로 외쳤다.

"우리를… 그리고 우리의 재정적 독립을 위해!" 뒤늦게 트레이시가 이렇게 덧붙였고, 우리는 새로운 건배사를 외쳤다.

사고방식의 변화

팻이 입을 열었다. "오늘 아침에 20년 전 호놀룰루에서 우리가 마지막으로 만났던 점심식사에 대해 생각해 봤어. 그땐 우리 모두가 비슷한 마음으로 커리어와 관련된 목표에 대해 이야기했었지. 그 뒤로 우리가 얼마나 서로 다른 길을 지나왔는지 생각하면 무척 놀라워. 하지만 20년이 지금, 커리어는 아니더라도 비슷한 마음가짐으로 투자 목표를 달성하기 위해 모여 있네."

"이건 나한테 정말 커다란 변화야." 레슬리가 말을 받았다. "어렸을 적 크레파스를 잡은 순간부터 화가가 되고 싶었던 내가 이틀 동안이나 돈과 투자, 재정적 독립을 위한 계획에 몰두했다는 것 자체가 엄청나게 놀라운 일인걸. 내가 이럴 수 있을 거라곤 상상도 못했어. 투자니 금융이니 하는 건 나한테 무리라고 생각했는데… 지금은 나도 할 수 있을 것 같아. 그리고 무척 기대돼!"

트레이시도 기회를 놓치지 않았다. "난 이제까지 남편이 해고당하거나 내가 일자리를 잃을지도 모른다고 불안해하는 게 실은 내 인생에 대한 통제권이 다른 사람한테 있었기 때문이라는 걸 몰랐어. 내 앞날을 회사에 맡겨 두고 있었던 거야. 하지만 이젠 그런 거 걱정하지 않을래. 왜 진즉에 깨닫지 못했는지 모르겠어. 하지만 끝까지 모르는 것보단 지금이라도 알게 된 게 나으니까. 재미있는 건, 내가 지금 해고되면 차라리 좋겠다는 거야. 그럼 퇴직금으로 새로운 사업을 시작할 수 있을 텐데. 내 사고방식 자체가 완전히 달라진 것 같아!"

"정곡을 찔렀는데, 트레이시." 내가 말했다. "맞아. 제일 중요한 건 사고방식이 변한다는 거야. 세상을 완전히 다른 방식으로 보고 생각하게 되지. 더는 직장이나 급여가 생명 유지 장치처럼 보이지 않지?"

"전혀." 트레이시가 대답했다. "난 평생 동안 돈을 버는 방법은 하나뿐이고, 그게 직장에 다니며 월급을 받는 거라고만 생각했어. 누군가 돈을 줘야 내가 돈을 벌 수 있다고 생각했지. 하지만 거기엔 한계가 있잖아. 이젠 내가 벌 수 있는 돈이 무한하다는 걸 깨달았어. 얼마나 많은 돈을 벌지 내가 스스로 결정할 수 있는 거야. 사업을 하든 투자를 하든 한계가 없는 거지. 생각하는 게 이렇게 바뀐 것만으로도 지난 이틀을 투자한 보람이 있었어."

레슬리가 말했다. "나도 여기 와서 대화를 나눌 때까지 돈을 더 벌 방법은 일자리를 하나 더 구하는 것 말곤 없다고 생각했어. 봉급 말고는 다른 방도가 없다고 여겼고. 두 번째, 세 번째 직장에 다닐 생각을 하는 것만으로도 답답해 죽을 것 같았지. 하지만 지금은 직장이 재정적 자유라는 진짜 목표를 달성하는 데 도움이 될 도구로밖엔 안 보여. 아트 갤러리에서 일하는 것도 완전히 새로운 관점으로 보게 됐고. 앞으로는 더 많은 것들을 새로운 시각으로 보게 되겠지. 이번 달 생활비는 어떻게 마련하고 어떻게 해야 내가 진짜 하고 싶은 일을 하나 항상 고민했는데, 생전 처음으로 드디어 희망이 보이는 것 같아. 이제 걱정은 작별이야. 직접 뛰어들어 행동할 테야!"

변화는 나로부터

"내가 변화하면 주변의 다른 모든 것들도 변한다는 게 참 신기하지." 내가 말했다.

"정말이야." 레슬리가 맞장구를 쳤다. "나만 해도 지금 일하는 직장도 다르게 보이고, 내 상사도 다르게 느껴져. 심지어 돈을 내야 할 청구서도 다르게 보여. 하지만 사실 내 직장이나 상사, 청구서가 바뀐 게 아니지. 바뀐 건 나야! 어휴, 내 전남편도 다르게 보일지 궁금하네. 가끔은 기적도 일어나는 법이니까."

팻이 웃음을 터트렸다. "무슨 말인지 알 것 같아. 내가 여기 온 것도 남편을 바꾸고 싶어서였는데 사실 변해야 할 사람은 그이가 아니라 나였던 거지. 처음엔 남편 없이 혼자서는 못한다고 생각했지만 지금은 그냥 내가 첫발을 디디면 된다는 걸 알게 됐어. 나야 아직도 그이가 나랑 같이 해 줬으면 해도 어쨌든 그 변화를 만들어야 할 사람도 나야. 아, 어깨가 무겁네."

내가 덧붙였다. "왜, 어쩌면 집에 돌아가고 나서 남편에게서 놀라운 변화를 발견하게 될지도 모르잖아. 네 마음가짐이 바뀌었으니까."

그 말에 팻이 미소를 지었다.

"일단 내가 이 모임의 사회자 같아서 하는 말인데." 팻이 말했다. "제안하고 싶은 게 있어. 다들 지난 이틀간 배운 것들을 실천할 추진력을 유지하고 싶다고 했잖아. 내 생각엔 그게 진짜 중요한 것 같거든."

"안 그래도 내가 생각하던 걸 네가 말하려는 거 같은데." 레슬리가 말했다.

"6개월마다 우리 넷이서 전화로라도 한 시간쯤 모임을 갖는 게 어때?" 팻이 제안했다. "트레이시와 레슬리, 나는 아직 초보자니까 서로 큰 도움이 될 거야. 킴이 우리한테 조언을 해 준다면 좋은 논의도 할 수 있고, 더 큰 성공을 거두는 데도 도움이 될 거고. 어떻게 생각해?"

우리 넷은 모두 흔쾌히 좋다고 대답했다. 팻은 아예 그 자리에서 첫 회의 날짜와 시간을 결정하자고 말했다.

그때 웨이터가 다시 나타났다. "점주께서 네 분이 오늘 저녁 중요한 일을 기념하고 계신 것 같다며 축하의 의미로 샴페인 네 잔을 서비스로 보내셨습니다. '축하드린다.'고 전해 달라 하시네요."

우리는 레스토랑 주인과 웨이터에게 감사를 표했다.

이번에는 트레이시가 자리에서 일어나 선언했다. "이번엔 내가 한마디 할게. 너희 모두에게 정말 고마워. 참으로 오랜만에 드디어 내 삶의 주인이 된 것 같이 느끼게 해 줘서. 우리 모두 앞으로 멋진 삶을 살아가기를. 모두 건강하고, 행복하고… 그리고 상상하는 것보다 훨씬 더 많은 현금흐름을 얻을 수 있길 빈다!"

"건배!"

이야기의 끝

P.S. 집으로 돌아온 뒤, 팻은 음성 사서함을 확인했다. 재니스에게서 음성 메시지가 들어와 있었다. 재니스가 외쳤다.

"내가 대체 무슨 생각이었던 거지? 미친 건가? 이 남자, 여자친구가 아니라 빌붙어 살 여자를 찾고 있었던 거였어! 한심한 자식! 어떻게 그걸 눈치 못 챘을 수가 있지? 심지어 별로 잘생기지도 않았는데! 너희들은 진짜 재밌게 보냈겠지? 나도 갔었어야 했는데. 진짜 짜증 나는 건, 너희 넷이 미래를 준비하는 동안 난 이 남자랑 같이 살 거라면서 시간 낭비나 하고 있었다는 거야!"

결론

많은 사람들이 돈은 인생에서 제일 중요한 것이 아니라고 말한다. 어쩌면 그건 사실일지도 모른다. 하지만 돈은 인생에서 중요한 아주 많은 것들에 영향을 끼칠 수 있다. 건강, 교육, 그리고 생활 수준까지 말이다.

결정적으로 우리는 돈으로 두 가지 중 하나를 살 수 있다. 예속 또는 자유다. 우리는 직장이나 부채, 심지어 때로는 인간관계나 연인 관계에 예속되어 노예처럼 살 수도 있고 아니면 원하는 대로 살 수 있는 자유를 만끽할 수도 있다.

나는 돈을 중요하게 여김으로써 자유를 살 수 있었다. 이건 무척 중요하다. 왜냐하면 나는 다른 사람이 내게 이래라저래라 명령하는 게 싫으니까!

이 책을 읽어 준 독자들에게 감사를 전한다.

금융 및 투자 기본 용어

경리(Bookkeeper): 회계 기록을 정리 및 기록하는 사람. 대부분의 경우 청구서를 지불하고, 회계 데이터를 처리하고, 수취 및 미지급 계좌를 관리하고, 급여를 지급하고, 재무제표를 작성할 수 있는 완전한 능력을 가진 경리를 고용하는 것이 편하다. 회계사가 재무제표와 세금 신고서를 작성할 수 있도록 필수 회계 정보를 정리하기도 한다.

공인 회계사(Certified Public Accountant, CPA): 공인 회계사 시험에 합격해 CPA 자격을 얻은 사람. CPA와 그들의 전문 분야에는 여러 유형이 있으며, 모든 CPA가 세무 전문가는 아니다. CPA는 회사의 경영 문제에 도움을 주거나(회계 책임자 또는 최고 재무 책임자), 대출을 위한 재무 상태를 검사하고(감사관), 세무 대책을 수립하는 데 도움을 줄 수 있다.

근로 소득(Earned Income): 노동으로 인한 소득

레버리지(Leverage): 적은 자원으로 더 많은 것을 얻는 것

보통주(Common Stocks): 회사가 발행한 주식으로 구매자는 회사에 대한 일부 소유권을 보유하게 된다. 주식에 대한 배당금을 지급할 수도 있고 그렇지

않을 수도 있다.

부(Wealth): R. 버크민스터 풀러의 정의에 의하면, 돈을 벌기 위해 일을 하지 않고도 기존과 동일한 생활 수준을 유지하며 살 수 있는 일수

부채(Liability): 주머니에서 돈을 빼 가는 것. 부채에는 신용카드 부채, 주택 담보 대출, 자동차 대출, 학자금 대출 등이 포함된다.

상품 또는 원자재(Commodities): 금, 은, 구리 및 기타 귀금속을 비롯한 자원, 또는 삼겹살, 밀, 옥수수 등과 같은 식료품

수동 소득(Passive Income): 투자 사업, 로열티 및 임대 부동산 투자로부터 얻는 소득. 일하지 않고도 얻는 수입을 말한다.

자본 이득(Capital Gain): 투자 자산을 구입한 가격과 판 가격의 차액. 중간에 자산을 개선하기 위해 사용한 비용과 그 외에 투자 자산에 투자한 기타 금액은 제외한다.

자산(Asset): 일을 할 때든 안 할 때든 주머니에 돈을 넣어 주는 것. 부동산, 사업, 그리고 주식과 채권, 뮤추얼펀드와 같은 종이 자산 등이 있다.

재무제표(Financial Statement): 재무제표에는 몇 가지 유형이 있다. 손익계산서는 일정 기간 동안 발생한 소득과 지출을 상세하게 표시한다. 대차대조표는 특정 시점의 자산과 부채를 기록한다. 현금흐름표는 현금이 들어오고 나가는 것을 자세히 보여 준다. 개인, 부동산, 기업 모두 각자의 재무제표를 사용한다.

지적 재산(Intellectual Property): 발명이나 제품, 또는 회사 브랜드와 같이 명백하게 존재하고, 특허나 상표 또는 저작권으로 보호될 수 있는 독창적인 창작물

채권(Bonds): 발행 기관의 부채를 의미하며 구매에 대해 이자를 지급한다. 비과세 지방채, 국채, 회사채 등 여러 종류가 있다.

투자 수익률(Return on Investment, ROI): 투자로 얻은 수익을 총투자액으로 나눈 값

포트폴리오 소득(Portfolio Income): 주식, 채권, 뮤추얼펀드 등과 같은 종이 자산에서 파생된 소득

현금(Cash): 저축 계좌, 단기 금융 펀드(MMF), 양도성 예금 증서(CD)

현금 투자 수익률(Cash-on-Cash Return): 모든 투자의 핵심. 투자한 현금에 비해 얼마나 많은 돈을 벌었는지(또는 잃었는지)를 의미한다.

현금흐름(Cash Flow): 주머니에 들어오는 소득과 지출 및 빚으로 나가는 돈의 차액. 긍정적(플러스)일 수도 있고 부정적(마이너스)일 수도 있다.

회계사(Accountant): 정식 회계 교육을 받은 사람. 재무제표를 작성하고 일반적인 재정적 니즈를 처리할 수 있다. 세금 환급에도 도움을 줄 수 있다.

부동산 용어

FSBO: '소유주 직접 판매(For Sale by Owner)'의 약자. 부동산 전문가의 서비스를 받지 않고 직접 매각하는 부동산

PITI: 원금(principal), 이자(interest), 세금(tax) 및 보험(insurance)의 약어. 주택 담보 대출의 월 상환액에 포함될 수 있는 것을 설명할 때 사용된다.

감정 평가(Appraisal): 부동산 분석 및 평가에 숙련된 공정한 사람에 의한 부동산 가치에 대한 추정 또는 의견

고정 금리 주택 담보 대출(Fixed Rate Mortgage): 대출 기간 전체 또는 일부 기간 동안 금리가 고정되어 있는 주택 담보 대출. 일반적으로 금리가 변동 금리보다 높다.

공실률(Vacancy Rate): 임대되지 않은 세대의 비율 또는 특정 세대가 한 해 동안 임대되지 않고 유지된 시간의 비율을 백분율로 나타낸 수치

권리 증서(Title Deed): 특정 자산에 대한 소유권을 보여 주는 법적 문서

금리/이자율(Interest): 대출 기관이 차용인에게 대출에 대해 부과하는 금액 (전체 금액의 백분율로 표시)

금반언 증명서(Estoppel Certificate): 임대료 지급 상황 및 남은 임대 기간 동안 건물주와 세입자 사이의 기타 의무 관계 등이 기술된 각 세입자의 서면 진술서

기한(Term): 대출금을 상환해야 하는 기간

내부 수익률(Internal Rate of Return, IRR): 모든 소득(수동 소득, 현금흐름)이 즉시 재투자되어 그에 대한 수익도 얻을 수 있다고 가정하는 투자 수익률

담보권 행사(또는 압류, Foreclosure): 주택 담보 대출이 종료되어 부동산 소유권이 대출 기관에 넘어가는 법적 절차. 주로 융자금을 납부하지 않았을 때 발생한다.

담보 대출 중개인(Mortgage Broker): 대출을 원하는 투자가에게 돈을 빌려줄 금융 기관을 연결해 주는 전문가

대출 서비스(Loan Servicing): 주택 담보 대출 처리와 관련된 사무 절차

레버리지(Leverage): 부동산에서는 금융 기관으로부터 부동산을 구입하는 것 또한 레버리지의 한 가지 형태이다. 투자자는 적은 양의 돈을 지불하고 나머

지는 은행에서 대출을 받아 부동산의 100퍼센트를 소유하게 된다.

만기(Maturity): 대출금을 전부 지불해야 하는 날짜

만기 일시 상환 대출(Balloon Loan): 미리 지정한 날짜에 남은 융자금을 전액 상환해야 하는 주택 담보 대출. 이자율이 더 나을 수는 있지만 지정된 시기에 대출 잔액을 완납(또는 신규 대출)할 준비가 되어 있어야 한다.

매도자 융자(Seller Financing): 매도인이 은행 역할을 하여 매수인에게 구매 가격의 일부를 조달한다. 매수인은 매도인에게 원금과 합의된 이자를 지불한다.

매매 종결(또는 클로징, Closing): 부동산 소유권이 판매자에게서 구매자에게로 완전히 이전되는 과정. 여기에는 권리 증서 전달, 재무 정리, 어음 서명 및 매매를 완료하는 데 필요한 잔금 지불이 포함된다.

민간 주택 융자 보험(Private Mortgage Insurance, PMI): 민간 기업이 기존의 주택 담보 대출에 대해 발행하는 채무 불이행 대비 보험. 대개 선불금이 자산 가치의 20퍼센트 미만일 때 가입해야 한다.

변동 금리 주택 담보 대출(Adjustable Rate Mortgage): 대출 기간 동안 금리가 주기적으로 변화하는 주택 담보 대출

부동산(Real Estate): 토지와 건물

부동산 매입 계약(Real Estate Purchase Contract): 또는 매각 계약이라고도 한다. 매수인과 매도인 사이의 부동산 매매 조건을 명시한 법적 구속력을 지닌 계약이다.

사전 통보 기간(Notice): 명시된 조치를 시행하기 전에 해당 사실을 서면으로 통보해야 하는 기간. 임대차 계약에서는 통상적으로 부동산 검사나 연체료

부과, 퇴거 절차 시작 전에 집주인이 세입자에게 알려야 하는 사전 통보 기간을 명시한다.

상한(Cap): 변동 금리 담보 대출 조건에 따라 대출 기관이 청구하는 인상액의 한도(백분율로 표시됨) 상한액은 예상치 못한 대규모 금리 인상으로부터 차용인을 보호한다.

선결 조건(Contingency): 거래가 진행되기 전에 충족되어야 하는 오퍼 시트(offer sheet) 또는 계약 조건

선불금(Down Payment): 매매 종결 시 구매자가 지불하는 현금. 주로 구매가의 퍼센티지로 표현된다. 대출 형태에 따라 선불금의 비율이 달라질 수 있다.

수정 제안(Counter Offer): 부동산 구매 제안에 대해 신규 또는 다른 계약 조건을 제시하는 것

승계 대출(Assumable Loan): 매도인이 차용인에게 부동산에 대한 기존 대출을 양도할 수 있는 대출

신용 평가 보고서(Credit Report): 지역 신용정보협회에서 제공하는 개인의 채무 상환 능력에 대한 평가

실사(Due Diligence): 자산의 물리적, 재정적 및 법적 특성에 대해 정확하고 완전한 정보를 제공하는 조사 과정

심사(Underwriting): 구매자의 대출 상환 능력 및 담보가 되는 자산 가치에 따른 대출의 공식 승인 또는 거부

에스크로(또는 매매 보호, Escrow): 특정 조건이 충족될 때까지 제3자가 보관하는 금전 또는 자산

연간 이율(Annual Percentage Rate, APR): 대출에 대한 실효 금리. APR은 포

인트, 취급 수수료 및 기타 금융 수수료 등이 포함된 비용이 반영되며, 일반적으로 이자율보다 높다.

오퍼 시트(Offer Sheet): 의향서(letter of intent)라고도 하며, 다른 당사자로부터 특정 자산을 구매하는 계약을 체결하기 위한 제안서

용역 계약(Service Contract): 유지 관리 제공자(예: 조경사, 배관공, 전기기사, 시설 관리자)가 일상적인 유지 보수 및 긴급 서비스를 수행도록 하는 서면 계약. 다수의 부동산을 소유하고 있어 서비스 요청이 잦다면 용역 계약을 맺는 편이 유리하다.

원가 분류(Cost Segregation): 빠른 속도로 자산을 감가상각할 수 있는 회계 전략

융자 조건(Financing Terms): 이용 가능한 대출 유형(신규, 매도자 융자, 승계 대출 등), 융자 금액 및 예상 이자율 등을 결정한다.

임대차 계약(Lease): 임대 부동산의 점유와 관련해 법적 구속력이 있는 임대인과 임차인 간의 계약상 합의. 강력한 임대차 계약은 집주인-세입자 관계의 모든 조건을 명기한다.

자기 자본(Equity): 부동산 자산 가치에서 주택 담보 대출 및 기타 부채를 제외한 값

자본 환원율(또는 환수율, Capitalization Rate): 순영업 이익(NOI)을 매입가로 나눈 값. 부채는 고려하지 않는다. 부동산 가치를 나타내는 지표로, 일반적으로 자본 환원율이 높을수록 가치에 비해 자산 가격이 낮다. 자본 환원율이 낮을수록 가치에 비해 가격이 높다.

조기 상환 위약금(Prepayment Penalty): 주택 담보 대출이 만기 전에 상환될

경우 차용인에게 부과하는 수수료

종결 대리인(또는 클로징 에이전트, Closing Agent): 실제 거래의 모든 측면을 처리하는 제3자 대리인(변호사, 에스크로 담당자, 또는 전문 종결 대리인)

종결 비용(Closing Costs): 부동산 거래를 완료하는 데 소요되는 비용

주택 담보 대출(Mortgage): 대출에 대한 담보로 부동산에 대한 이자를 대출 기관에 제공하는 서면 계약

주택 담보 인정 비율(Loan to Value Ratio): 매입한 부동산의 담보 가치에 따른 대출금의 비율. 8만 달러의 대출금이 있는 10만 달러 가치의 주택의 주택 담보 대출 비율은 80퍼센트다.

지연된 유지 보수(Deferred Maintenance): 판매자가 실행하지 않고 남겨 둔 필요한 수리 및 유지 보수. 지연된 유지 보수는 더 낮은 가격으로 협상할 수 있는 거래 기회를 제공할 수 있다.

취급 수수료(Origination Fees): 대출 발행과 관련된 비용 및 수수료에 대해 차용인에게 부과되는 금액으로 대출 금액의 백분율로 표시된다.

타인 자본(또는 부채, Debt): 부동산에 대한 대출 또는 담보 대출

토지 사용 제한법(Zoning Laws): 토지 사용, 인구 밀도, 건물 크기 및 용도에 관한 규정. 지방 정부가 제정하는 토지 사용 제한법은 일반적으로 지역 사회가 발전함에 따라 계속 변화한다.

퇴거(Eviction): 임차인을 임대 공간 또는 임대 부동산에서 합법적으로 이주시키는 과정. 임대료 미납 또는 기타 임대 조건을 위반한 경우 퇴거시킬 수 있다.

포인트(Point): 주택 담보 대출 금액의 1퍼센트. 포인트는 대출 시작 시점에

대출 기관이 알선 또는 용역 수수료로 부과하는 추가 요금이다.

프로포마(Pro Forma): 수익, 비용 및 재무 조건을 보여 주는 예상 재무제표. 일반적으로 실제가 아닌 예상 수치를 기반으로 한다.

픽서 어퍼(Fixer-Upper): 수리 및 개조가 필요한 부동산

할부 상환(Amortization): 원금과 이자를 포함하는 부채를 정기 할부를 통해 점진적으로 상환하는 것

현금 투자 수익률(Cash on Cash Return): 부동산에서 부동산의 연간 현금흐름을 부동산에 투입된 현금(일반적으로 선불금과 매매 수수료)으로 나눈 백분율

투자 부동산 분석 용어

공실률(Vacancy Rate): 임대되지 않은 세대로 인해 임대료를 회수하지 못하는 비율을 뜻한다. 총수입이 1,000달러이고 공실률이 10퍼센트인 경우, 실제 수입은 900달러다.

기타 수입(Other Income): 세탁, 주차, 자동판매기 등의 형태로 발생하는 모든 추가 수입

부채(Debt) 또는 부채 상환(Debt Service): 부동산에 대한 부채 또는 담보 대출 상환

세대당 가격(Price Per Unit): 부동산의 호가 또는 매입 가격을 총임대 세대 수로 나눈 값

세대별 구성(Unit Mix): 부동산의 세대별 유형(예: 원룸, 침실 1개/화장실 1개) 및 각 유형의 수량

순영업 이익(Net Operating Income): 총수입에서 총 영업 비용을 뺀 것

영업 비용(Operating Expenses): 부동산 운영에 소요되는 모든 비용

임대 손실(Loss to Lease): 시장보다 더 낮은 임대료를 청구할 때 발생한다. 이를 계산하려면 시장의 임대료에서 자신이 받고 있는 실제 임대료를 뺀다.

총수입(Gross Income): 월별 또는 연 단위로 표시되며, 실제 임대 여부와 상관없이 모든 세대에서 발생하는 모든 수입의 합계이다.

평당피트당 가격(Price Per Square Foot): 부동산의 호가 또는 매입 가격을 총 평당피트로 나눈 값

평방피트당 임대료(Rent Per Square Foot): 임대료를 해당 세대의 총평당피트로 나눈 값. 다른 유사한 수준의 부동산 임대료와 비교하면 더 정확한 상황을 알 수 있다.

현금 투자 수익률(Cash on Cash Return on Investment): 연간 현금흐름을 거래에 투입한 현금(주로 선불금)으로 나눈 값. 백분율로 표시된다.

현금흐름(Cash Flow): 투자 부동산으로 인한 손익. 현금흐름은 총수입에서 영업비용 및 부채 상환액을 제외하여 계산한다.

종이 자산 용어

NYSE(New York Stock Exchange, 뉴욕증권거래소): 뉴욕증권거래소는 주식 거래를 위한 시설과 거래가 이뤄지는 규칙을 제공할 뿐 주가를 결정하는 데는 아무런 영향력도 끼치지 않는다. 주가는 공급과 수요, 그리고 거래 과정에 달려 있다.

OTC(Over The Counter, 장외 시장): 2만 8000개 이상의 소규모 및 신생 기업의 주식이 장외 시장에서 거래된다. 과거 창구(counter) 너머로 지역 중개인에게서 주식을 산 것에서 유래한 용어다.

SEC: 대공황과 그로 인해 폭로된 주식 거래 스캔들 때문에 미국 정부는 1934년에 증권거래위원회(Securities and Exchange Commission)을 설립했다. 이 기관의 임무는 증권 투자자들의 활동을 규제하는 것이다.

공매도(Selling Short): 매도인이 소유하고 있지 않은 유가 증권 또는 상품 선물 계약을 판매하는 것. 가격 하락이 예상될 때 활용하거나, 롱 포지션에서 이익을 보호하기 위해 사용한다.

기업 공개(Initial Public Offering, IPO): 투자자가 주식을 살 수 있도록 경영진이 기업을 상장하는 것

나스닥(Nasdaq, 전국증권업협회): 미국 최고의 성장 기업들뿐만 아니라 미국에서 주식을 거래하는 국제 기업들의 장(場). 국제 컴퓨터 및 통신 네트워크를 통해 실시간 시세가 전 세계 83개국 130만 명 이상의 이용자에게 전송된다.

다우존스 평균 산업 지수(Dow Johns Industrial Average, DJIA): 상장 기업 주식 30개 종목을 기반으로 시장 동향을 측정하는 지수

뮤추얼펀드(Mutual Fund): 전문적으로 관리되는 주식 또는 채권 포트폴리오.

배당금(Dividend): 주주에 대한 수익 분배로 증권 등급에 따라 비례 할당되며 현금, 주식, 가증권, 드물게는 회사의 상품이나 자산의 형태로 지급된다.

미국 재무부 채권(U.S. Treasury Bonds): 미국 재무부는 장기(Bonds), 중기(Notes), 단기(Bills) 세 가지 종류의 채권을 제공한다. 가장 중요한 차이점은 이들의 만기가 13주에서 30년까지 다양하다는 것이다.

배당 수익률(Dividend Yield): 보통주 또는 우선주에 대해 투자자가 번 연간 수익률. 지표 배당금이라고도 불리는 주당 연간 배당금을 현재의 주당 시장 가격으로 나누어 계산한다.

벤처 캐피탈(Venture Capital): 위험을 수반하지만 평균 이상의 미래 수익을 제공하는 혁신 사업에 착수하는 신생 기업 또는 다른 기업들이 자금을 조달하는 중요한 수단. 리크스 캐피털이라고도 한다.

보통주(Common Stock): 기업의 소유권 지분. 처음에는 회사가 판매하고 이후에는 투자자들 사이에서 거래된다. 보통주를 매입한 투자자는 이익의 일부로 배당금을 기대하고, 주가가 상승하여 투자 가치가 증가하기를 바란다. 보통주는 성과를 보장할 수는 없지만 시간이 지남에 따라 다른 투자에 비해 높은 수익을 창출한다.

사업 설명서 또는 투자 설명서(Prospectus): 증권을 모집하거나 판매하기 위해 새로운 사업체에 대한 계획 또는 투자자가 정보에 입각한 결정을 내리는 데 필요한 기존 사업체에 대한 정보를 제시하는 공식 문서

상품(commodities): 빵을 만드는 밀, 귀걸이를 만드는 은, 휘발유가 파생되는 원유 등 원자재를 뜻한다. 상품의 가격은 수요와 공급에 따라 결정된다.

선물(Future): 옥수수나 금 같은 특정 상품을 특정 날짜에 미리 정해진 가격에 사거나 팔아야 하는 약정

아멕스(Amex): 뉴욕커브증권거래소(New York Curb Exchange)는 1842년에 설립되었다. 이런 이름이 붙은 것은 1921년 실내로 장소를 이전하기 전까지 모든 거래가 거리(curb)에서 이뤄졌기 때문이다. 1953년 미국증권거래소(American Stock Exchange)로 명칭이 바뀌었다.

우량주(Blue Chip Stocks): 포커에서 파란색 칩(blue chip)이 가장 가치가 높

다는 것에서 차용한 용어로, 규모가 가장 크고 지속적으로 수익성이 높은 기업의 주식을 말한다. 공식적인 목록은 아니며 때때로 변경된다.

우선주(Preferred Stock): 이 역시 기업이 발행하고 투자자가 거래하는 소유 지분이다. 처음에 기업이 판매한 이후에는 투자자들 사이에서 거래된다.

자기 자본 이익율(Return On Equity): 기업의 주당 순이익을 장부가로 나눈 백분율

장부 가치(Book Value): 회사의 자산과 부채의 차이를 뜻한다. 예를 들어 부채가 너무 많아 장부 가치가 낮거나 적다는 것은 활발한 사업을 하고 있더라도 수익에 한계가 있다는 의미다. 때로 장부 가치가 낮다는 것은 자산이 과소 평가되었음을 의미하기도 한다. 전문가들은 이런 회사를 좋은 회사로 간주한다.

주당 순이익(Earning Per Share): 이익을 주식 수로 나누어 계산한다. 매년 주당 이익이 증가한다면 회사가 성장하고 있다는 의미다.

주식 분할(Stock Split): 기존 주식을 나누어 주당 가격은 낮아지고 주식 수는 증가한다. 주가가 오르면 주주들은 이익을 얻는다.

주식 역분할(Reverse Split): 주식 역분할을 하면 주식 수가 줄기 때문에 그에 따라 주당 가격이 상승한다. 때때로 주가를 올리기 위해 사용된다.

증권 중개인(Stockbroker): 증권 거래소에 소속된 중개인의 고용인으로, 고객의 대행인 역할을 한다.

지방채(Municipal Bonds): 지방채의 매력은 비과세라는 것이다. 투자자는 국세청이나 주 세무당국과 수익을 나눌 필요가 없다.

지분(Equities): 채권과는 반대로 주주가 보유한 주식회사의 소유권

콜 옵션(Call Options)

매수-만기일까지 기초 자산을 행사 가격에 구매할 권리

매도-만기일까지 기초 자산을 행사 가격으로 구매할 권리를 판매

파생 상품(Derivative): 기초 금융 자산, 지수(index), 또는 다른 투자물의 가치 변동에 따라 가격이 결정되는 금융 상품

풋 옵션(Put Option)

매수-만기일까지 기초 자산을 행사 가격으로 판매할 권리

매도-만기일까지 기초 자산을 행사 가격으로 판매할 권리를 판매

헤지펀드(Hedge Fund): 일반 파트너가 고액의 투자를 하고, 사모 청약 제안서에 해당 펀드가 롱 포지션과 숏 포지션을 모두 취할 수 있으며, 레버리지와 파생 상품을 사용하고, 많은 시장에 투자할 수 있도록 명시하고 있는 민간 투자 파트너십(미국 투자자의 경우) 또는 역외 투자 법인(미국 외 또는 면세 투자자)

채권의 종류

기관채(Agency Bonds): 가장 인기 있고 잘 알려진 기관채는 지니 메이(Ginnie Mae), 패니 메이(Fannie Mae), 또는 프레디 맥(Freddie Mac)이라는 별명으로 불리는 연방 주택저당 공사(Federal National Mortgage Association) 채권이다. 그러나 많은 연방 및 주정부 기관에서도 운영 및 프로젝트에 필요한 자금을 마련하기 위해 채권을 발행한다.

미국 단기채(T-Bills): 단기 재정 증권(treasury bill)은 단기 채무 증권 시장에서

가장 큰 비율을 차지한다. 정부는 단기채를 이용해 장기채나 중기채보다 낮은 금리로 즉각적인 지출에 필요한 자금을 조달한다.

미국 장기채(T-Bonds)와 중기채(T-Notes): 연방 정부가 국가 운영 및 국채 이자 지불을 위해 발행하는 중장기 채권

지방채(Municipal Bonds): 주, 도시 및 기타 지방 정부가 건설 및 기타 프로젝트에 필요한 비용을 지불하기 위해 발행한다. 현재 100만 종 이상의 지방채가 발행되고 있다.

회사채(Corporate Bonds): 기업이 확장 및 기타 활동에 자금을 조달하기 위해 은행 대출 대신 사용하는 것으로, 투자자가 쉽게 이용할 수 있다.

저자 소개

킴 기요사키 **Kim Kiyosaki**

여성 사업가이자 투자가. 남편 로버트 기요사키와 함께 몇몇 회사를 성공적으로
일궜으며, '부자 아빠' 시리즈로 유명한 리치대드 컴퍼니를 세웠다.

20대 중반, 남의 지시에 따르는 것을 싫어하는 성격 때문에 다니던 광고회사를
그만두고 벤처회사를 설립했다. 경제적 독립을 통해 인생을 자유롭게 살고 싶었
던 그녀는 정확히 37세에 그 꿈을 이루었고, 이후 열정적으로 투자가의 삶을 살
면서 수백만 달러의 자산을 보유하게 되었다.

여자들이 경제적으로 독립할 수 있도록 도와주고자 20년 이상 세계 곳곳을 돌며
수백만 명의 사람들에게 돈과 투자에 관한 교육을 활발하게 펼치고 있다. 오늘날
수백만 달러에 달하는 투자 부동산 및 기타 자산을 운용 중이다.

옮긴이 | 박슬라

연세대학교에서 영문학과 심리학을 전공했으며, 현재 전문 번역가로 활동 중이다. 옮긴 책으로는
『페이크』,『스틱!』,『부자 아빠의 투자 가이드』,『부자 아빠의 자녀 교육법』,『부자 아빠의 금·은 투자
가이드』,『인비저블』,『순간의 힘』,『한니발 라이징』,『아머』,『칼리반의 전쟁』,『몬스터러몰로지스트』,
『다섯 번째 계절』 등이 있다.

리치 우먼

1판 1쇄 펴냄 2022년 6월 22일
1판 2쇄 펴냄 2023년 3월 21일

지은이 | 킴 기요사키
옮긴이 | 박슬라
발행인 | 박근섭
책임편집 | 강성봉
펴낸곳 | ㈜민음인

출판등록 | 2009. 10. 8 (제2009-000273호)
주소 | 135-887 서울 강남구 신사동 506 강남출판문화센터 5층
전화 | 영업부 515-2000 **편집부** 3446-8774 **팩시밀리** 515-2007
홈페이지 | minumin.minumsa.com

도서 파본 등의 이유로 반송이 필요할 경우에는 구매처에서 교환하시고
출판사 교환이 필요할 경우에는 아래 주소로 반송 사유를 적어 도서와 함께 보내주세요.
06027 서울 강남구 도산대로 1길 62 강남출판문화센터 6층 민음인 마케팅부

© 한국어판, 2022 Printed in Seoul, Korea
ISBN 979-11-7052-138-9 03320

㈜민음인은 민음사 출판 그룹의 자회사입니다.